JOCELYNE GODARD
Die seidene Madonna

Jocelyne Godard

Die seidene Madonna

Roman

Aus dem Französischen
von Anja Lazarowicz

blanvalet

Die französische Originalausgabe erschien 2006
unter dem Titel »Les vierges du Vatican – Les Ateliers de Dame Alix 02«
bei Les Editions Le Sémaphore, Paris.

FSC
Mix
Produktgruppe aus vorbildlich
bewirtschafteten Wäldern und
anderen kontrollierten Herkünften

Zert.-Nr. SGS-COC-001940
www.fsc.org
© 1996 Forest Stewardship Council

Verlagsgruppe Random House FSC-DEU-0100
Das FSC-zertifizierte Papier *Holmen Book Cream*
für dieses Buch liefert Holmen Paper, Hallstavik, Schweden.

1. Auflage
Deutsche Erstveröffentlichung Juni 2010 bei Blanvalet,
einem Unternehmen der Verlagsgruppe
Random House GmbH, München.

Umschlaggestaltung: HildenDesign, München
Umschlagmotiv: © Christie's Images/The Bridgeman Art Library
Redaktion: Ingola Lammers
ED · Herstellung: sam
Satz: KompetenzCenter, Mönchengladbach
Druck und Einband: GGP Media GmbH, Pößneck
Printed in Germany
ISBN: 978-3-442-37429-8

www.blanvalet.de

Für meine Mutter Berthe.

Wer sich in seiner Kunst auszeichnet und ihr die ganze Vollendung verleiht, derer sie fähig ist, der erhebt sich gewissermaßen über sie und wird dem Edelsten und Erhabensten gleich.

(…)

Wahre Größe ist ungezwungen, sanft, vertraulich, leutselig; man kann sie berühren und anfassen; sie verliert nichts, wenn man sie in der Nähe sieht; je besser man sie kennt, desto mehr bewundert man sie. Sie neigt sich aus Güte zu den Tieferstehenden herab und nimmt ohne Mühe wieder ihr ursprüngliches Wesen an; sie lässt sich mitunter gehen, vernachlässigt ihre Rechte, gibt ihre Vorteile preis, weil sie es stets in der Gewalt hat, sie wieder aufzunehmen und geltend zu machen; sie lacht, spielt und scherzt, jedoch mit Würde; man naht ihr zugleich mit Freiheit und mit Zurückhaltung. Ihr Wesen ist edel und gefällig, flößt Ehrfurcht und Zutrauen ein …

(Aus *Die Charaktere* von La Bruyère.
Nach Gerhard Hess, Leipzig, S. 39 und S. 47.)

1

Seit Jacquous Abreise verging die Zeit für Alix wie im Flug. Vor lauter Arbeit wusste sie kaum noch, wo ihr der Kopf stand. Maître Jacques Cassex und seine Frau waren nämlich dabei, sich unter den Teppichwebern von Tours einen Namen zu machen, während Pierre de Coëtivy dieser Stadt anscheinend für immer den Rücken gekehrt hatte.

In den Werkstätten mussten sie ihr Arbeitstempo steigern, um die *Jagd auf das Einhorn* zum verabredeten Termin fertigzustellen. Außerdem hatte der Vogt von Chartres, als er anlässlich des großen Jahrmarkts in Tours ihr einen Besuch abstattete, mehrere Wandteppiche bestellt, die der Künstler Van Orley malen sollte, der sich gerade in Tours aufhielt.

Der Maler und Jacquou waren an einem Wintermorgen im Gefolge des Königs aufgebrochen, zuversichtlich und in Freundschaft, die während der langen Reise immer enger wurde. Seither hatte Alix die Leitung der Werkstätten mit dem Mut und der Tatkraft übernommen, die man von ihr kannte.

Nachdem die *Jagd auf das Einhorn* an Seigneur de La Tournelle ausgeliefert worden war, konnte sie jetzt mit dem Auftrag für den Vogt von Chartres beginnen.

Ein kalter, trockener Winter kündigte sich an. Sobald Alix frühmorgens die Werkstätten öffnete, wurden Kerzen und Fackeln um die Webstühle herum angezündet. Manchmal mussten die Weber allergrößtes Geschick beweisen, damit die Schatten, die ständig um die Lichtquellen flackerten, sie nicht bei der Arbeit störten.

Arnold und seine Frau waren beide Meister und konnten auch unter schwierigsten Bedingungen arbeiten, aber Mathias und Florine hatten noch viel zu lernen. Weder Hitze noch Kälte, weder Dunkelheit noch Müdigkeit durften sie entmutigen, wenn sie eines Tages zu den großen Webern gehören wollten, wie es der Plan von Mathias vorsah.

Langsam wurde es hell, und ein kalter weißer Sonnenstrahl strich über das große Glasfenster. In den Werkstätten wurde wie üblich auf Hochtouren gearbeitet.

Weil es so bitterkalt war, hatte Arnaude ihren kleinen Sohn Guillemin bei einer Nachbarin gelassen, die ausnahmsweise bis zum Abend auf ihn aufpassen wollte. Das kam allerdings nur selten vor, obwohl sie es sich jetzt ab und zu leisten konnten, weil Arnold nicht mehr allein verdiente.

Die Glocken von Saint-Pierre schlugen zehn Uhr, bald gefolgt von den zehn Schlägen der Kathedrale, und Florine, deren Bauch allmählich immer runder wurde, knurrte laut der Magen. So ging das nun jeden Mittag. Dann machte sie eine kurze Pause und wickelte ihre bescheidene Mahlzeit aus einem rotkarierten Geschirrtuch. Mit großem Appetit biss sie in ein Stück Brot mit geräuchertem Speck und verspeiste einige Weizenküchlein zusammen mit einem Apfel oder etwas Quittengelee.

So gesättigt, legte sie die Hände auf ihren Bauch, lächelte bei dem Gedanken an das Kind, das sie in ein paar Monaten zur Welt bringen würde, und machte sich wieder an ihre Arbeit.

Florine war ganz ruhig, heiter und entspannt, und Alix hätte nur zu gern selbst auch ein wenig von diesem Glück genossen, das ihr die Mutterfreuden bereiteten. Doch das Schicksal hatte es anders mit ihr gemeint. Also seufzte sie nur, betrachtete noch einen Moment Florines ruhige Miene und vertiefte sich dann wieder ganz in ihre Arbeit. Schließlich brauchte die Werkstatt jetzt auch viel mehr ihre fleißigen Hände als das Geschrei eines Neugeborenen.

Auf den Metallrahmen, an dem Alix arbeitete, war die Zeichnung von Van Orley gespannt, eine typisch weltliche Szene: In der Mitte sah man ein Tier, halb Drache, halb Löwe, und darum herum eine üppige Vegetation aus Lianen und exotischen Pflanzen mit wilden Vögeln mit geschwungenen Federn und krummen Schnäbeln und kleinen halbnackten Gestalten, die sich ausgelassen haschten und Verstecken spielten.

Viele Kartonmaler jener Zeit ließen sich für ihre profanen Themen, wenn sie sich nicht an den herrschaftlichen Szenerien orientierten, von den Gemälden von Hieronymus Bosch inspirieren. Der flämische Maler war vor allem mit seinem *Garten der Lüste* berühmt geworden. Dieses Bild zeigte das Leben aus manichäischer Sicht und stand so im Gegensatz zu den Grundsätzen der berühmten *Apokalypse*, weshalb Bosch auch eher die weltlich Gesinnten als die Frommen ansprach.

Als Alix sah, dass das große Fenster von einer dicken Eisschicht überzogen war, fröstelte sie. Die ersten Januartage waren wohl wirklich die Vorboten einer langen Kälteperiode.

»Es hat gefroren«, sagte sie zu den anderen. »Wir müssen das Eis im Hof aufhacken, damit keine Kunden oder Besucher stürzen und sich verletzen.«

Mathias stand auf.

»Das kann ich machen«, sagte er, »aber ich fürchte, in einer halben Stunde müssen wir von vorn anfangen, weil der Nieselregen sofort wieder auf dem Boden friert.«

Er wickelte sich in einen warmen Pelz, holte aus dem Schuppen neben der Werkstatt eine Schaufel und kratzte das Pflaster im Hof geräuschvoll frei. Überall in der Nachbarschaft war zu hören, wie die Leute mit Schaufeln die Eingänge vor ihren Läden und Häusern vom Eis befreiten.

Alix konzentrierte sich wieder ganz auf ihre Arbeit und vergaß das Eis, den Schnee und das schlechte Wetter. Sie bewegte ihr Schiffchen, als hätte sie nie etwas anderes gemacht. Beim Bedienen des Blatts merkte sie, dass ein Schiffchen beschädigt war.

»Gauthier«, wandte sie sich an den alten Meister, der zusammen mit Arnold an dem zweiten großen Webstuhl arbeitete, »ich glaube, du musst mir helfen. Ich kann mir jetzt keine Panne leisten. Die Kämme funktionieren, aber der Schaft klemmt.«

Als Gauthier zu ihr kam, um nachzusehen, machte sie ihm Platz und trat hinter das Gewebe, das auf der Rückseite genauso sauber und exakt gearbeitet sein musste wie vorn. Zufrieden stellte sie fest, dass ihr Stich perfekt war, eng und dicht, und dass das Bild schön glänzte und in allen Farben schillerte wie auf der Vorderseite. Auf dem ersten Bild – die Bestellung umfasste ingesamt drei Bilder – stellte das Fabelwesen seine ganze Kraft zur Schau: Die Schuppen auf seinem Rücken waren aufgestellt, die Zähne in seinem gewaltigen Gebiss schienen den Betrachter zu bedrohen, und seine dichte, buschige Mähne reckte sich stolz in die Höhe. »Hast du die Silberfäden sortiert, Florine?«, fragte sie die junge Frau. »Ich überlege gerade, ob wir ein paar davon für die Schuppen des Ungeheuers verwenden sollen. Dann würden sie noch schöner glänzen.«

»Wir haben kaum noch Silberfäden!«

»Gibt es nicht noch ein paar Rollen im Lager?«

»Nur noch eine einzige.«

»Zu dumm«, antwortete Alix. »Aber so ist es nun einmal. Was sollen wir tun? Dieser Faden ist eben sehr teuer. Immerhin verzichten wir schon auf Goldfäden, weil wir sie uns nicht leisten können.«

Arnold kam zu Alix und gab ihr einen schönen leuchtendroten Seidenfaden.

»Der Seidenfaden hier bringt deine Mähne bestimmt sehr gut zur Geltung«, meinte er und hielt das Knäuel über den Kopf des Tieres, um die Wirkung zu prüfen.

Aber Alix schüttelte nur den Kopf und wirkte nicht überzeugt.

»Ich finde, der Faden hat zuviel *Krapp** und wirkt dadurch zu rot; um das Ganze auszugleichen, bräuchte es noch etwas gelbes *Wau*.«

»Wie wär's, wenn du die beiden Fäden mischst?«

»Stimmt, das könnte ich mal ausprobieren. Ich bin gespannt auf das Ergebnis.«

An Florine gewandt, sagte sie dann:

»Du musst die Bestellung für die Arras-Fäden vorbereiten. Wir schicken sie los, sobald der Vogt von Chartres uns den zweiten Abschlag gezahlt hat. Deshalb möchte ich das erste Bild auch so schnell wie möglich fertigstellen.«

»Und was ist mit den Seidenfäden aus Italien, Alix? Der Vorrat ist auch bald aufgebraucht«, berichtete Florine.

»Jacquou hat versprochen, mehrere Rollen aus Rom mitzubringen. Abgesehen von denen aus Zypern sollen die Seidenfäden aus dem Vatikan weit und breit die schönsten sein.«

Arnaude arbeitete neben Alix an den kleinen Figuren auf der Bordüre und übertrug aufmerksam die Merkzeichen auf ihre Kettenfäden. Sie war erfahren genug, um die Farben für ihre Motive nach eigenem Gutdünken zu wählen. Ohne von ihrer Arbeit aufzusehen, hörte sie mit einem Ohr zu, was ihre Freundinnen zu sagen hatten.

---

* Für Erläuterungen zu den einzelnen Begriffen und berühmten Tapisserien siehe Glossar am Ende des Romans

»Für diesen Auftrag haben wir noch genug Wolle«, meinte sie. »Florine hat sämtliche Wollfäden sortiert. Sie sind alle in Ordnung, was Stärke und Färbung betrifft. Davon wenigstens ist genug auf Lager, sodass wir nichts kaufen müssen.«

Alix postierte sich vor ihrem Ungeheuer und musterte das Ensemble mit kritischem Blick. Plötzlich hatte sie eine Idee. Van Orly hielt sich an die neue Mode aus Italien, die berühmt berüchtigten *Grotesken*, und neigte dazu, die Hauptfigur in der Mitte zugunsten der Bordüre zu verkleinern und diese zu vergrößern. Warum sollte sie den Rand eigentlich nicht noch breiter machen und kleine unterhaltsame Szenen einarbeiten? Der Vogt von Chartres hätte mit Sicherheit nichts dagegen einzuwenden. Religiöse Themen interessierten ihn nicht besonders; außerdem waren die von ihm bestellten Wandteppiche dazu bestimmt, die riesigen nackten Mauern seiner Residenz zu zieren, so wie bei all den anderen Großbürgern, reichen Kaufleuten und kleinen Edelleuten. Die Teppiche sollten in erster Linie eine Wanddekoration sein, die den großen kahlen Räumen Wärme verlieh und dem Auge des Betrachters einen angenehmen, schillernden Anblick bot.

Als der Vogt von Chartres persönlich bei Meister Jacques Cassex vorgesprochen hatte, äußerte er zu keiner Zeit den Wunsch nach bedeutenden biblischen Gestalten oder Helden aus der griechischen Sage – was breite Bordüren ausgeschlossen hätte. Stattdessen war er sehr angetan von der Welt der Fabeltiere, die ihm Van Orley damals in der Werkstatt als Thema vorgeschlagen hatte. Der Maler hatte sehr überzeugend dargelegt, wie außergewöhnlich und reizvoll die Tapisserie sein würde, und hatte den Auftraggeber bald überzeugt.

Mathias sollte recht behalten. Kaum hatte er das Pflaster im Hof vom Eis befreit, verschwand es auch schon wieder unter einer neuen weißen Pulverschicht, die sofort festfror. Ein eisiger Wind blies. Sogar die Loire fror an einigen Stellen zu, und der Himmel war eine einzige endlose weiße Fläche, nur gelegentlich durchkreuzt von ein paar traurigen schwarzen Vögeln, die es eilig hatten, zu ihren geschützten Plätzchen zu kommen.

In der Werkstatt wurde fleißig gearbeitet, als plötzlich von der Straße lautes Geschrei zu hören war. Jeder spitzte die Ohren, und weil der Lärm immer lauter wurde und offensichtlich näher kam, ging Gauthier vors Haus um nachzusehen, was das für ein Spektakel war.

Der alte Meister hatte sich aber nicht die Mühe gemacht, etwas Warmes überzuziehen, und fror so entsetzlich, dass er schnell wieder in die Werkstatt zurückkam. Da schlüpfte Mathias in seinen Pelz und ging hinaus.

»Ein Gespann steckt mitten auf der Straße fest«, berichtete Gauthier und rieb sich die Hände, die von der Kälte ganz rot waren.

»Ist der Wagen umgestürzt? Gibt es Verletzte?«, fragte Alix.

Jetzt verließ auch Arnold seinen Posten und lief nach draußen. Das Gespann war tatsächlich nicht weit weg von der Werkstatt hängen geblieben und irgendwie ins Schleudern geraten, bis es mit der Vorderseite in den Straßengraben gefahren war.

»Sieht ganz so aus, als wollten die zu uns«, meinte Arnold zu Mathias, der auf den Wagen zulief.

Dann holte er Mathias ein und winkte dem Kutscher zu, der abgestiegen war.

»He, Ihr da!«, rief er. »Wo wollt Ihr hin?«

»Zu Meister Cassex«, rief der Mann zurück und ging um seinen Wagen herum, um nachzusehen, ob eine Achse gebrochen war.

»Da seid Ihr hier richtig. Bleibt, wo Ihr seid. Wir kommen und helfen Euch.«

»Ich glaube, das Pferd hat gescheut.«

»Wir haben einen Schuppen neben der Werkstatt. Da kann es sich aufwärmen und etwas Wasser und Heu haben. Der ist sonst für die Pferde von unseren Kunden, die sich nicht gleich wieder auf den Weg machen wollen. Seid Ihr allein?«

»Jawohl!«

Der Mann war mittleren Alters und ziemlich korpulent, und über sein von der Kälte gerötetes rundes Gesicht zogen sich mehrere violette Narben. Er trug einen langen braunen Mantel aus grobem, aber warmem Stoff und eine graue Wollmütze, die er bis zu den Augen heruntergezogen hatte.

»Vielleicht können sich die Frauen um das Pferd kümmern, während wir den Wagen wieder aufrichten.«

Inzwischen hatten der Lärm, die lauten Rufe und das Wiehern des Pferdes längst Alix, Arnaude und Florine neugierig gemacht, und sie waren ebenfalls auf die Straße gekommen.

»Der Kutscher wollte zu uns«, rief ihnen Arnold zu und spannte mit Hilfe des Mannes das Pferd aus.

»Bringt es in den Stall, bis wir hier fertig sind.«

»Was zum Teufel wolltet Ihr uns denn bei diesem eisigen Mistwetter bringen, guter Mann?«, rief Gauthier, der sich mittlerweile seinen Mantel angezogen hatte und den Frauen nach draußen gefolgt war. »Einen Brief vielleicht?«

»Ja, Monsieur, einen Brief. Und ein Paket.«

»Ein Paket!«, rief Alix. »Was ist denn in dem Paket?«

»Weiß ich nicht, hab nicht nachgeschaut. Ich bring' eben einen Brief und noch was.«

Schnell zogen die drei Männer den Wagen aus dem Straßengraben. Zum Glück war er nicht ganz umgestürzt, und sie konnten ihn ohne Probleme wieder aufrichten.

»Kommt mit und trinkt etwas Warmes, bis sich Euer Pferd

wieder beruhigt hat. Inzwischen können wir den Brief lesen und sehen, was Ihr uns da mitgebracht habt.«

Der Kutscher nickte zufrieden. Ehe er aber der kleinen Gesellschaft folgte, ging er in die Hocke und kroch dann trotz der eisigen Kälte auf allen vieren unter seinem Wagen herum, wobei er seltsame Geräusche von sich gab.

»Seid unbesorgt, es ist nichts gebrochen«, wollte ihn Mathias beruhigen, der zuvor die Räder und die Unterseite des Wagens begutachtet hatte.

»Ja, schon. Das seh' ich auch«, antwortete der Mann und kratzte sich sorgenvoll am Kopf. »Aber ich könnte wetten, dass da irgendwas drunter war!«

Er stand wieder auf, schüttelte den Kopf und meinte:

»War bestimmt ein Hund, und jetzt hat er Angst gekriegt und ist abgehauen.«

Doch damit war die Sache für ihn erledigt, und alle außer Florine schoben und zogen und schnauften und schwitzten in der Eiseskälte, bis sie den Wagen in den Hof neben der Werkstatt geholt hatten und er nicht länger auf der Straße im Weg stand. Das schlechte Wetter hinderte die Bewohner von Tours nämlich nicht daran, ihre Häuser zu verlassen und mitsamt ihren von Ochsen, Pferden oder Eseln gezogenen Karren ihrer Arbeit nachzugehen.

Als alle endlich behaglich im Warmen versammelt waren, wurde Milch heiß gemacht und Florine holte aus ihrem rotkarierten Geschirrtuch ein Glas Honig, das sie für alle Fälle dabeihatte, falls sie ein Hungeranfall überkam.

Das heiße, süße Getränk weckte die Lebensgeister des Kutschers, und Alix machte sich daran, das Paket auszuwickeln, das die vier Männer kurz zuvor hereingebracht hatten.

Als sie den großen Jutesack geöffnet hatte, kamen gezeichnete

Kartons zum Vorschein, bei deren Anblick ihr vor Staunen der Mund offen stehen blieb.

»Oh Gott, was für Wunderwerke! Wer mag die nur geschickt haben?«, rief Arnaude begeistert.

Der Kutscher wischte sich mit dem Handrücken die Milch vom Mund und holte ein aufgerolltes und versiegeltes Dokument aus seiner Tasche, das er Alix reichte.

»Muss man wahrscheinlich lesen, wenn man das wissen will.«

Alix nahm das feine Pergament in die Hand, betrachtete es kurz, drehte es um und rief voller Freude:

»Das Paket ist ja aus Florenz!«

»Dann muss es von Jacquou sein!«, riet Florine.

Ungeduldig öffnete Alix die Pergamentrolle, und weil sie alle erwartungsvoll ansahen, blieb ihr nichts anderes übrig als laut zu lesen.

Die Webstühle stehen still, die Kälte schlägt gegen die Fenster, und alle Blicke sind auf Alix gerichtet, die nun in der behaglich warmen Werkstatt ihren gespannten Zuhörern vorliest:

Mein Herz,
Van Orley und ich sind in Florenz eingetroffen, in wenigen Tagen kommen wir nach Rom, wo ich Jean treffen werde. Hier kann ich mich gar nicht sattsehen, und mir kommen ständig neue Ideen. Wir haben die Werkstatt von verschiedenen Malern besucht, unter anderem einem Freund von Van Orley, der seine mitten in Florenz hat – Filippo Mecchi. Er hat mir die Zeichnungen der Florentiner Madonnen verkauft, deren Porträts sich wohl im Vatikan befinden. Jean wird mich darüber aufklären. Mach dir doch schon einmal Gedanken, wie wir sie für unsere Wandteppiche und Bespannungen verwenden könnten. Seit ich

in Italien bin, ist mir aufgefallen, dass die Weber hier ganz anders arbeiten als bei uns in Frankreich oder in Flandern. Die Italiener begeistern sich für breite Bordüren, und die Motive in der Mitte der Teppiche sind bei ihnen nicht so wichtig wie bei uns. Ehe ich die Stadt wieder verlasse, habe ich Florenz ausgiebig besichtigt und bin hingerissen, um nicht zu sagen wie verhext von all den Schönheiten, die ich hier entdeckt habe. Aber du fehlst mir sehr, mein Herz …

Alix las nicht weiter, sondern sagte leise:

»Der Rest ist nur für mich bestimmt, ich glaube kaum, dass euch das interessiert.«

Eilig überflog sie die restlichen Zeilen und wollte sich bis zum Abend gedulden, um Jacquous zärtliche Worte richtig auf sich wirken zu lassen und seinen heißen Atem zu spüren. Schließlich faltete sie den Brief zusammen und verwahrte ihn in ihrem Mieder.

Arnaude war hingerissen von den Florentiner Madonnen und studierte bereits das Leuchten in ihren Augen und ihre sinnliche Haltung.

»Aus den Jungfrauen hier machen wir wahre Wunderwerke«, verkündete sie begeistert.

»Wir nennen sie *Die Jungfrauen des Vatikans*. Die Motive gehören uns allein, und ich schwöre bei meiner Ehre als Webermeisterin, dass ich sie signieren werde!«, erklärte Alix und befühlte ihr Mieder, um sich zu vergewissern, dass der Brief von ihrem geliebten Jacquou nicht verloren gegangen war.

»Guter Mann«, sagte Gauthier und nahm den Kutscher am Arm, »Ihr solltet nicht bis zum Abend warten, wenn Ihr weiterwollt.«

»Aber er kann doch bis morgen früh bleiben«, mischte sich Alix ein. »Fougasse und Amandine haben in ihrem Stall genug Platz für ein Pferd und seinen Herrn.«

»Wäre es Euch recht, bis morgen früh zu bleiben?«, fragte sie an den Kutscher gewandt.

»Und ob mir das recht wäre!«, sagte der. »Herzlichen Dank für Eure Gastfreundschaft.«

»Also abgemacht! Euer Pferd bringen wir in den Stall, den Wagen können wir im Hof lassen – er wird schon nicht erfrieren.«

»Ich geh nur noch schnell die Decke und meinen Überrock holen, damit mir später nicht der Bart abfriert«, meinte der Kutscher lachend und ging nach draußen. Aber kurz darauf hörte man ihn rufen:

»Hab ich's mir doch gedacht!«

Als Arnold hinausging, um nachzusehen, was los war, hielt er in der einen Hand die Decke, in der anderen seinen Überrock, er deutete hinter die Kutsche und donnerte:

»Das ist keine Katze und auch kein Hund! Schaut mir eher nach einem Bengel aus. Achtung, er will weglaufen, fangt ihn ein, Monsieur Arnold!«

Arnold war geschickter als der dicke Mann und schaffte es, den Ausreißer am Kragen zu packen und mitzunehmen.

»Aber das ist ja ein kleiner Junge – ein Dreikäsehoch!«

Da wurde der kleine Kerl rot vor Zorn und plärrte:

»Ich bin kein kleiner Junge!«

»Nein?«, gab Arnold zurück, »aber vielleicht ein kleiner Dieb.«

Von dem Geschrei aufgeschreckt, sah Alix durchs Fenster und eilte dann nach draußen.

»Was ist das für ein Kind?«

»Der schaut mir ganz nach einem Dieb aus!«, schimpfte der Kutscher. »War bloß nix zu holen in der Kutsche, deshalb wollt er sich aus dem Staub machen.«

Er wollte den Jungen schlagen, aber Arnold ging dazwischen.

»Lasst das – er soll sagen, was er hier macht.«

»Ich bin kein Dieb!«, schrie das Kind.

»Was hast du dann hier verloren?«, fragte Alix, die neben ihm aufgetaucht war.

Das Kind war höchstens zehn Jahre alt. Vielleicht eher acht, weil es so klein war. Oder doch schon zwölf, weil es bereits sehr reif wirkte. Wie auch immer, jedenfalls sah es Alix frech ins Gesicht, musterte sie misstrauisch, schüttelte zornig seine zerzausten, schmutzigen Haare, zögerte und schleuderte schließlich in einem Atemzug heraus:

»Ich wollte in dem Wagen übernachten, weil er leer war.«

Anstelle einer Antwort nahm Alix das Kind am Arm und bedeutete Arnold, er solle seinen Hemdkragen loslassen.

»Komm mit, gehen wir ins Haus. Da kannst du vielleicht besser erklären, was los ist. Aber wenn du lügst, setzen wir dich sofort vor die Tür.«

Sobald das Kind im Warmen war, wagte es ein schüchternes Lächeln und rieb sich die kalten Hände.

»Wie alt bist du denn?«

»Wenn ich Euch die Wahrheit sage, glaubt Ihr mir ja doch nicht.«

Alix musste sich auf die Lippen beißen. Die gleiche Antwort hatte sie früher auch gegeben, wenn sie nach ihrem Alter gefragt wurde. Mit acht sah sie aus wie dreizehn, und keiner wollte ihr glauben. Bei dem Jungen war es wohl umgekehrt. Sie war sich ganz sicher, dass er kein kleines Kind mehr war.

»Sag mir die Wahrheit, ich glaube dir.«

»Ich bin dreizehn.«

»Aber man hält dich für acht.«

Der Junge nickte.

»Und wo sind deine Eltern?«

»Glaubt Ihr vielleicht, ich würde in einer leeren Kutsche schlafen wollen, die am Straßenrand steht, wenn ich noch Vater und Mutter hätte?«

»Wo hast du meinen Wagen entdeckt?«, schimpfte der Kutscher.

»Ich bin kurz vor Tours hineingeklettert. Ihr hattet einmal angehalten.«

»Verdammt! Ich wollte die Achsen kontrollieren. Dann bist du wieder raus, als das Pferd gestolpert ist und der Wagen in den Graben gerutscht ist. Hast wohl Angst gekriegt, was?«

»Ich hab' gesehen, dass Ihr den Wagen wegbringt«, sagte der Junge etwas freundlicher. »Da hab' ich mir gedacht, dass ich vielleicht da drin übernachten kann, wenn ich irgendwie in den Hof komme. Zum Glück hat die Dame das Tor nicht gleich wieder zugemacht.«

Dann deutete er mit dem Zeigefinger auf den Kutscher.

»Aber der da ist zurückgekommen, als ich nicht damit gerechnet hatte. Ich war so müde, dass ich gleich eingeschlafen bin.«

Auch das kannte Alix nur zu gut. Aber es war schon lange her, dass sie als kleines Waisenmädchen wie dieser Junge in leeren Kutschen geschlafen hatte, die sie irgendwo entdeckt hatte.

Der Junge log nicht. Das spürte sie. Wäre er ein bisschen jünger, hätte er vermutlich angefangen zu schluchzen bei dem Gedanken hinausgeworfen zu werden. Doch die vergangenen Jahre hatten ihn herausfordernd und selbstbewusster gemacht. Dennoch wirkte er so, als würde er bald klein beigeben.

»Na gut, aber was machst du denn hier, wenn du ein Waisenjunge bist? Warum wächst du nicht in einem Kloster auf?«

Im gleichen Augenblick wurde ihr klar, wie dumm diese Frage eigentlich war. Die Mönche kümmerten sich nicht um alle Waisenkinder. Nur weil sie vier Jahre in einem Kloster leben musste, hieß das noch lange nicht, dass alle elternlosen Kinder dort untergebracht wurden. Viele lebten auf der Straße und mussten um jeden Kanten Brot betteln.

»Also, erzähl mir, was du machst«, forderte Alix ihn auf.

»Nichts.«

»Dann sag mir, wer du bist.«

Als der Junge nicht antwortete, mischte sich Arnold ein und fragte:

»Was hat dein Vater gemacht?«

»Weiß ich nicht, er ist gestorben, als ich noch ganz klein war.«

»Und deine Mutter?«

»Sie ist kurz nach meiner Geburt in einem Teich ertrunken.«

»Aber wer hat dich denn dann aufgezogen?«, wollte Alix wissen.

»Ach, irgendwelche Leute, mal die einen, dann die anderen.«

Auf einmal sah der Junge furchtbar verdrossen aus. Mit einer Kopfbewegung warf er eine blonde Locke zurück, die ihm in die Stirn gefallen war. Weil sie aber widerspenstig blieb, strich er sie sich ziemlich grob mit der Hand aus dem Gesicht.

Alix versuchte es mit einer anderen Strategie.

»Was kannst du denn?«

»Alles!«

Der Kutscher brach in lautes Gelächter aus und drückte beinahe freundschaftlich seinen Arm. Allmählich glaubte er dem Jungen, was er sagte. Außerdem wusste jeder, wie schwer es für ein Waisenkind war, ganz auf sich allein gestellt zu sein, von Tür zu Tür laufen zu müssen und um Unterschlupf, Arbeit oder eine helfende Hand zu betteln.

»Wenn einer sagt, dass er alles kann«, tönte er, »heißt das oft, er kann gar nichts.«

»Doch! Ich kann einkaufen, die Pferde versorgen, fegen, aufräumen, Holz hacken, Blumen pflanzen, Heubündel machen und Getreide dreschen. Ich kann sogar Kühe melken und Schröpfköpfe setzen und …«

»Und?«, fragte Alix. »Was hast du deiner eindrucksvollen Liste noch hinzuzufügen?«

»Ich kann schon fast lesen«, sagte der Junge stolz.

»Was soll das heißen, fast?«

»Ich kenne alle Buchstaben, aber weiter bin ich mit dem Lernen nicht gekommen.«

»Kannst du zählen?«

»Ja.«

»Lass mal sehen.«

Da hielt sich der Junge die Hände vors Gesicht, spreizte die Finger und zählte laut: »eins, zwei, drei, vier, fünf, sechs, sieben, acht, neun, zehn«, wobei er einen Finger nach dem anderen berührte.

»Wie heißt du eigentlich?«, wollte nun der alte Gauthier von ihm wissen.

»Pierrot.«

»Also, Pierrot, wie wär's, wenn du gegen Kost und Logis Florine beim Fegen, Aufräumen und Saubermachen der Werkstatt, beim Einkaufen helfen würdest, die Wollballen und die Leinwände schleppen und den Schuppen, den Stall und den Hof in Ordnung halten würdest?«

Der Junge sah Florine an, und sein Blick blieb an ihrem gewölbten Bauch hängen. Sofort war Mathias bei seiner hochschwangeren Frau und nahm sie in die Arme.

»Meine Frau kann diese ganzen anstrengenden Arbeiten nicht mehr erledigen, und sonst hat eigentlich keiner dafür Zeit. Wenn dir Gauthier die Arbeit anbietet, kannst du sie ruhig annehmen.«

Der junge Pierrot sagte keinen Ton. Auf einmal sah er sehr ernst und reif aus. Er warf Alix einen finsteren Blick zu, merkte dann aber, dass sie offenbar nichts gegen diesen Vorschlag einzuwenden hatte. Da entspannte er sich ein wenig und zog eine Grimasse, die wohl ein Lächeln sein sollte. Die Gelegenheit wollte er sich auf keinen Fall entgehen lassen! Er hatte schon so lange keine Arbeit mehr gehabt, weil er ständig auf der Flucht war, seit Gaubert, für den er im Stall und im Hühnerhof gearbeitet hatte, seine Frau umgebracht und ihn der Tat beschuldigt und behauptet hatte, er könne das auch beweisen.

Pierrot war von Natur aus pfiffig, fröhlich und ein kleiner Spaßvogel, der von einem Herrn zum nächsten zog. Nun war er auf einmal ein verbitterter Heimlichtuer geworden, der sich aus allem herauswand, weil er sich überall verstecken musste.

Aber was sollte man ihm jetzt noch anhaben, nachdem er quer durch ganz Frankreich geflüchtet war und sich so gut es eben ging mit kleinen Diebereien und Hilfsarbeiten durchgeschlagen hatte, um nicht zu verhungern? Marseilles war so weit weg vom Val de Loire. Ob er hier vielleicht endlich bleiben konnte?

Und wie zuvor Mathias und Florine gewöhnte sich auch Pierrot in der Werkstatt ein und war schon bald unersetzlich, weil er sämtliche lästigen kleinen Arbeiten übernahm. Mathias beauftragte ihn, die Wollballen im Schuppen nach Farbe und Fadenstärke zu sortieren, Arnold und Alix schickten ihn zum Einkaufen, wozu er begeistert auf eins der beiden Maultiere kletterte. Und Florine, die zusehends dicker wurde, drückte ihm Besen und Staubtuch in die Hand.

Der alte Meister Gauthier hielt ihn für einen klugen Kopf und brachte ihm bei, ohne Finger zu zählen, damit er weiter als bis zehn rechnen konnte.

Ende Januar schien der Winter endlich zu Ende zu gehen; es fror nicht mehr, war aber noch immer sehr kalt. Alix hatte nichts Neues von Jacquou gehört. Da sie aber wusste, wie schwierig es war, einen Boten zu finden, der sich für möglichst wenig Geld auf den Weg nach Tours machte, um ihr einen Brief zu bringen, beunruhigte sie sich nicht allzu sehr. Sie musste dafür sorgen, dass die Werkstatt funktionierte und das Geld nicht ausging, weshalb Jacquou auch nur eben soviel mitgenommen hatte, um in Italien die kostbaren und berühmten Seidenfäden einzukaufen. Beim Erwerb der Florentiner Madonnen hatte Van Orley mit Sicherheit Jacquou unterstützt.

Plötzlich wurde die Tür aufgerissen, und zwei Männer kamen lärmend hereingepoltert. Noch in der hintersten Ecke der großen Werkstatt waren sie zu hören. Jemand rief laut:

»Meister Jacques Cassex!«

Alix ging auf sie zu.

»Mein Mann ist zurzeit in Italien unterwegs. Er kommt erst im Frühjahr zurück. Aber vielleicht kann ich Euch ja helfen.«

Sie musterte erst den Mann, der nach Jacquou gerufen hatte, dann den anderen, der sich etwas im Hintergrund hielt und den sie nicht kannte. Der erste kam ihr allerdings irgendwie bekannt vor, sie wusste nur nicht woher.

Alix runzelte die Stirn und versuchte sich zu erinnern. Ja, natürlich, sie hatte ihn auf dem letzten großen Jahrmarkt in Tours gesehen, auf dem alle großen Weber aus der Gegend zusammengekommen waren. Dieser ungestüme, unhöfliche und reichlich arrogante Mann war einer der allseits bekannten Gebrüder Mortagne. Er war mächtig, reich und gerissen und einer der bedeutendsten Weber von Tours.

Furchtlos blickte sie ihm ins Gesicht.

»Darf ich fragen, wer Ihr seid?«, log sie.

Der Mann betrachtete sie herablassend, ohne sie einer Antwort zu würdigen, und wandte sich an Meister Gauthier, erstaunt, ihn hier anzutreffen. Was hatte der alte Meister in der einfachen, noch ziemlich neuen Werkstatt von Jacques Cassex verloren? In Tours war stadtbekannt, dass ihn Maître de Coëtivy auf die Straße gesetzt hatte. Der Weber ging auf Gauthier zu und sah ihn fragend an. Doch der machte sich nur wieder wortlos an seine Arbeit. Darüber war Mortagne so perplex, dass er zunächst gar nicht wusste, was er sagen sollte. Als dann Alix zu ihm trat, die noch immer wartete, antwortete letzten Endes Gauthier an seiner Stelle, ohne aufzusehen.

»Dieser Mann ist einer der Meister Mortagne, die ihre Werkstätten am anderen Ende der Stadt haben.«

Dann beugte er sich wieder über seine Arbeit und sagte:

»Was verschafft uns die Ehre Eures Besuchs, gnädiger Herr?«

Mortagne warf einen Blick auf die Webstühle und deutete dann mit dem Finger auf einen von ihnen.

»Von wem stammt diese Zeichnung? Wer hat den Karton gemalt?«

»Bitte entschuldigt, aber mit welchem Recht stellt Ihr diese Frage?«, entgegnete Alix.

»Ich nehme mir dieses Recht, weil Ihr euch die Freiheit erlaubt habt, Eure Arbeit für Seigneur de La Tournelle zu signieren.«

»Könnt Ihr mir bitte erklären, inwiefern das für Euch von Belang ist, Monsieur Mortagne?«

»Das ist nicht nur für mich, sondern für alle Weber in Tours von Belang. Wir sind allesamt empört über Eure Dreistigkeit.«

Alix hatte nicht die Absicht, sich von diesem Mann einschüchtern zu lassen, der zwar die größten Werkstätten der Stadt, nicht aber das Monopol auf die Weberei in Tours besaß. Sie hielt seinem Blick stand und sagte:

»Von welcher Dreistigkeit sprecht Ihr da?«

Mit zwei Sätzen war er bei ihr und zischte ihr mit zynischer, hochnäsiger Stimme ins Gesicht:

»Ich spreche davon, dass Ihr diese Arbeit mit dem ›T‹ für Tours signiert habt.«

Alix trat einen Schritt zurück, weil er ihr seinen unangenehmen Atem direkt ins Gesicht blies.

»Na und? Die Arbeiten aus Brügge werden mit einem ›B‹ unterzeichnet, Brüssel signiert mit einem doppelten ›B‹, Enghien mit ›E‹ und Paris mit einem ›P‹. Höchste Zeit, dass auch Tours die Arbeiten, die von hier stammen, mit seinem Anfangsbuchstaben signiert.«

»Dazu habt Ihr kein Recht.«

Jetzt ließ Gauthier seine Arbeit ruhen und kam mit drohender Miene näher. Seine Kampflust war geweckt. So war das nun einmal in jeder Zunft: Entweder man hielt zusammen, oder man bekämpfte sich bis aufs Blut.

»Was wollt Ihr denn, Mortagne? Warum habt Ihr es nicht vor ihr gemacht?«

Der Auftrag von Seigneur de La Tournelle, der erst nach Jacquous Abreise fertiggestellt wurde, hatte Alix ziemlich übermütig gemacht. Es war ihr eigenmächtiger Entschluss gewesen, auf jedem Wandteppich ein »T« anzubringen. Hätte Jacquou sich ebenso dazu entschlossen? Die Frage hatte ihr zum Glück keiner gestellt, und Alix hatte sich trotz Gauthiers Zweifeln für das »T« entschieden. Nun nahm er sie dafür in Schutz.

»Diese Maßnahme hätte von allen Webern aus Tours gemeinsam beschlossen werden müssen.«

»Ich bitte Euch, Mortagne, werdet jetzt nicht lächerlich«, spottete Gauthier. »Ihr solltet schließlich am besten wissen, dass Ihr als einer der größten Weber der Stadt als Erster von dieser Entscheidung profitieren werdet. Außerdem ist es nun einmal nicht mehr zu ändern, mein Lieber. In der Geschichte der Weberzunft von Tours wird es heißen, dass die ersten signierten Tapisserien aus Tours auf den Webstühlen von Meister Cassex angefertigt wurden.«

Mortagne lief allmählich rot an.

»Niemals hätte der kleine Jacquou es gewagt, uns so etwas anzutun! Sie hat einfach seine Abwesenheit ausgenützt, um uns um unser rechtmäßiges Privileg zu bringen.«

»Welches Privileg denn?«, rief Alix, die mittlerweile auch vor Wut kochte. »Vielleicht das Vorrecht des Stärkeren? Ich staune, Meister Mortagne, was wird denn dann aus dem Zusammenhaltsgefühl der Gildemitglieder?«

»Die Zunftmitglieder gehen Euch gar nichts an, weil Ihr kein Meister seid, soweit ich weiß«, höhnte Mortagne. »Ihr seid nur die Frau von einem Meister und habt lediglich das Recht, die Werkstatt während seiner Abwesenheit in Betrieb zu halten – nicht aber das Recht, irgendwelche Entscheidungen zu treffen.«

»Meinetwegen, ich habe es aber getan.«

»Das wird Euch teuer zu stehen kommen, meine Kleine!«, zischte er verächtlich. »Ich werde einen Prozess anstrengen, Ihr werdet das ›T‹ von diesen Tapisserien wieder entfernen müssen.«

Dann trat er, zufrieden über seine Worte, ein paar Schritte zurück, deutete zornig mit dem Finger auf sie und schimpfte:

»Was erlaubt Ihr euch eigentlich? Ihr, die Frau von einem kleinen, unbedeutenden Weber!«

Gauthier erkannte, dass sich hier ein Krieg anbahnte. Alix war leider viel angriffslustiger als Jacquou – das hatte sie in der Vergangenheit zur Genüge bewiesen. Sie würde auf keinen Fall klein beigeben, während ihr Gegner auf den Sieg bestand.

»Ein kleiner, unbedeutender Weber, habt Ihr gesagt!«, sagte

Gauthier und durchbohrte Mortagne mit Blicken. »Der Sohn von Pierre de Coëtivy soll ein kleiner Weber sein!«

Mortagne legte die Stirn in Falten und sah ihn fragend an.

»Ja, sein Sohn!«, wiederholte Gauthier. »Das wisst Ihr wohl nicht. Jacques Cassex, den ich ausgebildet habe und der diesen Beruf mit allem, was dazu gehört, erlernt hat, um es zu dem zu bringen, was er erreicht hat, ist der leibliche Sohn von Pierre de Coëtivy.«

Mortagne erholte sich leider sehr schnell von dieser Überraschung.

»Monsieur de Coëtivy scheint Euch ja nicht besonders dankbar zu sein, nachdem Ihr jetzt hier anzutreffen seid!«

»Unsere Meinungsverschiedenheiten gehen Euch nichts an.«

»Oh doch, wenn sie meine Angelegenheiten betreffen schon! Und wenn es hier einen Weber gibt, dem es ansteht, als Erster mit unserem ›T‹ zu unterzeichnen, dann bin das ich – und sonst keiner!«

»Womit wir wieder beim Anfang wären, Mortagne! Ihr beansprucht dieses Vorrecht für Euch allein.«

Nun mischte sich Mortagnes Begleiter, der sich bis dahin zurückgehalten hatte, in die Unterhaltung ein.

»Komm schon, es hat keinen Sinn. Lass uns gehen«, schlug er Mortagne vor. »Wir regeln das auf andere Weise. Diese Frau wird sich nicht behaupten.«

2

Auf Chinon wurde die Familie d'Angoulême standesgemäß mit allem Pomp vom königlichen Paar empfangen, obwohl Louis XII. sich genau genommen als Einziger über ihre Ankunft zu freuen schien.

Schottische Garde und Schweizer Garde, Hellebardiere und Bogenschützen standen am Schlosseingang bereit, und die Festung war von den Grundmauern bis hin zum Turm von Coudray prunkvoll geschmückt und herausgeputzt.

Die Stadt zwängte sich mit ihren spitzen Dächern und verwinkelten Gassen zwischen den Fluss und den Schlossberg. Die Gräfin war zwar an die heimatliche Landschaft von Angoulême und ihr altes Cognac gewöhnt, bewunderte aber natürlich die mit Holzschnitzereien verzierten Häuser mit ihren Fensterkreuzen, ziselierten Türen und von Türmchen flankierten steinernen Giebeln, die sie ganz bezaubernd fand.

Louise kannte das Schloss Chinon noch nicht und war überrascht, wie mittelalterlich es wirkte und was für einen herrlichen Blick man von dort oben auf die friedlich dahinfließende Vienne hatte. Von der Festungsmauer aus hatte Louise lange die Krone aus weißem Stein betrachtet, die so majestätisch über dem Tal thronte.

Das ursprüngliche Gebäude war auf einem Felsvorsprung errichtet und später zur Festung umgebaut worden. Zu dem neuen Haupttrakt an der Stelle der früheren Holzkonstruktion hatten sich die beiden Seitenflügel, die Donjons und die Kapelle gesellt.

Im Laufe der Jahre waren dann noch weitere Anbauten dazugekommen. Zwei Wachttürme, der Rundgang und eine neue Umfassungsmauer wurden gebaut.

Während Louise auf ihrer Zelterstute über die Auffahrt ritt, ließ sie Marschall de Gié nicht aus den Augen. Er hatte François vor sich auf dem Pferd sitzen und ritt neben ihr. Vor dem Schloss waren sich ihre Blicke begegnet, und seine hatten sie wie Blitze getroffen.

Ob sie sich vor diesem anmaßenden, überheblichen Mann voller Dünkel, die Louise nicht ertragen konnte, hüten musste? Er spielte sich jedenfalls schon als Lehrmeister auf, und die Worte, die sie ihm an den Kopf geworfen hatte, hatten ihn wohl schwer getroffen.

Während Louise jede noch so unbedeutende Geste des Marschalls beobachtete, hatte François nur Augen für die in den Fels gehauenen Wassergräben und den eindrucksvollen Haupteingang aus dem Mittelalter. Nie zuvor hatte der Junge ein Schloss mit derart mächtigen Schutzwehren gesehen. Er hatte wirklich nur Augen für die Befestigungen, die Türme, die Erker, die Schießscharten und die Hängebrücke.

Beim Uhrenturm, angesichts eines prächtigen Aufgebots an Panieren und Standarten, hatte Marschall de Gié François auf Wunsch des Königs zu sich aufs Pferd gesetzt. Offensichtlich wollte Louis XII. den Jungen wie einen ranghohen Gast empfangen.

Marguerite saß aufrecht wie eine kleine antike Statue auf ihrem Maultier, das einen Federbuschen trug. Sie ritt neben ihrer Mutter und warf ebenfalls immer wieder einen Blick auf ihren kleinen Bruder. François gab sich die allergrößte Mühe, sich nicht dauernd nach den Wassergräben umzusehen, die ihn so sehr faszinierten.

Mutter und Tochter waren besorgt, weil sie bemerkt hatten, wie unaufmerksam der Kleine der Parade folgte.

Dann sahen sie, dass de Gié mit dem Jungen sprach – es schienen keine harschen oder beleidigenden Worte zu sein. Vermutlich wies er ihn zu Recht auf seine mangelnde Aufmerksamkeit hin. Jedenfalls lenkte François sofort seinen Blick auf die Menschenmenge, die sich zu seiner Begrüßung an die Festungsmauern drängte.

Angeführt wurde der Konvoi von Louis XII. und Königin Anne, die majestätisch in die Runde grüßten. Königliche Räte, Kammerherren, Junker und Pagen folgten ihnen über einen Teppich aus frischen Blumen, den die Pferde bald zertrampelt hatten.

Die Hörner und Trompeten hörte man bis zur Tour Carrée, und Bauern und Handwerker scharten sich neugierig vor den kleinen Läden und den alten weißen Steinhäusern.

Als sie den Hauptflügel passiert hatten, in dem das königliche Paar residierte, bedeutete Königin Anne, dass sie den restlichen Weg in einer Sänfte zurückzulegen wünschte. Ihre Zofen machten sich sofort geschäftig ans Werk, versuchten ihr jeden Wunsch von den Augen abzulesen und machten tausenderlei Vorschläge, wie sie sich angenehm und bequem betten könne.

Wenn Anne schwanger war, legte sie stets größten Wert darauf, dies ihre Untertanen wissen zu lassen. Schon als sie noch mit Charles VIII., ihrem ersten Mann, verheiratet war, blieben ihre zahlreichen, aber fruchtlosen Schwangerschaften, die sie gezeichnet hatten, niemals unbemerkt, sobald sie etwas runder wurde. Welch unerhörtes Glück, dass sie Louise gerade an diesem wichtigen Tag zeigen konnte, dass sie schwanger war!

In allen Gassen, durch die der Zug kam, wehten Fähnchen und Wimpel mit dem königlichen Wappen, und auf den Dächern der Donjons waren seidene Lilien-Standarten aufgestellt. Der Konvoi umrundete die Tour du Moulin auf der linken Seite und gelangte direkt vor der Tour d'Argenton zur Feste de Coudray, wo noch die traurigen Spuren der Gefängnisse zu sehen waren. Dann ging es weiter Richtung Osten, bis der Zug wieder bei der Tour de l'Horloge ankam und man endlich die königliche Residenz betrat.

Als Marschall de Gié François in die Arme nahm, um ihn vom Pferd zu heben, konnte Louise ihren Ärger nicht unterdrücken. Der Marschall wusste nur zu gut, was er mit dieser Geste bewirkte. Genau das war seine Absicht. Ihre Blicke trafen sich, und sie maßen sich gegenseitig verächtlich. In Zukunft würden sie sich als Gegner betrachten, und der Wunsch, dem anderen die Stirn zu bieten und ihn zu beleidigen und zu verunglimpfen, sollte sie nicht mehr loslassen.

Der König sprang von seinem Pferd und eilte zu Louise, um ihr beim Absteigen zu helfen. Mit einem eleganten Hüftschwung ließ sie sich von ihrer Zelterstute gleiten und reichte Louis XII. die Hand.

»Willkommen zuhause, Madame. Ich wünsche Euch hier eine wunderschöne Zeit.«

Louise wollte gerade »vielen Dank, lieber Cousin« antworten, als sie plötzlich stockte, weil ihr der Anblick der schwangeren Königin die Kehle zuschnürte. Sie sah den König an, der sie amüsiert musterte und jede Regung in ihrem Gesicht prüfte.

»Ich danke Euch für Eure guten Wünsche, Sire. Ich bin sicher, meine Kinder und ich werden hier sehr glücklich sein.«

Auf eine ihrer Zofen gestützt, entstieg Anne ihrer Sänfte und trat zu ihrem Gatten. Demonstrativ legte sie eine Hand auf ihren Bauch, der sich unter einem nachtblauen Kleid mit Hermelinbesatz verbarg. Mit feindseliger Miene und einem gezwungenen Lächeln hieß sie die Comtesse d'Angoulême willkommen.

Die Königin würde ihr ganz bestimmt nichts schenken. Das spürte Louise sofort. Unter allen Umständen zog sie es aber vor, mit offenen Karten zu spielen und sich nicht zu verstellen oder zu heucheln. Das kam auch dem impulsiven Temperament von Königin Anne entgegen, weshalb sich die beiden zeit ihres Lebens unverhohlen bekämpfen sollten.

»Das ist also der große Junge, von dem ich schon so viel gehört habe!«, sagte sie mit einem Blick auf den jungen François, der sich graziös vor ihr verbeugte.

Unerbittlich musterte sie das Kind, um einen Fehler an ihm zu entdecken.

»Ich stelle fest, man bemüht sich um Höflichkeit«, bemerkte sie zuckersüß.

Louise verstand diese Bemerkung als Aufforderung, den Ball zurückzuspielen.

Es dauerte nur eine Sekunde, bis die beiden Frauen scheinbar höflich und manierlich das Territorium absteckten, auf dem gekämpft werden sollte.

Und Marschall de Gié, dem die Aufgabe zukam, den jungen François in Schutz zu nehmen – was die Comtesse d'Angoulême noch nicht so recht begriffen hatte –, störte sich sofort am allzu aufbrausenden Temperament der Königin.

»Eure Hoheit«, sagte er und machte eine tiefe Verbeugung vor ihr, »es dürfte uns keine Schwierigkeiten bereiten, dieses Kind zu erziehen. Er verfügt über die besten Anlagen, die man sich nur vorstellen kann. François ist von wacher Intelligenz, großer Leidenschaft und entschlossenem Willen und Mut.«

Man sah Louise an, wie verblüfft sie war, weil sie sich fragte, wie de Gié solche Lobeshymnen auf ihren Sohn halten konnte, obwohl er ihn doch erst seit kurzem kannte. Der Königin gegenüber gab sich Louise gelassen und nahm sich vor, diese einigermaßen erstaunliche Frage später zu klären.

Mit einem kurzen Blick auf die Entourage der Königin versicherte sich de Gié, dass die Familie d'Angoulême in keiner Weise behelligt wurde. Auch hier schien man ihn nicht in Verlegenheit bringen zu können, und Anne de Bretagne gelang es nicht, ihn einzuschüchtern. Sie musterte ihn mit einer Miene, die beinahe geringschätzig wirkte.

»Trotz alledem hat sich dieses Kind den Gepflogenheiten des Hofes anzupassen. Wie ich höre, soll man es in Cognac nicht allzu genau damit nehmen.«

Der Pfeil hatte genau ins Ziel getroffen; diesmal wirkte de Gié irritiert. Es kam aber auf keinen Fall in Frage, die Königin im Vorteil zu lassen, weshalb Louise spontan reagierte. Sie fürchtete nämlich, die wohldurchdachte Replik des Marschalls könnte zu ihrem Nachteil verstanden werden.

»Ich fürchte, man hat Euch schlecht unterrichtet, königliche Hoheit, am Hof von Cognac ist es noch nie zu einem Skandal gekommen.«

»Wer redet denn von Skandal?«, gab die Königin zurück. »Das war nicht meine Absicht.«

»Dann geht es also vielleicht nur um eine kleine Andeutung?«, fragte Louise scharf.

»Nennt es wie Ihr wollt. Was kümmert mich das? Ihr müsst jedoch wissen, dass ich von meinem gesamten Hofstaat ein Vorbild an Moral verlange.«

Louise richtete sich drohend vor der Königin auf, ihre Augen funkelten, die Worte lagen ihr auf der Zunge – sie war kampfbereit. Höflichkeit schien ihr jetzt nicht mehr geboten.

»Dann solltet Ihr aber auch wissen, Eure Hoheit, dass ich mit einem untadeligen Gefolge zu Euch gekommen bin. Selbstverständlich werden meine Leute umgehend mit Euren reden, und Euch wird nur das Beste über die Familie d'Angoulême zu Ohren kommen.«

Anne hielt dem Blick der Comtesse eine Weile stand, antwortete aber nicht. Dann wandte sie sich ab und erklärte das Gespräch damit für beendet.

Die Königin war nicht älter als Louise. Sie hatte sich behaglich eingerichtet in ihrem neuen Leben, an der Seite eines Königs, der mit seiner jungen und verführerisch schönen Gattin mehr als zufrieden sein konnte. Anne war so charmant, wie es sich ein Ehemann nur wünschen konnte, und sie strahlte vor Glück.

Den schrecklichen Gedanken an Jeanne, die arme Tochter von Louis XI., die Louis XII. feige verstoßen hatte, um den Platz an seiner Seite für Anne de Bretagne freizumachen, hatte sie wohl in weite Ferne gerückt.

In ihrer Selbstachtung zutiefst verletzt, hatte sich die fromme Jeanne nach Bourges zurückgezogen, um dort den Orden der Annuntiatinnen zu gründen. Doch nicht einmal dieses strenge Leben konnte sie die Verbitterung und das Bedauern darüber vergessen machen, dass sie dem Gatten, den sie über alle Maßen geliebt hatte, nicht ein Kind hatte schenken können, das vielleicht König von Frankreich geworden wäre.

Wie hätte Louis XII. auch seine traurige ehemalige Gattin mit der vor Temperament nur so sprühenden Anne de Bretagne mit ihrem schier grenzenlosen Ehrgeiz vergleichen sollen? Aus eben diesem Grund zog sie es auch vor, die Augen vor dem offensichtlichen Misstrauen der Bevölkerung ihr gegenüber zu verschließen. Denn die Hochzeit war zwar mit allem Prunk in ihrer geliebten Stadt Nantes gefeiert worden, aber ihre Ankunft in Paris und später in Blois nur mit reichlich zurückhaltenden Vivats begrüßt worden.

Um ehrlich zu sein, konnte Louis d'Orléans, der neue König von Frankreich, nur froh sein über die Vertragsklausel, die Anne de Bretagne zu seiner Frau bestimmt hatte. Er war so überglücklich und begeistert, dass er sich sogar manchmal dabei ertappte, doch auf die Geburt eines Thronfolgers zu hoffen und den jungen François d'Angoulême darüber beinahe zu vergessen.

Um das Vertrauen in seine neue Gattin auszugleichen, hatte er dem jungen Grafen d'Angoulême zur großen Überraschung von Louise, die diese unzeitige Generosität zunächst gar nicht deuten konnte, soeben das Herzogtum Valois geschenkt.

Die großzügige Überlassung dieses Territoriums, das zum alten Erbe der Familie d'Orléans gehörte, konnte nur bedeuten, dass er den Dauphin für einen möglichen Verlust seines Titels entschädigen wollte. Dennoch bestand Louis XII. darauf, den jungen Mann ständig in seiner Nähe zu haben, falls sich die Dinge nicht zu seinen Gunsten entwickeln sollten.

Kaum hatte sich die Familie d'Angoulême mit ihrem kleinen Gefolge auf Chinon eingerichtet, als man auch schon nach Amboise aufbrechen musste.

Anne entschuldigte sich nicht und gab auch keine Erklärung zu ihrer plötzlichen Entscheidung ab, Chinon zu verlassen. Wäre Louis XII. nicht mit den Vorbereitungen für den bevorstehenden Aufbruch nach Italien beschäftigt gewesen, hätte er die Launen seiner Gattin vermutlich gedämpft. So aber rückte die geplante Expedition näher, und man sprach von einem baldigen Aufbruch nach Mailand.

Diese wiederholten Reisen nach Italien und die damit verbundenen hohen Kosten wurden quer durchs Königreich als Kriegsvorbereitungen verstanden. Anne war also nicht an einer Expedition interessiert. Weil sie es aber gewöhnt war, zu jeder Jahreszeit zu reisen, ob von Angers nach Blois, von Nantes nach Amboise oder von Blois nach Lyon, beschloss sie eines Morgens einfach, auf der Stelle aufzubrechen.

Seit Tagesanbruch war sie in heller Aufruhr und trug sich nur noch mit dem Gedanken um, sich möglichst bald auf ihrem Schloss in Amboise einzufinden.

An diesem Morgen trug Anne ein Kleid in französischem Blau und eine Haube mit dem unvermeidlichen weißen Hermelinbesatz, der sie an das Emblem ihrer geliebten Bretagne erinnern sollte. Sie hatte ganz vergessen oder einfach noch keine Zeit gefunden, in ihre Schuhe mit den dicken Sohlen zu schlüpfen, die die kleine Gestalt ein paar Zentimeter größer machten.

Anne war sehr früh aufgestanden. Die Nächte vor einer großen Abreise waren immer sehr unruhig, und die meisten Beteiligten schliefen schlecht, manche sogar überhaupt nicht.

Angekleidet, frisiert und aufbruchbereit erteilte Königin Anne ihre Anweisungen an ein Heer von Dienern, die von einer Ecke des Schlosses in die andere liefen, um ihre Aufgaben so schnell wie möglich zu erledigen.

Zwei Zofen waren ausschließlich im Gemach der Königin beschäftigt, das noch nicht ganz leer geräumt war. Missmutig wandte sich Anne an die größere der beiden:

»Dieser eisenbeschlagene Koffer bleibt hier, darin bewahre ich ohnehin nur unnützen Kram auf. Packt lieber die bretonischen Koffer fertig.«

In einer Geste der Verzweiflung hob sie die Arme zum Himmel und rief:

»Große Güte! Ginge es vielleicht auch ein bisschen schneller? Diese Lehnstühle müssen noch eingepackt werden. Und der Armlehnsessel auch; er ist der einzige, in dem ich bequem sitze.«

Sie umrundete ihr Bett und wandte sich an die andere Zofe:

»Und vergesst mir das Federbett hier nicht. Beim letzten Mal haben wir es hier gelassen. Die Federn waren so feucht, dass wir sie auswechseln mussten. Also bitte, beeilt Euch doch ein wenig!«

Anne sprach sehr schnell und erteilte ihre Befehle so überraschend, dass keiner Gelegenheit hatte, Fragen zu stellen. Nichts durfte die geschwinde Abwicklung des Umzugs aufhalten. Als sie sich umsah, entdeckte sie eine dritte Kammerzofe, die ganz außer Atem angelaufen kam. Bestimmt hatte man ihr befohlen, sich im Gemach der Königin nützlich zu machen.

»Großer Gott, was wollt Ihr denn hier, mein Kind? Das Büffet ist viel zu groß für Euch. Geht und holt die Lakaien, und sagt Francette, sie soll mir meine schwarzen Seidenpantoffeln bringen, die einzigen, die noch nicht eingepackt wurden. Diese Schuhe hier sind entschieden zu klein.«

Sie lief auf und ab, wirbelte im Kreis herum und machte auf dem Absatz kehrt. Dann suchte sie sich plötzlich die älteste ihrer Zofen als Opfer aus, die gerade zwei Schemel verstauen wollte.

»Wickelt die Schemel in Tücher. Ihr wisst doch wohl, wie empfindlich die Überzüge sind! Ach ja!«, sagte sie an die junge Zofe gewandt, die gerade zum Helfen gekommen war, »geht doch bitte die Leuchter aus der Kapelle holen. Ich möchte sie nur ungern dort lassen.«

Anne sank auf ihr Bett und war mit einem Mal sehr erschöpft. Diese Tage waren ohne Zweifel immer sehr anstrengend, und einzig der König blieb stets ausgeruht und gut gelaunt, weil er sich um nichts kümmern musste.

Als alles Mobiliar verpackt und das ganze Geschirr im Stroh verstaut war, machte man sich an die Teppiche, hängte die Wandspiegel ab und rollte schließlich ganz behutsam die großen Tapisserien auf.

Irgendwie ging es dann doch sehr schnell, und als jedes einzelne Stück abgehängt, zusammengefaltet, aufgerollt und verpackt war, wurde alles sorgsam auf den Wagen verstaut, die für die Fahrt nach Amboise bereitstanden.

Anne de Bretagne saß auf ihrem Bettgestell und versuchte sich ein wenig zu beruhigen, weil die Comtesse d'Angoulême in ihr Zimmer gekommen war, um sich nach der Abreisezeit zu erkundigen.

»Ach!«, sagte sie zu Louise, weil sie etwas Zeit brauchte, um die Konversation gefühlvoll und intelligent zu gestalten, »seit Frankreich das Herzogtum Mailand gewonnen hat, kommen wir nicht mehr zur Ruhe!«

Sie schleuderte Louise die Worte so entgegen, wie sie vielleicht zu ihrer Zofe gesagt hätte: »Ich bin erschöpft, bringt mir einen Eukalyptustee.«

Da kannte sie die Comtesse d'Angoulême aber schlecht, die sich das Vergnügen gönnte, ihrer Gegnerin zu zeigen, dass sie durchaus nicht die Absicht hatte, sich aus politischen Fragen herauszuhalten. Trotz der Aufregung wegen der bevorstehenden Abreise ließ sie es auf eine erneute Auseinandersetzung ankommen.

Eine derartige Gelegenheit wollte sich keine der beiden Frauen, die bislang nur Banalitäten ausgetauscht hatten, entgehen lassen.

»Es ist bereits alles eingepackt, meine Liebe, ich kann Euch keinen einzigen Stuhl anbieten«, sagte Anne mit einer hilflosen Geste des Bedauerns.

Anstelle einer Antwort lächelte Louise höflich und baute sich vor dem hölzernen Bettgestell auf, von dem man die Vorhänge bereits abgenommen hatte.

»Der letzte Italienfeldzug war einer der kürzesten überhaupt«, erklärte sie. »Mir scheint, die Sforza haben sehr schnell kapituliert.«

»Das beweist nur, wie außerordentlich schwach sie sind«, bestätigte die Königin abwartend.

»Nicht unbedingt«, gab Louise mit einem schiefen Lächeln

zurück. »In einer Allianz mit Venetien und den Borgia sind die Sforza sehr mächtig.«

»Ihr vergesst die kaiserlichen Truppen und die Schweizer Freiwilligen, meine Liebe!«

»Die Schweizer Freiwilligen sind nichts als Söldner, die dem dienen, der am meisten zahlt.«

Die beiden Frauen boten sich die Stirn. Jede beobachtete die andere misstrauisch und legte sich bereits die nächste kluge und eloquente Bemerkung zurecht.

Das Gesicht der Königin war perfekt, und ihre weiße Haut betonte den dunklen Glanz ihrer schönen schmalen Augen. Es entging ihr nicht, dass Louise unauffällig ihr Kleid begutachtete.

Die Königin legte allergrößten Wert auf ihre Toilette; das war bekannt. Nie sah man sie zweimal in der gleichen Aufmachung, und ihre zahlreichen Kammerzofen waren ständig darum bemüht, Neuigkeiten ausfindig zu machen, die sie ihr dann präsentierten.

An diesem Morgen nun, als sie vor lauter Aufregung schon ganz aufgelöst war, spürte sie mit einem Mal, dass sich Louise entschieden dem Schicksal Frankreichs verbunden fühlte. Eigentlich hatte ihr Louis noch nie wirklich etwas von seiner Cousine erzählt; und wahrscheinlich kam es ihm nur gelegen, sie darüber im Unklaren zu wissen.

Annes Gefolge bestand aus sorgsamst ausgewählten Edeldamen des Herzogtums Bretagne. Aber ihre Gesellschafterinnen, die alle jung und wohlgestalt waren, konnten Annes Stimmung schon seit Tagen nicht mehr aufheitern. Dabei hatten sie sich nichts vorzuwerfen. Jede Einzelne von ihnen war sehr sorgfältig und anmutig gekleidet. Die Königin ließ ihnen keine Benimmfehler durchgehen und duldete weder Nachlässigkeit noch Zügellosigkeit, die dem untadeligen Ansehen ihres Hofstaats geschadet hätten.

Damit schien die Königin jedoch den Sitten der damaligen Zeit zuwiderzulaufen, die sich als recht freizügig erwiesen. Sonderbarerweise hatte Louise de Savoie, die in die strenge Schule von Anne de Beaujeu gegangen war, auch eher liberale Ansichten.

Obwohl die Königin, was ihre Prinzipien anbelangte, ebenfalls sehr streng war, gab sie doch beträchtliche Summen für den extremen Luxus ihrer Garderobe aus, wohl wissend, dass sie, um dem König zu gefallen, nicht nur jung bleiben musste, sondern ebenso verführerisch und begehrenswert. Oder sollte sie Frankreich etwa nicht einen Dauphin schenken?

Dieser Gedanke beruhigte sie nun endgültig, und ihre vollen Lippen verzogen sich zu einem Lächeln.

»Wer zur Zeit am meisten zahlt, ist ja wohl der König von Frankreich, wie mir scheint!«, erwiderte sie.

»Deshalb untersteht Neapel seiner Macht. Doch Neapel ist nur ein kleines Gebiet in dem großen italienischen Königreich. Und Ihr könnt mir ruhig glauben, dass Sforza uns belauert.«

»Sollte er das wagen, ist der Papst unser Verbündeter.«

Die Gräfin musterte die Königin kühl.

»Eure Hoheit«, entgegnete Louise und spürte, welch überaus große Freude diese Anrede der Königin machte, weil sie sich ihr dadurch zweifellos unterordnete, »ich bin nach wie vor der Überzeugung, dass Frankreich es dabei bewenden lassen sollte.«

Anne hätte ihr am liebsten eine Abfuhr erteilt, begnügte sich aber damit, die Lippen zusammenzupressen.

»Frankreich wird tun, was es für richtig hält«, gab sie zornig zurück.

»Gewiss doch, Frankreich hat Neapel erobert und wird sich Mailand holen. Aber eines Tages werden wir weder die Unterstützung von Venedig noch die von Rom haben.«

Als Louis XII. ihr mitgeteilt hatte, er wolle sie nach Chinon kommen lassen, an die Seite seiner neuen Gattin, hatte sich Louise geschworen, dass sie sich niemals von Anne de Bretagne demütigen lassen würde. Um diese Möglichkeit von vornherein auszuschließen, machte man sich am besten unabhängig.

Ohne Umschweife hatte sie dem König erklärt, sie sei nur bereit, Cognac zu verlassen, wenn sie nie in die Verlegenheit käme, der Königin Gehorsam zu leisten. »Ich habe nur einen Herrn, und das ist mein König.« Louis XII. amüsierte sich wohl eher über diesen weiblichen Zwist und hatte ihre Bedingungen uneingeschränkt akzeptiert.

Aber Königin Anne war eine kluge Frau, die keinen Widerspruch duldete. Wenn der König nicht anwesend war, folgte man besser ihren Befehlen und hielt sich ansonsten im Hintergrund.

»Nun denn«, sagte Anne und erhob sich, »wir werden Frankreichs Schicksal nicht am Morgen einer großen Reise entscheiden! Außerdem bin ich erschöpft. Diese Umzüge bringen mich schier um.«

»Stammt die Idee nicht von Euch? Und bin ich nicht verpflichtet, Euch zu folgen? Schließlich bedeutet diese Reise nach Amboise für Euch eine Abwechslung, und ebenso wird es Euch die größte Freude bereiten, von dort wieder aufzubrechen, wenn der Tag gekommen ist.«

»Sehr richtig«, sagte Anne de Bretagne, »und der Tag ist gekommen, wenn ich einen Sohn zur Welt gebracht habe.«

»Darüber bin ich mir im Klaren. Aber ist dem König nicht daran gelegen, dafür zu sorgen, dass der rechtmäßige Dauphin seine ersten Lebensjahre ohne Beeinträchtigungen verbringen kann, ehe er uns endgültig auf unsere Ländereien zurückschickt?«

Die kaum verhohlene Beleidigung brachte die Königin nicht aus der Fassung. Sie verwendete die Anspielung einfach zu ihrem eigenen Vorteil.

»Meine Liebe, Charles VIII. habe ich vier Kinder geschenkt. Gewiss, keines davon hat überlebt, aber ich fühle mich imstande, Louis XII. doppelt so viele Nachkommen zu schenken. Eure Qualen sind noch längst nicht zu Ende!«

Endlich lächelte sie, machte eine graziöse Handbewegung und durchbohrte ihre Rivalin mit Blicken, weil sie spürte, dass sie sie verunsichert hatte. Aber auch Louise ließ sich nicht aus der Fassung bringen und antwortete nur mit einem höflichen Kopfnicken, nicht mit entsetzter Miene.

»Ich werde sie alle geduldig auf mich nehmen.«

Die beiden Frauen gaben sich heiter und gelassen. Man hätte meinen können, sie tauschten gerade irgendwelche Belanglosigkeiten aus. Dabei war ihre Debatte so heftig, dass sie nicht hörten, wie leise an die Tür geklopft wurde.

Das Zimmer, in dem sie sich diesen erbitterten Wortwechsel lieferten, war gerade so gut wie leer geräumt worden. Im Raum nebenan befanden sich nur noch eine kleine Truhe, ein Schreibtisch und ein Schemel. Eine Dienerin schlüpfte durch eine rückwärtige Tür ins Zimmer und grüßte die Königin. Es war Francette, ihre Leibzofe, die die wenigen intimen Augenblicke mit ihr verbrachte, die sie ihr zugestand.

»Ich habe geklopft, Eure Hoheit, aber Ihr habt mich wohl nicht gehört.«

»Was willst du denn, Francette? Ach so, ja natürlich! Bring mir meine Seidenpantoffeln. Diese Schuhe hier drücken schrecklich. Ich kann es kaum noch ertragen.«

Und während Francette Anne die Schuhe auszog und ihr die bequemen schwarzen Pantoffeln überstreifte, fragte sie ganz unbekümmert und ohne auf Louise zu achten:

»Sollen wir den Wandteppich in dem kleinen Betzimmer abnehmen, königliche Hoheit?«

»Nein, lasst ihn hängen. Er ist ein Geschenk meines verstorbenen Mannes. Es würde sich nicht gehören, ihn nach Amboise mitzunehmen.«

Als das Kammermädchen gehen wollte, rief sie sie noch einmal zurück.

»Die Tapisserien im Zimmer nebenan sollt ihr aber alle abnehmen.«

Francette ging zur Tür, dann fiel ihr jedoch ein, dass sie noch etwas vergessen hatte, und sie fragte schüchtern:

»Was ist mit Eurem Schreibtisch, Hoheit?«

»Du weißt sehr wohl, dass ich ohne meinen Schreibtisch nur ein halber Mensch bin, Francette. Sag dem Lakaien, der ihn holt, er soll sehr vorsichtig dabei vorgehen, damit die Perlmuttintarsien nicht noch mehr Schaden nehmen. Es sind ohnehin bereits mehrere beschädigt. Wir müssen einen Handwerker kommen lassen, der sie reparieren soll, sobald wir in Amboise sind. Den Schreibtisch im Zimmer dahinter könnt ihr stehen lassen, er ist wertlos.«

Sie nahm ihren Rockschoß zur Seite und entließ Francette. Louise blickte gedankenverloren aus dem Fenster, hinter dem man nur den grauen Himmel und die Kronen von ein paar kahlen Bäumen sah. Anne trat zu ihr.

»Chinon ist längst nicht so komfortabel und geräumig wie Amboise«, sagte sie. »Das hat den großen Vorteil, dass wir uns dort nicht ständig über den Weg laufen müssen.«

Mit ihrer zarten weißen Hand streichelte sie genüsslich das weiche Fell ihres Hermelinkragens.

»Ihr werdet mit Euren Kindern, de Gié und Eurem Gefolge den Westflügel bewohnen, während der König, ich und mein Hofstaat das Hauptgebäude beanspruchen.«

»Wenn wir uns nur bei förmlichen Promenaden und königlichen Festivitäten begegnen, werden wir uns mit Sicherheit ausgezeichnet verstehen. Hat Euer verstorbener Gatte, Charles VIII., nicht für die erforderliche Einrichtung gesorgt, damit es sich auf Amboise behaglich leben lässt?«

»Die Einrichtung?«, wiederholte Anne und zuckte kaum merklich die Achseln. »Ihr meint wohl den Wiederaufbau!«

Ihre schwarzen Augen wurden ganz schmal, als sie verärgert fortfuhr:

»Charles hat das ganze Schloss nach Osten hin erweitert, bis zu dem Graben, der es von dem Hügel trennt. Drei lange Jahre musste ich im alten Donjon wohnen, weil das Schloss eine einzige Baustelle war.«

»Meiner Meinung nach handelte es sich dabei lediglich um Umbauten«, meinte Louise. »Amboise sollte grundlegend erneuert werden. Aber ich schätze die gute Arbeit, die Frà Giovanni Giocondo dort geleistet hat. Dieser Baumeister war zweifellos ein großes Talent, auch wenn ich die Bauten von Mazzoni bevorzuge.«

»Ihr seid scheinbar sehr gut unterrichtet, meine Liebe«, bemerkte die Königin ironisch.

Louise schenkte ihr ein spöttisches Lächeln.

»Wenn ich auch fern vom Hof des Königs von Frankreich gelebt habe, war es mir doch ein Anliegen, mich in meiner Heimat Angoulême ständig über seine großen Baumaßnahmen auf dem Laufenden zu halten.«

»Umso besser, dann solltet Ihr auch wissen, dass kürzlich Terrassen im italienischen Stil mit Blick auf die Loire angelegt worden sind.«

»Ich bin überzeugt, sie werden mir sehr gefallen«, versicherte Louise. »Ich bin eine große Verehrerin der italienischen Baumeister, und die Ideen des neapolitanischen Gartenkünstlers Don

Pacello begeistern mich ganz besonders. Nachdem ich weiß, wie sehr Ihr die Natur schätzt und wie viel Freude es Euch macht, durch Eure Parks zu spazieren, nehme ich doch an, dass wir uns im Garten gelegentlich über den Weg laufen werden.«

Die Königin trat einen Schritt zurück. Nun befand sie sich mit dem Rücken zum Fenster, aber es gab kein Möbelstück mehr, auf das sie sich stützen konnte. Also tat sie so, als wäre sie sehr müde, ehe sie ihrer Rivalin ins Gesicht schleudern wollte, worum es bei dieser Unterredung in Wirklichkeit ging.

Sie kam aber gar nicht erst dazu, weil Francette wieder erschien und höflich, aber ungeniert fragte:

»Entschuldigt die Störung, Hoheit, aber welche Robe gedenkt Ihr bei Eurer Ankunft in Amboise zu tragen?«

Anne entfernte sich vom Fenster und ging zu ihrer Kammerzofe.

»Das spielt doch keine Rolle, Francette. Diesen Anlass halte ich nicht für sonderlich wichtig. Kümmere dich lieber um die anschließenden Feierlichkeiten und die Toilette, die ich dazu tragen soll.«

»Ja, eben, der Schneider Eurer Hoheit wünscht zu erfahren, wann die Anprobe ist. Außerdem würde er gern wissen, ob er zusätzliche Perlen bestellen soll. Wenn Ihr alle Ärmel bestickt haben wollt, haben wir nicht genug Perlen.«

»Ich probiere die Robe in Amboise an. Anproben unterwegs finde ich äußerst unkommod«, antwortete sie gereizt. »Mit neuen Bestellungen soll er bis dahin warten.«

Sie kehrte zum Fenster zurück, lehnte sich jetzt aber mit den Ellenbogen aufs Fensterbrett.

»Und nun störe uns nicht länger, Francette. Wir können das alles heute Abend ausführlich besprechen.«

Als die Kammerzofe verschwunden war, wandte sie sich an

Louise und kam ohne weitere Umwege auf das Thema zu sprechen, das ihr am Herzen lag.

»Da Ihr ja bestens unterrichtet zu sein scheint, nehme ich an, irgendwelche schwatzhaften Mäuler dürften Euren begierigen Augen Appetit auf Château du Clos-Lucé gemacht haben!«

»Meinen begierigen Augen!«, spöttelte Louise. »Ihr glaubt doch nicht etwa, nur meine Augen interessierten sich dafür?«

Dann warf sie ihren Rockschoß zur Seite und fuhr noch spöttischer fort:

»Natürlich weiß ich, dass der König dieses Märchenschloss aus rosa Steinen und versteckt in einem prächtigen Park für mich bestimmt hat. Doch das habe ich nicht von irgendwelchen Plaudertaschen erfahren. Der König höchstpersönlich teilte es mir an dem Tag mit, an dem er meinem Sohn das Herzogtum Valois zum Geschenk machte.«

Die Königin verlor beinahe die Nerven.

»Eine reichlich großzügige Entschädigung, wie mir scheint«, meinte sie scharf.

Doch ehe Louise zu einer mutigen Entgegnung ansetzen konnte, erschien in der geöffneten Tür – wegen des Umzugs standen nämlich ständig alle Türen und Fenster weit offen, um den Transport der Möbel zu erleichtern – Marschall de Gié, wie üblich wenig galant.

Überrascht unterbrachen die beiden jungen Frauen ihren Diskurs. De Gié begrüßte die Königin, hielt sich aber nicht mit irgendwelchen Erklärungen über den Grund seines Kommens auf.

»Ich nehme doch an, es steht außer Frage, dass wir die Pferde und Hunde mitnehmen«, sagte er ohne Einleitung.

»Die Stallungen und Hundezwinger von Amboise sind bestens ausgestattet«, wollte ihn die Königin abfertigen. »Ich wüsste wirklich nicht, weshalb wir noch Tiere aus Chinon mitnehmen sollten.«

Marschall de Gié wandte sich jetzt an die Comtesse d'Angoulême und erklärte:

»Eure Tochter hat sich in eine junge graue Zelterstute verguckt, Madame, von der sie sich nicht mehr trennen will.«

»Wenn das so ist, wird es die Königin wohl kaum übers Herz bringen, ihr diesen Wunsch zu verwehren und die Stute allein und hilflos in einem leeren Stall zurückzulassen«, sagte Louise fröhlich.

Anne musste insgeheim zugeben, dass die Antwort ziemlich geschickt war und sie dem Mädchen diesen kleinen Wunsch wohl besser durchgehen ließ.

»Was den jungen Grafen d'Angoulême anbelangt«, fuhr Marschall de Gié ungerührt fort, »so weigert er sich die kleinen Hunde in Chinon zurückzulassen, deren Vater Hapaguai ist.«

»Wie viele Welpen sind es denn?«, fragte Louise.

»Sieben. Und seine Schwester ist nicht bereit, die beiden jungen Hühnerhunde aufzugeben, die ihr ans Herz gewachsen sind.«

»Das sieht Marguerite ähnlich«, sagte Louise lachend. »Die Kinder sollen die Zelterstute, die Hunde und die Welpen ruhig mitnehmen. Ihr müsst doch zugeben, königliche Hoheit, dass dieses Pferd und die paar Hunde wohl kaum die Stallungen von Chinon repräsentieren. Es sind einfach nur die Lieblingstiere meiner Kinder.«

Die Königin lächelte vieldeutig und signalisierte mit einer gelangweilten Handbewegung das Ende des Gesprächs.

»Meinetwegen«, sagte sie nur.

»Wunderbar, ich danke Euch, Hoheit. Wenn Ihr nichts dagegen habt, möchte ich mich jetzt gern im Zimmer nebenan an den Schreibtisch setzen und einen Brief an eine Freundin schreiben, eine Weberin aus Tours. Ich wäre sehr froh, wenn dieser Brief noch vor unserer Abreise nach Amboise abgeschickt werden könnte.«

Und Louise de Savoie verabschiedete sich mit einer graziösen Verbeugung, während sich der Marschall mit einer Strenge empfahl, die genauestens berechnet schien.

Dann setzte sich Louise an den Schreibtisch und schrieb:

Meine liebe Alix,
seit unserem Treffen in der »Goldenen Henne« muss ich an Euch denken und hoffe, dass Ihr viele Aufträge habt. Deshalb habe ich Euch auch fünf große Pakete schicken lassen, die Euch ein Kutscher bald bringen wird. Es ist ein Geschenk, mit dem Ihr gewiss nicht gerechnet habt, das aber von Herzen kommt. Es handelt sich um feine Tuchballen, die Ihr später für die Bestellung verwenden sollt, die ich bei Euch in Auftrag geben will. Wer könnte den Stoff besser brauchen als Ihr? Bewahrt ihn also bitte für mich auf. Das Tuch war in einem entlegenen Winkel von Château Chinon vergessen worden, und der König hat es mir geschenkt. Bestimmt hat es einmal Königin Charlotte gehört, die sehr für schöne Wandbehänge zu haben war, während die französische Regentin Anne de Beaujeu der Tapisserie die Lektüre vorgezogen hat. Warum aber solch ein kostbares Geschenk, werdet Ihr fragen? Nun, zunächst bekam ich es vom König als Geschenk, jetzt gebe ich es an Euch weiter. Basta! Der Privatsekretär der Königin hat mir erklärt, dass er in den alten Rechnungsbüchern von Charlotte de Savoie den Preis für diese Tuchbahnen entdeckt hat, und mit ebendieser Charlotte bin ich über meine Mutter verwandt. ›Es ist nur gerecht, wenn der schöne Stoff an Euch zurückgeht‹, meinte der König.

Ihr seht also, Alix, es hat mir immerhin schon etwas gebracht, die Urenkelin des verstorbenen Louis XI. zu sein, falls ich nicht Königinmutter werden sollte! Meine Rivalin ist nämlich wieder guter Hoffnung, und ich zittere vor Angst bei der Vorstellung, sie könnte einen Sohn gebären.

Doch nun zurück zu den Stoffballen. Wie es scheint, sind sie von ausgezeichneter Qualität. Wie könnte es auch anders sein, nachdem es sich um einen alten königlichen Auftrag handelt! Doch woher sie auch immer stammen – jetzt gehören sie Euch. Ich bin überzeugt, Ihr werdet etwas Schönes daraus machen.

Als der König und sein Heer wieder nach Italien aufbrechen wollten, hat die Königin beschlossen, von Chinon nach Amboise umzuziehen, um auf andere Gedanken zu kommen. Vor uns liegt also eine Reise, die zwar nicht besonders lang ist, aber mit Sicherheit sehr anstrengend sein wird.

Die Königin lässt alles einpacken, und sie beginnt immer bereits eine Woche vor der Abreise mit den Vorbereitungen. Sie nimmt alles mit, was ihr gehört, und sogar manches, was ihr nicht gehört. Deshalb hätten die Stoffballen leicht in ihrem Gepäck landen können, wenn sie mir der König nicht vor seiner Abreise gegeben hätte.

Mit den Truhen, den Tischen, den Sesseln und den schönen Möbeln, mit den Schüsseln, dem ganzen Geschirr und den Luxusgegenständen, von denen Ihr euch keine Vorstellung machen könnt, meine liebe Alix, und mit den kostbaren Tapisserien, die Ihr vielleicht eines Tages sehen und Euch mit kundigem Auge daran erfreuen könnt, machen wir uns auf den Weg nach Amboise. Auf dem Land werden die Bauern am Wegesrand stehen und uns nachsehen, und in den Städten und Dörfern werden die Leute die Straßen säumen und uns laut zu-

jubeln. Und dabei frage ich mich die ganze Zeit, ob mein kleiner Cäsar das auch einmal erlebt, wenn er König ist.
In Amboise werden wir im Flügel neben dem Trakt mit den königlichen Gemächern untergebracht sein. Natürlich sind unsere Zimmer weniger kostbar eingerichtet und nicht so groß wie die des Königs und der Königin. Soweit ich weiß gibt es aber zahlreiche Fenster, durch die wir einen herrlichen Blick auf den Fluss und die Landschaft haben dürften.
Ich habe gehört, dass es in den Gärten von Amboise im Frühling nur so blüht und duftet und sich das Schloss im Fluss spiegelt. Sobald die ersten Blumen aus der Erde spitzen, möchte ich Euch zu uns einladen, liebe Alix. Dann können wir endlich wieder über Die Dame mit dem Einhorn sprechen, die mir – und Euch – schon so lange im Kopf herumgeht.
Dieser Stoff ist erst der Anfang. Der König erklärt sich bestimmt bereit, meinen Auftrag an Euch zu bezahlen. Während ich darauf warte, sehne ich mich danach, ein wenig älter zu werden, weil ich gegenwärtig nur für meine Kinder lebe, um ihrem Glück in keiner Weise im Weg zu stehen.
Lasst es Euch gut ergehen, meine liebe Alix, und schreibt mir, was es Neues bei Euch gibt.
Eure ergebene Louise.

3

Vor den Toren Mailands lief Louis XII. in seinem Zeltpavillon aus blauem, mit weißen Lilien verziertem Samt gedankenverloren auf und ab. Die Armee war ganz in seiner Nähe.

Er hatte eine unruhige Nacht hinter sich und wusste nur noch, dass er zuviel an Anne und das Kind gedacht hatte, das sie erwartete. Diese Überlegungen waren allerdings mehr als verständlich, wenn man bedenkt, dass er vielleicht endlich ein Kind von seinem eigenen Fleisch und Blut bekam.

Seit ihm Anne gesagt hatte, dass sie guter Hoffnung war, bemühte er sich, ihr jeden Wunsch von den Augen abzulesen. Ihr erster bestand darin, Amboise zu verlassen und nach Blois zu gehen, um nicht mehr die Gesellschaft von Louise d'Angoulême ertragen zu müssen.

Der König hatte dagegen nichts einzuwenden gehabt, im Gegenteil, er war begeistert, weil Blois zentraler gelegen, aber genauso angenehm wie seine anderen Residenzen im Loiretal war, und er sich dort sicher fühlen konnte.

Aus gutem Grund hatte Louis große Umbauarbeiten an seinem Schloss in Blois in Auftrag gegeben – so wie vor ihm Charles VII. in Amboise. Anne verdiente ein Schloss, das ihren Ansprüchen gerecht wurde, und eine Stadt, die die Theaterbühne für ihren glanzvollen und luxuriösen Hofstaat sein sollte.

Louis war also mehr als zufrieden – die Königin schien in allen Punkten einverstanden. Aus Angst, ihr zu missfallen, hatte er abgesehen von seinen Eroberungsplänen für Neapel noch keinen einzigen eigenen Wunsch zu äußern gewagt. Dabei lag ihm sehr viel daran, in Blois zu leben. Die Gefahr einer Volkserhebung war dort gleich null, und er musste auch keine Konkurrenz fürchten wie zum Beispiel in Orléans, wo der Bischof das Lehensrecht über das gesamte benachbarte Territorium besaß.

Die Einwohner von Blois äußerten bereits lautstark ihre Begeisterung über die Vorstellung, den König ganz in ihrer Nähe zu haben. Die wechselnden Ehen des Königs hatten für sie nur Vorteile. Seit seiner Thronbesteigung hatte ihnen der König das Privileg der Steuerfreiheit zugestanden, weshalb der Handel in der Region blühte. Er wünschte sich in erster Linie eine von den anderen Grafschaften unabhängige Verwaltung. Die Residenzen der früheren Könige von Frankreich in Tours auszustechen, entwickelte sich allmählich zu seinem Hauptinteresse. Und die Bewohner von Blois waren sich durchaus bewusst, welche positiven Folgen diese Veränderungen für sie nach sich zogen. Warum hätten sie sich diesen Vorteilen verschließen sollen?

Der König war früh aufgestanden. Sein Berater und sein Sekretär wollten ihn bald aufsuchen, wahrscheinlich in Begleitung seines guten alten Freundes, des Kardinals Jean de Villiers aus dem Vatikan.

Er ging zu dem Tisch, dessen Beine auf Reisen abgeschraubt werden konnten, nahm die Schriftrolle, die dort lag, und blickte aus der einzigen Öffnung, die sein Zelt hatte. Durch das improvisierte Fenster im Samt konnte er sehen, dass seine Truppen – mit Ausnahme der beiden Nachtwächter – noch schliefen.

Er legte das Dokument wieder zurück und gönnte sich noch ein wenig Zeit für angenehme Gedanken an seine schöne Stadt Blois. Immer wieder kamen ihm Fragen in den Sinn, auf die er keine Antwort fand. Welche erlesenen Genüsse konnten ihm seine italienischen Eskapaden schon bieten, verglichen mit seiner unbändigen Sehnsucht, Blois wiederzusehen, die zukünftige Hauptstadt seines Königreichs und bald Mittelpunkt aller Festivitäten?

Zu viel verband ihn mit dieser Stadt, in der er seine gesamte Jugend verbracht hatte. In Blois erwarteten ihn sein väterliches Erbe, seine Erinnerungen, Träume und Hoffnungen!

Er ging zu dem dicken Behang, der die Tür verschloss, und schob langsam die beiden schweren Samtbahnen auseinander. Auf der Innenseite der Zeltwände waren schöne *Millefleurs* mit Jagdszenen angebracht. Vor dem Zelt standen die Hellebardiere reglos, den Blick geradeaus und wie erstarrt in ihrer Wachpositur.

Während er auf seine Untergebenen wartete, kehrten seine Gedanken zu seinem italienischen Steckenpferd zurück. Weil er sich wegen seiner Eroberungslust, was Italien anbelangte, schuldig fühlte – in der Hinsicht war er genauso wie Charles VIII. –, ließ er im Gegenzug der Königin weitgehend freie Hand. Anne entschied immer wieder verschiedene ökonomische Fragen und genierte sich gleichzeitig wenig, ihm Pensionen, Schenkungen, Renten und verschiedene andere Einkünfte abzunötigen, mit denen sie ihren persönlichen Wohlstand mehrte oder den Lebensstil an ihrem Hof aufbesserte. Im Augenblick machte sich Louis darum keine Sorgen, er träumte lieber von dem bezaubernden Italien oder von den heißblütigen, feurigen jungen Herren, zu denen sich die noch unerfahrenen und leidenschaftlichen früheren Feldherrn gesellten, weil sie an dem Ruhm teilhaben wollten. Und das umso mehr, weil ihnen dieser Kampf die logische Folge der ritterlichen Heldentaten des vorhergehenden Jahrhunderts schien. Eine Idee, die sogar die größten Hitzköpfe begeistert hat!

Daran gewöhnt, ließ Anne diese unerfreulichen Momente ruhig

verstreichen und rächte sich auf ihre Weise. Mit Louis erlaubte sie sich, was sie bei Charles nie gewagt hätte: Geschrei und Tränen und endloses Gejammer und Gezänk, wenn es ihr um ein wichtiges Privileg ging, das ihr der königliche Gatte nicht sofort zugestehen wollte. Und da der König äußerst empfänglich für weibliche Zärtlichkeitsbekundungen war, vor allem wenn sie von seiner eigenen Frau kamen, zog er es lange vor, den Erpressungen nachzugeben, um seinen Frieden zu haben.

Louis ging zu dem Tisch zurück und setzte sich, um endlich das Dokument zu lesen, das er zuvor geöffnet hatte. Damit das Zelt behaglich wirkte, hatte man kostbare dicke Teppiche ausgelegt, mit denen nun seine noch nackten Füße spielten.

Kaum hatte er jedoch die Papiere zur Hand genommen, als ihm einer der Hellebardiere vor dem Zelt die Ankunft von Georges d'Amboise meldete.

Ein großer, kräftiger Mann mit braunem Haar und finsterer Miene kam herein. Er bewegte sich recht ungezwungen und war ungefähr so alt wie der König. Von seiner Soldatenuniform ließ sich manch einer täuschen, trug er sie doch auf Feldzügen viel lieber als seine Prälatenrobe. Georges d'Amboise entstammte einem alten Soldatengeschlecht, dem er mit seinem heldenhaften Verhalten – trotz seines geistlichen Titels – alle Ehre machte.

Als Soldat war er überaus geschickt und wusste zu täuschen, zu umgehen und zu befehlen. Als Prälat war er nicht weniger raffiniert und wandte sich immer in die Richtung, aus der der Wind blies.

»Mein lieber d'Amboise«, rief der König und ging auf ihn zu, »wie ich weiß, habt Ihr, seit Cesare Borgia, der Sohn Alexanders VI., auf dessen Anraten hin seinen Kardinalshut abgegeben hat, freie Hand. Was wollt Ihr mir also heute anvertrauen?«

Ohne eine Antwort abzuwarten fuhr er fort:

»Ich dachte, Ihr würdet in Begleitung von Jean de Villiers kommen.«

»Das war auch vorgesehen, Louis, aber er hat Rom wohl später als geplant verlassen, weil er noch zwei Freunde erwartete, einen Maler und einen Weber.«

»Zwei Künstler also! Wer sind sie?«

»Bei dem einen soll es sich um den Flamen Van Orley handeln, der sehr schöne Gemälde für die Sixtinische Kapelle im Vatikan gemacht hat. Seinen Freund, den Weber, kenne ich nicht. Er kommt aus dem Val de Loire.«

»Ein Teppichweber aus dem Val de Loire? Die kenne ich fast alle. Wie heißt er denn?«

»Das weiß ich nicht«, antwortete d'Amboise. »Es ist ein junger Tapissier aus Tours. Aber lasst uns zu den wichtigeren Angelegenheiten kommen«, fuhr er fort und spähte durch den Türschlitz, um sich zu vergewissern, dass die Hellebardiere nicht etwa lauschten. »Wisst Ihr bereits, dass der Stern der Sforza im Sinken begriffen ist, Louis?«

Der König nickte.

»Ja ja, ich weiß. Aber dieser Umstand dürfte für unsere Pläne eher von Vorteil sein!«

»Gewiss, vorausgesetzt wir wissen, wie wir damit umgehen müssen. Wir dürfen nicht vergessen, dass die Sforza Usurpatoren sind. Sie haben den Visconti das Herzogtum Mailand geraubt, die es sich aber zurückholen wollen.«

»Das ist aber nichts Neues, mein lieber Georges.«

»Richtig«, gab der Kardinal zu, »aber seit Ihr nach dem Tod von Charles VIII. der Herr von Mailand geworden seid, hat sich einiges geändert.«

»Das ist mir bewusst, und es wird nicht besser, solange die Visconti unbeugsam bleiben. Doch genau hier können wir Stärke beweisen«, meinte Louis entschieden. »Der Gedanke, gegen den Mohren Ludovico Sforza zu agieren, gefällt mir nicht schlecht. Außerdem habe ich noch eine private Rechnung mit ihm zu begleichen, wobei ich es aber nicht belassen will.«

»Das heißt, die Jagd auf die Sforza ist offiziell eröffnet!«

»Das ist Eure Angelegenheit, mein lieber d'Amboise. Ich weiß, Ihr seid klug und Soldat genug, um Erfolg zu haben. Zudem wird uns die Sache wohl etwas erleichtert, weil Sforza nicht mehr von Maximilian von Österreich protegiert wird.«

»So einfach ist es nun auch wieder nicht! Wir müssen uns absichern.«

Zerstreut rieb er sein spitzes Kinn, das ihm etwas Gebieterisches gab. Seine Augen blickten unruhig hin und her.

»Es wird nicht einfach sein, unseren Rückhalt abzusichern, bei all dem Misstrauen, das uns umgibt. Wie wollt Ihr das bewerkstelligen?«

»Indem wir mit England und Spanien mehr oder weniger ungenaue Verträge aushandeln«, meinte d'Amboise mit listigem Blick.

»Fremde Personen in die Sache zu verwickeln, scheint mir etwas heikel. Sogar der Papst macht den Eindruck, er ziehe sich immer mehr zurück, was ein Fehler wäre, weil er sich so nur eine unerfreuliche Überraschung einhandelt.«

»Zum Glück decken sich seine Pläne nicht mit denen der Sforza.«

Der König ging ein paar Schritte auf und ab, kratzte sich am Hals und nahm den Krug mit frischem Wasser, der auf dem Tisch mit seiner dicken Decke aus Genueser Samt stand.

Da steckte einer der beiden Hellebardiere den Kopf durch die Tür und geleitete Kardinal de Villiers ins Zelt.

»Ah, da seid Ihr ja, mein lieber Jean!«, rief der König und kam mit ausgestreckten Händen auf ihn zu. »Wie ich mich freue,

Euch wiederzusehen! Ihr habt Euch wirklich viel zu lange in Eurem Vatikan eingeschlossen.«

»Das stimmt nicht ganz, Louis, Ihr wisst doch, dass ich Euch sehr ähnle. Ich brauche viel Platz, und wenn mir die Luft ausgeht, lasse ich Roms Mauern hinter mir.«

»Wart Ihr inzwischen wieder in Konstantinopel?«

»Alexander Borgia hat mich zweimal dorthin geschickt, seit ich aus Tours zurück bin, um einige äußerst heikle Angelegenheiten zu regeln.«

»Heikel – so so! Der Borgia Papst ist ein weitsichtiger Mann, Jean. Wie steht er gegenwärtig zu mir?«

Jean wandte Georges d'Amboise den Rücken zu und bedeutete dem König unauffällig, dass er darüber nur unter vier Augen sprechen wollte.

»Ihr wisst bestimmt, dass ich nach wie vor als Kommanditär für Webwaren tätig bin, Louis. Zuletzt war ich in Spanien, um einen Auftrag für Johanna von Kastilien auszuhandeln. Dabei begleitete mich der Weber Van Aelst.«

»Ging es dabei vielleicht um die *Panos de Oro*?«

»Ja, genau.«

»Wie ich höre, sollen sie ein wahres Wunderwerk sein. Ich hätte sie gern einmal gesehen.«

»Van Aelst ist ein großer Meister, und er hat viel Erfahrung.«

Der König nickte zustimmend.

»Ich hoffe sehr, dass ich ihn eines Tages einladen kann.«

»Was ihm eine große Ehre sein dürfte, Louis. Ja, das würde ihm gewiss sehr schmeicheln.«

Jean lächelte. Auch er hatte sich verändert, seit sie sich das letzte Mal getroffen hatten. Ach, es war schon lange her, seit der junge, unbekümmerte Louis d'Orléans gegen Anne de Beaujeu, die französische Regentin, gekämpft hatte, und er selbst, Jean, damals noch einfacher Mönch in Saint-Grégoire in Tours, an der Seite eines hübschen blonden Mädchens, der Tochter eines Webers aus Brügge, über Land geritten war!

Kardinal Jean de Villiers war trotz seiner rund fünfzig Jahre noch sehr rüstig. Er hatte eine gute Haltung, war groß und schlank, und sein Gesicht mit den feurigen Augen wirkte fremd, wenn man nicht wusste, dass er türkische Vorfahren hatte. Als Sohn des früheren Sultans Mohammed II. hatte er auch das Blut seiner französischen Mutter, Blanche de Villiers, geerbt, die am Hof der Königin Marie d'Anjou aufgewachsen und nach dem Fall der Hauptstadt des byzantinischen Reiches im Palast von Konstantinopel als Gefangene gehalten worden war.

Nach ihrer Flucht mit einem Weber aus Brügge, dem Meister Thomassaint Cassex, war es der jungen Gefangenen gelungen, ihren Sohn zu sich zu holen. Das Kind hatte dann später der moslemischen Religion entsagt und war zum christlichen Glauben übergetreten. Aus tiefer religiöser Überzeugung war Jean schließlich in der Abtei Saint-Grégoire in Tours in den Priesterstand getreten.

»Ich nehme an, Ihr habt bereits einen Plan, Jean«, meinte der König und nahm seinen Freund am Arm.

Dann wandte er sich an d'Amboise.

»Mein lieber Georges, ich vermute, unsere Webergeschichten dürften Euch nicht sehr interessieren. Was ich mit Euch über Politik und Kriegsgeschäfte zu besprechen habe, hat Zeit bis heute Abend. Ich schlage vor, Ihr diniert mit mir. Dann können wir weiterreden.«

Nachdem d'Amboise gegangen war, reichte der König Kardinal de Villiers den Arm und führte ihn zu einem der Sessel, die neben einer schweren Truhe, auf die Louis sein Schwert und den Helm mit dem Federbuschen gelegt hatte, einem samtbezogenen Sofa und einem geschnitzten Holztisch die einzigen Möbel in dem Zelt waren.

»Jetzt sagt mir bitte, wie der Borgia zu mir steht.«

»Darf ich Euch vorher mitteilen, welche Ambitionen Euer Freund d'Amboise hat, Louis?«

»Aber gewiss doch, Jean, bitte!«

»Es gelüstet ihn nach dem Amt des Pontifex.«

Der König pfiff erstaunt durch die Zähne.

»Potztausend! Er will hoch hinaus, der gute Georges. Aber ich gestehe, offen gesagt kommt mir das ganz gut zupass. Doch sagt einmal, Jean, habt Ihr denn nie mit der Tiara des Papstes geliebäugelt? Wenn ich nicht irre, steht Ihr so hoch in Alexanders Ansehen, Ihr hättet selbst ohne weiteres ...«

»Ich möchte auf keinen Fall Papst werden«, unterbrach ihn Jean de Villiers. »Dazu liegt mir viel zu viel an Reisen und Geschäften und dem Leben außerhalb des Vatikans. Ich glaube allerdings nicht, dass es Euer Freund d'Amboise bis ganz nach oben schafft. Sein Ehrgeiz lässt ihn davon träumen.«

»Meinetwegen – lassen wir d'Amboise und seine Träume, reden wir lieber von Alexander Borgia.«

»Er wird Euch keinen schlechten Empfang bereiten, wenn Ihr nach Rom kommt. Rührt nicht an seinen Stand, seine Reichtümer und seine Macht, dann schadet Borgia Euch auch nicht.« Louis griff wieder nach dem Wasserkrug und nahm einen großen Schluck. Dann reichte er ihn Jean, der es ihm nachtat.

»Seid auf der Hut, Louis«, fuhr der Kardinal fort, »die Eroberung Mailands durch Euren Vorgänger war nur ein Strohfeuer.«

»Wollt Ihr damit etwa sagen, ich soll nicht so viel kämpfen wie Charles VIII.?«

»So in etwa. Das Herzogtum Mailand wird sich widersetzen,

auch wenn Ihr Eure Truppen immer mehr verstärkt und Schlachten gewinnt. Und vergesst nicht Ludovico Sforza – er kommt wieder an die Macht.«

»Da ist Kardinal d'Amboise aber anderer Meinung.«

»Er täuscht sich. Der Mohr wurde von Charles VIII. besiegt, musste fliehen und hat bei Maximilian von Österreich Zuflucht gesucht. Er wird mit Euch verhandeln wollen.«

»Er weiß doch wohl, dass ich einen Groll gegen ihn hege. Er hätte mir Mailands Tore öffnen sollen, als ich noch Herzog von Orléans war. Das hat er aber nicht getan.«

»Auch ich habe eine offene Rechnung mit ihm.«

»Und ich habe geglaubt, Ihr wärt in dieser Angelegenheit ganz neutral«, sagte der König überrascht.

Jean de Villiers erhob sich und ging gedankenverloren ein paar Schritte auf und ab, als versuchte er sich an eine alte Geschichte zu erinnern.

»Louis!«, sagte er dann zu ihm, »erinnert Ihr euch noch an eine dunkelhaarige, temperamentvolle Frau mit einem unbändigen Freiheitsdrang, die Léonore Cassex hieß?«

»Léonore«, wiederholte der König leise. »Natürlich erinnere ich mich an sie, Jean. Wie hätte ich Eure schöne Eroberung vergessen können? Die Frau, die mir nie den Kuss schenkte, den ich so sehr begehrt hatte.«

»Sie war keine ›Eroberung‹, und das wisst Ihr auch ganz genau. Léonore war meine einzige Liebe, mein Leben, mein Ein und Alles, meine einzige Sünde. Es gab eine Zeit, da bedeutete sie mir mehr als Gott!«

»Was ist aus ihrer Tochter geworden?«

»Wegen ihr bin ich auf das Thema zu sprechen gekommen. Isabelle hat ein Kind von Ludovico Sforza bekommen.«

Der König konnte ein spöttisches Lächeln nicht ganz unterdrücken, und seine Augen funkelten vor Freude. Immerhin hatte er sie damals in die Arme des Mohren getrieben, weil er sie in einer heiklen Mission zu ihm geschickt hatte, worauf sie sich für eine Gegenleistung bereit erklärte: Er sollte es ihr ersparen, den jungen Seigneur de La Trémoille heiraten zu müssen.

»Ich weiß, dass Euch Léonores Tochter sehr viel bedeutet.«

Der König amüsierte sich wirklich über das, was ihm gerade in den Sinn gekommen war, was er dem Kardinal aber ganz bestimmt nicht erzählen würde. Wieso sollte er ihm gestehen, dass er von Isabelle bekommen hatte, was er sich von deren Mutter so sehr gewünscht hatte? Isabelle ließ sich sehr gern umarmen und küssen. Léonore hingegen hatte nur gelacht und ihn zurückgewiesen, als Louis d'Orléans sie verführen wollte.

»So so, dann hat Isabelle also ein Kind von Sforza!«

»Ja, eine Tochter, Constance.«

»Und wenn schon! Isabelle hat standesgemäß geheiratet. Zudem ist ihr Gatte derselbe Mann, den sie zurückgewiesen hatte, als sie aus Italien zurückkam. Geht es ihr denn gut?«

»Nach allem, was ich zuletzt von ihr hörte, ist alles in bester Ordnung.«

»Zu schade, dass Julien de La Trémoille nicht die brillanten Anlagen geerbt hat, die seine Familie auszeichnen. Er ist ein guter Reiter, aber ein mittelmäßiger Soldat. Er hat einfach nichts von seinem Großvater, der uns, Léonore und mich, zu Zeiten des Verrückten Kriegs hat einsperren lassen. Könnt Ihr euch noch daran erinnern, Jean?«

Als ob Jean das je hätte vergessen können! Léonore versuchte damals, Isabelle zu sehen, die Anne de Beaujeu, die Regentin, an den bretonischen Hof geschickt hatte. Und Louis d'Orléans, wie stets im Widerstand gegen die königliche Krone, hatte sie ganz nebenbei in diesen Strudel der Revolten mit hineingerissen.

»Léonore«, murmelte der König wieder, »was für ein unzähmbares Wesen, wie viel Feuer und Temperament!«

»Ja, genau! Louis, ich möchte Euch ihren Sohn vorstellen. Darf ich den Hellebardieren sagen, dass sie ihn hereinlassen sollen? Er wartet vor dem Zelt mit seinem Freund, dem Maler Van Orley.«

»Ich wusste gar nicht, dass sie nach Isabelle noch einen Sohn bekommen hatte. Aber es stimmt, sie ist nach der Festsetzung durch die Regentin lange bei ihrem Vater in Brügge geblieben. Damals habe ich sie aus den Augen verloren.«

Er überlegte eine Weile und fuhr dann fort:

»Sie hatte also einen Sohn. Ich kann es nicht erwarten, ihn kennen zu lernen. Holt ihn herein, Jean.«

Kardinal de Villiers eilte zu der Öffnung in der Zeltwand und rief den Wachsoldaten zu:

»Geht die beiden Männer holen, die mich begleitet haben. Sie sollen ins königliche Zelt kommen.«

Louis XII. sah ihnen entgegen. Dem Älteren von beiden sah man an, wie selbstbewusst ihn der Erfolg gemacht hatte. War es ihm etwa nicht gelungen, die Aufmerksamkeit des Papstes auf sich zu ziehen und ihn mit seinem Talent zu beeindrucken?

Van Orley machte eine tiefe Verbeugung vor dem König, der ihm nur kurz zunickte. Es war der andere Mann, den er gespannt ansah. Er war noch jung, etwa Anfang zwanzig, und hatte die Augen seiner Mutter. Er lächelte sogar wie Léonore.

»Ihr seid also Jacques Cassex! Der Sohn der Frau, der ich zu einer ziemlich stürmischen Zeit begegnet bin. Die Erinnerung an Eure Mutter hat mich mehr als einmal heimgesucht, junger Mann.«

Jacquou fühlte sich bei dieser Begrüßung reichlich unbehaglich. Dass der König ihn einfach so ohne Umschweife auf seine Mutter ansprach, die er nie kennengelernt hatte, störte ihn.

»Wer ist Euer Vater?«, fragte der König freundlich.

»Mit acht Jahren habe ich von meiner Schwester Isabelle erfahren, dass der Webermeister, der mich aufzog, auch mein Vater ist, königlicher Herr.«

»Und wie ist sein Name?«

»Monsieur Pierre de Coëtivy, Hoheit.«

»Dann besitzt Ihr wohl schöne, große Werkstätten«, meinte der König leichthin. »Soweit ich weiß, geht es Coëtivy nicht schlecht.«

»Von meinem Vater habe ich nichts bekommen«, entgegnete Jacquou kühl.

»Nichts! Warum denn das? Hat er Euch nicht anerkannt?«

»Er wollte mich nie anerkennen. Doch das ist nicht der Grund für unseren Bruch. Er verzeiht mir meine Heirat nicht.«

»Aha!«, meinte der König. »Aber hat er Euch denn nichts hinterlassen?«

»Doch! Maître de Coëtivy hat sein Wissen und seine Fähigkeiten an mich weitergegeben und mir die Kunst des Webens beigebracht. Dafür bin ich ihm auch sehr dankbar.«

»Das sind zweifellos schon einmal sehr wichtige Fertigkeiten.«

Van Orley hatte sich diskret zurückgezogen, damit sich der König und der junge Weber ungestört unterhalten konnten.

»Er hat noch nicht viele Kunden, Louis«, mischte sich da Jean de Villiers behutsam ein. »Wenn Ihr ihm ein paar Aufträge zukommen lassen könntet, sobald Ihr zurück seid, wäre das, glaube ich, eine gute Sache und eine schöne Geste in Erinnerung an seine Mutter.«

Louis XII. seufzte – alle wollten etwas von ihm! Dies hier war allerdings wirklich eine gute Gelegenheit, eine Domäne zu fördern, die den Königen sehr nahe war. Wer sonst, wenn nicht die Monarchen, wäre der geeignete Abnehmer für die schönen und kostbaren glänzenden Tapisserien, die die Wände ihrer Schlösser zierten? Er wandte sich wieder an Kardinal de Villiers.

»Und wie ist es mit Euch, Jean? Seid Ihr ihm nicht zu Hilfe gekommen? Aufträge vonseiten der römischen Prälaten wären ihm sicher ebenfalls sehr zuträglich.«

»Durchaus. Deshalb habe ich ihn ja auch mit meinem Freund Van Orley nach Italien kommen lassen.«

Louis nickte, offenbar wünschte er Genaueres zu erfahren.

»Jeder weiß, dass die Prälaten glühende Verehrer der schönen Künste sind. Ihr müsst bedenken, dass Eure Kundschaft durch sie nur an Qualität gewinnen kann, junger Mann. Die Geistlichen sind die Quelle Eures Reichtums. Habt Ihr schon Kunden unter ihnen?«

»Nein, Monsieur, bisher nur Kardinal de Villiers. Aber ich arbeite viel für die Schlossherren von Tours und Umgebung, die sehr gern die Wände ihrer Landsitze mit Teppichen schmücken.«

»Niemand aus dem Hochadel?«

Jacquou zögerte, da er aber vermutlich kein zweites Mal die Gelegenheit haben würde, den König zu treffen, antwortete er schüchtern:

»Meine Frau hat vor einigen Jahren die Comtesse d'Angoulême kennengelernt. Sie sind mittlerweile sehr gut befreundet, und die Comtesse hat sie immer wieder ihrer Treue versichert. Leider ist sie aber gegenwärtig nicht vermögend genug, um so eine große Bestellung in Auftrag zu geben. Vielleicht kommt es eines Tages dazu.«

»Nun gut, ich werde mich um die Angelegenheit kümmern. Sobald ich im Val de Loire zurück bin, lade ich Euch zu einer Unterredung ein, damit wir ausführlich über einen möglichen Auftrag sprechen können.«

Während die Italienfeldzüge weitergingen und der König von ruhmreichen Siegen träumte, die er nie erringen sollte, war Jacquou Jean nach Rom gefolgt.

Der junge Weber kannte bisher nur die Bretagne und das Val de Loire und war sprachlos vor Staunen über so viel Schönheit an einem Ort. Schon Florenz und seine Madonnen hatten ihn verführt. Aber Rom mit seinem geschäftigen Treiben, seinen Farben, Hügeln und Straßen und seinen Künstlern begeisterte ihn restlos. Im Vatikan offenbarte sich ihm mit einem Mal wahre Kunst. Jedes einzelne Kunstwerk erschien ihm grandios und wunderbar – von der Sixtinischen Kapelle bis hin zu den einfachen Fluren mit bemaltem Holzgetäfel und prächtigen Gemälden. Wie gerne hätte er Alix bei sich gehabt, um die Freude mit ihr zu teilen.

Jacquou ließ Van Orley bei einem seiner Malerfreunde und besuchte Jean in seiner Wohnung. Das Arbeitszimmer war sehr geräumig, Empfangszimmer und Salon strotzten nur so vor Luxus. Wie alle Kardinäle im Vatikan lebte auch Jean hier im Überfluss.

Ein junger Mann von etwa achtzehn Jahren saß im Vorzimmer an einem Schreibtisch und schrieb einen Brief.

»Jacquou, darf ich dir Julio vorstellen? Er ist Waise, und ich habe ihn vor einigen Jahren unter meine Fittiche genommen. Er absolviert seine Lehrzeit an den vatikanischen Webstühlen. Er ist ein guter Arbeiter, wovon du dich bald selbst überzeugen kannst.«

»Ja, sehr gern«, meinte Jacquou in der Hoffnung, er dürfe die Werkstätten des Vatikans besuchen und die Kunstwerke bewundern, an denen die römischen Weber arbeiteten.

Jacquou lächelte Julio zu, der ihn freundlich ansah. Der Junge hatte eine dunkle Haut, braune Haare und sogar braune Augen und sah mit seiner weiten Tunika und den dunklen Schuhen überhaupt nicht wie ein Mönch aus. Aber Jacquou kannte sich damit zu schlecht aus, als dass er erraten konnte, was Julio war.

»Julio will nicht Priester werden«, erklärte ihm Jean, als hätte er seine Gedanken erraten. »Und obwohl ich ihn im christlichen Glauben erzogen habe, ist das sein gutes Recht. Er möchte lieber Weber werden.«

»Geht das denn nicht beides?«

»Oh doch«, sagte der junge Mann sehr bescheiden, wobei er seinen Wohltäter nicht aus den Augen ließ. »Aber ich fühle mich nicht gläubig und nicht stark genug für das Prälatengewand.«

»Glaube nur nicht, dass ich dich für deine Entscheidung tadle, mein Junge«, sagte der Kardinal, dem sein ängstlicher Blick nicht entgangen war. »Ganz im Gegenteil, ich unterstütze sie! Und nun habe ich sogar einen Meister gefunden, der dich verstehen und lehren wird.«

Er schob den jungen Julio auf Jacquou zu.

»Dieser junge Mann träumt davon, nach Frankreich zu gehen. Würdest du ihn in deine Werkstatt nehmen?«

Jacquou war so überrascht, dass er zunächst nichts sagen konnte, dann machte er ein trauriges Gesicht.

»Leider haben wir bisher nur sehr wenige Aufträge, und die Kosten sind hoch. Deshalb kann ich meine Arbeiter nur sehr schlecht entlohnen.«

»Mach dir darum keine Gedanken. Hier ist mein Vorschlag: Du nimmst Julio mit zurück ins Val de Loire und beschäftigst ihn in deiner Werkstatt. Im Gegenzug dafür, schließlich nimmst du mir eine große Sorge ab, bekommst du einige große Aufträge aus dem Vatikan. Weil du sie aber nur mit einem oder zwei zusätzlichen Arbeitskräften angemessen ausführen kannst, stelle ich dir hiermit den ersten Arbeiter zur Verfügung. Den zweiten musst du dir selbst suchen.«

Jacquou war noch immer sprachlos und machte wieder eine besorgte Miene.

»Keine Angst, ich verlange nicht von dir, dass du ihn für unbestimmte Zeit behältst. Falls du eines Tages nicht mehr genug Arbeit für ihn hast, kommt er hierher zurück. Er ist hier bei mir im Vatikan immer willkommen. Wie lautet deine Antwort?«, fragte Jean mit hochgezogenen Augenbrauen.

»Sie lautet natürlich ja, Jean. Ich nehme Euer Angebot an. Diesen Vorschlag kann ich wohl kaum ablehnen.«

»Gleich morgen sollst du ihm bei der Arbeit zusehen, damit du dir ein Bild machen kannst. Julio ist unser bester Weberlehrling.«

Jean wandte sich an den jungen Mann.

»Bist du nun zufrieden?«

»Ach, Monseigneur, ich bin Euch unendlich dankbar!«, sagte Julio. »Ich darf nach Frankreich, ins Val de Loire …«

»Habt Ihr vielleicht Verwandte in Frankreich, dass Ihr so gern dorthin wollt?«

»Nein«, antwortete Julio erstaunt und fragte sich, warum man Vorfahren in einem Land haben musste, um es kennenlernen zu wollen.

»Wahrscheinlich zieht er einfach die jungen Französinnen den jungen Italienerinnen vor«, meinte Jean lachend.

Julio wurde rot. Der Kardinal verblüffte ihn immer wieder mit seinen freizügigen Äußerungen. Dabei kam er weiß Gott ganz bestimmt nicht auf solche Ideen.

»Lass uns jetzt allein, Julio. Ich werde später nach dir rufen. Dann können wir alle Einzelheiten besprechen.«

Julio war nicht besonders groß, hielt sich aber sehr aufrecht. Er wirkte eher zierlich als muskulös, hatte volle Wangen, eine hohe Stirn und einen wachen Blick und strahlte Gesundheit und Tatendrang aus.

Julio verabschiedete sich mit einer tiefen, ehrerbietigen Verbeugung und lächelte Jacquou noch einmal zu, als er den Raum verließ.

Als Julio gegangen war, breitete sich Schweigen aus. Der Kardinal strich sich gedankenverloren übers Kinn – offensichtlich suchte er nach der Lösung eines kniffligen Problems.

»Jetzt sind wir allein, Jacquou«, begann er schließlich, nachdem er lange gegrübelt hatte, »allein mit zwei Geheimnissen, die ich dir anvertrauen muss. Dann erst kann ich in Frieden sterben.«

»Sterben! Ihr seid doch noch so jung«, meinte Jacquou ratlos.

Jean schüttelte den Kopf. Mit seinen glühenden Augen musterte er Jacquou so eindringlich, dass der ganz verwirrt war.

»Du bist der junge Mann«, sagte er mit einem Seufzer. »Ich bin nur ein alter Kardinal, der es eilig hat, dir ein Geheimnis zu enthüllen, das vielleicht deinen guten Ruf mehren wird. Auf keinen Fall darf ein anderer davon erfahren.«

Er ging zu einer großen Truhe, schloss sie auf und kam mit einem rot lackierten Kästchen zu Jacquou zurück, das er öffnete, um einige Rollen Seidengarn herauszunehmen.

»Sieh sie dir genau an. Es sind ganz gewöhnliche Fäden, sie wirken aber so edel und hochwertig wie orientalische Seide, weil sie aus Konstantinopel kommen.«

Jacquou streckte seine Hand aus, und Jean gab ihm die Rollen.

»Sie haben einen besonderen Glanz«, sagte er und betrachtete sie ausgiebig. »Ich habe manchmal mit ähnlich schönen Fäden gearbeitet, als ich noch bei Maître de Coëtivy war.«

»Nennst du ihn eigentlich nie ›mein Vater‹?«, fragte ihn Jean ernst.

»Er hat mich nie darum gebeten.«

Der Kardinal schüttelte traurig den Kopf. Was wohl aus dem

Jungen geworden wäre, wenn er sich schon damals um ihn gekümmert hätte und nicht dieser Weber? Doch diese Frage verdrängte er schnell wieder, weil sie zum zweiten Teil seines Geheimnisses gehörte, den er erst später ansprechen wollte.

»Ja, es ist ein hervorragender Seidenfaden. Die italienischen Künstler sind ganz verrückt danach. Ich möchte dir aber zeigen, dass man mit anderen, viel einfacheren Fäden dieselbe Wirkung erzielen kann.«

Er nahm ihm die Rollen wieder ab.

»Die orientalischen Weber kennen eine Technik, mit der sie sich behelfen, wenn sie keine kostbaren oder schwer zu erhaltenen Fäden haben, sie aber einen schönen Goldglanz für ihre Motive brauchen.«

»Wie soll das gehen?«

»Schau mir zu.«

Jean nahm einige einzelne Wollfäden, die sorgsam in der kleinen lackierten Holzkiste verwahrt waren. Nachdem er einen blauen und einen gelben zusammengefügt hatte, um Grün zu erhalten, nahm er nun noch einen mit Wau gefärbten Seidenfaden dazu; dann wiederholte er die Prozedur mit den Seidenfäden, zu denen er einen gelben Wollfaden gab. Als er sie nebeneinanderhielt, funkelten sie golden. Sie schimmerten so kostbar, als wären sie aus Goldfaden gemacht.

»Es ist unglaublich!«, murmelte Jacquou staunend und ungläubig. »Darauf musste man erst einmal kommen. Und es gibt wirklich niemanden, der dieses Geheimnis kennt!«

»Die Italiener verwenden ausschließlich Goldfäden, weil sie viel mit den orientalischen Ländern handeln. Die Flamen arbeiten wie du weißt mit Fäden aus Arras, Seidenfäden aus Lyon und Wollmischungen.«

»Wo habt Ihr diese Technik erlernt?«

»In bescheidenen kleinen Weberwerkstätten im Orient – dort, wo es kein Gold gibt. Nachdem du dir Goldfaden ebenfalls nur selten und in kleinsten Mengen leisten kannst, webe alles, was glänzen soll, so wie ich es dir eben gezeigt habe. Und verrate dein Geheimnis keinem Menschen außer Alix!«

»Aber warum habt Ihr es mir verraten, Jean?«

»Weil … » Er zögerte. Nun war es an der Zeit, den zweiten Teil seines Plans durchzuführen. Er sah Jacquou mit seinen leuchtend schwarzen Augen unverwandt an und sagte leise:

»Weil du mein Sohn sein könntest.«

»Das weiß ich aber doch, Jean. Als meine Mutter starb, bat sie Euch, mich zu Maître de Coëtivy, meinem Vater, zu bringen. Das habt Ihr Isabelle eines Tages gestanden, und sie hat es mir erzählt.«

»Du weißt nicht, dass sie mich auch gebeten hatte, ein Auge auf dich zu haben, solange ich lebe.«

»Aber das macht Ihr doch auch bis heute!«

»Ja, schon. Und das bleibt auch so bis zu meinem letzten Atemzug.«

Plötzlich hatte Jacquou einen Kloß im Hals. Er wollte schlucken, aber es ging nicht. Irgendwie hatte er das sonderbare Gefühl, die Zeit würde um fünfzehn Jahre zurückgedreht, bis dahin, als er Isabelle zum ersten Mal gesehen und sie ihm das Geheimnis seiner Abstammung enthüllt hatte.

Sein Hals war ganz trocken, seine Kehle brannte. Jean wollte ihm etwas anderes sagen. Er spürte es ganz deutlich, ohne zu verstehen, was ihn jetzt schweigen ließ.

Jean merkte, dass sein junger Freund unter seinem Schweigen zu leiden begann, und sagte:

»Vielleicht hätte ich die Aufgabe von de Coëtivy übernehmen sollen.«

»Aber warum nur? Ihr hattet doch bereits Eure Pflicht getan, als Ihr mich zu ihm brachtet!«

»Nein, eben nicht! Ich hätte dich behalten sollen. Irgendwie werde ich das Gefühl nicht los, dass ich versagt habe.«

»Aber warum nur?«, wiederholte Jacquou sacht. »Alix und ich verdanken Euch alles. Ihr habt uns gefunden, uns geholfen und uns verheiratet. Ohne Euch wären wir jetzt nicht zusammen. De Coëtivy wäre es bestimmt irgendwie gelungen, uns für immer zu trennen. Warum habt Ihr das alles für uns getan?«

»Weil mich eure große Liebe an eine andere erinnert hat.«

»Waren es zwei Menschen, die ich kenne?«

Jetzt lächelte der Kardinal beinahe traurig.

»Bitte, Jean!«, sagte Jacquou, »wer waren die beiden? Ich sehe Euch doch an, dass ich sie kenne.«

Jeans Lächeln wurde breiter, blieb aber bitter, unsicher und gequält.

»Wer war die Frau?«, fragte Jacquou noch einmal schüchtern, glaubte aber die Antwort bereits zu ahnen.

»Es war Léonore, deine Mutter.«

»Und der Mann? Der Mann war nicht Pierre de Coëtiy?«

»Nein, Jacquou. Der Mann war ich.«

Beide Männer schwiegen lange. Jacquou holte tief Luft, der Kloß in seinem Hals war verschwunden. Ein kühler Luftzug belebte ihn und munterte ihn auf. Er dachte nach. Und dann erhellte ein breites Lächeln sein Gesicht.

»Dann habt Ihr meine Mutter also geliebt«, sagte er ganz leise.

»Ja, wie wahnsinnig, Jacquou. Ich habe sie unendlich und leidenschaftlich geliebt. Nicht einmal Gott konnte daran etwas ändern.«

Welch sonderbarer Gedanke ging dem jungen Mann durch den Kopf? Er schien über diese Vorstellung alles andere als entrüstet zu sein, wirkte vielmehr glücklich. So war es! Er war glücklich, dass seine Mutter einen anderen Mann geliebt hatte als den Webermeister.

Das veränderte alles mit einem Schlag. Endlich durfte Jacquou Coëtivy als den ehrgeizigen, autoritären und egoistischen Menschen sehen, der er war. Zugegeben, aus Pflichtgefühl hatte er das Kind angenommen. Aber hatte er das nicht auch aus Angst vor einem Skandal getan, wenn er sich geweigert und Jean de Villiers das Geheimnis preisgegeben hätte? Ein solcher Akt der Verweigerung – noch dazu ging es um einen Sohn – hätte seiner Karriere ernsthaft schaden können.

Die Intelligenz des Kindes hatte dann Coëtivys Aufmerksamkeit erregt. Der Kleine war begabt und handsam, er erwies sich als guter Lehrling und später auch als guter Arbeiter. Coëtivy konnte sich nur beglückwünschen, dass er ihn in seiner Werkstatt hatte!

Aber wie wäre es weitergegangen? Hätte der Schüler nicht vielleicht seinen Lehrmeister überrundet? Und wenn die Weber erfahren hätten, dass er sein Sohn war, hätten sie ihn dann nicht auf den zweiten Platz verwiesen? Vielleicht war die unerwünschte Heirat gar nicht der eigentliche Grund für ihr Zerwürfnis. Je mehr Jacquou darüber nachdachte, umso mehr kam er zu dem Schluss, dass der berühmte Weber Alix oder irgendeine andere Frau nur vorgeschoben hatte – Hauptsache, Jacquou blieb in seinem Schatten. Aber dass sie allen mitgeteilt hatte, dass Jacquou sein Sohn war, konnte er der jungen Frau wirklich nicht verzeihen.

All das schoss Jacquou durch den Kopf, während er Jean anstarrte, der kein Wort verlauten ließ. Der Prälat wirkte ernst und überlegte angestrengt, wie er sagen sollte, was er noch zu sagen hatte.

»Ihr habt kein Kind von meiner Mutter bekommen, Jean«, murmelte Jacquou, »aber Ihr hättet gern …«

»Ja! Ich hätte dich gern behalten.«

»Warum?«

»Weil du mir ähnlich bist.«

Jacquou schien überrascht.

»Ich soll Euch ähnlich sein?«, fragte er ungläubig.

»Du bist genauso warmherzig und liebevoll wie ich. Du bist feinfühlig, gut und großzügig. Abschätzigkeit, Überheblichkeit und Niedertracht sind dir fremd, trotzdem bleibst du immer selbstbewusst. Doch, Jacquou, ich erkenne mich in dir wieder. Aber leider ist de Coëtivy dein Vater. Daran besteht kein Zweifel.«

»Wer hat Euch auseinandergebracht? Warum ist meine Mutter allein zurückgeblieben? Hast du sie verlassen, Jean, um deinem Gott zu dienen?«

Jean musste lächeln, als er hörte, dass ihn Jacquou auf einmal unwillkürlich duzte.

»Nein, es ist viel komplizierter, sehr viel komplizierter. Während des Verrückten Krieges war deine Mutter in Bourges im Gefängnis, weil sie sich mit Louis d'Orléans verbündet hatte, dem heutigen König von Frankreich. Und dort, in ihrem fürchterlichen Kerker, erfuhr sie eines Tages, dass sechs Mönche aus dem Val de Loire wegen Verrats an der königlichen Krone gehängt worden waren. Weil sie wusste, dass ich auf der Suche nach ihr war, als die Mönche gefasst worden waren, dachte sie, ich wäre einer von ihnen.«

»Wie kam das nur?«

»In Wirklichkeit waren es sieben Mönche. Ich geriet zusammen mit den anderen in einen Hinterhalt, wurde aber als Einziger wieder freigelassen, weil ich ein einwandfreies Alibi hatte. Ein Seidenhersteller, den ich später treffen sollte, hat mich gerettet.«

»Und wie bist du in diesen Hinterhalt geraten?«

»Ich versuchte deine Mutter zu retten, die sich als Nonne verkleidet in das Schloss von Nantes eingeschlichen hatte, um zu Isabelle zu kommen.«

»Und dann wurde meine Mutter ebenfalls gefangen genommen!«

»Ja, sie war zwei Jahre lang Gefangene von Anne de Beaujeu. Eines Tages gelang es ihr dann dank der Hilfe eines Waisenmädchens zu fliehen. Das Mädchen hieß Louise de Savoie und wuchs bei der Regentin auf.«

»Louise de Savoie!«, rief Jacquou, »das ist doch die Comtesse d'Angoulême!«

»Richtig. Sie hat Léonore gerettet.«

Jetzt war Jacquou vollends verwirrt.

Diese Geschichte berührte ihn nicht weniger als die vorangegangenen Erklärungen. Die Comtesse d'Angoulême, die Freundin von Alix, hatte seine Mutter gerettet! Und durch einen seltsamen Zufall hatte Alix, zumindest vorübergehend, dem Herzog von Angoulême das Leben gerettet.

»Wie konnte denn Louise de Savoie meiner Mutter das Leben retten?«

»Irgendwann hatte ihr die Regentin, ihre Kerkermeisterin, erlaubt, gelegentlich unter den wachsamen Blicken zweier Leibwächter, die ausschließlich Léonore zu bewachen hatten, in den Garten zu gehen. Eines Tages waren die beiden aber nicht auf ihrem Posten, und die kleine Louise de Savoie, die damals vielleicht acht Jahre alt war, begann ein Gespräch mit Léonore und verriet ihr einen geheimen Ausgang, der hinter einem Gestrüpp versteckt war und aus der Burg führte. Auf diesem Weg gelang ihr die Flucht und sie kehrte nach Brügge zu ihrem Vater, dem Weber Thomassaint Cassex, zurück.«

»Und was geschah dann, Jean? Danach?«

»Das Schicksal nahm seinen Lauf, Jacquou! Meines wollte,

dass ich zu Gott zurückfand, und für Léonore hat es bestimmt, dass sie sich in die Arme von Coëtivy warf, den sie schon vor mir gekannt hatte.«

»Aber warum hatte sie ihn dann für dich verlassen?«

Der Kardinal erhob sich und trat an das große Fenster, von dem aus man eine der goldenen Kuppeln des Vatikans und davor einen großen Park voller Grün und Blüten sehen konnte. Dann kam er zurück.

»Willst du wirklich Anfang und Ende unserer Geschichte erfahren?«

»Ja, Jean, für meinen Seelenfrieden ist das unerlässlich. Bisher kenne ich ja nur die Geschichte, die mir Isabelle zum Glück erzählt hat. Ich bitte dich, fahre fort.«

»Léonore hatte Pierre de Coëtivy auf der Flucht vor ihrem abscheulichen Ehemann kennengelernt, dem Herrn Guillaume de La Baume, der am Hof von Burgund diente. Man hatte sie zur Ehe mit diesem Mann gezwungen, der ihr Gewalt angetan und ihr das Leben zur Hölle gemacht hat. Als sie zum ersten Mal vor ihm floh, war sie de Coëtivy begegnet. Aber als sie mit de Coëtivy unterwegs nach Flandern war, traf sie ihren ersten Geliebten und Vater von Isabelle wieder, den Duc de Berry.«

»Das hat mir Isabelle erzählt.«

»Was du aber nicht weißt – an dem Tag, an dem sie de Berry wiedersah, hat de Coëtivy sie verlassen, weil ihm seine Arbeit mehr bedeutete als seine Mätresse. In Brügge hatte sie ihren verhassten Mann endlich vergessen, aber er hat sie dort aufgespürt. Nachdem er sie beinahe auf schreckliche Weise hätte töten lassen – sie wurde von ihren Halbbrüdern gerettet, die, wie du weißt, auch meine sind –, hat Léonore in meinem Kloster Zuflucht gesucht. Und dort haben wir uns kennengelernt. Wir waren nicht blutsverwandt, weil wir nicht die gleichen Eltern hatten.«

»Ich wusste nicht, dass Seigneur de La Baume ein Folterknecht gewesen ist.«

»Er hat sie noch einmal gefunden und hätte sie diesmal wirklich getötet, wenn nicht …«

Jean unterbrach sich und machte ein gequältes Gesicht.

»Wenn nicht was?«, fragte Jacquou aufgeregt.

Jean holte tief Luft und sagte dann beinahe tonlos:

»Wenn ich es nicht selbst getan hätte.«

»Ihr … Ihr habt ihn getötet?«, wiederholte Jacquou und verwendete plötzlich wieder die höfliche Anrede, weil es ihm schier die Sprache verschlagen hatte.

»Ich habe sie von ihm befreit. Es gab nur zwei Möglichkeiten: Sie oder er. Nicht einmal Gott hat mich für meine Entscheidung bestraft, weil ich niemals verdächtigt wurde. Das ist unsere Geschichte, Jacquou, den Rest kennst du ja bereits. Léonore glaubte, ich wäre tot. Sie ist de Coëtivy wieder begegnet, und dann hat die Pest gewütet und ihre Opfer verlangt.«

»Ich habe nichts von meiner Mutter gewusst, oder fast nichts. Danke, Jean«, sagte der junge Mann gerührt.

Er stand auf, ging zu Kardinal Jean de Villiers und tat, was er bei Pierre de Coëtivy nie gewagt hatte: Er lehnte sich an seine Schulter und spürte sofort seine liebevolle Umarmung, die ihm durch und durch ging und sehr wohl tat.

4

Seit Louise mit ihren Kindern in Amboise eingetroffen war, musste sie immer wieder das Panorama bewundern, das sich ihr in ständig neuer Gestalt präsentierte.

Wenn der Morgen über dem Fluss dämmerte, hingen durchsichtige Tautropfen über der Landschaft, und ein luftiger, durchscheinender Schleier schwebte über der Loire wie eine riesengroße schläfrige Libelle.

In aller Herrgottsfrühe ging dann eine noch schüchterne Sonne auf und tauchte die fernen Weinberge in goldenes Licht. Je nach Jahreszeit wärmte sie Natur und Menschen mal länger und mal kürzer.

In der Abenddämmerung sah Louise aus ihren Spitzbogenfenstern und ließ den Blick über die rötlich ockerfarbenen Steine schweifen, deren Anblick sie nie wieder vergessen würde. Der Himmel blieb im Einklang, wenn auch von ungleichen roten Feldern durchschnitten und aufgeteilt in ein asymmetrisches Feuer.

Amboise war nach Blois unbestritten das schönste Königsschloss. Die Gemächer waren geräumig, und die Parks wunderschön angelegt. Die Terrassen über der Loire entfalteten die ganze warme Jahreszeit hindurch ein Blütenmosaik, das von Weitem wie bunt gefärbte Spitze aussah.

Es war Frühling, der April ging mit seinen letzten düsteren, kahlen Tagen zu Ende, das Sonnenlicht bestrahlte bereits den Felsen über der mächtigen Tour de Minimes, die Spitztürme und die durchbrochene Balustrade, und Louise konnte sich nicht satt sehen an diesem Spektakel, während Prunelle ihr auf den Fersen folgte und neugierig jeden Pflasterstein beschnupperte.

Auch wenn Louise nicht in den Gemächern des Königs untergebracht war, dem sogenannten *Logis du Roi*, so konnte sie doch Richtung Westen schier unendlich weit sehen. Und dort, wo die langen Fensterreihen über zwei Stockwerke verteilt den Blick auf das Tal der Amasse freigaben, war der luftige Raum mit ebenso grandiosen und prachtvollen leuchtend bunten Fenstern geschmückt wie denen in der Kapelle Saint-Hubert.

Sie umrundete einmal das Gebäude, in dem sie von nun an leben sollte – mit ihren Kindern, mit Marschall de Gié und ihrer kleinen Entourage bestehend aus Jeanne, Antoinette und Souveraine, ihren Kammerzofen, einigen Dienern und Lakaien, Stallknechten und Kutschern, außerdem dem Organisten Imbert Chandelier und Robinet Testard, dem Illuminierer, die Louise in ihre Dienste genommen hatte.

Die Amme Dame Andrée, die nach wie vor jeden Schritt des kleinen François überwachte, bildete das Schlusslicht der Eskorte, die König Ludwig XII. genehmigt hatte.

Louise ging unter der Fenstergalerie vorbei und gelangte zur Tour Hurtault mit ihrer breiten Rampe, über die Pferde und Wagen wie auf einer Wendeltreppe bequem zu der gepflasterten Esplanade hinauf konnten.

Von dort oben konnte sie in den Innenhof sehen, wo Marschall de Gié ihren Kindern gerade Reitunterricht auf ihrem weißen Maultier erteilte.

Marguerite wollte endlich die junge Zelterstute reiten, die man aus Chinon mitgebracht hatte. Doch die Begeisterung des Mädchens wirkte auch ansteckend auf den kleinen, ungeduldigen François, der es nicht erwarten konnte, sein Muli gegen ein Pferd einzutauschen. Louise wusste, wie heißblütig und ungestüm ihr

Sohn war, und wollte ihm noch nicht erlauben, Pegasus zu reiten, das kleine Bearnaiser Pferd, das nur darauf wartete, dass sein junger Herr endlich alt genug war, um es reiten zu können. Marschall de Gié hatte aber ein braves Pony gefunden, auf dem er ihm die Grundzüge des Reitens beibrachte.

Der Blick von Louise schweifte zu den Gartenterrassen, auf denen ein duftendes Blütenmeer von Stockrosen und Geranien zusammen mit Oleander und Geißblatt unter einer leichten Brise sanft wogte.

Das Wasser der Loire wirkte an diesem Morgen so durchsichtig, dass es sich an den Schlossmauern spiegelte.

Ihr Blick wanderte über die blühenden Terrassen und kehrte zu dem prächtigen Lichterspiel zurück, das ihr das Tal der Amasse bot. Prunelle lief nach wie vor hinter ihr her und schnappte gerade nach einem Insekt, das sie mit ihrer neugierigen Schnauze aufgestöbert hatte.

Louise kam an der Chapelle Saint-Hubert vorbei. Bisher hatte sie noch keine Gelegenheit gefunden, in der Kirche zu beten oder sie auch nur zu betreten. Im Morgenlicht kam ihr das Gebäude noch erstaunlicher vor als ohnehin, wie es seine zierlichen steinernen Skulpturen gen Himmel reckte.

Als sie die Kapelle gerade durch einen der kleinen Seiteneingänge betreten wollte, wäre Louise beinahe mit der Königin zusammengestoßen. Sie war zwar überrascht, sie dort allein anzutreffen, zeigte das aber nicht und sah sie freundlich an.

Seit ihrer Ankunft in Amboise waren sich die beiden Frauen kaum begegnet und hatten lediglich einige kurze Höflichkeitsfloskeln ausgetauscht.

Als sie sich nun so unvermutet gegenüberstanden, musterten sie sich erst einmal schweigend. Annes dunkle Augen strahlten vor beherrschter Freude, deren wahrer Grund Louise nicht verborgen bleiben konnte. Zu sehr streckte sie ihren gerundeten Bauch vor, während sie noch nach den passenden Worten suchte.

Dann trat Anne einen Schritt zurück, wohl um das Vergnügen besser auskosten zu können, mit dem sie das überraschte Gesicht ihrer Rivalin betrachtete.

»Meine liebe Louise«, sagte die Königin schließlich vergnügt, »nachdem uns dieser morgendliche Spaziergang von unserer Einsamkeit befreit hat, möchte ich Euch gern anvertrauen, dass ich soeben voller Hoffnung und Freude zu unserem guten Saint Hubert gebetet habe, er möge mir einen Sohn schenken.«

Weil Louise sie nur wortlos ansah, und Anne bemerkte, wie sie immer blasser wurde, fuhr sie nicht ohne spöttischen Unterton fort:

»Einen schönen Erben soll er mir schenken, meine liebe Louise. Einen Dauphin, den wir festlich empfangen wollen, sobald er das Licht der Welt erblickt.«

Louise spürte, dass ihre Beine beinahe nachgaben und ihr Herz immer schneller schlug. Um sich zu beruhigen, holte sie tief Luft.

»Sagt man nicht, dass die letzten Frühlingstage immer Mädchen bringen?«

»Gewiss nicht, meine Liebe. Dieser Frühling wird mir einen schönen Jungen schenken. Also – wünscht mir Glück und begleitet mich doch zur Cour des Vertus.«

»Zur Cour des Vertus!«, gab Louise fauchend zurück, »der Stelle, an der Euer verstorbener Gatte den mittelalterlichen Bau durch einen neuen ersetzt hat?«

Mit funkelnden Augen erwiderte sie den freudestrahlenden Blick der Königin und fuhr fort:

»Der Hof der Tugenden dürfte Euch wohl kaum Glück bringen. Habt Ihr gar keine Angst, Hoheit, dass Euch das Schicksal noch einmal eine Falle stellen könnte?«

Tatsächlich war der lange, finstere Gang, der von der Cour des Vertus zum Ballhaus führte, Schauplatz des Unglücks gewesen, bei dem sich Charles VIII. eine tödliche Kopfverletzung zugezogen hatte.

Sofort bereute sie ihre harsche Erwiderung, aber die gute Laune der Königin schien sich durch nichts trüben zu lassen.

»Hört auf damit! Ihr verderbt mir noch meine gute Stimmung. Ich will hier auf Schloss Amboise nur die besten Vorzeichen sehen. Nein, begleitet mich jetzt nicht«, sagte sie und wandte den Blick von Louise. »Es hat doch keinen Sinn. Wie ich sehe, naht der Lehrer Eurer Kinder. Wahrscheinlich will er Euch über die Fortschritte Eures Sohnes auf dem Pony unterrichten.«

In der Ferne erkannte Louise die hoch gewachsene Gestalt des Marschalls. Ganz in Schwarz gekleidet kam er auf sie zu. Louise wollte der Rivalin noch schnell etwas entgegnen, aber da kamen auch schon drei Zofen der Königin angelaufen und warteten ängstlich auf ihre Anweisungen.

»Bis zum nächsten Mal, meine liebe Louise«, rief ihr die Königin vergnügt zu und verabschiedete sich mit einer anmutigen Geste.

Die Comtesse d'Angoulême empfand Übelkeit. Sie schloss die Augen und versuchte ihr Herz zu zwingen, wieder langsamer zu schlagen. Als sie Marschall de Gié auf sich zukommen sah, riss sie sich zusammen und hörte sich mit scheinbar unbeteiligter Stimme sagen:

»Ist Euer Unterricht beendet, Marschall?«

»Ja, die Kinder gehen sich umkleiden«, antwortete der Lehrer und verbeugte sich leicht vor der Gräfin. »Sobald sie fertig sind, bekommen sie eine Stunde Geschichtsunterricht.«

»Ich bedaure«, antwortete Louise mit einer Stimme, die nach der unerfreulichen Begegnung eben noch ärgerlicher klang, »aber

Ihr wisst doch sehr gut, dass Ihr nicht allein über die Zeit meiner Kinder zu verfügen habt.«

»Entschuldigt, aber ich habe geglaubt ...«

»Ihr habt nichts zu glauben, Marschall. Dass ich in Chinon nichts gesagt habe und Euch bis heute habe gewähren lassen, lag nur daran, dass ich zunächst mit der neuen Situation zurechtkommen musste.«

Ihr Herz schlug noch immer wie wild, und sie war ganz blass vor Zorn. Zu allem Überfluss bekam sie jetzt auch noch Kopfschmerzen. Der Vormittag war gänzlich misslungen.

»Nachdem wir uns mittlerweile endgültig in Amboise eingerichtet haben, gebe ich meinen Kindern ab sofort wieder jeden Tag vor dem Mittagessen eine Stunde in Poesie«, fuhr sie wütend fort.

De Gié musterte unbarmherzig ihre aufgelöste Miene. Dafür bedankte sich Louise mit einem unsäglich wütenden Blick, der ihn aber nicht aus der Fassung bringen konnte.

»Ihr könnt ihnen nicht einfach die Geschichts- und Geographiestunden nehmen. Latein und Grammatik sind nun einmal nicht die einzigen Fächer, die sie lernen müssen.«

Aber Louise hörte sich seine Einwände gar nicht richtig an. Sie hatte nur das Bild eines königlichen Erben vor sich, der ihrem Sohn den Platz streitig machen wollte, was ihr den Atem nahm.

»Genug jetzt!«, rief sie. »Ich bleibe dabei: vor dem Mittagessen haben wir Poesiestunde, und vor jedem Abendessen gibt es eine Musikstunde. Den Rest des Tages könnt Ihr ganz nach Belieben einteilen. Ich bin überzeugt, Ihr findet ohne Schwierigkeiten genug Zeit für die Geschichte und auch für die Fremdsprachen.«

Ihr Gesicht war jetzt rot vor Zorn. Obwohl sie die allzu eigenmächtigen Entscheidungen des Marschalls noch nie goutiert hatte, war es doch das erste Mal, dass sie sich ihm gegenüber so hatte gehen lassen.

Ihm war allerdings nicht entgangen, dass ihre kaum verhaltene Wut weniger von dem Gespräch über den Unterricht ihrer Kinder als von dem herrührte, was die Königin gerade zu ihr gesagt hatte, und er durchbohrte sie schier mit seinen Blicken.

»Als ich sah, dass Ihr eine Unterhaltung mit der Königin führt, dachte ich, ich könnte nach Gutdünken über die Zeit Eurer Kinder verfügen.«

Der eisige, scharfe Blick, mit dem sie der Marschall bedachte, missfiel ihr derart, dass sich ihr Zorn verdoppelte und mit geballter Kraft gegen ihn richtete wie ein Projektil, das erbarmungslos auf sein Ziel zusteuert.

»Ich bitte mir aus, in Zukunft nicht mehr von Euch ausspioniert zu werden. Es ist mir äußerst unangenehm, Monsieur, wenn Ihr mir überallhin mit Blicken folgt, alle meine Unternehmungen beobachtet und sogar die vertraulichen Gespräche mit meinen Kindern mithört. Ihr raubt mir die Luft zum Atmen, und das ertrage ich nicht länger!«

Dieser Mann versuchte ihr Lebensrhythmus, Erziehungsmethode und Denkweise aufzuzwängen, und sie fühlte sich plötzlich wie befreit. Natürlich blieb ein Rest an Angst in ihr vergraben, aber wenigstens war sie den größten Teil losgeworden und konnte jetzt vielleicht den großen Schreck von eben verdauen.

Angesichts ihrer unerwarteten Aggressivität hatte sich der goldbraune Teint des Marschalls wächsern verfärbt, und seine Kiefer mahlten unmerklich. Einen Augenblick lang fürchtete sie, er würde näher kommen und sie bedrohen, da rief aber plötzlich ihr Sohn nach ihr und sie drehte sich abrupt um. Als sie sich wenig später de Gié wieder zuwenden wollte, hatte er auf dem Absatz kehrtgemacht und eilte mit großen Schritten davon.

Der Anblick von François beruhigte sie auf der Stelle. Sie spürte, wie sie sich entspannte und ein Lächeln auf ihrem Gesicht erstrahlte.

»Mir scheint, mein kleiner Cäsar macht große Fortschritte auf seinem Pony!«, sagte sie und küsste ihren Sohn auf die Stirn.

»Ihr habt mir von hier oben zugeschaut, Mutter!«, rief der Junge glücklich.

»Ich habe gesehen, dass deine Haltung recht gut ist und du schon viel mutiger antreibst. Bald bist du ein richtiger kleiner Kavalier.«

»Monsieur de Gié sagt, dass ich bald ein Pferd reiten kann. Werdet Ihr es mir erlauben?«

Louise fuhr ihrem Sohn liebevoll durch sein ein wenig wirres Haar.

»Hat dich Catherine gar nicht frisiert?«

Der Junge schüttelte den Kopf und sah seiner Schwester entgegen, die auf sie zuging. Sie trug ein Kleid aus blauem Samt, das an provenzalische Lavendelfelder erinnerte, und ihr rotblondes Haar fiel in schönen Locken auf ihre jugendlichen Schultern.

Freudig umarmte sie ihre Mutter und wandte sich dann an ihren kleinen Bruder, der vor lauter Übermut und guter Laune um Prunelle herumhüpfte. Die kleine Hündin machte ebenfalls begeisterte Luftsprünge und kläffte, bis ihr beinahe die Luft wegblieb.

»Unser kleiner Cäsar wird bald ein richtig guter Reiter, Mutter«, meinte das Mädchen und sah zu, wie François von einem Bein auf das andere trat.

»Bist du denn etwa keine gute Reiterin?«, fragte die Gräfin und befreite sich von Prunelle, die an ihr hochgesprungen war.

»Monsieur de Gié macht mir nie Komplimente.«

François unterbrach sein Gezappel und warf sich seiner Schwester in die Arme.

»Ich finde aber, dass du deinem Maultier viel besser die Flanken gibst als ich, wenn du es antreiben sollst.«

»Aber du hältst dich aufrechter als Marguerite«, stellte Louise fest.

Dann wandte sie sich an ihre Tochter.

»Diesen Fehler korrigierst du spätestens, wenn du ein großes Pferd reitest. Und wenn François erst ein bisschen älter ist, werdet ihr beide ausgezeichnete Reiter.«

Catherine rief sie zum Abendessen, und Louise, ihre Kinder und Marschall de Gié nahmen an einem langen Tisch Platz. Damit die Mahlzeiten ungezwungener verliefen, lud Louise gelegentlich Antoinette, Jeanne und Souveraine dazu. Weil sie an diesem Abend fürchtete, der Streit zwischen ihr und dem Lehrer ihrer Kinder könnte erneut aufflammen, ließ sie die Damen zu Tisch bitten. Wenn Louise ihre Freundinnen um sich hatte, richtete der Marschall höchstens das Wort an François. Das Kind antwortete ihm dann zwar höflich, ließ sich aber schnell wieder von den Gesprächen der jungen Frauen und Mädchen ablenken.

»Warum machen wir eigentlich keinen Ausflug in den Wald, Louise? Das Wetter ist morgen bestimmt genauso schön wie heute«, schlug Antoinette vor.

François stellte seinen Becher weg und rief begeistert: »Oh ja, und wir nehmen die Hunde mit! Marguerites Bracken waren noch nie im Wald!«

»Und wir könnten auf einer Lichtung zu Mittag essen«, versuchte sie Souveraine mit guten Ideen zu überbieten.

»Es ist noch nicht warm genug, um sich ins Gras zu setzen«, wand Louise ein. »Und die Bracken sind noch zu jung – sie gehorchen uns womöglich nicht, wenn sie im Wald ausreißen. Schließlich sind sie noch Welpen.«

»Ach was«, meinte Antoinette. »Wenn das Moos noch feucht ist, können wir eine Decke ausbreiten und uns darauf setzen. Und die Kinder können die jungen Hunde an der Leine führen.«

So sehr sich Souveraine für den geplanten Ausflug begeisterte, so sehr missfiel er ihrer Mutter Jeanne. Verwundert musterte sie Antoinette, die sonst so gern im warmen Zimmer an ihren Handarbeiten saß.

»Ich dachte immer, körperliche Ertüchtigung und der Aufenthalt im Freien wären nicht unbedingt Euer Fall«, meinte Jeanne ein wenig gereizt.

»Was habt Ihr denn, Jeanne, man soll seine Kinder schließlich beschäftigen. Und seht Euch Eure Tochter doch an, sie macht Freudensprünge bei dem Gedanken, die Hunde ausführen zu dürfen.«

Sie erhob sich und trat vor den Spiegel mit dem großen, kunstvoll geschnitzten und vergoldeten Holzrahmen.

»Bei der Gelegenheit könnten wir die schönen bunten Federn auf unsere Hüte stecken, die wir kürzlich gekauft haben«, meinte sie in aller Ruhe.

Marschall de Gié machte eine ungeduldige Handbewegung und wandte sich an François.

»Ich denke, Ihr habt jetzt lange genug auf dem Maultier gesessen. In Zukunft findet der Reitunterricht mit einer ganz braven Stute statt. Eure Mutter ist einverstanden.«

Begeistert sprang der Junge auf und warf sich seiner Mutter in die Arme.

»Das stimmt zwar nicht ganz, mein kleiner Cäsar, wir hatten noch nichts abgesprochen. Monsieur de Gié hat wieder einmal eigenmächtig entschieden. Aber weil du dich so sehr freust, wollen wir das Maultier in Zukunft im Stall lassen.«

Louise drückte ihren Sohn ganz fest an sich, und sein warmer kleiner Körper tröstete sie und machte sie alle Ängste vergessen.

»Nun ist es aber gut, François! Ich hoffe, Ihr übertreibt es nicht mit Eurer Freude«, tadelte Gié. »Gehört es sich für einen großen Jungen, sich so an seine Mutter zu hängen?«

Sofort ließ der Junge seine Mutter los und setzte sich wieder an seinen Platz. Antoinettes fröhliches Geschwätz und Jeannes unbekümmerte Einfälle sorgten für eine entspannte Stimmung. Es hätte nicht viel gefehlt, und Louise hätte sich wieder gegen de Gié empört. Aber die Mahlzeit endete ganz friedlich mit der Planung des bevorstehenden Ausflugs, und erst in der Stunde danach sollte sich dafür eine neue Gelegenheit bieten.

Als ihre Kinder die Laute spielten und Louise Gedichte vortrug, die Marguerite und François abwechselnd wiederholten, schien die innige Vertrautheit zwischen ihnen grenzenlos. In diesen seltenen Augenblicken war es wieder wie zu guten alten Zeiten in Cognac – nichts konnte sie ablenken, nichts trennen, und Louise vermisste zwar Jean, genoss aber auch die Zärtlichkeit mit ihren Kindern.

Beim Abendessen war Marguerite die Nervösität ihrer Mutter aufgefallen, und sie fragte sich, woran das wohl liegen mochte. Der Grund sollte ihr in aller Deutlichkeit demonstriert werden, als sie sich gerade anschickte, ihr Gedicht vorzutragen.

Sie hatte tief Luft geholt und angehalten, um das Gedicht ohne Unterbrechung aufsagen zu können, als Marschall de Gié in das Musikzimmer platzte.

»Diese ergötzlichen Stunden nach jedem Abendessen sind unnütz, Madame, und das wisst ihr sehr wohl. Wenn Eure Kinder früher zu Bett gingen, könnten sie morgens eine Stunde früher mit dem Reiten beginnen. Dann würden sie viel schneller Fortschritte machen.«

Louise versuchte mühsam den aufkeimenden Ärger zu unterdrücken.

»Mein lieber de Gié, ich erziehe meine Kinder so wie ich es für richtig halte, und das wisst Ihr auch. Ihr habt mir keine Befehle zu erteilen. König Ludwig XII. hat Euch für sie bestimmt, nun gut. Bringt ihnen bei, was Ihr wisst. Doch damit sind Eure Aufgaben erfüllt. Ich wünsche nicht, dass Ihr ständig Eure Befugnisse überschreitet.«

Weil ihre Kinder anwesend waren, bemühte sie sich um einen gemäßigten Tonfall. Marguerite und François sahen sie ohnehin bereits verwirrt und fragend an.

»Es kommt nicht in Frage, dass Ihr sie so erstickt wie Ihr mich erstickt.«

»Ihr seid ihnen aber keine gute Erzieherin, Madame, wenn Ihr ständig meine Anweisungen untergrabt. Wie sollen diese Kinder denn so lernen, was ihre Pflicht ist?«

»Es gehört auch zu ihren Pflichten, mit ihrer Mutter zusammen zu sein«, gab Louise wütend zurück.

»Gewiss, ein paar Minuten am Tag, aber nicht stundenlang, wie Ihr es haltet!«

»Mit meinen Kindern kann ich machen, was ich will. Es musstet nicht erst Ihr kommen, damit sie lernen und verstehen, was von ihnen erwartet wird.«

De Gié hatte eine sehr gute Konstitution und Nerven wie Drahtseile, die genauso erbarmungslos waren wie seine metallisch glänzenden Augen. Falls ihn das Gespräch vom Vormittag etwas aus dem Gleichgewicht gebracht haben sollte, ließ er sich das jedenfalls nicht anmerken. Im Gegenteil, er schien es sogar fortsetzen zu wollen. Bohrte er mit seinem ärgerlichen Tonfall tatsächlich nach dem Grund für ein ernsthaftes Zerwürfnis?

Da kannte er Louise aber schlecht. Sie gönnte ihm keinen Vorteil und blieb beharrlich.

»In Cognac und in Angoulême waren wir es gewöhnt, zu dritt zusammenzusitzen.«

»Zu viert!«, korrigierte sie de Gié sarkastisch.

»Richtig«, gab Louise zu, »zu viert. Wir waren gern in Gesellschaft von Monsieur de Saint-Gelais. Was stört Euch daran?«

Als er keine Antwort gab, fuhr sie fort:

»Er ist Musiker und Dichter, und wir haben die gemeinsame Zeit nach dem Abendessen sehr genossen.«

»Nur zu verständlich, dass Ihr diese späten Stunden für derart intime Lektionen gewählt habt!«

»Ich habe Euch eine Frage gestellt, Marschall, und ich hätte gern, dass Ihr sie mir beantwortet. Was stört Euch daran?«

»Die Mutter des Jungen, den ich zu erziehen habe, muss sich untadelig benehmen.«

Louise wurde rot. De Gié merkte, dass er zu weit gegangen war, und wandte sich an François, der nicht recht zu begreifen schien, was die Auseinandersetzung zwischen seiner Mutter und seinem Lehrer zu bedeuten hatte.

»Ihr solltet möglichst schnell lernen, wie man ein Pferd richtig reitet, damit Ihr euch nicht vor den jungen Freunden blamiert, die der König für Euch ausgesucht hat.«

Marguerite wirkte noch verängstigt, aber François hatte den Streit zwischen seiner Mutter und de Gié schon fast vergessen.

»Kennt Ihr sie denn? Wann werden sie nach Amboise kommen?«, fragte er neugierig.

»Schon sehr bald. Anne de Montmorency ist ein junger Herr in Eurem Alter. Er kann bereits sehr gut reiten und mit dem Degen umgehen. Und Robert de La Marck ist zwar als Reiter und Kämpfer nicht so begabt wie er, dafür aber sehr klug.«

»Was ist mit den anderen? Sollten es nicht fünf sein?«, fragte Louise, die sich ein wenig beruhigt hatte. »Ihr habt nur zwei erwähnt.«

»Wahrscheinlich kommen noch der junge Seigneur de Fleurange und Seigneur de Brion, Philippe de Chabot.«

Da holte François tief Luft, plusterte sich auf und verkündete so ernst, dass seine Mutter ein Lächeln nicht unterdrücken konnte:

»Hiermit verspreche ich Euch, Monsieur, dass ich in nur wenigen Monaten perfekt reiten kann, und sei es auch nur auf einem Pony.«

»Sehr gut, Brüderchen«, lobte ihn Marguerite begeistert. »Du musst der Beste sein!«

»Da hat Eure Schwester recht«, bekräftigte de Gié, »versucht stets der Beste zu sein. Keiner Eurer zukünftigen Gefährten sollte Euch übertrumpfen. Denkt immer daran. Ihr müsst glänzen, François, immer besser sein als die anderen.«

»Zumindest ein Punkt, in dem wir uns vollkommen einig sind«, musste Louise einräumen.

De Gié sah, dass ihre Augen nicht mehr so zornig blitzten.

»Ich glaube, es gibt noch einen weiteren, Comtesse.«

»Nämlich?«

»Ihr wollt Euren Sohn eines Tages auf dem Thron sehen. Nichts darf diesem Plan im Wege stehen.«

»Da habt Ihr allerdings recht«, meinte sie und klang schon weniger streitsüchtig.

Dann wandte sie sich an ihre Kinder.

»Genug jetzt, ab ins Bett mit euch. Es ist schon spät, und morgen beginnt ihr sehr früh mit eurem Reitunterricht. Außerdem muss ich mich noch um meine Korrespondenz kümmern. Ich möchte Alix schreiben.«

Wenig später saß sie an ihrem Schreibtisch und hatte den ganzen Ärger fast vergessen.

»Meine liebe Alix,

nun sind wir also in Amboise angekommen. Gott, ist das ein schönes Schloss! Und die Sonne scheint auf all die blühenden Terrassen und Gärten und auf den Fluss.
Wir sind zwar in einem Seitenflügel untergebracht, aber unsere Gemächer sind geräumig und komfortabel, und von unseren Zimmern können wir das Tal der Amasse und die Weinberge in der Umgebung sehen. Und was die Esplanade vor der Tour Hurtault betrifft, so würde es Stunden dauern, Euch zu berichten, was ich von dort alles entdecke. Nur so viel sei gesagt, ich überblicke den Innenhof, wo François Reitunterricht von Marschall de Gié bekommt und Marguerite ihre weiße Zelterstute reitet und dabei immer wieder ihren kleinen Bruder ermuntert.
Leider bin ich aber nicht so glücklich, meine liebe Alix, wenn ich den gerundeten Bauch der Königin vor mir sehe, der jeden Tag größer wird und mir einige Angst macht. Anne, der ich in jedem Winkel des Schlosses und an jeder Wegbiegung in den Parks begegne, tönt die ganze Zeit, dass sie einen Sohn zur Welt bringen wird. Dabei schaudert mich, und ich weiß, mein Schrecken hat nicht eher ein Ende, bis dieses Kind zur Welt gekommen ist.
Die Anwesenheit von Marguerite und François beruhigt mich zum Glück ein wenig, auch wenn ich immer mehr über de Gié verärgert bin. Stets muss alles nach seinem Kopf gehen, und er regelt alles, als wäre ich nicht die Mutter meiner Kinder.
Nein, schlimmer noch – als wäre ich gar nicht da! Das Einzige,

was uns verbindet, ist unser gemeinsamer Wunsch, François eines Tages den Thron besteigen zu sehen. Er kann Anne de Bretagne nicht besonders leiden, die ihm diese Abneigung mit gleicher Münze zurückgibt. Der Zwist zwischen ihnen ist bereits sehr alt und geht auf die Zeit zurück, als der junge Marschall de Gié für die Beaujeu und gegen die Bretagne Partei ergriffen hat – obwohl er selbst Bretone ist! Diesen Affront wird ihm die Königin niemals verzeihen. Ich gestehe, mir kommt dieser Unfrieden sehr gelegen.

So ist es nun einmal, liebe Alix, ein königlicher Hof besteht stets aus kleinen Alltäglichkeiten, mit denen die einen beglückt und die anderen enttäuscht werden.

Aber davon abgesehen, wünsche ich mir unbedingt, dass Ihr nach Amboise kommt und mich besucht. Ich habe nämlich gute Neuigkeiten für Euch. Der König gewährt mir einen Kredit für den Auftrag, den ich bei Euch bestellen möchte. Sollten Eure schönen Wandteppiche dann wirklich nicht die Wände in Amboise schmücken, verhelfen sie eben denen von Blois oder Chinon zu neuem Glanz. Lasst mich nicht zu lange warten, Alix, ich brenne vor Ungeduld, die Einzelheiten mit Euch zu besprechen.

Bis bald.
Eure Freundin Louise.«

5

»Da is Sacquou! Da is Sacquou!«, rief der kleine Guillemin aus vollem Halse und wackelte auf seinen kurzen Beinchen zur Tür.

Alix sprang auf und warf sich in Jacquous Arme. Die Beine gaben unter ihr nach, und ihre Augen füllten sich mit Tränen. Diesen ganzen schier endlos langen Winter ohne ihren Mann hatte sie nur ertragen, weil sie vor lauter Arbeit gar nicht zum Nachdenken gekommen war.

»Ach, mein Jacquou!«, murmelte sie und küsste ihn zärtlich auf den Mund. »Du kannst dir nicht vorstellen, wie du mir gefehlt hast, mein Lieber.«

Er umarmte und küsste sie so leidenschaftlich, wie es nach dieser langen Trennung nur zu verständlich war. Sie drückte sich an ihn, flüsterte ihm etwas ins Ohr, schob ihn ein Stück von sich, um ihn besser ansehen zu können und warf sich dann aber sofort wieder an seinen Hals.

»Das nächste Mal komme ich mit, ich schwöre es dir. Du sollst mich nie wieder allein lassen.«

Wieder küsste er sie lange und zärtlich, und Julio fühlte sich angesichts ihrer Wiedersehensfreude und der vielen fremden Menschen irgendwie fehl am Platz.

Gauthier richtete als Erster das Wort an ihn.

»Seid Ihr ein Weber oder ein Maler, junger Mann, oder vielleicht gar ein Kaufmann?«

Julio warf einen Blick auf seinen neuen Meister, aber der war noch nicht mit seiner stürmischen Umarmung fertig. Er hielt Alix fest und küsste sie noch immer leidenschaftlich.

»Tja, unsere Verliebten brauchen wohl noch ein Weilchen«, meinte Gauthier und hustete geräuschvoll.

»Das macht doch nichts«, sagte der Neuankömmling freundlich. »Ich kann mich doch auch selbst vorstellen. Mein Name ist Julio Pescarre. Ich will das Weberhandwerk erlernen und stehe unter dem besonderen Schutz von Kardinal Villiers aus dem Vatikan in Rom. Er hat mich hierher geschickt, damit ich bei Meister Jacques Cassex arbeiten soll – wenigstens so lange, bis alle Aufträge, die er aus Italien mitbringt, erledigt und bezahlt worden sind.«

»Er hat Aufträge mitgebracht!«, rief Arnaude freudestrahlend.

»Ja, und es sind umfangreiche Bestellungen«, bestätigte Julio. Als er sah, wie erfreut seine zukünftigen Arbeitskollegen über diese Nachricht waren, erlaubte er sich noch einige Ausführungen: »Drei Aufträge kommen aus dem Vatikan, zwei sind von Signore Formazzio aus Rom und einer ist von Signora Vinticelli – sie wünscht sich eine Madonna mit dem Gesicht der *Pietà* des jungen Michelangelo. Meister Cassex hat Arbeit für mehrere Jahre mitgebracht. Monsignore de Villiers sagt, er solle unbedingt noch jemand anderen einstellen, weil alle Aufträge zu bestimmten Zeiten fertiggestellt sein müssen.«

Er reckte sich ein wenig und lächelte die beiden Frauen weiter an, die näher gekommen waren. Eine der beiden war schwanger, und er blieb ein wenig an ihren blauen Augen hängen, die so blau waren wie die Blüten des Immergrüns bei ihm zuhause nach einem Frühlingsregen.

Dann sah er sich den großen Rothaarigen an, der zu der Frau getreten war und sie in den Arm genommen hatte. Sein offenes und herzliches Gesicht war Julio sofort sympathisch.

»Ich bin Mathias, und das ist meine Frau Florine, die in einigen Wochen unser erstes Kind zur Welt bringen wird.«

»Erst in einigen Wochen?«, fragte Arnaude erstaunt. »Das würde mich sehr wundern. Ich glaube, das Kind kommt schon bald. Ich wette, nächste Woche ist es da!«

Als wollte die Vorsehung ihre Worte unterstreichen, begann Florine zu schreien, krümmte sich zusammen und hielt ihren Bauch mit beiden Händen.

»Lieber Gott! Der Himmel hat mich gehört und gibt mir recht. Florine, du wirst doch nicht etwa jetzt gleich anfangen!«

Sie half ihrer Freundin, sich auf den Boden zu legen, nachdem sie eine warme Decke über die Wollfitzel gebreitet hatten, die überall in der Werkstatt den Boden bedeckten.

»Und die beiden küssen sich noch immer!«, rief Arnold mit einem Blick auf Alix und Jacquou.

»Willkommen in unserer Werkstatt, Julio. Ich bin Arnold, der Vorarbeiter. Der kleine Schlingel, der Euch an der Tür begrüßt hat, ist mein Sohn Guillemin, und das hier ist meine Frau Arnaude, die wohl Florine gleich bei der Entbindung helfen wird.«

»Lauf und hol die Bertille, Pierrot!«, rief die ohne aufzusehen, »und sag ihr, sie soll die Hebamme aus der Rue Saint-Benoît mitbringen.«

»Pierrot ist unser Laufbursche«, erklärte Gauthier, der sich angesichts Florines Not hilflos und ein wenig überflüssig vorkam. »Und ich bin nur ein alter Meister, der lieber hier arbeitet als zuhause die Fliegen an der Wand zu zählen.«

Als Florine wieder einen Schrei ausstieß, reagierten endlich auch die beiden Verliebten.

»Lieber Himmel, Florine!«, rief Alix erschrocken, während Jacquou seine beiden Freunde, Arnold und Mathias, begrüßte und umarmte, »habt ihr nach der Bertille geschickt?«

»Wir haben nicht auf dich gewartet!«, meinte Arnaude nur und beugte sich über ihre wimmernde Freundin. »Wir haben Pierrot sogar aufgetragen, die Hebamme aus der Rue Saint-Benoît mitzubringen.«

Vorsichtig befühlte sie Florines Bauch, zog ihr Unterrock und Rock aus und brachte sie behutsam in eine einigermaßen bequeme Lage.

»Ich glaube, sie wartet weder auf die Bertille noch auf die Hebamme. Florine kommt gleich nieder.«

»Verdammt!«, fluchte Mathias und hielt sich die Hände vors Gesicht, das leichenblass war. »Was sollen wir nur machen?«

Jacquou und Arnold kamen angelaufen, während sich Julio und Gauthier im Hintergrund hielten.

»Ihr verschwindet jetzt alle und lasst mich mit Alix allein!«, befahl Arnaude. »Das machen wir lieber ohne euch! Arnold, geh und nimm Guillemin mit. Der hat hier auch nichts verloren – genauso wenig wie du!«

Julio und Gauthier fühlten sich ebenfalls angesprochen und verließen mit den anderen die Werkstatt.

Florine war schweißüberströmt. Sie hatte ihre Beine angewinkelt, und Alix und Arnaude hielten sie auseinander. Als sie sahen, wie sich ihre Freundin mit den Händen in die Decke krallte, die ihr als Kindbett diente, ließen sie sie nicht mehr aus den Augen.

»Die weichen Wollreste werden dein Kind ganz sanft auffangen, Florine. Mach dir keine Sorgen, alles wird gut. Du musst jetzt nur pressen.«

Innerhalb weniger Sekunden waren alle Männer aus der Werkstatt verschwunden. Aber weder die Bertille noch die Hebamme kamen. Alix betete zum Himmel, dass alles gut gehen würde.

»Nur Mut!«, flüsterte Arnaude, die sehr gut verstehen konnte, welcher Schmerz Alix plötzlich überkam.

Es war noch nicht so lange her, seit ihr Kind wenige Stunden nach der Geburt auf dem alten Schloss in Angoulême gestorben war. Louise hatte ihr zur Seite gestanden und versucht, zusammen mit ihren Freundinnen den Neugeborenen zu retten. Und Jacquou war nicht zugegen gewesen! Ihr armer kleiner Kopf, ihre ausgetrockneten, rissigen Lippen, mit denen sie lauthals nach ihm schrie, ohne zu wissen, ob sie ihn je wiedersehen würde!

»Nur Mut, Alix!«, wiederholte Arnaude. »Wir müssen Florine mit all unserer Kraft helfen. Weiter so, Florine! Du musst pressen, meine Liebe, ganz fest pressen!«

Florine schwitzte und keuchte und weinte zugleich. Das war alles so neu für sie. Ihr Kind wollte zur Welt kommen. Ob es ein Junge oder ein Mädchen wurde, war ihr nicht wichtig. Wieder stieß sie einen Schrei aus und richtete sich in einem Kraftakt auf, um ihren gewölbten Bauch sehen zu können. Aber Arnaude riet ihr, sich wieder hinzulegen.

»Drück weiter, Florine. Streng dich an, meine Hübsche! Dein Kind kommt. Ich kann schon die braunen Härchen auf seinem Köpfchen sehen. Halt sie fest, Alix. Sie bewegt sich zu viel.«

Florine heulte vor Schmerz auf und ließ sich wieder zurücksinken. Dann tat sie einen letzten Schrei und brachte mit einer einzigen Wehe und in einem Schwall von Wasser und Blut ihr Kind zur Welt, das heil und sicher in Arnaudes Hände fiel.

»Es ist da!«, jubelte Arnaude. »Schnell, Alix, die Schere! Wir desinfizieren später.«

Die Nabelschnur wurde durchtrennt, und Arnaude hielt das Neugeborene mit dem Kopf nach unten an den Füßen, bis es anfing zu schreien und allen verkündete, dass es am Leben war.

»Es ist ein Junge, Florine! Du hast einen wunderschönen Jungen bekommen!«

Tatsächlich erlaubten es die Aufträge, die Jacquou aus Italien mitgebracht hatte, die Werkstatt zu erweitern. So mussten sie ein zweites Gebäude anbauen, damit sie zwei weitere Hochwebstühle kaufen und aufstellen konnten.

Die zusätzliche Werkstatt verkleinerte den großen Hof mit dem Schuppen erheblich. Aber was machte das schon aus – wenn, wie es sich abzeichnete, die Geschäfte in ein paar Jahren gut liefen, würde Jacquou eben größere Räume mieten, selbst wenn er dann mit der Werkstatt umziehen musste.

Das junge Weberpaar mit seinen sechs Webstühlen, von denen vier Hochwebstühle waren, wurde allmählich immer bekannter. Arnold sollte für die neue Werkstatt verantwortlich sein, unterstützt von Mathias und dem Laufburschen Pierrot, während Jacquou weiter die alte Werkstatt leitete, in der Gauthier, Julio und die beiden Frauen arbeiteten.

Wenn Alix nicht ihre Kartons zeichnete, übernahm sie die Aufgabe, im Umland der Stadt neue Aufträge einzuholen. Die restliche Zeit arbeitete sie Seite an Seite mit Jacquou.

Julio war von den Webern im Vatikan hervorragend angelernt worden. Er arbeitete ausgezeichnet, und wegen seiner guten Beobachtungsgabe und überlegten Arbeitsweise durfte ihm Jacquou vermutlich bald viel Verantwortung übertragen. Er verfügte über mehr Fachkenntnisse als Mathias und entschied sich oft spontaner als Arnold, weshalb es ihm meist erstaunlich schnell und mühelos gelang, das Wesentliche an einer großen Arbeit zu erfassen. Damit sparten sie sich viel kostbare Zeit.

Florine erholte sich allmählich von ihrer Niederkunft. Aber sie überraschte Alix einige Monate später mit ihrer Entscheidung, zunächst nicht wieder in der Werkstatt arbeiten zu wollen. Sie hing nicht so an ihrem Beruf wie Arnaude und wollte sich wenigstens vorübergehend ganz um ihr Kind kümmern. Für einen Teil von Arnaudes Lohn, den Jacquou erhöht hatte, betreute sie zusätzlich den kleinen Guillemin.

Pierrot lernte ziemlich schnell lesen und schreiben. Der Junge hörte aufmerksam zu, überlegte genau und war überhaupt von wachem Verstand. Gauthier, dem er bald ans Herz gewachsen war, hatte seinen Unterricht übernommen.

Seit einiger Zeit schlief er nicht mehr bei Amandine und Fougasse im Stall auf Stroh. Bertille hatte ihm eine Kammer in einem Anbau am Haus eingerichtet. In einem kleinen Raum nebenan konnte er sogar Feuer machen und kochen und essen, wenn er einmal Jacquous und Alix' Zweisamkeit nicht stören wollte. Die Bertille ließ aber auch immer die Küchentür für ihn offen.

Sobald er ausreichend lesen und schreiben konnte, sollte er seine Lehre in der Werkstatt beginnen.

Und Alix, die ihre Reise nach Amboise plante – die Comtesse d'Angoulême hatte sie wieder eingeladen – und sich die Gelegenheit nicht entgehen lassen wollte, hatte beschlossen, bei Julio Italienisch zu lernen. Dank Kardinal de Villiers, der ihm auch Arabisch beigebracht hatte, beherrschte Julio das Französische perfekt.

Und nach Italienisch und vielleicht Arabisch mussste sie unbedingt noch Spanisch lernen! Alix wollte möglichst viele Fremdsprachen lernen, weil sie damit einen beträchtlichen Vorteil den anderen Webern gegenüber hatte. Bestes Beispiel war Maître de Coëtivy, der auf Übersetzer angewiesen und wegen unklarer Angaben ständig mit seiner Arbeit im Verzug gewesen war.

Deshalb nahm sie die Sache mit wildem Eifer in Angriff.

Julio war ein sanfter und empfindsamer, aber auch sehr zielstrebiger junger Mann von ausgesuchter Höflichkeit, der sich kaum für Frauen interessierte. Seine religiöse Unterweisung hatte ihn stark geprägt, und Alix merkte manchmal, wie sehr ihm die Kirche fehlte. Immer wenn er länger abwesend war, hatte er sich in der Kathedrale von Tours oder in einer anderen Kirche der Stadt aufgehalten.

Wie sich gezeigt hatte, war Jacquou längst nicht so ehrgeizig wie Alix. Deshalb hätte er sich bestimmt mit den wenigen großen Aufträgen zufrieden gegeben, die er aus Italien mitgebracht hatte, und sich erst nach deren Fertigstellung wieder auf die Suche nach neuen gemacht.

Aber Alix hatte ganz andere Pläne. Zwar freute sie sich auf ein Wiedersehen mit der Gräfin d'Angoulême und ihren Kindern, vergaß darüber aber keineswegs, für neue Arbeit zu sorgen. Louise hatte es ihr schließlich versprochen, und hatte der König nicht auch Jacquou bei ihrer Begegnung versichert, ihn nicht zu vergessen?

Anfang Mai begann sie mit ihren Reisevorbereitungen und sorgte für allgemeine Überraschung, als sie den Wunsch äußerte, eine anständige Kutsche mit zwei guten Pferden kaufen zu wollen.

»Aber was wird denn dann aus Amandine und Fougasse?«, fragte sie Jacquou erstaunt.

»Ach, mein herzallerliebster Jacquou! Soll ich etwa auf einem störrischen Maultier in das Schloss von Amboise reiten?«

Als ihr Mann nicht antwortete, fuhr sie begeistert fort:

»Du weißt doch außerdem, dass wir die Mulis für die kleineren Einkäufe für die Werkstatt brauchen. Und jeder von uns darf sie reiten.«

»Und wer soll das Gespann lenken? Du kannst nicht alles allein machen, Alix. Sei doch vernünftig!«, tadelte sie Jacquou, was mehr als ungewöhnlich war.

»Da hast du recht«, sagte Alix, »noch haben wir nicht die Mittel, um einen Kutscher zu bezahlen. Leider!«

»Ich kann aber einen Wagen lenken!«, rief der kleine Pierrot und kam angerannt.

»Nein, das kommt nicht in Frage«, wies ihn Alix zurecht. »Du musst hier bleiben und Florines Arbeit übernehmen. Und Arnaude kann auch nicht mehr all die kleinen Arbeiten erledigen. Da müssten wir einen anderen Lehrling einstellen. Dann schon lieber einen Kutscher!«

Jacquou winkte verärgert ab und schüttelte entschieden den Kopf.

»Das mit dem Kutscher kommt nicht in Frage! Ich will nicht, dass du allein mit irgendeinem Fremden unterwegs bist, der dich in irgendwelche Fallen locken kann, dich vielleicht betrügt oder bestiehlt, es dir gegenüber an Respekt fehlen lässt oder sonst etwas macht. Der Kutscher müsste unter allen Umständen ein Mann sein, dem wir absolut vertrauen können.«

Nachdem er seinem Ärger Luft gemacht hatte, beruhigte sich Jacquou wieder und musterte seine Frau. Dann seufzte er und wartete ab. Er ahnte, dass sie über einer Idee brütete. Schließlich kannte er das hartnäckige Wesen seiner Gattin nur zu gut! Wenn sie diese abweisende, bockige Haltung einnahm, ihre Augenbrauen runzelte und die rosigen Lippen zusammenpresste, war sie stets kurz davor, eine Entscheidung zu treffen, die er auf keinen Fall in Frage stellen durfte.

»Nein, Pierrot, du musst wirklich in der Werkstatt bleiben«, sagte sie. »Wir finden schon eine Lösung.«

Wie eine Katze kam sie angestrichen, um Jacquou zu schmeicheln, und nahm seine Hände.

»Hör doch, ich habe eine Idee, die vielleicht nicht unbedingt die beste ist, aber hoffentlich erst einmal reichen sollte. Ich bekomme sicherlich neue Aufträge. Wahrscheinlich werden sie nicht so umfangreich sein wie die, die du aus Italien mitgebracht hast, aber ich müsste damit meinen Plan verwirklichen können.«

»Welchen Plan denn?«

»Nun, nachdem wir keinen Kutscher haben, muss ich den Wagen auf dem Hinweg eben selbst fahren, zurück komme ich dann mit einem vertrauenswürdigen Kutscher.«

»Wer soll dir denn bitte einen guten, zuverlässigen Kutscher empfehlen?«

»Die Familie d'Angoulême. Sieh doch, Jacquou, du bist mit Julio und neuen Aufträgen aus Italien zurückgekehrt! Und ich werde mit neuen Aufträgen und einem Kutscher aus Amboise zurückkommen!«

Es dauerte nicht lang, und sie hatten den passenden Wagen gefunden. Klein, durch eine stabile Plane rundum geschlossen und mit nur zwei Plätzen konnte er von einem einzelnen Pferd gezogen werden, was die Ausgaben niedrig hielt und wodurch er sich auch leichter lenken ließ.

Sicher hätte Alix ein Zelterpferd, wie sie die vornehmen Damen am Hof ritten, am besten gefallen. Aber diese Pferde waren nicht dafür geeignet, einen Wagen zu ziehen. Diese kleinen Stuten waren ausschließlich zum Vergnügen da – für Spazierritte, berittene Ausflüge in den Wald, zum Traben und Galoppieren an der frischen Luft.

Zum Anspannen brauchte man ein kräftiges Pferd. Auf dem großen Viehmarkt von Tours kauften Jacquou und Alix deshalb einen schönen jungen Fuchs mit rotbraun glänzendem Fell, schwarzem Schweif und schwarzer Mähne, mit breitem Rücken, flinken Beinen und muskulösen Flanken.

Alix taufte ihn Jason, weil der Fuchs in der Sonne wie ein großes goldenes Schwert leuchtete. Und sie war überglücklich, streichelte ihr Pferd und tat ihm schön und murmelte ihm beruhigende Worte ins Ohr. Bald war Jason ihr Ein und Alles.

Mitte Mai, als der Frühling in vollem Gange war, machte sich

Alix auf den Weg. Blühende Geranien, Begonien und wilde Rosen schmückten die Häuser von Tours, und die Loire trug ihr schönstes Festtagsblau.

Alle waren da, um sie zu verabschieden, und Jacquou machte eine besorgte Miene und wünschte, sie wäre schon wieder zurück. Alix saß sehr aufrecht auf dem Fahrersitz, obwohl sie sich da oben schon ein wenig verloren vorkam, auf einer Höhe mit dem großen roten Pferd, das sie bald ganz ruhig am Ufer der Loire entlangführte. Sie hatte zwar keine Angst, versuchte sich aber zu konzentrieren, weil das doch etwas anderes war als die beiden kleinen, undisziplinierten und halsstarrigen Maultiere, die sie sonst gewohnt war.

Zum Glück hatte sie keinen weiten Weg vor sich. Amboise war so nah bei Tours, dass sie hoffte, noch vor Einbruch der Nacht auf dem Schloss einzutreffen. Jasons Gangart war ihr fremd, aber sie kam schnell voran. An Amandines Getrippel und ihren langsameren Gang gewöhnt, hielt sie die Zügel fest in der Hand, um sich nicht irgendwie überrumpeln zu lassen.

Aber Jason gewöhnte sich schnell an ihre feste Hand, und sie verstanden sich bald sehr gut. Es dauerte nicht lang, und Alix musste weniger Druck geben und sein Schritt wurde schneller.

Als die Sonne unterging und sich der Himmel orangerot färbte, erblickte Alix die Türmchen von Amboise. Die Terrassengärten entlang der Stadtmauern über dem Fluss, die schmalen Häuser, die sich an den Berg drängten, die ganze Stadt präsentierte sich ihren staunenden Blicken. Weil sie aus dem Tal der Amasse mit seinen Weinbergen, Wäldern und ausgedehnten Wiesen kam, ritt sie um die Befestigungsmauer herum. Dann passierte sie die Tour des Minimes und kam an den durchbrochenen Spitztürmen und Balustraden vorbei. Sie sah zu den schönen Fensterkreuzen hinauf und erblickte die Chapelle Saint-Hubert.

Der Haupteingang lag auf der Seite der Tour Hurtault, in der sich eine breite Rampe nach oben wand, über die Pferde, Wagen und Kutschen bequem auf den gepflasterten Schlosshof kommen konnten.

Dort stellte Alix fest, dass sie sich nicht vor dem Hauptwohntrakt befand, also musste sie wohl direkt vor den Gemächern der Comtesse d'Angoulême angekommen sein. Diese Vermutung bestätigte sich dann auch, als sich ein junger Hund laut kläffend auf sie stürzte.

»Hapaguai!«, rief Alix vergnügt und ließ die stürmische Begrüßung über sich ergehen.

Da kam auch schon ein kleiner Junge auf sie zugelaufen, gefolgt von einem ganz in Blau gekleideten Mädchen.

»Alix!«, rief Marguerite, »wie wird sich Mutter freuen, Euch wiederzusehen!«

»Donnerwetter!«, sagte der kleine Junge. »Ihr habt ja jetzt ein richtiges Pferd. Wie heißt es denn?«

»Jason. Wir beide haben uns gerade erst kennengelernt und verstehen uns schon ganz prächtig. Oh, Marguerite, was habt Ihr euch verändert! Ihr seid ja jetzt eine richtige junge Dame.«

Das große, schlanke Mädchen hatte ein hübsches Gesicht, das durch ihr schulterlanges rotblondes Haar noch blasser wirkte.

»Und Ihr seid ein richtiger junger Herr geworden, François!«

Als sie gerade zu weiteren Lobeshymnen ansetzen wollte, erschien ein großer, ernster und hagerer Mann mit schwarzem Wams und schwarzen Hosen und rief:

»François! Zeit für Eure Geschichtsstunde!«

»Das ist mein Lehrer, Marschall de Gié. Werdet Ihr länger in Amboise bleiben, Alix?«

»Sie bleibt einige Wochen«, antwortete ihm Marguerite lachend.

»Mutter wird sie mehr mit Beschlag belegen, als ihr lieb ist. Kommt, Alix, gehen wir zu ihr.«

In der großen Empfangshalle im Parterre, von der aus man zu den Privatgemächern gelangte, trafen sie auf Antoinette de Polignac.

»Alix!«, rief sie und lief auf Alix zu, um sie zu umarmen. »Louise hat mir erzählt, dass Ihr diesen Frühling kommen wollt. Was für eine schöne junge Frau Ihr geworden seid! Die Liebe bekommt Euch augenscheinlich sehr gut, meine Liebe.«

»Euer Jacquou muss Euch wirklich sehr lieben, so wie Eure Augen strahlen«, meinte auch Jeanne Conte, die Antoinette gefolgt war.

Und dann entdeckte Alix hinter den beiden die Comtesse d'Angoulême, und ein nicht enden wollendes Gelächter und Umarmen begann. Sogar François wollte weglaufen, um bei den Frauen zu sein, wurde aber leider schnell von Marschall de Gié eingeholt, dessen finstere Miene nichts Gutes verhieß.

»François!«, rief er empört. »Werdet Ihr wohl gehorchen!«

»Mein lieber Marschall!«, mischte sich Louise ein. »Wir haben sehr lieben Besuch bekommen. Es ist meine Freundin Alix, die Frau von Meister Jacques Cassex, Webermeister in Tours. Wir haben uns in Cognac kennengelernt. Diese junge Frau hat dem Vater meiner Kinder das Leben gerettet, deshalb sind sie ihr diesen herzlichen Empfang mehr als schuldig.«

Der Marschall blieb ungerührt und musterte Alix mit einem Blick, der so eisig war wie die Spitze eines Eisbergs. Ohne sich davon beirren zu lassen, fuhr Louise fort:

»Alix bleibt einige Wochen bei uns, und ich bitte Euch, während dieser Zeit ein wenig nachsichtig zu sein, was den Unterricht von François betrifft.«

»So werdet Ihr aus Eurem Sohn kaum einen pflichtbewussten

jungen Mann machen, Comtesse, wenn Ihr wegen jeder Kleinigkeit nachgiebig seid. Wie, glaubt Ihr, soll er dann später einmal reagieren, wenn es um ernste Probleme geht?«

»Im Augenblick hat er es jedenfalls nicht mit einem Dilemma zu tun, Marschall, sondern mit der Anwesenheit einer jungen Frau, die er gern wiedersieht und deren Gegenwart ich ebenfalls sehr schätze.«

So vergingen einige Tage in Amboise, ohne dass von Marschall de Gié die Rede gewesen wäre.

»Wollt Ihr nicht vielleicht lernen, Jason zu reiten, Alix?«, fragte Marguerite ihre große Freundin, als sie von einer Spazierfahrt an der Loire zurückkamen. »Ihr würdet sehr schnell merken, wie gut Ihr beide euch dann versteht. Ich würde Euch zu gern zeigen, was für ein herrliches Gefühl es ist, sein eigenes Pferd zu reiten!«

»Einverstanden, ich werde Eure Schülerin«, antwortete Alix vergnügt. »Ich bin schon so viele Meilen auf meinen Mulis durch die Welt gezockelt, dass ich eigentlich weiß, wie man reitet. Ich muss nur noch das Traben und Galoppieren lernen.«

Also gab Marguerite Alix jeden Tag, sobald es hell wurde, Reitunterricht. Gemeinsam ließen sie ihre Pferde an den Ufern der Loire oder durch das Tal der Amasse, das Louise von ihrem Zimmer aus überblicken konnte, laufen. Sie sah sie davonreiten und, wenn die Glocke der Kapelle Saint-Hubert Mittag läutete, erschöpft von ihrem Ausritt zurückkehren.

Nie zuvor hatte sich Alix so berauscht gefühlt. Sie schmiegte sich an Jason, drückte sich an ihn, ja lag fast auf seinem Rücken, sobald Marguerite in Galopp fiel. Sie hielt die Zügel fester, rieb ihre Beine aufgeregt an seinen Flanken und keuchte vor Angst und vor Freude.

»Gebt ihm niemals die Sporen, Alix, sonst macht Ihr ihn nur

verrückt. Jason kann jedes Eurer Gefühle, jede Reaktion von Euch spüren. Er wird sich mühelos führen lassen. Redet ihm sanft zu, flüstert ihm etwas ins Ohr, das wie Musik klingt, streichelt ihn, wenn Ihr etwas von ihm wollt. Wenn er fühlt, dass Ihr aufrichtig und furchtlos seid, wird er alles verstehen.«

Abends saß Alix dann mit Louise zusammen, und sie sprachen über ihr sagenhaftes Einhorn, das in ihrer Phantasie allmählich konkrete Formen annahm, weil sie immer wieder jede Einzelheit diskutierten, und zu einer gewaltigen Motivfolge angewachsen war; die Bilder dazu wollte die junge Weberin dem wirklichen Leben entnehmen.

Zu diesem Zweck hatte sie bereits Tinte und Farben, Pinsel und Federn bestellt und ließ sich von der anrührenden Vertrautheit der Mutter und ihrer Kinder zu ihren Entwürfen inspirieren.

Von nun an diente ihr alles als Motiv für ihre Zeichnungen. Mit der Feder in der Hand zeichnete Alix Marguerite am Cembalo oder an der Harfe, Louise an ihrem Pult, François im Spiel mit Hapaguai oder mit der Windhündin Prunelle.

Den ganzen Tag über skizzierte sie die vornehmen Hofdamen, wenn sie einem Herrn den Arm reichten, einen Spiegel in der Hand hielten oder ein Kästchen zur Hand nahmen, sich mit dem Oberkörper über ein Pferd beugten, wenn es ein Hindernis übersprang, einer Blume oder einem Vogel bewundernde Blicke schenkten. So hielt sie Augenblicke fest, die sie niemals so intensiv hätte wiedergeben können, wenn sie sie nicht aus nächster Nähe erlebt hätte.

Voller Bewunderung beobachtete sie Jeanne, wenn sie sich vor ihren Spiegel setzte und ihr Gesicht schminkte, wobei sie sorgfältig darauf achtete, das passende Parfüm und die richtige Lotion oder Creme für ihre Haut zu wählen. Genauso sehr interessierte sie sich für jede Handbewegung von Antoinette, wenn die ihre gewissenhaft gekämmten, parfümierten und gelockten schwarzen Haare mit einem Silberband zu einer schönen Frisur hochsteckte.

Und wie viele Bilder stahl Alix erst ihrer geliebten Freundin Louise! Sie zeichnete sie, wenn sie ihre Kinder an sich drückte, sie malte ihre großen sanften Augen, ihr Lächeln, ihre Blicke, ihre Bewegungen.

Sie zeichnete die vornehmen jungen Herren, die sich im Schlosshof mit Schwertern in der Hand, bunten Beinkleidern und Federhelmen im Kampf übten. Sie skizzierte die Umrisse, spielte mit den Farben und träumte von den Stichen, mit denen sie die Bilder auf dem Hochwebstuhl Gestalt annehmen lassen wollte.

Alix war vollends glücklich. Einen Teil ihrer Zeit verbrachte sie mit der älteren Louise, den anderen mit ihrer jüngeren Freundin Marguerite, wobei sie sich deren jeweiligen Interessen anpasste.

Weil Alix in Gesellschaft von Louise und ihren Kindern ihre Bildung vervollkommnen sollte, kam es, wie nicht anders zu erwarten war, zu einem Zusammenstoß mit dem Marschall.

Als sie eines Tages mit Marguerite und François zusammen war, erschien der Lehrer, musterte sie kühl und verkündete unfreundlich:

»Zeit für Euren Italienischunterricht, junger Mann!«

»Was habt Ihr für ein Glück, fremde Sprachen zu lernen!«, rief Alix. »Julio hat begonnen, mir Unterricht zu geben. Er findet, dass ich sehr begabt bin. Hoffentlich habe ich nicht alles vergessen, bis ich wieder zuhause bin.«

»Dann kommt doch und macht bei meinem Unterricht einfach mit!«, sagte François und war ganz begeistert von dieser Idee.

»Das kommt überhaupt nicht in Frage!«, entgegnete de Gié mit eisiger Stimme.

»Und warum nicht, wenn ich fragen darf?«, wollte die Comtesse d'Angoulême wissen.

»Diese Frau ist nicht meine Schülerin.«

»Entlohnt Euch der König etwa nicht gut genug, um dieser harmlosen Bitte nachzukommen? Oder soll ich ihn nach seiner Meinung dazu fragen?«

»Der König ist noch nicht wieder aus Italien zurück«, entgegnete der Marschall spöttisch.

»Da täuscht Ihr euch aber, lieber Marschall, ein Bote hat mir soeben ein Schreiben gebracht, in dem es heißt, dass Königin Anne in Blois Philipp von Österreich empfangen will, der in Begleitung seiner jungen Gattin, Johanna von Kastilien, dort eintrifft. Aus diesem Grund kehrt der König eilends aus Italien zurück.«

Von dieser unerwarteten Neuigkeit war de Gié überrascht, tat aber so, als würde ihn die Sache nicht interessieren, und antwortete:

»Mir geht es einzig und allein um den Unterricht für Euren Sohn. Und jetzt hat er nun einmal seine Italienischstunde.«

»In Ordnung. Ich möchte aber, dass Alix und Marguerite daran teilnehmen. Wie Ihr wisst, ist Marguerite sehr sprachbegabt, viel begabter als ihr Bruder. Sie wird mir sagen, ob Ihr mit ihr oder ohne sie fortfahren sollt.«

Dann wandte sie sich an Alix und sagte: »Es freut mich sehr, dass Ihr fremde Sprachen lernt. Ich selbst beherrsche Italienisch und Spanisch gut genug, um mich mit meinen Kindern in diesen Sprachen unterhalten zu können, wenn sie erst einmal weit genug gekommen sind.«

Mai und Juni waren auf Schloss Amboise bei bester Laune und schönstem Wetter vergangen. Im Juli war es dann sehr heiß geworden, aber Alix übte sich weiter täglich in der Kunst des Reitens. Auch beim Fremdsprachenunterricht machte sie schnelle

Fortschritte. Mittlerweile bereitete es ihr große Freude, sich mit Louise und Marguerite auf Italienisch zu unterhalten.

Als eines Abends Familie d'Angoulême samt Antoinette, Jeanne und ihrer Tochter Souveraine im großen Salon versammelt war, sagte Louise zu Alix:

»Auf keinen Fall dürft ihr vor den Festlichkeiten in Blois abreisen. Ihr müsst uns unbedingt begleiten.«

»Aber ich bin doch nun schon seit zwei Monaten bei Euch in Amboise zu Gast, Louise. Es wird Zeit für mich, nach Tours zurückzukehren.«

»Liebe Alix, dieses große Fest müsst Ihr unbedingt miterleben«, bettelte Marguerite. »Ihr habt doch genug Arbeitskräfte in der Werkstatt, und man kommt dort auch eine Zeitlang ohne Euch zurecht, wie Ihr sagt.«

»Ich habe eine großartige Idee!«, meinte Louise. »Teilt Meister Jacquou mit, er soll nach Blois kommen und sich uns anschließen – nur für ein paar Tage. Danach könntet Ihr gemeinsam nach Hause fahren.«

Der Vorschlag war so verlockend, dass Alix beinahe ohne zu überlegen eingewilligt hätte. Aber was würde ihr Jacquou dazu sagen? Das Leben am Hofe war ihm fremd, und mehr noch als Alix würde er verlegen sein, sich fehl am Platz oder überflüssig fühlen. Wie viele Künstler – Maler, Baumeister, Dichter oder Schriftsteller – verspürten dieses Unbehagen, wenn sie an die europäischen Königshöfe geladen wurden. Dennoch schlug keiner die Einladung der Könige aus, weil ihre Anwesenheit am Hofe zu ihrer beider Ruhme diente.

Alix hatte Für und Wider reiflich abgewogen und sich schließlich doch dafür entschieden. Jacquou sollte an den Feierlichkeiten zum Empfang von Philipp von Österreich und Johanna von Kastilien in Blois teilnehmen.

6

Als Königin Annes Bote La Vigne König Ludwig die Nachricht überbrachte, dass Philipp von Österreich und seine junge Gattin, Johanna von Kastilien, in Blois erwartet würden und sich der ganze Hofstaat für ihren Empfang rüstete, war Ludwig zunächst einmal sehr verwundert.

Nachdem er lange gegrübelt und darüber eine schlaflose Nacht verbracht hatte, war er zu dem Schluss gekommen, seine Gattin habe diese Begegnung arrangiert, um ihn aus Italien zurückzuholen. Zu viel stand auf dem Spiel, und so konnte er sich ihrem Wunsch nicht verschließen und durfte nicht länger vor den Toren Mailands aushalten. Zumal sich die Dinge ungünstig entwickelten und es sicher besser war, wenn alle einmal zur Ruhe kamen, ehe man den Konflikt von neuem aufnahm.

Je länger er nachdachte, umso mehr kam Louis zu der Überzeugung, dass Annes Plan exakt mit seinem übereinstimmte: Er wollte ein Bündnis mit Philipp von Österreich in die Wege leiten, um sich besser gegen dessen Vater Maximilian behaupten zu können. Und die Gelegenheit, die ihm die Königin dazu geboten hatte, erwies sich für ihn als echter Glücksfall.

Er ließ sein Heer vor den Toren von Mailand zurück und ritt in Begleitung seiner ergebenen Diener, unter denen auch Georges d'Amboise und der junge Herzog von Nemours waren, mit verhängtem Zügel Richtung Touraine.

Als er das letzte Mal nach Hause gekommen war, hatte der Winter die Stadt fest im Griff gehabt, und die Wasser der Loire waren am Ufer gefroren. Diesmal herrschte Frühling, und die schönen Tage verhießen einen heißen, trockenen Sommer.

Als die Ankunft der Gäste gemeldet wurde, tänzelten mehr als sechshundert Pferde vor den Toren von Blois mit ebenso vielen Wagen voller Möbel, Tapisserien, Kleidung, Silberzeug und anderen Gerätschaften, die um das Schloss herum verstaut werden wollten. Bald war jedes Fleckchen Erde besetzt, und die Lakaien standen sich in den engen Durchgängen ständig im Weg.

Zu Ehren des spanischen Königspaares funkelte der Logis Royal im Schein tausender Lichter, und sogar die Festungsmauern waren mit zahlreichen Fackeln beleuchtet, die den großen Schlosshof in helles Licht tauchten. Über dem Haupttor und der Statue des Königs, die Louis von dem Bildhauer Paganino hatte anfertigen lassen, prangte sein Wahrzeichen, das goldene Stachelschwein, auf einem lilienübersäten himmelblauen Untergrund.

Als das spanische Herrscherpaar eintraf, war es sehr heiß. Königin Anne hatte eine Abordnung Lanzenreiter geschickt, um das Königspaar unter den lauten Jubelrufen der Bevölkerung zum Schloss zu geleiten.

Johanna von Kastilien saß sehr aufrecht und steif auf ihrer weißen Zelterstute mit purpurroter Montur und schien sich ihrer Rolle nicht recht bewusst zu sein, mit der sie hier das spanische Herrscherhaus vor den Augen der aufmerksamen Franzosen repräsentieren sollte. Dazu sah sie sich auch schlichtweg nicht in der Lage, weil sie ausschließlich ihr Heimatland Spanien liebte und alles verabscheute, was sie davon trennte.

Philipp ritt ein gutes Stück vor Johanna an der Spitze des Zuges. Er saß auf einem Vollblutaraber und verhielt sich wie ihr Gegenstück – er grüßte die Menge herzlich und schwenkte seinen federgeschmückten Hut leidenschaftlich durch die Luft.

Bogenschützen und Schweizer Garde bildeten in zwei Reihen

ein tadelloses schweigendes Ehrenspalier. Die Waffen in der Hand, in farbenfrohen Gewändern und Helme schwenkend musterten sie Johanna, die Spanierin, die der Menge mit so viel abweisendem Stolz begegnete. Obwohl der Bischof von Córdoba, ein enger Freund ihrer Mutter, ihr noch einmal gut zuredete, blieb sie stumm. Ganz verkrampft hielt sie die Zügel ihres Zelters und beantwortete die Saluts und die Hurrarufe zu ihrem Empfang mit starrer Miene.

Louis XII., der gerade noch rechtzeitig in Blois eingetroffen war, bestieg seinen Thron heiter und gelassen. Der gesamte Hofstaat hielt sich bereit. Königin Anne erschien in einem schönen Hermelinmantel, gefolgt von ihren zahlreichen Hofdamen. Als sie an den Zuschauern vorbeischritten, die sich im Saal versammelt hatten, entdeckte Alix unter ihnen Constance, die Tochter von Isabelle, die sie nicht mehr gesehen hatte, seit sie zum ersten Mal Kardinal Jean de Villiers begegnet war.

Als Constance an ihr vorbeikam, lächelte sie Alix zu, die ihr freundschaftlich zuwinkte. Dann nahmen alle Damen aus dem Gefolge der Königin gemächlich ihre Plätze ein.

Alix und Jacquou, den sie in Blois wieder getroffen hatte, hielten sich im Hintergrund; vor ihnen standen die Comtesse d'Angoulême und ihre Kinder. Noch nie zuvor hatten die beiden eine derart prunkvolle Zeremonie gesehen, und schon gar nicht aus nächster Nähe.

Der Geleitzug mit Philipp von Österreich und Johanna von Kastilien traf mit allem Pomp ein. Philipp schritt würdevoll einher – er konnte sich auf seine Ausstrahlung verlassen und wusste, dass alle Augen auf ihn gerichtet waren. Keine der anwesenden Damen hätte seine Schönheit und sein elegantes Auftreten in Abrede stellen wollen.

Auf seinem Wams aus saphirblauem Samt funkelte das goldene

Vlies wie das Versprechen für ein zukünftiges Bündnis. Sein Oberkörper war von Lanzenstechen, Jagden und allen anderen Formen körperlicher Ertüchtigung, die sich für einen vornehmen Herrn ziemten, wohl geformt; seine Beine steckten in strahlendweißen Hosen. Auf seinem schwarzen breitkrempigen Hut, mit dem er der begeistert jubelnden Menge zuwinkte, wippte verwegen eine Pfauenfeder.

Während er voller Selbstbewusstsein an der Seite der noch immer sehr abweisend wirkenden Johanna auf den Thron zuschritt, konnten sie König und Königin von Frankreich in aller Ruhe mustern.

»Welch schönes Paar!«, rief Louis XII. begeistert, was seine Gattin mit einem leichten Kopfnicken bestätigte, aber bei sich dachte, dass die Kälte der Spanierin auch die besten Absichten des französischen Königreichs zunichte machen dürfte.

Dann erhob sich der König, bedeutete dem jungen Mann, dass es genug der Verbeugungen war, und umarmte ihn, nicht ohne daran zu denken, dass ihm nur wenige Tage Zeit blieb, Spanien für die französische Sache zu gewinnen.

Als dann Königin Anne auf Johanna zuging, tauchten die silbernen Kandelaber an der Decke das makellose Gesicht der jungen Spanierin in beinahe grelles Licht. Ihr Gesicht ist zu vollkommen, sie kann gar nicht das nötige Verständnis für die Bedürfnisse an ihrem Hof aufbringen, dachte sich Anne. Aber da täuschte sie sich, denn Johanna wartete eigentlich nur auf ein Zeichen von Natürlichkeit, zu der Anne jedoch nicht in der Lage war.

»Ich bin überglücklich, Euch in Blois begrüßen zu dürfen, Madame«, begann sie stattdessen schwülstig. »Wollen wir uns umarmen? Das ist in Frankreich so Brauch. Schließlich sind wir angeheiratete Cousinen.«

Als sie erkannte, dass die junge Spanierin keinerlei Anstalten machte, auf sie zuzugehen, wurde Anne immer gereizter und sagte spöttisch:

»Augenscheinlich seid Ihr wirklich von schamhafter Zurückhaltung, und solche Gefühlsäußerungen kommen Euch unanständig vor.«

Die Bemerkung war in keiner Weise dazu angetan, die Spannung zwischen den beiden Frauen aufzuheben. Da kam Anne plötzlich der Gedanke, dass Johanna sie vielleicht einfach nicht verstanden hatte, weil sie Französisch sprach. Aber auch hierin hatte sie sich getäuscht.

Louise beobachtete die Szene von weitem. Sie sah, wie Philipp Johanna zornig anblickte, die sich davon aber scheinbar nicht beeindrucken ließ. Steif und abweisend verweigerte Johanna mit versteinerter Miene jegliche Annäherung. Wenn es auch in Frankreich üblich sein mochte, sich überschwänglich zu umarmen, hieß das noch lange nicht, dass sie als Spanierin derart unfeine Berührungen zu dulden hatte, um einem anderen Respekt zu erweisen. Davon war und blieb Johanna von Kastilien fest überzeugt.

Außerdem irritierte sie der ganze Luxus. Die dicken Orientteppiche, das venezianische Kristall, die Fayencen aus Holland, das bemalte Getäfel und die viel zu grellen Lichter erdrückten sie schier. Sie hatte das Gefühl, all das nehme ihr den Atem.

Viel lieber als dieser übermäßige Komfort und der prahlerische Luxus waren ihr die schlicht gehaltenen Residenzen der spanischen Könige. Den großen Kaminen, die während der kalten französischen Winter geheizt wurden, diesen Strohfeuern, deren Wärme nur wenige Schritte weit reichte, zog sie das Spiel von Licht und Schatten vor, das sie zuhause bei geschlossenen Läden oder heruntergelassenen schmiedeeisernen Jalousien genießen konnte.

Die dichten Wälder, den finsteren Tann, diese wahren Labyrinthe, in denen man zu ersticken drohte, mochte sie nicht. Sie liebte die offene, von der Sonne ausgedörrte Weite unter einem unendlich blauen Himmel. Ockerroten Boden, warme, trockene, geheimnisvolle Erde, die nachdenklich macht und beruhigt.

Der erste festliche Abend verlief nicht anders. Louis XII. und der junge Philipp von Österreich unterhielten sich großartig und entdeckten stets neue Gemeinsamkeiten, während zwischen den beiden Königinnen Verstimmung herrschte.

Louise fand es reichlich undiplomatisch von der Königin von Frankreich, dass sie sich gar nicht bemühte, Johanna von Kastilien für sich einzunehmen. Immerhin wollte sie bei dieser Begegnung das Kind, das sie erwartete – falls es ein Mädchen sein sollte – dem spanischen Infanten versprechen, dem zukünftigen Karl V.

Es war Anne nämlich gelungen, Louis XII. davon zu überzeugen, wie günstig es für Frankreichs Position gegenüber Spanien und Österreich wäre, wenn sie eine ihrer späteren Töchter mit dem kleinen Jungen verheiraten würden, der bereits in seiner Wiege unter dem Doppeladler schlief.

Wieder betrachtete Louise Johanna von Kastilien, nicht ahnend, dass besagtes Kind, dem man jetzt schon eine französische Prinzessin versprechen wollte, einmal der gefürchtete Feind ihres eigenen Sohnes sein würde. Und der dicke kleine Junge mit seiner Habsburgerlippe, der gerade zu quengeln begann, wusste natürlich auch noch nichts von der Macht, die er einmal über seinen Cousin François haben sollte.

Alix bewegte sich ganz ungezwungen in dieser Gesellschaft, während Jacquou steif und unbehaglich wirkte. Ganz offensichtlich zog er das Durcheinander in seiner Weberei diesen vornehmen Leuten vor.

»Weißt du noch, wie wir von Nantes aus ins Val de Loire aufgebrochen sind, mein lieber Jacquou?«, fragte ihn Alix. »Königin Anne de Bretagne brauchte damals neue Stickerinnen. Hätte König Karl VIII. seinen tragischen Unfall in Amboise überlebt, wären wir nicht so lange getrennt gewesen.«

Jacquou nickte nur flüchtig, weil der König ihn gerade ausgemacht und ihm mit einem Blick bedeutet hatte, ihn treffen zu wollen, ehe Jacquou nach Tours zurückkehrte. Der anerkennende Blick, mit dem der König seine bezaubernde Frau bedacht hatte, war ihm aber auch nicht entgangen.

Alix hatte ihn ebenfalls bemerkt und warf ihm einen respektvollen, aber verführerischen Seitenblick zu. Dann widmete sie ihre Aufmerksamkeit jedoch Van Orley, der auch geladen war und sich in Begleitung der Weber Van Thiegen und Van den Hecke, die direkt aus Brüssel eingetroffen waren, zu ihnen gesellte. Wie die meisten Monarchen legte auch Louis XII. großen Wert darauf, Künstler an seinem Hof zu versammeln. Maler, Bildhauer, Musiker, Weber, Dichter und Schriftsteller durften weder an seiner Tafel noch auf seinen Jagden fehlen.

Paganino, der Hofbildhauer des Königs, und Bernardino, der Obergärtner der Königin, nahmen an allen Festen teil, außerdem der Illuminierer der Comtesse d'Angoulême, Maître Testard, und Maître Imbert Chandelier, ihr Orgellehrer. Die Großzügigkeit Ludwigs kannte manchmal keine Grenzen.

Die Künstler hatten sich in einer Ecke des Salons versammelt und schwadronierten lautstark, weil sie oft unterschiedlicher Meinung waren und sogar der König höchstpersönlich den Grund dafür erfahren wollte.

»Es freut mich, Euch hier in so guter Gesellschaft wieder anzutreffen, kleine Alix«, sagte der alte Testard. »Darf ich fragen, ob Ihr eure Entwürfe fertiggestellt habt?«

»Welche Entwürfe?«, fragte der Webermeister Van Thiegen neugierig und drängte sich fast unhöflich zwischen die beiden. »Hält sich Eure Gattin etwa für eine Malerin, mein lieber Cassex?«

Diese Bemerkung missfiel Alix sehr, und sie beantwortete sie umgehend. Man hatte ihr Gerüchte zugetragen, dass sich Van Thiegen mit den Gebrüdern Mortagne zusammengetan hatte, die Streit mit den Cassex suchten.

»Ich bin Weberin, Messire, keine Kunstmalerin, genau wie mein Mann, Meister Jacques. Und wie alle anderen Weber aus dem Val de Loire, aus Paris, Flandern oder wo auch immer zeichne ich meine Kartons selbst, wenn ich mir keinen Maler leisten kann, oder wenn keiner in der Nähe ist.«

»Ihr habt Eure Werkstatt also vergrößert, Maître Cassex!«, wandte sich Van Thiegen nun an Jacquou.

»Richtig«, antwortete der und spürte den nahenden Streit. »Wie meine Frau schon sagte, verfügen wir nicht immer über die Mittel, die zu Beginn eines neuen Auftrags erforderlich sind. Das kennt Ihr sicher selbst.«

»Richtig, sehr richtig.«

Und nachdem seine Genossen nicht nachhakten, beließ er es bei dem Kommentar und bedachte Cassex und seine junge Frau lediglich weiter mit feindseligen Blicken.

In einer anderen Ecke des Saales beobachtete Louise d'Angoulême aus dem Hintergrund nach wie vor, wie sich Anne und Johanna immer wieder gegenseitig brüskierten. Der Anblick begeisterte sie so, als läuteten bereits ihre Triumphglocken. Louise dachte in diesem Fall nur an ihren eigenen Vorteil. Sollten sich die beiden Herrscherinnen absolut nicht vertragen, konnte sie vielleicht einen diskreten Annäherungsversuch wagen. Anne sprach kein Spanisch, aber Louise beherrschte diese Sprache sehr gut, und ihre Tochter war auf dem besten Wege dazu.

Unvermittelt nahm sie ihre Tochter an die Hand und ging mit ihr zu der Spanierin. Die steife, mit Gold- und Silberfäden bestickte Robe, die ihr bis zum Hals ging, wirkte reichlich schwer für Johannas zierliche Gestalt.

Ohne Stolz oder Vorurteil musterten sich die beiden Frauen, als ginge sie die ganze Gesellschaft um sie herum nichts an. Louises Blick drückte ein wenig Neugierde aus. Johannas makellos modelliertes, vollkommen symmetrisches Gesicht schien so teilnahmslos wie eine schön gemalte Maske. Johanna hatte den Gesichtsausdruck einer antiken Madonna und ein Profil wie gemacht für eine Medaille. Ihre hohe weiße Stirn verlor sich im Ansatz ihrer streng nach hinten gekämmten schwarzen Haare. Sie hatte eine schmale, gerade Nase, einen schön geschwungenen Mund und einen lilienweißen Teint.

Louise, die noch immer ihre Tochter an der Hand hielt, machte eine kleine Verbeugung und schob Marguerite damit nach vorne, wobei der Saum ihres luftigen Kleides über den Boden fegte.

»Wir Franzosen sind wirklich schrecklich unvernünftig, dass wir das Tageslicht nicht mehr zu schätzen wissen. Hier blenden uns Tausende von Lichtern, obwohl es gerade eben erst Abend wird.«

Johanna richtete ihre dunklen Augen auf Louise und betrachtete dann Marguerite, die genauso angespannt wirkte wie sie selbst. Das junge Mädchen hatte noch an keiner Repräsentation des Hofes teilgenommen und sorgte sich um ihr Auftreten.

Bei Marguerites unschuldigem Anblick deutete Johanna endlich den Hauch eines Lächelns an. Marguerite zögerte zunächst, fand dann aber dank der Unterstützung ihrer Mutter zu ihrer gewohnt selbstsicheren Art zurück.

»Soy Margarita de Angoulême es mi hermano Franciso, el duque de Valois, esta alli, al lado del mariscal de Gié, nuestro preceptor.«

Ich bin Marguerite d'Angoulême, und mein Bruder François, Duc de Valois, steht dort hinten bei Marschall de Gié, unserem Lehrer.

Die Kastilierin war erstaunt, dass eine so junge Person ihre Muttersprache beherrschte, und seufzte erleichtert. Endlich jemand, der sie aufheitern und gleichzeitig die allgemeine Stimmung erheblich verbessern konnte!

Louise nutzte Johannas Überraschung zu ihrem Vorteil und sagte in ebenso akzentfreiem Spanisch wie ihre Tochter:

»Mis hijos hablan varias lenguas. Eso es un trabaho que ho siempre he exigido.« *Meine Kinder sprechen mehrere Sprachen. Ich habe immer darauf bestanden, dass sie dies erlernen.*

»Gentile, Margarita«, antwortete Johanna nur und lächelte das Mädchen an.

Das Eis war gebrochen, und sogleich herrschte entspannte Stimmung unter den Hofdamen. Comtessen und Hoffräulein kamen und stellten sich der spanischen Königin in ihrer viel zu schweren Robe vor, die deren Gruß nun immerhin mit einem Kopfnicken erwiderte.

Obwohl der übrige Abend nicht mehr so steif verlief, legte Johanna von Kastilien keinen Wert darauf, länger als unbedingt notwendig zu bleiben, und verabschiedete sich wenig später stolz und unnahbar, um sich in die Gemächer zurückzuziehen, die ihr die Königin zur Verfügung gestellt hatte.

Johannas großzügige Gasträume lagen an dem großen Schlosshof, so dass sie in den folgenden Tagen vom Fenster aus beobachten konnte, wie der König in Begleitung ihres Gatten zu immer neuen Unternehmungen aufbrach.

Als Louis XII. Philipp von Österreich am ersten Abend noch die Geschichte der Waffen erklärte, die die Wände seines Waffensaales zierten – von Chlodwigs Streitaxt bis hin zu Jeanne d'Arcs Rüstung –, zog die Willkommensprozession in Johannas Zimmer.

Der Etikette entsprechend wurden ihr die Mahlzeiten auf ihrem Zimmer serviert. Allerdings verweigerte sie rigoros Fleisch, Pasteten und Fisch und aß nur Obst, Milch- und Süßspeisen. Also wurde eine ganze Reihe von gehaltvollen Speisen aufgetragen, begleitet von schönen, wertvollen Geschenken, die jeder anderen Königin große Freude bereitet hätten. Johanna von Kastilien hatte aber ein für allemal beschlossen, dass dieser Aufenthalt in Frankreich ihr Wohlbefinden beeinträchtigte, und wollte die Aufmerksamkeiten nicht würdigen.

Ihr Schlafgemach war mit Goldstoff und weißem Satin ausgeschlagen. Zwei Stufen, auf denen ein dicker Teppich lag, führten zu der Estrade, auf der das mit rotem Damast gepolsterte Bett thronte. Überall türmten sich weiche Samtkissen. Prächtige Blumen drängten sich wie große, bunte Vögel in silbernen Jardinieren. Schöne Schalen, Fayencen, Kristall und kostbare geschnitzte Holztruhen zierten die Räume – ein grandioser Luxus und Prunk.

Aber Johanna fühlte sich wieder nicht wohl. Einzig ein Musikinstrument hätte sie jetzt wohl beruhigen und zerstreuen können. Aber in diesem ganzen raffinierten Pomp gab es keine Spur von Musik, die die Kastellanin nun so dringend gebraucht hätte.

Als das Begrüßungssouper begann, musste Johanna an ihre glücklichen Stunden am Klavichord und mit der Mandoline denken, die sie zuhause auf ihrem Schloss jeden Abend in Gegenwart ihrer Kammerzofen spielte. Oh Gott, wie weit davon entfernt war doch dieses viel zu luxuriöse Zimmer, in dem man sie offenbar ersticken wollte!

Zehn Pagen, gekleidet in den Farben von Anne de Bretagne,

eröffneten das Defilee. Sie trugen Fackeln, die den Weg beleuchteten, damit niemand auf den oft engen und ausgetretenen Wendeltreppen und an den vielen Ecken stolperte.

Zuerst erschien dann die Comtesse de Dunois mit einer silbernen Platte, auf der sich verschiedene Brotsorten türmten: Brot mit Nüssen, mit Backpflaumen und mit Mandeln, geröstetes und gegrilltes Brot und Brioches.

Die Duchesse de Valentinois brachte Konfekt, und die Comtesse de Nevers reichte ein silbergoldenes Gestell, auf dem Messer, Löffel und Gabeln mit zwei oder drei Zinken dekorativ aufgereiht waren.

Louise d'Angoulême trug die parfümierten Servietten, und ihre Tochter Marguerite, die sich trotz ihres jugendlichen Alters in der Rolle als Gastgeberin üben durfte, brachte ein purpurrotes Samtkissen mit einem silbernen Trinkbecher.

Es folgten die Hoffräulein der Königin mit einer köstlichen Auswahl an Konfitüren, Zuckerwaren, Schokoladen und Honig-, Rhabarber- und Apfelkuchen.

Und am Schluss servierte Constance, die Tochter von Isabelle Gräfin de La Trémoille, die Früchte – das Obst war pyramidenartig in einem mit weißen Satinbändern geschmückten Weidenkorb arrangiert.

Johanna nickte jeden Gang schnell weiter, ohne lange bei den Gesichtern zu verweilen, mit Ausnahme von Marguerite und Louise, denen sie ein Lächeln schenkte. Die Speisen, die man der Form halber den Mundschenk kosten ließ, ehe sie davon nahm, rührte sie kaum an.

Die versammelten Hofdamen registrierten ganz genau, wie sie ein kleines Brot mit Korinthen und ein zweites mit Nüssen aß, fünf oder sechs Schokoladendragees lutschte, von einem Kuchen ein paar Stückchen gebackenen Apfel mit Zimt und Honig klaubte und ihr Abendessen mit zwei oder drei eingemachten Früchten abschloss.

Dann hoffte die ganze Gesellschaft auf ein paar Lobesworte, aber die stolze Spanierin enttäuschte sie.

Marguerite, die ihr den Trinkbecher reichte, damit sie ihre schönen Lippen netzen konnte, wann immer sie Durst hatte, bedachte sie mit einem etwas nachsichtigeren Blick und bat sie mit einem gewinnenden Lächeln auf Spanisch um eine der saftigen, ein wenig säuerlichen und doch süßen kugelrunden Früchte, die eine grüne und eine rote Seite hatten und die sie nicht kannte. Marguerite erklärte ihr auf Spanisch, dass es sich dabei um Äpfel handelte, suchte den schönsten, den sie in dem kunstvoll dekorierten Weidenkorb finden konnte, heraus und reichte ihn Johanna anmutig.

Als dies frugale, wenn auch üppige Mahl, an dem Königin Anne allerdings nicht teilgenommen hatte, beendet war, äußerte Johanna den Wunsch, allein zu sein.

Sie blieb aufrecht in stolzer, unnahbarer Haltung sitzen, nur ihr Blick war von einer Sehnsucht erfüllt, die allein ihr treuer Freund, der Bischof von Córdoba verstand. Morgen schon wollte er sie trösten, sie auf den geraden und gerechten Weg zurückführen und vielleicht sogar Philipp an seine ehelichen Pflichten erinnern, weil er nicht die Vergrößerung der österreichischen Kaiserfamilie und auch nicht die der spanischen abschließen konnte, nur weil ein Infant geboren worden war. Prinzessinnen waren schließlich ebenfalls erwünscht.

Johanna war weiterhin ungerührt und wollte schon bedeuten, dass man sie allein lassen solle. Aber ehe sich alle Hofdamen und Hoffräulein verabschiedeten und zu den Festlichkeiten zurückkehrten, weil sie natürlich auf keinen Fall die Bälle verpassen wollten, und Johanna ihr Abendgebet verrichten konnte, kündigte ihr Louise noch ein letztes Geschenk an.

Jetzt erst trat Alix in dem Bewusstsein, dass die Blicke der gesamten Entourage von Königin Anne auf sie gerichtet waren, mit äußerster Zurückhaltung und schlichter Würde mit ihrem Geschenk vor die Kastilierin. Keinerlei Anmaßung, keine Geziertheit begleitete ihre Bewegung. Sie reichte Johanna einen kleinen, ganz aus Goldfäden gewebten Teppich mit den Wappen des Hauses Kastilien.

In schlechtem Spanisch, weil sie gerade erst angefangen hatte, die Sprache zu lernen, erklärte sie Johanna von Kastilien dann, dass sie diesen Teppich mit Zustimmung und auf Kosten der Comtesse d'Angoulême ganz allein gewebt hatte.

»Das ist ein Gebetsteppich, nicht wahr?«, fragte die Spanierin zur großen Verwunderung des Publikums in fehlerlosem Französisch. »Er ist wunderschön! Gleich heute Abend will ich mich darauf knien, wenn erst all die Leute hier gegangen sind und ich in Ruhe und Frieden meine Andacht halten kann.«

Sogar Louise und Marguerite waren erstaunt über ihr ausgezeichnetes Französisch, ließen sich aber nichts anmerken, weil Johanna sie jetzt der Reihe nach ansah. Schließlich blieb ihr Blick an Alix hängen, die sie bereits kurz zuvor mit einem strahlenden Lächeln bedacht hatte.

»Woher wusstet Ihr denn, dass ich fromm bin?«, fragte sie mit einer Stimme, die auf einmal sehr freundlich klang.

»Offen gestanden war das eine Idee der Comtesse d'Angoulême, Madame«, sagte Alix gerührt. »Mein Herz, mein Können und meine Seele waren nur Werkzeug für diesen Teppich, und ich hoffe sehr, dass er Euch viele Stunden der Beschaulichkeit bescheren möge.«

Sie sah, wie zufrieden Louise mit ihrer Antwort war, die sie ins rechte Licht rückte. Nun meldete sich Louise ihrerseits behutsam, aber selbstbewusst zu Wort:

»Diese junge Frau will Euch nur ihre Hochachtung bekunden, Majestät. Dabei sollte man sie loben, sie ist eine wahre Künstlerin.«

Johanna wandte sich an Alix und schenkte ihr ein Lächeln, das aufrichtigste des ganzen Abends.

»Wie heißt Ihr?«

»Ich bin die Frau von Maître Cassex, Webermeister aus Tours.«

»Aus Tours, soso. Gibt es dort viele solcher Werkstätten?«

»Ja, unsere Werkstatt ist noch nicht sehr bedeutend, weil Jacquou und ich …«

Sie unterbrach sich verlegen, weil ihr versehentlich der Vorname ihres Mannes herausgerutscht war.

»Jacquou?«, wiederholte Johanna fragend.

»Das ist mein Mann.«

»Aha!«

Dann befühlte sie den Teppich und bewunderte die schönen Farben, die zwischen den Goldfäden leuchteten. Die Herstellung des Teppichs hatte ein kleines Vermögen gekostet, das Louise aber aus der königlichen Privatschatulle bezahlt hatte, die ihr der König zur Verfügung gestellt hatte. Alles Übrige erfüllte zweierlei Zweck: Zum einen half sie damit Alix, ihr großes Talent als Weberin zu beweisen, zum anderen stellte sie sich selbst damit in den Vordergrund und nahm für die Spanierin eine wichtigere Rolle ein als Königin Anne.

»Ich will den Wunsch nach einem Zwischenhalt in Tours äußern, ehe ich nach Spanien zurückkehre. Würdet Ihr mich in Eurer Werkstatt empfangen?«

Alix lächelte sie anmutig und dankbar an.

»Mit dem allergrößten Vergnügen, Majestät!«, antwortete sie.

»Es ist mir eine Ehre. Dann könnte ich Euch die großen Wandteppiche zeigen, an denen wir gerade arbeiten. Sie gefallen Euch sicher.«

»Also abgemacht – ich komme. Meine Leute werden Euch den genauen Zeitpunkt mitteilen. Möglicherweise bleiben Erzherzog Philipp und ich ein oder zwei Tage in Tours. Würdet Ihr mir das Vergnügen machen und mich begleiten, wenn ich einen Ausflug auf Eurem Fluss unternehme – der Loire, die ich noch nicht kenne? Mein Gatte würde sich dafür gewiss erkenntlich zeigen.«

»Euer Wunsch ist mir Befehl, Majestät, und macht mir die größte Freude.«

Dann bedeutete Johanna der versammelten Gesellschaft, nun allein sein zu wollen. Schon damals ließen ihre sonderbar starren schwarzen Augen etwas von dem schrecklichen Wahnsinn erahnen, dem sie später über viele Jahre verfallen sollte.

Juan war ein junger Pferdeknecht aus dem Gefolge von Johanna von Kastilien. Philibert hatte sich – neben einer von Anfang an bestehenden Sympathie – aus dem sehr einfachen Grund mit ihm angefreundet, weil Juan immer wieder erklärte, er wolle nicht zurück nach Spanien.

Philibert vertraute sich François an, und der hatte gleich seiner Mutter von der Sache erzählt.

»Juan behauptet, die spanischen Maultiere sind an steile Gebirge gewöhnt und haben keine Schwierigkeiten mit dem französischen Boden.«

»Wer hat ihm denn aber eigentlich erlaubt, die Maultiere von Johanna von Kastilien zu nehmen?«, wollte Louise wissen und sah ihren Sohn fragend an.

»Ich glaube, sie hat es ihm erlaubt, weil er Euch damit nützlich ist, Mutter.«

Die Comtesse musste lächeln. In der Tat hatte Johanna von Kastilien ein ganz anderes Verhältnis zu ihr als zu irgendjemand anderem hier.

»Das erklärt aber noch nicht, warum Juan im Val de Loire bleiben will.«

»Ich glaube, weil er gern mit Philibert zusammenarbeiten würde.«

»Ich finde, das sind ein wenig viele ›ich glaube‹, mein Sohn. Du musst dich in dieser Angelegenheit genauer informieren.«

»Das mache ich sofort, Mutter.«

Und schon lief er wieselflink zur Tür, hinter der die beiden denkbar verschiedenen jungen Männer warteten. Während der eine nervös seine blonde Mähne zerzauste, strich der andere sein glänzend schwarzes Haar sorgsam glatt.

»Erzähl schon, Philibert!«, verlangte der kleine François energisch.

Marschall de Gié hatte ihm nämlich beigebracht, mit seinen Untergebenen in gebieterischem Ton zu sprechen. Obwohl François überhaupt nicht eingebildet war und eher ein heiteres, entgegenkommendes Wesen hatte, lernte er doch immerhin, seinem Personal gegenüber kurz angebunden zu sein, zumindest wenn er nicht allein war.

»Also, Juan hat gesagt, Johanna von Kastilien erlaubt ihm, im Val de Loire zu bleiben, wenn er einen guten Herrn findet«, berichtete Philibert.

Bei diesen Worten sprang Alix auf.

»Einen guten Herrn hast du gesagt?«

»Ja.«

Sie wandte sich an Louise.

»Wollt Ihr Juan in Eure Dienste nehmen?«

Die Comtesse d'Angoulême wirkte ein wenig verlegen.

»Ich weiß gar nicht, ob der König unser Dienstpersonal aufstocken will. Königin Anne hat sich schon beschwert, dass unser Gefolge zu groß ist. Es tut mir sehr leid, mein armer Philibert, aber ich kann wirklich keinen zusätzlichen Stallknecht einstellen. Was ich im Übrigen für deinen Freund bedaure, weil er ein anständiger Kerl zu sein scheint. Aber es geht leider wirklich nicht, Königin Anne würde mir diese Eigenmächtigkeit sehr übel nehmen.«

»Es ist schon wahr, dass ihr wenig daran liegt, etwas für uns auszugeben«, meinte Antoinette mit einem bitteren Lächeln. »Ich bin außerdem überzeugt, sie wäre mehr als froh, wenn sie überhaupt auf unsere Anwesenheit im Val de Loire verzichten könnte.«

Alix war sehr zuversichtlich – alles schien einen guten Gang zu nehmen. Die Aufträge häuften sich, erst die aus Italien, die wirklich bedeutend waren, und nun die Bestellung der Comtesse d'Angoulême, vielleicht eine von Johanna von Kastilien und schließlich der Auftrag, den der König ihrem Jacquou versprochen hatte.

Alix ging zu Juan und fragte ihn:

»Angenommen, du findest keinen guten Meister – ist Johanna von Kastilien auch bereit, dich einer guten Herrin zu überlassen?«

Der junge Spanier wurde rot. Louise hatte verstanden und fragte Juan:

»Wie alt bist du?«

»Achtzehn.«

»Und seit wann bist du Pferdeknecht?«

»Ich bin eigentlich Kutscher.«

»Das ist ja ausgezeichnet«, meinte Louise an Alix gewandt.

»Was kannst du sonst noch, Juan?«, fragte Alix und sah ihn sich genau an.

»Ich kenne mich sehr gut mit Mulis und Pferden aus, ich kann Wagen lenken, komme auch auf schwierigen Wegen zurecht und finde zurück, wenn ich mich einmal verirrt habe. Bei uns in Kastilien sind die meisten Wege schlecht, manche eigentlich gar nicht zu befahren. Man muss sehr gut aufpassen, wenn man nicht unter der glühenden Sonne verdursten will.«

»Warum sprichst du so gut Französisch?«

Der junge Mann zögerte.

»Meine Mutter stammte aus den Pyrenäen. Sie musste ihre Heimat verlassen, als sie meinen Vater heiratete. Aber sie wollte nie Spanisch sprechen. Mit mir hat sie deshalb immer in ihrer Muttersprache geredet. Ausnahmslos. Meine Mutter war vor allem Französin.«

»Ist sie das denn jetzt nicht mehr?«

»Sie ist tot, Señora.«

»Oh, das wusste ich nicht, Juan. Es tut mir leid. Und was hat dein Vater in Spanien gemacht?«

»Der ist noch nicht tot!«, meinte er bedrückt. »Er ist noch immer königlicher Oberstallmeister von Kastilien.«

»Und dann bist du nicht bei ihm geblieben! Bei ihm hättest du bestimmt glänzende Zukunftsaussichten gehabt – vielleicht einmal seinen Posten übernehmen können.«

»Ich mag meinen Vater nicht. Er ist brutal und gemein. Ich verstehe mich nicht mit ihm.«

Louise fragte nicht weiter nach, aber Alix setzte das Verhör fort.

»Willst du vielleicht deshalb in Frankreich bleiben?«

»Das ist einer der Gründe.«

Alix beobachtete Juan aufmerksam und gelangte immer mehr zu der Überzeugung, dass der junge Mann sehr fähig war.

»Dürfte man vielleicht erfahren, was der andere Grund ist?«

Der junge Mann antwortete nicht.

»Jetzt hör mir mal zu, Juan. Wenn du in Frankreich bleiben und einen neuen Herrn finden willst, musst du ganz ehrlich und offen sein.«

»Willst du uns nicht doch auch noch den anderen Grund verraten?«, fragte jetzt auch die Comtesse d'Angoulême.

»Er ist verliebt!«, rief da plötzlich François dazwischen.

Alle schwiegen erst und lachten dann laut los. Wieder wurde Juan rot.

Louise ging zu ihm. Sie lächelte ihn an und zupfte ihn vertraulich am Ohrläppchen.

»Und in wen bist du verliebt, wenn ich fragen darf?«

»In Lisette, Señora.«

Nun wandte sich Louise an Philibert, der zu seiner Herrin getreten war, um Auskunft zu geben.

»Wer ist diese Lisette?«

»Lisette ist ein Zimmermädchen von Königin Anne, Madame. Da kann er doch nicht nach Spanien zurück – er würde sie ja nie wiedersehen!«

Da hörte man Antoinette laut lachen.

»Ich fürchte, meine liebe Alix, wenn Ihr Juan in Eure Dienste nehmen wollt, müsst Ihr auch noch seine Verlobte mitnehmen!«

7

Der gesamte Hofstaat war von König Ludwig zur Jagd geladen worden. Zuerst fand eine Hirschjagd statt, und Philipp von Österreich war sichtlich begeistert. Seine Frau allerdings erfüllte nicht so ganz die Erwartungen des Hofes, weil sie bereits am Vorabend erklärt hatte, nichts davon zu halten, durch den Wald zu reiten, um irgendein armes Tier aufzustöbern, das den raubgierigen Jägern zu entkommen suchte.

Johanna zog sich lieber in ihre Gemächer zurück und spielte Zither. Louise hatte ihr das Instrument gebracht, als sie sie darum gebeten hatte, und nun liebkoste sie mit ihren zarten Fingern von morgens bis abends sanft die Saiten, unempfänglich für das Vergnügen, das es dem Hofstaat bereitete, durch die umliegenden Wälder zu streifen.

Alix nahm zum ersten Mal im Leben an einer Jagd teil und sperrte die Augen auf, um sich von den tausenderlei Motiven für ihre Tapisserien auch nur ja nicht das kleinste Detail entgehen zu lassen. Sie beobachtete das Laub der Bäume, das Hecheln der Hunde, die Blicke und Gesten der Jäger, wenn sie Schritte vernahmen oder eine Fährte entdeckten. Sie interessierte sich für alles, bis hin zu einem kleinen Insekt auf einem Grashalm oder einer Ackerwinde, die sich um einen Efeuzweig rankt.

Jacquou konnte nicht reiten, weshalb ihm die Jagd kein Vergnügen bereitete und er lieber mit seinem Freund Van Orley durch die alte Stadt Blois schlenderte und die kleinen Geschäfte besichtigte. So diskutierten sie mit einem Pergamentmacher, der dem Maler versicherte, sein Pergament sei so glatt, dass der Pinsel nicht hängen blieb. Und der Weber verweilte lange bei einem Färbermeister, der mit Krapp arbeitete und daraus ein dunkles Rot machte, das beinahe granatrot aussah und mit dem man die Gewänder der Prälaten und die prächtigen Kleider der feinen Gesellschaft färben konnte.

Maître Van Orley und Maître Cassex hatten also an diesem schönen Tag anderes zu tun als die königlichen Jagden zu beobachten, die ganz in ihrer Nähe abgehalten wurden.

Schon im Morgengrauen hatten sich die Reiter im Schlosshof versammelt, und bald konnte man hören, wie sie ihre Pferde anspornten, während die Pferdeknechte die Hunde aus den Zwingern holten. Die lärmende Meute ließ nicht lange auf sich warten. Hühnerhunde und Jagdhunde, schottische Hirschhunde und kleine Windhunde – alle waren aufgeregt, und ihr lautes Gebell tönte durch das Schloss, als sie spornstreichs auf den Schlosshof gelaufen kamen.

Die großen Hunde wurden von den Spurensuchern an der Leine geführt und schnupperten sofort herum, während die Windhunde frei herumliefen, ungeduldig sprangen und laut kläfften und die Schnauze in die Luft hielten, als witterten sie bereits ein Opfer für ihr Jagdfieber.

Der Ausritt aus dem Schloss fand mit dem allergrößten Pomp statt – Herolde und Jäger bliesen ins Horn. Dann verließ die Gesellschaft die Stadt und bog in die großen Alleen, die zu den wildreichen Wäldern führten.

Hetzjäger und Meisterpiqueure, Spurenleser, Hundeführer, Reiterinnen und Reiter, alle begaben sich nach strenger Jagdordnung zur ersten Lichtung, von der aus man sich dann verteilen durfte.

Marguerite ritt auf ihrer grauen Zelterstute neben Louise und Souveraine. Ein kleines Stück hinter ihnen folgte Alix, die noch nicht viel Erfahrung mit langen Ausritten in den Wald hatte und ein wenig verkrampft auf ihrem Pferd saß, was sie sich aber nicht anmerken lassen wollte. Sie konzentrierte sich auf den Weg, hielt ihr Pferd fest am Zügel und spürte, dass sie Jasons ungestümes Temperament bereits besser kontrollieren konnte. Louise und Marguerite hatten sie mit guten Ratschlägen überhäuft, und Alix wusste nun, dass sie sich vor den Wurzeln und Baumstümpfen hüten musste, an denen sich ein schlecht gerittenes Pferd leicht die Füße verletzen konnte. Die niedrigen Äste der Bäume stellten eine weitere Gefahr dar, weil sie einem unachtsamen Reiter schnell ins Gesicht schlugen und ihn sogar aus dem Sattel werfen konnten.

Aus diesem Grund ritt Alix langsamer als ihre Freundinnen. Manchmal blieben Louise oder Marguerite stehen und warteten auf sie oder machten ihr Mut, waren aber bald wieder so von der Jagd begeistert, dass sie nach vorn preschten.

François war noch zu jung für eine Jagd. Deshalb drehte er im Schlosshof schimpfend seine Runden, während er auf die Rückkehr der Jäger und ihre Geschichten wartete.

Die dunklen, dichten Wälder um Blois boten ein schönes Farbenspiel. Die Baumwipfel verloren sich in dem endlosen Sommerblau des Himmels, das das Geschrei und Gekreisch der Vögel kaum störte. Mit seinem durchsichtigen Blau überragte der Himmel die Eichen, Ulmen und Birken, die dicht gedrängt standen, das Sonnenlicht filterten und den Reitern angenehm kühlen Schatten spendeten.

Als alle Hunde losgelassen waren, untersuchten die Fährtenleser die ganze Gegend. Sie mussten die Spur von dem Hirsch und die von den Hunden erkennen können, damit man nicht zehnmal an dieselbe Wegkreuzung kam. Die Meute stürmte querfeldein. Manchmal hob ein Hund die Pfote und schnupperte mit der Schnauze in den Wind, wenn er einen Geruch erkannt zu haben glaubte. Die Anführer unter den Hunden blieben dauernd stehen, drehten sich um sich selbst, zögerten und kehrten an eine Stelle zurück, die sie kaum wiedererkannten.

Gelegentlich wurde bei der Jagd ein Wolf aufgescheucht, der aber wieder verschwand, ohne ihr Ende abzuwarten. So lautlos wie möglich, misstrauisch, schlau und einsam wie er war, entging ihm kein Geräusch, und er witterte jeden Geruch. Um dem lauten Treiben zu entgehen, kehrte er auf demselben Weg zurück, auf dem er gekommen war. Solange der Wolf kein Dorf angriff, ließ man ihn ziehen.

Der Klang der Jagdhörner rief verirrte Jäger zur Ordnung. An der Seite des französischen Königs, der sich so ausgezeichnet aufs Jagen verstand, ob es nun um einen Hirsch, ein Wildschwein oder auch nur um kleines Wild ging, fühlte sich Philipp immer wohler.

Und Philipp, der auch »der Schöne« genannt wurde, wegen seiner stattlichen Gestalt und den außerordentlich harmonischen Gesichtszügen, machte wirklich eine gute Figur! Er genoss jeden einzelnen Augenblick der Jagd. Er liebte dieses Land, die Landschaft und die Farben. Oh, wie weit weg war jetzt das trockene, dürre Spanien, und wie sehr schätzte er dieses Tal der Loire, das ihn mit seiner angenehmen Kühle und seinem üppigen Grün verzauberte. Er hörte, dass man den Hirsch hinter einem Teich aufgestöbert hatte. Man blies zum Halali, aber das Tier sprang auf und nahm Reißaus.

»Wenn wir den Hirsch nicht finden können, wird aus der Jagd bald ein Spazierritt«, sagte Louise vergnügt zu Marguerite.

»Seid Ihr etwa nicht zufrieden, Mutter? Ihr wollt doch immer, dass eine Jagd auch ein Vergnügen ist und es Euch besondere Freude macht, wenn es ein heiterer Zeitvertreib wird.«

»Da hast du recht, und Antoinette und Jeanne werden bestimmt bedauern, uns nicht begleitet zu haben.«

»Ihr Pech!«, meinte Marguerite lachend.

Dann wandte sie sich an Alix und sah, dass die mit Jason zu kämpfen hatte. Sie gab ihm sogar die Sporen, was sonst nicht ihre Art war.

»Seht nur, Mutter, ein Reiter hat Alix angesprochen, und Jason wirkt sehr nervös. Seht Ihr, wie er die Ohren aufstellt?«

Und tatsächlich! Es war kaum auszumachen, wer sich mehr aufregte, das Pferd oder die Reiterin? Sire Van Thiegen, der große Weber, hatte unbedingt an der Jagd teilnehmen wollen und sich nun neben Alix gedrängt, um seine Lästereien loszulassen.

»Mortagne lässt Euch niemals in Ruhe«, hatte er gerade gesagt und gemein gegrinst, »das garantiere ich Euch.«

»Meinetwegen, soll er doch kommen und sich bei meinem Gatten beschweren. Warum hat er das nicht längst getan? Mein Mann ist schließlich schon fast einen ganzen Monat aus Italien zurück.«

»Geduld, meine Liebe, Geduld! Er tut es noch. Wartet nur ab!«

»Was soll das heißen?«, gab Alix zurück; sie war wütend über die Unverfrorenheit dieses Mannes, der es wagte, sie auf einer königlichen Jagd zu belästigen. »Was wollt Ihr damit sagen?«

Van Thiegen machte eine vielsagende Grimasse, lächelte dann aber wieder geheimnisvoll.

»Alles hat seine Zeit.«

Alix hielt abrupt an, und Jason wieherte laut. Dann nahm sie ihn am Zügel und machte eine Kehrtwendung.

»Ihr seid doch nur ein abgefeimter Lügner!«

Der andere war empört über diese Beleidigung. Er richtete sich auf, funkelte Alix gefährlich an und erwiderte scharf:

»Mortagne sammelt gerade einige Leute, die Euch bald den Rücken kehren werden. Dann begreift Ihr vielleicht endlich, dass

Ihr nicht eigenmächtig handeln dürft, wenn es Euch gar nichts angeht. Euer Gatte wird sich sehr bald an Eurer Stelle entschuldigen müssen, meine Beste.«

»Das wird er nie tun!«

Van Thiegens wütende Miene ließ nichts Gutes ahnen.

»Das werden wir ja sehen«, meinte er höhnisch.

Alix hätte nur zu gern ihre Reitpeitsche gehoben, aber dabei verlor sie womöglich das Gleichgewicht. Vom Pferd zu fallen wäre eine Schande – und dieser Mann wartete nur darauf, sie vor dem königlichen Hofstaat lächerlich zu machen.

Sie sah, wie Louise und Marguerite sie von weitem beobachteten, und versuchte sich zu beruhigen, obwohl sie vor Zorn kochte.

»Ich gewähre Euch Bedenkzeit, meine Teure. Aber ich kann Euch jetzt schon versichern, dass Ihr euch entweder bei den Webern für den Affront entschuldigen müsst, sie um ihr Vorrecht gebracht zu haben, als Erste mit dem T für Tours zu unterzeichnen, das Euch nicht zusteht, oder …«

»Genug, Monsieur!«, rief Alix außer sich vor Wut. »Ich werde nichts dergleichen tun, und mein Mann genauso wenig. Darauf könnt Ihr euch verlassen.«

»Dann werden wir eben, wenn wir erst genug Weber sind, damit wir unser Recht einfordern können, einen Prozess gegen Euch anstrengen.«

»Nur zu, Monsieur! Meister Jacques Cassex und ich sehen dem gelassen entgegen.«

»Ihr wisst aber doch wohl, dass Euch ein verlorener Prozess das Genick bricht, meine Kleine?«, höhnte Van Thiegen. »Von der Strafe werdet Ihr euch nicht wieder erholen.«

In diesem Augenblick ritt Marguerite auf Alix zu.

»Ist alles in Ordnung, Alix?«, fragte sie besorgt, als sie sah, dass ihre Freundin hochrot war.

»Macht Euch keine Sorgen!«, sagte Van Thiegen und verbeugte sich vor der jungen Reiterin, der man sofort ansah, dass sie sicher im Sattel saß, »diese junge Person hier«, und er deutete mit seiner Peitsche auf Alix, »schien Schwierigkeiten mit ihrem Pferd zu haben. Ich habe ihr meine Hilfe angeboten, was sie aber brüsk abgelehnt hat. Also habe ich ihr viel Glück gewünscht.«

Er grüßte Marguerite zum Abschied und machte kehrt.

»Gibt es ein Problem?«, fragte Marguerite nun noch einmal und musterte den gequälten Gesichtsausdruck ihrer Freundin.

»Ja!«, antwortete Alix und gab sich alle Mühe, wieder ruhig zu werden. »Der Mann ist ein Weber aus Brüssel, dessen Ansichten ich nicht teile.«

Nun kam auch Louise zu ihnen, und es entging ihr nicht, wie aufgeregt die junge Frau war und dass es ihr kaum gelang, ihr Pferd im Zaum zu halten.

»Ich kenne ihn«, sagte sie. »Es ist Maître Van Thiegen aus Brüssel. Hat er Euch Ärger gemacht?«

»Ach was! Wir waren uns nur nicht einig wegen einer Sache, die ich in Abwesenheit meines Mannes unternommen habe.«

»Fändet Ihr es sehr indiskret, wenn ich Euch frage, worum es sich dabei handelt, Alix?«

»Nein, ganz und gar nicht, Louise. Es geht um den Buchstaben ›T‹, mit dem ich die Wandteppiche für Seigneur de La Tournelle signiert habe.«

»Ist das denn im Val de Loire nicht üblich?«

»Nein, eben nicht! Aber in Brüssel, in Brügge, in Tournai, in Arras und sogar in Paris macht man das so. Alle bedeutenden Weber verwenden den Anfangsbuchstaben ihrer Stadt, um damit ihre Arbeiten zu signieren. Und ich habe als Erste das ›T‹ für Tours verwendet und werde es auch behalten.«

Louise nickte zustimmend.

»Da habt Ihr recht. Aber Van Thiegen verfügt im Norden über einigen Einfluss. Gibt es denn noch andere Kommanditäre, Kaufleute oder Weber, die sich darüber beklagt haben?«

»Bisher sind es nur zwei Weber, einer aus Tours und einer aus Brüssel. Van Thiegen hat aber gerade behauptet, dass er weitere finden und einen Prozess gegen uns anstrengen wird.«

»Das ist sehr ärgerlich, weil Ihr bei einem Prozess sehr viel Geld verlieren könnt. Aber tröstet Euch – immerhin werdet Ihr dadurch zehnmal schneller bekannt als sonst. Euren Finanzen dürfte die Sache aber ziemlich schaden.«

Bis die Jagd allmählich zu Ende ging, schwebte diese Drohung wie ein dunkler Schatten über Alix, und sie konnte es kaum erwarten, mit Jacquou darüber zu reden.

Die Feiern dauerten mehrere Tage. Morgens sah Johanna von ihrem Fenster aus, wie sich Philipp mit Louis davonmachte, und für den Rest des Tages blieb er dann unsichtbar. Nicht einmal kam sie in den Genuss seiner Gegenwart, und wenn er einmal nicht jagte, spielte er mit dem König und dessen Freunden *jeu de paume*.

Und der junge österreichische Prinz war begeistert von diesem Spiel, das er am Hof von Kastilien noch nicht kennengelernt hatte! Ein Spiel, das ihm größte Freude bereitete. Philipp war muskulös und kräftig gebaut, sein Körper war wie gemacht für Sport, und er lernte schnell. Bald konnte er den kleinen harten Ball aus zusammengebundenen Lederbändern werfen und fangen. Und Louis zeigte ihm, wie man die gegenüberliegende Wand geschickt ins Spiel einbezog, um zusätzliche Punkte zu ergattern und den Gegner zu besiegen.

Obwohl das Spiel für Königin Anne mit traurigen Erinnerungen verbunden war, weil sich ihr erster Mann eine tödliche Verletzung zugezogen hatte, als er mit dem Kopf gegen einen Balken im Ballhaus von Amboise gestoßen war, machte es ihr weiter Freude, und sie sah den Partien von Louis oft zu.

Johanna schloss sich auch weiterhin tagtäglich in ihrem Zimmer und in ihrer Schweigsamkeit ein und duldete nur eine Ausnahme – die Gespräche in spanischer Sprache mit Louise und ihrer Tochter. Und an diesen Unterhaltungen nahm stets auch Alix teil, die die Comtesse d'Angoulême auf Schritt und Tritt begleitete. In ihrer Gesellschaft ging Johanna sogar so weit, sich in einige Erinnerungen zu ergehen, die ihr das schöne heiße Spanien zurückriefen.

Da Alix keine Gelegenheit verstreichen ließ, bei der sie sich bilden konnte, verbesserte sie ihr Spanisch, indem sie sich ständig von ihren Freundinnen korrigieren ließ. Ihre Formulierungen wurden immer gewandter und ihr Wortschatz immer größer.

Wenn Johanna von Kastilien doch einmal ihr Zimmer verließ, dann ging sie stolz und aufrecht an den wachestehenden Pagen vorbei und begab sich in Begleitung ihrer Betschwester, die ihren Betteppich trug, um ihn ihr unter die Knie zu schieben, zur Schlosskapelle. Die Wappen von Kastilien, die Alix ganz aus Goldfaden gewebt hatte, schienen sie zu beruhigen und zu besänftigen. Und wenn sie dann auf dem Teppich kniete, flehte sie die Jungfrau Maria an, der König von Frankreich möge sich nicht mit ihrem Gatten gegen Spanien verschwören.

Als sie Philipp einen Brief schickte, erhielt sie keine Antwort. Philipp war so beschäftigt mit der Unterhaltung, die ihm der französische König bot, dass er seine Frau völlig vergessen hatte.

Um sich über diese Undankbarkeit hinwegzutrösten, verlangte sie nach ihrem Aloewasser und ihrer Gurkencreme, die man in silbernen Phiolen aus Spanien hatte kommen lassen. Darin badete sie dann ihr Gesicht, weil sie die Spuren der schlaflosen Nächte daraus tilgen wollte.

Schließlich bestand sie darauf, dass man ihr die Schatulle aus fahlrotem Saffian brachte, in der sie den Perlenschmuck, den ihr ihre Mutter zur Hochzeit geschenkt hatte, und das Geschmeide von Philipp zur Geburt des kleinen Charles verwahrte, und betrachtete sie unablässig. Sie legte den Schmuck aber nicht an, sondern bewunderte ihn nur stundenlang und strich hin und wieder zärtlich mit dem Finger darüber.

Als dann sämtliche Vergnügungen ausgeschöpft waren und Philipp und Johanna endlich in Erwägung zogen, nach Spanien zurückzukehren, wohlgemerkt ohne den Umweg über Tours zu vergessen, wo sie unter anderem die Weberwerkstatt von Meister Jacques Cassex besuchen wollten, rief Louis XII. Jacquou und dessen Frau zu sich.

»Da seid Ihr ja, mein lieber Meister Cassex«, sagte der König und begrüßte den jungen Weber mit ausgebreiteten Armen.

Die vertrauliche Geste brachte den jungen Mann mehr als nötig gewesen wäre in Verlegenheit. Jacquou war nun einmal sehr empfindlich und ließ sich schnell von allem beeindrucken, was von seinem vertrauten Alltag abwich. Also war es an Alix, sich gewandt und klug zu zeigen. Nachdem sie sich zunächst im Hintergrund gehalten hatte, trat sie nun neben ihren Mann.

»Aha, und Ihr seid seine hübsche junge Frau!«, meinte der König und musterte Alix wohlwollend.

Ihr Anblick war schließlich nicht dazu angetan, sein Missfallen zu erregen. Alix trug ein langes smaragdgrünes Kleid, das ihre goldbraunen Augen und ihr kastanienbraunes Haar sehr gut zur Geltung brachte. Ihre weiten goldbestickten Ärmel aus schwarzem Samt reichten bis zum Boden, und das enge Mieder über ihrer schmalen Taille endete in einer Spitze über ihrem flachen Bauch, dem man auch so ansah, wie anmutig er sein musste.

Alix machte eine tiefe Verbeugung und die entsprechenden Reverenzen. Als sie den Kopf neigte, hüpften ein paar falsche Locken auf ihren Schultern. Ein schwarzes golddurchwirktes Haarnetz, das zum Saum ihres Kleides passte, war um ihr offenes Haar geschlungen, das ihr auf den Rücken fiel. Diese Frisur war besonders bei Mädchen und jungen Frauen sehr beliebt, während ältere Frauen ihr Haar gern unter einer Haube versteckten – aber Alix war ja noch so jung!

»Eure Hoheit, mein Mann und ich fühlen uns sehr geehrt, dass Ihr uns zu empfangen geruht.«

»Schon gut! Kommen wir zur Sache«, meinte der König fröhlich. »Meister Cassex ließ mich wissen, dass Ihr auch eine sehr begabte Weberin seid.«

»Ich gebe mir die allergrößte Mühe, gnädigster Herr.«

»Wie ich höre, hat meine Cousine Louise d'Angoulême eine große Arbeit zum Thema Einhorn bei Euch in Auftrag gegeben.«

»Ja, Euer Hochwohlgeboren. Ein historisches Ensemble, bei dem es vor allem um vornehme Damen und Einhörner auf einem Millefleurs-Hintergrund geht.«

»Sehr gut! Sehr gut«, sagte der Monarch und ging ein paar Schritte zu der großen geschnitzten Holztruhe, die in einer Ecke des Zimmers stand. »Die Einhörner aus dem Val de Loire sind sehr einnehmend, genau wie die aus Brüssel. Anmutig, schön und manchmal auch kriegerisch, aber immer klug genug, sich zähmen zu lassen. Sie geben ein außerordentlich gutes Spiegelbild unserer Landschaft. Aber lassen wir doch dieses eher weibliche Thema und wenden uns einem anderen zu«, sagte er dann zu Jacquou. »Ach, Meister Cassex, ich spüre, dass wir beide gemeinsam Großes verwirklichen werden! Würde es Euch gefallen, an einem großen historischen Thema zu arbeiten, einer griechischen Darstellung des Trojanischen Krieges?«

»Selbstverständlich, Sire!«, antwortete Jacquou, und seine Augen funkelten.

»Allerdings ein *Trojanischer Krieg*, der ganz anders interpretiert werden soll als der, den man für den Duc de Bourgogne angefertigt hat. Ich muss Euch nichts erzählen, bestimmt kennt Ihr dieses Kunstwerk. Aber ich hätte gerne weniger herrschaftlichen Prunk und dafür mehr Kriegspferde.«

Der junge Tapissier konnte es kaum erwarten, mehr darüber zu erfahren. Ein kriegerisches Thema würde für eine vollkommen neue Stimmung sorgen. Soldaten, Pferde, Piken und Hellebarden begeisterten ihn ohne Ende. Früher hatte er mit seinem Vater Pierre de Coëtivy sehr viel daran gearbeitet und dessen Ausführungen bis ins kleinste Detail studiert, sodass ihm diese Motive keinerlei Schwierigkeiten bereiten sollten. Endlich durfte er sich in die Darstellung dunkelblauer Himmel vertiefen, über die Blitze zuckten oder Unwetter tobten, das Ocker von nacktem Sandboden ohne Gras und ohne Blumen, das kalt glänzende Grau von Rüstungen, Helmen und Schwertern – davon musste es mehr als genug geben – und das purpurrote Blut, das der Färber aus Tours so hervorragend machte.

Oh ja, er würde es bei der Darstellung dieser Szenen zu unvergleichlicher Perfektion bringen! Die Zeichnungen für seine Kartons, die handwerkliche Umsetzung und die Entstehung der Motive sollten so phantasievoll wie irgend möglich werden. In Gedanken stellte er bereits die fünf, sechs oder vielleicht sogar noch mehr einzelnen Teppiche zusammen, die er auf seinen vier großen Hochwebstühlen ohne weiteres anfertigen konnte. Er brauchte lediglich noch einen zusätzlichen Arbeiter, den er auch sofort suchen wollte.

»Zu welchem Termin sollen wir Euch diese Bestellung ausliefern, Sire?«, fragte Alix, weil sie auf ein anderes Thema zu sprechen kommen wollte.

»Was schlagt Ihr mir vor?«

»Wir könnten in zwei bis drei Jahren fertig sein«, meinte Jacquou.

»Einverstanden.«

»Darf ich noch eine Bitte äußern, Sire?«, fragte Alix, der ihr Anliegen sehr am Herzen lag, »wir haben eine erste Arbeit für Seigneur de La Tournelle, dessen Domäne nicht weit entfernt von Blois liegt, mit einem ›T‹ für Tours unterzeichnet. Was haltet Ihr davon?«

»Seigneur de La Tournelle ist in der Tat einer meiner Vasallen. Ich finde es bedauerlich, dass er als Erster in den Genuss dieses Privilegs gekommen ist. Aber da hätte ich nun einmal meine Bestellung vor seiner in Auftrag geben müssen. Erweist mir diese Ehre also einfach auf Eurem nächsten Teppich für mich und fügt die Wappen von Blois hinzu.«

Alix jubelte innerlich. Damit hatte der König seine Zustimmung gegeben, und sie konnte auch ihren nächsten Teppich mit dem Anfangsbuchstaben für Tours signieren.

8

Ehe sich das österreichische Prinzenpaar auf den Heimweg machte, lud sie Louis auf Schloss Chinon ein. Johanna tat ihr Missfallen darüber deutlich kund, musste sich aber dem Willen ihres Gatten fügen, der sich durch nichts von ihr umstimmen ließ.

Alix hegte kurz die Befürchtung, der neue Wunsch des Königs könnte Johanna und Philipp davon abhalten, Station in Tours zu machen. Deshalb beschloss sie in Absprache mit Jacquou, Louise nach Chinon zu begleiten, während ihr Mann sofort nach Hause zurückkehren wollte.

Philipp war nicht umsonst der Sohn des großen Maximilian von Österreich. Er liebte Feste und Grandezza und allen Prunk, und das prächtige Chinon versetzte ihn in Begeisterung.

Auch Alix war entzückt von der Schönheit dieses alten Schlosses. Das vornehme mittelalterliche Gebäude, das wie eine Festung auf einem spitzen Felsen thronte, der Turm von Coudray, die Donjons, die steinernen Giebel mit den vielen Türmchen, die Kapelle – all das fand sie bezaubernd.

Der steile Hang unter dem Schloss, an den sich die Häuser mit ihrem geschnitzten Fachwerk drückten, die vielen spitzen Dächer, die verwinkelten kleinen Gassen, durch die sie vielleicht eines Tages stolz auf ihrem Jason kommen würde, wenn sie ihre Wandteppiche auslieferte. Ja, sie war restlos begeistert! Gott, wie wichtig sie dann sein würde, wenn sie dem König die riesengroßen, kostbaren Tapisserien brachte!

Sie wusste gar nicht, wohin sie zuerst schauen sollte, so viel Schönes und Fremdes gab es zu bewundern. Und die großen Säle im Schloss kamen ihr irgendwie unwirklich vor. Noch nie zuvor hatte sie so etwas gesehen.

Zwei Reihen von Hellebardieren hatten den königlichen Hofstaat am Ausfalltor des Schlosses empfangen. Sogleich machte sich ein Heer von Dienern in gelbweißen Livrees mit der tatkräftigen Unterstützung einer Schar von Dienstmädchen daran, die Kisten mit den Gerätschaften und dem Geschirr, die Möbel, die Teppiche und die Tapisserien so schnell es ging auszupacken – alles, was man aus Blois mitgebracht hatte und was wieder nach Amboise zurückgebracht wurde, sobald der Hofstaat Chinon verließ.

Louise und Marguerite, die der König bereits auf Chinon beherbergt hatte, kannten dort eine Menge Leute: Die Dame aus der Kapelle, die so gut wie nie das Oratorium verließ, den Schuhflicker, der immer einen Schuh in der Hand hatte, der genäht werden musste oder der eine neue Sohle brauchte, den Apotheker, der ständig die Formel für einen schmerzstillenden Trank vor sich hinmurmelte, einen Fackelträger, der den Eingang beleuchten musste, den Vogelfänger für die Volieren mit seinem Lieblingssperber auf dem gepolsterten Unterarm, eine Bandwirkerin, die ihre neue Ware präsentieren wollte, ein Brotbäcker, ein Reitlehrer und ein Kerzenhändler, den die Diener wegschickten, weil er bereits am Vortag vorgesprochen hatte, und noch viele andere Leute.

Alix staunte über so viel Unruhe. Später wunderte sie sich dann über die Betten mit den Federkissen und den Decken aus Barchent und Zwillich aus Caen. An dem funkelnden Silbergeschirr und den vielen Weinkaraffen aus Kristall konnte sie sich gar nicht sattsehen.

Und das war noch längst nicht alles! Mit geübtem Blick hatte sie unter den Tapisserien aus Flandern, die in den Wagen des königlichen Paares mitreisten, einige sehr schöne Stücke ausgemacht. Das hatte Alix sofort sachkundig geprüft – sozusagen eine Berufskrankheit. Es gab Teppiche mit biblischen Geschichten, auf denen Szenen mit Josef, Moses, Jonathan, Nebukadnezar und Esther zu sehen waren, Bilder aus der griechischen und römischen Geschichte zeigten die Herkulesarbeiten und das Leben von Alexander dem Großen, Jason oder Cäsar. Mit alledem kannte sich Alix bestens aus. Das Einzige, was in dieser Sammlung noch fehlte, war die berühmte Geschichte des Trojanischen Krieges, die von ihrer eigenen Werkstatt in Bildern erzählt werden sollte.

Alix hatte auch verschiedene weniger wertvolle Wandteppiche entdeckt, die alle Webereien herstellten, indem sie Figuren von anderen Tapisserien übernahmen und wieder verwendeten.

Auch die türkischen Teppiche, die in den wichtigen Räumen des Schlosses den Boden bedeckten und auf der Oberseite einen halben Fuß dick aus Seidenfaden, auf der Rückseite flach gewebt waren, hatten die Aufmerksamkeit von Alix erregt. Und die gewaltigen Kamine in den großen Räumen mit ihren Einfassungen aus weißem Stein, in denen Tag und Nacht ein Feuer brannte, faszinierten sie genauso wie die hohen holzverkleideten Decken, unter denen sie sich irgendwie merkwürdig groß vorkam.

Doch für einen Moment lehnte sie sich an das Fenster, ließ den Blick einfach in die Ferne schweifen und bewunderte das lange silberne Band des Flusses, das ganz allmählich in der einbrechenden Dunkelheit verschwand. Zu ihrer Linken sah sie die Tour de l'Echauguette mit ihren dicken Mauern und dem Rundgang, und zu ihrer Rechten das Wasser der Vienne, das sich im Schein der untergehenden Sonne rot färbte.

Ganz in Gedanken versunken betrachtete Alix den hellen Fluss, der ruhig und friedlich zwischen seinen üppig grünen Ufern und den dichten Wäldchen dahinfloss. Vögel tauchten vor den rötlichen Streifen am Himmel auf und stießen spitze Schreie aus. Aufgeregt flogen sie hin und her, vermutlich auf der Suche nach ihrem Nest. Manchmal setzte sich einer von ihnen auf einen dünnen Zweig oder auf ein kleines Boot, ohne dass sich eines davon unter ihrem Gewicht auch nur im Geringsten bewegt hätte.

»Im Sommer ist die Vienne abends besonders schön«, hörte sie jemand hinter sich sagen. »Aber es ist sehr schwül, bestimmt kommt bald ein Gewitter.«

Alix drehte sich um, und Louise legte einen Arm um sie und blickte zum Fluss.

»Als ich diesen Fluss zum ersten Mal aus eben diesem Fenster hier sah, war ich vollkommen überwältigt. Seht nur, Alix, dies lange dunkle Band, das schon morgen wieder azurblau ist und mit dem Himmel verschmilzt. Im Sommer vereinigen sich seine goldenen Sandbänke mit seiner trägen Sinnlichkeit. Ihr werdet es sehen, sobald es Tag wird.«

»Die Natur ist zauberhaft, und ich kann sehr gut verstehen, dass Ihr diese Pracht gern von dem Fenster hier bewundert«, sagte Alix leise und nickte mit ihrem hübschen Kopf, dass die kastanienbraunen Locken auf ihrem Rücken hüpften.

Glücklich und zufrieden lächelte sie Louise an.

»Wie soll ich Euch nur für all das danken, was Ihr mir gebt, Louise? Euch habe ich wohl gerade die schönste Zeit meines Lebens zu verdanken.«

»Dann genießt sie in vollen Zügen, Alix! Diese Tage dauern leider nicht ewig.«

Die Tür wurde geöffnet, und Jeanne und Antoinette schauten herein. Sie schoben die Wandteppiche vor der Tür zur Seite und betraten das Zimmer.

»Habt Ihr gehört, dass sich Königin Anne nach der Tapisserie erkundigt hat, die der König bei Euch bestellt hat, Alix?«, begann Antoinette sofort. »Ich bin sicher, sie lässt Euch gleich zu sich rufen, um Euch kennenzulernen.«

»Das glaube ich kaum«, meinte Louise, »sie beschäftigt doch nur Stickerinnen aus der Bretagne.«

»Ja, richtig«, bekräftigte Jeanne. »Ihre Zimmermädchen und Zofen, Wäschenäherinnen, die Hoffräulein und Hofdamen kommen alle aus der Bretagne.«

Antoinette überlegte kurz und meinte dann: »Ich glaube, die Königin möchte Euch kennenlernen, weil Ihr bei dem Gespräch zwischen dem König und Eurem Mann dabei wart. Das ist nicht üblich. Könige sprechen mit Webern, aber nicht mit Weberinnen.«

»Da hat sie recht«, unterstrich Jeanne und lachte vergnügt. »Königin Anne ist von geradezu krankhafter Eifersucht. Sie wird richtig wütend, wenn der König einer hübschen Frau einen Gefallen tut. Und das betrifft auch Euch, Louise.«

»Der König erweist auch mir nicht immer seine Gunst«, sagte Louise lachend.

»Jedenfalls hat er sofort Eure Bitte erfüllt, als Ihr ihn höflich aufgefordert habt, doch nicht den jungen Meister Cassex zu vergessen, der sich gerade – welch ein Zufall! – innerhalb der Mauern von Schloss Chinon aufhielt! Und er hat Euch den Kredit gewährt, ohne den Ihr Eure eigenen Wandteppiche nicht hättet bestellen können.«

»Das ist allerdings wahr«, musste Louise zugeben, »aber soweit ich weiß, wollte er Eindruck auf Philipp von Österreich machen, indem er seine Tapisserien im Val de Loire und nicht in Brüssel in Auftrag gab.«

»Meine liebe Kleine«, sagte Antoinette an Alix gewandt,

»Louise hat Euch wirklich unter ihre Fittiche genommen. Sie hat sogar mit der Oberin des Konvents in Cognac gesprochen, in dem meine Tochter Madeleine lebt. Die Kapelle dort ist sehr groß, und sie möchte die Wände gern mit schönen Teppichen zur Geschichte von Christi Geburt schmücken. Wärt Ihr dafür zu haben?«

Die vier Frauen brachen in Gelächter aus, dann wandte sich Louise an ihre Freundin und drohte ihr zum Scherz mit dem Finger.

»Also Antoinette! Ihr seid doch eine unverbesserliche Schwatzbase. Eigentlich wollte ich Alix selbst mit dieser Frage überraschen, ehe sie uns verlässt.«

»Stellt Euch vor – gerade eben arbeite ich an den Gesichtern italienischer Madonnen«, sagte Alix verwundert.

»Ärgert Euch nicht, Louise«, meinte Antoinette fröhlich. »Bestimmt habt Ihr noch andere Neuigkeiten für sie. Aber während Euer Mann über seinen Trojanischen Krieg nachdenkt, erzählt uns doch lieber, wie Ihr die Einhorn-Motive geplant habt, Alix.«

»Ich stelle mir sehr viele Allegorien vor, Engel, wilde Tiere …«

»Wilde Tiere?«

»Ja, Tiere aus der Sagenwelt, mit Schuppen auf dem Rücken, Hörnern, Flügeln spitz wie Schwerter und feurigen Drachenaugen. Vielleicht ein *mehrköpfiges Wesen*, das mein schönes, majestätisches, weißes, reines, himmlisches Einhorn angreift. Doch das Einhorn gewinnt natürlich, weil es sich von den Damen zähmen lässt.«

»Und wie sollen Eure Damen aussehen?«

»Ach, Louise, ich bin sicher, eine wird Euer Gesicht haben, Euer Lächeln und Eure Anmut. Das Einhorn soll eine Frucht aus ihrer Hand fressen und ihr zuhören, wie sie Klavichord spielt, und in seinen Augen soll sich die ganze Grazie seiner engelsgleichen Herrin spiegeln.«

Jeanne, die sich besser als die Freundinnen auf Stickereien aller Art verstand, hörte Alix gespannt zu.

»So soll Euer Einhorn also aussehen?«

»Ja, genau so.«

»Wollt Ihr denn auch ein Millefleurs machen?«

»Natürlich. Es geht nicht darum, die wunderbare Blüte aufzugeben, die sich für diese Art von Tapisserie anbietet. Ein Meer aus Vergissmeinnicht, Maßliebchen, Immergrün und Butterblumen soll zwischen den unterschiedlichsten Gräsern und Blättern erblühen.«

»Nehmt Ihr auch noch andere Tiere als Eure Drachen und vielköpfigen Fabelwesen dazu?«

»Wie könnte ich die ganze Tierwelt vergessen, die meiner Phantasie entspringt? Es muss unbedingt eine Reihe von Szenen mit Tieren geben, die es würdig sind, auf den großen Teppichen dieses Jahrhunderts abgebildet zu werden: Ein Löwe, ein Widder und vielleicht sogar ein Stier sollten dabei sein.«

Beim Gedanken an diese Bilder zappelte Alix wie ein kleines Mädchen, dem man ein schönes neues Spielzeug vor die Nase hält. Aufgeregt lief sie im Zimmer auf und ab und kam einmal zu Louise, dann zu Jeanne oder Antoinette.

»Es müssen auch ganz viele Allegorien sein. Die Freude und die Sorglosigkeit, die Heiterkeit, die Harmonie und der Friede. Ja, all diese Symbole sollen vorkommen. Flussnymphen tauchen aus den Wellen, Engel kommen aus den Wolken.«

Sie ging wieder zum Fenster.

»Seht nur diese kleinen Nachtvögel an, wie sie sich in der Unendlichkeit des dunklen Himmels verlieren! Prächtig und stolz sollen sie aussehen – wie das Herz mancher Frauen, die lange nach ihrem Lebenssinn gesucht und schließlich die Herausforderung gefunden haben, der sie sich hingeben wollen.«

Sie trat wieder zu ihren Freundinnen.

»Aber es wird keine religiöse Darstellung geben. Keinen Messias, auf den alle warten, keinen Heiligen, der segnet oder straft, keinen Teufel, der in Versuchung führt.«

»Also überhaupt nicht die Frage nach gut und böse«, sagte Louise und amüsierte sich über die Begeisterungsfähigkeit ihrer jungen Freundin.

»Nein, nur Engel, die ihre Flügel ausbreiten, um auf die Erde zu kommen. Ihren Gesichtern werden wir immer wieder begegnen. Man wird Marguerite und François bei ganz alltäglichen Verrichtungen sehen.«

Alix wandte sich an Louise.

»Wisst Ihr, dass ich die beiden sehr genau studiert habe? Inzwischen kenne ich jeden ihrer Gesichtsausdrücke, ihre Bewegungen und das typische Leuchten ihrer Augen.«

Alix besaß die erstaunliche Fähigkeit, mitreißend zu erzählen. Sogar der Klang der eigenen Stimme versetzte sie in immer größere Begeisterung. Louise lächelte zufrieden und sah, wie es Nacht wurde. Ihre Tochter und ihr kleiner Cäsar auf großen, schönen Wandteppichen, die einmal an den Wänden der Schlösser in Amboise, in Blois oder in Chinon hängen sollten. Diese Vorstellung konnte ihr nur gefallen.

»Da habt Ihr Euch ja einiges vorgenommen, meine Liebe!«

Aber Alix war noch gar nicht fertig.

»Der Himmel ist voller Trompeten und wehenden Bannern und Fähnchen, die sich entrollen wie in dem *Wunder der widerspenstigen Maultiere*. Und meine ›Damen‹ entspringen einem Ensemble aus exotischen Blumen und Vögeln.«

Sie hielt einen Moment inne und fuhr dann ganz in Gedanken versunken fort:

»Weil Ihr mir diese Tapisserien so großzügig bezahlt, will ich

Euch eine andere schenken, Louise. Sie soll *Begegnung am Hofe* heißen, und auf diesem Teppich will ich alle Begebenheiten darstellen, die ich von Eurem Hof in Erinnerung behalten habe.«

Während sie so vor sich hin schwärmte, erschien Marguerite, gefolgt von Prunelle.

»Stellt Euch vor, Mutter«, sagte sie, als die Windhündin Louise vor Freude auf den Arm sprang und sich wie ein Welpe aufführte, »eben habe ich erfahren, dass ein Unwetter die Straße von Chinon nach Blois blockiert hat.«

»Das ist merkwürdig, wir haben gar keinen Donner gehört.«

»Doch, als ich zu Alix kam, grollte es bereits«, widersprach Louise.

»Was wird dann aus unserem Konzert heute Abend, Mutter? Ihr wisst doch, dass die Musiker in Blois geblieben sind. Wie sollen sie denn hier herkommen, wenn die Straße nicht passierbar ist?«

Marguerite ging zu Alix und umarmte sie ungestüm. Prunelle nutzte die Gelegenheit, um aus den Armen von Louise zu springen und zu der jungen Weberin zu laufen. Der Hund stupste mit der Schnauze ihre Hand, beschnupperte sie und leckte sie ab.

Nun kam auch François hereingestürmt.

»Über dem ganzen Val de Loire entlädt sich ein Gewitter. Hört nur!«

Wie um ihm Recht zu geben, ertönte ein lauter Donnerschlag, und Blitze zuckten über den Himmel.

»Philibert ist mit Juan los, um die Musiker zu suchen«, rief der Junge.

»Mit Juan!«, rief Louise. »Wieso denn das?«

»Weil er sagt, dass es in Spanien sehr oft Gewitter gibt. Er sei es gewöhnt, andere Wege zu finden, wenn Bäume die Straßen versperren.«

»Aber welches Pferd haben sie denn genommen? Die Tiere haben Angst vor dem Unwetter. Sie scheuen und rühren sich nicht von der Stelle.«

Das Konzert musste wegen des Unwetters leider ausfallen, und Alix machte sich mit ihrem neuen Kutscher auf den Heimweg nach Tours. Sehr schnell stellte sie fest, dass Juan ausgezeichnet mit Pferden umgehen konnte.

Nachdem sie die Brücke über die Loire überquert hatten, machten die Wagen von Philipp von Österreich und Johanna von Kastilien vor den Toren von Tours Halt. Zwei Hellebardiere führten den Konvoi an. Die Dienstboten ritten auf Maultieren. Johanna hatte ihre Kutsche nicht verlassen.

»Darf ich Euch begleiten, mein Liebchen?«, sagte Philipp zu seiner Gattin durch das kleine Fenster, das wegen der großen Hitze offen stand.

Johanna sah ihn erstaunt an. Das Kosewort tröstete und besänftigte sie, ließ sie darauf hoffen, die Rückkehr könne angenehmer werden, als sie befürchtet hatte. Ob Philipp ihr gegenüber nun wieder aufmerksamer war, nachdem er diese Tage voller Saus und Braus an der Seite des Königs von Frankreich verbracht hatte, der bereits wieder zu seinem Kriegszug nach Italien aufgebrochen war?

»Mit dem allergrößten Vergnügen, mein Herr«, antwortete Johanna mit einem schwachen Lächeln. »Ich weiß, dass Euch die Liebe zu den schönen Tapisserien nach Tours geführt hat und Ihr dort eine Weberwerkstatt besuchen wollt. Aber darf ich hoffen, dass Ihr auch mir eine Freude bereiten wollt?«

»Hattet Ihr denn nicht selbst den Wunsch geäußert, nach Tours zu reisen, weil Ihr dort diese jungen Weber wiedersehen wolltet?«

»Ganz recht, mein Herr.«

Und die sonst so stolze und hochmütige Johanna mit ihren kalten, abweisenden Augen gab sich auf einmal ganz bescheiden und schlicht und wirkte beinahe entzückt, als sie am Arm ihres Mannes würdevoll aus ihrer Kutsche stieg.

Dann betrat das Paar die Werkstatt von Meister Jacques Cassex, während ihr gesamtes Gefolge draußen warten musste und den ganzen Verkehr in der Straße und auf dem Platz Foire-le-Roi aufhielt.

Als sie das hörten, wollten es die Weber von Tours einfach nicht glauben. Wie war es den Cassex nur gelungen, Philipp von Österreich und Johanna von Kastilien in ihre kleine Werkstatt zu locken, obwohl es doch so viel andere und weitaus bedeutendere in der Stadt gab?

Die Weber besprachen sich, sahen sich ratlos an und stellten viele Fragen. Vor allem aber war einer unter ihnen, der auf Rache sann, nämlich Meister Mortagne, der gerade Van Thiegen aus Brüssel bei sich hatte und ganz grün vor Neid war.

Jacquou empfing das königliche Paar mit größtem Zuvorkommen. Arnold und Mathias verbeugten sich ein wenig hölzern, und ihre Frauen machten einen ungeschickten Knicks. Julio und Pierrot hatten sich ganz hinten in die Werkstatt verzogen und wussten nicht, wohin mit sich.

Nur der alte Gauthier fühlte sich sichtlich wohl. Immerhin hatte er während seiner langen Jahre als Weber an der Seite von Maître de Coëtivy mehrmals den Dauphin, Charles VIII., und dessen Schwester Anne de Beaujeu, die französische Regentin, empfangen.

»Was wollt Ihr denn bestellen, mein Liebchen?«, fragte Philipp seine Gattin.

Johanna war keine große Verehrerin der Tapisseriekunst und

nun ein wenig verlegen. Alix wusste von ihrer großen Frömmigkeit und kam ihr zu Hilfe.

»Wenn Ihr erlaubt, Hoheit, würde ich Euch einen Kirchenteppich zum Thema Christi Geburt vorschlagen. Dieses Motiv kenne ich sehr gut und arbeite auch gerade daran. Ich bin sicher, das heitere, schöne Gesicht einer Madonna und das ihres neugeborenen Kindes, umringt von gnädigen Engeln, wäre eine Zierde für die Wände der großen Kapelle auf Eurem Schloss in Kastilien.«

Alix unterdrückte ihre Rührung und wurde ruhiger, weil sie sehr zufrieden war mit ihrem Vorschlag. Hatte sie nicht Louise das gleiche religiöse Thema für die Oberin des Konvents in Cognac vorgeschlagen? Das Zeichnen der Madonnen, die sie aus Italien bekommen hatte, inspirierte sie so sehr, dass sie immer neue entwerfen wollte.

Johanna nickte zustimmend, wandte sich dann Arnaude zu, die an einem Flachwebstuhl arbeitete, und begutachtete die Zeichnung auf dem Karton, der dahinter befestigt war.

Ganz ungezwungen nahm Philipp von Österreich Jacquou am Arm und führte ihn so selbstverständlich in den anderen Teil der Werkstatt, als wären ihm die Räumlichkeiten gut bekannt.

»Sollen die Damen doch ohne uns über Christi Geburt diskutieren.«

Er deutete auf einen Hochwebstuhl und sagte:

»Wie ich sehe, arbeitet Ihr an Eurem Hochwebstuhl, Meister Cassex. Ist das vielleicht der Auftrag von König Ludwig?«

»Ja, ich habe schon damit begonnen. Die Kampfszenen beschäftigen mich Tag und Nacht. Ich will sie ganz natürlich, ohne alles Brimborium. Mein Freund, der Maler Van Orley, den Ihr auch schon kennengelernt habt, zeichnet mir die großen Motive, die am wichtigsten sind.«

Wie nicht anders zu erwarten, zeigte sich Philipp von dem Kriegsthema sehr angetan.

»Könntet Ihr mir eine spanische Schlachtszene auf Eurem im Val de Loire so beliebten Millefleurs-Hintergrund machen?«

Jacquou zögerte. Er wusste nämlich nicht, wie man einen Erzherzog korrekt ansprach, und auch nicht, welchen Titel man verwenden musste, wenn man sich an ihn wandte. Auch wenn das Land Österreich nicht sehr weit weg von Frankreich war, gab es dort doch bestimmt andere Sitten, und ein Erzherzog war kein König, ein König kein Herzog. Jacquou verwechselte diese protokollarischen Titel gern, mit denen sich Alix besser zurechtfand als er. Noch war Philipp nicht Kaiser von Österreich, aber durch seine Ehe mit Johanna König von Kastilien.

»Aber natürlich, Eure Hoheit«, sagte er schließlich zögerlich. »Alle Verehrer der Tapisserie sind begeistert von unseren prächtigen Teppichen. Was haltet Ihr davon, wenn ich für Eure Schlachtszene ein Motiv aus *Cäsars Geschichte* nehme, wie er zum Beispiel den Rubikon überschreitet? Natürlich hätte er Euer Gesicht, und die Pferde würden die Millefleurs zertreten, die überall auf dem Ensemble zu finden wären«.

In der Werkstatt nebenan stand Alix vor dem gleichen Problem. Immerhin hatte sie gehört, wie Louise Johanna von Kastilien mal mit Hoheit und mal mit Majestät angeredet hatte.

»Ich könnte mir ein über die Maßen keusches klassisches Madonnengesicht vorstellen, Hoheit«, erklärte sie Johanna von Kastilien. »Eine hohe, weiße Stirn, das Gesicht von einem blauen Schleier mit goldenem Rand umschlungen, so dass man nur die Umrisse einiger brauner Locken erahnt, vollkommen geformte Wangen über einem vornehm weißen Kinn, dessen Spitze nur angedeutet ist, ein Anflug von einem Lächeln, ihr Blick ist ruhig und heiter, aber aufmerksam auf das Kind gerichtet, das sie im Arm hält.«

Da bemerkte sie plötzlich, dass sie gerade genau das Gesicht von Johanna von Kastilien beschrieben hatte. Diese Interpretation gefiel der Königin und sie gab ihre Bestellung sofort in Auftrag.

Johanna unterhielt sich kurz mit Arnaude und Florine, die extra wegen ihr in die Werkstatt zurückgekommen waren. Dann öffnete sie eine Börse und gab jeder einige Münzen. Den beiden Frauen blieb fast die Luft weg, weil es sich nicht um ein paar Sous oder Silberlinge handelte. Nein, es waren richtige schöne Louisdors, die schwer in der Hand lagen und funkelten und blitzten. Solche Goldstücke hatten sie noch nie gesehen.

»Das ist für Eure Arbeit«, sagte Johanna in ihrem guten Französisch zu ihnen. »Macht mir eine keusche, untadelige Madonna mit einem schönen lächelnden Kind.«

Dann reichte sie Alix die Börse, die noch gut gefüllt war.

»Das ist der Abschlag für meine Bestellung. Bezahlt Eure Leute großzügig, dann leisten sie gute Arbeit. Ach ja, beinahe hätte ich es vergessen. Da Ihr ja nun Juan angestellt habt, für den ich mich verbürge, halte ich es für notwendig, Euch einen der Araberhengste aus meinen Gespannen zu überlassen. Juan kennt ihn gut und wird wahre Wunder mit ihm vollbringen. Dieses wertvolle Pferd schenke ich Euch zum Dank für Euren herzlichen Empfang in Euren Werkstätten.«

Dann drückte sie Alix liebevoll die Hand.

»Es freut mich sehr, dass dieser junge Mann jetzt für Euch arbeitet. Ich weiß, dass er sich gut aufführen wird und Ihr ihm seine treuen Dienste angemessen entlohnen werdet. Adieu, Alix! Wer weiß, vielleicht sehen wir uns eines Tages wieder? Ich schicke Euch einen Kurier, sobald Ihr mich wissen lasst, dass der Wandteppich fertig ist. Das hätte ich beinahe vergessen – ich habe Juan zwei von meinen spanischen Maultieren gegeben. Sie sind sehr wild, gehen aber mit allen gefährlichen Situationen äußerst geschickt um. Ich bin überzeugt, sie werden Euch nützlich sein.«

Welche Aufregungen hatten sie in diesem kurzen Sommermonat voller Unwetter erlebt!

»Ach, mein lieber Jacquou!«, schwärmte Alix in den Armen ihres Mannes, »jetzt sind wir endlich reich und berühmt!«

»Wir sollten den Tag nicht vor dem Abend loben. Erst müssen wir die Teppiche fertig haben«, antwortete ihr Jacquou lachend. »Vielleicht warten wir lieber mit unseren Begeisterungsstürmen, bis wir in zwei oder drei Jahren alles abgeliefert haben.«

»Deshalb können wir aber doch jetzt schon stolz sein.«

Als sie sich verliebt an ihn schmiegte, spürte er das Verlangen nach ihr aufsteigen. Sie lagen in dem großen Bett in ihrem Schlafzimmer, und er drückte sie noch fester an sich und brummte genüsslich.

»Wir werden noch zwei Arbeiter einstellen«, sagte er zu ihrer Beruhigung und streichelte zärtlich den nackten Bauch seiner Frau. »Und wenn uns das nicht gelingt, nehmen wir eben vorübergehend noch ein paar Lehrlinge. Und wenn nötig auch noch einen zweiten Meister.«

Jetzt begann er auch zu träumen, und Alix musste lachen, als er genießerisch an ihrer warmen Schulter schmatzte. Doch plötzlich drehte er Alix unter sich. Sie strampelte mit den Beinen, aber er hielt sie fest und legte sich auf sie. Schwer lag er auf ihr und küsste ihren Mund, ihre kleinen weißen Brüste und ihren flachen weichen Bauch.

»Ach, Jacquou«, murmelte sie, »weißt du überhaupt, wie sehr ich dich liebe? Was täte ich nur ohne dich?«

Er lächelte sie an, seufzte tief, sagte aber nichts. Jacquou hörte nur noch das Pochen seines eigenen Blutes, das ihm vorschrieb, was er nun zu tun hatte. Die magische Wolllust der Umarmungen nahm sie völlig gefangen.

Alix lag ausgestreckt unter seinem großen, schlanken Körper und genoss keuchend das Spiel seiner geschickten, behutsamen Finger.

»Meine kleine verrückte Alix«, flüsterte er, »ich liebe dich auch, ja, ich liebe dich unsterblich.«

Flüsternd und murmelnd tauschten sie ihre heißen Liebesschwüre aus und hatten ihre alltäglichen Sorgen vollkommen vergessen. Unsinnige Worte und verliebte Satzfetzen gingen unter in erschöpften Seufzern.

War eine Umarmung zu Ende, musterte Jacquou Alix prüfend, und sie stürzten sich in die nächste. Die nicht enden wollenden Freuden und die ganze Palette köstlicher Gefühle waren schier grenzenlos. Jacquou verschmolz mit ihr, und Alix empfing den Saft seiner übergroßen Liebe wie ein unersetzliches Gut, das nur er ihr schenken konnte.

9

Alix saß in ihrem Wagen, träumte vor sich hin und ließ sich von dem langsamen, gleichmäßigen Gang schaukeln, zu dem Juan das Gespann anhielt. Die beiden Pferde trabten friedlich Seite an Seite.

Ihre Gedanken schweiften in die Ferne und konzentrierten sich immer wieder auf den Teppich, den sie für Louise machen wollte und für den sie auch bereits einen Titel hatte: *Begegnung am Hofe*.

Der junge Kutscher, den Alix eingestellt hatte, war offenbar genau die richtige Wahl gewesen. Bescheiden, aber selbstbewusst, ruhig und überlegt – Juan war einer, der wenig sprach, aber viel nachdachte. Und seine erste selbstständige Reise, bisher hatte er immer nur dem Tross von Johanna von Kastilien folgen und sich nicht um den Weg oder sonst etwas kümmern müssen, schien er souverän zu meistern.

Er würde sich schon an die französischen Straßen gewöhnen, so wie er sich auch an die spanischen gewöhnt hatte, dachte sich Alix. Und er würde die Jahreszeiten in dem milden Klima des Val de Loire kennen oder wieder kennenlernen – schließlich war er in den französischen Pyrenäen geboren.

Alix war also sehr froh, dass sie ihn engagiert hatte. Jacquou hatte der junge Mann ebenfalls auf den ersten Blick gefallen, und er war sofort einverstanden gewesen, dass sich seine Frau wieder auf Auftragssuche begab. Deshalb hatte man dann auch noch die junge Lisette einstellen müssen, die der Bertille bei der Hausarbeit helfen sollte.

Als frühere Kammerzofe und Weißnäherin von Königin Anne fühlte sich Lisette wohler, wenn sie ihre Nase in die Wäschetruhen stecken konnte, um die Kleider ihrer neuen Herren aufzuräumen, als mit den Töpfen und Schüsseln in der Küche. Also teilte die Bertille die Arbeit zwischen ihr und der jungen Dienerin gerecht auf und machte einen klaren Trennstrich: Lisette hatte sich um die Hauswirtschaft, die Wäsche und das Aufräumen und Reinigen der Zimmer zu kümmern, während die Bertille die Einkäufe machte und kochte.

Und Juan hatte die beiden Pferde vollkommen im Griff. Der Araberhengst, den sie Hector getauft hatten, wollte zwar gleich von Anfang an mit lautem Gewieher und heftigem Ausschlagen über Juan bestimmen; der hatte ihm aber sofort klargemacht, wer von den beiden das Sagen hatte. Gauthier war außerdem der Meinung, dass man dem Hengst eine Stute geben sollte, damit er wusste, wohin mit seinen überschüssigen Kräften.

Jacquou schlug also vor, eine brave, gelehrige kleine Stute zu kaufen, woraufhin Pierrot gleich anmerkte, dass er auf dem Pferdemarkt ein schönes weißes Stutenfohlen entdeckt habe, das gar nicht sehr teuer war. Weil Alix aufgebrochen war, ehe man die Frage geklärt hatte, rechnete sie damit, bei ihrer Rückkehr das Fohlen im Stall vorzufinden.

Juan war also kaum angestellt und schon verantwortlich für drei Pferde und vier Maultiere. Als Erstes musste der Stall vergrößert werden, was auf dem großen freien Gelände hinter dem Haus ohne Schwierigkeiten zu machen war. Bestellungen gab es genug, das Gespann war komplett, Personal stand ausreichend zur Verfügung, und Alix sah hoffnungsvoll in die Zukunft.

Wenn sie in diesem gleichmäßigen, flotten Tempo weiterfuhren, erreichten sie Chartres bestimmt noch vor Einbruch der

Nacht. Seit einigen Stunden schon gab sich Alix müßig ihren Gedanken hin, was sie sonst gar nicht gewohnt war.

Eine warme Sonne stand am heiteren Himmel, der so blau war wie die azurblauen Streifen, die sie webte. Und auf den Feldern, an denen sie vorbeikam, leuchtete das goldene Korn mit seinen reifen Ähren und wartete auf die Mäher, die es umschneiden und zu dicken Garben für den Wintervorrat bündeln sollten.

Doch noch immer drohten schwere Unwetter, und sobald der Abend kam, wurde die Luft so schwül und der Himmel so finster, dass man glauben konnte, die Nacht bräche früher herein als erwartet.

Alix musste wieder einmal feststellen, dass ihr Jacquou fehlte. So war das jedes Mal, wenn sie zu einer Geschäftsreise aufbrach.

Weil sie noch nicht von der Gilde anerkannt war, hatte sie noch keine Stimme bei den verschiedenen Versammlungen der Weberzunft, die in Tournai, Arras, Oudenaarde, Lille, Brüssel und in Brügge selbst abgehalten wurden. In all diesen historischen Tapisseriehochburgen waren nur Mitglieder zugelassen. Deshalb kam diese Aufgabe eigentlich Jacquou zu.

Ihr Mann war zwar ein guter Meister, mochte aber weder reisen, noch mit den Kaufleuten verhandeln, gegen die man sich oft mühsam behaupten musste. Wer hätte schon geahnt, dass Alix eines Tages verhandeln, anpreisen, feilschen und die Waren aus ihren Werkstätten anbieten würde! Als die schüchterne und ängstliche kleine Alix ihren Jacquou geheiratet hatte, war sie immer größer geworden wie ein schwacher Strauch, der kräftige Wurzeln ausbildet, bis ihm starke Äste wachsen.

Ob sie wohl in der Lage wäre, immer neue Kundschaft für die Werkstatt zu finden, wenn die großen königlichen Aufträge erst einmal ausgeführt und ausgeliefert waren? Wenn sie durch solide

Arbeit ihren guten Ruf mehrten, gab es eigentlich keinen Grund zur Besorgnis, sagte sich Alix. Schon bald würden sie das volle Vertrauen der Wolle-, Seide- und Goldfadenmanufakteure, der Tuchmacher und der Färber genießen. So wurde eine neue kleine Werkstatt eben allmählich immer größer. Solange Jacquou an ihrer Seite war, blieb Alix voller Zuversicht und Wagemut. Ihren sanften, friedlichen Mann brauchte sie genauso wie die Luft zum Atmen.

Aber jetzt wollte sie nicht länger an Jacquou denken, sondern die müßige Zeit auf ihrer Reise lieber zum Lernen fremder Sprachen nutzen. Zum Glück konnte sie mit Julio Italienisch und mit Juan Spanisch sprechen.

»Wir müssen uns beeilen, Juan«, rief sie ihm durchs Fenster zu. »Ich will in Chartres sein, bevor das Unwetter losbricht.«

»Wir brauchen wahrscheinlich höchstens noch eine Viertelstunde, Dame Alix. Ich glaube, ich kann die Kathedrale schon sehen.«

»Dann hast du aber gute Augen. Ich sehe nämlich nichts als einen Himmel, der von Sekunde zu Sekunde schwärzer wird. Ich fürchte, es geht jeden Moment los.«

Tatsächlich erreichten sie Chartres, ehe sich die ersten Blitze entluden. Fliegen und Mücken taumelten durch die Luft und umschwärmten den Wagen. Juan versuchte sie zwar mit der Peitsche zu vertreiben, aber hartnäckig kamen sie immer wieder.

Im Gasthaus »Zum Goldenen Hahn« bekamen sie für fünfundzwanzig Sous Kost und Logis. Die Herberge war sehr komfortabel, aber um etwas Geld zu sparen, teilte sich Alix ein Zimmer mit zwei anderen Frauen guten Benehmens, die wie sie selbst ohne Begleitung reisten. Das war damals aus Kosten- und aus Sicherheitsgründen sehr üblich. Es kam nämlich gelegentlich vor, dass sich ein scheinbar honoriger Gast im Laufe der Nacht als großer Gauner herausstellte.

Der Gastwirt, bei dem Alix abgestiegen war, servierte ihr ein reichhaltiges Mahl, das sie sich mit Juan teilte. Der Kutscher schlief dann aber im Stall, weil er die Pferde nicht allein lassen wollte. Er hatte frisches Stroh und einen Eimer Wasser für sie bestellt und kümmerte sich darum, dass sich auch die Tiere ausruhen konnten.

Chartres verließen sie am nächsten Tag im Morgengrauen und nahmen die Straße nach Norden, östlich an Paris vorbei, die nach Reims führte. Dieser Tag ließ sich jedoch ganz anders an als der vorhergehende, weil der Donner grollte und Blitze über den Himmel zuckten, lange bevor es Nacht wurde. Jason bekam Angst und steckte den hitzigen Hector damit an.

»Eigentlich dürfte sich dieser Araber vor einem Gewitter nicht fürchten, weil er das aus Kastilien zur Genüge kennt«, meinte Juan und machte sich keine ernsthaften Sorgen.

Mittlerweile hatte es heftig zu regnen begonnen, und Alix begriff, dass es dieser sintflutartige Regen und nicht das Gewitter war, was Hector Angst einjagte.

»Ich fürchte, wir müssen anhalten, Dame Alix. Wenn die Pferde erst stehen dürfen, haben sie nicht mehr ganz so viel Angst.«

»Komm in den Wagen. Du bist ja schon tropfnass, du armer Juan.«

Der Regen prasselte unvermindert weiter, bog die Äste der Bäume herunter und weichte den Boden auf, und der Schlamm machte die Wege unpassierbar. Es wollte gar nicht mehr aufhören – eine wahre Sintflut!

»Komm in die Kutsche, Juan. Du holst dir noch eine Erkältung!«

»Sofort, Dame Alix«, antwortete der junge Kutscher und sprang von seinem Bock. »Ich muss erst die Pferde versorgen; die können sich nämlich auch erkälten. Ich lege ihnen eine Decke über.«

Und während es ohne Pause krachend donnerte und blitzte, sah sie, wie er Jason und Hector ausspannte und umdrehte, damit sie mit dem Kopf zur Kutsche standen.

»So machen wir das in Südspanien, wenn die Tiere verängstigt sind. Dann können sie den bedrohlichen Himmel, die herunterfallenden Äste und die Steine, die ihnen vor die Hufe rollen, nicht sehen.«

Juan bückte sich, und als er mit seiner Arbeit fertig war, lief ihm das Wasser in Strömen den Rücken hinunter. Ein trockenes Knacken zeugte davon, dass gerade ein Ast auf das Wagendach gefallen war. Alix bekam es allmählich mit der Angst zu tun. Ein Blitz, der heller war als alle zuvor, entlud sich und schlug, gefolgt von einem ohrenbetäubenden Donnerschlag in die Eiche direkt vor ihnen. Der mächtige Baumstamm leuchtete rot auf, barst mit einem hässlichen Geräusch mittendurch und stürzte quer über die Straße, wo er unwiederbringlich den Weg versperrte.

Ganz außer Atem hatte sich Juan gerade noch in die Kutsche zu der vor Angst zitternden Alix flüchten können.

»Hector kennt nur trockene Gewitter«, grummelte er. »Das Pferd ist an Blitz und Donner gewöhnt, aber nicht an diesen sintflutartigen Regen.«

»Ich fürchte, Jason schätzt so ein Wetter auch nicht besonders«, versuchte Alix zu scherzen, die sich ein wenig beruhigt zu haben schien.

Und dann war es auf einmal ganz still. Das Unwetter zog anscheinend weiter, der Wind hatte sich gelegt, und es hörte sogar auf zu regnen. Nur die Verwüstung, die es hinterlassen hatte, blieb: der gewaltige umgestürzte Baum, der die Straße versperrte, Hunderte von heruntergefallenen Ästen, die überall herumlagen, und Bäche, die mitten auf der Straße liefen wie ein Fluss, der über die Ufer getreten war.

»Es wird Nacht, Juan. Und wie es aussieht eine besonders finstere und ungemütliche. Wenn noch ein stärkeres Unwetter aufziehen sollte, sind wir in meiner Kutsche nicht sicher. Wir können hier auf keinen Fall schlafen. Was sollen wir nur tun? Weit und breit ist kein Gasthaus, nicht einmal ein Bauernhof zu sehen.«

»Macht Euch keine Sorgen, Dame Alix. Bestimmt finden wir bald ein Haus, wo wir unterschlüpfen können.«

Sorgenvoll schüttelte Alix den Kopf.

»Es war sehr unvernünftig von mir, heute Morgen gleich wieder aufzubrechen. Wir hätten wegen des schlechten Wetters noch einen Tag in Chartres bleiben sollen.«

»Ach was, um diese Jahreszeit kann es ständig Unwetter geben. Das weiß man nie im Voraus.«

»Und mein Wagen ist auch viel zu unsicher. Jacquou hatte schon recht – anstatt das weiße Fohlen zu kaufen, das Pierrot auf dem Markt entdeckt hat, hätten wir uns lieber nach einer stabileren Kutsche umsehen sollen.«

Drückende Stille lastete auf der ganzen Landschaft und machte Alix Angst.

»Was sollen wir nur tun?«, jammerte sie leise.

»Fürchtet Euch nicht, wenn wir nicht weiter können, bleiben wir eben hier. So tragisch ist das auch wieder nicht, und die Nacht ist bald vorüber. Wir haben zu essen und zu trinken, außerdem warme Decken. Wenn Ihr wollt, bleibe ich die ganze Nacht wach und passe auf, damit Ihr ruhig schlafen könnt.«

Juan spannte die Pferde wieder an. Am Wegesrand waren unheimliche Silhouetten zu sehen. Kein einziger Stern leuchtete am Himmel, und keine Fackel von einem Reisenden zeigte ihnen den Weg.

Nachdem Juan eine gute Viertelstunde gebraucht hatte, um die Pferde zu beruhigen, sah Alix, wie er sich zu ihr umdrehte und in den Himmel deutete.

»Seht nur, Dame Alix, der Mond kommt heraus.«

»Er schenkt aber leider nur sehr wenig Licht, Juan«, antwortete Alix, nachdem sie aus dem Fenster gesehen hatte.

»Immerhin ist es jetzt hell genug, um einen Weg auszumachen, der mir befahrbar zu sein scheint. Dreht Euch einmal um.«

Und tatsächlich sah sie auf der linken Seite im Mondlicht einen kleinen Weg, der sich durch die Felder schlängelte. Um ihn zu erreichen, musste Alix allerdings erst aussteigen und Juan helfen, die Kutsche umzudrehen, weil sie nicht wenden konnten. Die Pferde bäumten sich auf und bekamen es wieder mit der Angst zu tun. Als sie den Wagen endlich in der richtigen Richtung hatten, waren Alix und Juan wieder tropfnass, diesmal aber vom Schweiß, nicht vom Regen. Der schmale Pfad war wohl ein Verbindungsweg, der wie durch ein Wunder von dem Unwetter verschont geblieben war.

»Seht nur, Dame Alix, da hinten ist ein Bauernhaus.«

Einen Moment schien es, als hätte jemand eine Fackel angezündet. Wenn überhaupt hatte man sie gleich wieder gelöscht; jedenfalls war außer dem fahlen Mondlicht alles stockdunkel.

Keuchend und erschöpft, bis auf die Haut durchnässt, wie zerschlagen und mit schmerzendem Rücken – die Kutsche auf dem schlammigen Weg umzudrehen, ohne mögliche Gräben zu erkennen, in die der Wagen jeden Augenblick stürzen konnte, war ein großer Kraftakt gewesen – führten sie Pferde und Wagen auf dem schmalen Pfad.

Der schwache flackernde Lichtschein von vorhin war nicht mehr zu sehen. Sie mussten den Wagen an Böschungen entlang drücken, und immer wieder streiften sie dorniges Brombeergestrüpp. Trotzdem kamen die Pferde gut vorwärts.

»Ich glaube, wir sollten unser Gespann hier stehen lassen, Juan«, flüsterte Alix. »Vielleicht ist es besser, wenn wir uns nicht gleich zeigen. Gehen wir erst einmal so weiter.«

Langsam stapften sie auf dem schlammigen Weg voran und versuchten die Umrisse des Bauernhofs zu erkunden, der langsam aus der Dunkelheit vor ihnen auftauchte.

»Hallo!«, rief Juan. »Ist da jemand?«

Er klopfte an das hölzerne Hoftor, aber danach wurde es nur noch stiller. Alix kam ebenfalls näher und versuchte, durch ein Fenster zu schauen. Wieder zeigte sich der Lichtschein und flackerte wie ein Glühwürmchen durch die Nacht.

»Ist da jemand?«, rief jetzt auch sie.

Ein großer, zerzauster Männerkopf tauchte in dem Fenster auf, das jemand einen Spalt breit geöffnet hatte.

»Wir sind Reisende und durch das Unwetter vom Weg abgekommen«, rief Alix. »Wir wollten nach Norden.«

Endlich zeigte sich der Mann in der Türöffnung.

»Wer seid Ihr?«, rief er ihnen von weitem zu.

»Ich gehöre zur Webergilde und bin mit meinem Kutscher unterwegs nach Reims. Das Gewitter und die Dunkelheit haben uns überrascht. Dürfen wir die Nacht bei Euch verbringen?«

»Wir nehmen keinen auf!«, rief der Mann zurück. »Woher sollen wir wissen, dass Ihr keine Diebe seid?«

»Weil ich bezahlen kann«, antwortete Alix und hielt eine Münze hoch. »Wenn Ihr uns einlasst, bekommt Ihr zehn davon. Mehr kostet auch eine Nacht in der Herberge nicht. Wenn Ihr uns ein trockenes Plätzchen zum Schlafen, eine Suppe für zwei und etwas

Heu für unsere Pferde gebt, macht Ihr bestimmt kein schlechtes Geschäft.«

»Eure Pferde! Wo sind die denn?«

»Da hinten, am Ende vom Weg«, rief Alix und deutete auf die Kutsche.

Der Mann kam ein paar Schritte näher, und Alix entdeckte hinter ihm eine Frau mit einer Fackel in der Hand. Soweit sie erkennen konnte, war sie klein und korpulent und trug eine Nachthaube über ihrem grauen Haar, das ihr bis auf die Schultern fiel. Sie hatte ein langes blaues Nachthemd aus grober Wolle und Holzpantoffeln an.

»Wo ist denn dein Mann?«, fragte sie Alix argwöhnisch.

»Er ist in unserer Werkstatt, weil wir viel Arbeit haben. Ich komme aus Tours und habe letzte Nacht in Chartres übernachtet.«

»Zeig mir das Geld.«

Alix streckte die Hand aus und öffnete sie, aber die Bauersfrau war zu weit weg, um die Münzen in dem schwachen Mondlicht glänzen zu sehen. Die Frau war offenbar sehr misstrauisch und schwieg nun wieder. Jetzt schüttelte Alix die Geldstücke in der hohlen Hand, dass sie klimperten. Der finstere Blick der Bäuerin wurde freundlicher, aber sie sagte noch immer nichts.

»Wie Ihr wollt! Dann gehen wir eben wieder«, meinte Alix leichthin.

»Halt, warte!«, rief die Frau und kam auf sie zu. Sie lief beinahe, so eilig hatte sie es plötzlich. Dann baute sie sich breitbeinig vor Alix auf und wiederholte, ohne den Blick von Alix' Händen zu wenden:

»Zeig's her!«, befahl sie und kam nahe genug, um zu sehen, was Alix in der Hand hielt.

Sie sah die Münzen, konnte sie so aber nicht zählen. Also nickte sie und wurde genauer:

»Fünfzehn Sous für eine Specksuppe im Stall, fünfundzwanzig für ein warmes Bett, dein Diener inklusive.«

Der »Diener« muckste nicht. Er zuckte nur die Schultern und lächelte nachsichtig.

»Dein Diener schläft im Schuppen.«

»Ich bin kein Diener, ich bin Kutscher«, erwiderte Juan nun.

Juans unüberlegte Erwiderung verwirrte die Bauersfrau, aber sie meinte nur:

»Macht doch kein' Unterschied. Also – was ist?«

»Kommt ganz darauf an«, antwortete Alix. »Ich zahle fünfzehn Sous für eine Specksuppe im Stall, aber zwanzig für ein Essen an Eurem Tisch und ein warmes Bett, und noch einmal fünf für Heu und Stroh für meine Pferde.«

»Einverstanden!«

Juan brachte mit dem Bauern die Pferde in den Stall, damit sie es trocken hatten und sich ausruhen und fressen konnten. Wenige Minuten später kam er ins Haus, den Bauern auf den Fersen. Man konnte Juan ansehen, wie sehr er sich auf das versprochene Nachtessen freute. Immerhin hatte er großen Hunger.

»Für fünfundzwanzig Sous kriegen die Kleine und ihr Diener Suppe, Pastete und Huhn«, sagte sie zu ihrem Mann. »Das bringt sie wieder auf die Beine. So ein verdammter Sturm kann einem einen ganz schönen Schrecken einjagen.«

Sie hüllte sich in ihr großes Tuch, stemmte die Hände in die Hüften und sagte:

»Nehmt's mir nicht übel, Fräulein, aber man muss schon vorsichtig sein. Sind genug Räuber und Landstreicher unterwegs! Wenn ich gewusst hätte, dass Ihr so jung seid, hätt' ich Euch nicht für einen Dieb gehalten und Euch auch nicht so lang warten lassen.«

Alix und Juan aßen mit großem Appetit. Nach dem sintflutartigen Regen, der sie bis auf die Knochen durchnässt hatte, fanden sie die große warme Küche sehr gemütlich, obwohl der Bauer noch immer finster dreinblickte.

Die Suppe mit Speck und Zwiebeln schmeckte wunderbar, und auch die Entenpastete mit Thymian war ausgezeichnet. Und die alte Charlotte schien auch endlich aufzutauen.

»Geh schlafen, Théodore!«, sagte sie zu ihrem Mann mit seinem struppigen Haar und den buschigen Augenbrauen, der in der Küche auf und ab lief und nicht recht wusste, was er tun sollte.

Théodore hatte schlechte Laune und sah noch immer argwöhnisch zu, wie Alix und Juan Suppe und Pastete verschlangen.

»Was willst du denn noch?«, schimpfte die Frau und sah ihren Mann zornig an. »Glaubst du vielleicht, die Kleine kann einer Fliege was zuleide tun?«

Nachdem sie ihn so schroff zurechtgewiesen hatte, fiel dem kräftigen Kerl nichts mehr ein, und er verzog sich grummelnd ins Nebenzimmer.

Als Théodore gegangen war, machte Charlotte einen tiefen Seufzer, kam an den Tisch und tat ganz schön:

»Ist mein Hühnchen auch gut, mein kleines Fräulein? Mundet es Euch denn?«

»Ja, es ist ausgezeichnet – genau wie die Pastete.«

Jetzt musste sich Alix aber nicht mehr einschmeicheln, weil die Bäuerin immer zutraulicher wurde.

»Ihr müsst mir nicht so viel Geld geben, Fräulein. Ist viel zu viel für ein bisschen Suppe und ein Stück Huhn. Mein Théodore und ich brauchen das nicht unbedingt.«

»Aber …«

»Kein aber! Ich will Euch nichts stehlen, aber das müsst Ihr ja nicht meinem Mann sagen. Ich verwalte nämlich unser Geld.«

Und dann erzählte sie von ihrem erwachsenen Sohn, der mit

seiner Braut zu den Schwiegerleuten gezogen war, weil die den größeren Hof hatten.

»Hier ist einfach nicht genug Platz. Nur die Kammer da nebenan. Bei denen haben sie ein Zimmer ganz für sich allein! Und ihr Getreidefeld ist auch zehnmal größer als unsres. Da könnt Ihr euch denken, dass sie es da besser haben, noch dazu, wo was Kleines unterwegs ist.«

»Ja, das verstehe ich sehr gut«, meinte Alix, die ganz gerührt über die plötzliche Großzügigkeit der Bäuerin war und auch ihre Angst vor Landstreichern verstehen konnte.

»Trotzdem find' ich es sehr mutig, dass Ihr allein reist. Habt Ihr denn gar keine Angst?«

»Nein, überhaupt nicht. Das bin ich gewöhnt«, antwortete Alix. »Außerdem habe ich ja jetzt Juan, meinen Kutscher. Da macht sich auch mein Mann keine Sorgen mehr.«

»Wart Ihr denn vorher ganz allein unterwegs?«

»Ja. Schon viel früher! Ich bin schon mit zwölf allein durch die Weltgeschichte gezogen.«

»Ach, arme Kleine! Dann seid Ihr bestimmt ein Waisenkind?«

Alix nickte. Sollte sie jetzt zum hundertsten Mal ihre Geschichte erzählen? Als würde es sie irgendwie beruhigen, begann sie einfach damit:

»Mein Vater starb, als ich zwei Jahre alt war, und meine Mutter, als ich acht war. Sie war Stickerin, und wir haben damals in Nantes gewohnt. Drei Freundinnen meiner Mutter, die Königin Anne in ihre Werkstätten nach Amboise bestellt hatte, haben mich in ihrer Kutsche versteckt und mitgenommen, damit ich nicht ins Kloster gesteckt wurde.«

Als sie Juans Interesse bemerkte, fuhr sie mehr für ihn als für die alte Charlotte, die ihr aber ebenfalls aufmerksam lauschte, fort:

»Doch als wir im Val de Loire eintrafen, war König Karl tot, und Königin Anne musste ihre Pläne ändern. Die Freundinnen meiner Mutter hatten auf einmal keine Arbeit mehr und konnten sich nicht länger um mich kümmern. Also hat man mich doch in ein Kloster gegeben.«

»Ach, du arme Kleine«, sagte die Bäuerin mitleidig und konnte es kaum erwarten, die Fortsetzung der Geschichte zu hören.

»Auf dem Weg nach Amboise hatte ich Jacquou kennengelernt, der Nantes auch verlassen musste, weil er seine Lehre in der Werkstatt von Meister de Coëtivy antreten sollte. Er war zwölf, ich war acht. Ich habe mich schrecklich in ihn verliebt und konnte nur noch an ihn denken. Deshalb bin ich so schnell es ging aus dem Konvent geflohen, um Jacquou zu suchen. Ich bin sogar zweimal weggelaufen.«

»Dann ist er also Euer Mann?«

»Ja.«

»Ach, ihr Armen!«

Juan war sehr erstaunt über Alix' kurzen Bericht. Die Geschichte seiner Herrin hörte er zum ersten Mal. Wieso nur hatte er sich eingebildet, sie sei eine junge Frau, der alles im Leben zugeflogen war?

Er betrachtete sie lange und lächelte ihr zu, als sie ihn ansah. Natürlich hätte es diese Geschichte nicht gebraucht, damit sich die beiden verstanden; aber Alix hatte das Gefühl, ihr neues Bild gefiel dem jungen Spanier noch besser als das, das er sich zunächst von ihr gemacht hatte.

»Euch muss man wohl erst etwas saubermachen, bevor Ihr schlafen könnt«, sagte Charlotte auf einmal spöttisch. »Schaut Euch nur mal Eure Füße an, und erst die von dem jungen Mann – das ist kein Schlamm, das ist ja Lehm! Das müssen wir wahrscheinlich alles abkratzen. Nicht weil Ihr bei mir Dreck macht, nein, nein! Aber dann fühlt Ihr euch bestimmt wohler. Ich bring' Euch eine Badeschüssel.«

Und gleich kam sie mit einer großen Wanne zurück und brachte auch noch einen Strohsack, den sie auf den Boden legte.

»Wenn Ihr irgendwas braucht – ich bin nebenan. Ihr müsst nur klopfen, dann komm' ich. Morgen bringt Euch Théodore dann auf den richtigen Weg. Man kann auch von hinten auf die Hauptstraße. So muss Euch der umgestürzte Baum nicht stören. Gute Nacht.«

Zum Schluss trug sie Juan noch auf, den Stall gut zu verriegeln, wenn er dort zum Schlafen gegangen war.

10

An den beiden folgenden Tagen gab es zwar keine Gewitter, es war aber weiter drückendheiß. Und während der letzten drei Tage ihrer Reise tobten Sturm, Donner und Blitz dann wieder schlimmer als zuvor, so dass die Pferde nur langsam vorankamen.

Immer wieder zogen bedrohliche Unwetter am Himmel auf, sintflutartige Regenfälle fielen und Blitze zuckten und hinterließen Brandspuren. Versperrte Straßen und Verwüstungen, Äste, die beiseite geräumt werden mussten, um die Wege passierbar zu machen, Gießbäche, die es zu umgehen hieß – all das machte die Reise sehr beschwerlich und langsam.

Die Menschen auf dem Land begannen sich wegen der nicht enden wollenden Unwetter zu ängstigen und fürchteten, sie würden sich nie von ihren schrecklichen Verwüstungen erholen. Doch wenn es dann Morgen wurde, und der Sommerhimmel azurblau über Feldern und Wiesen leuchtete, war die Sache schnell wieder vergessen.

Trotz der erschwerten Reisebedingungen fand Alix jeden Abend ein Gasthaus, in dem sie die Nacht verbringen konnten, und so erreichten sie Reims ohne weitere große Zwischenfälle. Dort wollte Alix Bischof Robert de Lenoncourt aufsuchen. Seigneur de La Tournelle, dessen Sohn mit dem Erzbischof von Reims befreundet war, hatte ihr mitgeteilt, dass der vielleicht eine Bestellung bei ihr in Auftrag geben wollte.

Also stieg Alix erst einmal im Gasthaus »Zur Fetten Henne« ab.

Meister Gerbert, der Gastwirt, war sehr angesehen und beherbergte, wie es hieß, nur die besten Kunden aus der Region. Die Börse von Alix wurde dadurch zwar schmaler, aber man konnte nicht in einer billigen Herberge absteigen, wenn man beim Erzbischof von Reims vorsprechen wollte.

Außerdem hatte sie auch nicht vor, lange in Reims zu bleiben, weshalb sie sich gleich am ersten Tag ins Pfarrhaus begab, um zu erfahren, wann und wo sie den Bischof sprechen könne.

Man ließ sie lange hinter der Kirche, in dem Obstgarten neben dem Chorraum hinter dem Hochaltar warten. Sie hatte sich auf eine Bank gesetzt und wartete geduldig, als aber niemand kam, ging sie ins Pfarrhaus zurück.

Dort hieß es, dass eine Nonne sie empfangen würde, die sich aber gerade bei den Anbauten neben der Kathedrale aufhielt, also bei den Stallungen. Schweinestall, Kaninchenställe und Hühnerhof waren durch einen Zaun von den angrenzenden Äckern getrennt. Dort wartete Alix erneut, aber wieder kam niemand zu ihr. Als sie gerade wieder ins Pfarrhaus zurückgehen wollte, sagte ihr jemand, Abbé Mirepoix sei im Gemüsegarten und würde sie empfangen.

Also umrundete sie noch einmal die Kirche und ging zu dem Garten auf der anderen Seite des Zauns, den sie vorher gar nicht bemerkt hatte.

Dort entdeckte sie endlich zwischen den Gemüsebeeten einen kleinen Mönch, der auf sie zukam. Er hatte einen struppigen Bart und schien nicht erpicht, mit ihr zu sprechen. Ohne Alix zu begrüßen, wartete er ihre Erklärung ab.

»Guten Tag, ich suche Abbé Mirepoix.«

Der Mönch sah sie mit seinen dunklen Äuglein an, sagte aber nichts. Er machte einen so unfreundlichen Eindruck, dass Alix schon befürchtete, er sei nicht der, nach dem sie suchte.

»Bitte entschuldigt«, begann sie höflich, »aber seid Ihr vielleicht Abbé Mirepoix?«

»Ist jetzt etwa die richtige Zeit, im Pfarrhaus zu stören?«, geruhte er schließlich zu bemerken.

»Oh, ich bitte vielmals um Entschuldigung! Ich dachte, am Vormittag käme ich nicht ungelegen. Am Nachmittag seid Ihr Mönche doch so beschäftigt, dass man Euch noch viel mehr stören würde.«

Ihre Antwort war geschickt und klug, aber der kleine Mönch war dennoch nicht mit ihr zufrieden. Enttäuscht senkte Alix den Kopf und entdeckte dabei eine kleine Wurzel in seiner Hand, an der winzigkleine grüne, spiralförmige Blätter wuchsen.

»Oh!«, rief Alix und, »das sind ja Triebe von einer Osterluzei!«

In Wirklichkeit war das die einzige Wurzel, die sie kannte, und auch nur, weil sie sie wegen ihrer schönen Blätter als Webvorlage zeichnete.

Jetzt schien der kleine Mönch erstaunt und deutete sogar ein Lächeln an.

»Da ist Euch aber etwas ziemlich Kluges und Schlaues eingefallen, damit ich mit Euch spreche.«

Vorsichtig schüttelte er die kleinen sprießenden Blätter, um sie von der Erde zu befreien, die an ihnen klebte.

»Die wenigsten Leute kennen diese Pflanze. Wie habt Ihr sie erkannt?«

»Weil sich ihre Blätter so sonderbar aufrollen. Die Osterluzei ist sehr selten, und man sagt ihr nach, dass ihr Sud sehr gesund für den Blutkreislauf ist«, fuhr Alix fort und strahlte den kleinen Abbé an.

»Richtig. Diese Pflanze verwende ich für viele meiner Heilmittel. Ich bin nämlich der Apotheker des Erzbistums und baue hier alles selbst an.«

Er reichte Alix die Wurzel und ließ sie daran riechen. Vorsichtig nahm sie sie in die Hand und führte sie zu ihrem Gesicht.

»Sie ist ein Symbol für Glück und Reichtum«, sagte sie. »Und sie hilft in der Schwangerschaft und bei Entbindungen.«

»Woher wisst Ihr das?«

»Wenn ich sie zeichne, denke ich auch immer an ihre Heilwirkungen. Aber ich muss gestehen, dass ich noch nie eine in der Hand hatte.«

»Das verstehe ich nicht.«

Sie gab dem Mönch das Pflänzchen zurück.

»In Zukunft werde ich immer an Euch denken, wenn ich eine Luzei zeichne.«

»Dann seid Ihr also Stickerin?«

»Nein, ich bin Weberin. Ich stelle die Osterluzei auf meinen Teppichen dar.«

Jetzt sah er Alix interessiert an.

»Ich weiß alles über die Pflanze. Wenn ich ihre großen Blätter webe, wie sie klettern und herunterfallen, sich aufrollen und kringeln und ranken, und mit meinem Goldfaden das Gelb ihrer Blüte und meinem blauen Seidenfaden den Blütenrand gestalte, hat sie keine Geheimnisse mehr vor mir.«

Alix kostete die Wirkung ihrer Worte aus.

»Stimmt es, dass sie genauso schädlich wie nützlich sein kann?«

»Das gilt für alle Pflanzen, mein Kind«, antwortete ihr der Abbé. »Man muss wissen, wie man sie verwendet, und sehr vorsichtig damit umgehen.«

Endlich war das Eis zwischen ihnen gebrochen, und er nahm sie behutsam am Arm und führte sie durch seinen Garten.

»Gehen wir ein paar Schritte. Dann könnt Ihr mir sagen, was Euch zu mir führt.«

Er machte eine ausladende Handbewegung und deutete auf die vielen Pflanzen in seinem Reich.

»Seht nur, welchen Schaden die Unwetter und Stürme der letzten Wochen in meinem Garten angerichtet haben. Die Hälfte der Pflanzen ist entwurzelt, bei den anderen sind die Knospen und Triebe abgebrochen. Das ist eine echte Katastrophe, und ich weiß gar nicht, wie ich das alles wieder in Ordnung bringen soll. Aber lassen wir das – verratet mir lieber den Grund Eures Besuchs.«

»Ich möchte Erzbischof de Lenoncourt sprechen.«

Abbé Mirepoix blieb stehen und musterte seine Begleiterin fragend.

»Weiter nichts?«, fragte er und schüttelte seinen runden Kopf mit der Tonsur. »Wisst Ihr nicht, dass es langer Vorbereitungen und Gespräche mit seinen Beratern bedarf, ehe man zu ihm vorgelassen wird?«

»Jeanne d'Arc hat auch den Dauphin von Frankreich getroffen, nachdem sie sich nur mit der Duchesse d'Anjou beraten hatte.«

»Auch dies war eine weise Entgegnung, mein Fräulein, die mich sprachlos lässt und wegen der ich Euch weiter zuhören will. Auch wenn sie sonst nichts und niemand gerettet hätte – Euch wird Jeanne d'Arc gerettet haben! Ohne sie hätte ich Euch jetzt nämlich auf der Stelle zur Antwort gegeben, dass es unmöglich ist, Monsignore de Lenoncourt nur über mich zu sehen zu bekommen.«

»Könntet Ihr denn irgendetwas für mich tun?«

»Erst einmal müsst Ihr mir sagen, was Euer Anliegen ist – und vor allem, wer Euch schickt?«

»Seigneur de La Tournelle hat mich geschickt. Mein Mann und ich haben für ihn ein Ensemble aus sechs Wandteppichen mit historischen Motiven gewebt. Mein Mann heißt Jacques Cassex und er ist Webermeister, und ich möchte Monseigneur de Lenoncourt auf Empfehlung seines Freundes, des Herrn de La Tournelle, um einen Auftrag bitten.«

»Das wird nicht einfach sein, mein Kind, aber ich werde sehen, was ich für Euch tun kann. Kommt morgen nach der Vesper wieder ins Pfarrhaus. Dann wird Euch jemand empfangen, der einen höheren Rang hat als ich. Ihr müsst ihm gegenüber nur genauso überzeugend auftreten wie bei mir.«

Alix war froh und zufrieden und hatte keine weiteren Bitten. Ehe sie den Garten verließ, drehte sie sich noch einmal um und sah, wie ihr der kleine Abbé mit seiner Osterluzei hinterherwinkte.

Zu ihrer großen Überraschung wirkte sich die Unterhaltung mit dem Prälaten nicht nachteilig auf ihren Wunsch aus, den Erzbischof zu sprechen. Offenbar hatte er nichts dagegen, ihr dieses Treffen möglich zu machen, obwohl er anfangs so ein griesgrämiges Gesicht gemacht hatte. Wer weiß, dachte sich Alix, vielleicht hatte der kleine Abbé Mirepoix viel mehr Einfluss, als er zugeben wollte!

Wie auch immer – Alix musste sich nur in die Kirche Saint-Rémi in Reims begeben, die ebenfalls Erzbischof de Lenoncourt unterstand, um ihn dort zu treffen.

In einem spärlich eingerichteten Sprechzimmer ließ man sie zwei Stunden warten und führte sie anschließend in einen größeren Raum, in dem Altardecken, Messgewänder, Stolen und alles übrige liturgische Weißzeug aufbewahrt wurde und sie sich einige weitere Stunden gedulden musste. Wären da nicht die wunderschönen Stickereien gewesen, die sich Alix natürlich aus der Nähe ansah, auch um sich die Wartezeit zu verkürzen, hätte sie vermutlich die Hoffnung aufgegeben.

Da sie kein Mensch störte, konnte sie immerhin die Stiche und Farben der Stickereien auf den kostbaren Kirchenstoffen ausgiebig studieren.

Zum Schluss führte man sie in ein nicht besonders großes, aufwändig eingerichtetes Arbeitszimmer mit einem herrlichen Wandteppich an der Stirnseite. Alix glaubte in ihm einen Teil des Zyklus *Der verlorene Sohn* zu erkennen. Alles erinnerte sie an dieses Werk: der Glanz der Farben auf dem Millefleurs-Hintergrund und die wohldurchdachte Anordnung von Soldaten, Adeligen, Geistlichen und kleinen Alltagsszenen, die das Ganze auflockerten. Weil sie wieder lange warten musste, hatte sie ausreichend Gelegenheit, den Teppich bis ins kleinste Detail zu begutachten.

Schließlich erschien der Erzbischof doch noch. Als sie dann vor ihm stand, ahnte sie, dass die Sache viel, viel schwieriger werden würde, als sie befürchtet hatte. Schlimmer hätte es gar nicht kommen können. Lieber hätte sie noch lange gewartet und sich geduldet, wenn sie den Prälaten so unter anderen, besseren Umständen angetroffen hätte. Die ermüdende Auseinandersetzung, die ihr bevorstand, schien nichts Gutes zu verheißen.

Monseigneur de Lenoncourt sah ihr mit unendlicher Herablassung entgegen. Der Mann war groß gewachsen, hatte ein schmales Gesicht, blondes Haar mit ersten grauen Strähnen – er ging auf die fünfzig zu –, kalte wasserblaue Augen und vornehme weiße Hände, an der einen trug er einen kostbaren Edelsteinring, und sein Gesicht drückte nichts als Hochmut und Verachtung aus.

»Mit Frauen mache ich grundsätzlich keine Geschäfte«, kam er brüsk zur Sache. »Fasst Euch also kurz!«

Wie erschlagen von dieser alles andere als freundlichen Begrüßung, die ein Gespräch zwischen ihnen von vornherein unmöglich machte, versagte Alix die Stimme. Sie schluckte mühsam und machte einen zögerlichen Schritt nach vorn, ohne dass ihr eine Antwort eingefallen wäre.

Zum Zeichen der Unterwerfung senkte sie den Blick, doch bald schon ließen sich ihre Augen auf den eiskalten blauen Blick ihres Gegenübers ein.

»Dann will ich doch sehr hoffen, dass ich die Erste sein werde, Monseigneur, und mich dieser Ehre würdig erweisen.«

»Beeilt Euch, ich habe keine Zeit zu verlieren.«

»Ich habe eine lange Reise hinter mir, ständig gab es Unwetter!«, sagte sie leise mit erstickter Stimme. »So schnell kann ich Euch mein Anliegen nicht erklären!«

»Ich kann mich nicht daran erinnern, Euch um eine geschäftliche Unterredung gebeten zu haben!«

Alix merkte, wie sie rot wurde, riss sich aber gleich wieder zusammen, weil sie wusste, dass sie ruhig Blut bewahren musste. Wie so viele andere wollte sie dieser Mann bestimmt nur prüfen und aus der Fassung bringen. Von der Sorte hatte sie bereits mehr als genug kennengelernt. Sie beherrschte sich und sah dem Prälaten wieder in die Augen, wobei sie sich fest vornahm, ruhig zu bleiben.

»Eigentlich solltet Ihr ja auch mit meinem Mann verhandeln, Maître Jacques Cassex, von der Gilde der Weberzunft aus dem Norden, und nicht mit mir.«

»Ich habe nach einem Webermeister aus Anvers verlangt. Meister Cassex hat seine Werkstatt nicht im Norden?«

»Nein, dort ist er seit zwei Jahren nicht mehr. Unsere Werkstatt ist in Tours.«

»Dann haben wir uns nichts mehr zu sagen. Es handelt sich hier wohl um ein bedauerliches Missverständnis.«

»Aber …«

»Es genügt, Madame. Wenn Ihr Euch bitte zurückziehen wolltet.«

»Aber Monseigneur«, beharrte Alix, die spürte, wie sie immer zorniger wurde, »Seigneur de La Tournelle, für den wir arbeiten, hat uns Euch empfohlen, indem er uns erklärte, er sei Euer Freund.«

»Hier geht es um zwei verschiedene Personen. Der Herr, von dem Ihr sprecht, ist der Sohn, den ich aber nicht kenne.«

»Wollt Ihr damit etwa sagen, dass es einen anderen Seigneur de La Tournelle gibt ...«

»Ja, seinen Vater«, unterbrach sie der Erzbischof schroff. »Und der kontrolliert den gesamten Seidenwarenmarkt in Flandern.«

»Könnt Ihr die Seide denn nicht woanders her bekommen?«

»Nur zu, versucht es doch einmal!«

Sie merkte, dass ihre Frage dumm gewesen war und nur zu neuer Feindseligkeit führen musste. Weil sie aber das Gefühl hatte, der Auftrag sei ohnehin verloren, wollte sie sich nicht weiter demütigen lassen.

»Schade, dass ich den weiten Weg umsonst gemacht habe«, sagte sie nun ihrerseits kühl.

»Meinetwegen hättet Ihr ruhig zuhause an Eurem Herd bleiben können.«

»Der kann sehr gut auch einmal ohne mich auskommen«, gab sie zurück.

Und weil der Erzbischof unbedingt zynisch und boshaft sein musste, war Alix auch nicht um eine zusätzliche Bemerkung verlegen.

»Ihr seid nicht der Einzige, der Aufträge vergibt, Monseigneur«, sagte sie und wurde immer wütender. »Ich habe schon einige Geschäfte abgeschlossen.«

Wieder sah er sie herablassend an.

»Dann seid Ihr also wie eine Abenteurerin unterwegs!«

»Nein, Monseigneur, ich bin keine Abenteurerin!«, gab sie zornig zurück. »Ich mache mich auf den Weg, weil ich weiß, wie schwierig die Geschäfte heutzutage für jeden Weber, jeden Tuchhändler und jeden Färber sind.«

Seine Augen glühten wie die von einem Raubvogel kurz vor dem tödlichen Angriff.

»Seid Ihr nicht nur eine einfache Arbeiterin?«

Unter dieser Beleidigung zuckte Alix zusammen, hatte sich aber schnell wieder im Griff, weil sie nicht um eine Antwort verlegen sein wollte.

»Durchaus nicht, Monsieur, ich bin zur Meisterprüfung zugelassen.«

»Wer oder was beweist mir das? Ihr Frauen seid so durchtrieben.«

»Durchtrieben! Wie kommt Ihr nur darauf, Monseigneur! Fragt mich doch einfach, aus welchem Material ich den Teppich, den ich Euch anbieten wollte, machen würde, welchen Karton ich verwenden und welchen Webstuhl ich dafür nehmen würde. Ihr wisst bestimmt, dass Euch das nur ein Webermeister sagen kann.«

Er stand auf, ging einen Schritt auf sie zu, und seine Augen funkelten böse.

»Ich habe nicht die Absicht, Euch danach zu fragen.«

»Gestattet, dass ich es Euch dennoch sage.«

Und als er sie mit einer ärgerlichen Handbewegung abfertigen wollte, begann sie ganz ruhig:

»Der Teppich, den ich Euch anbieten wollte, nachdem der Sohn von Seigneur de La Tournelle mit mir darüber gesprochen hatte, sollte ein riesengroßes Wandbild sein, angelehnt an die großen prunkvollen Prozessionen zu Ehren des heiligen *Piat*.

Der Teppich wäre aus weicher spanischer Wolle gewebt worden. Das ist die beste, weil sie vollständig entfettet ist und alle Fäden die gleiche Stärke haben. Mit den feinen Fäden aus Arras und glänzender Wolle aus Italien hätte ich den Millefleurs-Hintergrund gewoben. Aus den purpurroten Fäden aus Zypern, die alle mit Krapp aus dem Val de Loire gefärbt sind, und den Goldfäden, die ich nach meiner eigenen Technik verwende, wären schließlich die kostbaren Gewänder der Bischöfe entstanden, die mir unser Freund, der flämische Maler Van Orlay, zeichnen sollte.«

»Genug jetzt!«, unterbrach sie der Erzbischof. »Ich verschwende nur meine Zeit, und Ihr macht euch lächerlich.«

»Ich fürchte, ich verschwende hier meine Zeit, Monseigneur! Dann wird der Teppich, auf dem die großen Bischöfe von Frankreich zu sehen sein werden, eben für einen anderen Prälaten angefertigt, der von höherem Rang ist als Ihr. Allerdings werdet Ihr dann auch nicht in der ersten Reihe auf diesem Kunstwerk abgebildet sein.«

»Ich verbiete Euch, Euren Spott mit mir zu treiben!«, tobte der Erzbischof und warf ihr tödliche Blicke zu.

»Ihr habt mir gar nichts zu verbieten. Aber ich verspreche Euch, dass dieser wunderbare Teppich eine Wand im Vatikan schmücken wird.«

Er lachte höhnisch.

»Im Vatikan! Aha, kleine Hochstaplerin! Miese, kleine Lügnerin!«

Nun war Alix außer sich und spürte den Zorn in sich hochsteigen.

»Ja, Monseigneur! Im Vatikan! Dort wo Kardinal Jean de Villiers, der Onkel meines Mannes mütterlicherseits, seit beinahe fünfzehn Jahren zuhause ist.«

»Eure Unverschämtheit kostet Euch den Kopf!«

»Und wenn schon, Monsieur, ich habe Euch jedenfalls gesagt, was ich zu sagen habe. Ihr mögt die Frauen nicht, meinetwegen. Aber zum Glück bin ich eine von ihnen, die mutig genug ist, Euch die Stirn zu bieten.«

»Euer Mut wird Euch bald gründlich schaden, mein Kind!«, höhnte er. »Jetzt kann ich mich wieder an Meister Jacques Cassex und seine Frau erinnern, die sich während seiner Abwesenheit einige Freiheiten genommen hat. Ihr seid das also, Ihr böses Weib! Wir werden Euch zertreten!«

Alix machte einen Schritt zurück, und ihr Gesicht war abwechselnd hochrot und weiß vor Zorn.

»Was soll das heißen – wir?«

»Ja, wir! Wollt Ihr Namen hören? Zwei kann ich Euch gleich sagen: Mortagne und Van Thiegen. Wenn Ihr noch meinen und den von de La Tournelle hinzufügt, sind es schon vier.«

Außer sich ging Alix auf den Erzbischof zu, bis ihr zornrotes Gesicht ganz nah an seinem war, dem man nichts anmerkte.

»Ich glaube, Ihr hasst mich. Stehe zu Diensten, Monseigneur de Lenoncourt. Bildet Euch nur ja nicht ein, Euer Gott billigt das. Eines Tages werdet Ihr die Rückseite der Medaille kennen lernen, die Ihr so stolz auf Eurer Brust tragt. Gott weiß nämlich immer, wer die wahren Gerechten sind.«

Sie dachte, er würde sie ohrfeigen, aber er tat nichts dergleichen und ballte nur die Fäuste.

»Zertreten werde ich Euch, Ihr übles Weib!«

»Und ich werde Euch in meinen Gebeten verfluchen. Und der Gott, dem Ihr dient, wird Euch nicht mehr erhören. Er wird nur noch mich erhören.«

Da kam plötzlich doch die Ohrfeige, und sie war so heftig, dass Alix taumelte. Sie befürchtete noch mehr davon und machte einen Schritt zurück. Die Augen des Erzbischofs funkelten teuflisch, und sein Mund war zu einem höhnischen Grinsen verzerrt. Dann ließ er sie einfach stehen, machte auf dem Absatz kehrt und verschwand.

Alix war wie benommen und konnte sich nicht von der Stelle rühren. Wie angewurzelt starrte sie auf die verschlossene Tür, bis sie sich öffnete und zwei Priester hereinkamen, sie grob in die Mitte nahmen und unsanft vor die Tür setzten.

Alix lag mit offenen Augen auf ihrem Bett und rührte sich nicht. Das Treffen mit dem Erzbischof war nun einmal so gelaufen – daran ließ sich nichts mehr ändern. Aber sie sann nicht auf Rache, sondern überlegte, wie sie sich aus den Klauen dieses Clans befreien könnte, der sie von Tag zu Tag mehr bedrohte.

Reims gefiel ihr jedenfalls nicht mehr, und weil ihr dort nichts mehr zu tun blieb, wollte sie so schnell wie möglich abreisen. Außerdem ärgerte sie nun einfach alles an dieser Stadt. Sogar die Kathedrale verfolgte sie mit ihren Glockenschlägen, die sie auf einmal aufreizend und unangenehm fand.

Dass sie so klar gescheitert war, konnte Alix nicht ertragen. Noch am selben Abend hatte sie versucht, in der »Fetten Henne« auf andere Gedanken zu kommen. Doch weder Juan, der sie in ein Gespräch verwickelte, noch dem Gastwirt, der ihr schmeichelte, um seinen Gast aufzuheitern, gelang das Wunder.

»Schmeckt Euch mein Speckomelette nicht?«, fragte er, als er sah, dass sie nur in dem Essen stocherte, während ihr Kutscher mit sichtlichem Appetit aß.

»Oh doch, Meister Gerbert, Eure Omelette ist köstlich. Aber Ihr müsst entschuldigen – ein wichtiger Auftrag ist mir durch die Lappen gegangen und steckt mir jetzt im Hals. Deshalb ist mir der Magen wie zugeschnürt.«

»Dann kostet doch wenigstens einmal von meinem wunderbaren frisch gesalzenen Schweinefleisch mit Linsen und meiner feinen Entenpastete in Gelee.«

»Nein, danke, wirklich nicht, Meister Gerbert. Ich bringe keinen Bissen herunter.«

Als sie aber die enttäuschte Miene des Gastwirts sah, fügte sie hinzu:

»Morgen früh geht es mir bestimmt wieder besser, mein Lieber. Dann werde ich das Omelette mit großem Appetit verspeisen. Spann die Pferde morgen zeitig an, Juan. Wir werden im Morgengrauen aufbrechen.«

Aber als sie dann so behaglich unter der warmen Bettdecke lag, konnte Alix dennoch kein Auge zutun. Die ganze Nacht sah sie die zynischen Blicke des Erzbischofs und sein gemeines Grinsen vor sich.

Nein, Reims hatte für sie wirklich allen Reiz verloren! Natürlich hatte sie hier eigentlich mehrere Tage zubringen wollen, um die Kirche zu bewundern, in der sich ein Dauphin von Frankreich von einem mutigen jungen Mädchen zum König hatte weihen lassen. Zu gern hätte sich Alix dort neue Kraft geholt oder so etwas wie eine Mission, damit sie ihre Begabung und ihre beruflichen Fähigkeiten besser erfüllen konnte. Nun hatte sie aber plötzlich das Gefühl, dass ihr das nicht gelingen wollte. Immerhin war es ein großes Glück, dass sie diesem Kirchenmann, der die Frauen wie den Teufel persönlich hasste, ihre grausame Enttäuschung nicht gezeigt hatte. Und dann diese Ohrfeige, ein Brandmal, das sie nie vergessen würde!

Warum sehnte sie sich nicht mehr nach Erfolg? Schluss damit – weg mit all den düsteren Gedanken! Bald war sie wieder bei Jacquou und seinen heißen Umarmungen, bei ihrem geliebten Jacquou, ihrer Arbeit, ihren Hoffnungen.

Plötzlich wurde ihr übel, und sie schloss die Augen. Warum nur musste sie unaufhörlich an die zynische Weigerung des Erzbischofs denken? Sie versuchte den aufkommenden Brechreiz zu unterdrücken und dachte an die möglichen Folgen ihres katastrophalen Gesprächs mit dem Prälaten. Was würde geschehen, wenn er sich tatsächlich mit Mortagne und Van Thiegen verbündete, die sie bereits beide mit Beleidigungen angegangen waren? Und wer war eigentlich dieser alte Seigneur de La Tournelle, den sie nicht kannte? Sein Sohn war ein echter Ehrenmann, mit dem sich Alix und Jacquou bestens verstanden hatten. Was für ein Mensch mochte also der Vater sein?

Durch den Fensterladen drang ein erster Lichtstrahl und kündigte den nahenden Tag an. Also hörte sie auf zu grübeln und kleidete sich langsam an.

Kutscher und Pferde waren ausgeruht und satt, und so machten sie sich bei schönstem Wetter auf den Heimweg. Zum Glück hatten die Unwetter aufgehört, weshalb sie gut vorwärtskamen und zwei Tage später bereits die Hälfte der Strecke hinter sich hatten.

Als sie gerade auf die Straße nach Chartres gebogen waren, hörte Juan plötzlich zwei Pferde hinter sich. Er lenkte die Kutsche auf die Seite, damit für einen anderen Wagen genug Platz zum Vorbeifahren blieb.

Dem schnellen Hufschlag nach zu urteilen, waren die beiden Reiter sehr in Eile. Juan ließ seine Pferde lieber langsamer gehen, um nicht länger gestört zu werden. Eine Zeit lang hörte er die Kavalkade hinter sich, weil die Reiter aber anscheinend nicht überholen wollten, fuhr er noch mehr zur Seite.

Die Kutsche streifte die Böschung, aber Juan konnte im Moment nichts daran ändern und musste so weiterfahren. Alix rief ihm irgendetwas zu, aber er verstand sie nicht, weil der Lärm der nachfolgenden Pferde immer lauter wurde.

Und dann brach ein anderer Tornado los. Weil man sie abrupt angehalten hatte, begannen Jason und Hector laut zu wiehern. Alix schrie auf, als sie im Nacken einen heißen Atem spürte, ohne dass sie den schweren Männerkörper gesehen hätte, der sich in ihre Kutsche schwang.

Jemand packte sie mit starken Armen und warf sie zu Boden. Sie wurde geknebelt, an Armen und Beinen gefesselt und hinten in den Wagen geschleudert. Mit einem dumpfen Schlag landete sie auf dem Boden und hatte das Gefühl, ihr Rücken sei entzweigebrochen.

Sie hatte nicht einmal mehr sehen können, was mit Juan geschah, den man vermutlich ebenfalls überwältigt hatte, weil er ihr nicht zu Hilfe geeilt war. Alix begann zu zittern. Jemand schleifte sie über den Boden weiter und verpasste ihr einen Fußtritt in den Magen, der sie vollends außer Gefecht setzte. Ein seltsamer schwarzer Schleier legte sich über ihre Augen, und sie dachte, sie würde ohnmächtig. Aber die Stimmen der Verbrecher drangen noch immer bis an ihr Ohr, und sie merkte, dass sie trotz der schrecklichen Schmerzen noch in der Lage war, zu verstehen, was sie sagten.

»Beeil dich!«, brüllte einer der beiden Männer. »Der Kutscher kommt zu sich.«

Oh, Juan kam wieder zu sich! Vielleicht konnte er ihr doch irgendwie helfen! Plötzlich wurde ihr übel, genau wie am Morgen, als sie noch in ihrem Zimmer war. Der Fußtritt hatte ihr schrecklich zugesetzt. Sie musste würgen und übergab sich.

»Hörst du nicht, der Kutscher wacht auf.«

»Dann schlag ihn bewusstlos; er wird schon wieder zu sich kommen.«

»Und wenn wir ihn einfach totschlagen?«

»Nein! Das ist nicht der Befehl.«

Sie hatten einen Befehl, waren also keine einfachen Banditen. An ihren Stimmen erkannte Alix, dass es nur zwei Männer waren, die sie überfallen hatten. Lieber Himmel! Obwohl sie unterwegs war, seit sie acht Jahre alt war, zu Fuß, mit ihrem Muli, auf einem Pferd oder in einem Wagen, hatte man sie noch nie zuvor überfallen.

»Und was ist mit dem Mädchen?«, hörte sie den einen nach einer Weile fragen.

Alix schauderte. Was hatten sie mit ihr vor? Vielleicht war es besser, wenn sie sie umbrachten. Sie hielt den Atem an. Der Brechreiz hatte sie bei Bewusstsein gehalten.

»Die sollen wir betäuben und mitnehmen – sonst nichts.«

»Ich hätte da eine bessere Idee.«

Er kicherte und spuckte wohl auf den Boden, weil sie hörte, wie er laut hochzog und sofort darauf zischte. Hoffentlich ließ man sie nicht mit diesem Mann allein. Wie es schien, wollte er sie bestimmt vergewaltigen, ausrauben und anschließend umbringen. Sein Kompagnon wollte sich dagegen wohl an die Abmachungen halten.

Gütiger Himmel! War das etwa der Beginn einer Privatfehde, zu der sie selbst die Glut geschürt hatte? War der Erzbischof womöglich der Auftraggeber? Hatte Mortagne mit ihm Kontakt aufgenommen? Hielt sich Van Thiegen etwa irgendwo versteckt? Und La Tournelle! Hatte er die Menschenjagd angefangen? Mussten Jacques Cassex und seine Frau aus dem Weg geräumt werden? Alix hockte zusammengekauert auf dem Boden und schluchzte leise. Sie war zu schwach, um sich weitere Fragen zu stellen, und ihr Magen tat immer schlimmer weh.

Ihr wurde wieder übel, und sie musste sich erneut erbrechen.

Ein zweiter Fußtritt in den Magen ließ sie vor Schmerz aufheulen. Diesmal war sie schlaff und wie leblos und leistete keine Gegenwehr, als man sie auf den Rücken eines Pferdes hievte.

Das hässliche Geräusch von dem Schlag, den Juan auf den Kopf bekam, konnte sie nicht mehr hören.

»Der hat vielleicht einen harten Schädel«, meinte der eine. »Bestimmt erholt er sich wieder!«

»Verdammter Dummkopf!«, schimpfte der andere. »Wenn du ihn umgebracht hast, kriegen wir die Belohnung nicht.«

»Ich sag' dir doch, der Knüppel hat ihn nur gestreichelt.«

Dann beugte er sich über den Kutscher und begann seine Taschen zu durchwühlen. Aber der andere kam sofort dazu und verpasste ihm einen Schlag in die Rippen.

»Hände weg, Dummkopf! Wir sind keine Diebe, sondern Leibgarden.«

»Was ist da schon für ein Unterschied?«, grummelte der andere.

Die beiden Männer bestiegen wieder ihre Pferde und ritten im Galopp den Weg zurück, den sie gekommen waren. Einer hatte Alix vor sich aufs Pferd gebunden. Als sie etwa fünfzehn Meilen geritten waren, tauchte in der Ferne die Silhouette einer Gestalt auf, die auf einem Esel hockte. Gemächlich holperten die beiden über die Straße, die im gleißenden Sonnenlicht ganz weiß aussah. Allmählich war es ziemlich heiß geworden.

Als sie näher kamen, sahen sie, dass es sich um einen Mönch handelte, der ihnen von weitem zuwinkte. Als sie ihn dann eingeholt hatten, hielt der Prälat sein Reittier an. Weil er das Gesicht in der Kapuze seiner Kutte vergraben hatte, konnte man nur seine runde, platte Nase sehen.

»Na du, dir ist wohl kalt, was?«, machte sich einer der beiden Reiter über ihn lustig.

Aber der kleine Prälat überhörte den Scherz einfach und sprach die Reiter an, ohne sich über ihren Spott zu ärgern.

»Habt Ihr vielleicht eine Kutsche mit einer Frau und einem Kutscher gesehen?«

Wieder lachten die beiden Männer aus vollem Hals los. Dann deutete einer auf Alix.

»Die Frau ist hier.«

Dann streckte er den Arm aus und deutete mit dem Zeigefinger in die Richtung, aus der sie gekommen waren.

»Der andere ist da hinten geblieben. Ich fürchte, er ist noch nicht wieder zu sich gekommen.«

»Oh, das ist aber eine sehr unangenehme Geschichte«, jammerte der Mönch. »Was hat die Frau denn getan, dass Ihr sie wie eine Diebin aufs Pferd gebunden habt?«

»Schöner hättet Ihr es auch nicht sagen können, wenn Ihr sie wie eine Prinzessin in ihrem Wagen gesehen hättet, Abbé.«

»Was hat sie denn verbrochen?«, wiederholte der Mönch seine Frage.

»Monseigneur de Reims sagt, sie hat eine kleine goldene Statue aus dem Pfarrhaus der Kathedrale gestohlen.«

»Aus dem Pfarrhaus? Das ist aber nun auch wirklich nicht der geeignete Ort, um goldene Statuen aufzustellen.«

»Monseigneur sagt, sie stand dort nur, weil sie repariert werden sollte. Eine Hand der heiligen Jungfrau war beschädigt.«

Auf einmal sah der Mann den kleinen Mönch misstrauisch an, der sich ganz in seine Kutte gemummelt hatte. Er runzelte die Stirn und kratzte sich an seinem stoppeligen Kinn. Dieser kleine Abbé war nicht so dumm, sich bei der Hitze ohne Grund im eigenen Saft schmoren zu lassen.

»Was wolltet Ihr eigentlich von den beiden?«, fragte er ihn plötzlich argwöhnisch.

Anstelle einer Antwort kramte der Mönch in seinem weiten Ärmel und holte ein rundes, flaches Fläschchen hervor. Er entkorkte es, führte es an den Mund und nahm einen kleinen Schluck. Dann verschloss er es wieder sorgfältig, suchte weiter in den Falten seiner Kutte und brachte noch ein zweites Fläschchen zum Vorschein.

»Aha, Herr Pfarrer! Dafür braucht Ihr also Eure Kutte! Die Ärmel als Versteck für den Wein und die Kapuze, damit man Eure Säufernase nicht sieht.«

»Nein, nein«, entgegnete der Abbé gekränkt. »Da täuscht Ihr euch. Ich muss dies Fläschchen dem jungen Mann bringen, der es mir im Voraus bezahlt hat.«

»Was ist denn da drin?«, fragte der Reiter neugierig geworden und sprang von seinem Pferd.

»Siehst du nicht, dass der Abbé sich ganz allein einen anzwitschern will! Mir kommt es so vor, als würde er gar nicht an seine Freunde denken. Zeigt mal her, was Ihr da habt! Ich will es probieren.«

»Aber das geht nicht«, protestierte der Mönch. »Das ist ein sehr kostbarer und sehr starker Wein, den mir der junge Mann bereits bezahlt hat. Diese Fläschchen sind überaus teuer. Eine gehört zwar mir, aber die andere ihm.«

»Ich sagte, zeigt mal her, Pfarrer, ich will probieren.«

Er sah seinen Gefährten an, lachte laut und klopfte sich die Schenkel. Dann zeigte er mit dem Finger auf den Mönch.

»Dich schickt der liebe Gott. Ach, mein kleiner Drückeberger! Du willst uns doch nicht etwa um dies Vergnügen bringen? Ein bisschen Spaß muss schon sein.«

Er nahm dem Mönch das Fläschchen aus der Hand und entkorkte es mit den Zähnen. Wenige Sekunden später hatte er es ausgetrunken.

»Das hättet Ihr nicht tun dürfen«, schimpfte der Mönch vermeintlich ärgerlich. »Der Wein war nicht für Euch bestimmt.«

Als sie sahen, wie betrübt der kleine Mönch war, lachten die beiden Männer wieder laut los.

»Aha! Du wolltest dich wohl ganz allein betrinken? Los, her mit dem anderen!«

Und der Reiter, der Alix vor sich auf seinem Pferd liegen hatte, stieg auch ab und schnappte sich das andere Fläschchen im Vorbeigehen.

Hätten sie in diesem Moment das Lächeln gesehen, das das Gesicht von Abbé Mirepoix überzog, hätten sie vermutlich nicht gelacht, sondern geflucht.

Als sie etwas später wieder aufs Pferd steigen wollten, fielen sie um und blieben auf der Straße liegen. Sie schliefen wie tot und sollten so schnell nicht wieder aufwachen.

Der erste Teil des Plans von Abbé Mirepoix aus Reims war also gelungen; nun musste er sich beeilen, um den zweiten Teil zu erledigen.

Vorsichtig befreite er die junge Frau und hob sie auf seinen Esel und machte sich dann eilends auf die Suche nach ihrem Kutscher und Wagen.

Vorher hatte er noch die Pferde der beiden Banditen losgelassen, damit sie ohne ihre Herren nach Hause liefen – so mussten die beiden, wenn sie erst einmal wieder wach waren, die Beine unter die Arme nehmen und sich zu Fuß auf den Rückweg machen.

Die Kutsche von Alix entdeckte er einige Meilen weiter. Juan lag noch immer bewusstlos auf der Straße. Die Handlanger des Erzbischofs hatten hart zugeschlagen. Auch Alix war noch immer ohnmächtig, und nur mit größter Mühe gelang es dem Abbé, die beiden in die Kutsche zu schleppen, damit er sie dort ungestört verarzten konnte.

Abbé Mirepoix war schließlich nicht umsonst Apotheker! In weiser Voraussicht hatte er alles dabei, was er zur Versorgung der Verletzten brauchte.

Den Wein für die Männer des Erzbischofs, die er kannte, weshalb er sich hinter seiner Kapuze verstecken musste, hatte er mit einem starken Schlafmittel versetzt. Die Dosis war genau so bemessen, dass sie auf der Stelle einschlafen und erst wieder aufwachen würden, wenn er sich längst aus dem Staub gemacht hatte.

Er rieb Alix eine starke Ammoniaklösung unter die Nase, um ihre Lebensgeister zu wecken. Bei Juan half das nichts, weil er zu schwer verletzt war. Abbé Mirepoix flößte ihm einen Trank ein und massierte seinen Schädel mit einer Salbe, woraufhin die Gesichtszüge des jungen Spaniers nicht mehr ganz so schmerzverzerrt wirkten.

Jetzt musste er sich nur noch um seinen Esel kümmern, den er hinten an die Kutsche band. Dann nahm er selbst die Zügel in die Hand und fuhr los.

Kurz hinter Chartres kam Alix zu sich und blinzelte schwach. Wie durch einen Nebelschleier erkannte sie Juan, der bewusstlos neben ihr lag, machte aber keinen Mucks aus Angst, die Banditen könnten wieder auftauchen.

Ihre Magenschmerzen hatten aufgehört. Sie sah sich um, bewegte vorsichtig ihren Kopf und stellte fest, dass sie nicht mehr gefesselt und geknebelt war.

Alix wurde etwas mutiger und musterte ihre traurige Erscheinung. Die blaue Schürze, die sie über ihrem Kleid getragen und auf die sie sich eben noch erbrochen hatte, war verschwunden. Sie dachte nach. Jemand, der nicht Juan war, lenkte ihre Kutsche, und weil derjenige nicht befürchtete, sie könnte fliehen, wenn sie wieder zu sich kam, konnte es sich dabei wohl nicht um einen der beiden Angreifer handeln.

Also bewegte sie sich vorsichtig zum Fenster und steckte den Kopf hinaus. Sie sah aber nur einen weiten braunen Mantel, der wie eine Mönchskutte aussah. Ein Ärmel flog jedes Mal durch die Luft, wenn der Kutscher die Peitsche bewegte.

Eine Mönchskutte! Welcher Mönch konnte das sein? Alix drehte sich um und entdeckte Juan, der noch immer reglos unter der Sitzbank lag. Sie bückte sich und sah neben ihm eine Tasche. Als sie sie öffnete, wurde ihr alles klar – es war eine Apothekertasche.

11

Als der Tagesablauf auf Schloss Amboise ganz allmählich Formen angenommen hatte, wurde er plötzlich von einem unvorhersehbaren Ereignis gestört, das die Menschen auf dem Land allerdings bereits irgendwie geahnt hatten. Die ständige Schwüle, Invasionen von Mücken- und Fliegenschwärmen und die andauernden Unwetter machten ihnen große Sorge.

Aus der Bretagne kommend breitete sich die Pest an der Loire entlang Richtung Westen aus und erreichte bald schon Tours. Die Dorfbewohner von Amboise bekamen es mit der Angst, und sie fürchteten, angesteckt zu werden.

Louis XII., der sich wieder in Italien aufhielt, war von seinem treuen André de La Vigne unterrichtet worden, und bereitete sich auf die Heimkehr nach Frankreich vor.

Er machte sich Sorgen um die Gesundheit seiner Gattin und um das ungeborene Kind. Deshalb ordnete er an, sie solle Amboise, das viel zu ausgesetzt am Loireufer lag, auf der Stelle verlassen und mit der Familie d'Angoulême vorübergehend auf Schloss Romorantin umziehen, das von der Sologne umgeben war und ihm viel sicherer schien.

Königin Anne war nicht auf die Katastrophe vorbereitet und konnte die steigende Zahl der Toten im Dorf und in ihrem Hofstaat kaum ertragen, weshalb der hastige Aufbruch ihr die gute Laune nahm. Außerdem musste sie viele vertraute persönliche Dinge zurücklassen. Nicht einmal ihren geliebten Betstuhl, der sie sonst überallhin begleitete, durfte sie mitnehmen.

Heimtückisch begann die Pest ihren Angriff auf das Schloss Amboise, und die Reisevorbereitungen fanden in größter Eile und unbeschreiblichem Durcheinander statt, weil jeder so schnell wie möglich an einen sicheren Ort wollte und Schloss Romorantin nur begrenzt Platz bot.

Nach nur einer Woche gab es zwanzigtausend Opfer zu beklagen. Die vielen betroffenen Häuser mit dem roten Kreuz auf der Tür, dem Symbol für den Tod, durften lange Zeit nicht betreten werden.

Die Residenz Romorantin, eine Enklave in der Sologne, musste Louise gefallen. Von den kleinen, aber freundlich hellen Zimmern, die sehr hübsch aneinandergereiht waren, hatte man einen schönen Blick auf das spätsommerliche Laub. Unter Kastanienbäumen, Eichen und Pinien gelangte man zu Lichtungen und hie und da einem Fischteich, über dem in der Morgenstille die Vögel zwitscherten.

Die Auffahrtsallee zum Schloss war von großen Heidekrautbüschen gesäumt, die sich mit hohen, silbernen Birkenstämmen abwechselten. Mit dem Ausbruch der Pest hatten die Stürme aufgehört. Der Sommer war heiß und lag brütend auf dem Astwerk, das kein Windhauch in Bewegung versetzte. Die Wäldchen scharten sich um die Lichtungen, auf denen es nur noch wenige schattige Bereiche gab.

Der fehlende Komfort auf dem Schloss störte Louise nicht, wohl aber die Enge, die ihr keine Freiheit mehr ließ. Wenn sie ungestört sein wollte, blieb ihr nur die Möglichkeit, sich auf ihrem Zimmer oder in dem der Kinder einzuschließen.

Weil das Schloss so klein war, gab es viel zu wenig Platz für den Hofstaat der Königin, weshalb zahlreiche Hofdamen, Diener, Lakaien und weitere Dienstboten es vorgezogen hatten, Amboise zu verlassen, um der Pest zu entkommen, die in der gesamten Loiregegend wütete.

Die meisten von ihnen gingen nach Hause zu ihren Familien. Wer keine Verwandten hatte, zog durch die Nachbarregionen und schlug sich mit dem wenigen Geld durch, das man zusammengespart hatte. Die Übrigen, die keinen einzigen Heller besaßen und denen alle Türen verschlossen blieben, hausten in Scheunen oder Ställen, hofften auf das Ende der Seuche und beteten, dass sie das Schicksal verschonte und sie wenigstens nicht verhungern mussten.

Château de Romorantin hatte also nur ein kleines, aber bestens eingespieltes Gefolge aufgenommen. Unter diesen tragischen Umständen musste sich sogar Königin Anne einschränken. Sie hatte nur ihre Günstlinge dabei, ihre liebsten Hofdamen, die Leute für die täglich anfallenden Arbeiten und einige wenige Pagen, auf die sie absolut nicht verzichten konnte.

Wenn Louise und Anne sich auch nicht leidenschaftlich liebten, bemühten sie sich doch um gutes Einvernehmen; schließlich verging kein Tag, an dem sich die beiden Frauen nicht über den Weg liefen und ein paar Worte wechseln mussten, weil sie praktisch mit Marschall de Gié und den Kindern unter einem Dach lebten.

Nachdem ihr anfänglicher Ärger verflogen war, hatte sich die Comtesse d'Angoulême dazu entschlossen, sich nicht um die kleinen alltäglichen Streitereien zu kümmern. Da sie nun einmal nichts an der Situation ändern konnte, beglückwünschte sie sich dazu, dass sie durch das enge Zusammenleben ein sehr vertrautes Verhältnis zur Königin entwickeln konnte, was ihr für ihre langfristigen Pläne sehr gelegen kam.

Tatsächlich schien sich Louise hier wohler zu fühlen als die Königin. Château de Romorantin gefiel ihr einfach sehr. Der Bau aus zum Teil holzverkleideten rosa Ziegeln wirkte sehr einnehmend. Die Königin lebte im Hauptwohntrakt, der mit seinen Rundbogenfenstern auf der Seite zum Wald lag.

Louise bewohnte zusammen mit Antoinette, Jeanne, deren Tochter und ihren Kindern den Flügel aus glasierten Ziegeln mit offenem Gesims. Von ihren Fenstern aus konnte man das Fachwerk des Moulin des Garçonnets sehen, der auf Pfeilern in einem Seitenarm der Sauldre stand und einen derart friedlichen Anblick bot, dass sie sich gar nicht daran sattsehen konnte.

Die Pest schien die Sologne zu verschonen, und die beiden Frauen gewöhnten sich allmählich an ihren gemeinsamen Alltag. Die Königin nahm zu, und ihr Bauch wurde immer runder.

Obwohl sie eigentlich jedem Streit aus dem Weg gehen wollten, gab es doch immer wieder böse Worte. Und sobald die eine eine zweideutige Bemerkung machte, gab die andere schroff zurück. Immerhin bemühten sie sich darum, sich vor den Dienstboten zu mäßigen.

Nachdem man im Sommer zum Zeitvertreib eigentlich nur ausreiten konnte, begegneten sich die beiden Frauen auch oft mit ihren Zelterpferden im Wald von Sologne.

Der kleine François verbrachte ebenfalls viele Stunden auf seinem Pferd, und es bereitete ihm immer mehr Vergnügen, in Begleitung seiner Schwester Marguerite auf den langen geraden Alleen die geheimnisvolle Sologne mit ihrem Moos und Heidekraut zu erforschen.

Vorübergehend wurden die Latein- und Grammatikstunden der Kinder zugunsten des Reitens etwas gekürzt. Abends verschwanden die beiden dann erschöpft und begeistert in ihren nebeneinanderliegenden Zimmern und erzählten sich noch lange von ihren neuesten Heldentaten.

Louise bemühte sich zwar, ihre Nervosität zu verbergen, sie legte sich aber eigentlich nur wirklich in Gesellschaft ihrer Kinder.

An diesem Abend hatte sie die beiden mit zu sich auf ihr Zimmer geholt. Und während Marguerite und François fröhlich über die Erlebnisse des vergangenen Tages diskutierten und Wetten abschlossen, wer am nächsten Tag bei welchem Ausritt gewinnen würde, musste Louise ständig an den dicken Bauch ihrer Rivalin denken. Wenn es doch ein Junge wurde, war es aus und vorbei mit ihren großartigen Träumen von Ruhm und Ehre. Dann würde ihr François, ihr kleiner Cäsar, niemals König von Frankreich werden.

Prunelle hatte sich in Marguerites Armen zusammengerollt, und Hapaguai schlief in seiner Lieblingshaltung, mit lang ausgestreckten Vorderpfoten, auf dem Wildschweinfell, das das Zimmermädchen Catherine zu diesem Zweck neben die große Truhe von Louise gelegt hatte.

Dame Andrée, die nicht aufhören wollte, sich um das Wohlergehen ihres kleinen »Säuglings« zu sorgen, hatte sich nun doch einmal frei genommen. Louise hatte zwar darauf bestehen müssen, dann aber konnte die tüchtige Frau doch nicht dem Vergnügen widerstehen, ihre Familie zu treffen, die ganz in der Nähe der Sologne lebte. Ihr Bruder besaß eine Ziegelei in Senneterre, die die ganze Gegend um Orléans mit Ziegeln versorgte.

Aus einer Laune heraus ging Louise zu ihrem Sohn, drückte ihn an sich und murmelte ihm zärtliche italienische Worte ins Ohr.

Der Junge zog einen Schmollmund.

»Heute Abend will ich nicht Italienisch sprechen, Mutter.«

»Aber warum denn nicht, bambino mio?«, fragte Louise.

Da machte Marguerite einen Stoßseufzer.

»Wir haben viel zu viel mit Euch zu besprechen, Mutter. Das geht nur auf Französisch.«

»Ihr solltet Italienisch aber genauso gut sprechen wie Französisch, meine Kinder.«

Zärtlich strich sie ihrem Sohn über die Stirn.

»Wenn du erst einmal in Mailand oder Neapel bist, François, musst du besser Italienisch sprechen als deine Vorgänger. Charles de Valois verstand selbst kaum, was er sagte, und brabbelte wohl nur unverständliches Zeug vor sich hin. Und Louis d'Orléans ist auf Übersetzer angewiesen.«

Mit der Hand fuhr sie ihrem Sohn zärtlich durchs Haar und wandte sich dann Marguerite zu, die gut gelaunt und in aller Ruhe zu ihr gekommen war. Davon war Prunelle aufgewacht; empört verzog sich die kleine Hündin auf das Bett von François und kuschelte sich zwischen seine Füße.

Als geborene Savoyardin hatte Louise als Kind ganz selbstverständlich auch die Sprache des Nachbarlandes gelernt und beherrschte sie perfekt. Deshalb barg das Italienische keine Geheimnisse für sie, und weil sie wusste, dass diese Kenntnis ein weiterer Trumpf für ihre Kinder war, wollte sie ihnen ihr gesamtes umfangreiches Vokabular weitergeben.

»Gut, einverstanden, aber das gilt nur für heute Abend. Morgen unterhalten wir uns wieder auf Italienisch«, erklärte sie. »Was wollt ihr denn so Wichtiges wissen, dass wir es nur auf Französisch besprechen können?«

»Wann gehen wir nach Amboise zurück, Mutter?«, fragte François.

»Wenn die Pest vorbei ist. Offenbar nimmt die Ansteckungsgefahr in den Nachbarregionen bereits ab, aber das Risiko ist noch immer viel zu groß.«

»Ist denn das Kind, das Königin Anne erwartet, auch in Gefahr?«, fragte seine Schwester ängstlich.

»Darum machst du dir also Sorgen. Oh nein, meine Kinder, nein! Dies Kind kommt gar nicht erst zur Welt«, prophezeite sie düster.

Dann drückte sie ihren Sohn an sich und ließ ihren Blick schweifen. Ohne François loszulassen, wandte sie sich an Marguerite und sagte:

»François wird der nächste König. Das weißt du doch.«

»Ja, ich weiß«, flüsterte das Mädchen und schmiegte sich enger an seine Mutter.

François lächelte zufrieden zwischen Mutter und Schwester, und Marguerite hatte wieder Prunelle zu sich geholt, die sich die Umarmungen ihrer Herrin gefallen ließ.

An diesem Abend war die Vertrautheit und Harmonie des unzertrennlichen Trios vollends wiederhergestellt, und Louise genoss den wonnigen Moment in vollen Zügen.

Da stieß plötzlich jemand mit lautem Krachen die beiden schweren Türflügel auf, so dass Prunelle erschrocken aufsprang und Hapaguai knurrte. Der Lärm hatte sie überrascht, und Louise und die Kinder erschraken heftig.

Mit weit aufgerissenen Augen starrten sie Marschall de Gié an, der in der Tür erschienen war – groß und stark, mit undurchdringlicher Miene, stechendem Blick, die Hände in den Hüften und breitbeinig stand er da vor ihnen.

Er hatte sein schwarzes Samtwams, das er sonst immer trug, gegen ein helles, in der Taille gegürtetes bauschiges Hemd ausgetauscht. Unter dem Hemd trug er zwar noch seine kurzen Hosen und Wadenstrümpfe, aber sein Aufzug wirkte, gelinde gesagt, sehr ungezwungen.

Er machte ein paar Schritte ins Zimmer und ließ seine beiden Hellebardiere im Türrahmen eingezwängt stehen. Die Wachen, die ihm auf den Fersen gefolgt waren, schickte er mit einer ungeduldigen Handbewegung weg.

Louise ließ ihre Kinder los und versuchte ihre Brust zu verbergen, die nur zum Teil von einem dünnen Nachthemd bedeckt war.

De Gié betrachtete den weißen Busen der jungen Frau, an dem noch immer der kleine Kopf von François ruhte. Dann sah er ihr in die Augen und sagte kühl:

»Führt man einem zukünftigen Herrscher etwa ein solches Spektakel vor? Wie wollt Ihr denn den Charakter dieses Kindes stärken, Madame, wenn Ihr ihm jetzt noch erlaubt, an Eurer Mutterbrust zu träumen?«

Marguerites Blick ging hilflos zwischen ihrer Mutter und dem Lehrer hin und her, ihre Lippen öffneten sich zum Protest, aber ihre Mutter bedeutete ihr zu schweigen. Obwohl sie sich noch längst nicht von ihrem Schrecken erholt hatte, erwiderte Louise prompt:

»Darf ich mir die Frage erlauben, was Ihr in meinem Zimmer verloren habt, Monsieur? Wer hat Euch erlaubt es zu betreten?«

Er ignorierte ihre Frage und wirkte nach wie vor äußerst verärgert.

»Ein zukünftiger Herrscher soll sich an Kriegsberichten erfreuen, Madame, nicht an den Kinderstreichen, mit denen Ihr ihn jeden Abend füttert.«

Wie so oft waren seine Bewegungen ruckartig und unerwartet, als er jetzt ans Bett trat. Louise zog nie die Bettvorhänge zu, wenn sie noch mit ihren Kindern in dem großen Himmelbett saß und redete, das direkt vor dem mächtigen Kamin in ihrem Zimmer stand.

Eine kleine Tür, die hinter der italienischen Tapete versteckt war, erlaubte ihr ohne Umwege über die langen Flure die anderen Zimmer ihrer Wohnung zu erreichen. So konnte Louise ungesehen vom Vorzimmer in ihr Arbeitszimmer oder von ihrer Bibliothek in den eigenen Salon gehen.

Wenn das schlechte Wetter keinen Ausritt durch die umliegenden Wälder erlaubte oder sie Königin Anne nicht über den Weg laufen wollte, kam es vor, dass Louise ihre Gemächer nur zu den Mahlzeiten verließ.

Marschall de Gié stand nun also vor dem großen offenen Bett und betrachtete ungeniert das Spektakel, das sich ihm bot. Dann griff er mit einer zornigen Handbewegung nach der blauen Seidendecke und zog sie vom Bett.

Louise machte eine erschrockene Bewegung, die eine ihrer runden, weißen Brüste bloßlegte. Der Marschall ließ sich nicht aus der Ruhe bringen, betrachtete weiter ziemlich unverfroren die halbnackte Comtesse, und sein Blick blieb nun an ihren wunderschön geschwungenen Schenkeln hängen, von denen das Nachthemd nur einen bedeckte. Der andere präsentierte sich ihm in seiner ganzen Anmut und mit vollkommenen Rundungen.

Prunelle war erschrocken vom Bett gesprungen und versteckte sich dahinter. Ohne einen Mucks verzog sie sich in den Spalt zwischen Bett und Wand und wartete ab.

Die beiden Kinder waren wie versteinert, und auch Hapaguai rührte sich nicht, weil er sich nicht entscheiden konnte, ob er wohl auf die Knie seines jungen Herrn springen durfte.

Wie scharfe Klauen bohrten sich de Giés Blicke in den wunderschönen Körper von Louise. In dieser eben noch ungezwungenen, intimen Situation offenbarten ihr nackter Schenkel und ihre entblößte Brust nichts als Anmut und Schönheit.

Als Hapaguai merkte, wie verstört sein junger Herr war, sprang er doch auf seinen Schoß, und der Marschall blickte endlich nicht mehr so streng, sondern verzog den Mund zu einem gezwungenen Lächeln.

Dieser Moment des Friedens währte aber nicht lange, weil de Gié seinen prüfenden Blick gleich wieder auf die Comtesse richtete und sie mit einer Verachtung musterte, die keine Entgegnung duldete. Dann bückte er sich und nahm François auf den Arm.

»Ihr kommt jetzt mit mir, Herzog von Valois, und ich werde Euch die spannendsten Rittergeschichten erzählen, die Ihr euch nur vorstellen könnt. Wenn Ihr erst König von Frankreich seid, werdet Ihr mir noch dafür danken.«

Er erhob sich zu seiner vollen Größe, drückte den kleinen Jungen an seine starke Brust und sagte mit schneidender Stimme:

»Ich werde den König von Eurem Fehlverhalten unterrichten, Madame. Inzwischen lasse ich Euch mit Eurer Tochter allein.«

Scheinbar mühelos trug er den Jungen an seinen Hellebardieren vorbei und befahl ihnen, ihm zu folgen.

Als die Tür hinter ihnen ins Schloss gefallen war, entspannte sich Louise endlich ein wenig, atmete wieder normal und flüsterte ihrer Tochter ins Ohr:

»Ich kann ihn nicht leiden, aber ich glaube, er ist unser Verbündeter. Er nimmt uns François nur weg, weil er einen König aus ihm machen will.«

Ein derartiger Vorfall wiederholte sich nicht, weil Louise Catherine darum gebeten hatte, die Tür zu ihrem Zimmer in Zukunft abzuschließen, wenn sie ging.

Trotzdem beschloss sie, sich mit Ludwig zu treffen, der aus Italien zurück war, um ihm einige Informationen zu entlocken, die sie für ihre zahlreichen Pläne benötigte.

Es war noch sehr früh, ein warmer, sonniger Tag kündigte sich an, und der König wollte gern ausreiten. Eben hatte er das Zimmer der Königin verlassen, war durch eine niedrige Tür in den Waffensaal getreten und gelangte über das Labyrinth an Gängen aus dem Schloss ins Freie.

Der König war groß und schlank, und sein Gesicht erinnerte noch an den schönen Mann, der er einmal gewesen war – auch wenn ihn seine ausschweifende Jugend reichlich mitgenommen hatte, war er noch immer recht ansehnlich. Seine Stirn war voller Falten, und seine Mundwinkel hatten einen strengen Zug, der nur ganz selten einmal verschwand.

Louis XII. bewegte sich gern und liebte es von Schloss zu Schloss zu reisen wie schon sein Vorgänger, Charles VIII. Wie alle Herrscher seiner Generation war er ein richtiger Nomadenkönig und in erster Linie Reiter; in welchem Zustand Straßen und Wege waren, kümmerte ihn wenig. Wo war er nicht schon an der Seite des verstorbenen Gatten von Louise überallhin gekommen?

Obwohl von Natur aus eher gutmütig, zeigte Louis XII. doch sicheres Auftreten und eine vornehme und königliche Haltung, die die Menschen beeindruckte, weshalb sie ihn auch aufrichtig bewunderten. Und seine tiefen Narben überall im Gesicht beeinträchtigten diesen Eindruck in keiner Weise – ganz im Gegenteil.

Dennoch fehlte nicht viel, und der ungestüme und wilde Herzog von Orléans, der sich in seiner Jugend immer wieder gegen den König verschworen hatte, hätte sich vier Jahre zuvor, als er den Thron bestieg, anders besonnen. Als junger Mann hatte er als einer der besten Krieger des Königreichs gegolten, er konnte mühelos ganze Tage im Sattel sitzen, bei den schwierigsten und anspruchsvollsten Turnieren schwungvoll die Lanze führen und war auch jetzt noch immer fast genauso geschickt wie damals.

Ehemals leichtsinnig und nur auf Luxus und Vergnügen aus und obendrein verheiratet mit Jeanne de France, einer armen missgestalteten und hässlichen Frau, hatte er sich oft mit den hübschesten Mädchen des Königreichs amüsiert.

Eigentlich war Louis XII. erst durch die junge Anne de Bretagne, die ihn mit ihrer Klugheit und Anmut verführt hatte, vernünftig geworden.

Mit seinen vierzig Jahren sah er also noch recht gut aus trotz seiner narbigen, immer breiter werdenden Stirn und der Falten um seine blauen Augen. Sein großer Mund verzog sich mal spöttisch, mal enttäuscht und mal bettelnd, und in seinen Augen blitzte noch gelegentlich die frühere Begierde auf.

An diesem Morgen hatte Louise das Gefühl, allein die angenehme Kühle im Wald könne ihr die Unterhaltung erleichtern, die sie mit dem König zu führen gedachte. Sie hatte die ganze Nacht damit zugebracht, ihre Argumente zu drehen und zu wenden, bis sie sie wirklich klar und überzeugend fand.

Louise ging in den Stall und machte den Rappen Orion los, ein sanftes, gelehriges und besonnenes Pferd mit schwarzer Mähne und schwarzem Fell, das im Gegensatz zu Zeus gemächliche und erholsame Ausritte bevorzugte.

»Nicht böse sein, Zeus!«, bat sie und streichelte seine Flanke. »Heute nehme ich deinen Freund mit. Du musst nur ein bisschen geduldig sein – bestimmt veranstaltet der König bald wieder eine Jagd, bei der du dann ganz in deinem Element bist.«

Zeus schüttelte den Kopf, was so viel hieß wie: ›Ich bin nicht einverstanden.‹ Aber für den gemütlichen Spazierritt, den Louise vorhatte, war Zeus nun einmal nicht geeignet. Er jagte lieber im gestreckten Galopp durch den dunklen Wald, umringt von der Hundemeute und umgeben von den Rufen der Jäger und der Köche hinter sich, dem Klang der Hörner und Trompeten vor sich. Zeus war wie geschaffen für die Aufregung und das Spektakel einer großen königlichen Jagd.

Louise ließ also Zeus stehen, der wild die Mähne schüttelte und zornig mit den Hufen scharrte, und kam am Stall von Pegasus, dem Bearner Pferd von François, vorbei. Das Tier war noch jung und voller Übermut und gehorchte wohl nur ihrem Sohn. Sie streichelte ihm die Nüstern und klopfte seinen strammen Hals.

Mit einem prüfenden Blick vergewisserte sie sich, dass das

Lieblingspferd des Königs nicht da war, nahm dann beruhigt Orion am Zügel und verließ den Stall.

Als sie auf den Hof trat, über den man zum Auffahrtstor kam, präsentierten die beiden Wachen ihre Lanzen und standen still.

Philibert, ihr Reitknecht, kam angelaufen. Seine große, schlaksige Gestalt überragte beinahe die Gesindewohnungen, die neben den Stallungen lagen.

»Madame la Comtesse!«, rief er schon von weitem. »Wolltet Ihr nicht im Laufe des Vormittags ausreiten? Es wird gerade erst hell!«

»Das macht doch nichts, Philibert. Ich brauche dich nicht. Aber sieh zu, dass sich Zeus wieder beruhigt. Er ist offenbar sehr wütend, weil ich ihn im Stall gelassen habe.«

Als sie durch das Tor ritt, senkten die beiden Hellebardiere ihre Lanzen und standen wieder still.

Sie ließ das Pferd im Schritt über die Hauptallee gehen, die zum nahen Wald führte. Orion ging sehr gern langsamen Trab, besonders früh morgens, wenn die Sonne die breiten Wege in diffuses Licht tauchte und er mit bebenden Nüstern die morgendlichen Gerüche schnuppern konnte.

Die Luft war noch angenehm kühl von der vergangenen Nacht, und sie trabten durch die Auffahrtsallee zum Waldrand – Pferd und Reiterin bei bester Laune.

Zwei Reihen Birken, die dicht nebeneinanderstanden, trennten den Weg vom Wald, und Farne, die sich mit goldenem Ginster abwechselten, bildeten zusammen mit Gräsern in allen Farben ein dichtes Buschwerk.

Das milde Morgenlicht drang durch die Bäume. Orion schüttelte die Mähne und wurde langsamer, als Louise die Zügel kürzer nahm und ihn in eine dunkle, dicht belaubte, üppig grüne Allee zu einem nahen Teich führte.

Das klare Teichwasser funkelte silbern, der Anblick war eine wahre Wohltat.

Louise war rundum glücklich und zufrieden. All ihre Ängste schienen auf einmal wie weggewischt. Zierliche Schilfhalme und Teichlilien wiegten sich im Morgenwind, während sich das leise Geschnatter von Enten und Wasserhühnern mit dem Gesang der Amseln im Geäst der Bäume mischte.

Das Geräusch von galoppierenden Pferdehufen unterbrach ihre Betrachtung einer Ente, die ihre Bahnen auf dem Teich zog, und sie ahnte instinktiv, dass das der König sein musste. Einen Moment lang befürchtete sie, Marschall de Gié könnte ihn begleiten, beruhigte sich aber schnell wieder, als sie erkannte, dass es nur ein Pferd war.

Den gleichmäßigen langsamen Trab konnte sie deutlich hören. Dann sah sie den König auf dem Waldweg, der linkerhand von der Allee abbog, näherkommen. Er trug ein karmesinrotes Wams und beigefarbene Kniehosen, aber keinen Hut, und sein glattes blondes Haar fiel ihm aus der Stirn bis auf die Schultern.

»Es freut mich sehr, Euch hier zu treffen, Madame. Wie ich sehe, macht es uns beiden die gleiche Freude, früh am Morgen auszureiten.«

»Der Nebel, der sich nur ganz allmählich auflöst, und die zaghaften Laute um einen herum sind so zauberhaft, dass man sie einfach bewundern muss. Findet Ihr nicht auch?«

Der König musterte sie wohlwollend.

»Offen gestanden habe ich Euch vom Waffensaal aus beobachtet, Madame, und hatte den Wunsch, Euch zu treffen.«

Die Comtesse dachte an den leeren Stall und wusste, dass das nicht stimmen konnte. Der König wollte ihr wohl damit deutlich machen, dass auch er sie sprechen wollte.

»Ich war gerade dabei umzukehren«, antwortete Louise und

streichelte Orion mit der Peitsche. »Wenn man von der Hauptallee abbiegt, gibt es einen Weg, der tiefer in den Wald führt.«

»Seid Ihr einverstanden, wenn wir ein wenig Seite an Seite in diese Richtung reiten?«

»Mit dem größten Vergnügen, Sire«, sagte Louise und schenkte ihm einen betörenden Blick.

Schnell passte sich das Pferd des Königs der ruhigen Gangart Orions an, und die beiden trabten einträchtig bis zu einem Weg, der von wildem Ginster gesäumt war und den Blick auf eine eindrucksvolle Heide voller Erika und Stechginster freigab.

»Die Sologne ist einfach wunderschön. Seht nur, welch farbenprächtigen Anblick sie uns bietet, Louise.«

Seine wenig förmliche Anrede löste die etwas steife Stimmung zwischen ihnen sofort.

»Ich hatte schon befürchtet, Ihr hättet vielleicht beinahe unser schönes Frankreich vergessen, weil Ihr so lange im Königreich Neapel unterwegs wart«, sagte Louise.

»Nicht doch, aber die neapolitanische Landschaft mit ihrem azurblauen Himmel verführt mich tatsächlich immer wieder aufs Neue. Ich vermisse dort allerdings allmählich die Vielfalt an Farben und Düften, die wir hier im Val de Loire haben. Ich liebe die Sologne. Nur dieses Schloss hier ist leider mehr als unkomfortabel.«

»Ich finde es bezaubernd. Es ist so ganz anders als die übrigen Residenzen an der Loire, allein schon, weil wir hier den Wald vor der Tür haben. Meine Kinder, und ganz besonders François, fühlen sich hier wohler als auf Eurem Schloss in Amboise.«

»Lernt er denn hier auch fleißig die Kunst der Reiterei?«

»Oh ja, Marschall de Gié bringt ihm alles bei, was er wissen muss. Er kann bereits ohne Sattel reiten, vom Pferd aus mit dem

Bogen schießen und über Hindernisse springen. Er benötigt nur noch etwas mehr Übung.«

Ein weiterer Teich tauchte spiegelglatt rechts neben ihnen auf, dicht gesäumt von gelben Schwertlilien und purpurrotem Weiderich. Am leisen Geplätscher, das ihre Bewegungen verursachten, erkannten sie, dass mehrere Nager im Wasser unterwegs waren.

Ludwig hielt sein Pferd an.

»Darf ich ein paar Worte über Marschall de Gié an Euch richten, Sire?«

Die Comtesse wendete Orion, um dem König gegenüberzustehen.

»Ich gehorche all Euren Befehlen, Sire, weil ich weiß, dass sie zum Wohle meines Sohnes sind. Aber ich bin nicht bereit, alle Befehle des Marschalls zu befolgen.«

Er musterte sie freundlich.

»Sind das etwa Befehle, die den meinen zuwiderlaufen?«

»Nein, Sire, das nicht. Aber mir liegt sehr daran, eine gewisse Vertraulichkeit zwischen meinen Kindern und mir zu wahren.«

»Eine Vertraulichkeit! Großer Gott, welche Geheimnisse verbergt Ihr vor dem Hof, Comtesse?«

»Bitte glaubt mir, Sire, ich will gar nichts verbergen. Mir geht es nur um das Recht auf die große Liebe, die ich für meine Kinder empfinde. Die vertraulichen Augenblicke finden hauptsächlich während der Musik- und Poesiestunden statt, die ich mit ihnen veranstalte.«

»Ist das alles?«

Louise errötete kaum wahrnehmbar.

»Beinahe, Sire. Abgesehen von einigen wenigen Minuten, die wir ungestört zu dritt vor dem Schlafengehen verbringen.«

Der König streichelte sein Pferd.

»Das ist nun wirklich kein Grund zur Aufregung. Ich spreche mit de Gié.«

Er gab seinem Pferd die Sporen, damit es in den Trab fiel, und lud Louise ein mitzuhalten. Einer plötzlichen Eingebung folgend, machte er eine Volte und prüfte ihre Miene, aber Louise wirkte sehr gelassen.

»Ich habe beschlossen, so lange in Romorantin zu bleiben, bis die Königin ihr Kind zur Welt gebracht hat.«

Louise, die sich gehütet hatte, dem König zu gestehen, wie unangenehm ihr die häufigen Begegnungen und die erzwungene Nähe zu seiner Gattin auf dem beengten Schloss waren, ließ sich ihr Erstaunen nicht anmerken, doch ihr Atem ging jetzt schneller, und ihr Herz klopfte wie wild.

»Die Pest ist vielleicht längst vorbei, ehe es so weit ist, Sire.«

»Nein, liebe Cousine, die Plage scheint den Westen Frankreichs nicht verlassen zu wollen, und ich will nichts Unvernünftiges tun. Weder darf ich das Leben meines zukünftigen Kindes noch das Eures Sohnes aufs Spiel setzen.«

Obwohl ihr das Herz fast aus der Brust sprang, nickte sie nur anmutig und lächelte ihn an.

»Lieber Cousin«, sagte sie und verwendete die gleiche vertrauliche Anrede wie er eben, »diese Pest mit all ihren schrecklichen Folgen kann nicht mehr lange dauern.«

»Da bin ich anderer Meinung, Louise. Bislang sind sehr viele Opfer zu beklagen, allein in den Nachbarregionen mehr als zehntausend. Und hier in der Sologne sind wir von der Pest isoliert. Deshalb bleiben wir, so lange wie nötig. Schließlich ist es unsere Pflicht, das Leben der uns Anvertrauten zu schützen.«

Louise benötigte keine besonderen psychologischen Kenntnisse, um zu verstehen, dass der König nur nicht wusste, wie er seine Nachfolge zur Sprache bringen sollte.

Eine Fasanenhenne lief ihnen über den Weg, und ihr in der Morgensonne funkelndes Gefieder fesselte den Blick der beiden Reiter.

Der König parierte durch, und sein Pferd blieb stehen. Louise machte es genauso.

»Hier sind wir in Sicherheit«, wiederholte er und sah dem Fasan nach. »Wir werden Romorantin nur verlassen, falls es Anzeichen für eine Ansteckungsgefahr geben sollte, was mich aber sehr wundern würde. Der Fluss um das Schloss ist ein wahrer Schutzschild.«

Die Comtesse d'Angoulême hob den Saum ihres Reitkleids und ließ wie unbeabsichtigt einen kleinen Schuh zum Vorschein kommen, in dem ihr zierlicher Fuß steckte. Als sie sah, wie ihn der König unverhohlen bewunderte, hob sie ihren Samtrock noch ein wenig höher, um ihm ihre schlanke Fessel in einem weißen Seidenstrumpf zu präsentieren.

»Natürlich haben wir große Angst um unsere Kinder, lieber Cousin, und ich kann mir vorstellen, dass Ihr einige Sorge um das Kind habt, das geboren werden soll.«

Die Worte der Comtesse kamen so unerwartet wie eine plötzliche Detonation. Die beiden Pferde rührten sich nicht von der Stelle, und das Fasanenhuhn verschwand im Dickicht.

Der König verzog den Mund zu einem flüchtigen Lächeln, aber seine Mundwinkel deuteten eher Enttäuschung als Zufriedenheit an.

»Wenn die Königin keinen Dauphin zur Welt bringt, Louise, bleibt Euer Sohn Thronerbe. Und einzig und allein aus diesem Grund liegt mir daran, dass ihm nichts zustößt.«

Louise blieb beinahe das Herz stehen, aber sie ließ sich ihre Erregung nicht anmerken. Das änderte nichts an der zweiten Hypothese, die der König auch unverzüglich ansprach.

»Falls mir aber doch das Glück beschieden sein sollte, einen Sohn zu bekommen, bleibt Euer Sohn nach wie vor ein Valois und damit einer der ranghöchsten Männer im Königreich.«

Wieder betrachtete er ihre schlanke Fessel, die Louise nicht verhüllt hatte. Warum nur hatte sie nie mit ihm kokettiert, als er sie in Cognac besuchte? Warum setzte sie ihm ausgerechnet an diesem Morgen derart mit strahlenden, einschmeichelnden Blicken zu?

»Und falls ich sterben sollte, ehe ein Thronfolger volljährig ist, gibt es Dokumente, die belegen, dass Euer Sohn die Regentschaft übernehmen soll.«

»Ich danke Euch, mein Cousin, nichts anderes habe ich von Euch erwartet.«

Ludwig lächelte sie herausfordernd an.

»Erwartet Ihr vielleicht noch mehr von mir?«

Und als Louise schwieg, fuhr er mit einer ausladenden Handbewegung fort:

»Ich will Euch Château de Romorantin zum Geschenk machen, weil Ihr es so zu lieben scheint, und Amboise schenke ich Eurem Sohn, wenn die Königin und ich wieder in Blois sind. So könnt Ihr die Grafschaft Angoulême Eurer Tochter vermachen.«

»Ihr seid überaus großzügig, Sire, und meine Dankbarkeit ist Euch sicher.«

Der König versuchte sie zu durchschauen, aber ihre Miene verriet nichts.

»Ihr wisst genauso gut wie ich, dass Romorantin früher zum Patrimonium des Herzogs von Angoulême gehört hat. Es ist also nur gerecht, wenn es in Euren Besitz zurückkehrt.«

Louise gab ihrem Pferd die Sporen, so dass es einen Satz nach vorn machte, bändigte es aber sofort und kam wieder neben dem König zu stehen.

»Was, wenn Ihr keinen Thronfolger bekommt?«, fragte sie ihn vorsichtig.

Der König winkte ungeduldig ab.

»Natürlich weiß ich, dass alle Kinder der Königin bei der Geburt oder sehr jung gestorben sind. Ob ich wohl mehr Glück habe als mein Vorgänger?«

Entmutigt ließ er die Hand sinken.

»Gott, der mich vor nicht allzu langer Zeit mit Jeanne de France vereint hat, hat mich nicht begünstigt, weil sie kein Kind bekommen konnte. Ihre Missbildungen standen einem Erben im Weg.«

»Aber Anne ist gesund und kräftig«, wandte Louise ein und bemühte sich, ihre Stimme nicht bitter klingen zu lassen.

»Schon, schon – wir werden sehen! Inzwischen habe ich ein wachsames Auge auf die Erziehung Eures Sohnes und werde ihm, sobald Ihr wieder in Amboise seid, ein paar junge Herren aus dem Hochadel zur Gesellschaft geben.«

Aber richtig beruhigt war Louise nach dem Gespräch nicht. Deshalb setzte sie sich am Abend nachdenklich an ihren Schreibtisch und machte sich daran, ihrer Freundin Alix einen Brief zu schreiben.

»Meine liebe Alix,

auf Befehl des Königs mussten wir Amboise in aller Eile verlassen und uns nach Schloss Romorantin, im Wald von Sologne, zurückziehen, das scheinbar von der Pest verschont bleibt.
Auch wenn die Räume hier groß und behaglich sind und wir ein angenehmes Leben auf Romorantin führen, zittert hier doch jeder um einen Lieben, den er an der Loire zurücklassen musste,

wo die Pest weiter unbarmherzig wütet. Ich muss immer an Euch denken, Alix, weil meine Kinder zum Glück hier bei mir sind – Gott sei Dank. Ich flehe Euch an, seid nur vernünftig und vorsichtig und verbarrikadiert Euch in Eurer Werkstatt, wo ich Euch vermute.
Ich weiß nicht einmal, ob Ihr diesen Brief erhalten werdet, weil es in diesen schwierigen Zeiten kaum Boten gibt. Schon in wenigen Tagen finden wir vielleicht keinen mehr, der sein Leben dafür aufs Spiel setzen will – nicht einmal für gutes Gold.
Weil das Schloss hier reichlich beengt ist, laufe ich der Königin ständig über den Weg. Wir begegnen uns zwar höflich, ich spüre aber, wie entzückt sie ist, wenn sie merkt, dass ich ihren immer runder werdenden Bauch sehe. Oh Gott, könnt Ihr euch meine Angst vorstellen, sie könnte einen Sohn bekommen? Mein Cousin, der König, macht aber einen sehr entmutigten und verbitterten Eindruck – er scheint nicht an die Geburt eines Thronfolgers zu glauben. Bei einem Ausritt im Wald von Sologne, den ich allein mit ihm unternommen habe, erklärte er mir, dass er weiterhin ein wachsames Auge auf die Erziehung von François habe und vier oder fünf junge adelige Herren für ihn aussuchen möchte, die mit ihm zu pflichtbewussten und ehrenhaften, tapferen Rittern erzogen werden sollen.
Ich muss noch einmal auf diese schreckliche Epidemie zu sprechen kommen, die den gesamten Westen von Frankreich überrollt und Tours, Blois und Orléans erreicht hat. Hört auf meinen Rat und seid sehr vorsichtig! Vor allem müsst Ihr alles abkochen oder heißem Dampf aussetzen, was von außerhalb kommt. An diese Vorsichtsmaßnahme halten sich alle, sogar wir hier in Romorantin, die wir das Glück haben, in Sicherheit zu sein.
Die wenigen Boten, die uns im Wald von Sologne erreichen,

berichten uns von Tausenden von Toten und dass die Pestwachen alle betroffenen Häuser mit einem roten Kreuz markieren. Marguerite erträgt den Gedanken an all die armen Menschen nicht, die herumirren, um der Plage zu entkommen, die ihnen auf den Fersen ist. Dennoch bleiben ihnen die Pforten des Schlosses unweigerlich verschlossen, weil sie den Keim der Epidemie übertragen könnten.
Wie Ihr seht, habe ich leider nichts Erfreuliches zu berichten, meine liebe Alix. Ich hoffe sehr, dass Euch dieses Schreiben erreicht und bei guter Gesundheit antrifft.

Ganz herzliche Grüße von
Eurer Louise.«

12

Weil Abbé Mirepoix gezwungen war, so schnell wie möglich nach Reims zurückzukehren, damit die Prälaten und vor allem Erzbischof de Lenoncourt seine überstürzte Flucht nicht bemerkten, ließ er Alix und Juan allein in Chartres zurück, sobald sie sich einigermaßen von ihren Verletzungen erholt hatten.

Zum Glück war es nicht mehr weit nach Chartres gewesen, und Alix, die langsam wieder zu Kräften kam, hatte sich mit Juan, der nicht an seine heftigen Kopfschmerzen denken wollte, beim Fahren der Kutsche abgewechselt.

Das ganze traurige Abenteuer hätte man schnell vergessen können: Ein wichtiger Auftrag war verloren gegangen, es hatte Drohungen gegeben, man hatte ihre Ehre in den Schmutz gezogen, es kam zu Tätlichkeiten und Gewalt, und um dieses düstere Bild abzurunden, hatte Jacquou nun noch größere Angst um seine Frau und wollte sie nicht mehr allein reisen lassen.

Alles hätten sie vergessen und mit dem Erblühen der Natur neue Hoffnungen schöpfen können, wäre da nicht dieser grauenhafte Alptraum gewesen, der sich brutal auf die Stadt stürzte und alle Einwohner lähmte: Die Pest war aus der Bretagne zu ihnen gekommen.

Man hatte zwar einige Ratten gesehen, die die Plage ankündigten, aber nicht geahnt, welche Katastrophe über die Stadt und die ganze Gegend hereinbrechen sollte. Als die ersten Fragen über die drohende Gefahr aufkamen, war man noch weit davon entfernt zu ahnen, welches Ausmaß sie erreichen würde.

Gerüchte kursierten allerdings genug, und was man sich da so zuraunte, ließ die meisten vor Angst zittern. Man munkelte von schlechten Vorzeichen, von Pech und Kalamität. Es wurde geflüstert, dass die besonders Privilegierten sich am besten aus der Affäre ziehen könnten und die weniger Bemittelten in der Hölle schmoren müssten, weil ihnen die Absolution durch einen Priester verweigert wurde.

Es hieß sogar, dass die königliche Familie zusammen mit der Familie d'Angoulême Amboise verlassen hätte, um sich auf Château Romorantin zu flüchten, einer Enklave in der Sologne, die abseits vom Weg der schrecklichen Seuche lag. Und auch für Alix blieb es bei dem Gerücht, weil der Brief von Louise sie nie erreichte – kein Bote war aufs Schloss gekommen. Und es war auch sonst nirgends einer aufzutreiben, weil sich jeder hinter seiner Tür verbarrikadierte.

Unter den ältesten Einwohnern von Tours erinnerten sich noch einige an die letzte Pest, die aus dem Norden gekommen war und einen Großteil der französischen Bevölkerung dahingerafft hatte, weil sie durchs ganze Land gezogen war, ehe sie es im Süden Richtung Italien und Spanien verlassen hatte. Diese hier nun kam aus der Bretagne; bestimmt hatte sie ein Schiff aus England mitgebracht! Wen wollte sie wohl mit sich reißen?

Die Pest schlich sich oft ganz heimtückisch an und wurde nur sehr selten von Insektenplagen nach Zeiten ununterbrochener heftiger Unwetter angekündigt. Deshalb glaubte die Landbevölkerung wohl auch eher an eine bevorstehende Cholera-, Ruhr- oder Fieberepidemie.

Und gerade als die Angst ihren vorläufigen Höhepunkt erreicht hatte, bestätigten sich Alix' Vermutungen: Weil ihr jeden Morgen übel war und ihre Monatsblutung ausblieb, wusste sie, dass sie schwanger war.

Doch in diesen Tagen quälten andere Sorgen die Bevölkerung von Tours. Kaufleute, Handwerker und Dorfbewohner tauschten sich mit bekümmerter Miene aus.

»Fast alle Werkstätten in der Stadt sind geschlossen«, klagte Arnaude mit angstgeweiteten Augen, »und kaum einer öffnet einem noch sein Haus. Was soll nur aus uns werden? Es ist grauenhaft! Die Leute sagen, dass keiner mehr einen Fremden ins Haus lässt, weil man keinem mehr über den Weg traut – jeder verdächtigt jeden. Was soll ich denn nur mit Guillemin machen?«

»Du musst mit deinem kleinen Sohn zuhause bleiben«, versuchte sie Alix zu beruhigen. »Eine andere Lösung sehe ich nicht. Und wenn Florine Angst um Nicolas hat, soll sie das auch machen.«

»Nein! Nein«, widersprach ihr Florine sofort. »Ich möchte lieber mit dem Kleinen bei euch bleiben. Hier fühle ich mich sicherer.«

»Im Augenblick reicht es, wenn die Männer hier sind«, ließ sich Alix nicht beirren. »Wir müssen weniger arbeiten, weil wir den Bestand an Grundmaterialien nicht aufstocken können, und falls demnächst der gesamte Handel zusammenbricht, müssen vermutlich auch wir schließen.«

»Glaub' mir doch, Alix«, flehte Florine, »ich möchte wirklich lieber hier bei dir bleiben. Ich weiß nicht, was ich tun soll, wenn die Soldaten kommen und unsere Haustüre zunageln, damit wir nicht mehr hinauskönnen.«

»Die Soldaten werden keine Türen zunageln.«

»Das behaupten aber manche, eine alte Frau hat es mir auch gesagt. Wenn die Stadtbewohner ihre Häuser nicht mehr verlassen dürfen, bin ich jedenfalls völlig hilflos. Ich habe nicht Arnaudes Geschick im Organisieren und auch kaum Vorräte angelegt, ich könnte vielleicht eine Woche oder allerhöchstens zehn Tage aushalten.«

Alix nickte beruhigend. Sie wusste, dass Florine zu den Menschen gehörte, die von einem Tag auf den anderen lebten, ohne sich über die Zukunft Gedanken zu machen. Und Mathias war viel zu sehr mit seiner Arbeit in der Werkstatt beschäftigt, um ihr ins Gewissen zu reden; er war zufrieden, wenn er jeden Abend satt wurde.

»Also gut, dann bleibst du eben mit Mathias und Nicolas hier. Wir legen ausreichend Vorräte an, dass wir zur Not auch einige Wochen durchhalten können.«

»Ach, Alix!«, rief Arnaude und nahm sie in den Arm, »bist du uns böse, wenn wir gehen?«

»Natürlich nicht! Ihr kommt zurück, wenn alles vorbei ist.«

»Aber was ist mit dir? In deinem Zustand!«

»Florine leistet mir Gesellschaft; sie will ja hierbleiben. Geht nur, ihr drei, und macht euch keine Sorgen. Hier gibt es sowieso bald nichts mehr zu tun.«

Sie machte eine hilflose Geste und lächelte traurig.

»Aber was wollt ihr denn dann machen?«

»Erst einmal richten wir uns hier in den beiden Werkstätten ein und machen uns das Leben so angenehm wie möglich.«

Bald nachdem Arnold, seine Frau und der kleine Guillemin sich verabschiedet hatten und nach Hause gegangen waren, schloss ein Wirtshaus nach dem anderen, und es gab nirgends mehr Lebensmittel. Wer diese Entwicklung nicht vorhergesehen hatte, musste unweigerlich Hungers sterben, wenn ihn nicht die Pest dahinraffte.

Alix und Jacquou hatten deshalb rechtzeitig große Mengen an Pökelfleisch, geräuchertem Schinken, Brot und Trockenfrüchten besorgt, und sie hatten für lange Zeit genug zu essen für sich,

Florine, Nicolas und Mathias und außerdem Julio und Pierrot, die sich ebenfalls geweigert hatten zu gehen.

Jeden Morgen quälte Alix die Übelkeit; sobald aber einer von ihnen das Fenster öffnete, um den Soldaten, die die ersten Toten einsammeln mussten, mitzuteilen, dass es bei ihnen in der Werkstatt keine Pestkranken gab, erging es ihnen allen nicht besser, weil ein bestialischer Gestank ins Haus drang. Mit Trommelwirbeln und Plakaten an den Hauswänden wurde der Bevölkerung befohlen, die Leichname vor ihren Häusern abzulegen, weshalb es in der ganzen Stadt entsetzlich stank.

Um sich abzulenken versuchte sich Alix auf die Arbeit zu konzentrieren, was ihr aber nicht immer gelang.

Aus Angst, sein Haus könnte geplündert werden, weil Verbrecher die schweren Zeiten ausnutzten, um alles zu stehlen und zu rauben, was nicht niet- und nagelfest war, war der alte Gauthier nach Hause zurückgekehrt. Aber die alte Bertille war so entsetzt von der Geschwindigkeit, mit der die Epidemie ihre Opfer holte, dass auch sie Tours verlassen und sich irgendwo verstecken wollte, wo sie die Pest nicht treffen konnte.

Das gelang ihr allerdings nur unter größten Schwierigkeiten, weil man die Stadt nicht mehr verlassen durfte. Sie nahm ihre gesamten Ersparnisse und fand einen Kutscher, der beinahe ihr ganzes Geld dafür verlangte, sie aus der Stadt zu bringen. Er versteckte sie zwischen Reisigbündeln auf seinem Karren – das war die einzige Last, die noch bewegt werden durfte – und setzte sie am Rande des Waldes von Sologne ab, wohin diejenigen kamen, die lieber verhungerten, als der Pest zum Opfer zu fallen.

Als Jacquou die Werkstatt, wo Alix und Florine arbeiteten, mit bedrückter Miene betrat, weil er sich solche Sorgen um seine Frau, die werdende Mutter machte, spürte er, dass irgendetwas in der Luft lag, konnte sich aber nicht erklären, was es sein konnte, wenn nicht die allgegenwärtige Angst vor dem Tod, die die Menschen umtrieb.

»Wie geht es meiner Frau heute Morgen?«, fragte er sichtlich beunruhigt, trat hinter Alix und küsste sie sanft auf den Nacken.

»Gut, Jacquou!«, antwortete sie, drehte sich zu ihm um und nahm seine Hand, mit der er ihr Gesicht streicheln wollte. »Sei unbesorgt, ich fühle mich wirklich wohl. Anders als Juan, der mich in seine Ängste eingeweiht hat. Seit die Bertille gegangen ist, will Lisette nicht mehr beim alten Gauthier bleiben. Deshalb will er mit ihr aus der Stadt fliehen.«

»Das ist völlig verrückt! Man wird sie festnehmen und einsperren.«

»Ich weiß«, gab Alix zurück. »Was glaubst du, was ich ihm gesagt habe?«

»So ein Wahnsinn! Sie wollen vor der Pest weglaufen und werden stattdessen mit Pestkranken eingesperrt.«

Niedergeschlagen und mutlos schüttelte Jacquou den Kopf.

»Selbst wenn es ihnen doch irgendwie gelingen sollte zu fliehen, was sollen sie dann tun, wohin sollen sie gehen? Zum Teufel noch mal! Bertille ist schon so gut wie verloren, wollen sie dasselbe Schicksal erleiden?«

»Eine winzige Chance haben sie vielleicht. Lisette hat eine Tante, die sehr einsam und zurückgezogen im Wald von Blois lebt. Wenn sie ihr Haus finden und sie sich bereit erklären würde, ihnen die Tür zu öffnen, könnten sie der Pest womöglich entkommen.«

»Hat Bertille denn gar keine Chance?«, fragte Florine am ganzen Körper zitternd.

»Leider so gut wie keine – wie all die anderen auch, die aus der Stadt flüchten und hilflos im Wald herumirren, den sicheren Hungertod vor Augen.«

Traurig blickte Florine den kleinen Nicolas an.

»Die Pest!«, seufzte sie verzweifelt. »Wer weiß, bis wohin sie kommt und wen sie alles mitnimmt?«

Florine wurde von Tag zu Tag blasser. Sie aß kaum etwas und zitterte stark. Und der kleine Nicolas in seiner Wiege weinte, weil ihn Florine seit einigen Tagen nicht mehr stillte.

Und dann geschah plötzlich, was Jacquou die ganze Zeit befürchtet hatte. Von der Straße her hörte man Schreie, und Mathias und Pierrot kamen aus der anderen Werkstatt gelaufen.

Das Geschrei wurde immer lauter. Jacquou stürzte zur Tür, wagte sie aber nicht zu öffnen und schob stattdessen ganz vorsichtig den Vorhang vor dem Fenster zur Seite.

Draußen zogen vier große, starke Soldaten in langen Mänteln und mit Tüchern vor dem Mund einen sich heftig wehrenden Mann hinter sich her.

»Die Lage spitzt sich immer mehr zu«, flüsterte Mathias. »So etwas erleben wir jetzt bestimmt jeden Tag. Das wird ein Reisender sein, der nicht mehr umkehren konnte.«

»Wahrscheinlich hat er geglaubt, er könne sich noch im Bureau de Santé einschreiben und ein Attest bekommen, das ihm die Weiterreise erlaubte«, meinte Jacquou.

Florine wischte sich den kalten Schweiß von der Stirn.

»Ich fürchte, der Mann kann nichts mehr ausrichten«, sagte Jacquou. »Die Soldaten werden ihn irgendwo einsperren.«

»Aber wenn er nicht angesteckt ist, könnten sie ihn doch gehen lassen.«

»Dafür ist es vermutlich bereits zu spät.«

Die Soldaten sagten nichts. Einer von ihnen, der den Mann am Arm gepackt hielt, schob das Tuch zurück, das ihm von Mund und Nase gerutscht war. Dabei ließ er den Mann kurz los, der sich losreißen konnte.

Verrückt vor Angst stürzte er auf die Tür der Werkstatt zu und hämmerte dagegen.

»Macht doch auf, ich flehe Euch an, macht mir auf! Sie bringen mich zu den Pestkranken, aber ich will nicht sterben!«

»Nein!«, schrie da Florine. »Macht ihm nicht auf! Vielleicht hat er sich schon angesteckt!«

»Vielleicht aber auch nicht«, gab Julio zu bedenken, der aus der anderen Werkstatt gelaufen kam.

»Macht mir doch die Tür auf! Ich bin vollkommen gesund!«, rief der Mann mit panischer Stimme. »Erbarmen! Lasst mich nicht sterben!«

Draußen wurden Fensterläden zugeschlagen. Die Leute in den Nachbarhäusern sperrten sich ein und verbarrikadierten sich vor lauter Angst. In der Werkstatt wusste man nicht, ob es den Soldaten gelungen war, den Mann wieder in ihre Gewalt zu bringen, aber schon bald hörte man nur noch einen Karren über das Pflaster holpern und das Läuten der Glocke, mit der er angekündigt wurde.

Den Karren nannte man den Totenkarren, weil jedem, der darauf geworfen wurde, der sichere Tod bevorstand. Mittlerweile war die Pest überall ausgerufen worden. Ihren Höhepunkt erreichte sie, als jeder von seinem Fenster aus, ohne es zu öffnen, den Männern bei ihrer traurigen Arbeit zusehen konnte. Sie mussten die Leichen mit Hilfe einer großen Zange einsammeln, die an den Enden so geformt war, dass ihr die toten Körper nicht wieder entgleiten konnten.

Dann wurden sie auf die Karren geworfen, die unter lautem Geläut durch die Straßen fuhren, und man brachte sie zu einer Grube außerhalb der Stadt, in der sie anschließend verbrannt wurden.

»Ich kann das Weinen von dem Kind nicht mehr ertragen«, jammerte Florine und beugte sich über den kleinen Nicolas, der laut brüllte.

Mathias war ratlos, er wusste einfach nicht mehr, wie er seine Frau noch beruhigen sollte. Von Tag zu Tag wurden ihre Angst und Unruhe größer.

»Er braucht auf jeden Fall Milch«, meinte Alix und betrachtete das weinende Kind. »Du hast ihn ja gerade erst entwöhnt, Florine. Und wir haben hier nichts für ihn.«

»Ja, natürlich, Milch! Du hast recht«, rief Mathias. »Ich geh welche holen!«

»Bist du verrückt geworden? Da draußen holst du dir nur die Pest!«

»Ich pass schon auf und halt mir etwas vor den Mund. Die Männer, die die Leichen entsorgen, machen es doch auch nicht anders?«

»Und genau denen wirst du in die Arme laufen!«, sagte Alix. »Sie greifen dich auf und werfen dich auf ihren Karren. Und dann sehen wir dich nie wieder. Wenn du gehst, kommst du nicht wieder zurück, Mathias.«

»Doch, ich schaffe es.«

»Bitte geh nicht, Mathias, ich flehe dich an!«, rief Alix, die es nun auch mit der Angst zu tun bekam. »Sieh doch! Nicolas hat aufgehört zu weinen. Wir könnten ein Püree aus Trockenfrüchten und Wasser kochen. Vielleicht macht ihn das satt?«

»Nein, dann verhungert mein Kind!«, schrie jetzt Florine. »Bitte, Mathias, tu's für mich! Geh und hol Milch für den Kleinen.«

Florine brüllte beinahe, und alle waren äußerst erregt. Da entschied sich Mathias, ohne noch länger auf die Zustimmung der anderen zu warten, die Werkstatt zu verlassen. Nur Julio sah ihm aus einem Fenster im Nebenraum zu, wie er aus dem Haus ging.

Er nahm den Hinterausgang, drückte sich an die Hauswände und wählte einen Weg, auf dem er hoffentlich weder den Stadtarbeitern noch den Soldaten, die durch die Straßen patrouillierten, und auch nicht den Totenkarren begegnen würde. Nach wenigen Metern wurde ihm aber klar, dass er gar nicht wusste, wohin er eigentlich gehen sollte. Er blieb stehen, überlegte und zog das dicke Tuch fester über Nase und Mund, das er im Gehen mitgenommen hatte.

Plötzlich fiel ihm ein, dass er zu »mère cornue« gehen könnte; die hieß so, weil sie einen imposanten alten Ziegenbock und ein Dutzend Ziegen hatte, deren Milch sie jeden Tag auf dem Markt verkaufte. Florine hatte schon oft bei ihr eingekauft. Wenn sie nicht auch vor der Pest geflohen war, müsste er sie eigentlich finden. Jedenfalls würde sie sich gewiss nie freiwillig von ihren Ziegen trennen, ihrem einzigen Lebensunterhalt. Das machte ihn etwas zuversichtlicher, und auf leisen Sohlen lief Mathias durch das Gassengewirr von Tours erst um die Kirche Saint-Pierre herum und dann Richtung Foire-le-Roi und von dort in die Grand-Rue, die zur Kirche Saint-Saturnin führte. Wenn nichts dazwischenkam, war er schon bald im Quartier Saint-Denis, wo »mère cornue« wohnte. Als er dann endlich vor ihrer Tür stand, merkte er plötzlich, wie naiv er gewesen war zu glauben, es würde schon alles gut gehen. Hinter sich hörte er nämlich plötzlich einen lauten, hässlichen, dumpfen Schlag. Am ganzen Körper zitternd drehte er sich vorsichtig um. Noch nie im Leben hatte er solche Angst gehabt.

Jemand hatte einen Leichnam aus einem Fenster über ihm geworfen, der direkt neben ihm aufgeschlagen und zerschmettert war. Und dieser Leichnam holte ihn wieder auf den Boden der trostlosen Tatsachen zurück. Ein armseliger Körper, schrecklich anzusehen und nur zum Teil von einem Nachthemd bedeckt, das ihm beim Sturz auf das Pflaster über den Bauch gerutscht war. Nur an seinem verkümmerten, schlaffen Glied erkannte Mathias, dass es ein Mann war. Seine Panik nahm noch zu, als hinter ihm ein Wachmann, den er nicht hatte kommen hören, rief:

»Werft eure Toten aus dem Haus, sonst müsst ihr alle sterben!«

Die Stille war bedrückend, weshalb der Mann nach seinem Kollegen pfiff, der auch bald wie aus dem Nichts auftauchte. Er hatte einen großen Topf mit roter Farbe und einen langen Besen dabei. Ohne ein Wort tauchte er seinen großen Pinsel in die scharlachrote Farbe und malte ein Kreuz auf die Tür von dem Haus, aus dem man den Toten geworfen hatte.

Kein Laut war zu hören, nur der Tod schlich herum, an jeder Straßenecke, hinter jeder Tür und unter jedem Dach konnte man ihn antreffen. Mathias hielt den Atem an, damit er nicht bemerkt wurde. Er hatte sich in eine Hausecke gedrückt und rührte sich nicht. Schließlich wurde ein zweiter Leichnam aus einem Fenster geworfen und dann ein dritter. Der vierte fiel ihm direkt vor die Füße.

Mathias würgte und hätte sich fast übergeben, was er aber mit aller Macht unterdrückte. Der Pestgestank, der ihm in die Nase stieg, reizte seinen Hals und er bekam beinahe einen Hustenanfall. So fest es ging, drückte er sich das Tuch, das er vor dem Gesicht hatte, auf den Mund. Das kleinste Geräusch hätte ihn verraten. Trotzdem stieg ihm der Leichengeruch in die Nase, und ihm wurde übel. Zu allem Überfluss war einer der beiden Körper, die aus einem Fenster hingen, ein kleines Mädchen, und er war wie starr vor Entsetzen.

Am liebsten wäre er davongelaufen. Wenn er ganz vorsichtig den Rückzug antrat, würde man ihn bestimmt nicht bemerken.

Doch dann dachte er an Nicolas und an die Milch, die Florine unbedingt für seinen kleinen Sohn brauchte. Also rührte er sich nicht von der Stelle und wartete ab, wie festgenagelt vor Angst, man könnte ihn packen und auf den Karren werfen.

»Werft eure Toten aus dem Haus!«, hörte er wieder jemand rufen.

Die Stimme klang so leblos wie die eines Gespensts.

Zwei weitere Leichen fielen auf die Straße. Mathias hörte die schwere Greifzange über den Boden schrammen und wie die beiden Körper auf den Karren fielen.

Kalter Schweiß lief ihm den Rücken hinunter, als er endlich in der Straße ankam, in der die »mère cornue« wohnte, und er begriff sofort, dass er ohne die Milch, die er Florine versprochen hatte, hier wieder weg musste. Männer, die für die Einhaltung der Hygienevorschriften zu sorgen hatten, waren damit beschäftigt, einen Berg Haushaltsabfälle, Exkremente von Menschen und Tieren und anderen Müll zu verbrennen, den man aus Fenstern und Türen auf die Straße geworfen hatte.

Der Rauch stieg ihm in die Nase, und diesmal musste er husten. Also gab er es auf, sich weiter Fragen zu stellen, die ihn unter diesen trostlosen Umständen nur verzweifeln lassen konnten, zog sich vorsichtig zurück, machte kehrt und lief auf demselben Weg, auf dem er gekommen war, zurück. In der Nähe der Kathedrale wurde er aber von einigen Männern aufgehalten, die zwei Mönche in die Mitte genommen hatten und heftig mit ihnen diskutierten.

»Ihr habt kein Recht, über die Frauen und Männer zu bestimmen, denen wir Asyl geben«, sagte einer der beiden, die von Kopf bis Fuß in ihre Kutten gehüllt waren.

»Die Leute, die sich angesteckt haben und die wir beherbergen, sind allein unsere Sache«, fuhr der andere fort und hielt das

Tuch fest, mit dem er seinen Mund bedeckt hatte. »Macht Eure Arbeit, Messires, und lasst uns unsere machen. Unsere einzige Aufgabe besteht darin, das körperliche und seelische Leid unserer Nächsten zu lindern, soweit wir dazu in der Lage sind.«

»Eure Kirche ist die reinste Pestbrutstätte. Wir müssen rote Kreuze außen auf die Kirchenmauern malen.«

»Bitte, macht nur! Das stört uns nicht. Wer in unsere Kirche will, kommt auch so.«

Die anderen sahen sich unentschlossen an. Mathias musste warten, bis sie mit ihrer Beratung fertig waren. Als sich die beiden Mönche zurückgezogen hatten, hörte er, wie die mächtige Tür von innen verschlossen wurde, und wieder herrschte bedrückende Stille. Die dauerte aber nicht lange, weil die Männer bald mit leiser Stimme weiter debattierten, bis sie sich schließlich einigten und einen Beschluss fassten: Dann machten sie sich daran, rundherum um die Kirche scharlachrote Kreuze auf ihre Mauern zu malen.

Mathias kam erst nach zehn Stunden zurück, und als er die Werkstatt betrat, packte ihn nach seinem kurzen und traurigen Irrweg durch eine alptraumhafte Stadt endgültig das Entsetzen.

Florine hatte hohes Fieber, zitterte am ganzen Körper und phantasierte. Nur Alix und Jacquou waren bei ihr. Und Jacquou sah blass aus, eingefallen und verzweifelt.

»Wir müssen sie isolieren, Mathias. Wenn sie die Pest hat, könnten wir uns sonst alle anstecken.«

»Aber das geht doch nicht«, jammerte der arme Mathias, und die Tränen schossen ihm in die Augen. »Ich will sie nicht allein lassen. Sie braucht mich doch!«

»Wir dürfen das Leben von Nicolas nicht aufs Spiel setzen«, widersprach ihm Alix, die nicht weniger weinte als ihre Freunde.

»Weder dein Leben noch das eures Kindes«, sagte Jacquou in einem Ton, der keinen Widerspruch duldete. »Wir müssen etwas unternehmen, Mathias. Deshalb bringen wir Nicolas jetzt in die andere Werkstatt, und da ist er mit Alix, Pierrot und Julio zusammen.«

»Und was ist mit dir?«, rief Alix voller Angst.

»Ich bleibe erstmal mit Mathias hier.«

Alix war die Kehle vor Angst wie zugeschnürt. Ihre Hände zitterten, und sie musste sich setzen, weil ihr plötzlich schwindlig wurde. Mit leerem Blick starrte sie den Hochwebstuhl an, auf den ein Teil des Ensembles gespannt war, an dem sie für die Comtesse d'Angoulême webten. Sie hatten die Arbeit einstellen müssen, weil sie keine Seidenfäden und keine feinen Wollfäden mehr hatten.

Aber was bedeutete das schon im Vergleich zu dem Drama, das sich jetzt bei ihnen abspielte? Florine würde an der Pest sterben. Und wer war nach ihr an der Reihe? Man wusste, dass die Plage, wenn sie erst einmal in ein Haus gelangt war, so lange wütete, bis sie sich alle geholt hatte, die sie haben wollte.

Ganz schwach atmete sie ein, um dann mühsam und unter Schmerzen auszuatmen.

»Florine braucht jemand, der sie pflegt«, versuchte sie zu protestieren.

Aber Jacquou schüttelte nur traurig den Kopf. Er nahm seine Frau am Arm und zog sie ans andere Ende des Raumes.

»Was meinst du mit pflegen? Siehst du nicht, dass sie sterben muss? Sie braucht jetzt nur noch liebevolle Blicke, Worte und Gesten, und die kann ihr nur Mathias geben.«

Er kam ihr so nahe, dass sich ihre Gesichter berührten, und sagte beinahe unhörbar:

»Du weißt doch, dass die Pest sehr schnell zuschlägt, Alix. Florine wird schon morgen tot sein.«

Beide sahen sie wieder an. Florine stöhnte mit geöffneten Augen vor Schmerz. Der Schweiß lief ihr übers Gesicht und den Hals hinunter. Lang ausgestreckt lag sie reglos da, mit krankhaft vergrößerten Augen, die Hände verkrampft, fast schon wie eine Tote auf dem provisorischen Bett aus einer leichten Liege ohne Beine.

Unweigerlich mussten sie mit ansehen, wie ihr Gesicht zusehends anschwoll und die Geschwulst langsam Richtung Hals wanderte.

Alix ging zu ihr und sagte ängstlich:

»Wir müssen sichergehen, ob sie wirklich zum Tode verurteilt ist.«

Mathias schob ihr Kleid hoch, öffnete entsetzt den Mund, unterdrückte aber ein Schluchzen und schob den Stoff noch weiter hoch. Florines Beine waren der sichtbare Beweis dafür, dass die Pest sie im Griff hatte und dabei war, sie zu zerstören. Geschwollen und aufgedunsen wie ihr Gesicht und ihr Hals erinnerten sie in nichts mehr an die schlanken, schönen Beine, die sie einmal gehabt hatte, und auf ihrer linken Leiste war ein großes, unregelmäßiges schwarzes Mal in Form einer Schlange zu sehen.

»Diese verdammte Pest!«, fluchte Jacquou. »Auch meine Mutter musste unter ähnlich trostlosen Umständen sterben.«

Er starrte Florines zerrütteten Körper an, aber sein Blick ging ins Leere. Ja, Jacquou dachte an seine Mutter, die bei seiner Geburt gestorben war, als überall um sie her die Pest wütete.

»Jetzt sitzen wir hier in der Werkstatt fest.«

»Das war auch vorher schon so«, sagte Alix leise. »Aber nun müssen wir uns überlegen, wie wir mit dieser neuen Situation zurechtkommen sollen.«

»Ich bitte dich, Alix, da gibt es nichts zu überlegen! Du gehst jetzt und sperrst dich in der Werkstatt nebenan ein. Los, mach schon! Ich komme bald nach.«

Alix warf einen letzten Blick auf Florine, die unverständliche Worte vor sich hin murmelte. Ihre Augen brannten und füllten sich mit Tränen, die ihr über die eingefallenen Wangen liefen.

»Ich kann sie nicht liegen lassen und gehen.«

»Du musst, Alix, du musst! Denk an unser Kind!«

Sie ging zu Mathias, der sie in die Arme nahm.

»Kannst du mir verzeihen, wenn ich dich jetzt hier zurücklasse? Dass ich nichts für sie tun kann, Mathias?«

Mathias musste laut schluchzen, und er vergrub sein Gesicht an der Schulter von Alix.

»Geh nur und kümmre dich bitte um Nicolas. Lass mir Florine. Ich bin ihr Mann, also muss ich ihr beistehen, sie trösten oder vielleicht sogar wieder gesund machen.«

Florine schrie laut auf, dann versank sie in tiefe Bewusstlosigkeit. Die Leistengeschwulst wurde immer größer und begann zu nässen, was mit unerträglichem Gestank verbunden war. Mathias zog ihren Rock wieder über ihre Beine, weil er den Anblick nicht länger ertragen konnte, nahm ein sauberes Tuch und tauchte es in frisches Wasser. Damit befeuchtete er vorsichtig ihre Lippen und presste ein paar Tropfen Wasser heraus, weil er hoffte, sie würde sie trinken. Aber Florine rührte sich nicht, sie reagierte überhaupt nicht mehr.

Draußen auf der Straße wurde es immer lauter, es herrschte ein richtiger Höllenlärm. Das Quietschen eines Fuhrwerks hallte zwischen den beiden Werkstätten hin und her, als ob es mit seinen eisenbeschlagenen Rädern gerade in den Innenhof gefahren wäre. Der Karren schien so nahe ans Haus gekommen zu sein, dass alle den Atem anhielten. Dann hämmerte jemand laut gegen die Tür.

»Was wollt ihr?«, rief Jacquou empört.

»Wir haben erfahren, dass es bei euch einen Toten gibt. Werft ihn aus dem Fenster.«

»Bei uns ist niemand gestorben. Macht, dass ihr hier wegkommt!«

In der Werkstatt herrschte eisige Stille.

»Irgendwer muss mitbekommen haben, dass du in der Stadt gewesen bist, Mathias«, flüsterte Jacquou.

Und wieder klopfte es laut, und die Tür drohte nachzugeben, so heftig hämmerten die Männer dagegen.

»Wenn ihr euren Toten nicht herauswerft, brechen wir eure Tür auf, und wenn es sein muss, nageln wir sie auch zu. Dann müsst ihr alle sterben.«

»Aber ich sage doch, hier gibt es keine Toten. Kommt rein und überzeugt euch selbst.«

»Gehen wir weiter! Wir kennzeichnen die Tür, und morgen nageln wir sie zu. Wenn es einen Leichnam gibt, werden sie ihn schon rausgeben, sonst sind sie alle verloren.«

Als wollte sie ihnen recht geben, begann Florine zu röcheln, und der Gestank wurde vollends unerträglich. Alix würgte und musste sich übergeben. Jacquou stürzte zu ihr, stützte sie und schob sie energisch in die andere Werkstatt.

Sie konnte sich kaum auf den Beinen halten, und Jacquou musste ihr das Kind abnehmen, das sie im Arm gehalten hatte. Dann hörten sie einen schrecklichen Schrei, wie das Gebrüll eines waidwunden Tieres. Das war das Letzte, was sie von sich gegeben hatte. Florine war tot.

Mit versteinertem Blick kauerte Mathias reglos neben ihr.

Jacquou war zu ihm zurückgekehrt und nahm ihn in den Arm. Auch Julio war bei ihnen, nur Pierrot hatte vor lauter Angst die andere Werkstatt nicht verlassen.

»Wir müssen ihren Leichnam wegbringen und diese Werkstatt verschließen«, sagte Julio.

»Ich lasse nicht zu, dass man meine Frau auf diesen Karren voller Pestleichen wirft!«, schrie Mathias. »Ich bringe sie zu den Mönchen von Saint-Pierre, die ich gerade kennengelernt habe.«

»Dann komme ich mit«, erklärte Julio ungerührt.

»Das brauchst du nicht«, stöhnte Mathias, »ich komme sowieso nicht wieder.«

»Was redest du denn da?«, sagte Julio und umarmte den Freund. »Ich werde hier nicht gebraucht. Jacquou und Alix kommen sehr gut ohne mich zurecht. Aber du kannst das allein nicht schaffen. Zu zweit haben wir vielleicht eine Chance. Wenn wir leise sein wollen, damit man uns nicht bemerkt, müssen wir den Leichnam außerdem tragen. Du kannst ihn nicht ziehen.«

Ganz verstört starrte Mathias das aufgedunsene, entstellte Gesicht seiner Frau an.

»Du weißt genau, dass du es nicht allein schaffen kannst, Mathias«, wiederholte Julio.

Alix hatte sich mittlerweile ein wenig erholt und traf wichtige Vorkehrungen. Sie kochte Infusionen und bereitete einen Sud zu, in den sie Essig, Kampfer, Knoblauch und Absinth mischte. Dann seihte sie das Ganze ab und rieb dem kleinen Nicolas vorsichtig Mund und Nase damit ein, damit alle Krankheitskeime abgetötet wurden.

Während sie damit beschäftigt war, zündete Jacquou überall in der Werkstatt so viele Kerzen an, wie er finden konnte, um die Pesterreger auszuräuchern, die womöglich durch die Ritzen der Tür drangen, die sie von der anderen Werkstatt trennte.

Pierrot sagte kaum etwas. Nachdem er sich erst geweigert hatte, mit den anderen zu fliehen, als die Pest ausbrach – Arnaude hatte ihm mehrmals angeboten, ihn mitzunehmen –, wurde er nun von Tag zu Tag ängstlicher. Und Florines Tod hatte ihn in eine Art Erstarrung versetzt, aus der er sich nicht mehr lösen konnte.

Julio kam noch am selben Abend zurück und berichtete, dass Mathias bei den Mönchen geblieben war und ihnen half, die vielen Männer, Frauen und Kinder anständig zu begraben, die in der Kirche starben. Er hatte seinen Freund nur gebeten, Alix auszurichten, sie möge sich doch bitte um Nicolas kümmern und ihn bei sich behalten, falls er nicht zurückkommen würde.

Julio hatte davon abgesehen, von dem alptraumhaften Weg mit der toten Florine quer durch die Stadt bis zur Kirche Saint-Pierre zu erzählen. Darüber deckte er den Mantel des Schweigens. Aber Alix und Jacquou ahnten auch so, dass es fürchterlich gewesen sein musste, so erschüttert wie er wirkte.

Und während Alix weiter ihre Aufgüsse kochte, mit denen sie auch sich einrieb, saß Julio in einer Ecke der Werkstatt auf dem nackten Boden und rührte sich nicht.

Mitten in der Nacht wachte Jacquou auf und hatte seltsame Anfälle, die ihm den Schweiß auf die Stirn trieben. Da begann Alix mit dem Schlimmsten zu rechnen. Sie zitterte auch heftig, aber nur aus Angst, genau wie Pierrot, der sich ein Beispiel an Julio genommen, sich in eine andere Ecke verkrochen hatte und keinen Mucks machte.

Einmal stand Alix auf und sah nach, ob der kleine Nicolas ruhig schlief. Das Kind wirkte ganz normal, und sie legte sich wieder zu ihrem Mann, der sie an sich drückte und in einen tiefen Schlaf fiel.

Einige Stunden später – Jacquou schlief noch immer, war aber schweißüberströmt – beugte sich Alix über ihn und glaubte eine Schwellung in seinem Gesicht zu sehen. Sie war so entsetzt, dass sie nicht wieder einschlafen konnte.

Als der Morgen graute, hatte die Pest bereits ihr zerstörerisches Werk begonnen. Jacquou schien nichts mehr wahrzunehmen. Mit weit aufgerissenen Augen starrte er an die Decke, bewegte sich nicht mehr, und das Fieber stieg von Minute zu Minute.

Die Pest war grauenhaft. Nach dem Fieber begannen die Patienten zu phantasieren, dann kamen Bewusstlosigkeit und Koma, die Pestbeulen zeigten sich zuallererst im Gesicht, um dann über den Hals zu einer Achsel oder Leiste zu wandern und dort eine Geschwulst zu bilden, die eiterte und das Blut innerhalb weniger Stunden vergiftete.

Jacquou delirierte nicht, aber sein Todeskampf dauerte länger als der von Florine, ohne dass sein Gesicht Spuren von Wahnsinn gezeigt hätte. Sah der junge Mann in seinen Fieberträumen das Bild seiner Mutter vor sich, die dieses Kind geboren hatte, das einfach nur leben wollte? Spürte er im Sterben, wie die Frau gestorben war, die ihn zur Welt gebracht hatte?

Sein Gesichtsausdruck blieb jedenfalls friedlich. Konnte er Léonores Stimme hören, wie sie Jean de Villiers bat, sich um ihren Sohn zu kümmern, an einem Tag, an dem die Pest genauso wütete wie heute?

Jacquou starb wie er gelebt hatte, würdevoll, ohne Jammern und Geschrei und offenbar auch ohne große Angst. Als er diese Erde verließ, war sein Blick gen Himmel gerichtet – seine verzweifelte Frau konnte er nicht mehr sehen. Für ihn hatten Tag und Stunde keine Bedeutung mehr, die Zeit zerfloss ins Nichts.

Alix war neben Jacquou zusammengebrochen und schluchzte laut. Sie spürte kaum, wie Julio sie sanft am Arm nahm und in den Schuppen im Hof zog, dem einzigen Ort im Haus, der noch nicht verseucht war. Pierrot kauerte dort in einer Ecke; und der kleine Nicolas, den der Himmel verschont hatte, schlief wie ein Prinz in seinem Weidenkörbchen und ahnte nichts von all dem

Schrecken um ihn herum. Mit Zuckerwasser und einem Brei aus getrockneten Früchten bekamen sie ihn einigermaßen satt.

Es war natürlich undenkbar, in die Werkstätten zurückzukehren, ehe sie desinfiziert worden waren. Also mussten sie sich mit diesem engen Raum begnügen und das Ende der Pest abwarten.

Alix wollte unbedingt den Leichnam ihres Mannes dorthin bringen, wo auch Florine begraben worden war. Und wieder opferte sich Julio auf. Weil er bereits wusste, wie er unliebsamen Begegnungen aus dem Weg gehen konnte, erreichten sie ohne Schwierigkeiten die Kirche Saint-Pierre, wo sich die Mönche bereit erklärten, die sterblichen Überreste von Jacquou zu begraben.

Als sie gerade wieder vor ihrem Haus angekommen waren, sprach sie der Mann an, der sie vier Tage zuvor angefleht hatte, ihn hereinzulassen, damit ihn die Soldaten nicht mitnehmen konnten. Alix war noch nicht wieder ansprechbar, also traf Julio die Entscheidung.

»Ihr seid den Soldaten also entkommen?«

»Ja, aber ich irre schon seit Tagen durch die Stadt. Ich sterbe fast vor Hunger, weil ich seit zehn Tagen nichts mehr gegessen habe.«

Der Mann war noch jung, vielleicht fünfundzwanzig Jahre alt, mager, und sein knochiges Gesicht war ganz eingefallen vom Hunger.

»Ihr schaut nicht so aus, als ob Ihr euch angesteckt hättet«, stellte Julio fest. »Wie seid Ihr den Pestausdünstungen entkommen?«

»Manchmal sind die Straße und das Elend eben auch segensreich«, antwortete der junge Mann.

Julio nickte zustimmend.

»Als Ihr um Einlass gefleht habt, haben wir Euch nicht aufgemacht. Jetzt mussten wir gerade zwei unserer Lieben begraben. Kommt herein, wir haben noch genug zu essen.«

Alix äußerte sich nicht. Was kümmerte es sie schon, ob dieser junge Mann die Pest hatte oder nicht! Jacquou, ihr Jacquou war nicht mehr bei ihr, war tot und begraben in einem namenlosen Grab. Auf einmal stand sie ganz allein da. Was für eine Katastrophe! Was sollte sie jetzt nur tun? Sie musste an Meister Coëtivy denken, der sie beide so gemein hatte fallen lassen. Ob er wohl noch lebte? Und wenn ja, was würde er wohl empfinden, wenn er erfuhr, dass sein Sohn gestorben war?

Sie musste wieder schluchzen, und dann überkam sie ein schrecklicher Schauder. Bestimmt freute sich Coëtivy, wenn er hörte, dass sie Witwe geworden war. Alix kehrte auf den Boden der Tatsachen zurück und sah Pierrot an, der den Neuankömmling mit angstgeweiteten Augen anstarrte.

»Wie heißt Ihr denn?«, fragte ihn Julio.

»Ich heiße Landry. Ich bin Webereiarbeiter und musste meinen Meister Mortagne verlassen, weil der während der Epidemie sein Personal nicht behalten wollte.«

»Mortagne!«, sagte Alix ausdruckslos. »Mortagne ist mein ärgster Feind.«

Landry wirkte verlegen, beruhigte sich aber bald, als Alix ihm eine Suppe aus getrocknetem Gemüse kochte und eine schöne Scheibe geräucherten Speck für ihn abschnitt.

Doch dann begann sie wieder zu schluchzen und sagte immer wieder: »Was soll ich nur tun? Was soll ich nur ohne meinen Jacquou machen?«

»Ihr werdet arbeiten, Alix. Nach der Pest kommen neue Aufträge, und das Leben geht weiter.«

13

Romorantin hatte die Pest nicht erobern können. Die Sologne wirkte wie ein unüberwindliches Hindernis. Im Gegensatz zu früher, als die ganze Gegend ungesundes Sumpfland war, in dem immer wieder Infektionskrankheiten und verschiedene Fieber ausgebrütet wurden, war man dort nun sicher vor den Seuchen, die das Land regelmäßig heimsuchten.

Zu Beginn der Renaissance bot die Sologne, die von drei Königen sorgsam gepflegt worden war, weil sie bestens geeignet war für ihre großen Jagden, der Bevölkerung in dieser waldigen Enklave mit ihren zahlreichen Teichen Schutz. Hinter den Wäldern aber, dort wo die Sologne aufhörte, musste man jeden Tag Kinder, Greise, Männer und Frauen begraben, die der Pest zum Opfer gefallen waren.

Nachdem die Pest an den Ufern der Loire gewütet hatte, breitete sie sich nun an der Seine entlang Richtung Norden aus. Zentralfrankreich war verschont geblieben, und viele Menschen flüchteten jetzt in den Süden nach Aquitaine, Burgund oder in die Provence.

Der König hatte richtig entschieden, Königin Anne und die Familie d'Angoulême in der Sologne in Sicherheit zu bringen. Auch wenn man auf Château de Romorantin sehr beengt lebte, und sich der stark eingeschränkte Hofstaat der Königin und das noch viel kleinere Gefolge der Comtesse d'Angoulême allmählich kaum noch gegenseitig ertrugen, gab es doch immerhin keinen einzigen Toten zu beklagen.

Der Bauch der Königin wurde von Tag zu Tag dicker, und man verdoppelte die Vorsichtsmaßnahmen gegen jede nur denkbare Ansteckungsgefahr.

Aus Angst, irgendein Fremder könnte die Seuche einschleppen, waren sämtliche Zugänge zum Schloss versperrt, und die Hebammen wohnten schon lange in den Unterkünften für die Dienstboten der Königin, die sich so sehr vor der Krankheit fürchtete, dass sie sich immer mehr zurückzog.

Jeden Morgen konnte man sehen, wie sich ein Lakai, ein Kutscher, ein Wächter oder ein Soldat auf den Weg nach Poitiers machte. Die Bediensteten waren nicht so ängstlich und riskierten ihr Leben in der Hoffnung auf eine Belohnung von ihrer Herrschaft, wenn die schrecklichen Zeiten erst vorbei waren. Aber solche Aufregungen gab es nur unter der Dienerschaft, der Hof führte ein scheinbar angstfreies, ruhiges Leben.

Eines Tages also kam die junge Catherine, das Zimmermädchen der Comtesse d'Angoulême, mit einem Schreiben aus Tours zu Louise, das sie einem reitenden Boten zu einem stolzen Preis abgekauft hatte.

»Was hast du denn da für mich?«, fragte Louise erstaunt, als sie den Briefumschlag sah, der todbringend sein konnte.

»Ein reitender Bote hat am Ausfalltor gehalten und nach mir gefragt, Dame Louise. Er hat mir einen Brief für Euch gegeben.«

»Weißt du denn nicht, dass er voller Bakterien sein kann?«

Doch dann besann sie sich und sagte:

»Woher kommt er denn?«

»Aus Tours. Ich glaube, er ist von Dame Alix.«

»Wie kommst du darauf?«, fragte sie etwas verwundert.

Sie nahm Catherine mit in ihr Zimmer, in dem Feuer in einem kleinen Brasero brannte.

»Setz Wasser auf. Wir wollen den Umschlag in Wasserdampf

halten, um mögliche Bakterien abzutöten. Dann lassen wir ihn trocknen. Hoffentlich kann ich ihn anschließend noch lesen.«

Catherine übernahm diese heikle Aufgabe. Vorsichtig hielt sie den Brief in den heißen Dampf, ohne ihn zu nah an das kochende Wasser zu bringen, damit die Tinte nicht verwischte.

»Ich glaube, jetzt ist es genug, und wir können ihn trocknen lassen, Dame Louise. Soll ich Euch vielleicht frisieren, während Ihr warten müsst?«

»Ja, gern, Catherine.«

Also bürstete Catherine die Haare von Louise. Sie waren lang und dichter als die ihrer Tochter und leuchteten rotbraun in der Sonne. Louise trug sie gern hochgesteckt und unter einer schwarzen Samthaube versteckt. Abends ließ sie ihr Haar aber meist offen auf die Schultern fallen, nachdem es Catherine sorgfältig gebürstet hatte.

»Ich glaube, jetzt könnt Ihr Euren Brief lesen, Dame Louise. Er müsste trocken sein.«

Der Brief war tatsächlich von Alix. Und obwohl die Tinte vom Dampf ein wenig verblasst war, konnte man ihn noch lesen.

»Meine liebe Louise,

leider habe ich sehr schlechte Nachrichten. Aber zunächst einmal hoffe ich inständig, die schreckliche Pest hat Euch alle verschont – Euch, Marguerite und François, Eure Zofen und Souveraine. Was uns betrifft, so hat uns hier in Tours diese furchtbare Plage so getroffen, dass ich keinen klaren Gedanken mehr fassen kann. Ich weiß nicht einmal mehr, wie ich jetzt noch weiterleben soll. So schnell kann sich alles ändern.
Ihr wisst, wie lange ich auf Jacquou gewartet habe. Wieder und wieder habe ich ihn gesucht und musste ständig an die glück-

lichen Tage denken, als er mich in seinen Armen halten konnte. Nun bin ich wie erschlagen von dem Gedanken, dass ich ihn für immer verloren habe. Ja, Louise, mein Mann ist dieser schrecklichen Epidemie zum Opfer gefallen. Er ist tot, genau wie unsere liebe Florine, die einen vollkommen verzweifelten Mathias zurückgelassen hat.
Was soll ich sagen? Was soll ich nur tun? Ich bin vernichtet. Nichts bedeutet mir mehr etwas, und dabei erwarte ich ein Kind, das ohne den liebevollen Vater zur Welt kommt, den es hätte erleben müssen. Da es sich nicht rührt, denke ich auch kaum daran. Ich kann nur an Jacquou denken, sein Tod tut mir unendlich weh, er fehlt mir so sehr.
Die Leute sagen, die Pest zieht sich Richtung Norden zurück. Bald sollen die Häuser wieder geöffnet werden, und Barbiere, Parfümeure und die Pestwachen wollen alles desinfizieren. Sämtliche Haushaltsgegenstände, Möbel und Wäsche müssen mit Essig und Kampfer gereinigt werden. Was nicht unbedingt gebraucht wird, wird verbrannt.
Mir kommt es so vor, als wären die Männer, die Soldaten und Wachleute, die für Ordnung in der Stadt sorgen müssen, nicht mehr ganz so streng und wieder ein wenig menschlicher. Einer von ihnen hat mir versichert, dass das Haus des alten Gauthier, in dem ich früher mit Jacquou gelebt habe, nicht geplündert wurde, sie aber seinen schrecklich entstellten und abgemagerten Leichnam gefunden hätten. Sie haben ihn sofort mitgenommen und im Gemeindegrab verbrannt. Der arme Gauthier ist also gestorben ohne zu erfahren, dass Florine und Jacquou Opfer dieser mörderischen Plage geworden sind.
Augenblicklich sitzen wir noch in dem Schuppen hinter den Werkstätten fest. Aber wir sind ja auch nur noch so wenige! Mein Vorarbeiter Arnold und seine Frau sind mit ihrem Sohn

gegangen, als die Epidemie ausbrach. Juan und Lisette sind ebenfalls geflohen – Gott allein weiß, wo sie stecken. Julio ist meine einzige Stütze, weil Mathias nach dem Tod seiner Frau bei den Mönchen von Saint-Pierre geblieben ist. Und Pierrot, unser Lehrling, braucht wirklich wenig Platz. Immerhin bleibt mir noch der kleine Nicolas, der Sohn von Florine, für den ich natürlich sorgen will, wenn mir nichts zustößt.
Beinahe hätte ich es vergessen, da ist noch jemand, ein junger Weber namens Landry, den ein skrupelloser Meister samt seinen übrigen Leuten vor die Tür gesetzt hatte. Wir haben ihn aufgenommen, und ich werde ihn auch bestimmt behalten, wenn Gott dafür sorgt, dass diese unheilvolle Pest verschwindet und ihr höllisches Treiben anderswo zu Ende führt.
Ach, meine liebe Louise, Eure Dame und das Einhorn ist noch immer auf den Webstuhl gespannt, aber ich kann nicht daran weiterarbeiten, weil mir das Material ausgegangen ist. Ob ich überhaupt irgendwann wieder arbeiten kann? Ich weiß es nicht. Ich muss immer nur weinen und bin vollkommen verzweifelt. Eure innige Freundschaft ist eigentlich das Einzige, das mir noch geblieben ist.
Bitte schreibt mir, erzählt mir, wie es Euch geht, ob Marguerite immer schöner wird und Euer kleiner Cäsar wächst und gedeiht.

Ganz herzliche Grüße von
Eurer Alix.«

Louise blieb noch eine ganze Weile nachdenklich und still vor dem Brief sitzen. Was wohl aus ihrer jungen Freundin wurde, die jetzt auch Witwe war wie sie selbst? Jetzt musste sie sich allein durchschlagen. Aber so war es nun einmal, und nicht einmal mehr der Himmel konnte daran etwas ändern.

Marschall de Gié erteilte den Kindern d'Angoulême höchstpersönlich Reitunterricht, und der junge François wurde mit der Zeit so sicher, dass Maultiere und Ponys für ihn bald nur noch Vergangenheit waren. Selbst Pegasus, das kleine Bearnaiserpferd, das er als Anfänger geritten hatte, war bei seinem jungen Herrn nicht mehr so beliebt wie zu Anfang. François brauchte jetzt ein richtiges Pferd. Der ungestüme und kaum zu bändigende Zeus oder die feurige, verrückte Salome konnten ihm keine Angst mehr einjagen.

Der Sommer ging zu Ende, wärmte aber mit seinen noch erstaunlich kräftigen Strahlen die Wälder von Romorantin, die sich langsam rot färbten. Seit Ausbruch der Pest hatte es keine Unwetter mehr gegeben, und der Himmel über der Sologne war gnadenlos blau, nicht eine einzige kleine weiße Wolke spendete Schatten.

Auf dem Schloss trug die Königin ihren gerundeten Bauch mit einem seligen Lächeln vor sich her, sobald sie ihrer Rivalin begegnete. Louise konnte sich vor lauter Sorge kaum noch beherrschen, und wenn die Königin allzu zuversichtlich wirkte, ging die Comtesse d'Angoulême sogar so weit, bissige Bemerkungen zu machen oder auf die bevorstehende schwierige Geburt anzuspielen.

Die Königin indes war nicht in der Lage, ihre Gegnerin zu entmutigen; wenn ihr gar nichts anderes mehr einfiel, erinnerte sie Louise ohne jede Rücksichtnahme daran, ihr Sohn sei nur dank der Großzügigkeit des Königs ein Valois und nicht mehr lange Thronerbe.

Die ersten Wehen setzten an einem Abend ein, an dem sich der Himmel in den schönsten Tönen von Gelb, Rot und Orange dunkel färbte, was leider kaum ein Bewohner der Touraine genießen konnte, weil sie fast alle in ihren düsteren Häusern eingesperrt und damit beschäftigt waren, ihre Toten zu zählen und sich angstvoll zu fragen, ob sie vielleicht die nächsten Opfer sein würden.

Sobald die Königin die ersten Wehen hatte, verließen die Hebammen die Dienstbotenunterkünfte und eilten zu ihr. Zwei blieben ständig an ihrer Seite, die dritte hatte die Aufgabe, alles herbeizuschaffen, was für die Entbindung und die Zeit danach nötig war, und eilte geschäftig durch das Schloss.

Louise quälte die Ungewissheit ohne Ende, und sie konnte nichts anderes mehr machen als nervös im schattigen Schlosspark auf und ab zu laufen.

Die ganze Nacht konnte sie nicht schlafen, stand immer wieder auf, jammerte vor sich hin, ging auf die Terrasse an die frische Luft, und als der Morgen dämmerte, legte sie sich wieder aufs Bett, ohne jedoch Schlaf zu finden. Marguerite versuchte sie abzulenken, Antoinette und Jeanne kamen, um sie zu zerstreuen und zu trösten, und redeten ihr gut zu, sie solle sich nicht im Voraus unnötig aufregen.

Doch das nützte alles nichts. Louise blieb äußerst unruhig, konnte es kaum erwarten, dass die Zeit der Ungewissheit zu Ende ging und sich ihre flehentlichen Gebete erfüllten, die sie quasi ununterbrochen an Gott und alle Heiligen richtete. Gelegentlich begegnete sie Marschall de Gié, den die gleiche Sorge umtrieb und der sie dann manchmal bekümmert ansah. An seinem Blick spürte Louise endlich die seltsame Komplizenschaft, die sie beide einte, auch wenn sie sie nicht ansprechen wollten.

Nicht einmal mehr der Anblick der schlanken Pinien der Sologne mit dem Meer rosafarbenen Heidekrauts darunter konnte sie beruhigen. Als sie Annes erste Schreie hörte, hielt Louise ihre verkrampften Hände unter das klare Wasser der Quelle, die in einer Ecke des Schlosshofs plätscherte.

»So beruhigt Euch doch, Madame«, sagte jemand leise hinter ihr, »es kann nur ein Mädchen werden.«

Erschrocken drehte sie sich um und bespritzte dabei ihr Gesicht mit dem kühlen Wasser. De Gié sah sie an. Irgendwie schienen seine Augen ihren sonst so harten Glanz verloren zu haben und blickten genauso angstvoll wie die ihren.

»Ich wollte, Ihr hättet recht«, sagte sie.

»Die Königin bringt keinen Thronfolger zur Welt. Ihr und ich, Madame, arbeiten gemeinsam an dem Ziel, dass Euer Sohn eines Tages das Land regiert.«

»Erst war es der heilige François de Paule, der mir das vorausgesagt hat, und nun versichert es mir auch der gute Cornelius.«

»Euer Astrologe hat seine Fähigkeiten schon oft unter Beweis gestellt, Madame. Glaubt Ihr wirklich, er könnte sich so irren?«

»Eigentlich nicht. Cornelius Agrippa ist einer der besten Wahrsager von ganz Frankreich. Wenn ich erst Königsmutter bin, hole ich ihn an den Hof.«

Aber ihre Stimme klang alles andere als zuversichtlich, und Marschall de Gié benötigte keine großen hellseherischen Fähigkeiten, um ihre große Angst zu spüren.

Louise schüttelte das Wasser in großen, durchsichtigen Tropfen von ihren Fingern und musterte de Gié verwundert. Zum ersten Mal hatte er nichts Aggressives an sich.

Sie glaubte sogar einen Schimmer von Mitgefühl in seinem Blick zu erkennen und beobachtete verblüfft, wie er tröstlich seine Hand ausstreckte.

Vorsichtig nahm er ihre Hand und hielt sie unter den kalten Wasserstrahl. Gemeinsam ließen sie sich einen Augenblick lang von dem kräftigen Strahl des Quellwassers ablenken.

Ihre Blicke begegneten sich und prüften sich blitzartig. Während in den Augen des Marschalls ein unterdrücktes Begehren aufflammte, antworteten die Augen von Louise darauf sofort mit vollkommener Gleichgültigkeit, und sie entzog ihm brüsk ihre Hand.

Auch wenn den Marschall die unbeteiligte Haltung der Comtesse bestimmt getroffen hatte, hatte er sich schnell wieder in der Gewalt und sagte in gewohnt überheblichem Ton:

»Euer Sohn entwickelt sich zu einem hervorragenden Reiter, er ist ein Naturtalent, gewissermaßen zum Ritter geboren. Schon bald können wir mit ihm lange Ausritte unternehmen und auf Kleinwild jagen.«

»Ist das nicht ein wenig überstürzt, Marschall?«

»Es ist nie zu früh, aus einem Jungen einen Mann zu machen.«

Sie warf ihm einen zutiefst missbilligenden Blick zu und richtete sich auf. Die Schreie von Anne de Bretagne wurden immer lauter.

»Ich muss zur Königin. Sie wird bald niederkommen.«

Und ohne ihn eines weiteren Blickes zu würdigen, eilte sie zum Schlosseingang, vor dem zwei Hellebardiere Wache standen.

In dem Flur, der zum Gemach der Königin führte, herrschte bereits große Aufregung. Alles lief durcheinander, man seufzte teilnahmsvoll und steckte die Köpfe zusammen. Die Dienerinnen erledigten eilends die Aufträge der Hebammen, und die Zofen warfen sich fragende Blicke zu.

Annes Schlafgemach war ein großer Raum mit flämischen Tapisserien an den Wänden. Viel Licht kam durch zwei hohe Fenster mit kostbaren Vorhängen, das große Bett mit den gestickten Bettvorhängen stand hinten im Zimmer und wirkte auf Louise wie das Symbol ihrer schrecklichen Angst. Sie sah, dass die Königin von ihren Gesellschafterinnen umringt war, die sie so gut wie nie allein ließen, und ihr jetzt aufmunternde Worte zuraunten, während sie ihr den Schweiß von der Stirn tupften.

Seit langer Zeit schon verlangte es die Tradition, dass eine Prinzessin oder Königin ihr Kind vor den Augen der ranghöchsten Frauen des Königreichs zur Welt brachte.

Ganz hinten in einer Ecke des Zimmers, in der Nähe der Abbildung einer Kathedrale in flämischer Bauweise, entdeckte Louise Antoinette und Jeanne. Die beiden beobachteten die Königin nur unbeteiligt und sehr gelassen, wahrscheinlich erinnerten sie sich an ihre eigenen Entbindungen auf dem Schloss in Cognac.

Als Anne erschöpft vom vielen Schreien und schweißnass Louise erblickte, krallten sich ihre Hände in die Bettkante aus hartem Holz. Die Hebammen rechneten jeden Moment mit der Geburt des Kindes, als die Königin einen letzten lauten Schrei ausstieß. Von den langen heftigen Wehen war ihr Körper ganz verdreht, und ihr schwarzes Haar klebte an ihrer Haut.

Und endlich kam das Kind, und die erfahrenen Hebammen fingen es auf.

Louise war an das Bett der Königin getreten, und ein Gedanke beherrschte den Aufruhr ihrer Gefühle. Niemand sollte ihr mitteilen, welches Geschlecht das Kind hatte – davon wollte sie sich selbst überzeugen. War es ein Mädchen oder ein Junge? Das würde sie gleich als Allererste wissen. Mit nervösem Blick untersuchte sie den Leib des neugeborenen Kindes, kniff die Augen zusammen und sah blitzartig, dass es kein Thronfolger war. Das kleine Geschlecht des Mädchens erschien ihr wie der rettende Streifen am Horizont.

Auf den Fluren war es auf einmal still geworden, und alle sahen sich betroffen an.

»Es ist ein gesundes Mädchen«, erklärte Louise und übernahm damit die Aufgabe, die versammelten Anwesenden zu unterrichten. »Jemand möge es dem König unverzüglich mitteilen.«

Wozu sollte sie ihre Rivalin ansehen? Müde und enttäuscht schlief die Königin ein, und das Zimmer leerte sich.

Wie sich herausstellte, war die kleine Claude zwar ohne irgendeinen körperlichen Fehler, aber sehr schwach. Der König war davon schmerzlich berührt, jedoch froh, dass das Kind lebte, und beschloss, nach Italien aufzubrechen, wo ihn sein Heer erwartete. Und während Louise wieder ihren verschiedenen Tätigkeiten nachging, wurde erneut mit Mailand verhandelt, was sich als sehr schwierig erwies.

Als es Herbst wurde, verließ die Pest Westfrankreich und wanderte langsam Richtung Norden. Bald plante man, zu Beginn des Winters nach Amboise zurückzukehren. Von diesem Gedanken waren sowohl die beiden Mütter als auch die Kinder der Comtesse d'Angoulême sehr angetan, die es kaum erwarten konnten, die jungen Herren kennen zu lernen, von denen ihnen Marschall de Gié so oft erzählte, weil ihnen die Zeit allmählich lang wurde.

Louise schrieb jeden Tag an ihrem Tagebuch. Es verging kein Morgen und kein Abend, an dem sie sich nicht wenigstens ein paar kurze Zeilen notierte. In dem Journal hielt sie jedes Erlebnis, jedes kleine Missgeschick und jeden Fortschritt ihres Cäsars fest. Ihre eigenen Gefühle, ihre Freude und ihre Ängste beschrieb sie in allen Einzelheiten. Und natürlich musste sie dem Tagebuch an diesem Abend ihre Freude anvertrauen, die sie beim Anblick von Annes Tochter empfunden hatte. Cornelius Agrippa, dem Astrologen, den sie von Angoulême nach Romorantin hatte holen lassen, damit er ihre Befürchtungen zerstreute, konnte sie sich gar nicht dankbar genug erweisen für die Sicherheit, die er ihr mit seiner Prophezeiung verliehen hatte.

Als sie mit dem Eintrag fertig war, bekam sie plötzlich Lust, ihre Tochter zu sehen. François war schon früh am Morgen zu seiner ersten Jagd mit Marschall de Gié aufgebrochen und noch nicht wieder zuhause. Hoffentlich kam er heil und gesund zurück! Je mutiger und draufgängerischer François wurde, umso mehr Sorgen machte sie sich um ihn.

Bestimmt war Marguerite mit Souveraine zusammen. Die beiden Mädchen stickten jeden Tag eine Stunde mit Antoinette und Jeanne, die großen Wert auf Handarbeit legten.

Sie hatten gerade gemeinsam eine Arbeit fertiggestellt, auf der eine ländliche Szene zu sehen war, und beide waren ganz in den Anblick der kunstvollen und präzise gearbeiteten Stickerei vertieft. In Wahrheit war es aber wohl eher so, dass sich eigentlich nur ihre Mütter für die komplizierten Motive und Farben begeistern konnten.

Obwohl Marguerite sehr gern ihren Bruder auf die Jagd begleitet hätte, hatte sie für die Handarbeitsstunde darauf verzichtet, weil sie wusste, ihre Mutter wünschte, dass sie in allen Bereichen zur Vollkommenheit gelangte.

»Siehst du, mein Kind, du besitzt wirklich viele verschiedene Begabungen. Ich hoffe, deine geistigen Talente übertreffen nicht noch dein Geschick bei der Handarbeit.«

Was die Erziehung ihrer Kinder anbetraf, machte Louise keine Zugeständnisse und legte größten Wert darauf, dass Marguerite genauso gut mit Nadel und Faden umgehen konnte, wie sie Latein oder Griechisch rezitierte. Beim Sticken und Weben sollte sie jedes Geheimnis kennen. Und das Mädchen war klug genug, diese Erziehung zu akzeptieren, erst recht wenn Louise sie dazu anhielt, Tagebuch zu schreiben. Eine Leidenschaft, der Marguerite bereits verfallen war und die ihre Mutter nur allzu gut verstehen konnte.

Die Handarbeitsstunde war bald zu Ende, und Louise setzte sich neben ihre Tochter und machte sich an ihren Brief:

Meine liebe Alix,

Jacquous Tod macht mich sehr betroffen, und ich kann gut verstehen, wie verwirrt Ihr sein müsst, viel mehr als ich es damals war, als ich Witwe wurde. Charles ist mir immer so fremd geblieben, während Ihr Eurem Jacquou so nahe wart. Ihr habt ihn so sehr geliebt! Das Leben ist oft furchtbar grausam, dennoch geht es weiter, und wir müssen handeln. Bestimmt hilft Euch die Arbeit über den Schmerz hinweg, Alix, und Ihr webt die schönsten Tapisserien des Jahrhunderts. Jacquou wird Euch Mut machen. Dann liefert Ihr euer Meisterstück und dürft Eure Werkstätten wie jeder andere bedeutende Webermeister führen. Ihr dürft nur nicht aufgeben, Alix. Am besten denkt Ihr jetzt erst einmal nur an Eure bezaubernden Einhörner und Eure Florentiner Madonnen. Ich bin überzeugt, dass Ihr wunderschöne Teppiche weben werdet, und Eure hoffnungsvollen Anstrengungen werden vom Erfolg gekrönt sein.

Was meine Hoffnungen betrifft, so bin ich überglücklich, weil Königin Anne gerade ein Mädchen zur Welt gebracht hat. Mein kleiner Cäsar bleibt also Thronfolger! Ich gestehe, ich kann meine Freude darüber nicht verhehlen, und sogar das Ungeheuer de Gié hat zum ersten Mal meine Begeisterung geteilt. Diesmal strahlten seine Augen weder Überheblichkeit noch Aggression aus, sondern leuchteten in freudiger Erwartung einer Dauphine. Einen kurzen Moment lang hatte ich sogar das Gefühl, die Erleichterung hätte uns geeint.

Nun geht aber alles wieder seinen Lauf, und de Gié besteht trotz meiner Einwände darauf, meinen Sohn zu einem überragenden Kavalier zu machen, und ermutigt ihn zu allerlei Leichtsinn. François muss man nicht lange überzeugen – er ist begeistert. Er galoppiert, springt über Hindernisse, lässt sein Pferd im Kreis herumlaufen und amüsiert sich königlich.

Marguerite würde ihren Bruder am liebsten bei all seinen Eskapaden begleiten und kann kaum erwarten, dass es Abend wird und François ihr von seinen Abenteuern erzählt.

Wir werden sehr bald nach Amboise zurückkehren, weil die Pest weitergezogen ist. Wie viele arme Seelen wird sie sich wohl dort noch holen, wo sie jetzt Station macht?
Meine liebe Alix, seid herzlich umarmt von meinen Kindern und mir. Wir wünschen Euch allen Mut, den Ihr brauchen werdet, um die große Aufgabe zu bewältigen, die Euch bevorsteht.

In inniger Verbundenheit
Eure Louise.

Die Handarbeitsstunde war vorbei, Louise las den Brief noch einmal durch, faltete ihn zusammen und steckte ihn in einen Umschlag. Dann wollte sie mit ihrer Tochter zu den Stallungen gehen, um François zu begrüßen, wenn er von seinem Ausritt zurückkam.

»Ich komme gleich nach, Mutter«, sagte Marguerite. »Ich will nur noch mein Täschchen aus dem Zimmer holen.«

»Soll ich nicht hier auf dich warten?«

»Nein, danke, wir treffen uns bei den Ställen.«

»Wie du willst.«

Louise verließ den Salon und nahm den Korridor, der zur Haupttreppe führte. Am Treppenaufgang saßen zwei Pagen der Königin und spielten Fangbecher.

Die beiden trugen ein Wams aus makellos weißem Satin mit Spitzen an den Ärmeln und weiße Hosen, und ihre Füße steckten in schwarzen Samtschuhen. Vermutlich waren sie nur ein paar Jahre älter als François, und Louise bewunderte von weitem ihr perfektes Aussehen.

Doch leider blieb es beim Anblick der großartigen Toilette. Die Pagen von Königin Anne verhielten sich, genau wie ihre Zofen und Hofdamen bis hin zu den einfachsten Dienstboten aus ihrem

Gefolge, der Familie d'Angoulême gegenüber gleichgültig und kalt, um nicht zu sagen unhöflich. Es war, als hätte man eine Losung im Schloss ausgegeben. Das gespannte und feindselige Verhältnis der beiden Frauen übertrug sich auf sämtliche Dienstboten, und die beiden Familien samt Gefolge beäugten sich misstrauisch und verächtlich.

Louise ging an den beiden Pagen vorbei, ohne dass die sie gegrüßt hätten. Sie sahen ihr dreist ins Gesicht und setzten ihr Spiel fort. Hinter sich hörte sie eine Tür ins Schloss fallen. Als sich Louise umdrehte, sah sie Catherine in Begleitung eines Küchenmädchens mit einem großen Weidenkorb. Sie mochte wohl etwa so alt sein wie ihr Zimmermädchen, sechzehn oder siebzehn Jahre alt.

Catherine war jung und hübsch, das andere Mädchen aber war eine Schönheit. Und zwar keine oberflächliche von der Art, die einem auf den ersten Blick auffällt, sondern eine wahre Schönheit.

»Ach, Catherine«, seufzte Louise, »du musst mir unbedingt die Stickerin bestellen. Ich habe einige Arbeit für sie. François' Wamse sind nicht mehr schön bestickt.«

Das junge Zimmermädchen konnte es sich nicht verkneifen, sich nach den beiden Pagen umzudrehen.

»Sehr wohl, Madame«, sagte sie.

»Sag ihr, sie soll gleich heute Abend kommen. Ich erwarte sie in meinem Antichambre; sie soll ihre schönsten und buntesten Garne mitbringen.«

Und als Catherine das Küchenmädchen mit einer Handbewegung wegschickte, fuhr sie fort:

»Sie soll auch ihre Silberfäden mitbringen und die Florentiner Motive nicht vergessen, die auf die Wamse der beiden Pagen gestickt sind.«

»Sehr wohl, Madame.«

»Sag einmal, Catherine«, fragte sie leise, »kannst du herausfinden, woher die Königin diesen schwarzen Samt hat, mit dem die Schuhe der Pagen bezogen sind?«

»Sie kennt einen Schuhflicker, Madame.«

»Hier in Romorantin?«

Catherine nickte und flüsterte der Comtesse d'Angoulême ins Ohr:

»Soll der Samt für Mademoiselle Marguerite sein?«

»Ja, aber woher weißt du das?«

»Sie klagt schon eine ganze Weile, dass der Samt von ihren Schuhen reichlich provinziell ist.«

Sie kam noch näher, warf einen Blick in die Richtung, in die die junge Küchenmagd verschwunden war, und murmelte:

»Das war Jeannette, eine Küchenmagd. Sie hat nichts an der Königin auszusetzen, aber die Schlossköche machen ihr viel Ärger. Ständig sind sie hinter ihr her, sagen unanständige Worte und grapschen nach ihr. Mal drängen sie sie in irgendeine Ecke, dann wollen sie ihr wieder unter den Rock schauen.«

Sie seufzte und verdrehte die Augen.

»Gott sei Dank stehe ich in Euren Diensten, Madame. Ich bin schon sehr froh, dass mir sowas nicht passiert.«

»Und diese Jeannette ist deine Freundin?«

»Ich habe sie zweimal aus einer unangenehmen Lage gerettet«, gestand Catherine nicht ohne Stolz. »Seitdem verstehen wir uns recht gut. Stellt Euch nur vor, Frau Gräfin, Hector, der dicke Maître Saucier, hat sie in die Enge getrieben und ihr sein Gerät gezeigt – es war so groß!«, sagte Catherine und machte eine entsprechende Handbewegung. Louise musste unwillkürlich lächeln, aber Catherine war nicht zu bremsen.

»Wenn ich Jeannette frage, kriege ich bestimmt heraus, wo dieser Schuhflicker zu finden ist, der hier keinen Laden hat. Er macht Mademoiselle Marguerite die schönsten Schuhe, die man sich nur denken kann.«

»Sehr gut, Catherine, ich verlasse mich auf dich. Geh jetzt ruhig wieder zu deiner Jeannette.«

Sie eilte zu den Ställen und war ganz überrascht, dort Pegasus, das kleine Bearner Pferd von François anzutreffen. Marguerite kam auch gerade angelaufen.

»Warum ist denn Pegasus in seinem Stall? Wollte dein Bruder nicht mit Marschall de Gié auf Hasenjagd gehen?«

»Ich weiß es nicht, Mutter. Seht nur, Zeus ist weg, und der Marschall hat sein Pferd genommen.«

Louise wurde weiß vor Zorn.

»Dieser Mann ist ein Ungeheuer! Wie kann er ein so ungestümes Pferd einem leichtsinnigen Kind anvertrauen? Natürlich ist Zeus ein ausgesprochenes Jagdpferd, aber er muss sanft und entschlossen geritten werden, man darf ihn nicht reizen, sonst geht er durch.«

»Macht Euch keine Sorgen, Mutter. Vielleicht reitet ja der Marschall Zeus!«

»Das hieße, François reitet das Pferd seines Lehrers, was ich nicht weniger gefährlich fände.«

»Aber Mutter, wenn François irgendetwas Unvernünftiges machen sollte, wird ihn der Marschall sofort zurechtweisen. Ich weiß schon, dass Ihr ihn nicht besonders mögt, aber er ist ein ausgezeichneter Reitlehrer und François sehr gewogen.«

»Ich habe nie behauptet, Ihr würdet bei de Gié nichts lernen, und ich behaupte genauso wenig, dass er François vernachlässigt. Ganz im Gegenteil bin ich überzeugt davon, dass er ihm sehr zugeneigt ist. Allerdings braucht Zeus eine feste Männerhand, und die kann ihm François noch nicht geben.«

»Er reitet aber mittlerweile perfekt.«

Auch wenn Marguerite versuchte, ihre Mutter zu beruhigen, hörte Louise doch am Tonfall ihrer Tochter die Sorge, dass ihr jüngerer Bruder sich aus lauter Leichtsinn in Gefahr bringen könnte.

»Nein, Marguerite, François ist noch nicht so weit wie du, geschweige denn wie ich. Zwar kann er schon ohne Sattel reiten, Hindernisse nehmen und galoppieren, aber er versteht es noch nicht, sich in das Pferd einzufühlen. Deshalb kann er auch noch nicht in allen denkbaren gefährlichen Situationen unbedingt richtig reagieren.«

Sie drehte sich um und beobachtete den Waldrand.

»Außerdem sollten dein Bruder und de Gié längst zurück sein.«

Marguerite sah, wie besorgt ihre Mutter war, und sagte:

»Kommt, Mutter, gehen wir ein Stück die Allee entlang. Vielleicht begegnen wir ihnen ja.«

Antoinette, Jeanne und Souveraine kamen ihnen aus der anderen Richtung entgegen und beschlossen, die beiden zu begleiten, als ihnen Louise von ihren Befürchtungen erzählt hatte.

Es war Anfang Winter, und nach einem kalten, aber sonnigen Tag würde es bald dunkel werden. Antoinette suchte den Horizont hinter den Bäumen ab, die allmählich ihr Laub verloren.

»Diese Verspätung passt so gar nicht zu de Gié. Wo er doch sonst immer peinlich genau auf die Einhaltung des Stundenplans achtet«, sagte sie zu Louise.

»Nehmen wir die Hauptallee zum Wald, bestimmt begegnen wir ihnen dort bald«, beruhigte sie Jeanne und nahm die Hand ihrer Tochter.

»Hoffentlich verspäten sie sich nicht, weil sie hinter einem Hasen her sind, den sie aus den Augen verloren haben«, meinte das junge Mädchen.

»Was redest du denn da, Souveraine?«, widersprach ihr die

Comtesse. »In dem Wald hier gibt es mehr als genug Kleinwild. Wenn ihnen ein Hase entkommen sollte, können sie einfach einen anderen jagen.«

»Vielleicht sind die Hasen hier aber schlauer als anderswo«, versuchte Jeanne einen Scherz.

Der sorglose Ton ihrer Freundin beruhigte Louise kaum. Schweigend eilte sie über den moosbedeckten Weg. Hoch oben in den goldbraunen Birken sangen die Amseln, und am Himmel kündigten die ersten rosafarbenen Streifen den nahen Sonnenuntergang an.

»Unsere Leute sollen sich auf den Weg machen!«, sagte sie schließlich. »Ich fühle, dass ein Unglück geschehen ist.«

»Vielleicht haben sie sich nur verirrt«, meinte Souveraine.

»Das würde mich sehr wundern. De Gié kennt sich im Wald von Sologne so gut aus, als wäre er hier zuhause. Schließlich ist er dort den ganzen Sommer in Gesellschaft des Königs unterwegs gewesen.«

Wie um sich zu beruhigen, nahm nun auch Louise die Hand ihrer Tochter, die in den dunkler werdenden Himmel schaute.

»Louise hat recht«, räumte Jeanne ein. »De Gié hat mit dem König sämtliche Arten von Jagden in den Wäldern um Romorantin unternommen. Sie haben nach Rehen und Hirschen und nach Wildschweinen gejagt. Das Kleinwild dürfte ihm wirklich keine Probleme bereiten.«

»Lasst uns zum Schloss gehen und unsere Leute zusammentrommeln, oder wenigstens die, die uns noch geblieben sind«, schimpfte Jeanne, die seit einiger Zeit ohne ihre Kammerdienerin auskommen musste, weil die sie, wie so viele andere auch, beim Ausbruch der Pest verlassen hatte.

Also kehrten sie um, und als sie endlich zum Schloss kamen, war es bereits stockdunkle Nacht.

»Philibert!«, riefen sie laut, »holt die Lakaien und die Diener. Wir müssen den Wald durchsuchen. Und bringt so viele Fackeln wie möglich mit, damit wir etwas sehen!«

Sofort herrschte große Aufregung im Schloss. Die Männer zogen sich wärmere Mäntel an, bewaffneten sich mit Messern und Knüppeln, falls es zu nächtlichen Raufereien kommen sollte, und jeder nahm eine Fackel mit.

Angeführt von Philibert, dem großen Bonaventure und Jean-Baptiste marschierten die Knechte, Lakaien und Diener in einer langen Prozession in den dichten dunklen Wald; Catherine und ein paar andere Frauen hatten sich zu ihnen gesellt. Überall in der Finsternis sah man nun das schwache Licht der Fackeln, die wie Irrlichter durch den Wald tanzten.

Louise und Marguerite verhielten sich ganz still und lauerten auf ein verdächtiges Geräusch, das ihnen den richtigen Weg weisen sollte. Ab und zu hörte man Antoinettes spitze Stimme Anweisungen erteilen, die dann von Jeanne wiederholt wurden, die weniger aufgeregt als ihre Freundin war. Beide waren aber sehr unsicher, drückten sich eng aneinander und hielten Augen und Ohren auf.

Der Wald wurde immer undurchdringlicher, und die Amseln schwiegen längst, dafür schrien jetzt die Eulen.

Die Männer hatten sich in zwei Reihen geteilt. Die eine suchte unter der Leitung von Philibert in der Gegend um die Teiche, die andere mit Bonaventure und Jean-Baptiste im Wald.

Schließlich war es Souveraine, die als Erste das leise Geräusch von einem trabenden Pferd mit seinem Echo hörte.

»Da sind sie!«, rief Marguerite.

Wie auf ein Kommando hin wurden alle Fackeln hochgehoben und leuchteten in das dunkle Laubwerk, das in der Nacht sonderbare Formen angenommen hatte. Alle waren stehengeblieben, und Philibert kam mit seiner kleinen Truppe dazu. Das Geräusch des trabenden Pferds kam näher, wurde lauter und immer beunruhigender, blieb aber nach wie vor gleichmäßig. Langsam bewegte sich die Kolonne, angeführt von den jungen Frauen und Mädchen, in Richtung des dumpfen Hufgeräuschs.

An einer Wegkreuzung blieben wieder alle stehen, um dort zu warten, und der rhythmische Trab kam immer näher. Und schließlich tauchte im Schein der Fackeln die Silhouette eines Reiters auf. Marschall de Gié saß auf seinem Pferd, Zeus lief ohne Reiter hinter ihm her.

»Wo ist François?«, rief Louise mit bebender Stimme.

Sie war hinter dem kleinen Konvoi zurückgeblieben und konnte nur die beiden Pferde und die Umrisse des Lehrers erkennen.

»Wo ist mein Sohn?«, rief Louise wieder und lief auf die beiden Pferde zu. »Wo ist der Graf von Angoulême?«

Da sah sie, dass der Marschall ihren Sohn vor sich auf dem Pferd liegen hatte.

»François ist gestürzt. Ich glaube, es ist nichts Ernstes.«

»Wer gibt Euch das Recht, darüber zu befinden, ob seine Verletzung ernst ist oder nicht?«, tobte Louise. Ihre Leute standen mit den Fackeln in der Hand hinter ihr und warteten betroffen ab.

Wie gewohnt ignorierte de Gié den Zorn der Gräfin d'Angoulême und befahl mit lauter Stimme:

»Holt den Leibarzt der Königin oder einen Doktor aus der Stadt. Wenn beide kommen, umso besser.«

Er sprang vom Pferd und schob Louise und ihre Tochter weg, die François auf den Arm nehmen wollten.

»Bildet mit euren Armen eine Trage«, befahl er den Knechten, die sich langsam in Bewegung setzten.

Mindestens zwanzig Arme wurden ausgestreckt und zu einer

festen Unterlage verbunden. Dann nahm der Marschall den bewusstlosen Jungen in die Arme und legte ihn ganz behutsam auf das Bett aus ausgestreckten Armen.

»So ein Wahnsinn!«, empörte sich Louise und wandte sich wieder an den Marschall. »Ihr wollt aus diesem Kind einen Mann machen, und bringt es dabei um!«

Marguerite ging neben ihrem Bruder her, der auf dem wandernden Bett lag, und sagte kein Wort.

»Die Konsequenzen aus diesem Unfall werden fatal für Euch sein, Monsieur. Rechnet nicht damit, dass ich Euch schone!«

»So beruhigt Euch doch, Madame, der Schlag auf den Kopf hat ihn überrascht. Trotz meines Verbots wollte er über eine viel zu hohe Böschung springen, und sein Pferd war genauso bockig wie er. Ich glaube aber nicht, dass er schwer verletzt ist.«

»Er hat einen Schlag auf den Kopf bekommen! Und da wollt Ihr mir weismachen, er sei nicht schwer verletzt! Habt Ihr den Verstand verloren, de Gié?«

Vor lauter Zorn vergaß sie alle Regeln des Anstands und beleidigte ihn zutiefst, indem sie ihn nur bei seinem Familiennamen ansprach.

»Ja, de Gié! Ihr seid verrückt und gewissenlos!«

Sie ging zu ihrem Sohn und wollte seine Hand nehmen.

»Rührt ihn nicht an!«, brüllte der Lehrer. »Wenn jemand eine Kopfverletzung hat, darf man ihn auf keinen Fall bewegen.«

Erschrocken zog Louise ihre Hand zurück und sah ihn mit angstgeweiteten Augen an.

»Dafür werdet Ihr mir büßen, ich lasse Euch bestrafen! Man wird Euch ins Exil schicken, Ihr seid erledigt, ein Nichts, so gut wie tot!«, schrie sie.

»Schickt mich meinetwegen in die Verbannung, wenn Ihr wollt, aber rührt Euren Sohn nicht an, ehe der Arzt da war.«

»Wurde er etwa nicht vorn auf Eurem Pferd liegend durchgerüttelt und geschüttelt und verletzt?«, fragte Louise außer sich.

»Doch, eben, und das war zu viel! Jetzt müssen wir für ein Minimum an Erschütterung sorgen.«

Äußerlich wirkte de Gié ruhig, als er hinter dem Verletzten herging; wer ihn besser kannte, hätte aber die Angst sehen können, die sich hinter seinem scheinbar ungerührten Gesichtsausdruck verbarg.

Der Zug erreichte das Schloss, und der Junge wurde in sein Zimmer getragen und vorsichtig auf sein Bett gelegt. Nachdem der Leibarzt seine Augen untersucht hatte, diagnostizierte er eine leichte Gehirnerschütterung, hervorgerufen durch den Sturz vom Pferd.

Er verlangte nach kaltem Wasser und legte François Kompressen auf die Stirn. Als er gerade begonnen hatte, dem Jungen die Brust mit einer stark riechenden Pomade einzureiben, traf auch der Arzt ein, den man aus Romorantin gerufen hatte. Er beugte sich über François, schüttelte besorgt den Kopf und flößte dem Jungen eine bräunliche Flüssigkeit ein, von der das Kind sofort einen Schluckauf bekam und zu sich kam.

Nachdem die größte Gefahr gebannt war, klopften die beiden Ärzte dem jungen Grafen die bleichen Wangen, die langsam wieder Farbe annahmen.

Louise und Marguerite nahmen jede eine Hand von François und beobachteten ihn voller Angst und Hoffnung. Der Junge bewegte seinen Kopf und murmelte etwas Unverständliches, und jeder konnte Louises erleichterten Seufzer hören.

»Ein paar Tage Bettruhe, und der junge Herr Graf ist wieder vollkommen genesen«, versprach der eine Arzt, während der andere zustimmend nickte.

»Verschont ihn vor jeglichem Lärm und allen Aufregungen«,

ordnete er an und packte seine Fläschchen und Kompressen wieder in die Tasche.

Beide Doktores bestellten dann noch Kräutertee für den Patienten, der sofort in der Küche aufgesetzt wurde, dann verabschiedeten sie sich von Louise, nicht ohne ihr zu versichern, sie müsse sich keine Sorgen mehr machen.

Sobald sie gegangen waren, wandte sich Louise wieder an den Marschall.

»Würdet Ihr mir jetzt bitte erklären, wie es zu dieser Fahrlässigkeit von Eurer Seite kommen konnte?«, fragte Louise, noch immer außer sich vor Zorn.

»Ich habe nicht fahrlässig gehandelt, Madame«, entgegnete ihr de Gié ruhig. »François hat sich von der Geschwindigkeit hinreißen lassen, die Liebe zum schnellen Reiten und Jagen war stärker als er. Daran könnt Ihr auch nichts ändern, Euer Sohn ist waghalsig und scheint nicht zu begreifen, in welche Gefahr er sich begibt.«

»Das wäre Eure Aufgabe, ihn diese Klugheit zu lehren, Monsieur. Ich dachte, Ihr wüsstet das.«

Sie ließ die Hand ihres Sohns los, versicherte sich, dass er wieder bei Bewusstsein war, und fuhr fort:

»Ihr hättet ihn mit starker Hand führen müssen, damit er auf Euch hört.«

Wie eine Furie baute sie sich vor ihm auf und sagte mit leiser, aber scharfer Stimme:

»Dieser Fehler wäre Jean de Saint-Gelais nie passiert. Er hat es verstanden, François davon zu überzeugen, dass er sich, wenn nötig, auf sein Gefühl verlassen muss.«

Sie machte auf dem Absatz kehrt und ging wieder zu ihrem Sohn, der angestrengt versuchte, dem Gespräch zu folgen.

»Gefühle sind Euch aber wohl vollkommen fremd, wie mir scheint, Monsieur.«

»In diesem Fall ja«, sagte de Gié seufzend und nickte zögernd. »Wenn es darum geht, hört François auf nichts und niemanden mehr. Ich musste meinem Pferd ständig die Sporen geben, um mit ihm mithalten zu können. Er reitet zwar noch nicht so gut wie ich, aber er ist schneller. Und den Sturz konnte ich nicht vorhersehen, weil nicht zu erkennen war, dass sein Pferd scheuen würde.«

»Das hättet Ihr aber sehen müssen!«

»Ihr vergesst wohl, dass das Pferd nicht gestürzt ist!«

»Euch ist diese Einzelheit jedenfalls nicht entgangen!«, erwiderte sie bissig.

»Sehr richtig. Es hat den Jungen einfach durch die Luft geschleudert«, antwortete de Gié immer noch genauso gelassen.

»Ich verbiete Euch, ihn noch einmal auf dieses Pferd zu lassen.«

»Er hat darauf bestanden!«

François versuchte sich aufzurichten.

»Das stimmt, Mutter. Ich wollte unbedingt Zeus reiten. Ich hatte solche Lust dazu. Und das war die Gelegenheit! Ihr wart nicht da und Marguerite auch nicht.«

Ohne sich von Louises Zorn sichtlich beeindrucken zu lassen, strich der Marschall dem Jungen zärtlich über die Stirn.

»Ihr sollt Euch nicht aufregen, François, ruht Euch erst einmal bis morgen aus. Ich verstehe Eure Begeisterung für dieses Pferd und sein wildes Feuer, aber vergesst nicht, dass Zeus klüger war als Ihr.«

»Weil er nicht gestürzt ist?«

»Richtig.«

Und ehe der Marschall das Zimmer verließ, wandte er sich ein letztes Mal an die Comtesse d'Angoulême.

»Dieses Kind ist unvernünftig, und das wisst Ihr auch. Der Junge wird Euch noch öfter in Angst und Schrecken versetzen, und Ihr werdet die Schuld mit Sicherheit nicht immer bei mir suchen können.«

Louise gab keine Antwort. Abends schrieb sie dann in ihr Tagebuch: »Heute, am 25. Januar 1501, der Bekehrung des heiligen Paulus, wurde gegen zwei Uhr nachmittags mein König, mein Herr, mein Cäsar und mein Sohn im Wald von einem Pferd abgeworfen, das Marschall de Gié für ihn ausgewählt hatte. Wer erlebt hat, in welchem Zustand er sich befand, musste mit dem Schlimmsten rechnen. Doch Gott, der Beschützer der Witwen und Behüter der Waisen, der alles vorhersieht, war so gnädig und hat ihn mir nicht genommen, weil er wusste, dass ich nie wieder glücklich sein könnte, wenn mir dieser schreckliche Zufall mein Liebstes geraubt hätte.«

14

Alix' Leben hatte nur sehr kurze Zeit unter einem guten Stern gestanden, und manchmal fragte sie sich, wie lange wohl die Erinnerung an Jacquous liebevolle Blicke anhalten würde, an die leidenschaftlichen Worte, die er ihr abends ins Ohr geflüstert hatte, und an seine zärtlichen Hände auf ihrem bebenden Körper. Mal kam es ihr vor, als wäre das alles eben erst gewesen, dann wieder schien es ihr eine Ewigkeit her zu sein.

Wenn nur die Pest nicht gekommen wäre! Diese verfluchte Seuche hatte endlich das Loiretal verlassen und suchte nun das Tal der Seine heim – hinterhältig, unaufhaltsam, ohne Maß und Mitleid breitete sie sich weiter aus und hinterließ eine Spur der Verwüstung, zahllose Opfer unter den Menschen, die nicht vor ihr hatten fliehen können. Oh Gott! Wie hatte sie bei dem Gedanken an all die Türen gezittert, die zugenagelt wurden, damit die Seuche nicht aus den Häusern gelangte und sich in den Straßen ausbreiten konnte, wenn auch die Luft dort ohnehin bereits verpestet war.

Die schreckliche Zeit war vorbei, aber die teuflischen Bilder blieben. Nicht eine Familie hinter all diesen verdammten Türen war verschont geblieben. Alle Städte im Val de Loire waren die reinsten Massengräber. Überall hatte man tiefe Gruben ausgehoben, mit ungelöschtem Kalk gefüllt und Tausende von aufgedunsenen, entstellten und verwesenden Körpern hineingeworfen und verbrannt, die nichts Menschenähnliches mehr hatten.

Alle Familien waren nun damit beschäftigt, ihre Toten zu zählen und zu beweinen; kaum eine war noch vollzählig. Den Überlebenden blieben die Verstorbenen für immer im Gedächtnis. Natürlich musste man irgendwie mit seinem Kummer weiterleben, sich so gut es ging mit den Mängeln einer Gesellschaft, einer irdischen Welt einrichten, die eben nicht Herr über Leben und Tod war, was Alix durchaus bewusst war, wenn sie ihren traurigen Gedanken nachhing.

Aber was half das schon! Das Leben ging weiter, und die sterblichen Hüllen der Toten waren in den unergründlichen Tiefen einer Erde verschwunden, die sich auf eine neue Jahreszeit vorbereitete. Ein heiterer Winterhimmel versprach neue Hoffnung und einen neuen Anfang.

Die Frauen, die überlebt hatten, wollten wieder Kinder gebären, und so schloss sich der Kreis. Alix blieb allein mit ihrem Schmerz und ihrer Trauer, die dermaßen an ihr nagten, dass ihr alles wehtat – der Kopf, das Herz und der Bauch, in dem sich jetzt manchmal das Kind rührte.

In der ersten Zeit nach der Tragödie war die junge Frau vollkommen unempfänglich für alles gewesen, was sich um sie herum abspielte. Wie eine Schlafwandlerin versorgte sie Nicolas, fütterte, wusch und wiegte ihn, wobei sie aber unablässig auf die Webstühle starrte, an denen Julio, Landry und Pierrot arbeiteten. Einen ersten Vorrat an neuen Garnen und Fäden hatte man aus dem Haus des verstorbenen Gauthier geholt und eilends in die Werkstätten gebracht, die zuvor desinfiziert worden waren.

Diese erste schwere und schier endlose Phase wurde irgendwann von etwas erträglicheren Zeiten abgelöst. Wenn Alix nachts nicht schlafen konnte, verließ sie das Haus, ging in ihre Werkstatt und arbeitete, aber nicht mehr wie eine geistlose Maschine, sondern mit einem Feuereifer und einer Ausdauer, zu der sie sich durchgerungen hatte, weil sie sonst nicht hätte weitermachen können.

Sie setzte ihren Hochwebstuhl in Gang und webte, suchte immer schönere und kostbarere Fäden aus und musste sich immer wieder die Ohren zuhalten, um nicht ständig aufs Neue das Röcheln ihres sterbenden Jacquou zu hören. Wenn sie vergessen wollte, arbeitete sie an den Kartons für ihren neuen Teppich – die *Begegnung am Hofe*.

Wie in allen anderen Städten auch hatte man in Tours sämtliche Häuser desinfiziert und alles verbrannt, was man nicht unbedingt brauchte, und ganz allmählich ging das Leben wieder seinen gewohnten Gang. Eines Morgens tauchte die Bertille wieder auf, abgemagert und kleinlaut. Aber nachdem ihr Alix von Gauthiers Tod berichtet hatte, beschloss sie, ihr keine Vorwürfe zu machen. Schließlich war sie mehr als froh, dass Bertille zurück war und sich wieder um den ganzen Haushalt kümmerte. Was hätte sie ihr auch vorwerfen sollen? Wenn die arme Bertille damals den alten Webermeister gepflegt hätte, wäre sie auch schon längst tot!

Zum Glück hatte Alix wenigstens keine Geldsorgen und musste sich zunächst einmal keine Gedanken um ihren Lebensunterhalt machen. Der alte Mann hatte ihr sein schönes großes Haus hinterlassen, und in ihrer Werkstatt warteten genug Aufträge.

Einige Wochen später konnte sie dann auch Arnaude in die Arme schließen. Sie zitterte vor Freude, und ihre alte Freundin war so gerührt und glücklich, wieder bei ihr zu sein, dass sie kein Wort herausbrachte.

Arnold hatte sich sehr verändert, tiefe Sorgenfalten hatten sich in seine Stirn gegraben, und seine Augen strahlten nicht mehr so jugendlich wie früher. Der kleine Guillemin war sehr groß geworden. In den wenigen Monaten war er so gewachsen, dass er seiner Mutter mittlerweile bis zur Taille ging. Aber sein pausbäckiges Gesicht und seine fröhliche Miene hatte er behalten.

Guillemin war ein vergnügtes Kind; das tat der Stimmung in dem Haus und der Werkstatt sehr gut, auf denen noch immer die Trauer der vergangenen düsteren Tage lastete.

Mit der Zeit nahm in der Werkstatt von Alix alles wieder seinen gewohnten Gang, und das Grauen des heißen Sommers geriet ganz langsam in Vergessenheit. Man bemühte sich, wieder normal über Arbeit, Pläne und kleine Alltagsfreuden zu sprechen und freudig und zuversichtlich in die Zukunft zu blicken.

Zuletzt kehrten Juan und Lisette zurück – Hand in Hand. Man sah ihnen sofort an, wie glücklich und verliebt sie waren. Die Pest hatte sie verschont, und sie gehörten zu den ganz wenigen Menschen, bei denen sie keine tiefen Wunden hinterlassen hatte. Sie wirkten fröhlich und unbeschwert; offenbar waren die Schrecken fast unbemerkt an ihnen vorübergegangen. In einem abgelegenen, kleinen Dorf mitten im Wald, das der Pest entgangen war, hatten sie geheiratet, und nur das zählte für sie.

Alix konnte ihr Glück nur zu gut verstehen und seufzte traurig. Wie lange war es her, dass sich in ihrem Leben alles einzig und allein um den Tag gedreht hatte, an dem sie ihren Jacquou heiraten durfte? Für Juan und Lisette waren alltägliche Sorgen und Zwänge zurzeit in weite Ferne gerückt. Wie gut hatten die zwei daran getan, aus dieser verdammten Stadt zu fliehen!

Die Gegenwart der beiden war ein Trost für Alix. Juan hatte sich seinen andalusischen Charme und seine samtschwarzen Augen bewahrt. Immer ein wenig ernst und streng, mit aufrechtem Oberkörper und das Kinn nach vorn gereckt, blieb er ganz der stolze Spanier.

Und Lisette strahlte nur so vor Glück, und ihr seliger Blick ruhte immer wieder verstohlen auf ihrem Bauch. Als man sie allmählich fragend ansah, gestand sie mit einem unschuldigen Lächeln auf ihren schönen roten Lippen, dass sie ein Kind erwartete.

Jeder ging also wieder an seinen Posten, und Frieden kehrte ein, wenn auch für Alix leider nicht in dem Maße wie für die anderen.

Eines Morgens dann, als in der Werkstatt Hochbetrieb herrschte, auf jeden Webstuhl ein Teppich gespannt war und jede Hand ihre Arbeit erledigte, öffnete sich die Tür und Mathias trat ein. Julio hatte ihn schon vor dem Haus entdeckt und war in die Werkstatt zu Alix gelaufen mit Arnold und Pierrot im Schlepptau.

Alle schwiegen betroffen und starrten ihn an. Nein, Mathias wirkte kein bisschen heiter, sondern vollkommen verzweifelt. Weil er abgemagert war, wirkte er noch größer als ohnehin, und seine strahlendblauen Augen zeigten nicht den Schimmer von Zuversicht. Sein dichtes rotes Haar, durch das er früher immer mit den Fingern gefahren war, um die rebellischen Locken zu bändigen, war struppiger denn je.

Mathias stand da wie versteinert und schien nicht zu wissen, wohin mit sich. Als er seine lange Gestalt Alix zuwandte und ein gequältes Lächeln versuchte, stürzte sie sich laut schluchzend in seine Arme.

»Ach, Mathias, ich habe so auf dich gewartet! Warum bist du erst jetzt gekommen? Du warst kaum mit Julio gegangen, als sich die Pest auch Jacquou geholt hat.«

»Ich weiß, Alix. Aber ich konnte nicht zurückkommen, ich war dort wie angewurzelt, ohnmächtig, eigentlich schon tot. Jacquou bedeutete mir fast Trost in meiner Verzweiflung.«

Er stieß einen tiefen Seufzer aus, so als suchte er nach seinem längst verloren gegangenen Atem.

»Florine und er sind im selben Gemeinschaftsgrab beerdigt worden«, erzählter er mit tonloser Stimme. »Mehr als zwanzig Leichen haben wir dort begraben.«

»Ja!«, sagte Alix leise. »Jetzt sind sie im Jenseits vereint.«

»Dieses Grab verfolgt mich. Ich habe es ausgehoben. Ich habe nichts anderes gemacht als immer noch tiefer zu graben. Tiefer und tiefer! All die langen Tage, die ich bei den Mönchen von Saint-Pierre verbracht habe, konnte ich ihnen nur dabei helfen, immer neue Gräber für immer mehr Tote zu graben. Ich dachte an nichts anderes, und so habe ich irgendwie überlebt. Wir waren etwa ein Dutzend Männer, mal mehr und mal weniger. Und es nahm einfach kein Ende, dass man uns die Kadaver vor die Füße warf.«

Alix liefen die Tränen übers Gesicht, und sie schüttelte den Kopf, den sie an seine Schulter gelegt hatte. Dann fasste sie sich, schob Mathias weg und wischte sich mit einer beinahe zornigen Geste über die Augen.

»Jetzt habe ich das letzte Mal geweint, Mathias«, sagte sie finster. »Das letzte Mal, ich schwöre es! Du sollst mich nicht noch ein Mal flennen sehen.«

Dann nahm sie ihn am Arm und zog ihn in die andere Werkstatt, wohin Julio und die anderen Männer verschwunden waren, um die beiden nicht zu stören.

»Komm mit«, sagte sie zu ihm.

Im Raum nebenan arbeiteten Julio und Landry an den beiden Hochwebstühlen, und Pierrot ließ schnell die Wiege los, die er sanft geschaukelt hatte. Alix führte Mathias zu seinem Sohn.

»Sieh nur, was für ein wunderschönes Kind Nicolas ist!«, sagte sie, und ihre Augen strahlten ausnahmsweise. »Pierrot kümmert sich oft um ihn, wenn ich nebenan zu tun habe.«

Sie nahm das Kind aus der Wiege und reichte es seinem Vater.

»Hier ist dein Sohn, Mathias. Er ist gesund und munter.«

»Das Kind gehört doch eigentlich dir, Alix. Wahrscheinlich hast du ihm das Leben gerettet.«

»Das ist schon wahr, aber trotzdem bist du sein Vater. Und du brauchst viel Liebe, um ihn großzuziehen, Mathias.«

In Mathias' Blick machte sich Panik breit.

»Lass mich bitte nicht im Stich, Alix. Florine ist tot, und Nicolas hat nur noch dich.«

Dann begann er mit erstickter Stimme zu fluchen.

»Zum Teufel! Soll sich der Himmel doch auch noch die letzten Pestopfer holen! Siehst du denn nicht, dass ich verloren bin, Alix, hilflos und ganz allein auf der Welt? Wegen dir bin ich zurückgekommen, Alix, nicht wegen meinem Sohn. Ohne dich bin ich nichts, und das weißt du auch.«

»Auch ich bin nur noch ein Schatten meiner selbst, Mathias«, antwortete sie ihm sanft.

»Aber du bist stark, Alix, tausendmal stärker als ich. Du wirst damit fertig. Ich kann nur überleben, wenn du mir hilfst!«

Julio hatte sich zunächst abseits gehalten und kam jetzt näher.

»Meinst du nicht, du solltest dich einfach wieder an die Arbeit machen, Mathias? Komm, ich stell dir Landry vor.«

Arnold hatte die Leitung der einen Werkstatt übernommen, wofür ihm Alix sehr dankbar war. Immerhin hätte er sich ohne Weiteres anderswo verdingen können, zumal es in den Webereien, genau wie bei den Buchbindern, den Illuminatoren und Pergamentmachern, wegen der Pest überall an Personal fehlte. Alle Zunftmeister suchten deshalb händeringend nach neuen Arbeitskräften, um die Unglückseligen zu ersetzen, und stellten neu ein.

Arnold war ein guter Arbeiter, und Alix wusste seine zuverlässige Arbeit zu schätzen. Sie bot ihm einen besser bezahlten und ranghöheren Posten an. Es war höchste Zeit, dass er Vorarbeiter wurde, genau wie Meister Gauthier es bei Coëtivy gewesen war.

Arnold übernahm also die Leitung der Werkstatt mit den beiden Hochwebstühlen, auf die die Teppiche mit den historischen Darstellungen für Louis XII. gespannt waren.

Unterstützt wurde er von seiner Frau, dem neuen Arbeiter Landry und Pierrot, der mit seiner Lehre fertig war und allmählich recht gut an den Flachwebstühlen arbeiten konnte. Er sollte Arnaude zur Hand gehen, zum Beispiel die Rapporte auf den Kettfäden eintragen oder die Kartons anbringen, wobei er darauf achten musste, dass er sie exakt so befestigte, dass Vorder- und Rückseite übereinstimmten.

Alix teilte sich die andere Werkstatt mit Julio und Mathias. Alle drei arbeiteten an den sechs Teppichen mit Einhorn-Motiven für die Comtesse d'Angoulême, an den *Jungfrauen des Vatikans* und an dem Weihnachtsthema für Johanna von Kastilien.

Noch am Abend desselben Tages, an dem alle Aufgaben und Zuständigkeiten festgelegt worden waren, beschloss Alix, Jacquou ab sofort ein bisschen zu vergessen – sie wollte ihn ganz hinten in ihren Gedanken vergraben, wo sie ihn aber jederzeit wieder vorholen könnte, wenn sie seinen Zuspruch brauchte.

Blieb nur noch ein Problem, das aber vielleicht das wichtigste von allen war. Wie sollte sie in Zukunft ihre Erzeugnisse verkaufen? Für die Teppiche, die noch zu Lebzeiten ihres Mannes bestellt worden waren, galt die Einschränkung nicht, weil er in seiner Funktion als Webermeister dafür eingestanden hatte. Aber wie sollte es weitergehen?

Als Witwe eines Webermeisters hatte sie zwar das Recht, seine Werkstatt zu übernehmen, aber sie durfte nicht mit den eigenen Erzeugnissen handeln. Dafür hätte sie einen Meister einstellen und ihm quasi den gesamten Gewinn auszahlen müssen.

Um das zu umgehen, musste sie selbst Mitglied in der Webergilde des Nordens werden. Das war aber nur möglich, wenn sie der Gilde ein Meisterstück präsentierte. Natürlich war Alix die zweite Möglichkeit lieber, und sie arbeitete kontinuierlich darauf hin.

Nach reiflicher Überlegung webte Alix nun Tag und Nacht an dem Stück, das sie der Gilde präsentieren wollte, und war fest entschlossen, gleich zu Beginn des Frühlings nach Amboise zu reisen und den König über die Vermittlung der Comtesse d'Angoulême um seine Patenschaft zu bitten.

Diese Zeit hatte große Ähnlichkeit mit ihren ersten gemeinsamen Monaten in Tours gehabt, als Jacquou und sie auch Tag und Nacht arbeiteten und lieber in der Werkstatt schliefen, als für die Nacht in ihre kleine Wohnung zu gehen. Jetzt musste sie sich allein auf die dicke Decke in einer Ecke der Werkstatt legen, die ihr als Bett diente. Wenn sie nachts in der Werkstatt blieb und arbeitete, kümmerten sich Bertille oder Lisette um den kleinen Nicolas.

Der Teppich, an dem sie arbeitete, ähnelte einigen Fragmenten aus dem Ensemble, das für die Comtesse d'Angoulême bestimmt war. Alix hatte es *Die Jungfrau und das Einhorn* genannt und war sehr darauf bedacht, kein fremdes Werk zu kopieren, weil die Weber sehr schnell der widerrechtlichen Aneignung bezichtigt wurden, wenn sie einzelne Motive aus einem bekannten Wandteppich in ihre Ensembles aufnahmen. Schließlich wusste Alix nur zu gut, dass sie die Teppichweber von Tours beobachteten und sie sich keinen Fehler erlauben durfte.

Alix hatte es im Laufe der Zeit für sinnvoll erachtet, einige Veränderungen an ihrer Arbeit vorzunehmen. Das lag an den berühmten historischen Wandteppichen, die Sire Jean Le Viste, ein edler Herr aus Lyon, etwa zehn Jahre zuvor für die Hochzeit seiner Tochter in Auftrag gegeben hatte und die den Titel *Die Dame mit dem Einhorn* trugen. Auf ihrem Meisterstück für die Gilde waren eine Frau, ein Einhorn und einige andere Tiere zu sehen, auf dem

Teppich für die Comtesse d'Angoulême fügte sie noch eine Dame, ein junges Mädchen und einen jungen Herrn in verschiedenen Szenen aus dem Leben auf einem Schloss hinzu.

Für beide Teppiche verwendete sie dagegen unterschiedliche Motive wie Standarten schwenkende Löwen, dichtes Strauchwerk, Blumen, kleine Waldtiere, zumeist Hasen, Rebhühner und Auerhähne, und Mondsicheln.

Alix wusste, dass sie diese Motive interpretieren konnte, wie sie wollte, und weil ihre Bedeutung sehr von den jeweiligen Künstlern abhängig war und es keinen Code gab, nach dem man sie entschlüsseln konnte, verwendete jeder Künstler die Symbole nach eigenen Kriterien und Vorstellungen.

So standen die Einhörner und Jungfrauen von Alix mal für Liebe oder Treue, mal für Keuschheit oder Kraft, oder für Beharrlichkeit.

Alix ging um die Kirche Saint-Pierre herum, weil sie sehen wollte, wo Jacquou mit den vielen anderen Opfern begraben worden war. Das große Feld mit den Gräbern lag hinter der Kirche. Dort blieb sie eine Weile stehen und betrachtete die Erde, die sich allmählich erholte, wie man an den Wurzeln und dem sprießenden Unkraut erkennen konnte.

Sie wusste, dass es weiter unten noch ein anderes Grundstück gab, das dem Kloster neben der Kirche als Gemüsegarten diente, und auf einem dritten, noch weiter unten, das bis ans Flussufer reichte, hatte man eine Seidenraupenzucht angelegt. Seit der Herrschaft von Louis XI. versorgte Tours nämlich alle großen europäischen Hauptstädte mit Seide.

Als sich Alix gerade wieder zur Kirche umdrehen wollte, packten sie zwei Hände von hinten an den Schultern. Sie schrie zwar laut, aber da war es schon zu spät. Jemand hielt sie fest und zog sie weg, dann wurde sie von zwei weiteren Armen ziemlich unsanft in die Zange genommen.

»Was wollt Ihr von mir?«, brüllte sie.

»Wir nehmen dich auf die Wache mit.«

Alix musste erst nach Luft schnappen, protestierte dann aber entschieden:

»Ich will aber nicht auf die Wache!«

»Dann schleppen wir dich eben hin.«

Alix versuchte sich zu befreien, erreichte aber lediglich, dass die beiden Männer noch wütender wurden.

»Auf welche Wache wollt Ihr mich überhaupt bringen?«, rief sie.

Der größere von beiden gab ihr einen derart heftigen Stoß, dass sie gestürzt wäre, wenn sie nicht der andere im letzten Augenblick gehalten hätte.

»Hör mal, Mädchen, wenn du weiter so rumschreist, bringen wir dich zum Schweigen.«

»Mit welchem Recht duzt Ihr mich eigentlich? Ich bin keine …«

»Du bist eine Diebin, und wir bringen dich jetzt zur Porte Saint-Vincent.«

»Aber warum denn? Was soll ich denn getan haben?«

Der Kleinere lachte hämisch, während sie sein Begleiter beschimpfte.

»Halt den Mund, du Luder! Sonst schlagen wir dich bewusstlos.«

Sie brachten Alix zu einem Wagen, der in der Nähe wartete, ließen sie hinaufklettern und schubsten sie auf die hölzerne Sitzbank.

»Was habe ich denn verbrochen?«, rief Alix wieder.

»Das wirst du schon noch früh genug erfahren.«

Als sie merkte, dass die beiden Wachen ganz offensichtlich nicht bereit waren, ihr weniger feindselig zu begegnen, versuchte sie erst einmal ihren eigenen Groll zu besänftigen.

»Ihr müsst euch täuschen, ganz bestimmt«, sagte sie und bemühte sich jetzt, ruhig zu klingen. »Ich bin Dame Cassex, die Frau eines Webermeisters.«

Leider änderten ihre Bemühungen nichts an dem Verhalten der beiden Männer.

»Um ehrlich zu sein, bin ich Witwe«, sagte sie, nun etwas lauter. »Mein Mann ist vor kaum drei Monaten der Pest zum Opfer gefallen.«

Der Kleinere lachte wieder höhnisch.

»Du bist kaum die einzige Witwe.«

»Das ist wahr, ich bin wirklich nicht die einzige!«, sagte Alix traurig.

Bei der Porte Saint-Vincent – sie befand sich gegenüber der Brücke über die Loire –, brachte man sie in ein Gebäude an der Rue des Filles-Dieu in Richtung Saint-Pierre-des-Corps. Der Raum, in dem sie sich wiederfand, hatte nur zwei kleine Spitzbogenfenster, weshalb es dort ziemlich dunkel war.

Zwei Männer standen hinter einem Tisch mit einem dicken dunkelblauen Teppich darauf, auf den sie eine Lampe, Hüte und Schwerter gelegt hatten. Erst musterten sie Alix lange wortlos, dann riefen sie nach zwei Hellebardieren, die Alix mit der Waffe in der Hand in die Mitte nahmen.

»Wie heißt Ihr?«, fragte einer der beiden Männer, der sich an den Tisch gesetzt hatte.

Voller Angst sah Alix die sechs Männer an, die sie umringten, und antwortete dann mit unsicherer Stimme:

»Ich bin Dame Alix Cassex, die Witwe von Maître Jacques Cassex, mit einer Tapisseriewerkstatt an der Place Foire-le-Roi.«

»Ihr seid des Diebstahls angeklagt.«

Wenn sie auch ein wenig erleichtert war, dass sie die beiden Männer am Tisch immerhin nicht duzten, wurde sie jetzt doch ganz blass.

»Des Diebstahls angeklagt!«, wiederholte sie leise.

Ihre Hände zitterten, sie hätte am liebsten laut geschrieen, und obwohl sie die Antwort auf ihre Frage bereits zu kennen glaubte, stammelte sie:

»Wer beschuldigt mich?«

»Seigneur de La Tournelle.«

»Das kann nicht sein«, sagte sie mehr zu sich selbst, weil sie nicht begreifen konnte, warum er den Namen La Tournelle genannt hatte und nicht Lenoncourt. Sie erinnerte sich an Maître Mortagnes eisige Miene und die noch unbarmherzigere von Van Thiegen. Würden diese Männer sie denn nie wieder in Ruhe lassen? Nein, bestimmt nicht! Alix holte tief Luft, weil sie sehr gut wusste, dass sie als junge Witwe in den Augen all dieser Männer, die sich über sie lustig machten, weil sie sich im Recht fühlten, einen schlechten Stand hatte.

Plötzlich fielen ihr die mutigen und frechen Worte wieder ein, die sie dem Erzbischof de Lenoncourt ins Gesicht geschleudert hatte. Und natürlich erinnerte sie sich auch an seine schallende Ohrfeige, die sie gegen die Wand geworfen hatte. Gleichzeitig spürte sie voller Sorge, wie aggressiv diese Männer waren, denen man gesagt hatte, sie sei eine Diebin. Gütiger Himmel! Dabei schien ihr das alles schon so lange her, jetzt wo Jacquou tot war.

»Was hat der Erzbischof gesagt?«

»Welcher Erzbischof?«

Alix antwortete nicht und überlegte. Offenbar hatte sich der Erzbischof von Reims nicht in die Angelegenheit eingemischt, sondern es seinem Freund, Seigneur de La Tournelle, überlassen, sie anzuklagen. Vielleicht war das aber sogar von Vorteil für sie, weil sie die Sache so nicht direkt mit einem Geistlichen ausfechten musste.

»Ich bin keine Diebin, Messires«, wehrte sie sich endlich, »und ich bitte darum, dass Eure Hellebardiere ihre Waffen senken. Sie haben sie so drohend auf mich gerichtet, als wäre ich Frankreichs Erzfeind.«

»Werdet bloß nicht frech, Dame Cassex!«

»Ich bin nicht frech, Messire, ich beharre nur auf meinem Recht. Es gibt einige hochgestellte Persönlichkeiten, die bestätigen können, dass ich eine ehrenhafte und anständige Frau bin. Wenn Ihr wollt, kann ich Euch Namen nennen, damit Ihr euch über mich erkundigen könnt?«

Jetzt fühlte sie sich ein klein wenig beruhigt, aber dieser Zustand hielt nicht lange an. Die Tür öffnete sich, und ein Mann kam auf sie zu, den sie nicht kannte, dessen Namen sie aber ahnte.

Der Mann war kein Soldat und auch kein Vertreter des Gesetzes, sondern ein Herr. Das erkannte man sofort an seiner vornehmen Haltung und seinen Bewegungen. Er musste etwa sechzig Jahre alt sein, hatte hellgraue Augen und eine hohe, glatte Stirn, aber ein ziemlich rundes Gesicht mit dicken Backen und einem Doppelkinn.

Offensichtlich wollte er durch sein äußerst elegantes Auftreten seine Zugehörigkeit zum hohen Adel betonen. Er trug ein schwarz eingefasstes Wams aus rotem Samt mit weiten Ärmeln und einen dazu passenden eckigen Hut, der mit einem gelben Edelstein verziert war.

Einer der beiden Männer, die hinter dem Tisch standen, wollte auf den alten Herrn zugehen, überlegte es sich aber anders und wandte sich wieder an Alix.

»Ihr sollt Eure Erklärung vor Seigneur de La Tournelle abgeben.«

Alix richtete sich auf und deutete mit dem Finger auf den Mann, der eben das Zimmer betreten hatte.

»Dann seid Ihr es also, der zusammen mit Sire Mortagne und dem Erzbischof de Lenoncourt meinen Untergang beschlossen hat! Könnt Ihr mir sagen, was ich Euch getan habe, dass Ihr mich vernichten wollt, indem Ihr eine üble Geschichte erfindet, die Eures Namens unwürdig ist?«

Einen Augenblick lang wirkte der alte Seigneur de La Tournelle verlegen und wollte etwas entgegnen, aber Alix ließ ihn gar nicht erst zu Wort kommen:

»Was geht Euch diese ganze Angelegenheit überhaupt an? Die kleine Madonna, die ich angeblich gestohlen haben soll, stand schließlich im Sprechzimmer des Erzbischofs.«

»Aber sie hat mir gehört.«

»Ihr wisst sehr wohl, dass ich nichts gestohlen habe, Seigneur de La Tournelle, und dass ich den Erzbischof von Reims auf Anraten Eures Sohnes aufgesucht habe, für den mein Mann und ich ein Ensemble aus sechs Wandteppichen mit historischen Motiven gewebt hatten.«

»Lasst meinen Sohn aus dem Spiel. Er hat nichts mit der Sache zu tun.«

»Das würde ich Euch nur allzu gern glauben. Jedenfalls ist unser Verhältnis sehr freundlich und sehr friedlich.«

Plötzlich wurde das Gesicht des alten Herrn rot, was sehr gut zu seinem Wams passte. Er drohte Alix mit dem Finger und sagte:

»Ihr werdet den Prozess nicht gewinnen, den wir Euch machen!«

»Ihr gebt mir gar nicht erst eine Chance«, entgegnete sie, ohne sich aus der Ruhe bringen zu lassen. »Natürlich, Sire Mortagne ist sehr mächtig und Sire Van Thiegen nicht weniger. Und was Euch betrifft, so bildet Ihr zusammen mit Erzbischof de Lenoncourt für mich ein unüberwindliches Hindernis. Sei's drum! Aber wenn Ihr mir den Prozess machen wollt, dann kämpft ehrlich und lasst die peinliche Geschichte mit dem erfundenen Diebstahl. Ich erkläre mich mit einem Prozess einverstanden, Sire de La Tournelle, aber nur, wenn es ausdrücklich darum geht, dass ich mir angeblich zu Unrecht die Freiheit genommen habe, meine Tapisserien mit dem ›T‹ für Tours zu signieren.«

Da öffnete sich wieder die Tür, und ein Mönch betrat den Raum. Er war nicht sehr groß, etwa um die dreißig, hatte ein rundliches, rosiges Gesicht und trug stolz seine braune Wollkutte mit einem Strick als Gürtel.

Beinahe hätte Alix vor Freude geschrien, konnte sich aber gerade noch beherrschen und zog es vor, still abzuwarten.

»Ich möchte Seigneur de La Tournelle sprechen«, sagte der Mönch und machte ein paar eher zaghafte Schritte ins Zimmer.

An seiner Haltung und vor allem an seinem Blick spürte man aber sofort, dass Abbé Mirepoix weder ängstlich noch schüchtern war. Auf leisen Sohlen bewegte er sich auf die beiden Männer hinter dem Tisch zu, die ihn erstaunt ansahen.

»Bitte erlaubt, dass ich Euch etwas zeige, Messires«, sagte der Abbé und holte ein kleines, in ein rotes Tuch gewickeltes Paket aus seiner Kutte. Dann wandte er sich zu Alix um und strahlte sie so zuversichtlich an, dass sie wusste, er war gekommen, um ihr zu helfen.

»Dieser Gegenstand gehört Seigneur de La Tournelle«, erklärte er den beiden Männern. »Bitte, nehmt das Päckchen und öffnet es.«

Er legte es auf den Tisch, und einer der beiden Männer griff danach. Alix kam etwas näher, damit sie besser sehen konnte. War es etwa die kleine goldene Statue, die der Mann da in der Hand hielt? Als sie die kleine Madonna in seinen dicken Fingern funkeln sah, seufzte sie erleichtert und schloss die Augen.

»Wie kommt Ihr zu dieser Statue, Abbé?«, rief der alte Herr, und seine Oberlippe begann nervös zu zucken.

»Ganz einfach«, antwortete Abbé Mirepoix. »Ich habe gehört, dass Erzbischof de Lenoncourt das Verschwinden dieses Gegenstands beklagt hat, nachdem Dame Cassex ihn aufgesucht hatte. Sie befand sich aber nur nicht an ihrem angestammten Platz, weil man sie zum Restaurator gebracht hatte. Das muss der Erzbischof wohl vergessen haben.«

»Nein, sie hat meine Madonna gestohlen!«, rief La Tournelle verbissen.

»Im Gegenteil«, widersprach der Mönch ganz ruhig. »Dame Cassex hat mir unwissentlich geholfen, den verlorenen Gegenstand an einem Ort wiederzufinden, an den man ihn nie hätte stellen dürfen – nämlich im Pfarrhaus. Als ich die junge Weberin dorthin brachte, weil sie um ein Gespräch mit Erzbischof de Lenoncourt ersucht hatte, fiel mir wieder ein, dass ich die kleine Statue zum Restaurieren bringen sollte. Also nahm ich sie an mich, ohne zu ahnen, zu welchen Anschuldigungen mein Handeln führen sollte.«

Offen gestanden war die Geschichte von Abbé Mirepoix nicht hieb- und stichfest. Doch was spielte das schon für eine Rolle! Wichtig war doch nur, dass er die Angeklagte vor den Vertretern des Gesetzes und den Wachen rettete, ohne dabei den Bischof oder den alten Edelmann anzugreifen.

Er wandte sich wieder an Alix und sagte niedergeschlagen:

»Ich bin untröstlich, dass ich Euch in so eine unerfreuliche Geschichte verwickelt habe, nur weil ich die Statue ohne weitere Nachfragen zum Restaurator gebracht habe.«

Dann trat er vor und wiederholte seine Entschuldigung vor allen Anwesenden. Sogar die Hellebardiere und die Wachen wurden mit einer höflichen Verbeugung bedacht.

»Ich hoffe, die Frau wird auf der Stelle freigelassen.«

»Das hoffe ich allerdings auch«, sagte Alix. »Diese Männer haben mich sehr respektlos behandelt!«

Sie trat auf Seigneur de La Tournelle zu und musterte ihn kühl.

»Kämpft in Zukunft mit anderen Mitteln als mit Niedertracht und Lüge!«

»Unverschämtes Luder!«, empörte sich La Tournelle. »Ihr habt vielleicht nicht die kleine Statue gestohlen, aber Ihr habt uns das Wappen von Tours geraubt.«

»Soweit ich weiß, gehört Euch die Stadt Tours nicht, Sire. Ihr seid nur Herr über Euer Schloss, Eure Güter und Eure Ländereien.«

Und dann verstand sie plötzlich, warum der alte Herr so außer sich war, als er ihr hinterherrief:

»Mein ›T‹ wird Euch niemals gehören!«

Er wollte nämlich alle Tapisserien, die er bei den Webern bestellt hatte, mit dem Buchstaben »T« für seinen Familiennamen de La »Tournelle« unterzeichnen lassen.

15

Ruhig und friedlich lag das Haus im warmen Abendlicht. Bertille goss gerade die Osterglocken vor dem Fachwerk, die ein zeitiger Frühling schon in dicken Büscheln aus dem Boden lockte.

Alix bat Abbé Mirepoix ins Haus, dem noch immer die Genugtuung ins Gesicht geschrieben stand, weil es ihm gelungen war, den alten Seigneur de La Tournelle, den er noch nie leiden konnte, zum Besten zu halten. Dass er seinen jungen Schützling aus einer misslichen Lage hatte befreien können, die nur Nachteile für ihre Arbeit bedeutet hätte, freute ihn umso mehr.

Beim Anblick des Prälaten war die Bertille ins Haus gestürzt und gab sich ganz verzweifelt, als wüsste sie nicht, was sie dem Gast zum Abendessen vorsetzen sollte. Am Morgen hatte sie ein Hähnchen gerupft, und es gab noch ein paar schöne Stücke Hammel zu den Erbsen, die sie am Vorabend gepult hatte. Auf der Stelle verschwand sie in der Küche, um ihre ehrgeizigen kulinarischen Pläne in die Tat umzusetzen.

Als Alix Mathias und Pierrot von ihrem Verdruss berichtet hatte, verwünschten die beiden den Bischof und hofften, er möge dafür irgendwann in der Hölle schmoren.

»Ehe es dazu kommt, wird er mich wohl bald aus dem Erzbistum Reims verjagen«, meinte der Abbé.

»Oh je!«, sagte Alix verwundert, dass der Abbé dieser Drohung so gelassen ins Gesicht sah. »Was wollt Ihr denn dann machen, wenn Euch der Erzbischof verjagt? Wo wollt Ihr dann hin?«

»Das weiß ich noch nicht. Aber das Klima in Reims gefällt mir ohnehin nicht. Dort konnte ich mich eigentlich nur für meine Kräuter begeistern. Ich werde schon noch einen anderen Platz finden.«

»Aber wo denn?«, fragte Alix noch einmal, weil sie sich Sorgen um den Abbé machte.

Allerdings wirkte der Mönch nicht besonders beunruhigt. Ein zufriedenes Lächeln zog über sein rundliches Gesicht, und er sagte ganz zuversichtlich:

»Sollte ich wegen dieses kleinen Skandals, den ich ganz allein ausgelöst habe, aus Reims verjagt werden, habe ich vermutlich zwei Alternativen.«

»Nämlich welche?«, fragte Alix ungeduldig.

»Entweder ich kehre in meine Heimat Lyon zurück, wo mir meine Familie ohne Weiteres einen neuen Posten verschaffen kann.«

»Und die andere Möglichkeit?«

»Ich bleibe hier in Tours.«

»In Tours!«, rief Alix begeistert. »Das gefällt mir tausendmal besser. Dann hätte ich hier endlich noch einen richtigen Freund außer Mathias und Julio.«

»Und was ist mit ›dem Pierrot‹? Zählt der etwa nicht?«, hörte sie plötzlich jemand hinter sich fragen.

»Ach, mein Pierrot!«, rief sie, sprang auf und umarmte den Jungen. »Natürlich bist du auch mein Freund.«

Sie fing an zu lachen und sagte voller Begeisterung:

»Wisst Ihr, Bruder Mirepoix …«

»Bruder André, nennt mich Bruder André.«

Verwundert unterbrach sich Alix einen Augenblick, fuhr aber gleich fort:

»Wisst Ihr, Bruder André, da sind ja auch noch meine Werkstätten und meine Arbeit, und es gibt auch noch Juan und Landry und nicht zu vergessen Bertille und Lisette. Bei allen Heiligen, könnt Ihr euch vorstellen, wie froh ich bin, dass ich als Witwe so eine große Familie um mich versammeln kann!«

»Und was ist mit Eurem Kind, Alix?«

Zärtlich strich Alix über ihren Bauch und umschlang ihn dann mit beiden Armen.

»Gott sei Dank hat es die Pest überlebt.«

Und sie schickte ein dankbares Lächeln zum Himmel.

»Ich glaube, dass mein Kind von Jacquou in kaum einem Monat zur Welt kommen wird. Und ich spüre, dass es ein Junge ist.«

»Ein Mädchen wäre genauso schön«, meinte Mathias leise.

Alix nickte. Zu ihrer großen Freude kehrte ganz allmählich wieder Leben in Mathias – man sah es seinen Augen an, die ab und an wie früher leuchteten. Nach und nach fand er zu seinem alten Selbstvertrauen zurück und schöpfte neue Hoffnung. Auch wenn er nicht recht wusste, wie er mit seinem kleinen Sohn umgehen sollte, der nur von Frauen großgezogen wurde, schien er ihn doch zu lieben und sich an seine Gegenwart zu gewöhnen.

»Ich hoffe, du weißt, Mathias, dass ich immer für Nicolas da sein werde, solange ich lebe, und dass er später einmal einen guten Platz in meiner Werkstatt bekommt, falls er sich für unseren schönen Beruf entscheiden sollte.«

Mathias sah Alix dankbar an und fuhr sich mit den Händen durch sein dichtes Haar, das noch immer die Farbe von reifem Getreide hatte. Vergeblich versuchte er mal wieder, seine widerspenstigen Locken zu bändigen.

»Ja, ich weiß, dass du Nicolas wie deinen eigenen Sohn liebst, Alix.«

Und während die Bertille in der Küche ein üppiges Mahl für alle zubereitete, betrat Julio das Wohnzimmer, in dem es sich Alix, Mathias und der Abbé bequem gemacht hatten.

»Darf ich Euch Julio vorstellen, Bruder André?«, sagte Alix und deutete auf Julio, der die kleine Gesellschaft wie gewohnt auf Italienisch begrüßt hatte und überrascht zur Kenntnis nahm, dass man ihm in seiner Muttersprache antwortete.

»Ihr sprecht also Italienisch?«, sagte er erfreut.

»Ich stamme aus Lyon, und in den Klöstern dort, vor allem in den Bergen, wo ich meine Ausbildung zum Priester absolviert habe, lernen die meisten Mönche Italienisch. Ihr dürft nicht vergessen, dass Lyon auf dem Weg nach Rom liegt.«

Bald stellte sich heraus, dass Abbé Mirepoix Julio sehr zugetan war und dieser seine Zuneigung erwiderte. Es dauerte nicht lange, und sie unterhielten sich mit einhelliger Begeisterung über Rom und den Vatikan.

»Werdet Ihr bald nach Rom zurückkehren?«, fragte ihn der Mönch.

»Ich bin hier hergekommen, um bei Alix zu arbeiten; mein Gönner, Monsignore Jean de Villiers, hat mich geschickt.«

»Bestimmt geht er eines Tages wieder zurück«, sagte Alix nicht ohne Bedauern. »Ich fürchte, hier bei uns fehlt ihm die heilige Atmosphäre des Vatikans.«

»Nur ein ganz klein wenig«, räumte Julio ein. »Ihr wisst doch, dass mir die Arbeit an Euren Webstühlen sehr gut gefällt, Alix. Außerdem liebe ich den Himmel über dem Val de Loire und die schönen Flüsse mit ihren sanften Ufern hier in der Gegend.«

»Fehlt Rom Euch denn gar nicht, Julio? Seid bitte ehrlich; manchmal habe ich das Gefühl, Ihr würdet gern wieder dorthin zurückgehen.«

»Ich glaube, mir fehlt vor allem das religiöse Leben dort.«

»Seid Ihr denn noch nicht zum Priester geweiht?«, fragte der Abbé, der wohl mehr über seinen neuen Freund erfahren wollte, dessen heiteres und ruhiges Wesen er schätzte.

»Nein, Monsignore Jean de Villiers, der für meine Erziehung zuständig war, wollte nichts überstürzen. Er fand es besser, wenn ich mich eines Tages selbst entscheide.«

»Und wie habt Ihr Euch entschieden?«

»Ich weiß es noch nicht, ich bin noch unentschlossen.«

»Ich wäre jedenfalls sehr traurig, wenn Ihr mich verlassen solltet, vor allem zum jetzigen Zeitpunkt«, meinte Alix. »Ich bin überzeugt, dass Ihr ein hervorragender Webermeister werden und Eure eigene Werkstatt in Tours, Paris, Flandern oder sonst wo haben könntet. Das wäre auch möglich, wenn Ihr Geistlicher werdet. Jean de Villiers selbst hat lange den Seidenhandel im Bistum Tours geführt, als er noch Domherr war.«

»Das würde ich auch sehr gern machen«, murmelte der Abbé. »Ja, das wäre genau die richtige Aufgabe für mich!«

Das Abendessen zog sich lange hin. Alix aß jeden Tag mit Mathias, Julio und Pierrot zu Abend, die nach dem Essen in einem Anbau des umgebauten und vergrößerten Hauses schlafen gingen. Jeder hatte ein eigenes Zimmer, in das er sich zurückziehen konnte. An diesem Abend sagte Mathias nicht viel und Pierrot noch weniger; beide hörten stattdessen lieber zu, was Alix, Julio und Abbé Mirepoix zu besprechen hatten. Weil sie es gewöhnt waren, dass sich Alix mit Julio auf Italienisch unterhielt, machte es ihnen keine allzu großen Schwierigkeiten, dem Gespräch zu folgen.

»Erzählt uns doch ein bisschen aus Eurem Leben, Bruder André«, bat Alix an den Mönch gewandt. »Ihr wisst fast alles über uns, und ich weiß von Euch nur, dass Ihr in Lyon geboren seid.«

»Später, meine liebe Alix, später. Solche vertraulichen Gespräche ergeben sich immer unverhofft.«

Alix errötete, und weil sie spürte, dass sie etwas zu weit gegangen war, wechselte sie das Thema und lobte Bertille, die gerade eine prächtige Rhabarbertorte mit einer großen Schüssel frischer Sahne auf den Tisch stellte:

»Ach, Bertille, was für ein Festmahl!«

Nachdem sie sich überzeugt hatte, dass es an nichts fehlte, wartete die Köchin, bis die kleine Gesellschaft schweigend aß, um sich mit einer Bitte an Alix zu wenden:

»Morgen müsst Ihr den kleinen Nicolas mit in die Werkstatt nehmen. Ich muss Holz holen gehen.«

»Ach ja, Bertille, stimmt, das hatte ich ganz vergessen. Aber was macht denn Lisette morgen Vormittag, ist sie nicht zuhause?«

»Nein, sie will Windeln besorgen, weil ihr Kind bald kommt. Das solltet Ihr eigentlich auch machen, Dame Alix. Lisette bereitet alles rechtzeitig vor, was man von Euch nicht unbedingt behaupten kann!«

»Ich verlasse mich eben ganz auf dich, meine gute Bertille. Aber mach dir keine Sorgen wegen Nicolas, ich nehme ihn morgen mit.«

Dann wandte sie sich wieder an den Abbé.

»Ihr müsst heute unbedingt bei uns übernachten, Bruder André. Macht mir die Freude und nehmt meine Gastfreundschaft an. Besser als bei mir könnt Ihr nicht nächtigen. Morgen zeige ich Euch dann meine Werkstätten. Ich möchte Euch auch sehr gern meine neue Arbeit zeigen, die den Titel *Begegnung am Hofe* hat. Auf diesem Teppich gebe ich all die vielen kleinen Begebenheiten und Besonderheiten wieder, die ich immer erleben darf, wenn ich meine Freundin, die Comtesse d'Angoulême, in Amboise oder Chinon besuche.«

»Ich möchte auf keinen Fall Eure Gastfreundschaft über die Maßen strapazieren.«

»Jetzt ist es aber genug, Bruder André! Was soll ich denn da sagen? Schließlich habt Ihr mich bereits zweimal aus den Klauen dieser hasserfüllten Männer befreit. Mit der gemeinen Lüge, zu der sie sich verstiegen hatten, hätten sie mein Leben und meine ganze Arbeit ruiniert! Wer hätte wohl noch einen Wandteppich bei der Witwe eines Webermeisters bestellt, die eine Gefängnisstrafe absitzen musste, weil sie einen kostbaren Gegenstand gestohlen hat?«

Am nächsten Morgen schlief Bruder André noch, als Alix gemeinsam mit Pierrot, der die Wiege mit dem kleinen Nicolas trug, das Haus verließ.

Seit sie ihr Meisterstück für die Gilde fertig hatte und nicht mehr in der Werkstatt übernachtete, waren Mathias und Julio meist schon vor ihr dort.

Auch an diesem Morgen waren sie schon gegangen, als Alix das Haus verließ, und in den Werkstätten waren bereits alle Webstühle in Betrieb, als sie eintraf. Nicolas schlief nicht. Als sie sah, wie er seine kleinen Händchen nach ihr ausstreckte, wurde ihr auf einmal ganz fröhlich zumute. Ab und an nahm sie den Kleinen mit, und wenn sie selbst keine Zeit hatte, ein Auge auf ihn zu werfen, kümmerte sich Pierrot um das Kind. Sobald Nicolas weinte – was nur sehr selten geschah –, griff er nach einem unfehlbaren Mittel: Er schaukelte die Wiege zum rhythmischen Klappern der Webstühle, und im Nu war der Kleine friedlich eingeschlafen.

Die Wiege mit dem kleinen Kind stand immer in einer Ecke der Werkstatt zwischen Wollresten und nicht mehr brauchbaren Fäden, die einen dicken Teppich auf dem Boden bildeten. Seit Arnaude früher den kleinen Guillemin mitgebracht hatte, damit sie weiter arbeiten konnte, störte es Alix nicht, wenn ein Kind in ihrer Werkstatt lachte, weinte, brabbelte oder schlief.

Eben waren Arnold und seine Frau gekommen und kurz darauf

Landry, als Pierrot plötzlich laut schrie: »Da! Es brennt!«, und auf eine Flamme deutete, die aus einer Leinwand züngelte, die am Boden auf ihren Einsatz am Webstuhl wartete.

Arnold drehte sich um und schrie entsetzt:

»Es brennt, Alix! Es brennt!«

Arnaude sprang auf, und ihr leichenblasses Gesicht verriet ihre große Angst vor dem Feuer. Landry nahm ein Tuch, das auf dem Boden lag, und schlug auf die Flamme ein, um sie zu ersticken. Trotzdem wurde sie immer kräftiger und bedrohte alles um sie herum.

»Schnell!«, rief er, »wir müssen das Feuer löschen, sonst breitet es sich immer weiter aus!«

Aber sie hatten kein Wasser. Das musste erst aus einem Brunnen im Hof des Nachbarhauses geholt werden, und währenddessen hatten die Flammen Zeit, sich weiter auszubreiten.

»Feuer! Es brennt!«, schrie Arnaude und stürzte in die andere Werkstatt, wo Julio und Mathias arbeiteten.

Sofort liefen die beiden zur Tür und waren entsetzt von dem Anblick, der sich ihnen bot. Die Flammen hatten an Höhe gewonnen, und auf den Wänden flackerte ihr roter Widerschein.

»Geh Hilfe holen, Pierrot!«, rief Alix und wunderte sich selbst, wie ruhig ihre Stimme klang, obwohl ihr das ganze Ausmaß der Tragödie bewusst war. Aber sie musste Ruhe bewahren und etwas unternehmen. »Lauf los und hol Hilfe! Wir brauchen Verstärkung von den Nachbarn! Trommle so viele wie möglich zusammen. Sie sollen Wasser bringen – schnell!«

Und Pierrot rannte los wie der Blitz. In der Werkstatt versuchten Arnold und Landry die Flammen mit Decken zu ersticken, aber das Feuer war inzwischen so mächtig, dass sie sich ganz umsonst abmühten.

»Nimm die kleinen Teppiche von den Webstühlen, Arnaude,

und bring sie in den Schuppen! Ich will sehen, ob ich die großen abmachen kann.«

Pierrot hatte ganze Arbeit geleistet und kam mit fünf Männern zurück, die alle große Wassereimer dabei hatten.

»Holt noch mehr Leute!«, schrien sie. »Wir müssen eine Menschenkette bilden.«

Alix hatte sie zwar gehört, gab aber keine Antwort, weil sie ihre Gedanken ordnen musste.

»Lauf nach Hause und hol Juan«, sagte sie zu Pierrot. »Er soll ein Pferd und einen Wagen mitbringen, damit wir so viel wie möglich retten können. Versuch die kleinen Webstühle in den Hof zu ziehen, Mathias. Wenn Juan kommt, bevor das Feuer auf den Schuppen übergreift, können wir sie dort in Sicherheit bringen.«

Die eine Werkstatt stand mittlerweile in Flammen. Zehn weitere Männer waren gekommen und bildeten eine Kette bis zu dem Brunnen, aus dem sie das Wasser holten. Die Leute gaben ihr Menschenmögliches, ohne jedoch dem Brand Herr zu werden. Beißender Rauch hing nun in der Luft und nahm ihnen fast den Atem.

Mathias und Julio war es gelungen, die kleinen Webstühle freizubekommen und in den Hof zu ziehen. Doch die Flammen hatten jetzt den Weg durch die Tür genommen und griffen die andere Werkstatt an.

»Schnell, Arnaude, komm und hilf mir!«, schrie Alix. »Wir müssen die Teppiche für die Comtesse abnehmen. Schnell!«

Aber Julio musste ihnen zu Hilfe kommen, weil sie so hoch waren. Er stieg auf einen Schemel, um an die Oberkante des Webstuhls zu kommen. Plötzlich griff das Feuer nach seinen Füßen. Alix warf schnell eine Decke darüber und drückte sie an den Knöcheln fest zusammen, um die Flämmchen zu ersticken, die schon an seinen Beinen hoch züngeln wollten. Der Schmerz brachte ihn aber aus dem Gleichgewicht, und er fiel zu Boden – zusammen mit dem Teppich, den er vorher doch noch losmachen konnte.

Eine Sekunde später hörte man ein hässliches Geräusch. Das Feuer hatte die Kettfäden erreicht. Im Nu rollten sie sich zusammen und verbrannten, und der ganze Webstuhl mit ihnen. Alles ging in Flammen auf.

In der anderen Werkstatt versuchte Mathias inzwischen vergeblich den Hochwebstuhl herauszuziehen, der noch nicht brannte, aber er war viel zu groß und schwer. Hin und wieder gelang es den Männern mit ihren Wassereimern, eine oder zwei Flammen zu löschen, aber sofort zeigten sich neue und größere an einem anderen Ort.

»Nicolas!«, schrie da auf einmal Alix. »Großer Gott, wir haben Nicolas vergessen!«

»Vorsicht, Alix, geh nicht rein! Die Flammen lecken schon an den Wänden! Warte, bis die Männer mit Wasser kommen! Du kannst da nicht rein, da ist überall Feuer!«

»Bist du wahnsinnig, Arnaude! Ich kann Nicolas doch nicht verbrennen lassen.«

»Warte, bitte! Da kommen zwei Männer mit Wasser. Siehst du, sie kommen zu dir!«

Aber Alix wartete nicht. Wie eine Schlafwandlerin lief sie durch die Werkstatt, in der dicker Rauch stand, und begann zu husten. Weil sie nichts sehen konnte, musste sie sich vorwärtstasten. Wolle und Fäden brannten. Endlich sah sie durch den Rauch die Wiege vor sich. Sie stürzte sich auf das Kind und riss es aus seinem Bettchen. Bestimmt weinte Nicolas schon lange, aber in der Aufregung hatte ihn niemand gehört.

Als sie gegen den Türstock prallte, der kurz vor dem Einstürzen war, wäre sie beinahe mit Mathias zusammengestoßen, der vor lauter Rauch röchelte und taumelte. Er nahm ihr sein Kind ab und drückte es an sich.

Es dauerte nicht lange, und Juan kam ihnen zu Hilfe. Er hatte Hector unbarmherzig angetrieben. Abbé Mirepoix war ebenfalls dabei. Als er sah, was sich da für ein Drama abspielte, stieß er laute Flüche aus. Weil er aber auf Italienisch fluchte, konnte ihn sowieso niemand verstehen, selbst wenn man ihn gehört hätte.

Dann zog er seine Kutte aus, damit er nicht irgendwo damit hängen blieb. Unter der Kutte trug er graue Hosen und ein weißes Hemd. Mit beiden Händen griff er den dicken braunen Stoff und schlug damit mit unglaublicher Gewalt auf die Flammen ein, die sich ihm in den Weg stellten. Unterstützt von den Männern mit ihren Wassereimern gelang es ihm sogar, einige zu löschen.

Mittlerweile stand der dichte, beißende Rauch auch im Hof und quälte das kleine Kind, das Alix wieder auf den Arm genommen hatte. Nicolas weinte noch immer, was aber eher ein gutes Zeichen war, denn dann hatte ihn der Rauch nicht erstickt.

Alix legte ihn in sein Körbchen.

»Kümmer' dich um ihn, Juan. Und du hilfst mir, alles einzusammeln, was im Hof liegt, Pierrot! Die Teppiche, die Wolle, die Seide und die Webstühle. Zum Teufel!«, entfuhr es ihr plötzlich, »ich habe meine Kartons für die *Begegnung am Hofe* vergessen!«

Schnell lief sie zu den Resten von dem großen aufgebockten Tisch, an dem die Flammen auch schon leckten, und griff zielsicher nach den Zeichnungen, die zum Glück noch nicht verbrannt waren.

Arnaude bekam einen Hustenanfall.

»Ich kann nicht mehr«, keuchte sie, »ich kann wirklich nicht mehr, Alix.«

»Dann geh mit Juan nach Hause und kümmre dich um Nicolas.«

Das Feuer hatte beide Werkstätten vernichtet, nur der Schuppen wurde gerettet, mitsamt dem wichtigen Vorrat an Wolle, Fäden und Seide. Der Hof, der zwischen den Werkstätten und dem Anbau lag, hatte das Feuer aufgehalten, ehe es das Lager erreichen konnte.

Die kleinen Webstühle waren zwar gerettet, aber die vier großen Hochwebstühle ein Opfer der Flammen geworden. Als Arnold noch immer vor Entsetzen am ganzen Körper zitternd die Brandstätte verließ, meinte er nur, dass absolut nichts mehr zu gebrauchen war.

Und von den Werkstätten war nur noch ein Haufen Holz und Steine übrig. Es würde lange dauern, bis Ruß, Rauch und Asche verschwunden waren.

Zum Glück war Alix so klug gewesen, die Teppiche zu retten. Das hatte sie sehr gut gemacht: Alle abnehmen, zusammenfalten und wegbringen lassen. Sechs Teppiche für Louis XII. und die sechs anderen für die Comtesse d'Angoulême. Einen Teil davon konnte sie in einer anderen Werkstatt fertigstellen lassen – aber in welcher? Würde man ihr vertrauen, wenn sie denjenigen, der den Auftrag vermittelte, nicht sofort ausbezahlen konnte? Und wenn sie im Voraus bezahlte, wurde der Auftrag dann auch korrekt ausgeführt? Eins war jedenfalls klar – in Tours durfte sie nicht auf Hilfe rechnen.

Dabei ergaben sich für sie so viele Fragen ohne Antwort. Auch Arnold stand vor einem Problem. Wo sollte er jetzt arbeiten? Wer würde ihn einstellen? Teppichwebereien gab es in Tours genug, aber wer wollte ihn wohl noch nach der Geschichte mit dem »T« für Tours?

Bei Landry verhielt es sich ähnlich, er war auch ein guter Arbeiter, und ihn würde man in den Werkstätten von Tours nicht wie Luft behandeln.

Sozusagen im Bruchteil einer Sekunde hatte Alix all diese Fragen erwogen. Sie konnte nur Mathias und Pierrot behalten, die an den geretteten kleinen Webstühlen arbeiten sollten. Schließlich gab es auch genug kleine Aufträge, wie das Weihnachtsthema für Johanna von Kastilien und die *Jungfrauen des Vatikans*, die noch nicht fertig waren.

Julio würde bestimmt nach Rom zurückkehren, wenn es hier keine Arbeit mehr für ihn gab, und wer weiß, ob sie ihn dann je wiedersehen würde. Das würde ihr sehr leidtun, weil sie sich immer gut verstanden hatten. Julio hatte nämlich ein äußerst feinfühliges und empfindsames, ja beinahe weibliches Wesen, das sehr gut zu dem von Alix passte.

Dieses neue schreckliche Unglück hatte Alix jedenfalls vollkommen niedergeschmettert, sie war wie erschlagen. Warum musste so kurz nach Jacquous Tod das Feuer ausbrechen? Alle Helfer waren kopfschüttelnd nach Hause gegangen, aber damals ereigneten sich derart viele Katatstrophen, dass man sich nicht lange mit den traurigen Folgen aufhalten konnte, wenn man nicht selbst betroffen war.

Als Alix überschlagen hatte, was alles dank des mutigen Einsatzes ihrer Freunde gerettet worden war, beruhigte sie sich zunächst ein wenig. Nachdem ihr aber die ganzen Probleme bewusst wurden, die nun auf sie einstürzten, begann sie vor Verzweiflung zu zittern.

Was sonst sollte man mit diesen rauchenden Mauerresten machen, wenn nicht sie wieder aufbauen! Aber dazu brauchte sie Geld, viel Geld, noch viel mehr als sie ohnehin für den Kauf neuer Hochwebstühle aufbringen musste.

Den Kopf auf die Arme gestützt, saß Alix vor ihrer Schüssel mit Suppe, die sie nicht angerührt hatte. Vor lauter Halsschmerzen brachte sie kein Wort mehr heraus. Sie war leichenblass, und ihre

Hände zitterten. Vollkommen erschöpft waren Mathias, Julio und Pierrot schlafen gegangen und versuchten die schreckliche Atemnot und all die Konsequenzen der Katastrophe zu vergessen, die sich erst in den kommenden Tagen zeigen würden.

»Ich lasse Euch nicht allein, Alix«, erklärte Bruder André, der als Einziger bei ihr geblieben war.

»Nein, Bruder André, tut Euch das nicht an!«

»Ach was! Ob ich jetzt etwas früher oder später davongejagt werde, spielt doch keine Rolle. Vielleicht bringt diese neuerliche Fahnenflucht die Dinge sogar ins Rollen. In diesem Zustand kann ich Euch auf keinen Fall allein lassen. Ausgeschlossen!«

»Aber was soll ich denn jetzt nur tun?«, fragte Alix erschöpft.

»Nachdenken. Ihr müsst über Eure Zukunft nachdenken. Und ich werde Euch dabei helfen. Ich verfüge über die nötigen Mittel und Unterstützung. Zum Beispiel habe ich einen Halbbruder, der mich liebt und bewundert. Ohne Euch mit Einzelheiten belästigen zu wollen – er ist der legitime Sohn eines großen Seidenhändlers, eines engen Freundes der Familie Le Viste, ich bin sein illegitimer Sohn.«

»Das sind doch die Auftraggeber der berühmten *Dame mit dem Einhorn*!«

»Genauer gesagt ihre Nachfahren. Liebe Alix, bedenkt, dass ich trotz meiner harmlosen Miene, meines runden Gesichts und meines Auftretens, das sich nicht zwischen strengem Mönch und bravem Kind entscheiden kann, wirklich wichtige Menschen kenne und nicht ohne Unterstützung dastehe. Sollte das Vermögen meines Vaters an meinen Bruder gehen, stört mich das wenig! Meine Mutter ist ebenfalls sehr wohlhabend und wird mir alles vererben.«

Er lächelte vielsagend und fuhr fort:

»Falls Ihr eines Tages beruflich nach Lyon kommen solltet,

lernt Ihr bestimmt früher oder später den berühmten Seidenhändler Mirepoix kennen. Er handelt mit ganz Europa.«

Alix sah den Abbé überrascht an. Jetzt zitterte sie nicht mehr, und in ihren Augen zeigte sich ein kleiner Funken Zuversicht.

»Erinnert Ihr Euch noch?«, sagte der Abbé, »vertrauliche Gespräche ergeben sich immer unverhofft, habe ich erst gestern Abend zu Euch gesagt.«

»Ihr habt recht, Bruder André, und ich danke Euch sehr für Euer Vertrauen.«

»Ich bin sicher, dass es Brandstiftung war, und ich werde die Übeltäter finden, Alix! Mein Bruder wird mich dabei unterstützen. Dieses Feuer wurde von Mörderhand gelegt.«

»Glaubt Ihr das wirklich?«

»Ein Fenster in Eurer Werkstatt stand offen. Schließt Ihr sie abends nicht, bevor Ihr geht?«

»Alles andere wäre äußerst unvernünftig. Ehe ich die Werkstatt verlasse, mache ich alle Fenster und Türen zu.«

»Könnte es jemand anders vergessen haben?«

»Ich bin stets die Letzte, die geht.«

»Dann hat jemand das Fenster von außen gewaltsam geöffnet und eine kleine Fackel in die Werkstatt geworfen, die nur langsam anbrennt. Zum Glück ist sie wohl auf irgendetwas gefallen, das nur schwer entflammbar war. Wäre sie auf die Wandteppiche gefallen, hätte es eine Katastrophe gegeben. Alles wäre verbrannt, Euch wäre nichts geblieben – gar nichts, da bin ich mir ganz sicher.«

»Ich bin es leid, ich will nicht mehr kämpfen«, sagte Alix leise. »Ich will nur noch mein Kind. Mehr will ich jetzt nicht.«

»Und wovon soll dieses Kind leben, wenn Ihr eure Werkstätten aufgebt, weil das Feuer sie zerstört hat? So etwas passiert immer wieder, Alix. Wenn keiner den Flammen zum Opfer gefallen ist, gibt es auch keine Toten.«

»Ich sehe, Ihr wollt mir Mut machen.«

»Und das wird mir auch gelingen, vertraut nur Abbé Mirepoix!«

Als Alix dann endlich im Bett lag, fühlte sie sich halbtot vor Erschöpfung, Müdigkeit und Verzweiflung, und die Tränen liefen ihr übers Gesicht. Dabei hatte sie nicht mehr geweint, seit sie sich vorgenommen hatte, sich in die Arbeit zu stürzen, um alles zu vergessen.

»Hier, bitte, trinkt das«, sagte die Bertille und reichte ihr einen beruhigenden Kräutertee. »Danach schlaft Ihr tief und fest wie ein kleines Kind.«

Doch Alix konnte überhaupt nicht einschlafen. Alpträume suchten sie heim, und der Schweiß lief ihr in Strömen über Stirn, Hals und Bauch. Sie bekam hohes Fieber, es überfiel sie heimtückisch, und sie brüllte vor Schmerzen, während sie ihren Bauch mit beiden Händen umklammerte.

Von dem Geschrei aufgeschreckt, kam die Bertille und betrachtete entsetzt das leichenblasse Gesicht von Alix; ihre Wangen waren eingefallen und ihre Nase ganz spitz. Als sie ihre heiße Stirn befühlt hatte, schüttelte sie traurig den Kopf.

»Ihr habt hohes Fieber, das gefällt mir gar nicht. Ich geh Lisette wecken, sie soll einen Arzt holen.«

»Nein, lass Lisette schlafen«, murmelte Alix halb im Delirium. »Sie ist doch auch schwanger und muss sich ausruhen.«

»Dann muss eben Juan gehen.«

»Nein, Bertille. Frag Mathias, er wird das für mich machen.«

Das sollten ihre letzten Worte sein, ehe sie bewusstlos wurde. Sie zitterte jetzt am ganzen Körper und klapperte mit den Zähnen. Den Kopf warf sie von einer Seite auf die andere, wobei er wie ein glatter, schwerer Stein aufs Kopfkissen klatschte. Die Schwerkraft schien ihn immer wieder nach unten zu ziehen, und sie verzerrte ihr Gesicht vor Schmerz.

Eine Stunde später war Mathias noch immer nicht zurückgekommen, obwohl er Jason genommen hatte, um schneller zu sein. Alix delirierte und wälzte sich in ihrem Bett. Immer wieder schleuderte sie die Decke weg und schlug mit unvorstellbarer Kraft mit den Fäusten auf das Bettgestell ein.

Bertille hatte Lisette dann doch geweckt und sie gebeten, sich zu Alix zu setzen, damit sie einen neuen fiebersenkenden Tee aufsetzen konnte.

Schließlich weckte sie Pierrot, der nach den Anstrengungen des Tages wie tot schlief, und schickte ihn los, Arnaude zu holen, falls der Doktor zu spät eintreffen sollte. Und das war sehr gut, weil Mathias irgendwann mit der Nachricht zurückkam, der Arzt wäre bei einem anderen Kranken, weshalb er nicht wusste, wann er zu Alix kommen könnte.

Ein schrecklicher Schrei von Alix weckte Abbé Mirepoix, der sofort aus dem Bett sprang. Weil seine Kutte bei dem Feuer verbrannt war, hatte ihm Mathias Kleider geliehen, in die er jetzt schnell schlüpfte. Und in dem Aufzug sah er eher wie ein braver Kaufmann als wie ein Geistlicher aus.

»Ich glaube, sie kommt nieder«, meinte die Bertille beunruhigt. »Sie schreit wie eine Frau, wenn sie ein Kind bekommt. Aber das hohe Fieber macht mir Sorgen.«

»Gebt ihr jetzt nichts zu trinken«, ordnete Bruder André an. »Ich bin Apotheker und kenne mich mit Heilpflanzen aus. Ich will ihr eine Arznei machen, die ihr helfen wird.«

Er ging und kam kurz darauf mit einer kleinen hellbraunen Ledertasche wieder, die aus allen Nähten platzte, weil sie bis an den Rand mit getrockneten Pflanzen, Heilmitteln und verschiedenen Arzneien gefüllt war.

Aber der Zustand von Alix besserte sich nicht, ganz im Gegenteil. Sie bäumte sich immer wieder auf und schrie Jacquous Namen. Dann starrte sie mit leerem Blick die Decke an und sank entkräftet auf ihr Bett zurück.

Eine halbe Stunde später hatte Bruder André seine stark und geheimnisvoll riechende Medizin fertig und kam mit einer dampfenden Tasse zu Alix. Doch sie wehrte sich und biss die Zähne zusammen, weil sie nichts davon schlucken wollte. Zum Glück war nun auch Arnaude eingetroffen. Zu dritt hielten sie Alix fest und flößten ihr den heilsamen Trank ein. Der arme Pierrot hatte große Angst und war so müde, dass er sich wieder in sein Bett verzogen hatte. Mathias kam herein, die Sorge stand ihm ins Gesicht geschrieben. Was sollte aus seinem Sohn werden, wenn Alix sie alle verlassen würde? Und was wurde aus ihm? Wo sollte er hin? Er hatte Alix geliebt, ehe er sich für Florine entscheiden musste! Und Alix hatte nun nach und nach bei ihm den Platz seiner lieben Frau eingenommen. Worauf konnte er ohne sie noch hoffen?

»Das Kind kommt!«, rief Arnaude plötzlich.

Und Alix stieß einen grauenhaften Schrei aus, wie einen Todesschrei, den man nie wieder vergessen würde. Ein Schwall Blut strömte ihre Beine hinunter und färbte die Leintücher dunkelrot.

»Gütiger Himmel! Wir brauchen eine Hebamme!«, rief die Bertille verzweifelt. »Wer hätte denn gedacht, dass sie gleich sechs Wochen zu früh niederkommt!«

»Ich geh die Hebamme holen«, sagte Arnaude, aber Bertille hielt sie zurück.

»Ich fürchte, das ist nicht nötig. Bleibt lieber bei ihr. Euch kann sie besser brauchen als eine Hebamme, wenn das alles erst vorbei ist.«

Und die Bertille sollte Recht behalten. Alix schrie noch immer, hatte aber kaum noch Fieber – die Arznei des Abbé hatte geholfen. Doch dann kam ein neuer Blutschwall, und diesmal wurde daraus ein zäher bräunlicher See, der sich um sie herum im Bett ausbreitete.

Mathias war verschwunden, aber Julio, der tief und fest in seinem Zimmer geschlafen hatte, war nun von dem Geschrei aufgewacht und zu ihnen gekommen. Als er die aufgeregten Frauen und das schwarze, schleimige Blut überall auf dem Bett sah, wurde ihm übel und er konnte nicht hinsehen, sondern lehnte sich mit dem Gesicht an die Wand. Bruder André nahm ihn verständnisvoll am Arm und sagte:

»Ihr müsst nicht hier bleiben, geht lieber zu Mathias und leistet ihm Gesellschaft. Hier könnt Ihr doch nichts tun.«

Dann trat er wieder an ihr Bett. Ganz unbewusst hatte Alix die Beine auseinandergenommen und sich wieder aufgerichtet und presste jetzt mit einem letzten schrecklichen Schrei ein kleines unförmiges Bündel heraus, das keinen Laut von sich gab. Der Abbé hatte schon einigen Wöchnerinnen beigestanden – immer waren es einsame, verängstigte Frauen aus seiner Pfarrei gewesen, die ihn um Hilfe angefleht hatten.

Deshalb erkannte er auch sofort, dass dieses kleine Wesen tot zur Welt gekommen war. Aber er ließ Arnaude gewähren, die das Kind genommen hatte und mit dem Kopf nach unten hielt. Doch es half alles nichts, kein Schrei war zu hören.

16

Und wieder vergingen düstere, traurige Tage. Alix war sehr krank und wollte einfach nicht gesund werden. Weder ihr Körper erholte sich von den vergangenen Strapazen, noch ihre Stimmung, und in den wenigen Stunden, die sie schlief, plagten sie nach wie vor Alpträume.

Sie war ganz abgemagert, weil sie kaum etwas aß. Während es ihr bisher nie an Kraft gefehlt hatte, war sie nun so schwach, dass sie sich nicht in Arbeit stürzen konnte, um zu vergessen, wie sie es bei Jacquous Tod getan hatte.

Bertille gab sich die allergrößte Mühe und ließ sich immer neue Gerichte einfallen, von denen sie hoffte, sie würden den Appetit ihrer Patientin anregen. Doch es war vergebliche Liebesmüh, und Alix verfiel immer wieder in düstere Apathie.

Dabei musste sie unbedingt wieder gesund werden. Bruder André verwickelte sie so oft es ging in Diskussionen, um sie aus ihrer unnatürlichen Trägheit zu locken, hatte aber damit genauso wenig Erfolg wie die Bertille. Alix war einfach nicht mehr die alte, und Mathias seufzte verzweifelt, wenn er sie in diesem traurigen Zustand sah. Er wagte es gar nicht, den kleinen Nicolas zu ihr zu bringen, weil er fürchtete, das würde ihr Gemüt noch mehr bedrücken. Dass sie kein Kind von Jacquou mehr in die Welt setzen konnte, war für sie eine schreckliche Vorstellung. Was hatte sie nur verbrochen, dass der Himmel sie so hart bestrafte?

»Er bestraft Euch nicht, Alix«, versuchte ihr Bruder André zu erklären. »Er will Euch nur auf die Probe stellen, um herauszufinden, wie viel Kraft Ihr habt.«

»Aber ich bin doch am Ende, Bruder André. Ich kann nicht mehr. Aller Mut und jegliche Hoffnung sind mir verloren gegangen.«

»Und genau jetzt, wenn Ihr glaubt, Ihr wärt am Ende Eurer Kräfte, müsst Ihr handeln, damit Ihr nicht noch tiefer fallt.«

»Ich kann doch gar nicht mehr tiefer fallen, Bruder André«, schluchzte sie. »Es kommt mir so vor, als hätte ich alles verloren, ehe ich auch nur irgendetwas gewinnen konnte.«

Er nahm ihre Hand und hielt sie fest. Abbé Mirepoix hatte eine kräftige Hand, und seine warmen, geschickten Finger beruhigten sie ein wenig. Er sah sie mit seinen verschmitzten Augen an und führte dann ganz langsam und zärtlich ihre Hand an seine Lippen, und sein Mund liebkoste ihre Finger.

Sie spürte, dass sie rot wurde, und eine winzigkleine Sekunde lang war sie verlegen und verwirrt. Dann entzog sie ihm ihre Hand und legte sie auf ihr Knie.

»Habe ich Euch jetzt ein wenig durcheinandergebracht? Genau das wollte ich nämlich, damit Ihr wenigstens einen Augenblick lang nicht an Euer Unglück denkt. Ich freue mich sehr, dass es mir gelungen ist!«

Er lächelte sie schelmisch an und sagte vergnügt:

»Schaut doch nicht so streng! Ich will Euch doch nur ein wenig den Hof machen, solange ich keine Kutte habe. Es dauert nicht lang, und ich werde wieder eine tragen. Dann ist alles vorbei, und ich benehme mich wieder genau wie früher.«

Er beugte sich über sie, bis sich ihre Oberkörper beinahe berührten. Sein Hemd, das er von Mathias geliehen hatte, duftete nach den getrockneten Kräutern, die die Bertille zwischen die saubere Wäsche legte.

»Lasst es mich ein Weilchen genießen, dass ich kein Mönch mehr bin, sondern einfach ein Mann, der sich in Euch verliebt hat. Seit ich Euch kennengelernt habe, ertappe ich mich immer wieder bei dem Gedanken, ich hätte mich in eine hübsche Frau verlieben und wie so viele andere verliebte Männer auch in diese höllische Falle geraten können.«

Alix sah ihn mit großen Augen verwundert an.

»Bitte erlaubt, dass ich noch einmal Eure Hand nehme. Bald darf ich sie nicht mehr an meine Lippen führen. Ich will versuchen, ihren Duft einzufangen, damit ich ihn nie wieder vergesse. Glaubt mir, ich habe das noch nie zuvor getan, Alix. Und ich bin glücklich, dass ich es jetzt mit Euch gewagt habe. Ich hätte es allerdings gern besser gemacht«, gestand er nach einer Pause und nahm wieder ihre Hand.

Alix wusste nicht, was sie sagen sollte, aber er hatte recht gehabt: Das kleine Intermezzo lenkte sie ab, ohne sie in irgendeiner Weise zu beunruhigen, sie dachte nicht mehr an Jacquou, auch nicht an das Feuer und nicht einmal mehr an ihr totgeborenes Kind.

»Schon als Ihr damals im Garten hinter der Kathedrale von Reims auf mich zukamt, Alix, fand ich Euch sehr verführerisch.«

Sie lachte nervös.

»Bei Eurem misstrauischen und mürrischen Anblick hatte ich aber gar kein gutes Gefühl. Beinahe wäre ich auf der Stelle umgekehrt.«

»Ihr habt es jedenfalls sehr gut verstanden, mich für Euch einzunehmen, Alix, und das wusstet Ihr auch. Nicht zuletzt mit Euren klugen Antworten. Damals ahnte ich aber natürlich noch nichts von der Freundschaft, die uns eines Tages verbinden würde.«

Da machte sie plötzliche eine Bewegung, ganz unüberlegt, wie aus einem inneren Zwang heraus musste sie den Akt vollziehen, dessen Folgen die harmlosen Wünsche des guten Bruder André zerstören konnten. Sie erwiderte seinen zärtlichen Blick, kam ihm immer näher und berührte seinen Mund mit ihren Lippen.

Einen Augenblick lang liebkosten sie ihn, dann bewegten sich seine Lippen unter ihren ein wenig, er öffnete den Mund, und ihre Zungen berührten sich ganz kurz.

Da löste sie sich endlich wieder von ihm.

»Sehr schön«, sagte er leise und ernst. »Jetzt lerne ich also auch Euren Mund kennen.«

Sein sonst meist lebhaft gerötetes Gesicht war blass, und seine Augen strahlten. Er stand auf und machte ein paar Schritte zum Fenster. Alix spürte seine Erregung, weil er sie nicht ansehen wollte und seltsam still war. Sie musste jetzt etwas sagen, damit das Erlebnis etwas von seiner Unerhörtheit verlor, nicht aber von seiner Vertraulichkeit.

»Ihr habt mich überzeugt, André. Ich will weiterkämpfen.«

Langsam drehte er sich zu ihr um und sah wieder aus wie gewohnt.

»Das ist sehr gut, und ich bin der glücklichste Mann der Welt.«

Als er den winzigen Schimmer von Kampfgeist in ihren Augen wiederentdeckte, den er so gut an ihr kannte, fuhr er fort:

»Bitte gestattet mir, Euch ein wenig mit Geld auszuhelfen. In ein paar Tagen will ich nach Lyon reisen und meine Familie um eine kleine Barschaft bitten, die mir gehört, die ich aber nicht benötige. Ihr könnt mir das Geld zurückgeben, wenn Eure Werkstatt wieder normal arbeitet. Seid Ihr einverstanden?«

»Ja, André.«

Der kleine Mönch Mirepoix fand es köstlich, dass ihn diese wunderbare, schöne Frau, die ihm eben einen unvergesslichen Kuss geschenkt hatte, André nannte.

»Darf ich Euer treuer und ergebener Freund werden, Alix?«

»Ja, André.«

Und wieder genoss er den Klang seines Vornamens, der aus dem Mund von Alix nach Honig, Blumen und Glück schmeckte. André – was für ein schöner Name! Noch nie hatte er ihm so gut gefallen.

Mathias wagte nicht, mit Alix über das tote Kind zu sprechen. Er wusste einfach nicht, wie er es anfangen sollte, obwohl er sie gern getröstet hätte. Weil sie auch nicht darauf zu sprechen kam, redeten sie gar nicht darüber.

Abbé Mirepoix hatte sich auf den Weg nach Lyon gemacht und sein Versprechen eingelöst – er brachte Alix das zugesicherte Geld, mit dem sie einen Weber bezahlen konnte, der an den bestellten Teppichen weiterarbeiten sollte, bis sie wieder eine funktionierende Werkstatt hatte.

Julio, dem sie voll und ganz vertraute, war nach Paris aufgebrochen, um dort einen Weber ausfindig zu machen. Denn seit der heiklen Geschichte mit dem »T«, das sie auf ihren Teppichen angebracht hatte, herrschte in Tours eisige Stimmung. Und die Verleumdung und die Katastrophe mit dem Feuer, die sie gerade erlebt hatte, sprachen Bände. Weil sie aber nicht wusste, wer ihr feindlich gesinnt war und wer nicht, wollte sie lieber einen Weber aus Paris für sich arbeiten lassen.

Die beiden Flachwebstühle waren in einem Raum in ihrem Haus aufgestellt worden. Dort arbeiteten Mathias und Pierrot an den kleineren Teppichen und hatten so zu tun, bis Alix zurück sein würde. Sie plante eine Reise nach Flandern, um dort ihr Meisterstück vorzustellen und bei einer Bank in Lille, Arras oder Brügge ein Darlehen zu beantragen.

Der März ging zu Ende, und es hieß, im April sollte alles wieder gut werden. Die Pest war mittlerweile so weit weg, dass jeder nur noch an bessere Zeiten dachte, an fette grüne Wiesen, goldene Getreidefelder, an die Ernte- und Lesemonate, an das ganz alltägliche kleine Glück, das das Jahr für einen bereithielt.

Es war Abend, und Alix setzte sich an den Tisch, weil sie der Comtesse d'Angoulême einen Brief schreiben wollte. Sie hatte sich schon viel zu lange nicht mehr bei ihr gemeldet. Leider gab es nun wieder keine guten Nachrichten zu berichten!

Alix stützte das Kinn in die Hand und überlegte. Seit sie einigermaßen gesund war und ein wenig von ihrer guten Laune wiedergefunden hatte, schmiedete sie Pläne für ihre Reise, die bis zu einem Jahr dauern konnte.

Deshalb musste alles bestens vorbereitet sein. Sobald sie das Darlehen hatte, wollte sie das Geld Mathias schicken, dem Hüter ihres Erbes, damit er die Werkstätten wieder aufbauen und zwei oder drei Hochwebstühle kaufen konnte. Anschließend sollte er so viele Leute wie nötig einstellen, damit die Herstellung der Teppiche wieder aufgenommen werden konnte.

Sie war überzeugt, dass sie das Darlehen bekommen würde. Immerhin hatte sie Pfand genug. Die großen Wandteppiche für den König und die für die Comtesse d'Angoulême bürgten für ihre Zahlungsfähigkeit. Schließlich handelte es sich dabei um wirklich bedeutende Aufträge, um die sie gewiss viele andere Weber beneideten.

Nachdem sie ihre Gedanken geordnet hatte, nahm sie Feder und Pergament aus dem Schreibtisch und begann den Brief an ihre Freundin Louise:

Liebe Louise,

es ist mir auf einmal schrecklich peinlich, dass ich Euch so viele schlechte Nachrichten überbringen soll, aber das lässt sich nun

nicht ändern. Zum Glück habe ich das Gefühl, dass ich ganz allmählich wieder zuversichtlicher werde; vielleicht sehe ich wieder klarer, wenn ich diesen Brief beendet habe.
Die furchtbare Häufung von Katastrophen wirft für mich doch viele Fragen auf, für die ich keine Antworten habe. Was habe ich nur getan, dass der Himmel so gar nicht meine Gebete erhört?
In Eurem letzten Brief habt Ihr mir geschrieben, dass Euer Leben in ruhigen Bahnen verläuft, liebe Louise, ohne bedrückende Sorgen. Die Königin hat zunächst einmal keinen Thronfolger geboren, und es sieht auch nicht so aus, als könnte sie irgendwann einen in die seidene Wiege betten, die sie schon vor so langer Zeit vorbereitet hat. Möge sie sich mit ihrer Tochter trösten. Und Euer Cäsar wird also den Thron besteigen.
Was nun aber mich betrifft, so bestand mein Leben in letzter Zeit aus einer Reihe von Unglücksfällen. Meine Werkstätten wurden von einem Feuer zerstört, aber die schönen Teppiche für Euch konnten wir glücklicherweise retten – genau wie die für den König. Doch habe ich alle vier Hochwebstühle bei dem Brand verloren und muss neue kaufen. Ihr könnt Euch vorstellen, dass das mit gewaltigen Unkosten verbunden ist.
Weil ich ohnehin in den Norden reisen muss, um der Gilde mein Meisterstück vorzustellen, möchte ich mich dort an einen der vielen Geldverleiher wenden. Ob in Lille, Arras oder in Brügge, ich muss einen finden, der mich nicht ausnimmt und mir einen anständigen Preis macht. Ich brauche das Geld unbedingt, damit ich meine Werkstätten wieder in Betrieb nehmen kann.
Abgesehen von meinen finanziellen Schwierigkeiten suche ich noch einen Paten für mein Meisterstück. Glaubt Ihr, ich dürfte den König bitten, die Patenschaft zu übernehmen, Louise?
Für mich wäre es besonders wichtig, dass ich der Gilde einen einflussreichen Paten nennen kann, weil ich eine Frau bin.

Ihr wisst, dass sich die Zunftrichter kaum zu meinen Gunsten entscheiden werden, wenn ich allein und hilflos diesen ganzen Männern ausgeliefert bin, die mich verächtlich und voller Überheblichkeit mustern.
Solltet Ihr den König dazu überreden können, mir diese große Gunst zu erweisen, würde ich erst nach Amboise kommen, ehe ich in den Norden weiterreise. Natürlich würde ich sowieso sehr gern Euch und Eure Kinder wiedersehen. François muss ja schon ein richtiger junger Mann sein.
Bei der Gelegenheit wollte ich Euch auch noch fragen, ob ich Juan und Lisette bei Euch lassen dürfte? Lisette kommt bald nieder, und ich möchte sie nicht mittellos in Tours zurücklassen. Auch wenn Euer Hofstaat nicht so groß ist wie der von Königin Anne, weiß ich doch, dass es Lisette bei Euch an nichts fehlen würde und sie ihr Kind unter den bestmöglichen Bedingungen bekommen könnte. Selbstverständlich würde ich Euch den Lohn für sie nach meiner Rückkehr ersetzen.
Ich darf diesen Brief aber nicht beenden, Louise, ohne Euch auch das zu erzählen, was noch viel trauriger ist als das furchtbare Feuer. In der Nacht nach der Feuersbrunst hatte ich eine zu frühe Geburt, und mein Kind ist tot zur Welt gekommen. Ich muss immer wieder weinen und sträube mich gegen den Gedanken, nun nie mehr ein Kind von Jacquou zu bekommen, dem Mann, den ich so sehr geliebt habe, den ich verehrt und angebetet habe und auf den ich die wenige Zeit, die er hier auf Erden verbringen durfte, gehört habe.
Bitte antwortet mir bald, liebe Louise. Ich brauche Euren Zuspruch!
In inniger Zuneigung

Alix.

Alix musste sich nur wenige Tage gedulden, bis die Antwort von Louise eintraf. Sie erhielt den Brief kurz bevor Bruder André nach Tours zurückkam.

Meine liebe Alix,

es hat mich sehr traurig gemacht, dass Euer neugeborenes Kind tot zur Welt gekommen ist. Das ist eine schwere Prüfung, und Euch gehört mein ganzes Mitgefühl. Das Leben kann so grausam sein, dass man vollkommen ratlos zurückbleibt. Aber Ihr wisst doch, nur die gehen unter, die nicht kämpfen.
Eure zerstörten Werkstätten sind nur ein vorübergehendes Malheur. Bestimmt baut Ihr sie wieder auf und macht Euch von Neuem an die Arbeit. Ich bin überzeugt, Euer Mut lässt Euch nicht im Stich.
So leid es mir tut, muss ich Euch noch eine schlechte Nachricht mitteilen. Der König hält sich zurzeit in Italien auf, um dort seine Interessen durchzusetzen, und wird vermutlich nicht vor Ende des Sommers von diesem Kriegszug zurückkehren. Wenn Ihr auf seine Rückkehr wartet, könnte das Eure eigene Abreise erheblich verzögern. Habt Ihr denn sonst gar niemanden, der für die Patenschaft geeignet wäre? Ich weiß, dass Eure Erfolgsaussichten ohne eine solche Unterstützung äußerst gering sind, man darf aber auch nicht von vornherein an ein Scheitern glauben. Falls Ihr niemand finden solltet, empfehle ich Euch einen meiner Freunde, den Ihr selbst auch kennt, nämlich Robinet Testard, meinen Illuminierer. Ihr wisst ja, dass er Euch für sehr begabt hält und Euch bewundert. Das hat er Euch mehr als einmal gesagt. Er hält viel davon, wie Ihr Menschen und Tiere darstellt, und ist begeistert von Euren Teppichen. Als Maler genießt er ein gewisses Ansehen unter den Illuminierern;

wahrscheinlich gehört er nicht zu den größten unter ihnen, aber immerhin ist er bekannt und wird sehr gerühmt.
Gebt mir einfach Bescheid, wenn Ihr nach Amboise kommt.
Natürlich können Juan und Lisette bei mir bleiben, solange Ihr auf Reisen seid. Macht Euch keine Sorgen wegen Lisettes Entbindung, es wird bestens für sie gesorgt. Falls das für Euch ebenfalls eine Erleichterung wäre, könnt Ihr auch gern Euren Araber und Eure spanischen Maultiere bei mir unterstellen. Man wird sie gut pflegen und füttern, das könnt Ihr mir glauben.
Liebe Alix, ich freue mich jetzt schon sehr auf Euren Besuch in Amboise.
Herzliche Grüße, auch von meinen Kindern

Louise.

Als Alix den Brief gelesen hatte, war sie wie vor den Kopf geschlagen. Was sollte sie nur ohne die Patenschaft des Königs tun? Allein sein Name konnte sie von den anderen Männern unterscheiden, die ebenfalls ihre Werke der Gilde präsentieren wollten. Die Zunftmitglieder würden beim Namen Robinet Testard nur müde lächeln – auch wenn er ein guter Illuminierer war.

»Warum reist Ihr nicht nach Neapel? Vielleicht könntet Ihr den König dort treffen«, meinte Abbé Mirepoix, der äußerst zufrieden aus Lyon zurückgekehrt war.

»Nach Neapel! Nein, das ist unmöglich. Ich muss nach Flandern, nicht nach Italien.«

Kaum hatte sie das gesagt, als ihr eine Idee kam. Warum sollte sie eigentlich nicht nach Italien fahren, wenn sie dann von Flandern aus Mathias das nötige Geld schickte, damit er die Arbeit an ihren Aufträgen wieder aufnehmen konnte? Sie wäre auch so nur etwa sechs Monate unterwegs.

»Nur mal angenommen, ich würde nach Italien reisen, warum sollte ich dann nicht gleich nach Rom fahren. Julio könnte mich begleiten. Ich bin sicher, Monsignore Jean de Villiers würde mir diesen Gefallen nicht verweigern. Wahrscheinlich würde er die Patenschaft sogar zu Ehren von Jacquou übernehmen.«

Sie nickte entschlossen, weil sie sich immer mehr mit dieser Idee anfreundete, die sie für eine der besten hielt, die sie in letzter Zeit gehabt hatte.

»Was haltet Ihr davon, wenn Ihr uns begleiten würdet, André?«

Niemand störte sich daran, dass Alix ihren neuen Freund, den Mönch, einfach bei seinem Vornamen nannte, und jeder wusste, dass sie eine ganz besondere Freundschaft zusammenschweißte. Ein Kirchenmann war und blieb aber unanfechtbar, und diese Gewissheit genügte allen.

Bruder André Mirepoix war über den Vorschlag von Alix äußerst überrascht. Nach Italien! Er! Der Lyoner, der noch nie in diesem Land gewesen war! Ein verführerischer Gedanke. Eigentlich war es höchste Zeit, dass er sein Schneckenhaus verließ und sich von dem kleinen Apothekermönch verabschiedete, der immer nur Heilpflanzen verzeichnete. Er hatte sich lange genug zurückgezogen. Sein Bruder Jacques hatte schon oft zu ihm gesagt: »Werde endlich Domherr und sieh zu, dass du es in der Kirche zu etwas bringst. Unsere mächtige Familie kann dich dabei unterstützen.« Manchmal fügte er sogar noch hinzu: »Du bist der Klügere von uns beiden, du hast mehr Verhandlungsgeschick und mehr Talente als ich. Worauf wartest du also noch? Wie lange willst du noch in dieser kleinen Provinzpfarrei vor dich hinmodern, anstatt deine brillanten Fähigkeiten unter Beweis zu stellen?« Ja, Jacques rügte seinen Bruder zu Recht. Aber André wusste auch, dass diese zehn bescheidenen Jahre für ihn ein Segen gewesen waren, weil nun der andere André zum Vorschein kommen konnte. Der kleine

Mönch Mirepoix vollzog eine große Verwandlung, weil seine Begegnung mit Alix alles in ihm in Bewegung gesetzt hatte.

»André!«, raunte sie.

Der Mönch fuhr zusammen. Ach, dieser Vorname! Wie schön klang sein Name, wenn er so zärtlich ausgesprochen wurde.

»Natürlich begleite ich Euch! Zwei ritterliche Begleiter sind besser als einer. Und bevor wir nach Italien fahren, machen wir einen Abstecher nach Lyon, da habe ich noch etwas zu erledigen, was uns für unsere weiteren Unternehmungen sehr nützlich sein dürfte.«

»Das ist sehr gut, mit Julio und Euch fühle ich mich ganz sicher. Ich glaube, endlich wird alles wieder gut.«

Als schließlich alles geklärt war, verabschiedeten sie sich dann auch bald. Alix wollte die Abreise nicht länger hinauszögern, zu viel ging ihr durch den Kopf, ständig hatte sie neue Ideen. Die Reise war ebenso dringend wie notwendig, ihre ganze berufliche Existenz hing davon ab. Und ihren beruflichen Ehrgeiz konnte sie steigern oder verdoppeln, wenn nicht sogar auf weitere Unternehmungen ausdehnen – schließlich war der Ehrgeiz das Einzige, was ihr geblieben war.

Liebevoll umarmte sie Mathias, der sie nicht gleich wieder losließ. Er drückte sie an sich, und sie ahnte, dass er ihren Duft in sich aufsog, um ihn nur ja nicht zu vergessen. Sie flüsterte ihm einige aufmunternde Worte zu, versicherte ihn ihres Vertrauens und ihrer aufrichtigen Liebe und bat ihn, während ihrer Abwesenheit der Herr über das gesamte Anwesen zu sein. Natürlich versprach sie ihm auch, niemals den kleinen Nicolas zu vergessen.

Doch als seine Umarmung allzu eng wurde, löste sie sich vorsichtig von ihm. So sehr sie ihn mochte, Alix wollte diesen Abschied nicht mit einem verheißungsvollen Kuss beenden. Sie wollte frei und unabhängig gehen.

Zum Schluss beugte sie sich über den kleinen Nicolas. Gott, war das Kind schön! Die rotblonden Haare, die er von seinem Vater geerbt hatte, umrahmten sein gesundes pausbäckiges Kindergesicht. Und mit den gleichen blauen Augen wie sein Vater blickte er neugierig in diese Welt, die er schon jetzt am liebsten zu umarmen wollen schien.

Alix drückte dem Kind einen dicken Kuss auf jede Backe und übergab ihn der Fürsorge von Bertille und Pierrot, der ein Lächeln versuchte.

»Pass gut auf ihn auf, Pierrot. Wenn ihm etwas zustößt, mache ich dich dafür verantwortlich.«

»Warum denn das? Der Kleine hat doch schließlich einen Vater!«, lehnte sich der junge Mann auf.

Aber in seinen Augen blitzte der Schalk, und Alix wusste, dass sie sich auf ihn verlassen konnte.

»Solange ich auf Reisen bin, hat sein Vater anderes zu tun, als sich ständig um seinen kleinen Sohn zu kümmern. Und vergiss nicht, dass du auf Mathias hören musst. Er ist jetzt dein Herr. Er wird es auch in die Hand nehmen, neue Leute einzustellen, wenn ich ihm erst genug Geld geschickt habe, damit er die Werkstätten wieder aufbauen kann.«

17

Als der Winter zu Ende ging, war die Pest endgültig gebannt, und der Hof bereitete seine Rückkehr nach Amboise vor.

Die Königin und ihre Tochter Claude und die Comtesse d'Angoulême mit ihren Kindern, ihren Zofen Antoinette und Jeanne und deren Tochter Souveraine richteten sich seit dem Morgengrauen für den Aufbruch.

Schildknappen und Diener, Lakaien und Zimmermädchen, Knechte, Köche und Barbiere, Wachen zu Fuß und zu Pferd waren auf den Beinen, eilten aufgeregt hin und her und zankten sich bei den Wagen, von denen die am schwersten beladenen das Schlusslicht der Kolonne bildeten.

Die vornehmen Kutschen mit herausgeputzten, nervös tänzelnden Pferden und geschlossenen Sänften bildeten die Spitze, und so setzte sich an einem schönen Aprilmorgen die Equipage in Bewegung. Als der Konvoi in einem Dorf Halt machte, schlossen sich ihm Bauernjungen und Mädchen in der Hoffnung auf Arbeit an. Nachdem viel Personal des königlichen Hofes vor der Pest geflüchtet war, wurden in diesem Frühjahr viele neue Arbeitskräfte eingestellt.

Überall auf den Straßen entlang der Loire herrschte Jubel, Trubel und Heiterkeit. Das Unglück, das so viele Menschen gefordert hatte, war überstanden und die Erleichterung groß. Die Aussicht auf ein geräumiges Schloss und ein luxuriöseres, dem Hofe Frankreichs angemessenes Leben munterte sogar niedergeschlagene Gemüter auf.

Es war ein kühler, aber schöner, sonniger Morgen, und Louise hatte sich für den friedlichen Orion entschieden, der gern gemächlich dahintrabte.

Die rund zwanzig Meilen von Romorantin nach Amboise bewältigte der Konvoi ohne Zwischenfälle in gut zehn Stunden – eine ausgiebige Mittagspause eingeschlossen.

Der Konvoi aus Pferden, Sänften, Wagen und den Karren mit den Tieren war sehr früh am Morgen aufgebrochen und näherte sich nun allmählich den engen Ufern des Beuvron. Die Straße war zwar sehr gut ausgebaut, aber schmal. In Chaumont, wo es bereits lebhafter zuging, mündet der Beuvron dann in die träge dahinfließende, breite Loire.

Königin Anne weigerte sich hartnäckig, ihre Sänfte zu verlassen, weil sie ununterbrochen ihre Tochter beobachten wollte, um sicherzugehen, dass es ihr auch wirklich an nichts fehlte. Die arme Königin hatte schon zu oft erlebt, dass ein Kind von ihr bald nach der Geburt gestorben war, und sorgte sich deshalb ständig, der Kleinen könnte etwas zustoßen. Und die kleine Claude war zwar ein schwächliches Kind, schien aber mit einem großen Lebenswillen ausgestattet.

Die Ufer des Beuvron färbten sich zartgrau und wirkten unter dem blassblauen Himmel besonders sanft. Als man schließlich zur Loire abbog, waren alle aufgeregt und wie befreit. Louise ritt in Begleitung von Antoinette und Gonfreville, ihrem neuen Schildknappen, an der Spitze des Konvois.

»Seht nur, Louise«, rief Antoinette plötzlich.

Vor ihnen auf der staubigen, schnurgeraden Straße, deren Ende sich im Laubwerk der hohen Bäume verlor, kamen zwei Gestalten auf sie zu. Sie waren aber noch zu weit entfernt, als dass Louise sie erkennen konnte.

Als sie schließlich näher kamen, nahmen ihre Umrisse allmählich Gestalt an. Eine Frau mit einem Kind an der Hand schritt langsam auf sie zu und schien nicht zu bemerken, dass ihr Gonfreville mit seinem Pferd entgegenkam.

»Was die beiden hier wohl machen?«, fragte Louise. »Anscheinend wollen sie nicht zur Seite gehen. Reitet doch einmal zu ihnen, Gonfreville, und fragt sie nach ihrem Begehr.«

Seigneur de Gonfreville war Anfang fünfzig, ein wenig griesgrämig und äußerst selbstbewusst. Nachdem er mehr als zwanzig Jahre in den Diensten des Grafen d'Angoulême gestanden hatte, arbeitete er nun nach dessen Tod für seine Witwe. Zwischendurch hatte sie ihn allerdings aus finanziellen Gründen an einen anderen Herrn abtreten müssen. Ihr neuer Reichtum erlaubte es ihr aber, ihn wieder zu übernehmen.

Der Schildknappe trennte sich von dem Trio und war mit wenigen schnellen Sätzen bei der Frau. Louise und Antoinette sahen ihm zu, wie er mit geübter Hand sein Pferd wendete und neben dem Kind zu stehen kam, das die Hand seiner Mutter losgelassen hatte. Die Frau war höchstens dreißig Jahre alt, und ihr faltiges Gesicht wollte nicht recht zu ihrem noch erstaunlich blonden Haar passen.

»Wo ist die Mutter unseres zukünftigen Königs?«, rief sie mit einer Stimme, die fast herausfordernd klang, nachdem sie so lange geschwiegen hatte.

Sie war wie eine Landfrau gekleidet, sauber und ordentlich, hatte aber nichts Bäuerliches an sich. Das Kleid und ihr Umhang waren sehr abgetragen, und man konnte sich denken, dass es ihre besten Sachen waren.

Ihre Stimme war so laut und durchdringend, dass sie auch Louise und Antoinette gut verstehen konnten.

»Ich habe Euch nichts zu sagen«, rief sie dem Schildknappen zu. »Ich möchte mit Madame Comtesse d'Angoulême sprechen, der Mutter von François de Valois.«

Verärgert wendete Gonfreville sein Pferd erneut und kam zu Louise zurück, die aber inzwischen bei dem Jungen angekommen war, der ein wenig zögernd vor seiner Mutter herging.

Aus der Nähe sah sie, dass er wohl nicht mehr ganz so jung war, wie seine zierliche Gestalt vermuten ließ. Vermutlich war er einige Jahre älter als ihr eigener Sohn, und sie schätzte ihn auf zwölf oder dreizehn Jahre.

»Ich bin die Comtesse d'Angoulême« stellte sie sich vor, wobei sie sich aufsetzte und ihren Rocksaum ordnete.

Sofort stellte sich die Frau dem friedlichen Orion in den Weg, fasste nach dem Fuß von Louise, der im Steigbügel steckte, und sprudelte los:

»Mein Sohn ist ein vornehmer und gebildeter junger Mann, geschaffen für das Leben am Hof und nicht das eines erbärmlichen Bauernburschen oder Stallknechts. Habt doch die Güte und nehmt ihn zu Euch, liebe Comtesse. Er wird Euer ergebener Diener sein und Euch wie ein Schatten folgen.«

Sie klammerte sich mit ihrem ganzen Gewicht an Louise und hätte sie beinahe vom Pferd gezogen.

»Was soll das?«, schimpfte Gonfreville und packte sie unsanft. »Schaut, dass Ihr weiterkommt und nehmt Euren Sohn mit!«

»Ich gehe nur allein!«, schrie die Frau und wehrte sich mit Händen und Füßen gegen den Schildknappen. »Und mein Sohn bleibt bei Eurer Eskorte!«

»Dann soll er ans Ende des Konvois zu den anderen Bittstellern gehen und sich bei der Intendantur melden. Wir machen keine Ausnahmen. Wenn er angestellt wird, kann er mit uns nach Amboise kommen. Andernfalls schicken wir ihn wieder heim.«

Von den fordernden Händen der Frau befreit, fand Louise auf Orion wieder zu ihrem Gleichgewicht und musterte interessiert den Jungen, der sie aufmerksam ansah.

Das schwächlich wirkende Kind war von geradezu vornehmer Schönheit, was überhaupt nicht zu dem einfachen, aber aggressiven Auftreten der Mutter passte. Seine langen blonden, gerade geschnittenen Haare umrahmten ein makelloses Gesicht, das von einem der italienischen Maler hätte stammen können, die gerade sehr angesagt waren. Sein sanfter Blick, seine weiße Haut und seine stolze Haltung machten Louise und Antoinette sehr neugierig.

»Lasst die Frau los, Gonfreville! Sie soll sagen, was sie will.«

Damit sprang sie von ihrem Pferd und stand nun neben der Mutter. Mit der spontanen Reaktion der Gräfin hatte die Frau wohl nicht gerechnet, weil es ihr zunächst einmal die Sprache verschlug. Dafür ergriff der Junge das Wort und erklärte wortgewandt und erstaunlich unbefangen:

»Meine Mutter hat mich zu einem vornehmen Herrn erzogen, aber wir haben kein Geld und keinen, der uns unterstützt, und das ganze Dorf macht sich über uns lustig.«

Er machte ein paar Schritte auf Louise zu. Marguerite und François wunderten sich, warum es nicht weiterging, und waren neugierig aus ihrer Kutsche gestiegen.

»Meine Mutter hat mir eine solide Bildung und gute Manieren beigebracht. Sie will nicht, dass ich mich mit den einfachen Leuten einlasse, und besteht darauf, dass ich für das Leben am Hofe bestimmt bin.«

Die Kinder von Louise kamen zu ihr, und Königin Anne steckte den Kopf aus ihrer Sänfte und wollte von ihren Zofen wissen, was sich da draußen abspielte.

Louise sah ihre Kinder, denen sich Souveraine angeschlossen hatte, liebevoll an. Dann wandte sie sich an den Jungen, der inzwischen etwas mutiger wirkte.

»Und was ist mit deinem Vater?«, fragte sie ihn. »Wo ist er, und was will er?«

»Meine Mutter hat mir nie gesagt, wie er heißt, und ich kenne ihn nicht. Der Herr ist nur kurze Zeit im Anjou gewesen. Als er auf seine Ländereien zurückkehrte, trug mich meine Mutter unter ihrem Herzen.«

»Warum richtet Ihr Euer Gesuch nicht an die Königin?«, fragte Louise nun an die Mutter gewandt.

»Weil sie nur Bretonen nimmt.«

Die drei Kinder sahen sich an, wagten Louise, die jetzt zufrieden lächelte, jedoch keine Frage zu stellen. Da meldete sich aber auch schon wieder der Junge zu Wort:

»Soweit ich weiß, ist mein Vater ein vornehmer Mann aus dem Bergerac. Und das ist, glaube ich, nicht weit weg von Eurer Wahlheimat, Madame Gräfin«, bemerkte der Junge und verneigte sich so tief er konnte vor Louise.

Louise war ihre Verwunderung anzumerken, und sie musste zugeben, dass er sich sehr gewählt ausdrückte.

»Richtig«, antwortete sie. »Du scheinst ja einiges über mich zu wissen. Ich bin zwar in Savoyen geboren, aber die Gegend von Angoulême ist tatsächlich meine Wahlheimat.«

In den Kutschen hinter Louise regte es sich.

»Was ist denn hier so Wichtiges los, dass wir so lange aufgehalten werden?«, wollte die Königin wissen, die nun auch aus ihrer Sänfte gestiegen war.

»Weil ich soeben meinen ersten Pagen eingestellt habe, Hoheit. Mir scheint, das dürfte mir der Hof von Amboise wohl zugestehen.«

Die Königin musterte den sprachlosen Jungen und die verdutzte Miene seiner Mutter und entgegnete hochmütig:

»Was habt Ihr Euch denn da ausgesucht, meine liebe Louise? Unsere Pagen kommen für gewöhnlich aus den besten Adelsfamilien.«

Mit einem herablassenden Blick streifte sie die traurige Gestalt, die sich in ihren abgetragenen Umhang gewickelt hatte und befürchtete, man würde sie gleich der Gunst berauben, die schon zum Greifen nah gewesen war.

Louise und die Königin maßen sich gegenseitig mit Blicken.

»Mir scheint, dieser junge Mann stammt sehr wohl aus gutem Hause«, sagte Louise und lächelte spöttisch. »Ich versichere Euch, Hoheit, in weniger als sechs Monaten haben wir seinen Vater ausfindig gemacht, und nach weiteren sechs Monaten wird dieser Page Eurem Hof zur Ehre gereichen und das Ansehen unserer übrigen Pagen schmälern.«

Dann nahm sie ihre Geldbörse aus weißem Satin und reichte sie der Frau.

»Macht Euch keine Sorgen um Euren Sohn. Ich kümmere mich darum, dass er ein mustergültiger Page wird.«

Ohne ein weiteres Wort nahm die Königin wieder in ihrer Sänfte Platz, und ihr Geleitzug verabschiedete sich vom Beuvron und setzte sich am Ufer der Loire in Richtung Amboise in Bewegung. Die mächtigen Umrisse des Schlosses konnte man bereits erkennen, obwohl es allmählich dunkel wurde.

»Wie heißt du eigentlich, Kleiner?«

»René, Madame.«

Louis XII. war aus Italien zurückgekehrt und verbrachte einige Monate auf dem Schloss. Er schien so zufrieden über die gute Gesundheit seiner Tochter, dass er sich weniger um sie als um den jungen Herzog von Valois kümmerte.

Wenige Tage nach seiner Rückkehr hatte er den Kindern von Louise die jungen Herren Robert de La Marck und Philippe de Chabot vorgestellt. Beide waren dem Charme von Amboise sofort erlegen, und ihre Begeisterung kannte keine Grenzen.

Eine Woche später traf Anne de Montmorency mit einer ganzen Schar von Dienstboten ein, die umgehend in Allgemeinbesitz übergingen.

Marguerite war hingerissen von den geistreichen Reden des jungen Montmorency, mochte aber ebenso de La Marcks forsche Art und das feurige Temperament von Chabot – lauter Qualitäten, die sie schon an ihrem jüngeren Bruder schätzte und die sie nur für sich einnehmen konnten.

Die Kinder von Louise d'Angoulême und diese fröhliche Schar, zu der sich auch noch die ungestüme Souveraine gesellte, bildeten bald eine eingeschworene Gemeinschaft.

Eines Tages verlangte Louis XII., der einen wunderbaren Sommer und einen sonnigen und warmen Herbst auf Amboise verbracht hatte, als die Strahlen der untergehenden Sonne das Loiretal goldrot färbten, nach dem Abendessen ein Gespräch mit Louise.

Ein kalter, harter Winter stand bevor, und in dem Raum, der alles beherbergte, was der König liebte – an den nackten Wänden hingen die verschiedensten Waffen, Schilde, Piken, Hellebarden, und Büchsen –, brannten gewaltige Holzscheite in einem riesengroßen Kamin und verbreiteten wohlige Wärme bis hin zu den Spitzbogenfenstern.

Louise trug wieder einmal ein dunkelgrünes Kleid, das ihre goldenen Pupillen besonders gut zur Geltung brachte. Ein schwarzes Samtband hielt ihre rotblonde Haarpracht zusammen, und um den Hals trug sie einen kleinen Smaragd an einer Silberkette.

Sie öffnete die Tapetentür, die von dem dunklen Gang zu den Privatgemächern des Königs führte, und ging die Wendeltreppe hinunter zum Waffensaal. Der Eingang war nur von zwei Öllampen beleuchtet, die an einem großen Eisengestell an der Decke hingen.

Ehrerbietig näherte sie sich dem König und machte eine tiefe Verbeugung vor ihm. Er nahm ihre Hand und führte sie zu einem Pult, das passend zu den Tapeten mit Brokat bezogen war.

»Ihr habt nach mir verlangt, Sire. Da bin ich.«

»Was mich über die Maßen erfreut, meine liebe Louise.«

Der König trat zum Kamin, und es sah so aus, als würde er sich eine Weile ganz in den Anblick der Funken vertiefen, die über dem Feuer tanzten, bis er zu Louise zurückkam.

»Ihr seid wirklich mehr als verführerisch, meine liebe Cousine! Dieses Smaragdgrün steht Euch ausgezeichnet; es macht Euch noch bezaubernder, als Ihr ohnehin seid.«

Weil Louise keine Antwort auf dieses Kompliment gab, lehnte er sich an eine der weißen Steinwände und nahm eine Büchse in die Hand, deren Lauf sehr schön mit Silber verziert war. Er hielt sie mal mit der einen, mal mit der anderen Hand, bewunderte sie mit einem leisen zufriedenen Seufzer und hängte sie an ihren Platz zurück.

»Ich muss einige Einzelheiten, Eure Zukunft betreffend, mit Euch besprechen. Gefällt Euch die Gegend um Amboise?«

»Nicht nur die Gegend, Sire, ich bin entzückt von dem Schloss Amboise.«

»Nun, nachdem mir die Königin eine Erbin geschenkt hat, habe ich noch immer keinen direkten Thronfolger, und Euer Sohn François steht nach wie vor an erster Stelle. Ich habe die Hoffnung aufgegeben, einen Sohn zu bekommen, und der Eure ist gegenwärtig die zweitwichtigste Person im Königreich. Ich bin mehr denn je der Überzeugung, dass er eines Tages den Thron besteigen wird.«

Louise sah den König an und wartete ab, ob er fortfahren wollte. Es erstaunte sie sehr, dass er so ganz ohne Umschweife auf dieses heikle Thema zu sprechen gekommen war.

»Der Duc de Valois soll wie ein Königssohn behandelt werden. Dafür trage ich Sorge, Louise.«

Er nahm ihre Hand in seine große Hand, die für ihren Geschmack etwas zu glatt und weich war.

»Fühlt sich François denn hier auch so wohl wie Ihr, meine liebe Cousine?«, fragte er mit Bedacht. »Hat er Freude am Leben auf Amboise?«

»Mehr als Ihr ahnen könnt, Sire! Ihr habt ihn ja so mit Eurer Gunst überhäuft.«

Louis XII. ließ die Hand der Comtesse d'Angoulême los und ging zurück zum Kamin, in dem es knisterte und krachte wie bei einem Gewitter an einem flammendroten Himmel. Louise sah ihm nach und versank dann selbst in der Betrachtung der hohen, beruhigenden Flammen, in deren Schein die Feuerböcke orangerot leuchteten.

»Ich bin mittlerweile leider nicht mehr der Jüngste, und die Provinz Mailand, die ich erobert habe, vegetiert vor sich hin. Unsere Truppen haben Neapel eingenommen, König Friedrich ist entthront. Es wird Zeit, dass ich mich anderweitig orientiere.«

»Was ist mit Kardinal d'Amboise, den Ihr in Mailand eingesetzt habt, Sire?«

»Er hintergeht mich, indem er ganz offen Anspruch auf das Pontifikat erhebt. Zum Glück agiert er aber wenigstens nicht gegen meine Ziele und Ideen.«

»Hat da nicht auch Cesare Borgia ein Auge drauf?«

»Freilich, er versucht an Terrain zu gewinnen. Deshalb ruft mich Neapel ja auch zur Hilfe. Aber wie ich bereits sagte, ich habe nicht vor, dorthin zurückzukehren. Ich werde den Herzog von Nemours nach Neapel schicken.«

Er schob den Brokatvorhang, der vor dem Fenster hing, zur Seite und sagte:

»Neapel ist dabei, an Ansehen zu verlieren. Ich glaube, ich werde die italienischen Provinzen ein wenig vernachlässigen und mich nach Spanien wenden. Karl, der Sohn von Kaiser Maximilian, macht mir Sorgen. Dieser Mann schielt mir viel zu sehr nach Italien. Ich habe ihm zwar schon den Weg dorthin versperrt, indem ich meine Tochter Claude seinem Sohn zur Frau geben will, aber das scheint ihn nicht weiter von seinen Plänen abgebracht zu haben.«

Louise wusste nicht recht, worauf der König hinauswollte, und sah ihn weiter aufmerksam an.

»Außerdem gefällt mir dieses Arrangement gar nicht mehr. Inzwischen mache ich mir andere Hoffnungen und muss Maximilian gegenüber sehr geschickt vorgehen, um Frankreich nicht weiter zu schädigen. Die angekündigte Verlobung des jungen Karl V. mit meiner Tochter, Claude de France, hat meines Erachtens wenig Aussagekraft.«

»Aber was ist mit der Bretagne, Louis!«, rief die Comtesse. »Ihr wollt Frankreich doch hoffentlich nicht wieder verstümmeln?«

»Aber nein, liebe Cousine! Auch wenn ich der ergebene Diener der Königin bin, teile ich doch nicht alle ihre Ansichten. Und am wenigsten die, die die Bretagne betreffen!«

Sein Blick schweifte gedankenverloren über die Waffen an der weißen Steinmauer.

»Zu diesem Zweck will ich eine Klausel in den Vertrag einfügen, die den Plan der Königin durchkreuzt. Sie versucht nämlich zu verhindern, dass ihr Herzogtum Bretagne unter Umständen an Euren Sohn fällt.«

»Was für eine Klausel?«

»Eine Klausel, die ich selbstverständlich mit allen Ständevertretern absprechen werde. Falls meine Gattin und ich sterben sollten, ohne dass wir einen männlichen Erben haben, soll meine Tochter nicht Karl V. heiraten, sondern Euren Sohn François d'Angoulême, Duc de Valois.«

Erschrocken sprang Louise auf. Es war nicht schwer sich vorzustellen, wie empört die Königin über diese neue Vereinbarung sein würde. Mit Sicherheit würde sich Anne mit allen Mitteln gegen eine Heirat ihrer Tochter mit François wehren. Offensichtlich befürwortete auch Anne de Bretagne eine Ehe zwischen Karl V. und der kleinen Claude. Hatte sie sich denn etwa nicht vor ihrer Heirat mit Karl VIII. bereiterklärt, ihre Bretagne Maximilian zu überlassen? Ein Verrat, den der König von Frankreich so schnell nicht vergessen würde. Louise lächelte ihn an. In solchen Angelegenheiten war sie viel zu geschickt, um jetzt etwas zu entgegnen und damit womöglich den Stolz ihres Herrn zu verletzen. Sie hatte seine Anspannung längst bemerkt. Wie um sich selbst zu beruhigen, fuhr er aber gleich fort:

»Wie auch immer, meine liebe Louise, aus der Hochzeit von Karl V. und meiner Claude wird nichts. Ich muss diesen Vertrag nur pro forma unterzeichnen, um die Königin zu besänftigen.«

»Eure Eingebung ist zweifellos die Beste, Sire.«

»Vielleicht«, meinte der König skeptisch. »Auf jeden Fall wünsche ich, dass wir einige Jahre vergehen lassen, ehe wir über das Schicksal unserer Kinder entscheiden; bis dahin sehen wir dann auch, welche Zukunft sich für Spanien abzeichnet.«

Die Flammen im Kamin wurden immer niedriger und verlangten nach neuer Nahrung.

»Inzwischen soll Euer Sohn Amboise in Besitz nehmen. Wenn Ihr hier allein mit Euren Kindern lebt, ist das angenehmer für Euch. Ich habe deshalb beschlossen, auf mein Schloss in Blois zurückzukehren.«

»Blois ist eine sehr schöne Residenz, lieber Cousin, und zudem ja auch Eure Heimat. Die Menschen von Blois lieben und achten Euch.«

»Das ist wahr, und es ist mir auch gelungen, ihre Bewunderung für mich zu erwidern.«

Louise warf dem König einen komplizenhaften Blick zu.

»Es ist immer gut, wenn ein König dort regiert, wo er geboren wurde.«

Louis verstand ihre Anspielung sofort.

»Wollt Ihr damit vielleicht sagen, dass man nie auf Anne hören wird?«

»Aber nein, Sire! Ich meine lediglich, dass unser braves Volk nur einem Einzigen gehorchen kann.«

Der König holte tief Luft, drehte sich dann plötzlich zu seiner Cousine um, musterte sie mit zusammengekniffenen Augen und sagte:

»Wie auch immer, Blois wird der glanzvollste Hof von ganz Europa. Wir planen übrigens auch, das Schloss zu renovieren und mit allem erdenklichen Komfort auszustatten.«

Unruhig lief er auf und ab, trat wieder vor den Kamin und betrachtete seine Waffen, um aber gleich zu Louise zurückzukommen.

»Richtet Euch in Amboise ein, meine liebe Louise, und macht es Euch hier recht behaglich. Die jungen Herren de Montmorency, Chabot und La Marck können in den Westflügel ziehen, und Ihr übernehmt den Haupttrakt, den wir Euch bald überlassen.«

Die Vorstellung, nicht mehr Tür an Tür mit Königin Anne leben zu müssen, begeisterte Louise. Allerdings konnte sie sie nun nicht mehr ständig ausspionieren, um jeden ihrer Pläne zu vereiteln, und das störte sie etwas.

Anmutig verabschiedete sich Louise vom König und hüllte sich, ehe sie ging, in den hermelingesäumten Mantel, den ihr Catherine gereicht hatte. Irgendwie kam ihr die Luft jetzt klarer und kälter vor – ein harter Winter stand wohl bevor.

Sie gingen durch den Innenhof, der zum Hauptturm führte, und sahen die Kinder, die in ihr Spiel vertieft waren. Eine fröhliche Gesellschaft, noch weit entfernt von den Pflichten des Regierens.

Catherine warf ihnen einen verstohlenen Blick zu, weil sie immer neugierig auf ihre neuen Spiele war. Mit ihren fünfzehn Jahren träumte sie oft von einer Kindheit, die sie nicht gehabt hatte. Sie seufzte tief und lief dann aber wieder brav neben der Comtesse her.

»Weißt du, was ich am schönsten daran finde, wenn ich die Kinder so spielen sehe, Catherine?«, fragte Louise auf einmal ganz vergnügt.

»Nein, Madame.«

»Dass Marschall de Gié nicht bei ihnen ist.«

»Das kann ich allerdings gut verstehen, Madame.«

Sie mussten lachen und blieben stehen. Wenn sie so fröhlich war, wirkte Louise genauso jung wie ihr Kammermädchen.

»Kommt bitte einmal mit, Madame«, bat Catherine nun wieder ehrerbietig. »Von hier aus können wir sie beobachten, ohne selbst gesehen zu werden.«

Auf einem Vorsprung mit hohen Bäumen waren sie hinter dem dichten Laub verborgen, konnten aber durch die Äste hindurch sehr gut die lustige, wilde Gesellschaft erkennen.

Louise machte es wie Catherine und trat an das Geländer. Als sie die Jungen heftig diskutieren hörte, beugte sie sich über die steinerne Brüstung, die sie halb verdeckte, um besser sehen zu können.

»Lasst uns *escoigne* spielen«, schlug Philippe vor, der nach François am mutigsten war.

»Die beiden haben aber doch gar nicht genug Kraft, um den Ball zu schlagen«, wandte Robert ein und deutete auf die zwei Mädchen.

»Ich kann sehr wohl *escoigne* spielen«, sagte Marguerite, »ich kann den Ball nur nicht so weit werfen.«

»Das stimmt gar nicht«, widersprach ihr François eifrig. »Du wirfst ihn sehr gut, und manchmal kommst du fast genauso weit wie ich.«

Marguerite lächelte ihren Bruder an, und Louise oben auf ihrem Aussichtsplatz war sehr zufrieden mit ihren Kindern.

»Gehen wir und lassen die Kinder spielen, Catherine. Sie haben alle Zeit der Welt zu lernen, was das Leben bedeutet.«

Den Kindern wurde nicht kalt, und während Louise und ihr Kammermädchen ins Schloss zurückgingen – die eine gut gelaunt und die andere immerhin zufrieden, ihre Herrin so entspannt zu sehen –, übernahm François weiter die Verteidigung seiner Schwester.

»Robert hat recht«, meinte der junge Montmorency, »machen wir lieber Scheibenschießen oder ein anderes Ballspiel.«

»Das sagst du nur, weil du beim Schießen besser bist als alle und gewinnen willst«, schimpfte der kleine, stämmige Philippe.

Aber Marguerite und François waren einverstanden.

»Gut, dann holen wir jetzt die Pfeile.«

»Du schaust uns zu, Souveraine, weil du noch nicht schießen kannst.«

Dabei hatte Souveraine viel mehr Spaß an dieser Art von Wettspielen als Marguerite. Sie war nicht ängstlich, wenn es darum ging, sich zu verteidigen oder anzugreifen, und wenn Louise sie wie eine Löwin kämpfen sah, erkannte sie das Ungestüm ihres Gatten, das er auch an François vererbt hatte.

Marguerite kam mehr nach ihrer Mutter und war nicht so

ungestüm. Weil sie sehr nachdenklich, aufmerksam und fleißig war, beteiligte sie sich eigentlich nur an den Spielen im Freien, um François Gesellschaft zu leisten, und dann auch nur, wenn Geschicklichkeit und Kalkül gefragt waren.

Mit der abgerundeten Spitze seines Schwerts zog François eine lange Linie auf dem Boden und befahl den anderen Kindern, sich mit einem Fuß davor und dem anderen auf der Linie aufzustellen.

Als Anne de Montmorency die Scheibe an den Baum hängte, der am weitesten von ihnen entfernt stand, entging ihm nicht der flüchtige Blick, den ihm Marguerite zuwarf. Sie mochte den großen blonden Jungen gern, der sich so geschmeidig wie eine stets sprungbereite Raubkatze bewegte, und spürte jetzt schon, dass zwischen ihm und François eine große Freundschaft entstehen sollte.

Die Kinder stellten sich an der Linie auf. Jedes hatte einen gespannten Bogen und nahm einen der Pfeile, die mit verschiedenfarbigen Kerben gekennzeichnet waren. François griff immer nach dem gelben, Marguerite wählte den weißen. »Das sind ja auch die Farben der Margerite«, hatte Souveraine einmal lachend gemeint, und seitdem blieben Gelb und Weiß die Spielfarben der beiden Kinder.

Marguerite hatte sich auf den Boden gesetzt und sah zu, wie die Pfeile flogen. Als sie Philippe einen Blick zuwarf, fing ihn der kleine, stämmige und ein wenig untersetzte Junge wie einen Ball im Flug auf und schickte ihn an sie zurück. Mit seinem lockigen schwarzen Haar und dem kecken Blick sprühte er nur so vor Lebensmut.

Marguerite sprang auf und drängte sich zwischen ihren Bruder und Souveraine, die sich bei diesem Spiel ziemlich ungeschickt anstellte und unter dem Gelächter der Jungen bereits drei Pfeile hatte fallen lassen. Aber Souveraine ließ sich nie aus der Ruhe bringen und versuchte es so lange, bis es ihr gelang.

»Sie setzt offenbar auf die Hinhaltetechnik«, spottete Robert.

Souveraine sah ihn zornig an, aber da befahl François auch schon ungeduldig: »Los geht's!«

»Eins, zwei, drei!«, rief de Montmorency.

Die Pfeile schossen los, und alle – bis auf den von Souveraine – trafen ins Ziel und bohrten sich in die Scheibe.

»Du hast gewonnen, François!«, rief Marguerite. »Dein Pfeil ist genau in der Mitte.«

Annes Pfeil steckte wenige Millimeter neben dem des Siegers. Robert und Marguerite hatten auch nicht schlecht gezielt, aber der Pfeil von Philippe war so am Rand der Scheibe gelandet, dass er nicht zählte.

Die Gesichter der Kinder waren ganz rot von der eisigen Kälte, aber sie merkten es nicht. Doch dann tauchte Marschall de Gié auf und erklärte das Spiel für beendet. Gleichmütig, kühl und kompromisslos, aber auch wie immer sehr gerecht – der Lehrer, der sich nach wie vor nicht mit Louise verständigen konnte, befand sich in Hochform. Mit großer Hingabe unterrichtete er diese fröhliche Truppe und hatte große Pläne, deren Mittelpunkt natürlich immer François war.

18

»Was ist das nur für ein köstlicher Duft! Wunderbar! Ihr müsst unbedingt einmal daran riechen, Antoinette!«, versuchte Jeanne die teilnahmslose Antoinette zu verführen. Die Stickarbeit, mit der sie sich zuvor beschäftigt hatte, war längst auf ihre Knie gerutscht.

»In Cognac und auch in Angoulême hatten wir nie solch einzigartige Düfte«, fuhr Jeanne fort. »Dieser hier kommt aus Spanien, hat mir die Parfümhändlerin erzählt.«

Jeanne wunderte sich über die Interesselosigkeit ihrer Freundin und wollte nicht locker lassen.

»Es duftet nach Zimt und Mandeln, und ein ganz klein wenig nach Zitrone und Iris.«

Sie machte eine Pause, seufzte und fuhr dann gereizt fort:

»Antoinette! Bitte hört jetzt endlich auf, an Eure Tochter zu denken und riecht an dem Parfüm!«

Weil Antoinette hartnäckig schwieg, wurde Jeanne nun richtig ärgerlich und schimpfte:

»Ihr könnt doch nicht die ganze Zeit über das Schicksal von Madeleine nachdenken! Sie fühlt sich wohl in ihrem Kloster. Die Nonnen von Saintes haben es immer wieder bestätigt. Was wollt Ihr denn noch? Glaubt Ihr etwa immer noch, sie bräuchte eigentlich einen Mann? Riecht lieber endlich an meinem neuen Parfüm.«

Antoinette hatte die Augen halb geschlossen, lag mit ausgestreckten Beinen auf einer der steinernen Bänke hinter der Schlossterrasse und ließ ihren Gedanken freien Lauf. In diesen abgeschiedenen Park voller Blumen und Schatten spendenden Bäumen verirrte sich keine Wache, kein Hellebardier und kein Bogenschütze. Auf Louises Wunsch blieb ein Teil der Gartenanlage von Amboise ausschließlich für sie und ihre Zofen reserviert.

Jeanne betrachtete ihre weiter vor sich hin träumende Freundin und kehrte zu einem gemäßigten, beinahe flehentlichen Ton zurück:

»Ich bitte Euch, Antoinette, riecht einmal daran!«

Endlich gab die Freundin nach, drehte sich zu ihr um und schnupperte einen Augenblick an ihrem Arm.

»Mir ist es zu lieblich, aber zu Euch passt es wirklich sehr gut. Es scheint für blonde Frauen gemacht zu sein.«

»Ja, das finde ich auch«, sagte Jeanne erleichtert über die Antwort, die sie sich gewünscht hatte. »Habt Ihr denn gar nichts bei der Parfümeurin bestellt?«

»Diesmal nicht. Ich gestehe, ich habe mich aber von ein paar perlenbesetzten Haarnadeln verführen lassen, die mich ein kleines Vermögen gekostet haben.«

»Das hätte Euer schönes Haar doch gar nicht nötig, Antoinette, während Eurem Arm oder Hals ein so wunderbarer Duft schon gut stehen würde.«

Wieder hielt sie der Freundin ihren Arm hin, die sich endlich darüber beugte, um besser riechen zu können, woran sich Jeanne so berauschte.

»Zu mir passt ein schweres Parfüm besser«, fand sie und zog die Beine an. »Ich habe zum Beispiel gar nichts gegen Moschusduft.«

»Auch wenn Ihr dieses Parfüm zu süß findet, Antoinette, am Hofe von Blois macht es gerade Furore. Versucht nur einmal einen Hauch davon am Hals, und sämtliche Männer verlieren wegen Euch den Kopf.«

Antoinette musste lachen, hob ihr Kinn, fuhr sich mit der Hand über den Hals und ließ sie dann kurz auf ihrer nackten Schulter ruhen.

»Seid Ihr sicher, dass es an Euren Parfüms liegt, wenn Ihr den Männern den Kopf verdreht, Jeanne?«

Jetzt musste auch Jeanne lachen.

»Wie könnt Ihr es wagen, nicht mehr an die Magie der Düfte zu glauben? Sogar die dezentesten Düfte würden Euch verzaubern. Riecht doch einmal an diesem hier!«

Und wieder streckte sie ihren Arm aus und hielt ihn der Freundin unter die Nase, weil sie sie aber einfach nicht dafür begeistern konnte, wandte sie sich plötzlich einem anderen, ebenso belanglosen Thema zu.

Antoinette sah zu, wie sie ihren weißen Busen aus dem malvefarbenen Samtmieder befreite und ihre linke Brust in der Hand wog.

»Habt Ihr auch schon dieses Wasser versucht, das die Brüste fester machen soll?«

»Du liebe Güte!«, lachte Antoinette laut los. »Für wen sollen Eure Brüste denn so fest sein wie die von einem jungen Mädchen?«

Beleidigt verstaute Jeanne ihre Brust wieder in der seidenen Hülle.

»Ihr lasst Euch wirklich gehen, Antoinette«, gab sie zurück. »Eure Taille wird immer dicker, und Euer Teint ist auch nicht mehr so weiß wie früher.«

»Mag sein, dass meine Taille etwas rundlicher geworden ist, dafür sind meine Beine immer noch sehr schlank, während Eure Knöchel wie geschwollene Froschbäuche aussehen!«

»Vielleicht sind meine Knöchel nicht mehr so zierlich wie früher, Antoinette«, antwortete Jeanne, die den Vergleich mit den

Fröschen wenig schmeichelhaft fand, »aber Eure Hüften sind auch nicht mehr, was sie einmal waren, und wenn Charles noch am Leben wäre, könnte er sie bestimmt nicht mehr umarmen.«

»Charles ist aber tot, liebe Freundinnen, und ich wäre Euch dankbar, wenn Ihr ihn in Frieden ruhen lassen würdet«, ertönte eine Stimme in ihrem Rücken.

Jeanne und Antoinette waren so in ihr Gespräch vertieft gewesen, dass sie Louise gar nicht kommen gehört hatten.

»Ich finde, man sollte die Erinnerungen gelegentlich wachrufen«, verteidigte sich Antoinette geschickt und nahm wieder ihre Stickarbeit zur Hand.

»Auch um festzustellen, dass man nicht alles vergessen hat«, murmelte Jeanne.

Die Comtesse d'Angoulême streckte ihre Arme aus und bewegte die Handgelenke, an denen silberne Armreifen klirrten. Dann sah sie ihre Freundinnen vergnügt an und fragte freundlich:

»Wollt Ihr Euch nicht wieder einen Gefährten suchen, Jeanne? Irgendwann solltet Ihr wieder heiraten. Und hier in Amboise mangelt es nicht an guten Partien. Wir werden darüber nachdenken.«

»Wie wollt Ihr denn eine gute Partie für mich finden? Ich verfüge weder über Titel noch über Vermögen, und zwanzig bin ich auch schon lange nicht mehr.«

»Aber Ihr habt ganz feste Brüste, Jeanne«, alberte Antoinette mit einem fröhlichen Lachen, in das Louise sofort einstimmte. »Damit könnt Ihr bestimmt mehr als einen der hiesigen Herrn verführen.«

»Hört doch mit dem Unsinn auf«, schimpfte Jeanne, die nicht recht wusste, was sie von dem Gelächter halten sollte, »es wäre viel vernünftiger, wir würden einen Mann für meine Tochter suchen.«

Louise setzte sich zu ihren Freundinnen. Sie legte den Kopf zurück, blickte in die schattigen Bäume über der Terrasse, nahm ihre Haube ab und befreite ihre goldblonden Haare, die in der Sonne rötlich leuchteten.

»Du lieber Himmel! Wir haben doch alle Zeit der Welt. Souveraine ist schließlich noch ein Kind.«

»Wurdet Ihr etwa nicht mit fünfzehn verheiratet?«, erwiderte Jeanne spitz.

Louise wollte antworten, aber Antoinette kam ihr dazwischen.

»Nein, so war es nicht, Jeanne, und das wisst Ihr auch sehr gut«, sagte sie und fädelte einen silbernen Faden in ihre Nadel. »Nach einer langen Wartezeit hielt man es für richtig, sie überstürzt zu verheiraten. Das macht einen großen Unterschied.«

»Außerdem hat mein Fall nichts mit dem von Souveraine gemein«, ergänzte Louise und zuckte die Schultern. »Wir werden Eurer Tochter erst in ein paar Jahren einen Mann geben. Gönnt Ihr doch die Zeit, damit sie ihre Jugend sorglos genießen kann.«

Jeanne verzog den Mund zu einem schwachen missfälligen Lächeln.

»Souveraine ist jetzt bereits seit sechs Monaten am Hofe von Königin Anne, und ihr ist bestimmt noch nichts Vergnügliches passiert.«

»Aber was wollt Ihr denn eigentlich?«, fragte Antoinette verwundert. »Wir wollen doch nur, dass sie ihr Leben genießt.«

Aber Jeanne schüttelte den Kopf und blieb bei ihrer Meinung.

»Ich bin nach wie vor der Überzeugung, dass Jehanne viel reifer war als Souveraine und deshalb besser geeignet für das Hofleben. Meine Tochter ist schon bald eine junge Frau, und trotzdem hat sie noch vor kurzem mit Euren Kindern gespielt, Louise.«

»Macht Euch doch nicht so viele Gedanken«, versuchte sie Antoinette zu beruhigen. »Eben habt Ihr mich noch wegen meiner Sorgen um Madeleine getadelt, und jetzt sorgt Ihr Euch um Souveraine.«

»Ihr müsst doch zugeben, dass sie das Schicksal nicht begünstigt hat, weil sie erst an den Hof von Blois kommen musste, damit ihre Schwester dem entfliehen konnte.«

»Dieser Ehe konnte man sich nicht verweigern, Jeanne. Habe ich nicht recht?«, fragte Louise.

Jeanne seufzte nur, nahm Antoinettes Hand und sagte resigniert:

»Ich freue mich jedenfalls sehr für Euch, liebe Freundin, und bin sicher, dass Eure ältere Tochter glücklich wird. Trotzdem kann mich keiner überzeugen, dass sich Souveraine am Hofe von Königin Anne amüsiert. Wie es heißt, wird die Königin aus der Bretagne immer moralischer, und ihre Ehrenjungfern dürfen sich höchstens einmal vergnügen, wenn es um ihre Heirat geht.«

»Du lieber Gott!«, rief Antoinette. »Früher war es bei der Königin wirklich kurzweiliger. Jehanne hat sich jedenfalls nie wie eine Gefangene gefühlt.«

»Damals war Anne erst zwanzig, so alt wie Eure Tochter. In dem Alter amüsiert man sich eben. Zu der Zeit war die Königin noch voller Illusionen«, sagte Louise und streckte ihre langen Beine neben denen von Antoinette aus.

Sie blickte in den wolkenlosen blauen Himmel, schüttelte ihre Haare, überlegte kurz, ob sie die Haube wieder aufsetzen sollte, die sie auf die Knie gelegt hatte, und beschloss dann, sie erst einmal dort zu lassen.

»Ich glaube, Souveraine ist am Hof nicht gut angesehen, daher das Problem«, beklagte sich Jeanne hartnäckig. »Zu Zeiten Eurer älteren Tochter war der Hofstaat von Königin Anne viel abwechslungsreicher, Antoinette. Ihr erster Mann, Charles VIII., hätte niemals derart viele Edeldamen und Edelmänner aus dem Herzogtum Bretagne geduldet. Jetzt stürzen sie sich alle wie die Fliegen auf eine Schüssel Milch auf den französischen Hof.«

»Das stimmt«, gab Antoinette zu, »aber glaubt Ihr wirklich, dass sie sich so ausgeschlossen fühlt?«

»Das sagt sie jedenfalls und beklagt sich, sie hätte keine einzige richtige Freundin«, antwortete Jeanne und machte ein betrübtes Gesicht.

»So schlecht ist der Hof der Königin auch wieder nicht für sie«, wandte Louise freundlich ein. »Souveraine kann sich anderweitig entschädigen.«

»Wie denn, bitte, wenn ich fragen darf?«, jammerte Jeanne.

»Zum Beispiel lernt sie Tänze, die an allen europäischen Höfen getanzt werden. Das ist auch für ein vornehmes Mädchen ein großer Vorteil. Und Eure Tochter liebt es zu tanzen, Jeanne. Sie hat die Tänze übrigens auch alle Marguerite und François beigebracht, aber das wisst Ihr sicher selbst.«

»Kennt sie etwa auch die Schritte, die der neue italienische Tanzlehrer aus Blois unterrichtet?«, wollte Antoinette wissen, während sie ihre Nadel über eine winzige, zierlich gezeichnete Blume führte.

»Die Volte! Aber natürlich!«, rief Louise und freute sich, dass sie ihren Zofen etwas bieten konnte. »Ich kenne alle Schritte.«

»Wer hat Euch das beigebracht?«

»Marguerite natürlich. Sie ist begeistert von dem Unterricht bei Eurer Tochter. Passt auf«, sagte Louise und nahm beide Hände von Jeanne, »stellt Euch hierhin, und Ihr lasst jetzt Eure Handarbeit sein und stellt Euch gegenüber, Antoinette.«

Sie summte eine lustige Melodie, machte ein paar schnelle Schritte nach rechts und nahm Antoinette und Jeanne in einer flotten Drehung mit.

»Zwei Schritte vor, drei nach rechts, einer nach links, und dann macht ihr auf der Stelle kehrt.«

Louise sang nun ziemlich laut vor sich hin. Ihre schöne hohe Stimme war in der sonnigen Spätvormittagsluft weithin zu hören. Eine Hand in der Hüfte, die andere graziös über den Kopf gehoben, wirbelte sie wieder im Kreis herum.

»Man dreht sich einmal links herum, dann rechts herum, dann reicht man seinem Tanzpartner die Hände und fängt wieder von vorne an.«

Antoinette, für die Tanzen eine körperliche Anstrengung war, die ihr nichts bedeutete, war die Einzige, die Marschall de Gié auf sie zukommen sah. Jeanne konzentrierte sich ganz auf die Schritte, die ihr Louise zeigte, und ließ sich durch nichts ablenken.

Langsam kam die große Gestalt des Marschalls wie ein drohender Schatten näher. Obwohl der Mann Antoinette nicht unsympathisch war und sein reifer Charme der auch nicht mehr ganz jungen Jeanne sogar noch besser gefiel, waren sie sich doch einig, dass sein arrogantes Auftreten oft unerträglich war und seine unhöflichen Bemerkungen nicht selten an Flegelei grenzten.

Antoinette sah ihn nun also in seinem tadellosen schwarzen Wams und den dazu passenden Beinkleidern auf sie zukommen.

»Achtung, de Gié kommt«, flüsterte sie ihren Freundinnen zu. »Er hat nur Augen für Euch, Louise. Ich kann sogar von weitem erkennen, wie er Euch anhimmelt. Ich wette, er ist in Euch verliebt.«

Louise hielt einen Moment unwillkürlich inne. Die Arme graziös über dem Kopf und einen Fuß in der Luft zögerte sie kurz, tanzte dann aber weiter.

»Was redet Ihr da für dummes Zeug, Antoinette! Das ist doch sonst nicht Eure Art«, tadelte sie die Freundin leise.

»Sie hat aber recht«, flüsterte Jeanne. »De Gié verschlingt Euch geradezu mit seinen Blicken. Er würde Euch bestimmt gern verführen und weiß nur nicht, wie er es anstellen soll.«

Louise wirbelte weiter rhythmisch im Kreis herum, zählte aber nicht mehr die Schritte.

»Eure Andeutungen bringen mich noch aus dem Takt, Jeanne«, tuschelte sie.

Der Marschall näherte sich geräuschlos und geschmeidig, vornehm, aber wie üblich kühl und streng.

Antoinette und Jeanne hatten mehr als recht mit der Behauptung, er hätte nur Augen für sie. Und nun richtete er seinen unnachgiebigen Blick auf die zierliche junge Comtesse, die trotzdem weitertanzte, dabei aber über die Situation nachdachte.

Sie beschloss, sich noch gewandter und bezaubernder zu drehen als bisher. Schließlich blieb sie direkt vor dem Marschall stehen, betrachtete einen Moment lang das schwere Schwert, das er an der Seite trug, und sah ihn dann mit ihren schönen Augen an.

»Seid Ihr etwa desertiert, Marschall! Wo sind denn die Kinder?«, fragte sie mit einer Stimme, die gleichzeitig kühl und herablassend klang.

»Habt Ihr vielleicht über dem Vergnügen, das Ihr hier so kindisch betreibt, vergessen, dass sie gerade ihre freie Stunde haben?«

Ohne die Antwort ihrer Freundin abzuwarten, sah ihn Jeanne mit funkelnden Augen herausfordernd an.

»Wollt Ihr nicht mitmachen, Marschall? Die Comtesse d'Angoulême zeigt uns gerade den neuen Tanz, den man diesen Winter am Hof in Blois tanzen wird.«

Dann sang sie die kleine Melodie, die Louise eben noch gesummt hatte, und zeigte die Schritte, die ihr Louise gerade vorgemacht hatte.

Während Jeanne weiter sang und im Takt der Musik herumwirbelte, stand Louise still und sagte nichts, sondern lächelte nur enttäuscht.

Da tauschte der Marschall plötzlich seinen herablassenden Blick gegen eine spöttische Miene ein.

»Tanzt nur weiter, Madame, tanzt nur! Das muss Euch ja gefallen, Ihr seid ja noch so jung.«

De Gié musterte die enge blaue Samtkorsage, die Louise trug und unter der sich ihre schöne Büste abzeichnete. Das goldblonde Haar fiel ihr noch immer offen über die Schultern, und der Marschall konnte den Blick nicht von ihr wenden.

Vom Tanzen hielt sie noch immer den Rocksaum in der Hand, unter dem eine schlanke Fessel und ein nicht weniger zierlicher Fuß zu sehen waren, der in einem kleinen schwarzen Samtschuh steckte.

Dann wanderte sein Blick nach oben und blieb an ihrer Taille hängen. Als er den zarten schwarzen Handschuh entdeckte, den sie im Gürtel stecken hatte und der damals signalisierte, dass seine Trägerin nicht zu haben war, blickte er mit einem Schlag wieder ernst und fragte sie brüsk:

»Seid Ihr etwa nicht frei, Madame?«

»Wie kommt Ihr darauf, Monsieur?«

»Wegen des Handschuhs«, antwortete er und fixierte mit seinen Adleraugen den Satinhandschuh, der in der Taille der jungen Frau kaum zu sehen war.

»Darf ich fragen, was Euch mein Privatleben angeht, Monsieur?«

Und als er nicht antwortete, fuhr sie fort:

»Der König hat den Lehrer meiner Kinder ausgetauscht. Ihr seid nun der neue Lehrer, das weiß ich sehr wohl. Soweit ich weiß, hat er mir aber nicht verboten, den alten zu sehen!«

Der Marschall kochte vor Wut.

»Da irrt Ihr Euch, Ihr werdet ihn nicht wiedersehen.«

»Wie kommt Ihr zu dieser Behauptung, Marschall?«

»Er ist nach Chinon gekommen und hat Euch auch in Amboise besucht. Aber die Pest und unser überstürzter Aufbruch nach Romorantin haben mit diesen Treffen kurzen Prozess gemacht.«

Er kam ihr so nahe, dass sich ihre Oberkörper beinahe berührt hätten. Sie roch seinen Atem und drehte ihr Gesicht weg.

»Ihr seht ihn nicht wieder. Das weiß ich nun einmal!«, wiederholte er hasserfüllt.

»Spioniert Ihr mich etwa aus?«

»Ich muss jeden beobachten, der sich in der Entourage des Thronerben aufhält.«

»Dann solltet Ihr auch wissen, dass ich ihn zwar vielleicht nicht sehe, aber immer an ihn denke. Und aus diesem einfachen Grund bin ich auch nicht zu haben.«

Antoinette und Jeanne hatten sich diskret zurückgezogen, aber obwohl sie weit genug entfernt waren, konnten sie jedes Wort hören.

Warum versteifte sich Louise auf solche Behauptungen? Zugegeben, sie hatte eine wunderbare Zeit mit Saint-Gelais verbracht. Sie hatte ihn einige Male getroffen, heimlich, um einen Skandal zu vermeiden, und sicher dachte sie manchmal sehnsüchtig an ihn.

Doch sie hatte das Verhältnis mit ihm schließlich selbst beendet, und seit über einem Jahr hatte sie nichts mehr von ihrem zärtlichen Gefährten gehört.

Louise fühlte sich jetzt mit Herz und Verstand frei. Da aber der Comte d'Angoulême für sie seit langem ein längst vergessener Ehemann war und sie nur noch zärtliche und romantische Erinnerungen für Saint-Gelais hegte, hatte sie die wahre Liebe, die einen ganz um den Verstand bringt, noch immer nicht kennengelernt.

Und die Behauptung ihrer Freundinnen, der Marschall wäre ganz vernarrt in sie, überraschte sie nur zum Teil. Hätte sich Louise in die Arme des neuen Lehrers gestürzt, wäre der Skandal mit Sicherheit längst nicht so groß gewesen wie bei Saint-Gelais.

Pierre de Rohan, den Louis XI. zum Maréchal de France ernannt hatte und der ein beträchtliches Vermögen besaß, das noch um das seiner vor einigen Jahren verstorbenen Frau, Françoise de Penhoët, vermehrt worden war, verband seine Leidenschaft für die Diplomatie mit der, die so viel Widerwillen bei der Comtesse d'Angoulême auslöste. Das hatten Jeanne und Antoinette ganz richtig erkannt. De Gié ertrug es nicht, dass Louise sich ihm gegenüber so abweisend und gleichgültig verhielt und er nicht das Herz dieser jungen Frau erobern konnte, die ihn schier um den Verstand brachte.

Warum wollte dieser intelligente und scharfsichtige Mann einfach nicht begreifen, dass er die zärtliche und besitzergreifende Mutterliebe der Comtesse ständig attackierte? Wie konnte er den Groll übersehen, den diese von Tag zu Tag mehr gegen ihn hegte, weil er sie solchem Druck aussetzte? Denn nicht nur die Armbrustschützen, die das Bett ihres Sohnes bewachten, und die Bogenschützen, die alle Türen im Auge behielten, behelligten sie. Überall spürte Louise, dass die Artillerie des Marschalls jederzeit einsatzbereit war.

Sie konnte keinen Schritt in Gesellschaft ihrer Kinder ohne bewaffnete Männer tun. Die Rufe der Wachen und ihre lauten Schritte, wenn sie ihren Rundgang machten, weckten sie jede Nacht. Man hätte meinen können, de Gié fände Freude daran, sie immer wieder stundenlang um den Schlaf zu bringen.

Diese Geschichte, die ja eigentlich nur für Louise von Bedeutung war, war schon in aller Munde: De Gié zog mit seiner Taktlosigkeit und seinem Mangel an Feingefühl unweigerlich ihren Hass auf sich.

Mit unsicheren Schritten ging der Marschall auf Louise zu. Sie dachte schon, er wolle einlenken, aber da kannte sie ihn schlecht. Stattdessen griff er mit der rechten Hand nach ihrer Taille. Sie spürte seinen beinahe zärtlichen Druck und sah ihn erstaunt an.

Ungerührt erwiderte er ihren Blick, sein Griff wurde fester, und plötzlich riss er mit einem Ruck den Handschuh aus ihrem Gürtel und schleuderte ihn wütend auf den Boden. Sie öffnete den Mund, um ihrem Ärger Luft zu machen, sagte dann aber doch nichts.

»Ich war der Meinung, Ihr würdet nur an Euren Sohn und an seine Stellung als Thronfolger denken!«, schleuderte er ihr zornig ins Gesicht und trat einen Schritt zurück.

Langsam kam Louise wieder zur Besinnung.

»Was würde es mir denn nützen, Monsieur, wenn ich nur an François d'Angoulême dächte, wenn ich mich doch nicht um ihn kümmern, allein mit ihm sprechen und ihn auch nicht nach meinen Vorstellungen erziehen darf? Mit irgendetwas muss ich mich ja wohl beschäftigen, wenn Ihr meinen Sohn ganz mit Beschlag belegt.«

Nach seiner Musikstunde bei Imbert Chandelier, dem Organisten, der nach wie vor im Sold der Comtesse d'Angoulême stand, verschwand René zum Abendessen in Richtung Küche.

Auf dem Flur zu den Wirtschaftsräumen traf er Jean-Baptiste, den jungen Kutscher, den die Comtesse auf dem Rückweg von Romorantin ebenfalls in ihre Dienste genommen hatte, als er sich gerade von seiner Mutter verabschiedet hatte.

Vom ersten Tag an hatte ihn Louise mit allen Regeln vertraut gemacht, an die er sich von nun an streng zu halten hatte. Gespannt und auch ein bisschen ängstlich hatte ihr das Kind zugehört und verstanden, dass er sich weder mit dem Personal noch mit den Freunden von François einlassen und sich auch mit sonst niemandem irgendwelche Vertraulichkeiten erlauben durfte. Louise hatte ihm erklärt, dass ein Page ausschließlich mit seiner Herrin sprechen durfte und neutral zu bleiben hatte.

Trotzdem redete René oft und gern mit Jean-Baptiste. Obwohl sie aus ganz verschiedenen Verhältnissen stammten, malten sich beide gern die gleiche Zukunft aus. Auch der junge Kutscher hatte seine Mutter verlassen, aber als ältester von acht Sprösslingen ohne Vater war er gewissermaßen das Familienoberhaupt und verpflichtet, seiner Mutter, die ohnehin schwer zu kämpfen hatte, damit alle durchkamen, Geld zu geben.

»He! René!«, rief Jean-Baptiste, als er seinen Freund sah, »belegt dich Madame d'Angoulême immer noch mit Beschlag?«

René machte ein verlegenes Gesicht, fing sich aber gleich wieder und lächelte seinen neuen Freund an.

»Das habe ich mir schließlich ausgesucht«, sagte er und ging neben Jean-Baptiste her.

»Am Hof von Blois können die Pagen machen, was sie wollen.«

»Kann schon sein. Ich werde jedenfalls von Madame d'Angoulême unterwiesen.«

Sie betraten die Küche durch den Haupteingang und sahen sich kurz um. Jean-Baptiste schien zufrieden, als er Catherine am Tisch sitzen sah. In den Schlossküchen von Amboise herrschte von morgens bis abends reger Betrieb. Man muss aber nicht meinen, Meister Jacques, der Oberkoch, hätte in dem ganzen minutiös durchgeplanten Durcheinander gelegentlich den Überblick verloren. Mit Hilfe seiner Küchenmägde ging immer alles glatt, und die Stimmung in der Küche war fröhlich. Ständig wurden

Türen geöffnet und laut zugeschlagen, die Holzscheite in den Feuerstellen krachten und knackten ununterbrochen, Kessel und Töpfe klirrten bei der kleinsten Berührung, und in diesen ganzen Lärm mischten sich die lauten Stimmen der Dienstboten, die nacheinander an der guten Tafel von Meister Jacques Platz nahmen.

Am größten Tisch in der Küche saßen Philibert, Bonaventure und der Schildknappe Gonfreville und freuten sich auf ihre Specksuppe und den geräucherten Schinken, die ihnen eine Küchenmagd gerade servierte. Catherine unterhielt sich mit vollem Mund mit zwei Wäschenäherinnen von Louise. René und Jean-Baptiste nahmen rechts und links neben dem Kammermädchen Platz.

Philibert verlangte ungeduldig nach Brot, und Bonaventure brauchte noch Salz und groben Senf, während sich Gonfreville bereits mit so großem Appetit über den Schinken hermachte, dass René schmunzeln musste.

»Du wirst auch noch größer, Kleiner«, sagte der Schildknappe und wischte sich mit dem Handrücken über den Mund. »Du bist ja schon fast so groß wie Catherine!«

René wurde rot und beugte sich über den dampfenden Teller, den ihm der Koch gereicht hatte.

»Außerdem siehst du bald genauso schneidig aus wie François d'Angoulême, Kleiner«, spottete er. »Schaut euch nur sein Batisthemd an, das könnte glatt aus Seide sein!«

»Ach was, die Pagen von Königin Anne tragen viel schönere Stoffe«, mischte Catherine sich ein. »Und Monsieur François sollte als Thronfolger eigentlich ganz besonders kostbar gekleidet sein.«

Gonfreville schnalzte mit der Zunge.

»Aha! Es ist noch gar nicht so lange her, seit er abends oft ganz zerlumpt nach Hause kam.«

»Da war er aber auch noch ein Kind«, hielt Catherine dagegen, »und noch kein Thronerbe.«

»Und was ist jetzt, verdammt noch mal?«, schimpfte Gonfreville.

»Jetzt ist er leider noch immer nicht besser gekleidet als die Pagen von Anne de Bretagne. Was dich betrifft, René, muss ich schon sagen – auch wenn dir Monsieur Gonfreville gerade ein Kompliment gemacht hat –, du bist längst nicht so schneidig wie sie.«

Gonfreville lachte laut los.

»Und was ist mit dir, meine Kleine! Bist du denn gut ausgestattet mit feiner Wäsche?«

Er leerte seinen Weinkrug mit einem Zug, stellte ihn geräuschvoll auf den Tisch und legte seinen Arm um Catherines Taille.

Jean-Baptiste bedachte Gonfreville mit einem wütenden Blick und schluckte, sagte aber nichts. Gonfreville führte sich so auf, als sei er der rangälteste unter den Dienstboten von Louise. Oder war er etwa nicht schon der Schildknappe des Grafen d'Angoulême gewesen? Hatte er ihm nicht treu gedient und war ihm überallhin gefolgt, bei jedem Wetter und zu jeder Jahreszeit? Als junger Mann hatte er nicht wenige Eskapaden des verstorbenen Comte miterlebt.

»Monsieur Gonfreville!«, versetzte Catherine empört. »Ich fürchte, Euer hohes Alter verwirrt Euch ein wenig. Eure Bemerkungen sind nicht gerade fein, und Eure Hände wissen wohl auch nicht mehr, wohin sie gehören.«

Die ganze Tischrunde brach in Gelächter aus.

»Schönste Catherine!«, rief nun Gonfreville und zog seine Hand zurück, »nichts liegt mir ferner, als Euch zu belästigen!«

Gonfreville ging auf die fünfzig zu, und wie alle gut aussehenden Fünfzigjährigen spielte er gern seinen Charme bei den Küchenmägden und den Zimmermädchen von Louise aus.

Neugierig beobachtete René Catherine, aber die hatte weder Augen für Gonfreville noch für Jean-Baptiste. Er wusste längst, dass sie sich keinem anvertraute und außer einer gewissen Francette, einem ehemaligen Küchenmädchen von Königin Anne, keine Freundin hatte und sich nur sehr selten amüsieren ging. Allerdings räumte ihr die Gräfin im Gegenzug für ihre absolute Diskretion zahlreiche Privilegien ein.

Ob es René genauso ergehen würde, war noch lange keine Selbstverständlichkeit. Der junge Page diente nicht lange genug bei seiner Herrin, um in den Genuss von Privilegien zu kommen, auch wenn er bemüht war, alle Aufträge diskret und gewissenhaft zu erledigen. Er beteiligte sich nicht an den Gesprächen, sondern hörte nur zu und berichtete dann alles Dame Louise. Das war der Verhaltenscodex für alle Pagen: Immer aufmerksam sein, genau zuhören, alles sehen, alles verstehen und schließlich der Herrin oder dem Herrn berichten.

Er beeilte sich mit dem Essen und verließ bald wieder die Küche. Ehe er zur Gräfin durfte, musste er erst in die Kammer laufen, die ihm als Zimmer diente und weiter weg war als die von Catherine, weil ein pflichteifriges Zimmermädchen immer in einer Kammer gleich neben den Gemächern seiner Herrschaft schlief.

René schlüpfte in sein weißes Wams, rückte seine Hosen zurecht und nahm seine Laute. Dann schloss er die Tür zu seiner Kammer hinter sich, spähte durch den dunklen Gang, um sicherzugehen, dass ihm niemand begegnete, der ihn aufhalten könnte, und rannte zu den Gemächern der Gräfin.

Der Junge war nicht dumm, und Louise war froh, dass sie ihn in ihre Dienste genommen hatte. Aufmerksam und zurückhaltend wie er war, leistete er sich keine Schnitzer und schwieg still, sobald sich Louise in Gesellschaft ihrer Freundinnen oder anderer

Personen aus ihrem Gefolge befand. Er redete nur, wenn er mit ihr allein war. René lernte schnell, seine Gebärden wurden vornehmer, und in seinem ganzen Auftreten passte er sich geschickt dem Hofstaat an.

Zu seinem Glück hatte seine Mutter die erforderliche Zeit aufgebracht, damit er alles Notwendige lernen konnte. René konnte lesen, schreiben und rechnen.

Nach einiger Zeit hatte Louise aus dem Mund ihres Pagen erfahren, dass seine Mutter früher in ihrem Dorf eine angesehene Frau gewesen war. Dieses Ansehen hatte sie aber schon lange verloren, und in einem Anfall von Mitleid und Großherzigkeit hatte die Comtesse René gestattet, einige Nachforschungen über die Identität seines Vaters anzustellen.

»Ah, da bist du ja, René! Es ist schon recht spät, also hast du vermutlich bereits zu Abend gegessen.«

Louise war allein in ihrem kleinen Salon.

»Was hast du mir denn heute Abend zu erzählen?«, fragte sie ihn.

»Ach, nichts Besonderes, Dame Louise. Mademoiselle Catherine hat Monsieur Gonfreville eine ordentliche Abfuhr erteilt.«

»Du liebe Güte! Was hat er denn gesagt oder getan?«

»Er hat sie um die Taille gefasst und schlüpfrige Bemerkungen gemacht.«

»Gonfreville ist ein ausgezeichneter Schildknappe, aber was für ein Geck!«, lachte Louise. »Je älter er wird, umso mehr läuft er den Weibern hinterher. Catherine hat recht, ihm die Meinung zu sagen.«

Louise nahm die Laute von ihrem Pagen und schlug einige Akkorde an.

»Er hat sie also um die Taille genommen, aber was hat er gesagt, René?«, fragte sie und lauschte zerstreut den Lautenklängen.

»Monsieur de Gonfreville wollte von ihr wissen, ob sie kostbare Unterwäsche besitzt.«

Wieder musste Louise lachen, und René berichtete weiter:

»Vorher hat er mir ein Kompliment zu meinem seidigen Hemd gemacht, und Mademoiselle Catherine hat zu ihm gesagt, dass die Pagen von Königin Anne noch viel besser gekleidet seien.«

»Hat sie nur von deiner Kleidung gesprochen?«

»Nein, sie hat gesagt, Monsieur François d'Angoulême müsste eigentlich noch viel kostbarer gekleidet sein. Ein zukünftiger König dürfte sich ruhig in Gold und Brokat kleiden.«

»Sehr gut, René. Alle meine Leute sollen davon überzeugt sein, dass mein Sohn eines Tages den Thron von Frankreich besteigen wird. Das darfst du nie vergessen. Solltest du einmal feststellen, dass einer von ihnen nicht so recht daran glauben will, erlaube ich dir hiermit ausdrücklich, mit ihm zu sprechen, um ihn zu überzeugen.«

19

Als Alix mit Abbé Mirepoix und Julio in der letzten Aprilwoche in Lyon eintraf, schien die Sonne von einem wolkenlosen blauen Himmel.

Alix kannte Lyon noch nicht und war auf der Stelle begeistert von dem majestätischen, großzügigen Eindruck, den die Stadt auf sie machte. Schon immer verdankte Lyon seine besondere Bedeutung der begünstigten Lage am Zusammenfluss von Rhône und Saône und natürlich auch der Tatsache, dass sich dort mehrere große, gut ausgebaute Straßen kreuzten – die einen führten nach Italien und Deutschland, die anderen kamen aus Paris und Flandern.

Auf Rhône und Saône herrschte zu jeder Jahreszeit ein reger Verkehr von Lastkähnen, Barken und Booten, die mit Reisenden, Tieren und Waren aller Art beladen waren.

In Lyon war jeder Tag Markttag, dadurch war sie zu einem wichtigen Handelszentrum geworden; außerdem machten die Könige Charles VIII. und Louis XII., meistens mit ihrem gesamten Hofstaat, häufig auf ihren Reisen Station in der Stadt, und das wertete die Großstadt zusätzlich auf.

Lyon lag an der Kreuzung zweier belebter Wasserstraßen und schmiegte sich an den Fuß der Anhöhe von Fourvière. Alix konnte diesen wunderbaren Anblick gar nicht genug genießen.

Jacques Mirepoix empfing seinen Bruder und dessen Begleiter in einem Stadthaus, das alles andere als bescheiden wirkte. Nach der üblichen Vorstellung, bei der sich Alix nicht gerade zurückgehalten hatte und von ihrem Gönner ins beste Licht gestellt worden war, musterte sie Jacques Mirepoix ausgiebig und kam dann ohne weitere Umschweife zur Sache:

»Ihr seid also Weberin und habt eine Werkstatt, Dame Cassex.«

»Ich hatte eine Werkstatt. Bruder André hat Euch sicher von meiner trostlosen Lage erzählt. Nachdem ich gerade durch die Pest, die im gesamten Val de Loire gewütet hat, Witwe geworden war, hat es dem Schicksal auch noch gefallen, mit einem Brand meine beiden Werkstätten in Schutt und Asche zu legen.«

»Ich weiß, ich weiß! Natürlich hat mir André alles erzählt. Allerdings haben die Schicksalsschläge, die Euch getroffen haben, nebenbei dazu geführt, dass mein Bruder seine triste Mönchszelle verlassen hat, in der er vollkommen abgeschieden lebte, sich in irgendwelchen Gärten versteckt hielt und Heilpflanzen anbaute. Dafür bin ich Euch wirklich sehr dankbar, Dame Cassex.«

Für Alix klangen seine Worte eher nach einer Entschuldigung als nach dem Ausdruck höflichen Interesses an ihrer Person. Deshalb fühlte sie sich beruhigt, blieb aber weiter auf der Hut. Anschließend wandte sich Jacques Mirepoix an seinen Bruder und begann mit ihm eine ausführliche Diskussion über familiäre Angelegenheiten, bei der sich Alix und Julio ziemlich fehl am Platze vorkamen.

Das Haus der Mirepoix' lag in der Nähe des Seilerviertels, also nicht weit weg vom Handwerkerviertel. Alix machte sich sehr schnell mit der Atmosphäre auf den Straßen und in den Gassen vertraut und merkte sich einige auffällige Gebäude oder größere Läden, damit sie manchmal auch allein, ohne ihre beiden Kavaliere, über die breiten Straßen flanieren konnte.

Da Julio nichts zu tun hatte, verbrachte er einen Großteil seiner Zeit auf dem Fourvière, wo er sich ein wenig wie in der beruhigenden Stille des Vatikans fühlte.

Alix dagegen war fast die ganze Zeit in den Straßen von Lyon unterwegs. Von der Rue Descorchebœuf ging es in die Rue de l'Arbre-Sec, wo man praktisch den ganzen Tag die Räder der Seiler klappern hörte. Manchmal blieb sie auch stehen und sah den Seilern zu, wie sie mit geschickten Händen die Litzen ans Rad knoteten, indem sie die Seile ineinander verdrehten.

Von der Rue de l'Arbre-Sec erreichte sie bald die Rue Habergerie mit den vielen kleinen Werkstätten von Illuminierern und Pergamentmachern. Weiter entfernte sie sich nicht vom Haus Mirepoix, aus Angst, sich sonst zu verlaufen. Manchmal schaute sie dann hinauf zum Fourvière, wo Julio spazieren ging, und stellte sich vor, dass er einen Prälaten getroffen hätte, mit dem er über seinen Glauben und vor allem über sein Zögern diskutieren konnte, welchen Weg er einschlagen sollte. Deshalb fürchtete sie auch jeden Tag, er würde ihr erklären, dass er sich nun doch für die Kirche entschieden hätte.

Was sollte dann aus ihr werden? Jacquou lebte nicht mehr, und Arnold, dem sie voll und ganz vertraut hatte, arbeitete inzwischen anderswo. Vielleicht würde Mathias eines Tages auch gehen und seinen Sohn Nicolas mitnehmen, wenn sie nach ihrer Rückkehr seine Liebe noch immer nicht erwiderte. Alix seufzte. Auf keinen Fall durfte sie sich von ihrem Unglück erdrücken lassen. Die Pest hatte ihr Jacquou genommen, ihr erster Sohn war in Cognac gestorben, der zweite in Tours! Was konnte sie jetzt noch anderes tun, als sich mit aller Kraft in die Arbeit zu stürzen? Jean de Villiers half ihr bestimmt, und mit den großen Aufträgen, die sie bekommen hatte, und einem guten Darlehen konnte sie ihre Werkstätten wieder aufbauen.

Diese Gedanken gingen ihr durch den Kopf, als sie auf dem Heimweg war. Zum Haus der Mirepoix war es nicht mehr weit. Sie konnte schon den großen Vorplatz sehen, auf dem die Kutsche der beiden Brüder stand und darauf wartete, sie irgendwohin zu bringen, wo wichtige Geschäfte verhandelt wurden.

Als sie die Eingangshalle betrat, waren die beiden in eine heftige Diskussion vertieft. Jacques gestikulierte und machte mit lauter Stimme sehr enthusiastische und kühne Bemerkungen, während ihm sein Bruder ruhig und überlegt antwortete und dazu zustimmend mit dem Kopf nickte.

Die beiden Brüder Mirepoix waren so verschieden, dass man leicht glauben konnte, sie seien sich völlig fremd. Der groß gewachsene, schlanke Jacques mit seinen kastanienbraunen Haaren und hellen Augen benahm sich wie ein vornehmer Herr und kleidete sich luxuriös wie die Großbürger, die das einfache Volk beeindruckten. Sein makellos geschnittenes Gesicht zeugte von der Überheblichkeit des kleinen Provinzherren, der mit seinem Nachbarn, dem Schlossbesitzer, mithalten kann.

André dagegen sah man seine starke Persönlichkeit und sein eigenwilliges Wesen auf den ersten Blick an. Mit seinen braunen Haaren, den dunklen, schmalen Augen, seiner kleinen, eher rundlichen Gestalt und seinem breiten, roten Gesicht mit dem vorstehenden spitzen Kinn, auf dem immer Bartstoppeln zu sehen waren, wirkte er irgendwie unverwechselbar. Außerdem sah man André Mirepoix' wachen Augen an, dass er der Klügere von beiden war.

Alix hatte sofort das ausgezeichnete Verhältnis zwischen den beiden bemerkt. André, dem Älteren, dessen Mutter zwar keine Dame Mirepoix, aber selbst im Besitz eines beträchtlichen Vermögens gewesen war, fehlte es ganz offensichtlich an nichts. Außerdem war er hochintelligent und brillierte auf den unterschiedlichsten Gebieten, was Vater Mirepoix im Laufe der Jahre nicht verborgen geblieben war. Deshalb hatte der Seidengroßhändler den Älteren auch aus großer Güte als Sohn anerkannt.

Der Jüngere hatte seinen großen Bruder von Anfang an bewundert und seine schwierige Stellung in der Familie gestärkt. Wäre der Ältere aber schön, ehrgeizig und elegant gewesen und die Frauen von ihm hingerissen, hätten sich die beiden Brüder sehr wahrscheinlich längst nicht so gut verstanden.

Doch das war ja nun nicht der Fall. Jacques hatte seinen Bruder nie zusammen mit Frauen gesehen; er steckte von klein an die Nase in die Bücher, und wenn er etwas sagte, dann stellte er meist Fragen nach dem Sinn des Lebens.

Jacques wusste außerdem, dass sein Bruder schon immer Priester werden wollte. Deshalb war es für ihn auch keine Überraschung, als der Bruder noch sehr jung in ein Kloster eintrat, wo ihn die Mönche in allem unterwiesen.

Im Laufe der Zeit gewöhnte sich Jacques etwas an Alix und benahm sich ungezwungener und nicht mehr so kühl und ablehnend, wie es ihr zu Anfang vorgekommen war.

»Ihr habt gut daran getan, meinen Bruder um Rat zu fragen, weil Ihr eine Frau seid und alle Frauen schwach sind. Er wird Euch mit Sicherheit ein kluger und nützlicher Ratgeber sein.«

»Nein, Alix ist nicht schwach«, widersprach ihm sein Bruder. »Sie befindet sich lediglich gerade in einer sehr ungünstigen Lage. Das ist aber nur vorübergehend.«

»Ja, das stimmt«, sagte Alix. »Sobald meine Werkstatt wieder aufgebaut ist, wird alles gut.«

Jacques Mirepoix war etwas überrascht von dem schroffen Ton und beließ es bei der Bemerkung.

»Dafür wünsche ich Euch jedenfalls viel Glück«, sagte er einlenkend.

Dann nahm er André in den Arm und ging mit ihm ein paar Schritte ans andere Ende des Zimmers – Alix und Julio blieben allein nebeneinander auf dem Sofa zurück. Alix lächelte Julio an, schenkte dann aber ihre ganze Aufmerksamkeit den beiden Männern, die sich ein wenig zurückgezogen hatten und eifrig diskutierten.

»Hast du noch einmal darüber nachgedacht, was wir bei unserem letzten Treffen besprochen haben? Willst du wirklich deine Pfarrei im Bistum Reims verlassen?«

»Ja, mehr denn je.«

»Und wirst du dann auch meinen Vorschlag annehmen?«

André machte sich aus der Umarmung seines Bruders frei, der ihn immer noch fester halten wollte, und lachte.

»Ja, natürlich, wenn du mir hilfst.«

»Ich will dich unterstützen, damit du in der Kirche zu höheren Würden kommst. Sobald du aus Italien zurück bist, sollst du im Bezirk Lyon zum Domherrn ernannt werden.«

»Warum denn nicht in Tours? Dort könnte ich unseren Seidenhandel betreiben. In Lyon würde ich mich ganz überflüssig fühlen. Dort gibt es bereits derart viele Seidenhändler, Seidenmakler und Seidenraupenzüchter, dass es für mich nichts zu tun gäbe.«

»Da hast du vermutlich recht. Aber vielleicht gibt es im Bistum Tours zurzeit kein passendes Amt für dich.«

»Das ist leider mehr als wahrscheinlich«, musste André zugeben.

Nachdenklich kratzte sich Jacques mit Daumen und Zeigefinger am Kinn, starrte auf den Wandteppich vor sich und erklärte dann:

»Ach was, wir bitten einfach Vater, einen neuen Posten für dich zu schaffen! Wenn sie ein paar schöne Goldstücke kriegt, wird die Kirche kaum nein sagen. Ich übernehme es, mit Le Viste zu reden. Ich bin sicher, dass er unsere Bitte unterstützt.«

Die Kutsche von Vater Mirepoix hielt vor dem Haus, und drei Männer stiegen aus: Robert Mirepoix, Jean Le Viste und Louis Le Viste. Sie blieben einen Moment unschlüssig stehen, weil ein warmer Frühlingsregen über der Stadt niederging; ein eintönig grauer Tag löste das anhaltend schöne Wetter der vergangenen Wochen ab.

Ein Stallknecht kam zum Kutscher gelaufen und nahm ihm die Zügel ab. Er hielt sie kaum in der Hand, als auch schon die beiden Brüder Mirepoix auf der Treppe zur Empfangshalle erschienen.

»Seid gegrüßt, mein lieber Vater, es freut mich sehr, Euch hier zu sehen. Ich möchte etwas in Gegenwart meines Bruders mit Euch besprechen, der hier ein paar Tage Station macht, ehe er nach Italien aufbricht.«

»Nach Italien! Großer Gott! Was ist denn mit Eurem Bruder los, dass er seiner düsteren Provinzpfarrei den Rücken kehrt?«

Dann ging er zu André und umarmte ihn unter den zufriedenen Blicken von Jacques herzlich.

»Habt Ihr nicht schon tausend Mal gesagt, dass Ihr mich gern anderswo sehen würdet, mein lieber Vater?«, entgegnete der Abbé. »Nun, ich glaube, jetzt entwickeln sich die Dinge ganz nach Eurem Sinn. Ich bin bereit.«

»Mein lieber Le Viste«, begrüßte Jacques mit einem herzlichen Händedruck einen der beiden Begleiter von Robert Mirepoix. »Ich freue mich schon sehr auf die Unterhaltung mit Euch, vor allem falls mein Vater meinen Vorschlag ablehnen sollte.«

»Habe ich dir schon jemals irgendetwas verweigert, seit du geboren wurdest, mein Sohn?«, sagte Sire Mirepoix mit gespielter Entrüstung. »Und dabei kann ich deine vielen Wünsche schon gar nicht mehr zählen!«

»Das kann ich allerdings bestätigen, Ihr habt ihm schon einiges zugestanden«, sagte der Abbé lächelnd.

»Eben, und deshalb bist jetzt du an der Reihe. Was möchtest du von mir, André?«

»Er möchte sein Schneckenhaus verlassen«, mischte sich Jacques ein, »und dabei müssen wir ihm helfen, Vater.«

»Die Priorei Reims sagt mir nicht mehr zu«, unterstrich André sachlich.

»War es denn nicht deine Idee, dorthin zu gehen, mein Junge?«

»Doch, Vater. Damals habe ich wirklich nur daran gedacht, mich bei den Mönchen zu bilden.«

»Und was wollt Ihr heute, André?«, fragte Jean le Viste, während Jacques seinen Sohn, der sich noch nicht zu Wort gemeldet hatte, wie einen Bruder begrüßte.

»Heute will ich Florine und Lira, weil ich nach Italien reise, um dort mit Seide zu handeln.«

Der alte Sire Le Viste legte André den Arm um die Schulter. Er war ein kantiger, stattlicher Mann mit einem gutmütigen Wesen, von dem man sich nicht täuschen lassen sollte; wer ihn kannte, wusste, dass es ihm nur ums Geschäft ging. Den hohen Anspruch und den absoluten Willen zum Erfolg als Geschäftsmann hatte er bereits von seinem Vater geerbt. Die Familie Le Viste war bekannt dafür, dass sie die sechs Wandteppiche *Die Dame mit dem Einhorn* in Auftrag gegeben hatte, die mittlerweile von zahlreichen kleinen Webern skrupellos kopiert wurden, während sich andere mit mehr Gewissen, wie zum Beispiel auch Alix, dort nur Anregungen für ihre eigene Arbeit holten.

Die Familie Le Viste war jedenfalls seit Generationen eine bedeutende Kaufmannsfamilie, und André entging das begierige Leuchten in den Augen seiner potentiellen Partner nicht. Ein Lyoner Seidenkontor in Florenz oder in Rom zu besitzen, wäre ganz nach dem Geschmack von Jean Le Viste.

»Ich habe doch immer gewusst, dass wir Euch eines Tages aus

Eurem Schneckenhaus holen würden«, sagte er, »aber Euer verflixter Vater hatte bereits alle Hoffnung aufgegeben. Ich glaube sogar, ich habe Eure Klugheit früher als er erkannt«, schmeichelte er ihm und tätschelte André die Schulter. »Aber Ihr hattet Euch ja dem Priestertum verschrieben, was ganz und gar nicht in unserem Sinne war.«

»Jetzt stehe ich aber zur Verfügung«, antwortete der Mönch. »Ich bitte um Eure Unterstützung, damit ich den Seidenhandel in Italien aufbauen kann.«

»Was genau braucht Ihr denn?«, fragte Le Viste und betrat die Eingangshalle, die einen Großteil des Erdgeschosses beanspruchte, und Jacques übernahm es, für seinen Bruder zu antworten.

»Zuallererst braucht er einen Posten als Domherr in einem angesehenen Bistum. Als einfacher Mönch stünde er ständig vor irgendwelchen Hindernissen. Dauernd würde man ihn nach Vollmachten fragen, nach von seinen Vorgesetzten unterzeichneten Verträgen, Referenzen und ich weiß nicht was sonst noch für Steine man ihm in den Weg legen würde.«

»Das erscheint mir äußerst einleuchtend«, sagte Robert Mirepoix und nickte zustimmend, »aber er wird auch Kredite benötigen.«

»Zu welchem Zinssatz?«, wollte der Mönch wissen und schielte kurz in Richtung Alix, um sich zu vergewissern, dass ihr nichts von dem Gespräch entging. Was heute gesagt wurde, konnte ihr einmal bei ihren eigenen Unternehmungen nützlich sein.

»Der Zins sollte natürlich so niedrig wie möglich sein«, antwortete Jean Le Viste, »und mit kurzfristigen Rückzahlungssätzen, damit die Belastung nicht zu hoch wird. Nehmt nie Geld bei einem Zinsgeber niedriger Herkunft auf, das sind die größten Diebe. Sie verlangen viel zu hohe Zinsen und streichen einen Großteil des Ertrags ein.«

»Natürlich nicht!«, murmelte André und sah wieder zu Alix, die ganz Ohr war.

»In Florenz könntet Ihr Euch an den Kaufmann Angelo Ambrogini wenden, der ein schönes Anwesen mitten in der Stadt hat. Er ist ein gerissener kleiner Florentiner, der den gesamten Seidenhandel in Florenz für sich beansprucht. Es heißt, dass man mit ihm keine Geschäfte machen kann. Trotzdem könnt Ihr Lyon dort nur mit seiner Unterstützung ins Spiel bringen. Solltet Ihr das fertigbringen, mein lieber André, mache ich Euch zum Bischof!«

André Mirepoix lächelte nur zum Zeichen seines Einverständnisses.

»Fürs Erste würde mir der Domherr schon genügen«, meinte er bescheiden. »Alles Weitere können wir sehen, wenn sich die Sache entwickelt.«

»Von welcher Entwicklung sprecht Ihr da, wenn ich fragen darf?«

»Von einem Handel mit dem Morgenland«, sagte André.

»Wieso denn ausgerechnet mit dem Morgenland?«

»Weil ich alles über dieses ferne Land gelernt habe. Ich kenne seine Grenzen und Küsten, seine Gefahren, seine Stärken und seine Ressourcen.«

Vater und Sohn Le Viste pfiffen anerkennend.

»Und wo habt Ihr das alles gelernt?«

»Die Zurückgezogenheit eines Klosters ist einem intelligenten Menschen, der warten kann, unter Umständen sehr nützlich«, antwortete der Mönch und lächelte vielsagend.

»Ehe wir uns in eine Debatte über deine Pläne mit den Levantinern stürzen, sollten wir über ein wichtigeres Thema sprechen«, meldete sich Robert Mirepoix zu Wort. »Wohin willst du denn dort zunächst reisen?«

»Nach Rom.«

»Ich meine, du solltest besser mit Florenz beginnen. In Rom kennst du doch niemanden.«

»In Rom habe ich viel bessere Beziehungen als in Florenz, deshalb will ich zuallererst dorthin.«

»Und wie willst du das anstellen?«

»Ich fahre mit Dame Cassex nach Rom, deren Verwandtschaft mit Kardinal Jean de Villiers unbestritten ist. Ihm dürfte es ein Leichtes sein, mich im Vatikan einzuführen.«

Jetzt drehten sich alle nach der klugen Alix um, die bisher kein Wort gesagt hatte. Sie hatte aber genau zugehört und jeweils das Für und Wider zu jeder Frage abgewogen.

André ging auf sie zu und bat sie um ihre Meinung.

»Bruder André hat recht. Kardinal Jean de Villiers war der Onkel meines verstorbenen Mannes. Er hat uns sogar verheiratet, als er sich vorübergehend im Val de Loire aufhielt. Mit Sicherheit hilft er mir aus den Schwierigkeiten mit meiner Arbeit und meiner Werkstatt.«

»Aber …«

»Kardinal Jean de Villiers ist ein Halbbruder des Sohns von Thomassaint Cassex, Webermeister in Brügge, dessen Namen ich trage. Er wird mir helfen. Und sobald ich aus Italien zurück bin, werde ich nach Flandern reisen. Ich muss unter allen Umständen der Gilde mein Meisterstück vorlegen, damit ich Handel mit meinen Erzeugnissen treiben darf.«

»Was ist das für eine Arbeit?«

»Ein Millefleurs-Teppich über die Allegorien der heiligen Jungfrau und des Einhorns. Aber keine Angst, es ist keine Nachahmung der Teppiche, deren berühmter Auftraggeber Ihr seid, Messire Le Viste. Mein Teppich ist fast ganz aus Goldfaden gewebt.«

»Aus Goldfaden!«

»Ich habe die große Ehre, für die Comtesse d'Angoulême zu arbeiten, die mir schon sehr geholfen hat. Sie hat mich mit dem schönen Material versorgt.«

»Sprecht Ihr von Louise d'Angoulême?«

»Ja, der Mutter des Thronfolgers der französischen Krone.«

»Aha!«, meinte Le Viste und kratzte sich am Kopf, während sich Mirepoix zerstreut das Kinn rieb.

Beide schienen so beeindruckt, dass Bruder André lächeln musste. Er warf Alix einen kurzen Blick zu, den diese sichtlich erleichtert erwiderte.

»Habt Ihr denn einen Auftrag von der Comtesse d'Angoulême?«

»Oh ja! Sie hat bei mir Teppiche mit dem Einhorn-Motiv bestellt und einen anderen, den ich *Begegnung am Hofe* nenne. Deshalb muss ich ja auch so schnell wie möglich meine Werkstätten wieder aufbauen. Die Bestellung von König Louis XII. musste ich leider schon vorübergehend an Pariser Weber abgeben.«

»Ihr arbeitet für den König!«

Jetzt konnte sich auch Alix ein Lächeln nicht verkneifen, und das von André wurde immer breiter.

»Ja, ein großes Schlachtenbild über den Trojanischen Krieg mit griechischen Helden, Pferden mit Federbuschen, kostbar gekleideten Herren, Wimpeln, Bannern mit Sinnsprüchen und einem ...«

Sie unterbrach sich plötzlich vor lauter Überraschung über das Wort, das sie gerade hatte aussprechen wollen – ein Gedanke, der ihr gerade eben blitzartig gekommen war. Verflixt! Warum eigentlich sollte sie diese Idee einem anderen überlassen, anstatt sie selbst in die Tat umzusetzen? Auch wenn sie sich dadurch womöglich noch größere Komplikationen zuzog als durch ihre gewagte Initiative, ihre Teppiche mit dem »T« für Tours zu unterzeichnen.

Ihre Idee, von der sie restlos begeistert war, bestand darin, ein

Stachelschwein mit einer Krone auf dem Rücken in den Teppich zu weben. Das Stachelschwein war nämlich das Wappentier von König Ludwig XII., so wie seine Frau Anne de Bretagne einen Hermelin und die Familie d'Angoulême einen Salamander im Wappen trug. Das war eine grandiose Idee, die sie niemandem verraten wollte.

Die beiden Kaufmänner waren neugieriger als ihre Söhne und blinzelten Alix aufmunternd zu.

»Und einem was?«, fragte Sire Le Viste lächelnd.

»Einer Signatur, die ich in den Teppich weben will und die mir vermutlich noch viel Ärger einbringen wird«, antwortete Alix ohne zu zögern. »Ich meine den Buchstaben ›T‹, den ich als Erste von allen Webern aus Tours verwendet habe.«

»In Lyon darf jeder Webermeister das ›L‹ für Lyon verwenden«, sagte Robert Mirepoix. »Das ist doch kein Verbrechen!«

»Doch, Sire Mirepoix! Weil ich eine Frau bin, und weil ich die Idee zuerst hatte und in die Tat umgesetzt habe. Das ist das Verbrechen.«

Seit dem Morgengrauen waren sie zügig unterwegs. Bruder André ließ Jason ruhig traben, der hatte aber immer wieder einmal Anfälle von Übermut und Begeisterung, woraufhin er plötzlich galoppierte und ihn der Mönch kaum bändigen konnte.

Julio und Alix saßen in der Kutsche und betrachteten durch die kleinen Fenster auf beiden Seiten die vorüberziehende Landschaft, und es kam ihnen so vor, als würde sie sich ihnen mit jeder Drehung der Wagenräder in neuen Farben und Formen präsentieren.

Alix hatte die Beine übereinandergeschlagen, dann zog sie sie an, umschlang ihre Knie mit beiden Armen und setzte eine nachdenkliche Miene auf. Bei einem plötzlichen Ruck hätte sie beinahe das Gleichgewicht verloren und richtete sich wieder auf, um nach draußen zu sehen. Die Kutsche fuhr immer schneller. André – oder vielleicht auch Jason – dachte anscheinend, sie sollten sich ein wenig beeilen.

Jason litt darunter, ständig eingespannt zu werden. Sobald sie in Rom waren, wollte ihn Alix reiten, damit er nicht aus der Übung kam. Sie erinnerte sich daran, dass ihr Jacquou erzählt hatte, in Rom gäbe es einige breite Straßen, auf denen man sehr schön ausreiten konnte.

Alix hockte sich wieder nachdenklich hin. An Lyon bewahrte sie eine so angenehme Erinnerung, dass sie in Gedanken noch dort war. Von Dijon hatte sie dagegen kaum etwas mitbekommen. Weil die Zeit drängte, hatten sie dort nur kurz Halt gemacht. Alix blieb gerade einmal genug Zeit, einen Blick auf die Türme der gotischen Kirchen zu werfen, die dem prächtigen Palast der Herzöge von Burgund in nichts nachstanden, der alle Blicke auf sich zog. Sie hatte sich deshalb fest vorgenommen, eines Tages nach Dijon zurückzukommen.

»Seht doch nur, Alix! Man kann die Alpen sehen!«

»In den Höhen liegt Schnee, und André glaubt, dass es nicht einfach wird, sie zu überqueren. Dabei kann ich es kaum noch erwarten, endlich nach Rom zu kommen.«

»Bis dahin haben wir noch einen weiten Weg vor uns.«

Und tatsächlich erwies sich die Alpenüberquerung als ziemlich schwierig, weil so früh im Jahr die meisten Pässe noch schneebedeckt waren. Jason durfte nur sehr langsam gehen, damit er auf den schmalen Wegen nicht ausrutschte, weshalb sie nur schleppend vorwärtskamen und einige Male in Bergdörfern übernachten mussten, ehe sie am nächsten Morgen wieder aufbrechen konnten.

Bis Turin war es noch ein gutes Stück, und auf dem Aosta-Pass, der von Schweizer Soldaten bewacht wurde, fingen die Probleme erst richtig an. Die Straße, die über den Mont Cenis in den französischen Alpen von Lyon nach Turin führte, war schneebedeckt und eisglatt.

Abbé Mirepoix musste absteigen und Jason an der Longe führen; Julio half ihm dabei, indem er die Kutsche von hinten anschob. Alix hatte sich in ihren warmen Umhang gehüllt und ging zu Fuß hinterher, um unnötiges Gewicht zu vermeiden. Es schneite, und sie mussten auch das Pferd zudecken, damit es sich keine Erkältung zuzog. Man hörte so oft von Pferden, die dem kalten Winter zum Opfer fielen.

Glücklicherweise herrschten trotz Schnee und Glatteis frühlingshafte Temperaturen. Zu dieser Jahreszeit taute die Sonne sehr schnell den Schnee weg, der über Nacht gefallen war, weshalb man tagsüber einigermaßen sicher auf den gefährlichen Wegen unterwegs war.

Als André das Pferd gerade langsam auf eine steile Kurve zuführte, rechts daneben der Abgrund, der noch weiß war vom kaum geschmolzenen Schnee, hörten Alix und Julio Hufschlag, der sich ihnen von hinten näherte.

»Es sind zwei Pferde«, meinte Julio und lauschte angestrengt. »Ja, zwei oder vielleicht sogar drei. Wir müssen uns an den Fels drücken, damit sie vorbeikönnen.«

Dann rief er Bruder André zu, er solle stehen bleiben. Der Abbé antwortete, dass er verstanden hatte, und versuchte, Jason und die Kutsche so nah wie möglich an die Felswand zu dirigieren. Trotzdem blieb so wenig Platz, dass es fast unmöglich war, die anderen Pferde vorbeizulassen, wenn sie nicht angehalten wurden. Wahrscheinlich musste man eins nach dem anderen vorsichtig an dem Wagen vorbeibugsieren, damit ihre Hufe nicht abglitten und sie den Abhang hinunterrutschten. Oftmals stürzten Pferde vor lauter Angst in den Abgrund.

Die drei Pferde kamen immer näher, wurden aber scheinbar kaum langsamer. Bestimmt würden die Reiter absteigen, wenn sie sahen, dass eine Kutsche den Weg blockierte. Aber sie taten nichts dergleichen, und die Pferde mussten das Tempo beibehalten, das für einen verschneiten Gebirgsweg viel zu hoch war.

Alix bekam es mit der Angst zu tun und Julio drückte sich gegen den Felsen, während Bruder André versuchte, auch noch Pferd und Wagen zur Seite zu schieben. Dann jagten die Reiter heran.

»Sie müssen verrückt sein!«, rief André.

»Sie bringen sich um«, antwortete Julio, dessen Gesicht vor Angst so weiß war, dass man ihn vor dem reifüberzogenen Felsen kaum ausmachen konnte.

»Ich wette, das ist eine Falle!«, schimpfte der Mönch.

»Eine Falle!«, wiederholte Alix leise und war jetzt genauso weiß wie Julio. »Aber wer sollte uns denn so etwas antun, und dann auch noch so weit weg von Tours?«

Sie drückten sich alle an den Felsen und hörten den harten Hufschlag näher kommen. Die Pferde schienen nicht zu rutschen, weil sie mit starker Hand geführt wurden.

»Macht Euch keine Sorgen, Alix. Diesmal sind sie hinter mir her!«, rief Bruder André. »Es würde mich nicht wundern, wenn Lenoncourt sie geschickt hätte.«

»Kann er uns denn nie in Frieden lassen?«, ereiferte sich Alix.

Aber ihr blieb nicht viel Zeit, darüber nachzudenken, warum Lenoncourt wohl über irgendwelche Mittelsmänner Rache nahm, weil die Pferde sie nun eingeholt hatten. Alix drückte sich in eine Felsspalte, und Julio tat es ihr gleich.

Der arme André war zwischen Jason und dem Wagen eingezwängt. Mit einem Blick hatte er die Strategie der Reiter durchschaut. Sie wollten Jason erschrecken und ihn von der schützenden Felswand weg hin zum Abgrund locken.

»Julio!«, rief André verzweifelt.

Julio sah in seine Richtung und erkannte, in welch aussichtsloser Lage sich der Mönch befand. Jason scheute bereits und war drauf und dran, in den Abgrund zu stürzen. Also überwand er seine Angst und rutschte, an den Fels gepresst, ganz langsam in seine Nähe. Als er gerade nach Jasons Longe greifen wollte, hieb ihm einer mit der Peitsche übers Gesicht. Trotzdem setzte er seine Kletterpartie fort und konnte Alix noch zurufen, sie solle sich nicht von der Stelle rühren.

André versuchte verzweifelt, Jason festzuhalten.

»Mach den Wagen los!«, rief er Julio zu. »Besser er stürzt in den Abgrund als das Pferd.«

Julio machte sich sofort daran und hatte Glück, weil er auf Anhieb die Kupplung zwischen Kutsche und Pferd fand. Ein weiterer Peitschenschlag traf ihn an der Schulter, den er aber diesmal wegen seines dicken Mantels kaum spürte.

Zwei Reiter waren hinter ihm her, der dritte versuchte an André heranzukommen, der noch immer zwischen Jason und dem Wagen eingeklemmt war. Als der notgedrungen einsehen musste, dass er nicht ewig in dieser gefährlichen Lage verharren konnte, verließ er sein Versteck und stürzte sich wie ein Raubtier auf seinen Angreifer. Es gelang ihm, dessen Pferd am Hinterbein zu packen; das arme Tier stolperte, rutschte aus und stürzte samt Reiter über den Rand des Abgrunds.

Man hörte erst einen Schrei, dann einen zweiten, schließlich nur noch das dumpfe Geräusch, mit dem Pferd und Reiter talwärts donnerten. Julio konnte nicht sehen, wer in den Abgrund gestürzt war, und ihm brach der kalte Angstschweiß aus. Aber mit der Wut verdoppelten sich auch seine Kräfte, und er beobachtete, wie einer der Reiter absteigen musste.

»Achtung, Julio, pass auf!«, schrie Alix aus ihrem Versteck.

Alix kam ebenfalls auf die Idee, den anderen Reiter abzudrängen, indem man die Kutsche von der Felswand wegschob. Aber auch sie wusste nicht, ob André noch immer hinter dem Wagen eingeklemmt war.

Da bemerkte sie plötzlich unter heftigem Herzklopfen, dass einer der drei Reiter fehlte.

»Julio!«, rief sie. »André ist nicht abgestürzt!«

Und wie um ihre Vermutung zu bestätigen, sah sie, wie die Kutsche langsam auf den Abgrund zurutschte, und begriff, dass der Mönch das Unmögliche versuchte.

»Wir müssen ihm helfen, Julio!«

Julio bückte sich, damit man ihn nicht so leicht sehen konnte, und schlich sich nach vorn. Als er bei einem der Wagenräder angekommen war, stemmte er sich mit dem Rücken gegen den Fels und schob. Plötzlich bekam er von der anderen Seite Unterstützung. André hatte den Plan durchschaut, und der Wagen rutschte auf den Abgrund zu.

Als die Kutsche bereits hart an der Kante stand, sah Alix ein Paket durch die Luft fliegen. Irgendwie war es André gelungen, es aus dem Wagen zu holen und so zu werfen, dass es gegen den Fels prallte und dort liegen blieb.

Die Kutsche kippte zur Seite, zwei Räder waren noch auf dem Weg, die anderen beiden drehten sich leer in der Luft, und der Reiter, der zuvor abgestiegen war, klammerte sich von außen an den Wagen und strampelte verzweifelt mit den Beinen. Dann kippte der Wagen vollends um und polterte knirschend und krachend den Abgrund hinunter.

Alle drei lauschten und hörten Hufgeklapper – der dritte Reiter war geflüchtet.

»Ich habe Euer Meisterstück gerettet, Alix!«, rief ihr André zu.

Sie lief zu dem Paket, das eine Bauchlandung gemacht hatte,

seufzte erleichtert und schloss die Augen. Was hätte sie nur gemacht, wenn ihr Meisterstück verloren gegangen wäre? Aber der Himmel ließ sie nicht im Stich. Nein! Solange sie ihre treuen Freunde hatte, gab es noch Hoffnung.

Jetzt kam das Trio noch langsamer voran. Sie hatten zwar ihre Kutsche verloren, dafür aber ein Pferd gewonnen. Alix wollte nicht bevorzugt werden und trat mal den tapferen Jason und mal das Pferd des Reiters ab, der in die Tiefe gestürzt war. Es war auch ein gutes Pferd, ein Apfelschimmelwallach, vielleicht ein wenig gedrungen, aber nicht müde zu kriegen.

Halb verhungert, weil ihr Proviant in der Kutsche geblieben war, und vollkommen erschöpft, weil sie ohne schützenden Wagen nirgends zum Schlafen Halt machen konnten, erreichten sie drei Tage später Turin.

Dort tauschten sie den Apfelschimmel gegen ein kleines Gespann, damit sie nach Rom weiterreisen konnten.

Bei ihrer Ankunft in Genua waren sie in besserer Verfassung als in Turin. Jason schien sich von seinem Schreck erholt zu haben. Die Abgründe hatten ihm solche Angst eingejagt, dass er manchmal völlig grundlos scheute und wieherte. Mit dem hitzigen Hector, der an die schmalen spanischen Wege gewöhnt war, hätten sie die Alpen vielleicht leichter überquert, allerdings hätten ihn dafür Schnee und Glatteis verunsichert.

Das alles wäre bald nur noch eine schlechte Erinnerung gewesen, wenn sie nicht tiefes Misstrauen in Bruder André ausgelöst hätte, der schon von Natur aus ein großer Pessimist war. Nach diesem Überfall war Abbé Mirepoix überzeugt, dass ihn irgendwo anders eine weitere Falle erwartete. Bischof Lenoncourt würde ihm gewiss nicht so schnell vergessen, dass er ihn in seinen Augen verraten hatte.

Nachdem sie sich in Turin gestärkt und ausgeruht hatten, genossen sie den Trubel im Hafen von Genua in vollen Zügen. Dort ging es laut und bunt zu und duftete nach den verschiedensten Gewürzen. Säckeweise wurden Koriander, Pfeffer, Ingwer und alle möglichen anderen exotischen Waren entladen, die Händler aus den gerade erst entdeckten Ländern importiert hatten.

Die Genueser Reeder hatten Stoffe, Seidenwaren, Orientteppiche und kostbare, aus Goldfaden gewebte Vorhänge mitgebracht, die Alix gar nicht genug bewundern konnte. Sie war wie überwältigt von all dieser Pracht, und während Bruder André sich auf die Suche nach einer einfachen Herberge für die Nacht machte, stand Alix an ein Geländer gelehnt neben Julio und beobachtete gespannt das ganze Durcheinander.

Plötzlich wurde sie von einem großen stattlichen Kerl mit braunen Haaren angerempelt. Er hatte einen nackten Oberkörper, trug staubige weiße Hosen und transportierte sehr geschickt eine große Truhe, die auf allen Seiten sorgfältig zugenagelt war.

»Leo!«, hörte sie es neben sich schreien, und die Antwort ließ nicht auf sich warten: »Julio!«

Alix drehte sich um, weil sie wissen wollte, wer da nach Julio gerufen hatte, und sah ihn auf den großen Kerl zustürzen, der sie gerade versehentlich angerempelt hatte. Die beiden fielen sich in die Arme und klopften sich voller Freude gegenseitig auf den Rücken. Als sie ihre überschwängliche Begrüßung beendet hatten, drehte sich Julio zu Alix um und stellte ihr seinen Freund mit einer ausladenden Geste vor.

»Wir sind zusammen aufgewachsen«, erklärte er und strahlte über das ganze Gesicht, »jedenfalls bis mich Monsignore Jean unter seine Fittiche genommen hat.«

»Als Kinder sind wir auf der Suche nach einem Stück Brot oder Stockfisch stundenlang durch Rom gelaufen«, erzählte Leo.

Julio hakte sich bei ihm ein und musterte die bescheidene Kleidung seines alten Freundes.

»Wie es ausschaut, machst du das noch immer.«

»Ich hatte nun einmal nicht so viel Glück wie du.«

Julio wurde ernst und nickte. Natürlich hatte er nicht vergessen, wie sie beide, die zwei Waisenkinder, barfuss durch die stinkenden Straßen von Rom gelaufen waren. Ob er sich an die Worte erinnerte, die sein Freund, der bestimmt nicht ganz so klug wie er war, zu ihm gesagt hatte? Ja. »Du bist der Schlauere von uns beiden, lass dir etwas einfallen!« Und so waren sie eines Tages zum Vatikan gegangen und Jean de Villiers begegnet. Leider hatte aber nur Julio die Aufmerksamkeit des Prälaten auf sich lenken können. War das lange her!

»Hast du nichts anderes zu tun, als Schiffe zu entladen?«

»Warum? Wenn ein Schiff kommt, gibt es gute Arbeit.«

»Es kommt aber nicht jeden Tag eins.«

»Dann suche ich mir eben irgendetwas anderes. Manchmal fahre ich zum Beispiel Kutschen in den Stall von Herbergen. Das wird zwar schlecht bezahlt, aber so halte ich bis zur nächsten Arbeit im Hafen durch.«

»Können wir ihn nicht mitnehmen?«, fragte Julio Alix.

Alix antwortete nicht gleich, sondern überlegte erst. Sie hatten bereits eine schöne viersitzige Kutsche verloren, die außerdem noch Jacques Mirepoix gehört hatte. Eines Tages mussten sie dafür Ersatz leisten. Und was würde wohl Bruder André sagen, wenn es einen hungrigen Mund mehr zu stopfen gab? Andererseits konnte sie ihn auch schlecht einfach so stehen lassen. Leo sah sie schon so erwartungsvoll und treuherzig an.

»Habt Ihr gerade gesagt, dass Ihr eine Kutsche fahren könnt, Leo?«

»Ich kann allein sechs Pferde lenken, und die machen dann auch, was ich will, beim Galopp, in Kurven, bergauf und bergab.«

Alix musste lachen.

»Das kann ich und Schiffe entladen, mehr nicht, aber das kann ich richtig gut.«

»Wärt Ihr bereit, unsere Kutsche überallhin zu fahren, wohin wir wollen?«

Er nickte.

»Schlaft Ihr auch im Stall bei den Pferden, wenn es in der Herberge keinen Platz für Euch gibt?«

»Warum nicht? Ich schlafe sowieso meistens unter freiem Himmel. Ein Stall ist für mich ein Schloss. Macht Euch da nur keine Sorgen, Mademoiselle.«

»Seid Ihr auch einverstanden, dass ich Euch erst Lohn auszahle, wenn ich dazu in der Lage bin? Zu essen bekommt Ihr natürlich von mir.«

Freudestrahlend sah Leo seinen Freund an, der ihm aufmunternd zunickte.

»Ich glaube, da machst du kein schlechtes Geschäft, Leo. Dame Alix, die übrigens Witwe ist, hat gerade schwere Rückschläge einstecken müssen, aber davon wird sie sich bald erholen. Wenn wir in Rom waren, muss sie nach Flandern reisen, und dann zurück nach Hause ins Val de Loire, wo sie ihre Weberwerkstatt hat. Wie lautet deine Antwort?«

»Ja, ich bin mit allem einverstanden«, sagte Leo und strahlte noch immer vor Freude.

»Gut, dann versuche ich jetzt André zu überzeugen. Ich glaube aber, er hat nichts dagegen, wenn er die Zügel abgeben darf«, meinte Alix.

Dann mussten aber doch zwei Männer auf den Kutschbock, weil im Wagen nur Platz für zwei war, und Julio beschloss, seinem wiedergefundenen Freund Gesellschaft zu leisten.

Ohne Schwierigkeiten durchquerten sie die Provinz Toskana und erreichten schließlich in brütender Hitze die Ufer des Tibers. Noch nie war Alix über die Grenzen des Val de Loire hinausgekommen, aber Gott weiß, wie gut sie die Straßen von Nantes nach Tours kannte. Hier in Italien ließ sie sich tagein, tagaus von dem meist wolkenlosen, strahlendblauen Himmel verzaubern und betrachtete den Tiber voller Wehmut, weil sie Heimweh überkam.

Als sie sich nun der Provinz Rom näherten, wurde Alix das Herz schwer bei dem Gedanken, dass sie nun alles zu Gesicht bekam, was auch ihr lieber Jacquou noch kurz vor seinem Tod gesehen hatte.

Rom kam ihnen riesig vor, und Bruder André sprühte nur so vor Begeisterung. Heiliger Himmel! Warum nur hatte er mit dem Reisen so lange gewartet und erst jetzt fremde Länder und andere Menschen kennengelernt, die ganz anders waren als er und seine französischen Mitbürger?

Als sich Alix an der Pforte des Vatikans vorstellte, glaubte man ihr nicht, obwohl sie sauber und ordentlich, wenn auch bescheiden, angezogen war. Ihre Haare hatte sie zu einem Knoten frisiert und unter einer schwarzen Samthaube mit Bändern über den Ohren versteckt.

Man ließ sie wiederkommen, dann warten, man machte ihr leere Versprechungen, hielt sie hin, und nach vier Tagen war sie noch immer nicht weitergekommen.

Also musste sie wohl oder übel ihre Geschichte oder wenigstens einen Teil davon erzählen, damit man ihr endlich ein Gespräch mit dem Privatsekretär von Kardinal Jean de Villiers zugestand.

Mit einem Mal ging alles sehr schnell, und sie fand sich in einem bequemen Sessel mit einer geschnitzten hohen Lehne wieder, vor sich lauter Bilder von berühmten Meistern, kostbare

Truhen, dicke, weiche Teppiche, Fayencen und Silberzeug, Porzellan, illuminierte Werke und vergoldetes Getäfel.

Sie konnte sich gar nicht sattsehen an all den Kunstwerken. Noch nie zuvor, auch nicht am Hof von Amboise, hatte sie derart viel Pracht auf einem Fleck gesehen.

Schließlich öffnete sich die zweiflügelige Tür, und Jean streckte ihr schon von weitem die Arme entgegen.

»Alix, mein liebes Kind! Ich habe gehört, dass dir großes Unglück widerfahren ist, und es tut mir sehr leid«, sagte Kardinal de Villiers und nahm Alix liebevoll in die Arme.

»Das macht mich sehr traurig«, fuhr er fort. »Jacquous Tod bedeutet für mich einen bleibenden Schmerz. Dabei war er eben erst hier bei mir in Rom! Ich kann mich nicht mit dem Gedanken abfinden, dass er vor mir gehen musste. Großer Gott! Wie grausam der Himmel manchmal sein kann, und dennoch muss sich der Mensch in sein Schicksal fügen.«

Alix stiegen die Tränen in die Augen.

»Als Ihr uns verheiratet habt, Monseigneur Jean, wer hätte da geahnt, dass ihm nur so wenig Zeit zum Leben bleiben würde? Sechs Jahre! Wir hatten nur sechs Jahre, mehr nicht.«

»Diese Jahre musst du als ein Geschenk des Himmels betrachten, Alix. Dein Leben geht weiter, du bist noch so jung.«

»Im Moment habe ich nur einen Gedanken, Monseigneur Jean, ich will zurück in meine Werkstätten und zu meiner Arbeit. Das ist das Einzige, was mir jetzt noch wichtig ist.«

Jean de Villiers lächelte ihr zu und drückte sie wieder an sich. Er erstickte sie fast, aber es war ein so schönes, tröstliches Gefühl. Fast schien es sogar, als weinte er. Dann schob er sie von sich und sah sie lange an. Alix sah, dass seine Augen trocken waren, aber merkwürdig schimmerten. Ja, sie wusste nur zu gut, dass man auch ohne Tränen schluchzen konnte.

»Du bist noch schöner geworden. Als ich dich verheiratet habe, warst du noch ein Kind – aber du hast ihn so geliebt.«

Er führte sie zu einem Sofa und setzte sich neben sie. Dann nahm er ihre Hand.

»Pass gut auf dich auf, Alix! Du bist Witwe, und die Männer werden dich bedrängen. Hübsche junge Frauen werden nicht in Ruhe gelassen, und die Leute halten nichts von Frauen, die sich wehren. Da kenne ich mich aus, schließlich lebe ich in einer richtigen Männerwelt.«

»Entsprechende Erfahrungen musste ich schon machen, Monseigneur Jean«, seufzte Alix.

»Dann musst du eben noch besser auf dich aufpassen. Sei vorsichtig und überlege dir gründlich, was du tun willst. Schau dir die Männer genau an, ehe du ihnen vertraust. Möchtest du denn wirklich nicht wieder heiraten?«

»Nein.«

»Ja ja, ich weiß, das sagst du jetzt, weil der Schmerz noch so frisch ist. Aber was willst du machen, wenn die Männer dich zu sehr bedrängen? Hüte dich, Alix. Jedes Mal, wenn du glaubst, die große Liebe gefunden zu haben, musst du dir die Frage stellen, ob es auch die wahre ist.«

»Ich will gar keine neue Liebe. Ich habe nur Jacquou geliebt und begehrt. Und ich musste so lange hinter ihm herlaufen. Es ist einfach ungerecht. Doch, Jean, es ist wirklich ungerecht.«

»Nein, Alix, so ist das Leben nun einmal. Jeder hat die Prüfungen zu bestehen, die Gott uns schickt. Wir müssen sie nur annehmen.«

Er strich ihr zärtlich über die Stirn und trocknete behutsam die Tränen, die ihr übers Gesicht liefen.

»Jetzt möchte ich dir aber helfen. Wenigstens will ich dich unterstützen, damit du diese Prüfung überstehst. Den Rest musst du selbst bewältigen. Das heißt, du musst dein Meisterstück vorweisen, wenn du deine Werkstätten behalten und mit Teppichen handeln willst.«

»Ich weiß. Es ist fertig.«

»Sehr gut! Dann fahre ich nach Lille, dort findet das nächste Treffen der Webergilde des Nordens statt. Ich werde mich mit den Richtern auseinandersetzen, die sich dir in den Weg stellen, und versuchen sie davon zu überzeugen, dass deine Arbeit gut ist.«

Er erhob sich und ging im Zimmer auf und ab.

»Dein Meisterstück ist also fertig. Hast du es denn bei dir?«

»Mein Kutscher Leo wartet unten. Mein Teppich ist im Wagen. Beinahe hätte ich ihn auf der Reise nach Rom verloren.«

Und sie erzählte ihm die Geschichte von dem Überfall auf dem Mont Cenis in den Alpen.

»Da sieht man ja, dass du dich ständig vor Fallen hüten musst! Wer ist denn dieser André Mirepoix? Ich kenne einen Mirepoix aus Lyon. Er ist Seidenhändler. Früher, als ich noch im Val de Loire lebte, habe ich oft mit ihm zu tun gehabt.«

»Dieser Mirepoix ist sein Vater.«

»Das höre ich gern. Solche Freunde muss man haben. Und wie geht es Julio?«

»Er hat nur einen Wunsch, nämlich Euch so bald wie möglich wiederzusehen.«

Jean lächelte zufrieden und klingelte dann nach seinem Sekretär.

»Ich würde dein Meisterstück gern sehen, Alix. Hast du etwas dagegen, wenn ich es holen lasse?«

»Nein, ganz im Gegenteil.«

Seine Augen funkelten noch genauso leidenschaftlich wie früher, und er hatte auch nicht zugenommen. Kardinal Jean de Villiers war noch immer eine imposante Erscheinung.

Wenige Minuten später entrollte er den kleinen Teppich. Das Ensemble bestand aus drei historischen Motiven.

»Ich kann sehr gut Jacquous Handschrift erkennen, die er von seiner Mutter Léonore geerbt hatte, die eine glühende Verehrerin von Blumen und Einhörnern war. Wie ich sehe, hast du aber noch Madonnen hinzugefügt.«

Er trat etwas zurück, um die Arbeit von weitem zu betrachten.

»Jacquou hat dir das Geheimnis der leuchtenden Farben verraten, habe ich recht?«

»Ja.«

»Sehr gut, wenn er das nicht gemacht hätte, hätte ich es gleich heute noch getan. Ich werde die Gutachter zwingen, deinen Teppich aus der Entfernung zu betrachten, damit jeder sehen kann, wie wunderbar die Farben leuchten, obwohl sie ohne Goldfaden gewebt sind. Sie werden sehr beeindruckt sein. Diesen wichtigen Punkt werde ich unbedingt ins Feld führen, umso mehr als ich sehr viel vom Weben mit Gold halte.«

Er kam wieder näher und befühlte mit einem sorgfältig manikürten Finger vorsichtig die gewebte Struktur.

»Ja, ich werde mich für die Farben verwenden, für die Qualität der Stiche und für die Harmonie des Ensembles. Leider kann ich nicht den Fürsprecher für das Thema machen, auch wenn ich es noch so gern täte, weil es Weltliches mit Geistlichem vermischt. Aber was soll's!«, lachte er »bestimmt hast du Freunde in der Gilde, die das dann für mich erledigen werden. Ich werde mir jedenfalls einen oder zwei Verbündete suchen, die ich gut kenne und die mir nicht widersprechen können.«

Er lächelte Alix an, fasste ihr Kinn und sah ihr in die Augen.

»Mach dir keine Sorgen, Alix, du wirst in die Gilde aufgenommen, und wenn ich der einzige Prälat bin, der dich unterstützt. Leider finden sich nämlich viel zu wenige Geistliche, die die

Arbeit der Frauen verteidigen. Sie loben immer nur die braven Frauen am Herd.«

»Das weiß ich.«

»Sei dennoch unbesorgt, mein Einsatz für dich gewinnt so nur noch an Gewicht.«

Wieder hatte er nach seinem treu ergebenen Sekretär gerufen, der ihn jedes Mal erneut höflich grüßte, und um ein Getränk aus Orangenblüten, Honig und Koriander gebeten. Sie nahmen einen Schluck, und er kam auf ein anderes Thema zu sprechen, das ihm auch sehr wichtig war.

»Bist du zufrieden mit Julio?«

»Ja, Jean, er ist ein großartiger Mensch.«

Es schien ihn nicht zu stören, dass sie ihn Jean genannt hatte. Und da sie ungestört waren, fuhr sie auch mit dieser neuen, ungewohnten Vertraulichkeit fort.

»Ich kann den Gedanken kaum ertragen, ich könnte ihn eines Tages verlieren, Jean. Einen Freund wie ihn würde ich wohl kaum wieder finden. Er ist einfühlsam, rücksichtsvoll, treu und klug. Ich glaube aber, dass ihm der Vatikan und ganz besonders Ihr manchmal sehr fehlen. Dann macht er so ein trauriges Gesicht und denkt voller Heimweh an Rom. Wird er denn hierbleiben?«

»Das glaube ich kaum, weil ich ihm die Chance seines Lebens anbieten will. Ich möchte im Val de Loire ein Kontor eröffnen, das über den Vatikan direkt mit Rom verbunden sein soll. Der König von Frankreich, Louis XII., den ich seit der Zeit, als er noch Gegner der Regentin Anne de Beaujeu war und wir gemeinsam durch die Bretagne gestreift sind, sehr gut kenne, kann mir diesen Wunsch nicht abschlagen. Er wird bei dem Geschäft schon auch auf seine Kosten kommen. Und Julio soll das Kontor leiten. Ich bin zwar offiziell sein Herr, du sollst aber in Wirklichkeit dafür verantwortlich sein.«

»Warum denn ich?«

»Weil der Schatten von Jacquou hinter dir steht, dem ich alles gegeben hätte. Du weißt, er hätte mein Sohn sein müssen.«

»Oh!«, machte Alix und riss erschrocken die Augen auf.

»Léonores Sohn konnte nur von mir sein. Und ich will nicht sterben, ohne etwas hinterlassen zu haben. Das ist mein Herz und mein Fleisch, für mich ist er mein geistiger Abkömmling.«

Er machte ein paar Schritte auf die große goldverzierte Holztüre zu, kehrte aber schnell wieder zu Alix zurück.

»Mehr habe ich dazu nicht zu sagen. Das ist nur meine Angelegenheit. Jetzt wollen wir darüber sprechen, wo du dir das nötige Geld leihen kannst. Hör gut auf meine Ratschläge.«

»Nimm lieber Golddukaten als Florins«, sagte er und setzte sich wieder neben sie. »Die Dukaten sind zurzeit wertvoller. Ich empfehle dir zwei Geldverleiher. Der eine ist in Arras und heißt Simon d'Harcourt. Der andere hält sich mal in Brügge, mal in Florenz auf und heißt Alessandro Van de Veere. Sprich mit ihnen, und entscheide dich für das kleinere Übel. Bestimmt geben sie dir genug Geld, dass du deine Werkstätten wieder aufbauen und vielleicht sogar erweitern kannst.«

Wie sollte sie sich nur erkenntlich zeigen? Niemals würde Alix Jean de Villiers angemessen für die große Unterstützung danken können, die er ihr eben zugesagt hatte. Doch nun hatte sie nur noch einen Wunsch: Sie wollte Rom verlassen, ihr Glück in Flandern versuchen und triumphierend ins Val de Loire zurückkehren.

20

Vor einem pastellfarbenen, wolkenlosen Himmel hielt die kleine Kutsche von Alix, die Leo überaus geschickt lenkte, auf dem Hauptplatz von Amiens, direkt gegenüber der Kathedrale mit den schönen alten Steinskulpturen.

Gemütliche, stattliche Häuser mit Stufengiebeln und großen geschnitzten Holztüren umgaben den Platz wie eine uneinnehmbare Festung.

Mit einem eleganten Satz sprang Leo von seinem Kutschbock auf das Kopfsteinpflaster, schob sich eine widerspenstige Locke aus der Stirn und sah sich neugierig um. Er war zum ersten Mal hier und stellte gleich fest, dass es den Bürgern dieser Stadt offensichtlich an nichts fehlte.

Bei dem Gedanken an das warme Abendessen, das ihn erwartete, und das saubere Stroh, das er gern mit den Pferden teilen wollte, lächelte er zufrieden. Ach, wie lang war es her, dass er im Hafen von Genua unter freiem Himmel schlafen musste, mit knurrendem Magen, wenn wieder einmal seit Tagen kein Schiff eingelaufen war, das er abladen konnte.

Seit Alix ihn als Kutscher eingestellt hatte, konnte er sein Glück kaum fassen; schließlich liebte er Pferde und Reisen, und seine neue Herrin war so freundlich, dass er sich gerne für sie anstrengte.

Sein fein gefälteltes Hemd über der braunen Wollhose war ganz staubig von der Reise. Er klopfte es sauber und überzeugte sich, ob er anständig genug aussah, um mit Dame Alix das Gasthaus »Zum goldenen Fasan« zu betreten.

Der »Goldene Fasan« war eine gute Adresse. Berühmt für seine reichhaltigen Speisen, frisches Bier und erlesenen Wein, die weichen Federbetten und seine ruhige Lage, blieben hier viele Bürger und Kaufleute nach dem Abendessen über Nacht.

Leo wusste, dass ihm eine erholsame Nacht bevorstand und er mit vollem Magen, barfuß und den Kopf in frisches Stroh vergraben bei seinen beiden Pferden schlafen würde. Dann war er bereit, Arras noch vor dem nächsten Abend zu erreichen. Die Straße dorthin war bequem, wie man ihm versichert hatte, und wenn die Pferde auch gut ausgeruht waren, nahmen sie die Strecke im Galopp.

Gedankenverloren streichelte er die sanfte Cesarine, eine weiße Stute, die Alix eines Tages überraschend gebracht worden war, als sie gerade Rom verlassen wollte. Die Comtesse d'Angoulême hatte sie durch einen Reiter schicken lassen, der unterwegs zu den Truppen des Königs in der Nähe von Neapel war. Cesarine war am allerliebsten auf Reisen, das junge Pferd fühlte sich unterwegs und in Bewegung einfach wohler, als wenn es gelangweilt in einem Stall herumstehen musste.

Und der stürmische und ein wenig launische Jason hatte inzwischen gelernt, sich dem ausgeglichenen Wesen von Leo anzupassen. Er wäre zwar lieber wie ein Verrückter querfeldein gelaufen, aber für solche Unternehmungen hatte Alix gerade gar keine Zeit. Also musste er im gleichen ruhigen Rhythmus laufen wie Cesarine und der starken Hand von Leo gehorchen.

Zum Glück war Jason aber auch sehr schlau, und wenn er Leo mit seinen großen schwarzen Samtaugen übermütig ansah, fiel der immer wieder auf seinen Trick herein und ließ Jason schneller gehen und manchmal sogar galoppieren.

Alix hob den Saum ihres langen Kleids ein wenig hoch und stieg aus der Kutsche. Sie steckte die Nase in die Luft, schnupperte, schien zufrieden und hielt Leo im Vorbeigehen am Arm fest.

»Ich gebe deine Sachen zum Waschen«, sagte sie und warf einen Blick auf Leos zerknittertes und staubiges Hemd. »Ich möchte nicht, dass du so ungepflegt in Arras ankommst.«

Sie wickelte sich in ihren pelzgefütterten Umhang und betrat den Innenhof des Gasthauses.

»Außerdem kaufen wir dir einen Hut«, sagte sie zu Leo, der ihr mit den Pferden am Zügel gefolgt war. »Unter dem kannst du dann deine wilden Haare verstecken.«

Als er sie nur fragend ansah, musste sie lachen und sagte:

»Was hältst du von einem schönen großen Kutscherhut? Der schützt dich vor Sonne und Regen.«

»Ich finde, das ist eine gute Idee, Dame Alix. Ich mag Hüte gern. Aber ich will einen roten, damit man ihn schon von weitem sieht.«

Von ihren Stimmen angelockt, erschien der Gastwirt im Hof. Er ging auf Alix zu, taxierte schnell Pferde und Wagen und machte dann eine tiefe Verbeugung.

»Herzlich willkommen!«, begrüßte er sie. »Im Stall habe ich Platz für Euren Kutscher, und Eure Pferde werden auch gut versorgt.«

Mehr wollte Leo auch gar nicht und verschwand mit Jason und Cesarine Richtung Stall, von wo es einladend nach Heu und frischem Stroh duftete.

Etwas später setzte man ihn zum Abendessen an einen Tisch mit zwei anderen Kutschern und der Dienerin eines Kunden. Der Speiseraum war bis auf den letzten Platz besetzt, und alles redete laut durcheinander, Stühle wurden gerückt und Teller klapperten.

Alix hatte man einen Platz am Tisch von zwei Mitgliedern der Weberzunft zugewiesen, die wie sie auf dem Weg zum großen

Markt von Arras waren. Die beiden waren wohlhabende Wollhändler, die stets eines der besten Zimmer im Gasthaus reservierten. Am Gürtel trugen sie gut gefüllte Börsen und geizten auch nicht mit den Spesen.

Der eine, ein kleiner, dicklicher Mann mit rotem Gesicht und einem Doppelkinn, das Anstalten machte, sich eine dritte Falte zuzulegen, kam aus Brügge. Er trug einen schweren Brokatumhang und einen aufwändig gefalteten Hut. Pierre Messkaert gehörte zweifellos zu den bedeutendsten flämischen Großbürgern.

Der andere stellte sich als Meister Wincken vor und war nach französischer Art gekleidet. Er war größer und schlanker als der andere, hatte trotz seiner Hängebacken ein schmales Gesicht und trug ein Wams aus blauem Taft mit weiten Ärmeln und einen flachen, runden Hut mit einem großen Smaragd, der im Licht der zahlreichen Fackeln mächtig und beinahe aggressiv funkelte.

Alix erwiderte die höfliche Begrüßung der beiden anmutig und stellte sich auch gleich vor, um etwaigen Spekulationen vorzubeugen:

»Dame Alix Cassex, Witwe des Webermeisters Jacques Cassex.«

»Reist Ihr immer allein, Dame Cassex?«, fragte der Größere der beiden und musterte die dick eingemummelte junge Frau mit zusammengekniffenen Augen.

»Nein, ich habe meinen Kutscher dabei. Außerdem kommt ein befreundeter Prälat, Bruder André Mirepoix, den ich wegen einer wichtigen Angelegenheit zunächst in Rom zurücklassen musste, in ein paar Wochen nach Brügge nach.«

Bei dem Namen Mirepoix horchten beide Männer auf.

»Mirepoix! Stammt er etwa aus der Familie des berühmten Lyoner Seidenhändlers Mirepoix?«

»Ja, er ist einer seiner beiden Söhne, und zwar der, der sich für ein Leben als Geistlicher entschieden hat.«

»Soso«, meinte der eine Kaufmann, der andere wechselte aber gleich das Thema:

»Ihr seid also Witwe. Eine ziemlich junge und ziemlich hübsche Witwe, würde ich sagen!«

»Ach, Messire Wincken«, antwortete Alix und erwiderte seinen Blick. »Vor allem bin ich eine Witwe, die das Werk ihres verstorbenen Gatten fortsetzen will. Maître Jacques Cassex ist der grauenhaften Pest zum Opfer gefallen, die vergangenes Jahr im Val de Loire so schrecklich gewütet hat.«

Sire Messkaert nickte traurig.

»Der ältere meiner beiden Söhne ist auch gestorben. Er war nur auf der Durchreise im Val de Loire, aber kaum hatte er die Stadt betreten, hat ihn die Pest auch schon dahingerafft.«

Langsam wischte er sich einen Schweißtropfen von der Stirn.

»Es hätte nicht viel gefehlt, und meine Jüngste und meine Frau hätten auch dran glauben müssen. Zum Glück sind sie aber nach Flandern zurückgekehrt, ehe die Pest ausbrach.«

Sein Begleiter Sire Wincken nickte mitfühlend, war aber in Wirklichkeit in Gedanken ganz woanders. Er dachte über die guten Ratschläge und Warnungen nach, die eine so junge Witwe sicher brauchte und für die sie ihm eigentlich dankbar sein müsste.

»Braucht Ihr vielleicht Hilfe?«, fragte er leutselig. »Ich stehe ganz zu Eurer Verfügung. Scheut Euch nicht, meine Hilfe in Anspruch zu nehmen.«

Alix wusste aus Erfahrung nur zu gut, dass Geschäftsleute kein Mitleid und keine Skrupel kannten, und man ihnen immer einen Schritt voraus sein musste, damit sie einen nicht wie ein billiges Flittchen behandelten. Man musste stets sein Bestes geben, sonst wurde man verachtet oder verspottet. Aus den gleichen Gründen war ihr auch bewusst, dass sie nie eine Unterstützung ablehnen durfte. Trotzdem war ihr die Frage unangenehm.

»Wenn nötig, werde ich daran denken, Maître Wincken. Falls ich dann das Glück haben sollte, dass Ihr in meiner Nähe seid.«

»Stets Euer ergebener Diener.«

Als ersten Gang hatte es Erbsensuppe mit Speck gegeben, nun ließen sie sich ein wunderbar duftendes gebratenes Hühnchen schmecken. Während sich Wincken dem köstlichen Geflügel widmete, fuhr er schmeichelnd fort:

»Die Stadtvorsteher von Lille und Arras wissen immer, wo ich zu finden bin.«

Er war mit seiner Hühnerkeule fertig und legte seine Hand dicht neben die von Alix auf den Tisch. Alix zog sie aber sofort zurück und griff nach dem Bierkrug, den ihr der Wirt gerade wieder gefüllt hatte.

Das starke, schäumende Bier brachte sie immer wieder auf andere Gedanken. In Brügge hatte sie es öfter mit Jacquou und Mathias getrunken und sich dabei an den bitteren Geschmack gewöhnt. Sie nahm ein paar kleine Schlucke, stellte den Krug zurück und sagte, um den lästigen Angeboten ihres Tischnachbarn ein Ende zu machen:

»Hattet Ihr schon einmal mit dem Geldverleiher Simon d'Harcourt zu tun?«

»Meint Ihr Simon d'Harcourt, den Bankier aus Arras?«

»Ja, jedenfalls wenn es in Flandern nicht zwei Männer dieses Namens gibt.«

Wincken lächelte leicht gequält und musste insgeheim zugeben, dass er sich wohl getäuscht hatte. Diese Frau war bestimmt keine dumme Gans!

»Er ist ein anständiger Verleiher«, versicherte er.

»Habt Ihr schon Geschäfte mit ihm gemacht?«

»Ich selbst nicht, aber jeder wird Euch sagen, dass er der billigste von allen flämischen Verleihern ist.«

Messkaert zwängte sein Doppelkinn wieder in den Pelzkragen seiner großen Robe zurück und trommelte mit kurz geschnittenen, gepflegten Fingernägeln auf dem Tisch.

»Handelt es sich um eine größere Summe, die Ihr braucht?«

Man sah ihm an, dass er mehr erfahren wollte, aber Sire Wincken fuhr dazwischen.

»Auch das dürfte kein Problem sein, wenn Ihr ein gutes Pfand anbieten könnt. Mehr verlangt er nicht.«

Alix wollte sich nicht in die Karten blicken lassen.

»Wie viel Zinsen nimmt er denn?«, fragte sie stattdessen Messkaert.

»Er handelt nicht mit Geld.«

»Auch nicht mit Florins?«

»Weder mit Golddukaten noch mit Florins.«

»Heißt das, er stellt nur Wechsel aus?«

Die beiden Männer nickten wie auf Kommando.

»Wenn das so ist, macht er aber sehr großen Gewinn.«

»Was habt Ihr dagegen einzuwenden? Die Geldverleiher haben ein strenges und wachsames Auge auf das Gold der anderen, um selbst zu verdienen. Das ist eben ihre Art, Geschäfte zu machen.«

Schließlich pflichtete Alix ihnen bei. Als sie mit dem Essen fertig war, stand sie vom Tisch auf und verabschiedete sich.

»Wünsche noch einen schönen Abend, Messires. Bestimmt treffen wir uns auf dem Jahrmarkt in Arras oder dem Kongress von Brügge wieder.«

Das Zimmermädchen des Hauses begleitete sie in den ersten Stock und führte sie in ihr kleines, aber behagliches Zimmer, das sie ausnahmsweise für sich allein hatte. Alix war froh, dass sie es nicht mit einer anderen alleinreisenden Frau teilen musste, wie das sonst oft der Fall war.

Sie zog sich aus und schlüpfte in das weiche Bett. Unter dem dicken Plumeau war es gemütlich warm, so dass sie gut schlafen konnte.

Was wohl das Schicksal in Flandern für sie bereithielt? Schließlich war das Leben voller Überraschungen. Welchen Eindruck würde ihr Meisterstück bei der Gilde hinterlassen? Ob es ihr wohl gelang, sich ihren Schwung und ihre Begeisterung zu bewahren, obwohl viele bittere Bilder in ihr aufstiegen, wenn sie an ihre letzte Reise durch Flandern dachte?

Aber sie durfte jetzt nicht in Trübsal versinken, das würde sie nur beeinträchtigen. Die Erinnerung an ihre leidenschaftlichen Liebesnächte mit Jacquou in Brügge musste sie einfach in den Hintergrund schieben. Jetzt zählten allein die Entscheidungen der nächsten Tage.

Rom, die erste Etappe, hatte sie gut überstanden. Blieben noch Lille und Brügge. Alix war entschlossener denn je. Sie durfte einfach nicht an die Vergangenheit denken, wenn sie nicht schwermütig werden wollte. Sie musste die verfluchte Pest vergessen, die ihr ihren Jacquou geraubt hatte, durfte nicht länger um ihre beiden totgeborenen Kinder trauern, nicht immer wieder an den höllischen Brand in ihrer Werkstatt denken, der alles in Schutt und Asche gelegt hatte, außer den Wandteppichen und ihren Entwürfen für die *Begegnung am Hofe*.

Erst recht durfte sie nicht an die Namen von den Leuten denken, die ihr übel wollten, weil sie es gewagt hatte, die *Initiale* der Stadt Tours in die Teppiche zu weben, die auf ihren Hochwebstühlen entstanden waren, obwohl das in ganz Flandern Brauch war. Sie musste diese Feinde vergessen, die sie aber aller Wahrscheinlichkeit nach unter den Sachverständigen der Gilde wiedertreffen würde!

Ehe sie einschlief, dachte sie dann aber doch noch zärtlich an

Mathias, der sie am Morgen ihrer Abreise lange an sich gedrückt hatte, um sich ihren Duft einzuprägen.

Nach einer erholsamen Nacht ging sie zu Leo in den Stall und bestieg leichtfüßig ihre Kutsche, die wegen des großen Gedränges in den Straßen am Stadtrand geblieben war.

Mitten in dem Jahrmarktstrubel entdeckte sie ihre beiden Tischnachbarn vom Vorabend am Stand eines Wollhändlers, der ihnen seine Ware anpries. Sie waren so in das Gespräch mit dem Mann vertieft, dass sie Alix zunächst gar nicht bemerkten.

Die Bürger von Arras, allesamt reiche Kaufleute, hatten die Oberaufsicht über die Stadt und ein wachsames Auge auf die Veranstaltung der großen Märkte, die sie jedes Jahr ein Stück reicher machten. Nicht anders verhielt es sich in Lille, Tournai und Amiens, und genauso in den Städten Gent, Audenarde und Brügge in Flandern. Die Kaufleute arbeiteten eng mit den Banken zusammen, die ihnen beträchtliche Summen liehen, damit sie immer neue und immer weiter entfernte Niederlassungen eröffnen konnten. Manche dehnten ihre Geschäftsbeziehungen sogar bis zu den reichen Geldverleihern in Venedig und Mailand aus, um auch in Italien Kontore aufzumachen.

Jedes Jahr geriet die ganze Stadt in Aufruhr. Der Jahrmarkt im April war offen für alle Zünfte aus dem Wolle-, Seiden- und Leinenhandwerk, für die Gilde der Weber, der Färber und der Wirker, die Gastwirte und den gesamten übrigen Handel, den diese wichtigen Veranstaltungen nach sich zogen. Und nachdem Arras die Hauptstadt der Tapisserie war, kamen sämtliche Teppichweber des Abendlandes auf seinem Jahrmarkt zusammen.

Und davon profitierten alle. Die Leinweber handelten mit ihrer Wolle, ihren Fäden und ihren Stoffen. Aus Arras stammte ein außerordentlich feiner Webfaden, den man den »feinen Faden aus Arras« nannte. Dazu gesellten sich zahlreiche verschiedene Wollfäden, unter anderem aus Spanien und England. Außerdem gab es Seidenfäden aus Italien oder aus Lyon und sogar Gold- und Silberfäden, die auf Zypern hergestellt wurden.

Auf den Jahrmärkten suchten die Teppichweber nach Künstlern und Malern, die ihnen die Kartons zeichneten, die sie als Vorlage für ihre Tapisserien brauchten. Jeder versuchte sein Patent zu verkaufen und dabei möglichst viel Gewinn herauszuschlagen. Wenn der Karton verkauft war, war der Maler nicht mehr Besitzer seines Werks. Dann konnte nur noch der Weber frei darüber verfügen. Manche Weber zahlten berühmten Künstlern Unsummen für einen Karton.

In Arras herrschte immer rege Betriebsamkeit – in den vergangenen Jahrzehnten hatte die Stadt nacheinander vier Verträge mit den Herzögen von Burgund kommen und gehen sehen – und die Jahrmärkte sorgten für zusätzliche Unruhe. Die Stadtmitte platzte aus allen Nähten, so viele Menschen, Pferde und Wagen drängten sich in den Straßen, und sogar in den abgelegensten Gassen konnten die Bürger gelegentlich vor lauter Verkehr ihre Häuser kaum verlassen. Doch während dieser turbulenten Zeit lebte man sowieso mehr oder weniger auf der Straße und feierte so gut es ging mit.

Sobald dann im Morgengrauen Trompeter und Tambourspieler den Markt für eröffnet erklärten, strömten alle Kaufleute auf die Straße. Fliegende Händler nutzten die Gelegenheit, um ihre Waren anzubieten, und Gott allein weiß, ob alles erlaubt war, was verkauft, gekauft und verpackt wurde: vom geräucherten Würstchen bis hin zu einer Scheibe gegrilltem Speck, vom süßen Honiggebäck bis zu Schokoladendragees, von der Hahnenfeder über Bänder, Schleifen und Kämme zu Messern oder irgendwelchen anderen kleinen Gegenständen, die man bestimmt einmal brauchen würde.

Wenn dann mittags das große Glockenspiel der Kathedrale die

gurrenden Tauben auf den Gesimsen aufscheuchte, waren endlich die Kinder an der Reihe. Dann gab es Bonbons mit Rhabarber- oder Heidelbeergelee, süßes Brot mit Nüssen oder Rosinen, gebratene Mandeln, heiße Maroni, Apfelkuchen und alles, was sonst noch das Herz der jungen Genießer höher schlagen ließ.

»Habt Ihr Simon d'Harcourt schon gesprochen?«, wollte Wincken wissen.

»Nein, noch nicht«, antwortete Alix. »Ehrlich gesagt wollte ich zuerst ein wenig über diesen wimmelnden Markt schlendern, ehe ich mich auf die Suche nach seinem Haus mache. Ich hoffe doch, dass ich es noch finde, bevor es dunkel wird.«

Messkaert war bester Laune. Er war noch fröhlicher als sonst, redete laut und hatte einen hochroten Kopf, vermutlich von zu viel Bier und Wein.

»Zuhause trefft Ihr ihn ohnehin nicht an. Er hat gerade mitten auf dem Marktplatz einen Stand aufgemacht.«

Wincken war wohl nicht ganz so angetrunken wie sein Freund und streckte den Arm aus.

»Er ist genau in der Mitte, da hinten bei den Tuchmachern. Ihr könnt ihn gar nicht verfehlen.«

»Vielen Dank, meine Herren. Ich lasse Euch jetzt allein. Wer weiß, vielleicht sehen wir uns ja bald wieder.«

Er stand vor einem Tisch mit einer dicken roten Decke, hielt eine Feder in der Hand, die er immer wieder in das kleine Tintenfass neben sich tauchte, und schrieb irgendwelche Zahlenkolonnen auf ein Stück Pergament.

»Sire d'Harcourt?«

»Simon d'Harcourt, stehe zu Diensten, Mademoiselle. Wie kann ich Euch helfen?«

Alix musste lauter werden, weil der Lärm in der Menschenmenge wirklich unbeschreiblich war, und ging näher an den Stand um zu verstehen, was der Mann sagte.

»Es tut mir leid, aber ich kann Euch kaum hören!«

Alles rief laut durcheinander, fliegende Händler, Kinder, Passanten und Kaufleute, dazu läuteten auch noch die Kirchenglocken, so dass Alix eigentlich nur ahnen konnte, was der Geldverleiher zu ihr gesagt hatte.

»Können wir uns nicht in Eurem Bureau treffen?«, rief sie ihm zu.

»Ja, natürlich! Aber darf ich fragen, ob es um einen Rat oder ein Darlehen geht?«

»Um beides.«

Simon d'Harcourt nickte.

»Aha. Dann kommt heute Abend um acht Uhr zu mir. Mein Haus findet Ihr am Hauptplatz. Meldet Euch am Tor und fragt nach mir. Mein Kammerherr bringt Euch dann sofort in mein Bureau.«

Natürlich rührte sich Alix nicht mehr von der großen Uhr am Hauptplatz weg, und genau als sie acht Uhr schlug, lenkte Leo ihre Kutsche vor das Haus des Bankiers, das zu den schönsten Häusern am Ort zählte. Ein stattliches Anwesen, die Fenster waren von roten Ziegeln umrahmt, und sein Stufengiebel zeichnete sich eindrucksvoll gegen den graublauen Aprilhimmel ab.

Simon d'Harcourt war ein kleiner, magerer Mann mit einer gewaltigen Nase und einer kränklich wirkenden Gesichtsfarbe. Der Eindruck erwies sich jedoch als falsch, weil er äußerst lebhaft war. Ohne Umschweife kam er sofort zur Sache.

»Was wünscht Ihr?«

»Ich bin die Frau eines Webermeisters«, erklärte sie, »und habe große Aufträge, für die ich noch zwei bis drei Jahre brauchen werde. Nun hat ein schlimmes Feuer meine beiden Werkstätten in Schutt und Asche gelegt. Ich bin Witwe und muss meine Werkstätten so schnell wie möglich wieder aufbauen.«

Er wollte weder ihren Namen wissen, noch erkundigte er sich nach Referenzen bezüglich ihrer Solvenz. Er fragte nur:

»Würden Euch tausend Florins auf zehn Jahre verzinst reichen?«

»Eigentlich wollte ich keine Florins leihen«, antwortete sie vorsichtig.

»Warum nicht?«

»Weil ich gehört habe, dass Ihr nur mit Wechseln handelt.«

»Das stimmt, aber nur wenn ich mit Kaufleuten zusammenarbeite.«

»Zu denen gehöre ich auch.«

Jetzt sah er sie offener an, während er sie bisher nur verstohlen von der Seite oder mit gesenktem Kopf gemustert hatte.

»Womit handelt Ihr?«

»Wie ich schon sagte – ich arbeite an bedeutenden Aufträgen, die ich als Pfand einsetzen kann. Es handelt sich um zwei Ensembles von jeweils acht auf vier Fuß, von denen jedes aus acht bis zehn Bildern besteht. Sie werden alle auf Hochwebstühlen angefertigt, wobei der Phantasie freier Lauf gelassen wird.«

»Für wen sind sie bestimmt?«

»Für den König von Frankreich, Louis XII., und für die Comtesse d'Angoulême, Louise de Savoie. Ich arbeite außerdem noch an einem sehr schönen kleinen Bildteppich zum Thema Weihnachten, den Johanna von Kastilien in Auftrag gegeben hat. Wegen dieser Bestellung ist sie extra in meine Werkstatt gekommen, als sie sich von Amboise aus auf den Rückweg nach Spanien gemacht hat.«

Als sie sein ungläubiges Gesicht sah, fügte sie hinzu:

»Ihr wurdet mir von Monseigneur Jean de Villiers empfohlen, Kurienkardinal in Rom.«

Er lächelte ungläubig, offensichtlich glaubte er weder die Geschichte mit dem König noch die mit dem Kurienkardinal. Und dieses nicht enden wollende vieldeutige Lächeln ließ seine Zweifel an Alix' Geschichte erahnen.

Alix sah sich das Ganze eine Weile wortlos an und kam dann zu der Überzeugung, dass sie dieser Mann für eine Lügnerin hielt, weshalb er auch so hohe Zinsen für den Betrag von tausend Florins gefordert hatte. Wenigstens hatte sie ihm noch nicht ihren Namen genannt, und das wollte sie jetzt auch lieber bleiben lassen.

Andererseits fürchtete sie aber auch, sein Angebot nicht ausschlagen zu können, für den Fall, dass sie kein besseres auftreiben sollte.

Simon d'Harcourt erhob sich.

»Lasst es Euch durch den Kopf gehen«, schlug er vor und erklärte das Gespräch damit für beendet.

Dann nahm er ihren Arm und führte sie zur Tür.

»Lasst es Euch durch den Kopf gehen«, wiederholte er, »mein Angebot ist nicht schlecht. Ihr solltet Euch mit Eurer Antwort Zeit lassen, das ist es wert.«

»Ihr habt recht. Ich muss jetzt nach Brügge; sobald ich zurück bin, melde ich mich bei Euch.«

Die Nacht brach an, und Alix war noch immer auf dem Markt und wurde von der Menschenmenge herumgeschoben. Nach und nach gingen die Lichter an. Leo hatte die Kutsche ins Gasthaus zurückgefahren, weil es kein Durchkommen mehr für Pferde und Wagen gab.

Da fiel ihr ein Händler auf, der laut tönte und mit der Hand auf ein graziles, verängstigtes Mädchen deutete, das den Mann flehentlich ansah.

Es schien, als wollte er das Mädchen schlagen, aber nachdem

er einen flüchtigen Blick in die Menge geworfen hatte, ließ er die Hand wieder sinken. Dann schimpfte er erneut auf sie ein.

»Die Göre ist nicht einmal einen halben Florin wert«, rief er mit heiserer Stimme den Passanten zu, die aber überhaupt nicht auf die Szene achteten, die sich da abspielte. Es war einfach viel zu laut, als dass man den Mann richtig hätte verstehen können. Aber Alix hatte trotzdem dieses Kind entdeckt, das nun den Arm schützend vor sein Gesicht hielt und mit gesenktem Kopf und angehaltenem Atem die nächste Ohrfeige erwartete. Alix kam es so vor, als hätte das Mädchen schon mehr Schläge eingesteckt als es zählen konnte.

»Keinen halben Florin ist sie wert, sage ich Euch!«, wiederholte der Mann und wischte sich mit dem Handrücken über die Stirn. »Die Göre ist ja nicht mal einen Viertel Florin wert.«

Als Alix näher kam, stellte sie fest, dass das Mädchen kein Kind mehr war. Wegen ihrer zierlichen Gestalt konnte man sie leicht für ein kleines Mädchen halten, aber ihr angsterfülltes Gesicht war das einer Heranwachsenden – vermutlich war sie etwa zwölf Jahre alt.

Tatsächlich war sie außergewöhnlich schön. Sie hatte einen durchsichtigen Porzellanteint, und das obwohl sie sich offensichtlich eben erst den Staub von einem langen Fußmarsch aus dem Gesicht geschrubbt hatte.

Ihre blauen Augen waren vor Schreck geweitet, und als der Mann endlich aufhörte herumzubrüllen, blickten sie so verzweifelt wie zwei stille Wasser, die beim Heranziehen eines furchtbaren Unwetters erzittern.

Sie war einfach nur ein Häufchen Elend, sogar ihre schmutzigen blonden Haare fielen ihr kraftlos und wirr auf die Schultern.

Schließlich wagte sie einen scheuen Blick auf die Frau, die den Zorn ihres Meisters herausforderte.

»Und warum soll sie nicht mehr wert sein als einen Viertel Florin?«, fragte Alix scharf. »Was glaubt Ihr denn, was Ihr wert seid?«

Völlig verdutzt starrte sie der Mann mit offenem Mund an. Dieser Angriff hatte ihm die Sprache verschlagen, doch dann beruhigte er sich wieder. Wie kam die Frau dazu, den Wert eines Leinwebermeisters mit dem eines armen Waisenmädchens zu vergleichen, das zu nichts nutze war?

Seine Gesichtszüge glätteten sich wieder, und der böse Zug um seinen Mund verschwand. Sein Zorn war wie weggewischt, er lächelte spöttisch und deutete mit dem Finger auf die junge Frau.

»Sie ist ein Taugenichts, sie kann nichts.«

»Und was sollte sie Eurer Meinung nach können?«

»Verdammt noch mal – wenn sie schon nicht putzen, waschen oder kochen kann, dann muss sie eben spinnen oder weben!«

Urplötzlich tauchte Alix in ihre eigene Vergangenheit zurück und erinnerte sich daran, wie sie – fast genauso alt – verloren vor dem Webstuhl gesessen hatte, ahnungslos und eingeschüchtert von den anderen Mädchen, die geschickter und erfahrener gewesen waren als sie. Wäre Jacquou damals nicht gewesen, hätte man sie gewiss noch am selben Abend weggeschickt.

»Habt Ihr ihr denn schon einmal erklärt, was sie machen soll?«

»Ob ich ihr das erklärt habe?«

»Weiß sie denn, was Ihr von ihr erwartet?«

Er lachte los und hielt sich einen dicken Finger vor den Mund, der in einen Ring mit einem funkelnden Cabochon gezwängt war.

»Sie versteht einfach rein gar nichts.«

Alix wandte sich an das Mädchen und lächelte es freundlich an.

»Will deine Familie, dass du webst?«

Vielleicht hätte das Mädchen der freundlichen Dame geantwortet, die sich so für ihr trauriges Schicksal interessierte, aber der schreckliche Kerl ließ sie gar nicht erst zu Wort kommen.

»Sie hat keine Familie. Sie ist ein Waisenkind, das uneheliche Kind von einem Mailänder Kaufmann, der schon lange tot ist und sich ohnehin nie um sie gekümmert hat.«

»Und ihre Mutter?«

»Ihre Mutter ist letztes Jahr bei der Pest gestorben. Ich hatte sie als Dienerin im Haus.«

Er lehnte sich zurück und streckte seinen dicken Bauch heraus; er trug ein gestepptes gelbes Wams zu genauso gelben Hosen, in denen seine dicken Schenkel steckten, die gar nicht zu den dünnen Waden passten.

»Meine Mutter war keine Dienerin«, sagte das Mädchen leise.

»Was hat sie denn gemacht?«, fragte Alix.

»Jedenfalls nichts Gescheites!«, bellte der Händler. »War eines Tages plötzlich da, mit den Kaufleuten auf einer venezianischen Galeere gekommen. Denen war sie wohl schon zu Diensten!«

Die beleidigenden Behauptungen des Mannes machten Alix nur noch wütender.

»Ihr seid sehr ungerecht. Immerhin hatte diese Frau den Mut, allein ihre Tochter großzuziehen.«

Der Leinweber klatschte in die Hände. Dann spielte er ein Weilchen mit dem Zobel an seinem Hut, den auch ein großer Cabochon zierte.

»Also – ich verkaufe das Mädchen. Nein, was sage ich denn da, ich gebe sie her.«

»Ihr gebt sie her? So nehme ich sie bestimmt nicht! Euch traue ich zu, dass Ihr mir nachlauft und Eure Florins reklamiert.«

»Ganz bestimmt nicht, weil sie nichts wert ist.«

Alix wurde immer wütender, weil er so verbissen darauf aus

schien, die junge Frau schlechtzumachen. Irgendwie gelang es ihr aber, ihren Zorn zu beherrschen.

»Würdest du gern weben?«, fragte sie stattdessen das Mädchen und lächelte sie an.

»Ja! Aber ich müsste es erst lernen.«

»Und wenn ich es dir zeigte, würdest du es dann auch gut machen?«

Die schönen blauen Augen des Mädchens begannen zu leuchten. Endlich zeigte sich ein Hoffnungsschimmer.

»Ganz bestimmt.«

»Nun, das Versprechen gefällt mir.«

Alix tat so, als würde sie überlegen, griff dann aber plötzlich nach der kleinen Börse, die sie am Gürtel befestigt hatte.

Der Weber wusste gar nicht, wie ihm geschah. Nachdem er damals Mutter und Tochter zusammen genommen hatte, konnte er die Kleine jetzt nicht einfach vor die Tür setzen, ohne dass ihn seine Zunft heftig kritisiert hätte. Es gehörte sich nicht, einen Lehrling einzustellen und ihn dann grundlos hinauszuwerfen. Aber ihm war das Mädchen nur eine Last. Deshalb bot er sie so billig feil.

Am liebsten hätte er den Preis jetzt noch erhöht, aber dann würde es sich die Frau vielleicht anders überlegen und gehen.

Alix nahm eine Münze aus ihrer Börse und reichte sie dem Händler.

»Hier, nehmt. Da habt Ihr einen Florin.«

Er nahm das Geld und sagte nichts, wahrscheinlich bereute er, dass er nicht auf seine Eingebung gehört hatte. Dann nahm er das Mädchen am Arm und schob es weg.

»Los, verschwinde! Und lass dich ja nicht wieder blicken.«

Alix fing das Mädchen auf und nahm es mit.

»Wie heißt du?«

»Angela.«

»Ich heiße Alix. Ich wohne in Tours und bin die Witwe des Webermeisters Jacques Cassex. Ich bin hier in den Norden gekommen, weil ich jemanden brauche, der mir Geld leiht, damit ich meine Werkstätten wieder aufbauen kann, die mir ein Feuer zerstört hat. Außerdem will ich der Webergilde des Nordens mein Meisterstück präsentieren, damit ich meinen Beruf als Weberin ohne Einschränkungen im Val de Loire ausüben kann.«

Das Mädchen nickte nur.

»Also, Angela, du kommst jetzt mit mir nach Brügge, wo ich einen Geldverleiher treffe. Dann fahren wir zurück nach Lille, wo ich meinen Wandteppich der Gilde vorlegen will.«

Das Mädchen nickte wieder. Sie war schmutzig und schlecht gekleidet, und ihr trauriger Anblick störte Alix, aber sie sagte nichts dazu und meinte nur:

»Schade, dass ich mich jetzt nicht von deinen Fähigkeiten überzeugen kann. Egal, beschlossen ist beschlossen, und ich warte nun eben, bis wir im Val de Loire zurück sind, bis ich sehe, was du kannst.«

»Ihr könnt mir glauben, wenn man mir sagt, was ich zu tun habe, mache ich das bestimmt gut.«

»Mehr will ich auch gar nicht. Sei aufmerksam und gewissenhaft – der Rest kommt von selbst.«

»Ich verspreche Euch, dass ich ganz bald ein guter Lehrling sein werde.«

»Umso besser, dann wirst du auch bald eine gute Arbeiterin werden.«

Sie kamen an eine Kreuzung von zwei Ladenstraßen. Lampen flackerten, und hie und da wurden Fackeln angezündet, die die Silhouetten der zahlreichen Passanten an die Hauswände warfen, die so spät wie möglich nach Hause gehen wollten.

»War deine Mutter Italienerin, wenn sie Italien auf einer venezianischen Galeere Richtung Frankreich verlassen hat?«

»Ja, wir kommen aus der Provinz Urbino.«

»Sprichst du etwa Italienisch?«

»Ja, natürlich«, antwortete das Mädchen freudig. »Das ist meine Muttersprache.«

»Dann weiß ich jetzt, worin deine Aufgabe während unserer Reise in den Norden besteht. Du musst mit mir Italienisch sprechen.«

Angelas Augen strahlten vor Freude.

»Möchtest du das gern machen?«

Angela strahlte sie an, konnte aber vor lauter Aufregung nichts sagen.

»Du bist jetzt meine Lehrerin. Mein Freund Julio ist in Rom geblieben, jetzt habe ich keinen mehr, der mit mir Italienisch spricht, und das fehlt mir.«

Das stimmte zwar nicht ganz, weil sich Alix gelegentlich mit Leo auf Italienisch unterhielt, aber mit ihm konnte sie nicht so reden wie mit Julio. Der war auf Drängen von Jean im Vatikan geblieben, um sein Meisterstück zu vollenden, das er zur gleichen Zeit wie Alix präsentieren sollte. Julio, Alix und Kardinal de Villiers sollten sich in Lille zur Versammlung der Gilde treffen.

Alix blieb stehen, sah sich um und stellte fest, dass es nicht mehr weit war bis zu dem Gasthaus, in dem sie abgestiegen war. Sie hatte die Hauptstraße erkannt, von der man abbiegen musste, um dem noch immer dichten Verkehr auf dem Marktplatz auszuweichen.

»Jetzt nimmst du erstmal ein Bad. Und morgen kaufen wir dir dann neue Kleider, damit du dich mit mir sehen lassen kannst.«

Angela seufzte erleichtert. Die schreckliche Zeit seit dem Tod ihrer Mutter schien endlich ein Ende zu haben.

21

Leo trieb die Pferde an. Arras hatten sie am frühen Morgen verlassen, waren am nächsten Tag in Lille eingetroffen und hatten Tournai am übernächsten Tag erreicht.

Am Wegesrand konnte man beobachten, wie sich die Landschaft veränderte. Die Knospen spitzten aus ihren braunen Hüllen und zeigten zarte, hellgrüne Blättchen. Und das junge Gras überzog wie ein Teppich aus Samt die Wiesen, auf denen schöne dicke Kühe friedlich wiederkäuten.

Nachdem sie einige Tage in diesem zügigen Tempo unterwegs waren, kamen sie in die schöne Stadt Brügge und fuhren mit ihrer Kutsche auf den Rathausturm zu.

»Wir haben genug Zeit, um dir die Stadt zu zeigen, Angela«, sagte Alix und rückte ihre Haube zurecht, deren schwarze Spitze genau in der Mitte zwischen ihren haselnussbraunen Augen saß. »Ich zeige dir die schönsten Stellen; früher bin ich dort mit Jacquou spazieren gegangen.«

Angela sah einen Anflug von Kummer über ihre Stirn huschen.

»Macht Euch keine Sorgen, Dame Alix. Diesmal werdet Ihr bestimmt mit einem Bankier einig werden.«

Alix lächelte sie an. Angela steckte voller Überraschungen. Sie war eine wunderbare Gesellschafterin – spontan, lebendig, intelligent und schlagfertig. An das verängstigte, eingeschüchterte kleine Mädchen, das sie in das Gasthaus in Arras mitgenommen hatte, erinnerte nichts mehr. Wo war die schreckhafte Angela geblieben, die gleich am ersten Abend in einen Zuber mit heißem

Wasser getaucht war, um ihren Dreck, ihre Schande und ihre Angst abzuwaschen? Zum Glück hatte sie das Mädchen nicht diesem brutalen, aufgeblasenen Handwerker überlassen!

»Bestimmt bekommt Ihr hier das Geld, das Ihr braucht«, wiederholte sie und nahm die Hand ihrer neuen Beschützerin.

»Ich hoffe sehr, du hast recht. Mich bedrückt nämlich schon seit Tagen eine neue Sorge.«

»Oh, welche denn?«

»Ich befürchte, die Zunftmitglieder, die mein Meisterstück begutachten sollen, werden sich nicht mehr für meine Jungfrau mit dem Einhorn interessieren. Es heißt, in Brüssel auf den Hochwebstühlen werden riesengroße Tapisserien angefertigt, und zwar nach Kartons von italienischen Malern, die aus der Schule Raffaels stammen, der von Tag zu Tag berühmter wird.«

»Er malt wirklich sehr schön«, sagte Angela. »Meine Mutter hat mir viel von ihm erzählt.«

»Woher hat sie ihn denn gekannt?«

»Sie stammt aus dem gleichen Ort wie er, aus Urbino. Als junge Leute sind sie sich mehrmals begegnet. Er hat sogar ein Porträt von ihr gezeichnet.«

Angelas Gesicht war auf einmal wie versteinert. Die Erinnerungen brachen unvermittelt über sie herein. Wie ein wilder, ungebändigter Herbststurm fegten sie die toten Blätter vor sich her, die beim kleinsten Lüftchen aufwirbelten.

Angela sah das schöne Gesicht ihrer Mutter vor sich, ein vollkommenes Oval mit makellosen Zügen. Ihr Teint war lilienweiß, beinahe schimmerte ihre zarte Haut milchig, und ihre blauen Augen strahlten mit ihrem Lächeln um die Wette. Dabei verbarg sich hinter ihnen so viel Kummer!

Angela sah ihrer Mutter sehr ähnlich. Sie hatte die gleichen hellblauen Augen, die gleiche hohe, leicht gewölbte und beinahe geheimnisvolle Stirn und die gleiche zierliche gerade Nase, die bei jedem Sommerduft bebte. Und dass sie immer ihre Hände verschränkte, wenn sie sich ausruhen durfte, hatte sie bestimmt auch von ihrer Mutter.

Warum nur musste diese schreckliche Pest alles zerstören? Bis dahin hatten sie immerhin glücklich zusammen gelebt, auch wenn dieser furchtbare Mann ihre Mutter bedroht hatte, sobald sie sich weigern wollte, sein Zimmer zu betreten, um dort zu etwas gezwungen zu werden, das Angela nur erahnte und worüber ihre Mutter nie gesprochen hatte. Wenn sie dann traurig und erschöpft wieder herauskam, flüsterte sie ihrer Tochter zu, dass man nun einmal irgendwie seinen Lebensunterhalt verdienen musste und dass sie es diesen schrecklichen Abenden verdankten, genug zum Leben zu haben.

Jeden Tag dankte Angela dem Himmel für Alix und konnte sie gar nicht genug rühmen.

Mit einem Seufzer verjagte sie die letzten düsteren Erinnerungen und sagte wieder vergnügt:

»Falls wir einmal nach Italien kommen, treffen wir Raffael ja vielleicht!«

Dann ließen sie sich weiter von der Kutsche durchschütteln, die über die holprigen Wege rumpelte. Leo fuhr manchmal sehr schnell, vor allem wenn das Ziel nicht mehr weit und er glücklich war, wenn er wieder einmal alle Rekorde gebrochen hatte.

Das Wirtshaus war überfüllt, und obwohl Alix dem Wirt einen guten Preis geboten hatte, weil sie ein ruhiges Zimmer für sich allein haben wollte, musste sie sich dann doch eine kleine Kammer mit Angela teilen. Es gab nur Strohsäcke, die zwar sauber und einigermaßen weich waren, auf denen man aber nun einmal nicht so gut schlief wie in einem Bett.

Die Nacht wurde dann auch ziemlich unruhig, weil ständig neue Gäste eintrafen, deren schwere Schritte auf den Treppen zu hören waren. Manche kümmerten sich überhaupt nicht um die Leute, die schlafen wollten, und redeten laut miteinander, lachten, stritten oder husteten lautstark.

Früh am Morgen erwartete Leo die beiden Frauen im Hof, die Zügel in der Hand. Alix und Angela waren nicht sehr ausgeschlafen und rieben sich die Augen. Und wenn schon! Bei dem Trubel, der sie in der Stadt erwartete, wachten sie bestimmt bald auf und konnten sich voller Tatendrang ihren Aufgaben stellen.

Schnell erreichte die Kutsche die Stadtmitte von Brügge. Durch die alten Gassen um die Kathedrale mit ihrem ausgetretenen, holprigen Kopfsteinpflaster floss ein schmutziges Rinnsal aus den verschiedensten Fäkalien, die nur bei starkem Regen weggespült wurden.

Leo war begeistert von der Stadt. Er meinte, er würde bald jeden Winkel kennen, jeden Platz und jedes Gasthaus. Er behauptete sogar, er wüsste, wo es das beste Bier der Stadt gab, nämlich in den Tavernen in den armen Stadtvierteln, die Alix und Angela aber nicht aufsuchen konnten, ohne das Missfallen der Leute zu erregen.

Noch hatte der Verfall von Brügge nicht begonnen, aber die Stadt, die im vorhergehenden Jahrhundert erstaunlich reich gewesen war, erlebte bereits die Abschaffung einiger Privilegien zugunsten von Italien, dessen Kunst gerade ihre Blütezeit erlebte.

Die ersten roten Backsteinhäuser mit ihren großen zweiflügeligen Türen und die steilen Gassen mit ihren stattlichen Bürgerhäusern mit Türmchen und Stufengiebeln führten sie zum Rathausturm, dessen Glocken viermal am Tag läuteten und im Alltag der Einwohner von Brügge den Takt angaben.

Als Alix dort eintraf, läutete das Glockenspiel gerade, und so wusste sie, dass ihr noch genug Zeit bis zu dem Treffen mit dem Bankier Van de Veere blieb, das sie sofort nach ihrer Ankunft in Brügge verabredet hatte. Ein kleiner Spaziergang durch die Stadt tat ihr bestimmt gut und half ihr vielleicht, ihre Gedanken zu ordnen – sie war doch noch etwas verschlafen.

Sie bat Leo, zu den Markthallen zu fahren, wo sich das einfache Volk aufhielt. Von dort aus konnte man die Kuppel der Basilika Saint-Sang und die Türme der Kathedrale sehen.

In den engen Gassen zwischen den Backsteinhäusern vervielfältigten sich die Geräusche der Stadt wie bei einem Echo. Man hörte die schrillen Schreie der Hausierer, die ihre Ware auf einem Brett vor dem Bauch trugen, die Rufe der Krämer, der Handwerker und der Verkäufer, die Kerzen, Besen und Holz anboten, die der Stuhlflechter, der Silberpolierer und der Wasserträger.

An den Brücken klatschten die Wäscherinnen das schmutzige Wasser aus ihrer Wäsche. Eine kniete neben der anderen, und mal schauten sie auf ihre Weidenkörbe, die zu bersten drohten, mal in den Himmel, um zu sehen, welche Farbe er hatte. Sie waren blass, die meisten hatten blaue Augen und bewegten sich flink, und ihre Hauben und Schürzen waren immer blitzweiß. Manche sangen oder lachten trotz des kalten Wassers, von dem ihre Hände ganz verschrumpelt waren.

Und in dieses ganze Durcheinander blies der Wind vom nahen Meer über das flache Land eine frische Brise in die Stadt, obwohl es schon sommerlich warm war und noch schönere Tage bevorstanden, und manchmal vermischte er sich mit den rauen Schreien der Möwen, dem Geläut vom Rathausturm und den Glocken des Beginenklosters.

Gerade als Leo ihre Kutsche von den Wäscherinnen weg Richtung Basilika Saint-Sang lenkte, sprachen ihn zwei berittene Wachmänner an und versperrten ihm die Straße.

»Was ist denn los?«, fragte Alix, die aus dem Wagen gesprungen war, als ihr Kutscher Halt machte.

»Hier könnt Ihr nicht durch!«, rief einer der Reiter und stieg von seinem Pferd ab. »Das Fest zur Begrüßung der venezianischen Galeeren hat gerade begonnen.«

»Mir hat man aber gesagt, dass es erst am Abend beginnt«, widersprach Alix und ging auf den Mann zu. »Was sollen wir denn jetzt machen? Ich muss unbedingt in einer knappen Viertelstunde bei der Basilika sein.«

Der andere Reiter bohrte seine Hellebarde mit der Spitze in die Erde und sprang nun auch vom Pferd.

»Dann müsst Ihr eben einen Umweg machen, erst aus der Stadt hinaus und dann an der Stadtmauer entlang bis zum Südtor.«

»Das ist ganz unmöglich«, protestierte die junge Frau. »Ich bin doch nur wenige Schritte von dem Ort entfernt, an dem ich mich in zehn Minuten mit einem Bankier treffen will.«

»Tut mir leid, aber da lässt sich nun mal nichts machen«, entgegnete der andere und drohte ihr mit seiner Hellebarde.

»Ist ja schon gut«, versuchte ihn Alix zu beruhigen.

Dann wandte sie sich an ihren Kutscher.

»Steig wieder auf, Leo. Wir wollen es mit dem Weg versuchen, den uns die beiden Wachmänner genannt haben. Hoffentlich nimmt mir Sire Van de Veere die Verspätung nicht allzu übel.«

Die beiden Reiter standen breitbeinig da, den Oberkörper mit dem Kettenhemd aufrecht und die Hellebarde mit der Spitze nach oben, und sahen zu, wie die Kutsche umkehrte. Als sie sich davon überzeugt hatten, dass man ihren Befehl befolgte, stiegen sie wieder auf und verschwanden dorthin, woher sie gekommen waren.

»Schnell, Leo!«, rief Alix dem Kutscher zu. »Jetzt darfst du beweisen, was du kannst. Wir nehmen Jason und versuchen es durch die kleinen Gassen ein wenig abseits von dem Fest«, erklärte sie. »Du musst dich selbst übertreffen, Leo!«

Dann öffnete sie ihre Börse, nahm ein paar Münzen heraus und gab sie Angela.

»Falls du Ärger bekommen solltest. Da ist ein bisschen Kleingeld oft sehr hilfreich. Du musst nämlich in der Kutsche warten, bis Leo zurückkommt. Sobald ich bei Sire Van de Veere bin, überlässt mir Leo Jason, damit ich später zu unserem Gasthaus zurückreiten kann. Er läuft zu Fuß zu dir zurück, und dann fahrt ihr auf dem Weg, den uns die Hellebardiere beschrieben haben, zu unserer Herberge.«

Angela nickte, obwohl es ihr unangenehm war, allein in der Kutsche am Straßenrand zu warten. Aber was blieb ihr anderes übrig? Sie sah den beiden nach und hatte das seltsame Gefühl, dass irgendetwas passieren würde. Als sie das Pferd kaum noch erkennen konnte, auf dem Alix mit Leo davongeritten war, verkroch sie sich in der Kutsche und beschloss ein wenig zu dösen, weil sie doch nichts anderes tun konnte.

In allen Straßen rund um die Kathedrale wurde der Festzug angekündigt. Leo hatte sich ohne Schwierigkeiten durch die engsten Gassen geschlängelt und war auch nicht vor düster wirkenden Abkürzungen zurückgeschreckt. Aber in diesen dunklen Ecken roch es übel, es war schmutzig und gefährlich und man musste beim kleinsten Geräusch die Ohren spitzen und auf der Hut sein, sobald vor oder hinter einem ein Schatten auftauchte.

Arme und Kranke waren in Brügges Unterwelt versammelt – Bucklige und Blinde, Lahme und Bettler teilten sich die magere Beute. Manche bettelten nur um ein Stück Brot, eine Scheibe Speck oder einen Schluck Bier, andere verlangten einen Sou. Die

Verwegensten unter ihnen forderten einen Florin, warum auch nicht, sie hatten nichts zu verlieren.

Die Gassen wurden schließlich so eng, dass man mit einem Pferd kaum noch durchkam und das Tageslicht nur noch schwach durchschimmerte. Leo dachte schon, er müsse umkehren, gab aber nicht so schnell auf, stieg ab und kam dann doch noch vorwärts, indem er Jason an den Zügeln führte.

Niedrige verfallene und brüchige Häuser säumten die trostlosen steinernen Durchgänge. Jason watete durch schmutzigschwarze, ekelerregende Pfützen, und wenn er einmal ausrutschte, fingen ihn die nahen Hauswände auf, die er mit seinen Flanken streifte.

Plötzlich tauchte wie aus dem Nichts ein kleiner Kerl vor ihnen auf; sein runder Kopf hockte auf einem verbogenen Körper, den zwei magere Beinchen tragen mussten. Er trug unförmige Lumpen, Kopf und Stirn waren unter einem speckigen schwarzen Hut versteckt, der ihm bis über die Augen ging, und er lärmte mit einer Lepraratsche.

»Regt Euch nicht auf«, flüsterte Leo, »das ist oft nur ein Bettlertrick. Wenn er wirklich Lepra hätte, wäre er von den anderen längst vertrieben worden. Die Leprakranken sind alle in den Steinbrüchen draußen vor der Stadt eingesperrt.«

Der Mann war bestimmt ein Betrüger. Diese Leute versteckten sich in den finstersten Ecken und dachten sich mit Helfershelfern üble Geschichten aus. Meistens musste der Bettler mit der Ratsche den unvorsichtigen Passanten erschrecken, der dann, um den Leprakranken nicht berühren zu müssen, den Rückzug antrat und einige Meter weiter am anderen Ende der Gasse von einer Bande finsterer Gesellen erwartet wurde.

»Darauf fallen wir nicht rein«, sagte Leo zu Alix, die noch immer auf Jason saß. »Wenn wir umkehren, kriegen wir es mit zehn anderen von seiner Sorte zu tun.«

»Gebt mir einen Sou aus Eurer gut gefüllten Börse, gute Frau«, sagte der Zwerg und kam näher.

»Wer sagt dir denn, dass ich eine Börse habe?«, antwortete sie.

»Euer Gürtel sieht ziemlich schwer aus.«

Alix fuhr erschrocken zusammen und versuchte sich ihre Furcht nicht anmerken zu lassen. Dieser buckelige bettelnde Zwerg jagte ihr große Angst ein.

»Vielleicht ist es ja eine Waffe?«

»Dann könnte ich die Spitze funkeln sehen und würde mich davonmachen.«

»Du hast schon recht, es ist meine Börse. Aber wer sagt dir denn, dass sie gut gefüllt ist?«

»Das kann man sich doch denken, so wie Ihr ausschaut.«

Leo sagte nichts, tastete aber nach dem Messer an seinem Gürtel und nahm es in die Hand. Seit er im Hafen von Genua Frachter entladen hatte, war er an Diebe und Räuber gewöhnt und scheute keinen Kampf, egal ob mit dem Messer oder mit der nackten Faust.

»Lass uns durch, Zwerg, sonst bohre ich dir ein Loch in den Pelz!«

Der kleine Mann sah das Messer in Leos Hand blitzen und machte erschrocken einen Schritt zurück.

»Hast du gar keine Angst vor der Lepra?«

»Du hast genauso wenig Lepra wie ich.«

Der Zwerg lachte höhnisch.

»Stimmt, aber ich bin ärmer als du.«

»Da hast du natürlich recht«, mischte sich Alix ein. »Lass uns vorbei, dann gebe ich dir einen Sou.«

»Ihr wollt Euch wohl über mich lustig machen, gute Frau, wenn Ihr hier vorbei wollt, müsst Ihr mir schon wenigstens die Hälfte von Eurem Geld geben.«

»Das ist ja wohl nicht dein Ernst!«, sagte Leo empört, »nimm das, mehr gibt's nicht«, und warf ihm einen Sou vor die Füße, der auf dem Pflaster klimperte. Zum Glück hatte er immer einen oder zwei in den Falten seines weiten Kutschmantels versteckt. Während sich der Zwerg nach der Münze bückte, suchte Alix schnell ein paar Geldstücke aus ihrer Börse und warf sie ihm zu. Alle drei hüpften klirrend über den Boden, und als sich der Buckelige wieder bückte, um sie aufzusammeln, trieb Leo Jason auf ihn zu. Das Pferd rannte ihn über den Haufen, und der Zwerg verlor das Gleichgewicht und ging zu Boden. Als Alix und Leo außer Reichweite waren, sahen sie, wie er gegen eine Hauswand stieß, sich dann aber mit den Münzen in der Hand wieder aufrappelte.

Am Ende der engen Gasse mit den niederen Häusern erreichten sie einen Platz, auf dem Schausteller ihre Kunststückchen zeigten und mit Ringen, Bällen und brennenden Fackeln jonglierten. Einer trommelte, ein anderer spielte Trompete und ein unglaublich dicker Mann mit einem Affen auf der Schulter hielt einen Bär an der Leine und ließ ihn tanzen. Von dem Geschrei des Affen und der Musik angetrieben, drehte sich der Bär langsam im Kreis herum und grüßte die Zuschauer mit der Tatze.

»Jetzt weiß ich wieder, wo wir sind«, meinte Leo. »Wir sind direkt hinter der Kathedrale. Seht nur, Dame Alix, die Straße, in der Sire Van de Veere wohnt, ist gleich hier links!«

Mit dem Finger deutete er auf den großen Platz direkt vor ihnen und zeigte ihr die Straße.

»Ein Glück!«, seufzte Alix erleichtert. »Ich glaube, du kannst mich jetzt allein lassen und zu Angela zurückgehen. Hast du noch ein paar Münzen?«

»Ich habe noch zwei. Das reicht, falls mir noch einer von diesen Gaunern über den Weg laufen sollte.«

Doch Alix irrte, wenn sie glaubte, endlich alles überstanden zu haben. Immer noch war sie weit entfernt vom Anwesen des Sire Van de Veere. Auf dem Platz vor der Kathedrale, von dem aus es in die Straße ging, in der der Bankier wohnte, schritten Geistliche feierlich in zwei langen Reihen mit dem Bischof von Brügge in ihrer Mitte, der auf einem weißen Maultier mit einer Decke aus goldenem Samt saß.

Der Bischof trug eine prächtige Robe aus purpurrotem Brokat und grüßte huldvoll in die Menge, die ihm begeistert zujubelte. Zum Klang von Trompeten und Tambouren bewegte sich die Prozession langsam vorwärts; an der Spitze marschierten Hellebardiere und Soldaten im Takt.

Das Wasser in den Kanälen unter den Brücken hatte eine ähnliche Farbe wie das Fest. Geschmückte Transportschiffe glitten in Zweierreihen dahin und hielten an den Schleusen, die sich ständig öffneten und schlossen, um den Verkehr auf dem Fluss durchzulassen, der fast genauso dicht war wie der auf den Plätzen und in den Straßen.

Über dem Bürgermeister und seinen Schöffen auf ihren Pferden, die ebenso prächtig ausstaffiert waren wie ihre Reiter, wehten Fahnen. Ihnen folgten einige Damen von Rang, deren spitze Hüte mit den Schleiern, die wie zarte Libellenflügel hinter ihnen herwehten, in den Himmel ragten. Diese Hüte waren bei den vornehmen flämischen Damen noch sehr in Mode und kamen bei solch einer Veranstaltung erst richtig zur Geltung.

Die Kapitäne der flämischen Schiffe machten sich bereit, an Bord zu gehen und ihren Gästen aus Venedig entgegenzufahren. Alle bestaunten und bewunderten sie, während Alix sich kaum durch die Menschenmenge drängen konnte, gegen die Jason immer wieder wie gegen eine Mauer lief.

Endlich gelang es ihr aber doch irgendwie, ihr Pferd zu der

Straße zu lenken, in die sie unbedingt wollte. Nun musste sie noch ein Heer von Söldnern passieren, die von ihrem Kapitän mit seiner aufgestellten Hellebarde angeführt wurden. Und das war beileibe noch nicht alles.

Mit jedem Schritt kam sie dem Haus von Sire Van de Veere ein Stückchen näher. Eine Weile musterte sie die Soldaten, die ihr den Durchgang versperrten. Unter ihren blitzenden Helmen hielten sie den Blick starr geradeaus. Ihnen folgte der gesamte Adel von Brügge, der Großkanzler von Flandern, der Obervogt der Kaufleute, die Richter, die Schöffen und die Offiziere.

Alix musste erst diesen ganzen Aufmarsch an sich vorbeiziehen lassen, ehe sie schließlich das stattliche dreistöckige Haus des Bankiers erreichte. In der Fassade aus roten Backsteinen reihten sich bis hin zur obersten Etage viele bleiverglaste Fenster aneinander. Und ganz oben unter dem Giebel war das Wappen der Stadt angebracht.

Das breite zweiflügelige Tor, das vermutlich wegen der Prozession offen stand, führte in einen großen gepflasterten Innenhof. Alix wollte sich vergewissern, dass es auch wirklich das Haus von Sire Van de Veere war, entdeckte aber kein Namensschild. Trotzdem sprang sie von ihrem Pferd, nahm es an der Leine und betrat den Hof.

Ein Diener in blaugelber Livree kam auf sie zu.

»Guten Tag, ich bin Alix Cassex. Könnt Ihr Sire Van de Veere meine Entschuldigung ausrichten. Es tut mir sehr leid, dass ich zu spät komme, aber die großen Feiern in der Stadt haben mich unerwartet aufgehalten.«

»Ich werde es ihm ausrichten«, sagte der Diener und verbeugte sich vor Alix, während ein Stallknecht kam, um Jason in den Stall zu führen, den man hinter dem Haus sehen konnte.

Sie streichelte Jason über den Hals und überließ ihn dem Stallknecht; dann führte sie der Diener in einen großen Saal, wo sie eine Weile warten musste. Alix nutzte die Gelegenheit, um ihre Kleider in Ordnung zu bringen. Bei dem Gedränge war ihr die Haube ins Gesicht gerutscht, und ihr Brokatumhang mit dem Zobelkragen saß auch nicht mehr richtig.

Kaum hatte sie ihre kleinen Verschönerungsmaßnahmen beendet, als der Hausdiener auch schon wieder erschien und sie bat, ihm zu folgen. Er führte sie in einen anderen, ebenso großen Raum mit mächtigen Tapisserien an den Wänden, die ganz im flämischen Stil gehalten waren, mit ineinanderverwobenen Motiven in fließenden Farben. Der Teppich, über den sie schritt, stammte vermutlich aus der Türkei. Er fühlte sich weich wie Seide an, und Alix bewunderte sein wunderschönes Muster.

Die große Tür schloss sich geräuschlos. Alix stand vor einem mächtigen aus Holz geschnitzten Schreibtisch, hinter dem ein Mann saß. Seine schlanke Figur, die feurigen Augen und die gerade Adlernase wiesen auf die italienische Abstammung des Flamen hin.

»Wenn ich ehrlich bin, Dame Cassex«, sagte er und erhob sich zu ihrer Begrüßung, »hatte ich nicht mehr mit Eurem Besuch gerechnet.«

»Es tut mir leid, aber …«

»Ja, ja, ich weiß. Die Willkommensfeiern für die venezianischen Galeeren werden von Jahr zu Jahr turbulenter.«

»Das geht sogar so weit, dass man nicht dorthin kommt, wo man verabredet ist, was ich sehr unhöflich finde«, sagte Alix.

»Macht Euch keine Gedanken. Das ist doch nur eine kleine Verzögerung, die das Fest verschuldet hat. Konntet Ihr Euch denn wenigstens schon etwas amüsieren?«

»Nein, leider nicht. Ich bin erst seit gestern in Brügge.«

Im Stehen wirkte der Mann sehr groß, und seine bodenlange Robe aus schwerem Damast verstärkte diesen Eindruck noch.

»Möchtet Ihr vielleicht etwas trinken? Ich glaube, Ihr könntet etwas zur Beruhigung vertragen. Wie es aussieht, ist Euch das Volk ganz schön auf den Leib gerückt.«

Alix wurde rot und fasste nach ihrer Haube, die sie nicht richtig hatte zurechtrücken können. Dazu hätte sie sie erst abnehmen und alle Haare wieder darunter verstauen müssen. Sie strich sich ein paar widerspenstige Locken aus dem Gesicht, ohne ihr Gegenüber aus den Augen zu lassen. Der Mann hatte etwas sehr Einnehmendes an sich. Er lächelte verführerisch, und wenn sein Blick nicht gerade Funken sprühte, war er samtweich.

Früher hatte schon einmal ein anderer feuriger Italiener eine junge Französin betört, die im Auftrag von Louis d'Orléans nach Mailand aufgebrochen war, weil sie für ihn und seine Truppen die Tore der Stadt öffnen sollte. Und dieses vornehme Fräulein war Jacquous Halbschwester gewesen, die damals noch Isabelle de La Baume hieß. Jacquou hatte darüber aber nie etwas erfahren, und deshalb ahnte Alix auch nicht, wie verführerisch die Italiener mit ihren samtigen Augen und ihrem reizenden Lächeln sein konnten.

Nach der Mailänder Eskapade war Isabelle de La Baume zur vernünftigen Frau de La Trémoille geworden, und der größte Herzensbrecher von damals, genannt Ludovico Sforza, war jetzt Gefangener des Königs von Frankreich. Das Kind, das diese Liebe hervorgebracht hatte, hieß Constance, und Alix hatte das Mädchen – zusammen mit Jean de Villiers – vor langer Zeit einmal unterwegs kennengelernt, als sie auf der Suche nach ihrem geliebten Jacquou war.

Sire Van de Veere beugte sich ein wenig über sie, und Alix dachte, er würde ihr gleich mit der Hand übers Gesicht streichen. Sie machte einen Schritt zurück und sah ihn unverwandt an.

»Wollt Ihr nicht Eure Haube abnehmen, die in dem Gedränge auf den Straßen ganz verrutscht ist? Das wäre bestimmt bequemer.«

Alix griff nach der schwarzen Samthaube mit der silbern paspelierten Borte, unter der sich ihre ganze Haarpracht verbarg, nahm sie mit einem Ruck ab und befreite ihr langes goldbraunes Haar, das ihr nun in glänzenden Wogen über die Schultern fiel.

Während Van de Veere schweigend die Schönheit der jungen Frau bewunderte, kam der Diener herein.

»Bring uns etwas kühlen Zimtwein, Pieter.«

Dann deutete er auf einen bequemen Lehnsessel, der mit Florentiner Samt bezogen war. Er nahm Alix am Arm, führte sie zu dem Sessel, nahm selbst auf dem Stuhl ihr gegenüber Platz und sah ihr lächelnd zu, wie sie ihre Lippen mit dem kühlen Getränk benetzte.

»Schmeckt es Euch?«

»Bei uns in Frankreich heißt das Getränk Gewürzwein. Wir geben noch einige Nelken, frischen Ingwer, Muskat und Orangenschale dazu.«

»Hoffentlich ist Euch unser Wein dann nicht zu fad!«, lachte Van de Veere. »Wir würzen ihn nicht so stark. Wollt Ihr vielleicht lieber etwas anderes trinken?«

»Ja, ich hätte gern ein Bier«, gab Alix unumwunden zu, weil sie dem Charme dieses Mannes bereits erlegen war. »Das flämische Bier schmeckt mir sehr gut.«

»Weil es mit Lorbeer, Salbei und Enzian verfeinert wird, nehme ich an.«

Er läutete wieder nach dem Diener, der wohl hinter der Tür warten musste, so schnell wie er zur Stelle war.

Der Bankier war überrascht, wie unbefangen und mutig sich

Alix benahm. Ihre Anmut und ihre natürliche Schönheit beeindruckten ihn zutiefst, doch er ließ sich nichts anmerken.

Der Diener brachte Bier und servierte es in einem Kristallkrug – blond, schaumig und mit dem typisch bitteren, aber aromatischen Geschmack, den Alix gut kannte. Trotzdem nahm sie nur einen kleinen Schluck, weil sie einen klaren Kopf für das Gespräch behalten wollte, bei dem ihr kein Fehler unterlaufen durfte.

Wieder sah er zu, wie sie ihren Mund in die schaumige Flüssigkeit tauchte, und wartete gespannt auf ihre Meinung.

»Dieses Bier schmeckt mir sehr gut«, sagte sie und erwiderte seinen Blick, »aber findet Ihr nicht auch, dass wir jetzt über das Anliegen sprechen sollten, das mich zu Euch führt, Sire Van de Veere?«

»Ich bin ganz Ohr.«

»Darf ich Euch zunächst darauf aufmerksam machen, dass Ihr mir von einem guten Freund empfohlen worden seid, von Monseigneur Jean de Villiers?«

»Ja, ich weiß. Er ließ es mir über einen Freund aus Rom ausrichten, der sich gerade in Brügge aufhält.«

Alix seufzte erleichtert. Diese Unterredung ließ sich sehr vielversprechend an. Bestimmt hätte Van de Veere sie nicht so herzlich empfangen, wenn er nicht bereits über Dritte von ihr gehört hätte. Dennoch musste sie auf der Hut sein. Jetzt hieß es erst einmal, das wahre Gesicht des Bankiers zu erkennen.

Er erhob sich und bat Alix, sich zu ihm an seinen Schreibtisch zu setzen.

Als er seine schmalen braunen Hände auf den Tisch legte, denen man ansah, dass er nicht mit ihnen arbeiten musste, entdeckte Alix an jedem seiner Finger außer am Daumen und am kleinen Finger einen Ring mit einem kostbaren Cabochon.

Seine langen hermelingesäumten Ärmel fegten bei jeder seiner Bewegungen über den Tisch.

»Wollt Ihr Gold oder Florins?«, kam er nun direkt zur Sache.

»Weder noch.«

»Aha, also Wechsel! Sehr vernünftig. Heutzutage empfiehlt sich diese Art von Darlehen. Habt Ihr denn Vertrauen in Euren Makler vor Ort?«

Alix zögerte. Sollte sie zugeben, dass sie gar keinen hatte?

»Volles Vertrauen«, antwortete sie und hielt seinem Blick stand.

»Sehr gut! Dann sollten wir jetzt feststellen, wie viel Ihr braucht. Um welchen Betrag geht es denn?«

Alix wollte die angenehme Stimmung ausnützen und nicht hinter dem Berg halten.

»Es handelt sich um mehrere Punkte, die besprochen werden müssen.«

Van de Veere lächelte.

»Wie wär's, wenn wir einfach vorn anfangen?«

»Monseigneur de Villiers hat Euch wahrscheinlich gesagt, dass ich Witwe bin.«

Ihr Gegenüber nickte, sagte aber nichts dazu.

»Hat er Euch auch mitgeteilt, dass ich hier in Flandern der Gilde mein Meisterstück präsentieren will, damit ich selbstständig handeln kann?«

Van de Veere nickte wieder.

»Das weiß ich alles«, sagte er ernst. »Aber was ich nicht wusste, ist, dass Ihr noch so jung seid. Wie alt seid Ihr denn?«

Als sie nicht gleich antwortete, sah er sie mit seinen schwarzen Augen eindringlich an und fuhr fort:

»Ich muss wissen, wie alt meine Kunden sind. Das brauche ich zu meiner Sicherheit, wenn es um die Höhe der Zinsen geht.«

»Ich verstehe schon«, antwortete Alix. »Ich bin gerade vierundzwanzig geworden.«

»Das ist sehr jung für einen so großen Kredit.«

Plötzlich fühlte sie sich unsicher, und ihre Hände zitterten ein wenig. Machte er sich über ihre plötzliche Angst lustig? Würde er ihr das Geld wegen dieser Lappalie verweigern?

»Ich hätte Euch anlügen können – was ich aber nicht getan habe.«

»Auch ich hätte Euch täuschen können, aber das ist nicht meine Absicht. Ich wusste, wie alt Ihr seid.«

»Ach so! Was wisst Ihr denn noch über mich, Sire Van de Veere? Dass uns Jean de Villiers, Kardinal in Rom und Onkel meines Mannes, verheiratet hat, als ich eben vierzehn war, und zwar mit einem päpstlichen Dispens?«

»Nein, das wusste ich nicht.«

»Also dann, reden wir jetzt über's Geld. Was könnt Ihr für mich tun?«

Er faltete seine Hände, dann legte er die eine auf die andere und sah seine junge Kundin aufmerksam an.

»Ihr spracht von einem zweiten und vielleicht sogar einem dritten Punkt. Worum geht es da?«

»Ich möchte im Val de Loire ein Verkaufskontor eröffnen.«

»Habt Ihr denn das nötige Material? Ich meine natürlich in Arbeit.«

Jetzt machte Alix eine zufriedene Miene. Hier fiel es ihr nicht schwer, ihre Sache zu verteidigen.

»Ich habe zwei große Aufträge, für die ich mehrere Jahre brauchen werde. Die Arbeit an diesen Aufträgen wurde aber leider durch den Brand unterbrochen, der mir alles zerstört hat.«

»Was für Aufträge sind das im Einzelnen?«

»Das habe ich einem Bankier in Arras, den ich vor Euch getroffen habe, auch schon erklärt, aber er wollte es mir nicht recht glauben.«

Sie bemerkte seinen plötzlichen Stimmungsumschwung.

»Wer war das?«

»Der Geldverleiher Simon d'Harcourt.«

»Das ist ein kleiner Pfandleiher, den ich nicht persönlich kenne. Ihr habt gut daran getan, Euch nicht mit ihm einzulassen. Diese Leute verlangen nur immer überhöhte Zinsen.«

Alix lächelte ihn dankbar an und fuhr fort:

»Ein Auftrag stammt vom König von Frankreich. Es handelt sich um sechs große Wandteppiche zu dem großen griechischen Thema ›Trojanischer Krieg‹. Alle Kartons dafür hat der Maler Van Orley angefertigt, dessen Name für Qualität spricht, wie Ihr vielleicht wisst.«

Als Van de Veere zustimmend nickte, konnte sie sich denken, dass er Van Orley kannte, und fuhr einigermaßen beruhigt fort:

»Die andere Bestellung ist ein Millefleurs zum Thema Einhorn. Er ist nicht weniger bedeutend und für die Comtesse d'Angoulême bestimmt. Für sie arbeite ich auch an einem großen Wandbehang über das höfische Leben. Ich nenne ihn *Begegnung am Hofe*.«

»Für die Comtesse d'Angoulême! Ist sie nicht die Mutter des Jungen, der einmal den Thron von Frankreich besteigen soll?«

»Wie ich sehe, seid Ihr gut über die Angelegenheiten unseres Landes informiert.«

»Ich mag Frankreich sehr, und besonders Euer bezauberndes Val de Loire. Die Schlösser dort sind einfach wunderschön! Habt Ihr einen zuverlässigen Verwalter, oder beabsichtigt Ihr das Kontor selbst zu führen?«

»Ich habe einen Freund, dem ich selbstverständlich voll und ganz vertraue.«

»Einen Freund!«, wiederholte er und sah ihr in die Augen.

»Ihr wollt wohl alles wissen?«

»Ja, alles. Ich brauche Garantien, und wie ich bereits sagte, jede falsche Erklärung führt dazu, dass ich keinen Kredit gebe.«

»Dieser Freund ist der besondere Schutzbefohlene von Monseigneur Jean de Villiers, Julio le Romain, der sich einfach nicht entscheiden kann, ob er Priester oder Weber werden will. Wenn er erst ein eigenes Kontor hat, heiratet er bestimmt eine liebe Frau, und ich darf vielleicht die gute Patin für sein erstes Kind werden.«

Alix warf ihre rotblonden Locken zurück und richtete sich auf.

»Genügen Euch diese Erläuterungen?«

»Vollkommen.«

Van de Veere machte eine Pause, während er sie mit seinen schwarzen Augen neugierig musterte, sagte aber nichts mehr. Dann schob er mit einer beringten Hand seine rote Mütze zurück, die er nach Art der Florentiner trug. Sie war mit einem gewaltigen Smaragd verziert, der sehr schön grün auf dem roten Barett funkelte.

Alix spürte, dass ihre ganze Zukunft von diesen wenigen Sekunden abhing, war aber völlig überrascht, als er plötzlich aufstand und sagte:

»Ich bitte Euch, morgen Abend um die gleiche Zeit wiederzukommen. Ich muss mir die Sache durch den Kopf gehen lassen.«

»Bekomme ich dann eine Antwort?«

»Auf jeden Fall. In welchem Gasthaus seid Ihr abgestiegen?«

»Im Gasthaus ›Zum Goldenen Vlies‹.«

»Sehr gut. Ich lasse Euch von meinem Kutscher abholen.«

Damit war sie einverstanden, es war sicher besser so.

»Mein Stalljunge bringt Euch Euer Pferd.«

Er lächelte sie an und machte eine tiefe Verbeugung.

»Dann also bis morgen Abend. Ich wünsche Euch eine gute Nacht, Dame Cassex.«

Weil Jason nicht im Hof auf sie wartete, ging Alix zu den Ställen. Entgegen Van de Veeres Ankündigung war der Pferdeknecht nirgends zu sehen. Im Stall war es ziemlich dunkel, nur die große offene Tür ließ etwas Licht herein.

Plötzlich stieß sie mit einem Mann zusammen, der erst fluchte, sich dann aber entschuldigte, als er feststellte, dass er es mit einer Frau zu tun hatte. Er sah sie sich genauer an, und als sie ihn ebenfalls seltsam neugierig musterte, sagte er mit einer ebenso klangvollen wie skandierten Stimme:

»Oh, das Fräulein hier kommt mir irgendwie bekannt vor. Leider kann ich mich nicht mehr an den Namen erinnern. Würdet Ihr ihn mir verraten, schöne Fee?«

Alix antwortete nicht und versuchte sich auch zu erinnern, was sich aber gleich erübrigen sollte.

»Ich bin Albrecht Dürer.«

Alix erblasste und wäre am liebsten im Boden versunken. Himmel! Die Geschichte war schon so lange her, dass sie sich kaum noch an Einzelheiten erinnern konnte.

»Mittlerweile seid Ihr sehr berühmt, Meister Dürer!«

Sein Gesichtsausdruck wechselte, aber er ließ den Blick nicht von ihr.

»Verflixt! Das ist ja die kleine Alix!«, rief er. »Was macht Ihr denn bei meinem Freund Alessandro?«

»Was werde ich schon hier machen? Auch nichts anderes als alle anderen Leute, die einen Bankier aufsuchen.«

»Ihr wollt also Geld von ihm leihen?«, fragte er und lachte laut. »Hat er es Euch denn gegeben?«

»Das geht Euch nichts an, Meister Dürer.«

»Verflixt!«, sagte er noch einmal. »Verflixt, wart Ihr damals jung!«

»Gott sei Dank ist das lange her.«

»Zum Teufel, schönes Fräulein! Seine Jugend sollte man nie bereuen!«

Alix zog ihr Pferd aus dem Stall, und der Maler folgte ihr auf den Hof. Sie warf einen Blick auf das Haus und sah, dass sich ein Vorhang bewegte, und erkannte hinter dem Fenster die Umrisse von Van de Veeres Gestalt. Ehe sie aufsteigen konnte, hatte sie der Maler am Arm gepackt und zu sich gedreht, so dass sie sich ganz nah gegenüberstanden. Sein Gesicht war noch immer schön, wenn auch in den vergangenen acht Jahren ein wenig gealtert. Seine blonden Haare waren grau geworden, aber er trug sie nach wie vor schulterlang, und seine große, aufrechte Gestalt wirkte in dem weiten schwarzen Mantel sehr stattlich.

»Ihr wisst, dass ich nicht mehr in Eurer Schuld stehe, Meister Dürer, und auch nicht in der von Maître de Coëtivy, dessen Zorn ich damals gefürchtet habe.«

»Ach, lassen wir doch diese alte Geschichte. Ich habe sie längst vergessen.«

»Ja, natürlich, ich hatte Euch ja auch nichts gestohlen.«

»Das dachte ich mir.«

»Warum habt Ihr mich dann damals so genötigt?«

»Wie könnt Ihr nur so nachtragend sein? Immerhin habt Ihr doch so Euren jungen Liebhaber wieder gefunden.«

»Ihr hattet kein Recht dazu – ich war verheiratet, und das hatte ich Euch auch gesagt. Ihr habt mich nicht verführt, Meister Dürer, Ihr habt mich gezwungen.«

Sie wollte von ihm weg, aber er ließ sie nicht los. Vergeblich versuchte sie sich zu wehren und bemerkte dabei, dass der Vorhang noch immer einen Spalt weit geöffnet war und Sire Van de Veere die Szene beobachtete. Da wurde sie wütend und schrie:

»Lasst mich endlich los, Meister Dürer! Ich habe Euch damals schon gesagt, dass ich keines von Euren Modellen bin, die Eure geilen Gelüste befriedigen müssen.«

Er lachte wieder, ließ sie aber los.

»Was redet Ihr denn da! Kein Maler ist geil, meine Hübsche. Wir sind nur verliebt in die Schönheit, die wir auf die Leinwand bannen müssen, damit die Verehrer der Kunst zufrieden sind.«

»Das mag schon sein. Trotzdem solltet Ihr wissen, dass ich diese Stunde, die Euch so gefallen zu haben scheint, in sehr schlechter Erinnerung habe. Nur die Vorstellung, ich würde sonst wie eine gemeine Diebin öffentlich gehängt und würde meinen Jacquou nie wiedersehen, hat mich dazu getrieben. Ich musste Euch gefügig sein, um meine Freiheit zurückzubekommen. Ihr habt mich erpresst!«

Wieder wollte er sie festhalten, aber diesmal riss sie sich los und verpasste ihm eine Ohrfeige.

»Meinetwegen könnt Ihr mich ruhig weiter verleumden, wenn Ihr mir das noch immer so übel nehmt.«

Sie sprang auf ihr Pferd und sah ihn wütend an, überlegte sich dann aber, dass sie wohl zu weit gegangen war. Sie vergaß Dürers Unverschämtheit und sagte laut und deutlich:

»Also gut, ich will es Euch nicht länger verübeln, Meister Dürer, und ich entschuldige mich auch für die Ohrfeige. Falls sich unsere Wege aber noch einmal kreuzen, solltet Ihr Euch anders benehmen. Ich bin nicht mehr so verwundbar wie früher.«

Sie ließ Jason ein paar Schritte gehen und fragte dann:

»Nehmt Ihr es mir noch immer übel?«

»Ich werde Euren Rat befolgen! Beim nächsten Mal benehme ich mich anders. Ich werde es nicht vergessen, da könnt Ihr sicher sein.«

Und noch ehe sie durch den breiten Torweg verschwunden war, betrat er das Haus seines Freundes, der ihn bereits unten an der Treppe erwartete.

»Was ist los, mein Freund? Ich habe gesehen, dass du einen

heftigen Streit mit meiner Kundin hattest. Kennst du sie denn, Albrecht?«

»Ja, sie ist eine gute alte Bekannte«, sagte der Maler lachend. »Ehrlich gesagt, habe ich sie seit acht Jahren nicht mehr gesehen.«

»Aber was war denn los?«, fragte Alessandro noch einmal, der offensichtlich mehr erfahren wollte. »Mir scheint, sie hat dir ganz schön zugesetzt!«

»Hast du uns etwa beobachtet?«

»Ja. Ich habe mir Sorgen gemacht, weil ich den Stallknecht nicht gesehen habe.«

Seite an Seite gingen der Bankier und der Maler die Treppe hinauf ins obere Stockwerk.

»Wusstest du, dass die Frau Witwe ist?«

»Nein, verdammt! Wenn ich das gewusst hätte!«

»Was wäre dann gewesen?«, fragte sein Freund, auf dessen Stirn sich eine ärgerliche Falte zeigte. »Bist du etwa schon einmal in ihrer Gunst gestanden?«

»Ja, aber das ist lange her.«

Alessandro Van de Veere konnte seine Betroffenheit nicht verhehlen.

»Diese Frau ist vierundzwanzig. Dann war sie also damals sechzehn. Das ist sehr jung. Was ist damals geschehen? War sie dein Modell?«

»Nein, das ist eine andere Geschichte.« Auf einmal wurde ihm bewusst, dass ihn sein Freund so merkwürdig ausfragte, und er sagte: »Warum horchst du mich so aus?«

»Nur so. Ich bin immer froh, wenn ich möglichst viel über meine Kunden erfahre.«

Aber das seltsame Leuchten in den schwarzen Augen seines Freundes strafte seine Worte Lügen.

»Acht Jahre lang wusste ich nicht, was aus dieser Frau geworden ist, und dann steht sie plötzlich vor mir, hier in deinem Haus.«

»Aber was war damals?«, Van de Veere blieb hartnäckig.

»Ihr Schwiegervater, Pierre de Coëtivy …«

»Der alte Maître Pierre de Coëtivy ist also ihr Schwiegervater!«

»Ja, und ich weiß nicht, was er gegen sie hatte, jedenfalls war er strikt gegen diese Heirat gewesen. Er hegte einen unbeschreiblichen Hass gegen sie. Eines Tages schob er ihr einen Diebstahl in die Schuhe, den sie nicht begangen hatte. Und wie es der Zufall wollte, fand man die gestohlenen Bilder ausgerechnet in ihrem Gepäck.«

Die Falte auf Alessandros Stirn wurde immer tiefer.

»Und was hast du dann gemacht?«, fragte er.

»Ich muss das wissen, Albrecht!«, beharrte er, als der Maler mit seiner Antwort zögerte.

»Warum denn?«, fragte Dürer zurück. »Interessierst du dich für sie?«

»Mag sein. Jedenfalls will ich wissen, was du dann gemacht hast.«

»Coëtivy hat sie verhaften und in Lille ins Gefängnis werfen lassen.«

»Und dir und deinem Charme ist es gelungen, sie da wieder rauszuholen?«

»Genau so war's. Sie wollte einfach nur ihren Mann wiedersehen, was Coëtivy zu verhindern suchte.«

»Welche Strafe hätte sie denn erwartet, wenn du sie nicht befreit hättest?«

»Ganz allein, ohne Freund und Fürsprecher, hätte man sie vermutlich gehängt.«

22

»Warum setzt Ihr denn wieder Eure Haube auf, Dame Alix? Eure Haare sehen so schön aus, wenn Ihr sie offen tragt.«

»Ich bin schließlich kein junges Mädchen mehr«, protestierte Alix.

»Na und, das macht doch nichts!«

»Ich bin Witwe, Angela, und das will ich auch bleiben.«

»Deshalb könnt Ihr euch doch schön machen. Ihr seid noch so jung! Darf ich Euch einmal nach Art der Florentinerinnen frisieren?«

Alix seufzte und gab sich geschlagen.

»Also gut, Angela. Aber ich möchte auf keinen Fall lächerlich aussehen.«

In dem großen Spiegel beobachtete sie, wie sich Angela hinter ihr zu schaffen machte. Geschwind flocht sie mehrere kurze und ganz dünne Zöpfe, die sie oben auf dem Kopf feststeckte. Dann flocht sie zwei weitere Zöpfe, die das Gesicht von Alix rechts und links umrahmten; ein Teil ihrer Haare durfte ihr offen auf die Brust fallen. Schließlich machte sie noch zwei Zöpfe, die ihr Haar auf dem Rücken mit einem Knoten zusammenhielten.

»Wie gefällt Euch das, Dame Alix? Jetzt seht Ihr wie eine richtige Florentiner Madonna aus. Sire Van de Veere kann Euch so bestimmt nicht widerstehen. Ich sehe schon, wie er Euch bewundert und Eure Wechsel mit einem Lächeln auf den Lippen unterschreibt.«

»Hoffentlich hast du recht!«, seufzte Alix. »Ich brauche das Geld unbedingt. Ohne die Unterstützung dieses Bankiers bin ich verloren.«

»Er hilft Euch ganz bestimmt.«

Angela überlegte kurz, wirbelte um ihre Herrin herum und rief:

»Sein Kutscher holt Euch doch ab, Ihr müsst also keinen Schritt gehen. Ich finde, Ihr solltet Euer schönstes Kleid anziehen.«

»Mein rosenrotes Kleid!«

»Ja, Dame Alix, das rosenrote. Die Farbe gefällt mir so gut, weil sie mich an die illuminierten Bilder aus dem vergangenen Jahrhundert erinnert.«

»Da hast du recht. Ich habe lange gebraucht, bis ich diese Farbe für die Gewänder meiner Damen mit den Einhörnern richtig wiedergeben konnte. Dieses Rosenrot ist unvergleichlich kräftig und rein, mit einem winzig kleinen Schimmer von Veilchenblau, und es bringt mir bestimmt Glück. Bring mir also bitte dieses Kleid.«

Es war wirklich wunderschön, und die feinen Falten fegten anmutig über den Boden. Nur die zierlichen weißen Handgelenke waren in den weiten Ärmeln zu sehen, die Alix bis zur Taille reichten.

»Wenn Ihr jetzt noch Euer blaues Mäntelchen mit dem Zobelkragen anzieht, seid Ihr eine echte Prinzessin, Dame Alix.«

Beide waren so in die Vorbereitungen für diesen besonderen Abend vertieft, dass sie beinahe das Klopfen überhört hätten.

»Der Kutscher von Sire Van de Veere steht bereit, Dame Cassex.«

»Sagt ihm, ich komme gleich.«

Als Alix endlich fertig und ganz überrascht von ihrem Anblick war, nahm sie Angela in den Arm und drückte ihr einen dicken Kuss auf die Wange. Dann sagte sie ein bisschen besorgt:

»Ich möchte nicht, dass du allein ausgehst, du bist noch zu jung, Angela. Wenn du einen Spaziergang durch die Stadt machen willst, soll dich Leo begleiten.«

»Bitte, macht Euch nur keine Sorgen, Dame Alix.«

Der Wagen wartete vor dem Haus, und Alix kletterte flink hinein. Es war eine prächtige Kutsche mit dem Wappen des Bankiers. Vier schwarze Pferde waren angespannt, und als Leo zusah, wie sie aus dem Hof des Gasthauses fuhren, dachte er nur, er würde sich auch nicht ungeschickter anstellen, wenn man ihm vier Pferde zu lenken gäbe.

Bald hatte die Kutsche ohne größere Schwierigkeiten das Haus von Sire Van de Veere erreicht – die Feierlichkeiten vom Vorabend gingen nämlich langsam zu Ende. Jetzt wurde hauptsächlich in den reichen Privathäusern gefeiert, bei den Notabeln, den Offizieren, den Schöffen und den Bischöfen – in vielen Häusern funkelten hinter den Fenstern bunte Lichter.

Alessandro hatte es sich nicht nehmen lassen, Alix persönlich zu empfangen, die diese ungewöhnlich herzliche Geste sehr zuversichtlich stimmte.

An diesem Abend trug er nicht die große schwarze Robe mit dem Hermelinkragen, in der er sehr reif und erfahren gewirkt hatte, sondern ein schwarzgoldenes Satinwams und dazu rote Kniehosen und Strümpfe. In diesem Aufzug sah er erstaunlich jung aus. Alix fragte sich, wie alt er wohl sein mochte und schätzte ihn auf vierzig oder höchstens fünfundvierzig.

Während sie auf ihn zuging, kam es ihr in den Sinn, seinen Willkommensgruß auf Italienisch zu erwidern. Er schien überrascht und musterte sie ausgiebig, so als suche er nach etwas, das ihm noch besser gefallen könnte als ihre Schönheit und Klugheit, doch dann reichte er ihr die Hand und lächelte sie an.

»Ihr seid einfach göttlich, liebe Alix«, erwiderte er in seiner Muttersprache.

Da entfuhr ihr ein fröhliches kleines Lachen.

»Verbessert mich bitte, wenn ich Fehler mache, aber ich glaube, mit Italienisch komme ich besser zurecht als mit Spanisch.«

Er kam aus dem Staunen nicht heraus, ließ sich aber nichts anmerken, sondern fragte nur, während er sie zur Treppe geleitete:

»Wo habt Ihr diese Sprachen gelernt?«

»Bei einem meiner gelegentlichen Besuche in Italien. Ich lerne sehr schnell, müsst Ihr wissen, Sire Van de Veere.«

Er führte sie in ein Arbeitszimmer, das kleiner als das vom Vorabend, aber umso persönlicher und besonders liebevoll mit viel Nippes aus Florenz eingerichtet war.

»Darf ich Euch etwas fragen, Sire Van de Veere?«, sagte sie, als er ihr den Umhang mit dem Zobelkragen abnahm.

Er schenkte ihr ein strahlendes Lächeln und antwortete mit einem Hauch von Ironie:

»Sehr gern, wenn es nicht zu indiskret ist.«

»Was ist Euch lieber, Flandern oder Italien?«

Ehe er antwortete, bewunderte er ausgiebig ihre rosenrote Robe mit der langen Schleppe, und schien sehr angetan. Der Anblick von Alix musste dem Bankier aber auch einfach gefallen. Sie trug ein in der Taille geschnürtes Mieder aus durchwirktem Satin, unter dem sich die vollkommenen Rundungen ihres kleinen Busens wölbten.

Er deutete auf ein weiches, mit leuchtendrotem Florentiner Samt bezogenes Kanapee, und setzte sich neben sie.

»Das weiß ich selbst nicht so recht«, antwortete er. »Wenn ich in Brügge bin, träume ich die ganze Zeit von Florenz, bin ich aber in Florenz, will ich nur noch zurück nach Brügge. In diesem Zwiespalt lebt man nun einmal, wenn man zwei Nationalitäten hat.«

Er kam näher, berührte flüchtig ihr Gesicht und flüsterte ihr ins Ohr:

»Dieser innere Konflikt quält mich bereits seit meiner Kindheit.«

Ihre Augen strahlten ihn an, und sie schenkte ihm ein anmutiges Lächeln.

»Darf ich fragen, mit wem ich es heute zu tun habe?«, flüsterte sie jetzt auch.

»Das bleibt Euch überlassen.«

»Einverstanden! Dann wünsche ich mir den Finanzmann, dessen Nationalität ich noch nicht kenne.«

»Der Bankier ist ganz Ohr, Alix.«

Sie senkte kurz den Blick, um nachzudenken, und sah ihm dann kühn in die Augen.

»Ich gestehe, ich bin verwirrt, Sire Van de Veere.«

»Verwirrt?«

»Ja«, sagte sie und wandte ihren Blick nicht von ihm, »woher habt Ihr eure Verführungskunst? Von Eurem Vater oder von Eurer Mutter?«

Sie dachte, er würde ihre Hand nehmen, doch dann besann er sich, stand auf und ging zu dem Schreibtisch am anderen Ende des Zimmers.

»Reden wir lieber übers Geld, schließlich wolltet Ihr ja eine Unterredung mit dem Finanzmann in mir. Meinen Geschäftssinn habe ich jedenfalls von meinem Vater geerbt.«

»Gut, dann wende ich mich jetzt also an den Flamen, wenn ich um einen Kredit bitte. Bitte erlaubt, dass ich wieder Französisch spreche, weil ich mich so besser aufs Geschäftliche konzentrieren kann.«

Er lächelte wieder, jetzt aber mehr als wohlwollender Geschäftsmann. Dann nickte er zustimmend, setzte sich hinter seinen Schreibtisch und holte verschiedene Dokumente aus einer versteckten Schublade an der Seite.

»Ich habe Wechsel für Euch vorbereitet, von denen einer nur für den Aufbau Eurer Werkstätten bestimmt ist. Insgesamt belaufen sie sich auf eine Summe von eintausendfünfhundert Florins verzinst auf acht Jahre. Seid Ihr damit zufrieden? Möchtet Ihr die Wechsel unterschreiben?«

Alix war sehr gerührt, wollte sich das aber nicht anmerken lassen. Sie spürte, wie ihre Hände ihre Knie umklammerten, und wartete ab, was er noch zu sagen hatte.

»Ich möchte Euch einen Vorschlag machen.«

»Bitte, Sire Van de Veere, ich höre.«

»Wenn es nach mir geht, gebe ich Euch nicht nur die Möglichkeit, ein Verkaufskontor im Val de Loire zu eröffnen, wie Euer Gönner Jean de Villiers vorschlägt, sondern biete Euch außerdem an, Mitglied der Manufaktur von Brügge zu werden.«

»Ich könnte hier in Brügge ein Depot aufmachen?«, fragte Alix ungläubig.

»Ja, ein Depot, das ganz offiziell bei der Manufaktur von Brügge angemeldet wäre, damit Ihr hier die Erzeugnisse verkaufen könnt, die keine Auftragsarbeiten sind. Ihr wisst bestimmt, dass Ihr Euren Umsatz so erheblich steigern könntet.«

»Ja, das weiß ich.«

Gütiger Himmel! Alix merkte, wie ihr eine Schweißperle über die Stirn lief. Ein Depot in Flandern würde ihren Feinden unter den Webern von Tours allen Wind aus den Segeln nehmen. In dieser Zunft wurden weder Erpressung noch Brandstiftung oder

Ähnliches unter den Mitgliedern geduldet, weil sich alle Weber, die zu der Manufaktur gehörten, die Gewinne teilten. Ihre Feinde aus Tours könnten nichts mehr gegen sie unternehmen.

Van de Veere sah, wie sich seine Kundin mit der Hand über die Stirn fuhr. Plötzlich wurde Alix sein scharfer Blick bewusst. Jetzt lächelte er nicht mehr, sondern erwartete ihre Antwort.

»Wenn ich Euch recht verstehe, wollt Ihr mich in die höchste Kaste aufnehmen!«

»So könnte man es auch nennen.«

»Wer würde dann aber meine Ware verkaufen? Die französischen Weber haben alle einen Makler, der sie dabei unterstützt.«

»Wenn Ihr wünscht, kann ich Euer Makler sein. Für mich ist das eine Kleinigkeit, weil ich ohnehin sechs Monate im Jahr in Brügge bin.«

»Was wären denn Eure Bedingungen?«

»Die Hälfte vom Gewinn plus die Rückzahlung des Jahresbeitrags, der sehr hoch ist.«

Nun schüttelte sie traurig den Kopf.

»Das würde ich sofort akzeptieren, wenn es nicht ein Problem gäbe.«

»Nämlich?«

»Ich bin aus zwei Gründen nach Flandern gekommen: Erstens, um Geld für den Wiederaufbau meiner Werkstätten aufzutreiben, und zweitens, um der Gilde mein Meisterstück zu präsentieren, damit ich handeln kann.«

Van de Veere kratzte sich ärgerlich am Kinn.

»Das ist allerdings wirklich sehr unerfreulich. Wir hätten gleich zu Beginn über diesen Punkt sprechen sollen. Wo habt Ihr denn Euer Meisterstück«

»Es ist in dem Gasthaus, in dem ich abgestiegen bin.«

»Ich würde es gern sehen. Könnt Ihr es bringen lassen?«

»Ja, falls mein Kutscher nicht in die Stadt gegangen ist.«

»Dann schicke ich eben meinen los. Er ist ein richtiger Pfiffikus und wird ihn bestimmt aufstöbern.«

»Das glaube ich schon, aber wann?«

Er läutete nach seinem Diener und schickte ihn, Collas zu holen. Als er dem Kutscher seine Anweisungen erteilt hatte, war er mit einem Mal ganz entspannt. Der gestrenge Bankier hatte dem charmanten Italiener Platz gemacht.

»Jetzt haben wir jede Menge Zeit. Ich wollte Euch ohnehin zum Souper einladen? Nehmt Ihr meine Einladung an?«

Als sie zögerte, sagte er: »Ich bitte Euch, wir feiern unsere Abmachung, bis Collas zurück ist.«

Van de Veere führte Alix in den Nebenraum, der gerade groß genug war für einen runden Tisch, auf dem silbernes Geschirr und Kristallkelche bereitstanden.

Mehrere Sessel und ein dunkelblaues Samtsofa standen einladend vor dem Fenster, aber er führte sie zum Tisch.

»Ich habe Adrian gebeten, dass er uns alles auf einmal serviert. Dann können wir uns selbst bedienen und ungestört über unsere geschäftlichen Angelegenheiten sprechen.«

Tatsächlich erschien bald darauf Adrian, den Alix mittlerweile auch schon kannte, und servierte Wachteln in Gelee, eine Kräutertarte, Scheiben vom Lammbraten, Heidelbeersorbet und Gebäck mit Mandelcreme.

»Je nachdem, wo sich die Gilde versammelt, setzt sich die Jury jedes Jahr aus anderen Mitgliedern zusammen. Wisst Ihr schon, wer bei der nächsten Versammlung dabei ist?«, wollte Van de Veere wissen.

»Von einigen weiß ich es sicher, und gerade sie sind mir nicht gewogen.«

»Rechnet Ihr auch Maître de Coëtivy zu ihnen?«

»Woher wisst Ihr von ihm?«

»Ich habe Euch gestern vom Fenster aus beobachtet.«

Alix runzelte ärgerlich die Stirn.

»Was hat Euch der Maler Dürer erzählt?«

»Er hat gesagt, Euer Schwiegervater würde Euch nicht sehr lieben.«

»Viel schlimmer – er hasst mich.«

»Ich habe ihn sehr geschätzt. Aber er ist ein Dummkopf, und ich halte in Zukunft nichts mehr von ihm. Dieser Mann, den ich einmal sehr geachtet habe, bedeutet mir nichts mehr.«

Er sah sie an, und sein Blick wurde auf einmal härter. Dann sagte er mit einem Anflug von Unnachgiebigkeit in der Stimme:

»Werdet Ihr diesen Mann wiedersehen?«

Sie spielte die Ahnungslose.

»Wen? Coëtivy oder Dürer?«

Er nahm ihre Hand und drückte sie ein wenig zu fest, aber sie ließ ihn gewähren.

»Ihr wisst sehr gut, wen ich meine. Diesen üblen Verführer!«

»Ich dachte, er wäre Euer Freund.«

»Jetzt nicht mehr.«

Sie machte ein zerknirschtes Gesicht, und ihre Finger bewegten sich ein bisschen in ihrem Gefängnis.

»Oh je! Wir kennen uns noch kaum, und jetzt habt Ihr Euch meinetwegen mit zwei von Euren Freunden überworfen!«

Er ließ ihre Hand los, nahm die Weinkaraffe und schenkte ein.

»Trinkt etwas«, sagte er.

Sie tauchte ihre Lippen in das starke, duftende Getränk und nahm einen Schluck. Es prickelte und war sauer. Dann sah sie ihren Gastgeber an und stellte fest, dass er sie mit zusammengekniffenem Mund und einer Falte auf der Stirn aus seinen tief liegenden schwarzen Augen unverwandt ansah.

Plötzlich erschrak sie über die Wendung, die die Ereignisse nahmen. Ein paar Minuten noch, und dieser Mann würde sie zu dem schönen und bequemen blauen Samtsofa führen. Und sie würde sich nicht sträuben! Das wusste sie ganz genau. Ihr war schwindlig, und sie spürte, wie ihr das Blut in die Wangen schoss. Nein, sie wollte sich wehren! Sie war noch nicht bereit.

Er reichte ihr eine kleine Wachtel, die sie manierlich mit den Fingern entbeinte und diese dann am Saum der Tischdecke abtrocknete, nachdem sie sie in das silberne Wasserschälchen vor sich getaucht hatte.

»Albrecht Dürer ist ein skrupelloser Verführer. Wart Ihr wirklich gezwungen, Euch von ihm verführen zu lassen?«

Sie seufzte traurig.

»Er hat mich nicht verführt, er hat mich genötigt. Daran habe ich ihn gestern erinnert. Sonst wäre ich dem Galgen nicht entkommen. Jacquou hätte das niemals erfahren dürfen!«

»Jacquou?«

»Er war mein Mann. Wir hatten gegen den Willen meines Schwiegervaters geheiratet. Jacquou ist bei der letzten Pest gestorben, die im gesamten Val de Loire gewütet hat.«

»Ihr habt mir noch immer nicht die Frage beantwortet, die ich Euch vorhin gestellt habe.«

»Das werde ich auch erst tun, wenn die herrische Falte auf Eurer Stirn und das herausfordernde Leuchten in Euren Augen verschwunden sind.«

»Einverstanden«, versprach er und erhob sein Glas.

Die funkelnden Ringe an seinen Fingern irritierten Alix.

»Warum sollte ich diesen Mann wiedersehen?«, fragte sie leise.

»Ich habe nichts als traurige Erinnerungen an diese Zeit. Wenn ich ihn sehe, muss ich nur an schreckliche Tage denken.«

»Aber …«

»Seine Umarmungen und das Vergnügen, das er offensichtlich daran hatte, haben mich vollkommen gleichgültig gelassen. Ich dachte dabei nur an meinen Mann. Mehr habe ich dazu nicht zu sagen.«

»Werdet Ihr ihn wiedersehen?«

»Nein!«, rief sie, sprang plötzlich auf und flüchtete sich zu dem Fenster, das hinter einem dicken blaugoldenen Vorhang verborgen war. »Nein! Ich verabscheue diesen Mann!«

Mit einem Satz war er bei ihr und nahm sie in seine Arme. Er drückte sie an sich und sagte ganz leise: »Küsst mich.«

Ihre Gesichter berührten sich, und seine Lippen streiften ihre. Er duftete nach frischen Blumen. Seine Lippen kamen noch näher, bis sie sich fanden. Es wurde ein kurzer, drängender Kuss. Was wäre wohl geschehen, wenn nicht gerade in dem Augenblick der Diener Adrian geklopft hätte?

»Bitte, lasst mich, Alessandro«, flüsterte sie.

Einen Augenblick später saßen sie wieder am noch immer reichhaltig gedeckten Tisch, weil sie kaum etwas angerührt hatten, und Van de Veere entrollte vorsichtig die Tapisserie von Alix.

»Dieser Millefleurs ist wirklich ein Meisterstück«, meinte er und strich behutsam über die präzise und dicht aneinandergereihten Stiche, die dem Wandteppich seinen ganz besonderen Glanz verliehen.

»Seid Ihr Euch da ganz sicher?«

»Unbedingt, Alix. Mit solchen Millefleurs könnt Ihr in Eurem Kontor im Val de Loire auch für die Florentiner arbeiten.«

»In Rom müsste ich eigentlich schon Kundschaft haben. Jean

de Villiers hat mir zugesichert, dass ich weitere Aufträge aus dem Vatikan bekommen werde.«

»Dann sollten wir nicht kleinlich sein und uns die Kunden aus ganz Italien sichern. Mailand, Neapel und Venedig sind genauso versessen auf diese Tapisserien wie Florenz oder Rom.«

Alix hatte sich noch gar nicht wieder richtig beruhigt, sie wusste nicht so recht, was sie von ihren Gefühlen halten sollte, und versuchte sich lieber auf ihre Arbeit zu konzentrieren.

Alessandro hielt den Teppich jetzt in der Hand, drehte und wendete ihn, betrachtete aufmerksam Vorder- und Rückseite und jedes Detail, von denen es auf dem Millefleurs nur so wimmelte.

»Er ist wirklich erstaunlich schön. Ich glaube, ich könnte ihn auch verteidigen, selbst wenn alle anderen Mitglieder der Gilde gegen mich wären.«

»Ihr werdet zumindest Unterstützung von meinem Freund, dem Kardinal, bekommen.«

»Ich bin sicher, wir werden noch mehr Fürsprecher haben. Davon bin ich fest überzeugt! Nebenbei sollten wir auch Eure momentanen Auftraggeber erwähnen. Schließlich ist Euer König von Frankreich eine bedeutende Persönlichkeit, und die Mutter von diesem kleinen, unbesonnenen, aber mutigen Bengel, der einmal die französische Krone tragen soll, ist auch nicht irgendjemand. Darauf sollten wir auch setzen.«

Alix nickte schwach.

»Wenn meine Arbeit abgelehnt wird, ist alles verloren, Alessandro«, sagte sie leise. »Nachdem die Aufträge fertig gestellt sind, für die mein Mann die Verträge unterzeichnet hat, müsste ich die Arbeit einstellen.«

Er stand auf und trat hinter sie, dann legte er seine Arme um ihren zierlichen Oberkörper und murmelte:

»Florenz wird Eure Schöpfungen feiern, da bin ich ganz sicher. Florenz und die Florentiner.«

Sie spürte den warmen Druck seiner Hände auf ihren Schultern.

»Und die Florentinerinnen! Ihr habt doch eine Frau, Alessandro!«

Er drehte sie langsam zu sich, fand ihre halbgeöffneten Lippen und drückte seinen Mund zum zweiten Mal auf ihren. Sie entzog sich nicht, ihre Gefühle gerieten wieder in Aufruhr, und sie ließ sich sehnsuchtsvoll gehen und genoss den langen heißen Kuss, jede Sekunde der sinnlichen Regung auskostend.

Dann löste er sich von ihr, aber nicht etwa, um sie freizugeben, sondern um sie am Arm zu nehmen und zu dem Sofa zu führen, das nur auf ihre Liebesspiele wartete. Dabei versuchte Alix noch immer standhaft zu bleiben und sich zu erinnern, dass sie noch nicht bereit war.

Sie ließ sich in die weichen Kissen sinken und fing an zu lachen wie ein kleiner munterer Wasserfall, dessen Geplätscher man kaum hört, wenn man zu weit entfernt ist.

»Ihr habt doch eine Frau, Alessandro!«, wiederholte sie und machte sich von ihm frei.

»Meine erste Frau starb bei der Geburt meines zweiten Sohnes. Und meine zweite Frau, die mir nie ein Kind geboren hat, lebt ziemlich zurückgezogen in ihrer Heimatprovinz. Sie liebt nur ihr Süditalien, und ich sehe sie sehr selten.«

»Aha«, sagte Alix ein wenig enttäuscht und seufzte, weil sie nicht recht wusste, was sie von dieser Offenbarung halten sollte. Dieser noch junge, aber einflussreiche, verführerische Mann, dem es gerade gelungen war, Jacquous Bild zu verdrängen, hätte ja auch verwitwet sein können. Stattdessen hielt er irgendwo im tiefsten Süden Italiens eine Ehefrau versteckt.

»Mätressen habt Ihr wahrscheinlich auch?«, hörte sie sich plötzlich fragen und war erstaunt über ihren Mut.

»Ja, ein paar«, sagte er lächelnd, »aber sie spielen keine Rolle.«

»Warum nicht? Bestimmt sind sie sehr schön.«

»Das schon, aber auch ein wenig einfältig.«

Sie befreite sich endgültig aus seiner Umarmung und kuschelte sich ans andere Ende des Sofas.

»Was ist Euch wirklich wichtig, Alessandro?«

Der Bankier antwortete nicht. Er stand auf, ging ein paar Schritte auf und ab, um dann vor dem reich gedeckten Tisch stehen zu bleiben, von dem sie sich kaum bedient hatten, nahm seinen Weinkelch und leerte ihn auf einen Zug.

Dann kam er zu ihr zurück und nahm sie in die Arme.

»Seit ich Euch kenne, seid Ihr alles, was mich interessiert. Ihr allein bedeutet mir alles.«

Plötzlich war er wie toll und presste sein Gesicht an ihren Busen. Er erdrückte sie beinahe. Seine geschickten, ungeduldigen und ebenso flinken wie zärtlichen Finger nahmen von ihrem Körper Besitz, aber als er sie unter ihr Kleid schieben wollte, richtete sie sich auf und berührte sanft sein Gesicht.

»Nein, Alessandro, bitte nicht! Ich bin noch nicht bereit. Ihr müsst mir Zeit lassen.«

Er kam zu sich, als wäre er aus einem Traum erwacht, und murmelte irgendetwas Unverständliches. Sein Verlangen war kaum noch zu bändigen, trotzdem beherrschte er sich, als er hörte, dass sie sich verabschieden wollte, und wurde mit einem Schlag wieder sachlich.

»Bitte lasst mich in mein Gasthaus zurückbringen, Alessandro.«

»Werdet Ihr mich morgen wieder besuchen?«

»Das geht leider nicht! Ich habe Euch doch gesagt, dass ich nach Lille reise.«

»Aber die Gilde kommt doch erst in einigen Tagen zusammen.«

»Ich brauche einen klaren Kopf, und ich möchte vor den anderen da sein. Für mich ist das sehr wichtig. Das versteht Ihr wahrscheinlich nicht.«

»Da täuscht Ihr Euch, Alix.«

Er beugte sich zu ihr hinunter und küsste sie noch einmal, zwang sie dabei, seinen leidenschaftlichen Kuss zu erwidern, und drückte sie ganz eng an sich. Dann ließ er sie widerstrebend los und sah ihr nach, als sie sich erhob.

»Ich rufe meinen Kutscher. Bis bald, Alix, und gute Reise. Möge der Beste gewinnen!«

23

Seit ihrer Abreise aus Romorantin waren über acht Monate vergangen, und Louis XII. beaufsichtigte unter den ungehaltenen Blicken seiner Frau die fröhliche Gesellschaft, die er François zur Seite gestellt hatte. Fast noch Kinder, waren sie doch schon stramme Kerle und konnten es kaum erwarten, als tapfere Ritter die Klingen zu kreuzen, ohne Sattel zu reiten, das Lanzenbrechen zu üben und auf die Jagd nach Bären und Wildschweinen zu gehen. Und während sie voller Leidenschaft die Geschichten und das Verhalten berühmter Ritter nachahmten, kämpften ihre Väter in Italien. Wahrscheinlich würde es nicht mehr lange dauern, bis François d'Angoulême und seine Freunde von ihrer ersten Rüstung und dem ersten Kampf träumten.

François ritt in einer Staubwolke dahin und stellte sich vor, er sei unterwegs zu fernen Horizonten. Er preschte durch Städte und Dörfer und belagerte Burgen, das Schwert an der Seite und den Helm mit dem Federbuschen auf dem Kopf, in vollem Kriegsharnisch, mit Brustpanzer und von den vielen Siegen mit Schleifen geschmücktem Schild. Wohin er auch kam, jubelte ihm die Menge unter dem ohrenbetäubenden Lärm von Hörnern und Trompeten aus einem Meer von bunten Fahnen und Wimpeln zu.

Während die Jungen ihr Leben in vollen Zügen genossen, versuchte Anne de Bretagne, die nun im Schloss von Blois residierte, ihre Sorgen über die neue Schwangerschaft einigermaßen zu beruhigen.

Louise d'Angoulême saß auf einem der Sessel vor dem großen

Kamin und dachte wieder einmal über die mögliche Geburt eines Thronfolgers und die entsprechenden Folgen nach, was nur dazu führte, dass sie erneut in Angst und Kummer versank.

Ihr Page René, der sie nur allein ließ, wenn sie ihr Schlafzimmer betrat, reichte ihr einen Brief.

»Ja, gib ihn mir, René. Ich bin so traurig, vielleicht kann mich ein Brief ein wenig aufheitern. Lass sehen, von wem er ist.«

»Ein Bote hat ihn aus dem Norden gebracht.«

»Sollte Alix schon nach Flandern gereist sein, um dort ihr Meisterstück vorzustellen?«, sagte sie mehr zu sich selbst und entrollte das Pergament sofort, um mehr zu erfahren.

Liebe Louise,

hoffentlich bereitet Euch die Tatsache, dass Königin Anne wieder schwanger ist, nicht allzu große Sorgen.
Ich habe zufällig davon gehört; sogar hier in der Provinz wird darüber gemunkelt. Man sagt, sie wird wieder eine Tochter bekommen. Also kann Euer Cäsar den Thron besteigen.
Was mich betrifft, so bin ich jetzt im Norden, den ich ja schon kenne, seit ich dort einmal meinen Jacquou gesucht habe. Nach Amiens und Arras, wo ich einen ersten Bankier getroffen habe, mit dem ich aber nicht ins Geschäft gekommen bin, halte ich mich zurzeit in Brügge auf. Hier habe ich Sire Van de Veere kennengelernt, einen Finanzmann aus Florenz, der mir von Monseigneur Jean de Villiers empfohlen wurde und der wohl jeweils eine Hälfte des Jahres in Florenz, die andere in Brügge zubringt.
Ich hoffe sehr, dass wir uns einig werden, weil ich dieses Geld unbedingt brauche, damit ich meine Werkstätten wieder aufbauen und weiterarbeiten kann.

Ach, Louise! Wenn ich nur wüsste, ob dieser Bankier seriös ist. Kann ich ihm vertrauen? Die Ungewissheit macht mich ganz krank, weil er mich verführen will und ich für die Reize dieses Mannes nicht unempfänglich bin. Was wird aus mir, wenn er mich nur zum Besten hält? Er findet mein Meisterstück großartig und will vor den Mitgliedern der Gilde, die dieses Mal in Lille zusammenkommen, dafür sprechen. Er hat mir zugesagt, dass er deshalb extra nach Lille reist. Wenn er sich zusammen mit Kardinal Jean de Villiers für mich einsetzt, bin ich gerettet. Spielt er aber nur ein böses Spiel mit mir, bin ich verloren. Natürlich habe ich ihm auch von den Wandteppichen für den König und für Euch erzählt, die ja bereits begonnen wurden, was ihn wohl doch sehr beeindruckt hat. Er meint, ich sollte ein Kontor in Brügge aufmachen, um von dort aus meine zukünftigen Erzeugnisse verkaufen zu können. Damit wäre ich vor der Feindseligkeit der Weber von Tours sicher. Ob er wohl wirklich sein Wort hält? Irgendwie erscheint es mir mehr als unwahrscheinlich, aber ich versuche einfach daran zu glauben. Das gibt mir Trost und Zuversicht, die ich beides dringend brauche. Sollte sich eines Tages doch herausstellen, dass er mir nur schöntun wollte, kann ich mir immer noch etwas einfallen lassen.
Ich schreibe Euch, sobald ich meine Lizenz bekommen habe. Das steht für mich im Augenblick an allererster Stelle.
Lisette, die ja freundlicherweise während meiner Abwesenheit bei Euch bleiben durfte, muss wohl schon entbunden haben. Ich bin sehr gespannt, mehr darüber zu erfahren. Ist es ein Junge oder ein Mädchen? Juan soll ruhig so oft es geht Hector reiten und sich auch um unsere anderen Pferde in Eurem Stall kümmern. Sobald ich wieder in Tours bin, hole ich die beiden zu mir. Ihr könnt Euch gar nicht vorstellen, Louise, wie dankbar

ich Euch bin, dass Ihr sie während meiner Reise so großzügig bei Euch beherbergt. Vielleicht kann ich Euch eines Tages mit meiner Begegnung am Hofe *dafür danken. Ich will dafür nur die schönsten Fäden verwenden, die ich aus Italien mitbringe.*
Es freut Euch bestimmt zu hören, dass ich immer besser Italienisch spreche. Richtet Marguerite bitte aus, dass sie sich mit den Italienischstunden anstrengen muss, wenn sie besser als ich bleiben will.
Übrigens habe ich eine kleine Italienerin zu mir genommen, die ein Leinweber in Arras loswerden wollte. Obwohl er sie sehr schlecht behandelt hat, wollte sie die Leinweberei erlernen, nur hat es ihr keiner zeigen wollen. Und ihre Mutter, die einmal mit einer venezianischen Galeere nach Flandern gekommen war, ist bei der letzten Pest gestorben.
Mit Angela – so heißt mein Schützling – und Julio, der in Rom geblieben ist, den ich aber in Lille wiedertreffe, werde ich noch fehlerfrei Italienisch sprechen lernen.
Liebe Louise, über einen Brief von Euch würde ich mich sehr freuen. Berichtet mir von den waghalsigen Heldentaten von François und den eher anmutigen von Marguerite. Umarmt und küsst sie von mir.

Alles Gute
Alix.

Louise seufzte, sie freute sich immer sehr, Neues von der jungen Weberin zu hören. Und dieser Brief war ihr wirklich ein Trost, auch wenn er ihr nicht die Angst nehmen konnte, die sie plagte, seit sie von der neuen Schwangerschaft der Königin wusste.

Wie um ihren Mangel an Begeisterung zu unterstreichen, öffnete sich die Tür zu ihrem Zimmer geräuschvoll, und Louise drehte sich um. De Gié, François' unnachgiebiger und autoritärer Lehrer, den Louise verabscheute, kam hereingepoltert und musterte sie mit prüfendem Blick, den er nur äußerst selten ablegte. An diesem Abend wirkte er aber irgendwie ungewohnt herzlich, als er Louises Anspannung bemerkte, die sie nur schlecht verhehlen konnte.

»Vergesst Ihr vor lauter Angst sogar die Musikstunde?«, fragte er spöttisch.

Aber Louise ging nicht auf seine Ironie ein und sagte nur:

»Wie Ihr wisst, Marschall, bin ich immer in größter Bedrängnis, wenn die Königin schwanger ist.«

Er sah sie mit seinen kalten Augen an, denen ausnahmsweise jede Feindseligkeit fehlte.

»Ihr macht Euch ganz unnötig Gedanken, weil die Königin auch diesmal nur ein Mädchen bekommen kann.«

»Seid Ihr euch da so sicher?«

Er trat zu ihr und wollte ihre Schulter berühren, ließ dann aber doch seine Hand wieder sinken.

»Werdet Ihr bei der Entbindung dabei sein?«

»Nein, ich reise nicht nach Blois. Ich muss eben hoffen, bis ich Nachricht bekomme. Das Kind lässt auf sich warten. Man sagt doch, dass es ein Junge wird, wenn es zu spät zur Welt kommt.«

De Gié klatschte ungeduldig in die Hände. Er zog sein schwarzes Samtwams aus, auch das pflegte er so gut wie nie zu tun, und schob die Ärmel seines weißen Hemds hoch.

»Jetzt lasst Ihr euch erstmal ein schönes Feuer machen, Comtesse. Es ist schlecht für den Körper, wenn der Geist friert. Die Flammen heitern Euch bestimmt auf.«

»Glaubt Ihr wirklich, ich muss mir nur die Knochen wärmen und schon lösen sich meine Qualen in Luft auf?«

Auf jeden Fall machte de Gié an diesem Abend einen ganz anderen Eindruck auf Louise als sonst.

»Ein schönes Feuer und ein gutes Essen«, wiederholte er und rieb sich die Hände. »Ich schlage vor, wir bestellen uns ein Festessen, das wir ausgiebig begießen. Über so einem Festmahl vergesst Ihr Eure Ängste.«

»Eure Sorglosigkeit erstaunt mich!«

»Wer sagt Euch denn, dass ich froh und unbeschwert bin?«

Sie sah ihn eindringlich an und glaubte tatsächlich eine Spur von Fürsorge in seinem Blick zu entdecken.

»Das ist wahr«, sagte sie leise, »wenn wir uns auch hassen, so haben wir doch das gleiche Ziel. Und heute bedeutet mir das Trost.«

Sie wandte sich an ihren Pagen.

»Geh und hol mir Jeannette, René. Sie soll ein schönes Feuer machen und uns dann ein großes Diner zubereiten.«

»Ja, wir wünschen Pasteten, Schinken, Poularde und reichlich Clairette«, sagte der Marschall und scheuchte den Pagen los.

René sah seine Herrin unschlüssig an.

»Tu, was dir der Marschall gesagt hat, René, und frag in der Küche nach Honig- und Blaubeerkuchen. Darauf sind Marguerite und François so versessen, dass sie mir bestimmt auch Appetit machen.«

Als der Page loslaufen und die Anweisungen der Gräfin erledigen wollte, rief sie ihn noch einmal zurück.

»Wenn du Jeannette verständigt hast, geh meine Zofen holen. Sie sollen uns bei dem Essen Gesellschaft leisten.«

Man sah dem Marschall zwar seine Verärgerung nicht an, seine Bemerkung dazu war aber umso deutlicher.

»Musste diese Einladung jetzt sein?«

»Seit wann speisen wir denn zu zweit zu Abend, mein lieber de Gié? Das ist doch wohl noch nie vorgekommen!«

Louise bereute aber sofort ihren feindseligen Ton und sagte:

»Bitte entschuldigt. Ich wollte nicht unfreundlich sein. Jedenfalls nicht heute Abend.«

De Gié nickte.

»Das ist wohl die Macht der Gewohnheit. Nun gut, machen wir uns also gefasst auf die entsetzliche Konversation Eurer Zofen und ihr belangloses Geplapper.«

Louise hütete sich zu antworten, weil sie die Stimmung nicht verderben wollte. Außerdem kam auch schon Jeannette mit zwei Knechten im Schlepptau, die ein paar gewaltige Holzscheite neben den Kamin legten. Der eine richtete den Feuerbock, der andere zündete das Kleinholz an, und dann warteten sie, bis die ersten Flammen an dem großen Holzscheit züngelten, das sie inzwischen auf den Bock gelegt hatten.

Als die Knechte gegangen waren, fachte Jeannette das Feuer weiter an und machte sich daran, den schweren Eichentisch zu decken. De Gié sah ihr zu, wie sie an den Buffets hantierte, in denen Tischdecken und Geschirr verstaut waren.

Sie war sehr schön und zog alle Blicke auf sich, obwohl sie ihr üppiges blondes Haar unter der weißen Leinenhaube versteckte, die sie stets im Dienst trug. Blieben immer noch ihre dunkelblauen Augen, ihre zierliche Taille und ihre sinnlichen Bewegungen zu bewundern.

Vor dem dicken, ständig schwitzenden Koch mit seinem roten Kopf, der ihr dauernd unter den Rock greifen wollte und gegen den sie sich nicht richtig wehren konnte, war sie aus der Hofküche von Blois geflohen, und Louise hatte sie in ihrem Gefolge aufgenommen. Catherine war mittlerweile ihre beste Freundin und der Comtesse für diese großzügige Geste sehr dankbar.

Immerhin hatte sie Jeannette vor den Nachstellungen des dicken Kochs – um nur einen Übeltäter zu nennen – gerettet.

Überrascht beobachtete Louise, wie de Gié schweigend der fleißig hantierenden Jeannette zusah, und als der Marschall schließlich sein reizvolles Ziel aus den Augen ließ, warf er der Comtesse einen herausfordernden Blick zu.

Als sich Antoinette und Jeanne zu ihnen gesellten, entspann sich ein etwas zusammenhangloses, aber angenehmes Gespräch. Jeder bemühte sich um möglichst viel Feingefühl, was auch mehr als nötig war angesichts der albernen Themen.

Jeannette servierte sehr stilvoll und gekonnt, wobei René sie zu unterstützen versuchte. Allerdings beschränkte er sich mehr auf höfliche Gesten oder Aufmerksamkeiten. Er holte die Teller, legte Brot nach oder rückte Wasser oder Wein an eine andere Stelle. Er versuchte eben den Eindruck zu erwecken, er sei eine große Hilfe und ganz unersetzlich.

De Gié sagte wie üblich nichts, außer um François' Worte auf den Prüfstein zu legen und äußerst ernsthaft zu kommentieren. Bestand nicht zumindest in diesem einzigen Punkt heimliches Einverständnis zwischen Louise und ihm?

René bemerkte, dass die Comtesse nichts mehr von dem kleinen Mandelbrot hatte, das sie so sehr mochte und das Jeannette an beiden Tischenden angerichtet hatte. Diskret, wie man es ihm beigebracht hatte, ging er hinter Antoinette vorbei, nahm den Brotkorb, der noch gut gefüllt war, und reichte ihn Louise mit einer sehr eleganten Bewegung.

Sie dankte ihm mit einem Lächeln und war sehr erfreut, dass René seine Aufgaben als Page so schnell lernte. Sie lehrte ihn Höflichkeit, Haltung, zu schweigen, wenn es geboten war, und sich zu unterhalten, wenn man es von ihm wünschte.

René las Louise jeden Wunsch von den Augen ab. Er trug einen

Anzug aus weißem Satin und eignete sich begierig alles an, was sie ihm beibrachte – dazu gehörte auch eine gewisse Geisteshaltung.

René wusste mittlerweile, dass ein Page alles mitbekommen musste. Nicht die kleinste Kleinigkeit durfte ihm entgehen. Seine Aufgabe war es, alles zu verstehen, eine Eigenschaft, die die wirklich guten Dienstboten auszeichnete. Er würde eher sterben als irgendjemandem auch nur ein einziges Wort oder eine Andeutung von einem Geheimnis zu verraten. Ein Page durfte sich einzig und allein seiner Herrin anvertrauen.

Als René sah, dass es Louise an nichts fehlte, zog er sich ein wenig zurück.

Antoinette versuchte mit verschiedenen Anekdoten und Klatschgeschichten, die im Schloss kursierten, für Stimmung zu sorgen.

»Ich habe gehört, Germaine de Foix will die Königin verlassen.«

»Dieses Mädchen ist intrigant, und ihre raffinierten Machenschaften werden der Königin bestimmt sehr fehlen. Es wundert mich, dass sie ihr nicht mehr dienen will«, antwortete Jeanne.

»Sie kehrt sicher nicht auf ihre Güter in der Bretagne zurück«, entgegnete Antoinette, »es geht eher das Gerücht um, dass sie heiraten wird.«

»Sie will heiraten?«

»Und davon weiß ich nichts?«, mischte sich jetzt auch Louise ein.

»Aber, Louise!«, tadelte sie Jeanne nachsichtig. »Ihr seid doch bereits seit einigen Monaten nicht mehr am Hofleben interessiert. Seht doch nur, sogar Euer Page ist ganz traurig über Euren Zustand.«

»Hast du das gewusst?«, fragte Louise den jungen Mann.

»Ja, Dame Louise.«

»Warum hast du mir dann nichts gesagt?«

René sah sie mit großen Augen an.

»Weil Ihr seit acht Tagen nicht mehr mit mir sprecht, Dame Louise«, entschuldigte er sich errötend.

Louise betrachtete geistesabwesend den Ziegenkäse auf frischem Stroh, den sich Jeanne und Marschall de Gié mit großem Appetit schmecken ließen und den sie noch nicht einmal angerührt hatte.

»So beruhigt Euch doch bitte wieder, Madame. Ihr habt ja noch gar nichts gegessen«, meinte der Marschall unerschütterlich. »Die Königin kann jeden Moment niederkommen. Dann müsst Ihr bei Kräften sein, um die Geburt ihrer zweiten Tochter zu feiern.«

Jeanne und Antoinette sahen sich verblüfft an. Was war denn mit de Gié los, dass er sich Louise gegenüber auf einmal so zuvorkommend verhielt? Das hatten sie noch nie erlebt.

Leider zeigten seine tröstlich gemeinten Worte keine Wirkung – die Gräfin begnügte sich weiter damit, ein Stückchen Käse anzustarren, das sie nicht einmal auf ihren Teller legen konnte.

Jeannette ließ versehentlich ein Messer fallen, das mit einem lauten Klirren auf dem Boden landete. Das Geräusch riss Louise aus ihren düsteren Gedanken.

»Wer ist denn der Glückliche, der Germaine de Foix heiraten soll?«, fragte sie gelangweilt.

»Ferdinand d'Aragon ist Witwer. Wie es heißt, hat er die Königin gebeten, eine neue Frau für ihn zu suchen.«

»Und Germaine de Foix soll die Auserwählte sein?«

»Das behaupten jedenfalls einige Leute.«

»Gewiss ist die Königin sehr geschmeichelt, dass sich Ferdinand d'Aragon an sie gewendet hat«, meinte Jeanne und nahm noch ein wenig von dem köstlichen Kuchen mit karamellisierten Äpfeln, der so wunderbar duftete.

»Ihrem Hofstaat fehlt es jedenfalls nicht an illustren Namen«, meinte Antoinette und wischte sich manierlich mit dem Handrücken über den Mund.

»Sie sind alle aus der Bretagne«, bemerkte de Gié ärgerlich, »lauter Bretoninnen. Selbst in Blois kann sich die Königin nicht von ihrer Heimat trennen. Dieses Verhalten ist Frankreich gegenüber taktlos, und das muss jetzt endlich aufhören.«

Wenn sich de Gié über die diplomatischen Fehler von Königin Anne erging, hörte ihm Louise aufmerksam zu. Sie wusste sehr gut, welchen Groll er gegen die Bretagne hegte und dass er sich sehnlichst wünschte, Frankreich zu dienen und nicht dem Herzogtum der Königin.

Der Einfluss von Marschall de Gié hatte unter den beiden vorhergehenden Königen sehr zugenommen, und es war seit langem bekannt, dass seine persönlichen Vorlieben Frankreich galten, obwohl er Bretone war – was auch eindeutig der heftigste Streitpunkt zwischen ihm und Königin Anne war. Stimmte er etwa nicht mit dem gegenwärtigen König darin überein, eine unabhängige Bretagne zu unterbinden und Anne daran zu hindern, ihre eigenen Interessen durchzusetzen?

Aber de Gié wusste auch besser als irgendjemand sonst, dass die Königin alles daransetzte, um ihr Herzogtum unbeschadet zu lassen. Oder war der zweideutige Ehevertrag, den Louis XII. unterschrieben hatte, nicht Beweis genug? Und Anne verfügte an ihrem Hof über ausreichend Unterstützung, um zu wissen, dass de Gié genauso hartnäckig in die entgegengesetzte Richtung arbeitete.

Louise war viel zu erschöpft von einigen schlaflosen Nächten, um sich an dem Gespräch zu beteiligen, aber dennoch fühlte sie sich irgendwie betroffen von den Äußerungen ihrer Freundinnen.

»Ich bin der Ansicht, diese Ehe ist angebracht«, meinte sie

schwermütig, »auch wenn dadurch die Interessen der Königin gefördert werden. Glaubt Ihr nicht auch, dass es sich dabei eher um einen geschickten Plan von König Ludwig handelt? Ich würde fast sagen, es ist ziemlich schlau, die de Foix mit dem d'Aragon zu verheiraten.«

»Da habt Ihr vermutlich recht«, räumte de Gié ein. »Schließlich muss sich der König für Italien den Rücken freihalten, weil er dort ohnehin einen schweren Stand hat.«

»Geht es da etwa um die Aufteilung von Territorien zwischen ihm und König Ferdinand?«

»Nicht ausgeschlossen«, antwortete der Marschall.

»In diesem Fall muss d'Aragon alles daransetzen, mit Frankreich zu paktieren. Besser könnte König Ludwig also gar nicht Einfluss auf Spanien nehmen.«

Der wie immer wohl überlegten Bemerkung von Louise hatte de Gié eigentlich nichts entgegenzuhalten und meinte nur:

»Sehr wahrscheinlich würde diese Verbindung unserem Land nützlich sein. Aber bis dahin ist es noch ein langer und steiniger Weg.«

Antoinette, die grundsätzlich nichts von politischen Diskussionen hielt und sie höchstens zum Austausch von Klatsch und Tratsch nutzte, sagte wie beiläufig:

»Das Fehlen von Germaine de Foix wird sich auf jeden Fall bemerkbar machen und der Hof unter ihrem Weggang leiden.«

»Was dann wohl aus all den jungen, hübschen Herren wird, die ständig um sie herumscharwenzeln?«, spottete Jeanne vergnügt.

»Findet Ihr sie wirklich so anziehend?«

»Sie hat auf jeden Fall einige Vorzüge«, meinte sie und stellte ihr Weinglas wieder ab.

»Sprecht Ihr jetzt von ihrer Schönheit oder von ihrem Wissen?«

»Mir scheint, ihre Bildung ist sehr oberflächlich«, mischte sich

Louise gereizt ein. »Anne de Bretagne erzieht ihre Hofdamen in erster Linie nach moralischen Gesichtspunkten, was sicher Anerkennung verdient, aber die Damen sind nicht wirklich gebildet.«

»Wollt Ihr etwa behaupten, sie hätten keine Kultur, Louise?«, protestierte Jeanne.

»Sie sollen Kultur haben! Großer Gott, woher denn bitte? Könnt Ihr mir das vielleicht sagen?«

»Das wird nicht einfach«, antwortete Antoinette an ihrer Stelle. »Oder was wissen sie schon von den griechischen und römischen Schriftstellern? Beherrschen sie etwa Latein? Welche Sprachen sprechen sie außer den paar Brocken Italienisch oder Spanisch, die bei uns gerade en vogue sind, weil unsere Könige in diesen Ländern Krieg führen? In dieser Hinsicht muss ich Monsieur de Gié unbedingt recht geben: Königin Anne bringt ihnen nur bei, was ihren eigenen Interessen im Hinblick auf die Bretagne nützt.«

De Gié war von dieser Replik und dem Lob für ihn so überrascht, dass er nur zustimmend nicken konnte.

»Wird die Bretagne denn eines Tages wieder ganz zu Frankreich gehören?«, fragte François, der wie seine Schwester dem Gespräch aufmerksam folgte.

»Wir sind auf dem besten Wege dazu«, versicherte ihm der Marschall leidenschaftlich. »Und wenn Ihr erst einmal König seid, wird diese Provinz keine Geheimnisse mehr vor Euch haben.«

Man speiste und schwatzte noch lange, und Louise dachte ausnahmsweise nicht an ihre Ängste. Und als sie sich an diesem Abend mit ihren Kindern zurückzog, gab de Gié einmal den beiden Hellebardieren frei, die sonst jede Nacht vor ihrer Tür Wache hielten.

Noch zehn Abende vergingen in Unruhe und Aufregung, ehe

sich die Königin endlich entschloss niederzukommen. Louise versuchte immer wieder, sich die Zeit mit Tagebuchschreiben zu vertreiben, brachte aber kein Wort zu Papier. Zwar tauchte sie die Feder in die Tinte, aber dann schwebte sie nur ratlos über der leeren Seite.

In der Nacht des elften Tages hörte sie eilige Schritte auf dem Flur. Sie sprang aus dem Bett, zog sich hastig ein Negligé über und lief auf den Korridor. Dort war es aber so finster, dass sie zweimal gegen einen Mauervorsprung stieß und in ihr Zimmer zurückeilen musste, um eine Lampe zu holen.

Im gesamten Schloss herrschte unbeschreibliche Aufregung, und auf der Treppe zum Rittersaal hörte man gespenstische Geräusche.

Louise war leichenblass, und ihre Beine konnten sie kaum noch tragen.

Antoinette und Jeanne, beide auch nur im Morgenmantel, standen in einer Ecke und sagten kein Wort.

De Gié lief mit großen Schritten hektisch im Rittersaal auf und ab und beschimpfte ständig die Wachen vor dem Haupteingang. Als er Louise bemerkte, hielt er einen Augenblick inne und sah sie an, bevor er Verwünschungen vor sich hin brummend seine ruhelosen Runden fortsetzte.

Catherine und Jeannette hielten sich aneinander fest und wagten kaum zu atmen. René wusste nicht, was er tun sollte, und wartete an der Tür zu den Gesindezimmern. Philibert, Jean-Baptiste und Bonaventure waren in die Küche verschwunden und versuchten sich mit einem Schoppen Rotwein zu beruhigen.

Mit Ausnahme von Marschall de Gié, der weiter wie ein gefangener Löwe auf und ab lief, wagte keiner, sich zu rühren oder etwas zu sagen. Gonfreville, den Louise nach Blois geschickt hatte, war noch nicht wieder zurück, obwohl er nach den Angaben der Hebammen der Königin eigentlich längst wieder hätte da sein müssen.

Seit über einer Stunde herrschte der Marschall seine Wachen an, hielt sie auf Trab, scheuchte sie nach draußen, damit sie alles absuchen sollten, und rief sie dann fluchend wieder zurück.

Als Louise die Treppe herunterkam, eilte er zu ihr.

»Wo ist Gonfreville?«, fragte sie ihn mit schwacher Stimme.

»Er muss jeden Moment kommen, Madame.«

Louise griff sich an die Stirn, sie war schweißgebadet, und ihre Beine gaben nach.

»Holt sofort einen Sessel für die Comtesse!«, brüllte de Gié und stürzte zu ihr, um sie aufzufangen.

Zwei Wachen griffen nach dem nächstbesten Stuhl, ein Knecht war schneller und kam mit einem niedrigen Schemel, stieß aber mit zwei Lakaien zusammen, die ebenfalls den Befehl des Marschalls gehört hatten und einen Lehnsessel vor Louise stellten.

Antoinette kam gerade mit einem nassen Tuch zu Louise, als man jemand rufen hörte:

»Gonfreville! Gonfreville ist aus Blois zurück!«

Alles stürzte hinaus, und die Aufregung begann von neuem. Kaum hatte sich Louise hingesetzt, sprang sie auch schon wieder auf, und das Herz schlug ihr bis zum Hals. Gonfreville machte einen niedergeschlagenen Eindruck. Anne de Bretagne hatte soeben einen Sohn zur Welt gebracht.

Louise schloss sich acht Tage lang auf ihrem Zimmer ein und erschien nicht einmal zu den Mahlzeiten. Nur Catherine durfte zu ihr. Und das Zimmermädchen verließ sie nicht eher, als Louise nach einem beruhigenden Kräutertee vor Erschöpfung eingeschlafen war.

Sie zeigte sich erst am neunten Tag wieder. Mit dunklen Ringen um die Augen, niedergeschlagen und ohne ein Wort zu sagen, erschien sie zum Abendessen.

Es fiel ihr nicht einmal richtig auf, dass Marschall de Gié beim Essen fehlte und auch sonst nirgendwo im Schloss zu sehen war. Er begnügte sich damit, die Kinder zu langen Spazierritten in den Wald auszuführen.

In dieser ganzen Zeit, die nicht enden zu wollen schien, fanden weder Musikunterricht noch Poesiestunden statt. Abends leisteten Marguerite und François ihrer todtraurigen Mutter Gesellschaft und versuchten sie mit dem üblichen Geplapper und ihren endlosen Fragen aufzuheitern.

Keine vierzehn Tage später gab es eines Abends die gleiche Aufregung wie in der Nacht, in der Louise die niederschmetternde Nachricht erhalten hatte. Wieder herrschte große Unruhe auf dem langen Korridor zur Haupttreppe. Aber alles geschah wie im Taumel, wie wenn man nach einem Sturz wieder aufspringt oder eine Feder zurückschnellt. Es fühlte sich an wie ein warmes, heilendes Licht. Knechte, Dienerinnen, Lakaien und Hellebardiere überboten sich gegenseitig mit Gelächter und Geschrei. Diesmal sollte das Freudenfest am kleinen Hof von Amboise stattfinden, nicht mehr an dem von Blois.

Der Sohn der Königin hatte plötzlich starke Krämpfe bekommen, die bei einem Neugeborenen und vor allem zur damaligen Zeit keine Hoffnung ließen. Zur allgemeinen Bestürzung des gesamten Hofstaates von Blois war das Kind dabei, sein Leben auszuhauchen.

Und in Amboise feierte man derweil Gonfreville, den Schildknappen von Louise und Überbringer der guten Nachricht. Er wurde umringt, und alle wollten ihn anfassen wie einen Gott, der den Sieg verheißt. Die unerträgliche Stimmung, die auf Amboise geherrscht hatte, verzog sich wie der Blitz nach Blois.

Louise wusste nicht, ob sie gelassen bleiben oder sich aufregen sollte. Rein äußerlich ließ sie sich nichts anmerken. Ihre Verzweiflung hatte sie nicht verbergen können, doch versuchte sie, so gut es ging, ihre Freude zu kaschieren. Aber keine Sekunde ließ sie sich von dem Gedanken abhalten, dass sie ihre große Zufriedenheit dem Tod eines Kindes verdankte.

Sie lachte nicht, aber sie weinte auch nicht. Stattdessen setzte sie sich an ihren Schreibtisch, überlegte einen Augenblick und schrieb dann folgende Worte in ihr Tagebuch: »Anne, Königin von Frankreich, hat am Namenstag der heiligen Agnes, dem 7. Januar, einen Sohn zur Welt gebracht, der aber den Ruhm meines kleinen Cäsars nicht aufhalten konnte, weil er nicht lebensfähig war.«

24

Die Stadt Lille weckte in Alix nur düstere Erinnerungen. Hier hatte man sie im Alter von sechzehn Jahren auf Befehl ihres widerwärtigen Schwiegervaters, dem sie wohl bald begegnen würde, ins Gefängnis geworfen. Die Aussicht auf seinen kalten, herrschsüchtigen Blick erfüllte sie mit Schaudern. Und da sie es bald mit so vielen unehrenhaften, heuchlerischen Gegnern zu tun haben würde, die keinerlei Skrupel kannten, schien es nicht übertrieben, wenn sie bereits im Voraus vor Angst zitterte.

Ihre Hoffnung, ein ausgedehnter Spaziergang an der Deûle könnte ihren Nerven gut tun, erwies sich leider als falsch. All die Orte, die sie von früher kannte, riefen nur böse Erinnerungen in ihr wach. Sie fühlte sich angespannt, ängstlich und wie getrieben von innerer Unruhe.

Es war helllichter Tag, als sie Angela und Leo vor dem Haus der Leinweber allein ließen, das diese der Webergilde für ihre Jahresversammlung zur Verfügung stellten. Im Gegenzug öffneten sich die Pforten des *Arbre d'or*, des Sitzes der Tapissiers von Brüssel, der Leinweber aus dem Norden, wenn die hier ihre jährliche Zusammenkunft abhielten.

Nachdem Alix ihren Namen und den Grund ihres Besuchs angegeben hatte, fuhr der Pförtner mit dem Finger eine ziemlich kurze Liste entlang, um sie dann mit seinen großen runden Augen anzusehen.

»Dame Alix Cassex. Ihr seid früh dran! Ihr dürft in den großen Saal am Ende des Ganges.«

Der Saal war in der Tat riesengroß und vollgestellt mit langen Tischen. In der Mitte hatte man Platz für einen Durchgang gelassen. Als sie die drei Männer entdeckte, die am Ende von einem der Tische saßen, erstarrte Alix. Sie hatte ihre drei ärgsten Feinde vor sich. Selbstgefällig und mit einem hämischen Lächeln auf den Lippen erwiderten sie ihren Blick.

Der Mann am Kopfende, der sie mit seinen schwarzen stechenden Augen anstarrte, war der Weber Mortagne aus Tours. Alix und Bruder André waren der Überzeugung, dass er für die Brandstiftung in ihren Werkstätten verantwortlich war, hatten ihm das aber aus Zeit- und Beweisnot nicht nachweisen können.

Rechts neben ihm saß der ohne Frage berühmte Maler Van Thiegen, dem Alix durch einen unglücklichen Zufall bei einer Jagd von Königin Anne im Wald von Amboise begegnet war.

Der dritte Mann hieß La Tournelle und war der Schlimmste von allen, weil es ihm um seine Ehre ging, und Gott allein weiß, wie sehr die wenigen Frauen, die sich in der Berufswelt der Männer behaupten wollten, auf ihre Ehre bedacht sein mussten.

La Tournelle war ein kleiner Landadeliger, der geschickt seine Geschäfte mit der Hochweberei machte, nachdem er sich eine solide Position unter den flämischen Geldleuten erobert hatte und niemals die Finanzierung eines bedeutenden Auftrags ablehnte.

Alix hatte sich in eine Ecke zurückgezogen und entdeckte zwei andere junge Leute, die vermutlich aus dem gleichen Grund wie sie da waren. Auch sie wirkten schüchtern und schienen sich unbehaglich zu fühlen; außerdem waren sie überrascht, hier eine Frau anzutreffen, entschlossen sich dann aber doch, ihr zuzulächeln und sich zu ihr zu gesellen.

Bald darauf erschienen weitere Mitglieder der Prüfungskommission, die neben ihren Feinden am Kopfende des Tisches Platz nahmen. Es handelte sich um den Richter und seine Beisitzer, wie Alix ihrem Gespräch entnehmen konnte. Sie benahmen sich sehr ernst und würdigten weder Alix noch ihre zwei jungen Landsleute eines Blickes.

Alix und die beiden jungen Männer wussten nicht recht, ob sie sich setzen sollten, blieben dann aber doch in einer Ecke des großen Saals stehen und warteten ab. Alix zog diesen Platz auf jeden Fall vor, weil sie annahm, von dort aus besser die Männer beobachten zu können, die gleich ihre Arbeit beurteilen sollten.

Sie musste an Jacquou denken, der auch diese Augenblicke voller Angst erlebt hatte. Doch selbst wenn er vielleicht genauso gezittert hatte wie sie, hatte er sich doch mit der herzlichen und beruhigenden Anwesenheit des Mannes trösten können, der sein Meister und zugleich sein Herr war. In dieser Hinsicht konnte Alix Pierre de Coëtivy keinen Vorwurf machen. Er hatte dem Kind, das er allerdings nie hatte anerkennen wollen, eine gute Erziehung zukommen lassen, und die Worte, mit denen er die Arbeit seines Schülers vor den Mitgliedern der Prüfungskommission verteidigt hatte, mussten sie von Anfang an überzeugt haben.

Dann kamen noch vier junge Handwerker mit ihrer Arbeit unter dem Arm herein. Sie schienen sich zu kennen und setzten sich dicht nebeneinander ans andere Ende der langen Tische.

Schließlich erschien in Begleitung einiger weiterer Kommissionsmitglieder, unter ihnen der neue Bischof von Tours und Erzbischof Lenoncourt aus Reims, ein Mann, der sie gleich von weitem erkannte. Hocherfreut ging Alix auf ihn zu. Es war Le Viste der Jüngere, den sie einige Zeit zuvor in Lyon kennengelernt hatte. Er begrüßte sie respektvoll und sicherte ihr seine Unterstützung zu. Dann winkte er ihr herzlich zu und nahm neben den anderen Ausschussmitgliedern Platz.

Nach und nach füllte sich der große Saal, und es wurde immer lauter, weil alles durcheinanderredete, während den Kandidaten das Herz bis zum Hals schlug. Alix hätte viel darum gegeben, wenn sie jetzt ganz woanders gewesen wäre. Ihre Angst wurde immer größer, und ihre Hände zitterten verräterisch. Sie zwang sich zur Beherrschung, als sie endlich den Mann hereinkommen sah, den sie schon ungeduldig erwartet hatte: Jean de Villiers.

»Monseigneur Jean!«, rief sie und lief auf ihn zu. »Ich hatte solche Angst, Ihr würdet nicht kommen. Oh, bitte verzeiht mir meine übertriebene Aufregung, aber ich zittere bei der bloßen Vorstellung, die Kommission könnte mich ablehnen.«

»Ich fürchte, Julio geht es wie dir. Er zittert wie Espenlaub«, sagte der Kardinal lächelnd.

Dann warf sich ihm Alix an die Brust und spürte die tröstliche Umarmung seiner starken Arme. Sie vergrub ihren Kopf an seiner Schulter und seufzte erleichtert. Großer Gott! War das wunderbar, wenn man endlich einen Beschützer hatte! Sie merkte, wie ihre Ängste verflogen und ihr Mut zurückkehrte. Dann sah sie dem Kardinal in die Augen und sagte ganz leise:

»Es sieht so aus, als wärt Ihr der Einzige, der für mich sprechen will, Jean.«

»Deshalb bin ich ja auch hier.«

Dann schob er sie sanft von sich, und da erst entdeckte sie Julio. Er war sehr blass und trug ebenfalls sein Meisterstück unter dem Arm.

»Julio!«, rief sie. »Ich weiß überhaupt nicht mehr, was los ist! Ich habe solche Angst vor den Worten, die mich für immer aus dieser Welt ausschließen könnten, zu der ich unbedingt gehören will.«

Sie umarmte den Freund, dessen Miene sich bei ihrem Anblick erhellt hatte.

»Mach dir keine Sorgen, mein guter Julio, du hast das Glück, dass du ein Mann bist, und mit Jean an der Seite kann dir gar nichts passieren. Da bin ich mir ganz sicher.«

Julio war viel zu aufgeregt, um etwas sagen zu können, also lächelte er Alix nur an, während in seinen Augen bereits wieder der Funken der Angst erglomm, der sich in ihren spiegelte.

»Ach!«, seufzte Alix. »Was gäbe ich darum, wenn ich jetzt auch ein Mann sein könnte!«

»Hab Vertrauen, Alix«, flüsterte der Kardinal. »Ich lasse Euch nicht im Stich.«

Dann riet er ihnen, sich zu den anderen jungen Leuten zu setzen. Er selbst trat zu den Mitgliedern der Gilde, die ihn hochachtungsvoll begrüßten. Da wurde ihr plötzlich bewusst, wie viel Einfluss der Kardinal hatte und dass seine Stellungnahme mit Sicherheit viel Beachtung finden würde, und dieser Gedanke verlieh ihr neuen Mut.

Doch kaum hatte sie sich ein wenig erholt, als sie Maître de Coëtivy hereinkommen sah. Sofort erstarrte ihr das Blut in den Adern, und ihre Kehle war wie zugeschnürt. Sie hatte ihn seit dem schrecklichen Tag nicht mehr gesehen, als er sie in seinem grausamen Hass in Lille ins Gefängnis hatte werfen lassen, weil sie angeblich dem Maler Dürer einige Aquarelle gestohlen hatte. Das war jetzt beinahe acht Jahre her! Er wirkte sehr gealtert, war aber trotz seiner hängenden Schultern und der Falten im Gesicht noch immer eine stattliche Erscheinung. Von seiner üppigen schwarzen Haarpracht, die ihm früher bis auf die Schultern fiel, war nur noch ein dünnes graues Vlies übrig. Alix wusste, dass seine Frau, Dame Bertrande, gestorben war und er allein in Flandern lebte.

Er blieb einen Moment vor ihr stehen, um sie mit seinem herrischen Blick zu mustern, verzog aber keine Miene. Dann entfernte er sich wortlos und begrüßte die Gildemitglieder, die sich sofort genauso eifrig um ihn bemühten, wie kurz zuvor bei Kardinal Jean de Villiers.

Jetzt erst erkannte Alix einen der Männer, in deren Begleitung de Coëtivy erschienen war, und da kehrte auf einmal ihre ganze Energie zurück. Dieser Mann hatte sie einmal im Stich gelassen, als sie in großer Not war, obwohl er eng mit ihr verwandt war. Alix stand auf, ging zu ihm hin und redete ihn ohne Umschweife an.

»Guten Tag, Martin Cassex!«, sagte sie laut und deutlich. »Wir tragen den gleichen Namen. Deshalb wage ich zu hoffen, dass Ihr, schon allein Eurer Familie zu Ehren, Fürsprecher für mein Meisterstück sein werdet, das ich heute der Webergilde vorstellen will.«

Ihr angeheirateter Onkel, dem sie hier gerade zufällig begegnet war und der sie bisher nie irgendwie unterstützt hatte, war sehr erstaunt über diesen unerwarteten Angriff und wollte gerade etwas erwidern, aber Alix war noch nicht fertig.

»Nachdem Ihr Euch leider nie um mich gekümmert habt, mein lieber Onkel, und weil Ihr gar nicht wisst, was sich in Frankreich so ereignet, möchte ich Euch mitteilen, dass der Sohn Eurer Schwester, mit dem ich sechs Jahre verheiratet war, bei der Pest gestorben ist, die letztes Jahr im Val de Loire gewütet hat.«

Er wollte etwas sagen, aber sie schnitt ihm wieder das Wort ab.

»Könnt Ihr Euch noch daran erinnern, wie die Pest vor fünfundzwanzig Jahren Eure Schwester in Paris geholt hat? Ihr wart damals noch sehr jung, und ihr letzter Gedanke galt wahrscheinlich Jacquou, den sie gerade erst zur Welt gebracht hatte. Wahrscheinlich hätte es sie sehr bekümmert zu erfahren, dass Ihr ihn so im Stich gelassen habt. Zum Glück hatte sie aber auch noch Jean de Villiers, der ihr zur Seite stand.«

»Léonore«, murmelte Martin Cassex und griff sich an die

Stirn, auf der ihm plötzlich der Schweiß stand. »Ach, was wisst Ihr schon von dieser Geschichte, Alix! Ich habe alles versucht, um meine ältere Schwester zu retten, die ich sehr bewunderte und liebte. Aber wie Ihr schon sagtet, war ich damals nur ein Junge, und diese verdammte Pest hat uns allen schrecklich zugesetzt.«

»Aber was war danach?«, bohrte Alix weiter, »auf die Katastrophe folgt doch immer eine gute Zeit.«

Er machte eine Geste der Hilflosigkeit.

»Danach kam der Alltag, jeder dachte nur an sich.«

Traurig sah er sie an und versuchte ein Lächeln, in dem sie eine Spur von Reue zu erkennen glaubte. Er hatte die gleichen goldbraunen Augen wie Jacquou. So musste Léonore ausgesehen haben! Ja, sie ähnelten alle ihrem Großvater Thomassaint Cassex.

»Selbstverständlich werde ich für Eure Arbeit sprechen, Alix«, versprach ihr Martin Cassex.

Da schenkte sie ihm endlich auch ein Lächeln.

»Vielen Dank«, sagte sie nur, setzte sich wieder neben Julio und sah sich nach Jean um, der sich mit Pierre de Coëtivy unterhielt. Ihre unterschiedliche Meinung über den Grund ihrer Anwesenheit schien keine Rolle zu spielen. Dann sah sie, wie Jean seinen Stiefbruder Martin Cassex umarmte, der sich zu ihnen gesellt hatte. Wie lange war es nun schon her, dass Jean de Villiers, damals noch Domherr im Bistum Tours, das neugeborene Kind von Léonore zu Pierre de Coëtivy gebracht hatte, weil der sein Vater war.

Alix beobachtete den Haupteingang. Immer mehr Kommissionsmitglieder erschienen, mittlerweile herrschte ein großes Gedränge. Alle begrüßten sich, riefen sich etwas zu oder unterhielten sich lautstark. Es dauerte gut zwei Stunden, ehe es so leise wurde, dass man mit dem ersten Antrag beginnen konnte.

Nur einer fehlte noch in der illustren Runde, und Alix begann ihn bereits schmerzlich zu vermissen, weil sie insgeheim ihre ganze Hoffnung auf ihn gesetzt hatte. Als sie schon nicht mehr daran zu glauben wagte, hatte er seinen vornehmen halb florentinischen, halb flämischen Auftritt.

Er trug dieselbe lange purpurrote Robe mit dem Hermelinkragen wie bei ihrer ersten Begegnung, und auch das Barett mit dem großen Smaragd, der so viel Zuversicht und Mut ausstrahlte. Es thronte über seinem hochmütigen Gesicht mit der Hakennase und verlieh ihm ein geradezu majestätisches, italienisch anmutendes Auftreten, das den anderen fehlte. Zu den Kommissionsmitgliedern zählte ja sonst auch kein Florentiner. Wie ließ sich seine Gegenwart überhaupt erklären? Das sollte Alix gleich erfahren.

»Sire Alessandro Van de Veere«, wurde er angekündigt, »heute auf Wunsch und Empfehlung von Monseigneur Jean de Villiers in unserer Mitte.«

Er war der einzige Bankier unter den Anwesenden – wenn man einmal von den kleinen Pfandverleihern absah –, dessen Name hier eher unbekannt war.

Bedächtigen Schrittes ging Sire Van de Veere an den Tischen entlang, die man mit einem langen nachtblauen Tuch verhüllt hatte, auf das nach und nach jungfräuliches Pergament, Tinte und Federn gelegt wurden.

Van de Veere grüßte im Vorbeigehen. Bei seinem Anblick schwiegen alle. Einen derart einflussreichen Mann hatte man ernst zu nehmen, seine Gegenwart zählte. Mit ihm war sozusagen die gesamte Florentiner Finanzwelt vertreten. Als er an Alix vorbeikam, warf er ihr einen kurzen Blick zu, der niemandem entging. Man schrieb ihn jedoch seinem Erstaunen über die Bewerbung einer Frau zu. Da war es nur allzu verständlich, dass ein hoher Herr aus der Finanzwelt so reagierte, und man kümmerte sich nicht weiter darum.

Die Mitglieder der Gilde begrüßten ihn herzlich, beweihräucherten ihn geradezu und schenkten ihm beinahe noch mehr Aufmerksamkeit als eben Kardinal de Villiers, der immerhin direkt aus dem Vatikan gekommen war. Ein hochrangiger Prälat gereichte der Versammlung zur Ehre, ein einflussreicher Bankier sorgte für Geld!

Die eigentliche Besprechung der einzelnen Anträge begann erst am Nachmittag. Zunächst wurde die allgemeine wirtschaftliche Lage der Tapisserie in Flandern, später dann in ganz Europa diskutiert. Man debattierte über große Pläne, die Einigkeit, Aufträge aus dem Ausland und hochgestellte Persönlichkeiten an den verschiedenen europäischen Königshöfen, die Bestellungen aufgegeben hatten, und über deren Wünsche und gegenwärtige Finanzkraft.

Ebenso sprach man über die Ressourcen und die jüngsten Verluste, die mit der Pest wegen der erheblich geringeren Arbeitsleistung in allen großen Werkstätten einhergingen.

Ein weiterer wichtiger Punkt waren die großen Handelszentren wie Arras, Tournai, Brüssel und Brügge, die eine wichtige ausländische Klientel mit Königen und ranghohen Klerikern bedienten. Heftig diskutiert wurden außerdem die aktuellen großen Aufträge, wobei jeweils auch die Namen der Kartonmaler erwähnt wurden, weil es sich bei ihnen zumeist um große Meister handelte. Spanien hatte kürzlich eine Bestellung mit dem Titel *Die Verherrlichung des Heiligen Kreuzes* in Auftrag gegeben, und England Wandteppiche zum Thema *Die Jagd von Devonshire*.

Schließlich kam man zum eigentlichen Zweck der Versammlung, und die ersten Arbeiten wurden vorgestellt. Alle wurden angenommen, einschließlich der von Julio. Voller Angst sah Alix zu, wie einer nach dem anderen aufgerufen wurde, und sie befürchtete schon, die Kommission könnte sie vergessen oder einfach übersehen, als wäre sie gar nicht da.

Dann wurde aber doch noch, ganz zum Schluss, ihr Name aufgerufen, und der Richter winkte sie nach vorn.

»Dame Alix Cassex«, sagte er zu ihr, »stammt Ihr aus der Brügger Weberfamilie des gleichen Namens, deren Sohn Martin Mitglied dieser Gilde ist?«

»Ja, Euer Ehren, ich bin die Witwe von Jacques Cassex, dem Enkel von Thomassaint Cassex aus Brügge.«

Bei dem Wort »Witwe« stockte der Richter kurz, als er aber merkte, dass im Saal geflüstert wurde, fuhr er sogleich fort:

»Jacques Cassex war ein junger Weber, den wir nicht sehr gut kannten. Habe ich es recht in Erinnerung, dass er Euer Schüler gewesen ist, Maître de Coëtivy?«

Plötzlich fühlte sich Alix wieder stark, das Blut schoss ihr durch die Adern, und alle dummen Ängste und Sorgen waren auf einmal wie weggeblasen. In diesem Augenblick wurde ihr klar, dass es um ihr Leben ging, das Leben, für das es sich zu kämpfen lohnte. All die Leute in dem Saal kamen ihr mit einem Mal so ganz und gar gewöhnlich vor; die Erfahrung hatte sie gelehrt, dass jeder von ihnen genauso jeden Tag von einer tödlichen Seuche oder einem anderen Schicksalsschlag ruiniert und vernichtet werden konnte.

Alix richtete sich auf, ihre Wangen waren rot vor Zorn, und ihre Augen funkelten empört. Es scherte sie nicht, ob vielleicht jemand aus der Versammlung sich entrüsten würde oder ob ihr niemand half – mit dem Mut der Verzweiflung wollte sie sich allein verteidigen.

Und während sich Pierre de Coëtivy damit begnügte, die Frage des Richters mit einem Kopfnicken zu beantworten, rief sie:

»Jacques war sein Sohn, Euer Ehren!«

Zum ersten Mal an diesem Tag kam so etwas wie Betroffenheit auf, aber die Versammlung sollte im Laufe der nächsten Stunden noch genug solcher Momente erleben. Diese kleine Alix brachte jedenfalls mehr als einen der Anwesenden zum Staunen.

Nur der Richter blieb ungerührt. Diese Tatsache war ein offenes Geheimnis, das schon lange jeder kannte, das aber noch nie vor einer Versammlung der Gilde zur Sprache gekommen war.

»Das stimmt«, sagte de Coëtivy, und seine Stimme klang hohl. »Nachdem dieser junge Mann nun aber gestorben ist, wäre ich dankbar, wenn kein Aufheben darum gemacht würde.«

»Das könnte Euch so passen«, entgegnete Alix, »weil sich die Toten nicht mehr wehren können!«

Jean de Villiers sah sie verärgert an und bedeutete ihr mit Blicken, dass sie diesen bedenklichen Weg besser nicht weiterverfolgen sollte, um ihren Antrag nicht unnötig zu gefährden.

Einen kurzen Moment lang fürchtete sie, ihr Ausruf könnte ihr wirklich geschadet haben, und sie beschloss, auf Jeans Rat zu hören und ihren Schwiegervater nicht weiter anzugreifen, solange er sie nicht dazu herausforderte. Als sie einen Blick zu Alessandro Van de Veere warf, lächelte er ihr zu. Diese ganz andere Reaktion tat ihr gut, und ein wenig beruhigt nahm sie wieder Platz.

»Kommen wir zu Eurem Werk, Dame Cassex«, sagte der Richter. »Wer hat die Patenschaft für Euch übernommen?«

»Ich«, meldete sich Jean de Villiers zu Wort. »Ich, Jean de Villiers, ehemaliger Domherr an der Kathedrale zu Tours im Val de Loire und seit beinahe zehn Jahren Kardinal im Vatikan in Rom unter Papst Alexander Borgia.«

Er sah sich in der Runde um, dann blieb sein Blick an Alix hängen.

»Ich muss noch hinzufügen, dass ich mit dieser jungen Frau entfernt verwandt bin«, fuhr er laut und deutlich fort. »Bekanntlich war mein Vater Türke, aber ich wurde schon als Kind katholisch getauft auf den Wunsch meiner Mutter, Blanche de Villiers, hin, der zweiten Frau des Webermeisters Thomassaint Cassex.«

»Vielen Dank«, sagte der Richter, der sehr beeindruckt von dieser Eröffnung schien. »Man möge die fragliche Arbeit entrollen.«

Kaum hatte man die Tapisserie von Alix präsentiert, als es auch schon den ersten Einwand gab.

»Was für eine Ungeheuerlichkeit! Diese Dame mit dem Einhorn ist nichts als eine Kopie!«

»Eine Kopie?«, rief Alix, die aufgesprungen war und den Mann mit wütenden Blicken maß, der diese Beleidigung ausgesprochen hatte. »Ich verbiete Euch, dieses infame Wort im Zusammenhang mit meiner Arbeit in den Mund zu nehmen.«

»Meister Van Thiegen hat recht«, meldete sich Mortagne zu Wort und grinste höhnisch. »Diese Arbeit ist eine Beleidigung für alle großen Weber unter uns.«

»Könntet Ihr das bitte etwas genauer erläutern, Meister Mortagne?«, verlangte der Richter ungerührt.

»Alles ist kopiert«, wiederholte der, »einfach alles: die Dame, die Darstellung der Tiere und der Pflanzen, das Thema an sich.«

»Das Dekor ist ein Millefleurs«, sagte Alix hochrot vor Zorn, »und die Tiere zeichnen alle Weber so, egal ob groß oder klein. Was das Thema anbelangt, so ist es eine Jungfrau mit dem Einhorn und keine Dame. Und das ist ganz allein meine Idee.«

»Die eine Figur ist eine Kopie!«, schrie Mortagne und blitzte sie überheblich an.

»Das stimmt nicht! Ich habe sie verwendet!«, schrie nun auch Alix. »Ihr wisst ganz genau, dass jeder Weber auf diese Technik zurückgreift, wenn sich seine eigene Schöpfung mit einem allgemeinen Motiv überschneidet.«

»Das ist allerdings richtig«, unterstützte sie der Sohn Le Viste.

Van Thiegen wandte sich an ihn und sagte wütend:

»Wenn Euer Vater hier wäre …«

»Mein Vater ist aber nicht da, und wenn er es wäre, kann ich Euch versichern, dass er auch nichts anderes sagen würde. Die Arbeit dieser Frau ist eine ganz persönliche Schöpfung.«

»Falsch!«, mischte sich nun auch Seigneur de La Tournelle lautstark ein. »Diese Frau stiehlt nur die ganze Zeit die Ideen von anderen Leuten.«

Alix, die sich wieder gesetzt hatte, sprang empört auf. Mutig hielt sie dem eisigen Blick ihres Feindes stand.

»Etwa weil ich es gewagt habe, als Erste die Initiale der Stadt Tours auf meinen ersten Teppich zu weben – was andere eigentlich auch gern gemacht hätten? Was kann ich dafür, dass sie nicht schneller waren?«

»Es gibt Gesetze, meine Tochter, und sie sind dazu da, respektiert zu werden«, brach es aus Erzbischof Lenoncourt heraus.

»Respektiert!«, äffte ihn Alix nach. »Ihr respektiert ja nicht einmal eine Frau, wenn sie ganz anständig zu Euch in die Kathedrale kommt, weil sie ein Geschäft aushandeln will. Was heißt hier respektieren, Monseigneur de Lenoncourt? Passt es zu Eurer Auffassung von Respekt, wenn Ihr eine Handwerkerin ohrfeigt, die gutgläubig zu Euch kommt, um mit Euch zu sprechen?«

»Von welcher Ohrfeige redet Ihr da?«, wollte der Richter wissen.

»Von der, die mich brutal zu Boden geschleudert hat, und die ich nur bekommen habe, weil ich eine Frau bin und Monseigneur Lenoncourt meint, dass man mit Frauen keine Geschäfte macht.«

Wieder herrschte beklommenes Schweigen, aber jetzt war es ohnehin zu spät – Alix wollte an diesem Tag ihre offenen Rechnungen in aller Öffentlichkeit begleichen. Diesmal mied sie allerdings Jean de Villiers missbilligenden Blick.

»Aus Eurer Sicht hat mich die Ohrfeige, die Ihr mir verpasst habt, vielleicht erniedrigt und beschmutzt, Monseigneur, was mich betrifft, hat sie erst wieder meinen Kampfgeist geweckt. Ihr wisst wohl, dass es schon einige, wenn auch nicht viele, große Teppichweberinnen gegeben hat. Eines Tages werde ich auch zu ihnen zählen.«

Der Erzbischof von Reims war verlegen und entgegnete nichts, aber Seigneur de La Tournelle übernahm das für ihn:

»Diese Frau ist eine Lügnerin und eine Diebin.«

»Ihr seid hier der Lügner! Der Mönch und Apotheker André Mirepoix hat die kleine Statue, die ich angeblich gestohlen haben soll, in einer Truhe im Pfarrhaus entdeckt, wo sie nie weggekommen war. Bruder Mirepoix hat das bei der Verhandlung bezeugt, in der es um die Anklage gegen mich ging.«

»Das ist nicht wahr!«

Der Richter schlug mit der Faust auf den Tisch.

»Genug! Was soll die Streiterei? Wir sind nicht hier, um irgendwelche privaten Fehden zu begleichen. Beschäftigen wir uns also wieder mit der Arbeit, die Dame Cassex vorgelegt hat.«

Nun war es an Jean de Villiers, das Wort zu ergreifen.

»Ich bin ebenfalls der Meinung, dass wir uns nicht mit irgendwelchen Anschuldigungen gegen diese junge Frau aufhalten sollten. Ich bitte die anwesenden Weber, die Arbeit zu beurteilen.«

Er nahm die Tapisserie und hielt sie hoch.

»Man möge sich den präzisen Stich, die Übereinstimmung von Vorder- und Rückseite, die harmonische Mischung aus Woll- und Seidenfäden und die schönen Farben ganz genau ansehen. Hat das hier schon irgendjemand so hervorragend gemacht? Ich bin jedenfalls ganz begeistert von der Webtechnik und den erstaunlich leuchtenden Farben.«

Zwei Gildevertreter kamen näher und nickten beifällig.

»Was ist das für eine Methode, die Ihr da anwendet?«, fragte der Richter.

»Das möchte ich Euch nicht verraten, Euer Ehren«, antwortete ihm Alix, die sich wieder beruhigt hatte. »Jeder Weber hat sein kleines Geheimnis.«

»Und Ihr habt natürlich das Recht, es zu hüten.«

»Seht Euch die Arbeit ganz genau an«, wiederholte Jean de Villiers, und seine Stimme klang ein wenig ungeduldig.

»Ja, seht sie Euch an! Dann werdet Ihr feststellen, dass diese Fäden, die mit Wau gefärbt sind, wie Goldfäden aussehen – aber es sind keine Goldfäden!«

Nach und nach untersuchten fünf oder sechs Weber den Teppich, drehten und wendeten ihn und sahen ihn sich ganz genau an, um schließlich anerkennend mit dem Kopf zu nicken.

Anstatt sich über die hervorragende Webtechnik und die leuchtenden Farben auszulassen, kam Mortagne, ihr ärgster Feind, lieber wieder auf die Frage der Verwendung fremder Vorlagen zu sprechen, die als unrechtmäßig galt, wenn große Teile eines Ensembles übernommen wurden.

»Seht Euch doch nur einmal die Mondsicheln an! Da und da und da … Fünf Mondsicheln – die habe ich alle erfunden!«, äffte er Alix nach. »Bei dieser Art von Symbolen hat es noch nie geheißen, dass man sie wiederverwenden darf. Das ist eine ganz gewöhnliche Kopie!«

Der Richter wandte sich wieder an Alix.

»Das ist ein Symbol, das wir alle verwenden, Euer Ehren. Außerdem habe ich die Mondsicheln ganz anders dargestellt als bei der *Dame mit dem Einhorn* von Jean Le Viste, dessen Sohn Euch ja auch gerade bestätigt hat, dass es sich nicht um eine Kopie handelt. Wenn Ihr es Euch einmal ansehen wollt – ich habe die Sicheln überkreuzt und nicht aneinandergereiht.«

»Im Übrigen geht es hier um ganz verschiedene Mondsicheln«, meldete sich Jean de Villiers wieder zu Wort. »Alix Cassex benutzt sie als orientalische Liebessymbole. Wenn Ihr wünscht, kann ich Euch das gern ausführlicher erläutern.«

»Orientalische Liebessymbole!«, spottete La Tournelle. »Monseigneur! Wollt Ihr etwa für ein weltliches Werk sprechen?«

»Das kann ich tatsächlich nicht. Aber ich möchte jeden hier dazu auffordern, dieses vollkommene Erzeugnis der Webkunst zu bewundern, das in Euren Augen nur einen einzigen Fehler hat – nämlich den, von einer Frau angefertigt worden zu sein!«

»Mag sein, dass Monseigneur Jean de Villiers ein weltliches Werk nicht verteidigen darf. Das gilt aber nicht für mich«, sagte jemand mit einer gravitätischen Stimme, die man bisher noch nicht gehört hatte. »Diese Tapisserie ist eine sehr schöne und eigenständige Interpretation. Es ist eine Hymne an die Liebe, die man auf keinen Fall mit *Die Dame mit dem Einhorn* verwechseln darf.«

Alessandro Van de Veere wandte sich an Le Viste den Jüngeren, der offenbar für ihn Partei ergreifen wollte, aber Alix ließ ihm keine Gelegenheit.

»So ist es, Euer Ehren. Bei mir gibt es keine Dame und auch keine Dienerin, sondern nur ein Madonnengesicht. Und auch keinen Löwen, sondern einen Stier und einen Adler, also keine Allegorie auf die Freuden dieser Welt, sondern einen einzigen, gewaltigen Schrei nach Liebe, versinnbildlicht in dem Einhorn, das sich der Jungfrau unterwirft.«

»Und diese Auslegung ist der jungen Frau hervorragend gelungen. So viel sinnliche Zärtlichkeit, solche Zuwendung und Eingebung«, fuhr Van de Veere beinahe beschwörend fort. »Nur eine Frau kann eine Liebesszene so interpretieren.«

Er sah den Richter fragend an, der nicht recht zu wissen schien, was er von der Sache halten sollte.

»Wie Ihr seht, kann man die Liebe auch anders interpretieren als unsere großen Meister, Messires!«, rief er, von seiner eigenen Begeisterung mitgerissen. »Raffael, den hier ja wohl alle für ein Genie halten, versucht die Liebe so rein wie möglich darzustellen, aber man kann das Thema auch anders behandeln.«

Mortagne, der Weber aus Tours, war aufgestanden.

»Zieht Ihr jetzt etwa einen Vergleich zwischen Raffael und …«

»Ich vergleiche gar nichts, Maître Mortagne, ich zeige lediglich, wie viel Talent diese Weberin besitzt. Was sagt Ihr denn dazu, Maître de Coëtivy?«

Alix wurde bleich. Wie würde sich ihr Schwiegervater äußern? Von dem Florentiner Bankier herausgefordert, konnte er aber nur eine sachliche Meinung äußern und sagte leise:

»Ich weiß nicht, ob eine Frau, und sei sie noch so begabt, überhaupt eine Berühmtheit werden kann.«

»Wer hat denn von Euch verlangt, dass Ihr mich eine Berühmtheit nennt?«, rief Alix empört. »Ihr sollt lediglich vor dieser Versammlung Eure Meinung äußern.«

»Oh doch, mein lieber Coëtivy«, mischte sich Jean de Villiers wieder ein. »Da gibt es zum Beispiel die berühmte Tapisserie *Die Anbetung der Heiligen Drei Könige*, auf der eine Frau zu sehen ist, die einen Teppich entrollt. Ich habe diese Tapisserie erworben, kurz nachdem die Frau gestorben war, die sie fast ganz allein gewebt hat. Eine Frau hat dieses Kunstwerk auf den Webstühlen von Maître Thomassaint Cassex angefertigt. Früher habt Ihr diese Weberin verteidigt«, sagte er, an Martin Cassex gewandt, der sich bislang nicht geäußert hatte.

»Es war doch Eure Schwester, die diesen Wandteppich auf den Webstühlen Eures Vaters gewebt hat?«

»Ja, das stimmt«, antwortete Martin irritiert, weil ihn sein Stiefbruder hier vor allen Leuten nicht duzte.

»Euer Ehren!«, wandte sich Jean wieder an den Richter. »Was diese Arbeit anbelangt, die wir hier zu erörtern haben, kann ich nur etwas zu ihrem Wert sagen.«

»Und das wäre?«

»Ich weiß, dass Dame Alix Cassex als Weberin nur dazu beitragen kann, unser Ansehen zu mehren.«

De Coëtivy zwang sich zu schweigen, um nicht wieder zur Zielscheibe der Kritik zu werden. Alles was mit Léonore zusammenhing, brachte Jacquou ins Spiel, und für ihn war es besser, dieses Thema zu meiden. Aber natürlich wusste er, dass Léonore an der *Anbetung der Heiligen Drei Könige* gearbeitet hatte und ihr diesen überaus zarten Ausdruck verliehen hatte.

»Ich habe dem nichts hinzuzufügen«, sagte er nur, weil die Versammlung auf sein Urteil wartete.

Dann deutete er mit dem Finger auf Alix und schloss: »Möge diese Frau meinetwegen den Weg gehen, den sie gewählt hat.«

Alix nickte mit triumphierender Miene. Wie einfach und geradlinig hätte ihr bisheriges Leben verlaufen sein können, wenn er das schon viel früher gesagt hätte!

Niemand konnte sich entschließen, das Schweigen zu brechen, das nach de Coëtivys Worten entstanden war. Wann würde man denn nun endlich über das Schicksal ihres Meisterstücks entscheiden? Alix sah, wie sich Alessandro an sie wandte und mit lauter, für alle vernehmlicher Stimme sagte:

»Wärt Ihr bereit, einen Vertrag über einen großen Millefleurs zu unterzeichnen, den ich bei Euch bestellen will? Ein Ensemble aus, sagen wir, sieben oder acht Bildern. Ich würde mir wünschen, dass Ihr die Liebe in ihrer ganzen natürlichen Vollkommenheit darstellt.«

Die Versammlung – und auch Alix – war wie vom Donner gerührt. Dieser Vorstoß kam einer Kriegserklärung gleich.

»Zum Teufel!«, schrie der alte La Tournelle und spuckte vor Alix aus.

»Was seid Ihr nur für eine erbärmliche Figur!«, tobte Alix.

»Worauf wartet Ihr denn noch, bis Ihr diese Frau rauswerft?«, fluchte La Tournelle, der sich nicht mehr unter Kontrolle hatte. »Sie ist wie alle Frauen eine Hure!«

Nun gab es Krieg. Welches andere Wort hätte der Mann, der diese Frau über alle Maßen verabscheute, dieser Frau sonst an den Kopf werfen sollen? Wie von der Tarantel gestochen sprang Jean de Villiers auf und ging La Tournelle mit vor Zorn hochrotem Gesicht an die Gurgel.

»Nehmt das auf der Stelle zurück!«

»Wir lassen uns schon noch etwas einfallen!«, brüllte Van Thiegen. »Sollte diese Frau die Lizenz kriegen, machen wir ihr den Prozess.«

Der Richter schlug mit geballten Fäusten auf den Tisch, und seine Gesichtsfarbe wechselte von kreidebleich zu scharlachrot. Einen Moment lang sah es so aus, als würde er gleich ersticken.

»Genug, Messires, es reicht!«, donnerte er.

Aber dafür war es schon zu spät, die Lage war außer Kontrolle geraten. Seit über zehn Jahren hatte es keine so stürmische Sitzung mehr gegeben. Damals war es Katherine Hasselet, ebenfalls Witwe eines Webermeisters, gelungen, Unruhe in den gewohnten Alltag der Jahresversammlungen zu bringen.

Die gutmütigen und eher gelassenen Flamen ließen sich nicht so schnell aus der Ruhe bringen und trugen ihre Querelen sonst ganz gemächlich aus, am liebsten abends in einer behaglich warmen Taverne. Ein gut gefüllter Bierkrug war ihnen dabei mit Sicherheit sehr hilfreich.

»Ich bitte um Mäßigung!«, schimpfte der Richter.

Aber Jean de Villiers war außer sich vor Zorn. Die Empörung hatte die Gewaltbereitschaft geweckt, die in ihm schlummerte.

»Solltet Ihr es wagen, meinen Schützling noch einmal so zu beleidigen, bringe ich Euch um!«, donnerte er und hielt den alten La Tournelle noch immer an der Gurgel gepackt.

»Wie denn? Mit Euren Gebeten oder mit Eurem Säbel?«, höhnte La Tournelle.

Mit der einen Hand hielt ihn Jean fest, mit der anderen holte er einen kleinen Dolch aus dem Ärmel.

»Damit!«

Julio war leichenblass, verzweifelt biss er die Zähne zusammen, und die Augen fielen ihm fast aus dem Kopf. Nie zuvor hatte er den Kardinal in einem derart wahnsinnigen Zustand erlebt. Er begriff, dass es Jean gar nicht mehr um die Verteidigung von Alix ging, sondern dass man unwissentlich seinen wunden Punkt getroffen hatte. Aber was war das eigentlich? Julio hatte keine Ahnung.

Jean de Villiers war wirklich verrückt geworden! Das türkische Blut in seinen Adern brodelte, sein ganzes überschäumendes morgenländisches Temperament kam in diesen Minuten zum Ausbruch, die in den Annalen der Webergilde des Nordens für immer festgehalten werden sollten.

Van Thiegen versuchte ihn wegzustoßen, aber das war völlig zwecklos. Ebensogut hätte es ein kleiner Strauch mit einer alten Eiche aufnehmen können.

»Wir werden den Vatikan verständigen!«, schrie er und zog an Villiers Schultern, um seinen Freund La Tournelle zu befreien. »So weit kommt es noch, dass uns ausgerechnet ein Türke auf seinen krummen Dolch spießt!«

Jean fuhr herum und schlug ihn mit einem Kinnhaken nieder.

»Wir werden dem Vatikan von Euren Untaten berichten!«, wiederholte Van Thiegen auf dem Boden liegend.

Dann richtete er sich vorsichtig auf, aber Jean de Villiers brauchte keine zwei Sekunden, um ihn wieder zu packen und mit dem Oberkörper gegen eine Wand zu drücken.

»Der Vatikan kennt meine Abstammung, Messire La Tournelle, ich habe den christlichen Glauben angenommen und bin kein Moslem. Ihr könnt mir nicht drohen.«

»Das Lachen wird Euch schon noch vergehen, Monseigneur le Turc, wenn Alexander Borgia nicht mehr Papst ist!«

»Jetzt ist er es jedenfalls noch.«

»Aber nicht mehr lange. In längstens sechs Monaten ist Georges d'Amboise Papst, und dann werdet Ihr vor mir im Staub kriechen, weil d'Amboise mein Freund ist.«

»Georges d'Amboise wird niemals Papst!«

Aber der andere hörte gar nicht mehr hin, sondern schwadronierte weiter.

»Ich werde alles aufdecken, Monseigneur le Turc! Eure Reisen nach Konstantinopel, Eure Fahrten auf dem Schwarzen Meer, Eure Verbindungen, Eure illegalen Verträge und Eure goldbeladenen Frachtschiffe. Seid unbesorgt, das französische Königreich wird sich Eure unrechtmäßig erworbenen Reichtümer schon wieder zurückholen.«

»Da täuscht Ihr Euch aber gewaltig, Sire La Tournelle. Ich bin nämlich Italiener geworden.«

»Euer Vater, Sultan Mohammed II., hat euch wohl nur die Niedertracht und die Barbarei seiner Heimat vererbt.«

»Noch ein Wort, und ich breche Euch den Hals, altes Wrack!«

Jean de Villiers drückte immer fester zu, und La Tournelle war kurz davor zu ersticken. Weil es kein Gildemitglied wagte, die beiden zu trennen, waren Martin Cassex und Julio nähergekommen, hatten aber noch nicht eingegriffen.

Trotz seiner sechzig Jahre war Jean de Villiers schlank und

kämpfte noch immer wie eine große geschmeidige Raubkatze. Als Mortagne ihn von hinten am Kragen packte, drehte er sich um und verpasste ihm einen Faustschlag auf den Schädel. Und als sich Van Thiegen trotz der stechenden Schmerzen in seinem Kiefer ein zweites Mal aufrappelte und Mortagne zu Hilfe eilen wollte, versetzte ihm Jean einen heftigen Faustschlag in den Magen.

Alle anderen waren wie erstarrt, der Richter eingeschlossen, der nur noch irgendwelche Befehle schrie, auf die keiner hörte. Nur zwei Zuschauer schienen sich zu amüsieren: Le Viste und der Bankier Van de Veere. Mit einigem Abstand beobachteten sie belustigt den Kampf drei gegen einen.

Wer hätte ahnen sollen, dass das erst der Anfang war? Der alte Seigneur La Tournelle hatte nämlich mehr als einen Feind, der ihn endlich einmal auf dem Boden sehen wollte.

Da erhob sich Le Viste plötzlich und leistete Jean Beistand. Er hatte den alten aufgeblasenen La Tournelle noch nie leiden können und erinnerte sich plötzlich daran, wie der ihn einmal vor allen Leuten abgekanzelt hatte, als er noch ein junger Mann war.

»Hier, mein Herr, die Beleidigung von damals wollte ich Euch schon längst einmal zurückgeben! Erinnert Ihr Euch noch? Sogar mein Vater war sehr empört über Euer Verhalten.«

Und er verpasste ihm einen ordentlichen Schlag auf den Kopf.

»Messires! Messires! Ich muss doch bitten!«, flehte der Richter, der dieser unbegreiflichen Prügelei vollkommen hilflos zusehen musste. »Ich löse die Versammlung auf. Wie vertagen das Treffen auf ein andermal.«

Doch der Kampf hatte seinen Höhepunkt noch nicht erreicht. Jetzt mischte sich auch noch Alessandro ein, der aber leider nicht gerade kampferprobt war. Bekanntlich schlagen sich die Finanzleute mit dem Kopf und nicht mit den Händen. Er hatte aber immerhin einige aufmunternde Zurufe in petto, mit denen er vielleicht diesen Halbtürken anfeuern konnte, der ihm immer besser gefiel.

Alessandro Van de Veere spekulierte nämlich darauf, wenn diese Rauferei erst einmal vorbei war, ein paar schöne Geschäfte mit diesem Jean de Villiers auszuhandeln. Hatte er doch eben vernommen, dass der gern und häufig nach Kleinasien reiste, während er selbst nicht recht wusste, wie er das anstellen sollte, obwohl es ihn mit aller Macht dorthin zog! Dieser mutige Mann war bestimmt ein ausgezeichneter Reiseführer. Und damit Jean de Villiers sein Anliegen gar nicht erst ablehnen konnte, musste er jetzt etwas Einsatz zeigen.

»Die Versammlung wird vertagt!«, schrie der Richter immer wieder und schlug mit den Fäusten auf den Tisch. Sein Barett war ihm ins Auge gerutscht, und ein Ärmel seiner langen Robe hing schlaff herunter. Doch das war gar nichts im Vergleich zu dem Aufzug der Kämpfer, die immer zahlreicher wurden.

Le Viste schlug auf Van Thiegen ein, der ihn am Hals gepackt hatte, Martin kümmerte sich um Mortagne, und Julio leistete Jean Beistand, indem er den alten La Tournelle an den Schultern zurückzerrte, während der mit den Füßen nach dem Schienbein des Kardinals trat.

Als der Richter gerade wieder mit der Faust auf den Tisch hauen wollte, hielt Alessandro seine Hand einfach fest.

»Kommt überhaupt nicht in Frage, Euer Ehren! Die Versammlung wird nicht aufgehoben. Jedenfalls nicht ehe Ihr dieser jungen Frau ihre Lizenz erteilt habt!«

»Auf gar keinen Fall!«, zeterte der Erzbischof, der sich bislang aus dem Kampf herausgehalten hatte. »Wir weigern uns!«

»Aber Monseigneur de Lenoncourt!«, gab Alessandro Van de Veere zu bedenken. »Ist Euch die Sache wirklich so wichtig, dass

Ihr auf alle finanzielle Unterstützung für Euer Bistum verzichten wollt?«

»Ihr seid ja wohl nicht der einzige Bankier, von dem man Geld leihen kann«, zischte der Erzbischof giftig zurück.

»Aber Ihr braucht doch Golddukaten, und wir Florentiner sind die Einzigen, von denen Ihr sie bekommen könnt – ohne dass wir die Nase in Eure Privatangelegenheiten stecken. Ich habe allerdings gehört, dass sich Euer Privatvermögen verdreifacht haben soll, seit Ihr Bischof von Reims seid. Reicht Euch das, oder soll ich den französischen Bankiers ein paar Hinweise geben, damit sie einmal Euren persönlichen Besitz unter die Lupe nehmen?«

»Nein, natürlich nicht, auf keinen Fall!«, stammelte de Lenoncourt und wurde so rot wie eine überreife Tomate.

»Dann schlage ich vor, dass Ihr jetzt für diese Frau stimmt, die Ihr einmal geohrfeigt habt.«

Wer hätte in diesem unbeschreiblichen Durcheinander wirklich gegen die Erteilung der Lizenz stimmen sollen? Alessandro ließ die Hand des Richters wieder los.

»Auf auf! Pergament, Tinte und Feder – und dann stellt Ihr dieser jungen Frau, deren Arbeit unsere ganze Hochachtung verdient, die Lizenz aus.«

25

Jean de Villiers reiste noch am selben Abend aus Lille ab und hinterließ Alix folgenden Brief:

Meine liebe Alix,
in Gedanken bin ich bei dir, möchte dich aber lieber nicht sehen, ehe ich wieder nach Italien aufbreche. Ich muss mich erst ein wenig von den Flamen erholen, die ich zum Glück nicht so bald wiedersehen werde. Mag sein, dass ich einen zu nachhaltigen Eindruck hinterlassen habe, ich weiß aber, dass manche auf meiner Seite waren, auch wenn sie es nicht gezeigt haben. Hab' keine Angst – der alte Seigneur de La Tournelle ist nicht tot. Ich habe ihn nicht umgebracht. Er ist zäh und wird sicher bald wieder versuchen dir zu schaden, genau wie der Erzbischof von Reims. Am besten hältst du dich von ihnen fern. Was Mortagne und Van Thiegen betrifft, so wirst du ihnen bestimmt oft über den Weg laufen, weil ihr denselben Beruf ausübt. Bestimmt legen sie sich immer wieder mit dir an, wenn sie können, obwohl du jetzt deine Lizenz hast. Du hast sie bekommen, und Gott allein weiß, ob ich dafür mein Bestes gegeben habe. Ich kann jetzt jedenfalls nach Rom zurückkehren, weil du mich nicht mehr brauchst. Ich hoffe, du bleibst eine hervorragende Weberin und wirst eine sehr gute Geschäftsfrau. Ich weiß, dass du dazu in der Lage bist.
Bevor ich Lille verlasse, habe ich noch diesen Florentiner Bankier getroffen, den ich nur vom Namen her kannte – deshalb

hatte ich ihn dir auch empfohlen –, aber mit dem ich persönlich noch nicht zu tun gehabt hatte. Ich denke, wir werden uns sehr bald einig sein, weil er den sehnlichen Wunsch hat, sich auf den Weg ins Morgenland zu machen – wobei ich ihm behilflich sein kann. Wenn er dort Handel treiben will, bin ich dabei.
Ich glaube, du kannst ihm vertrauen. Wenn er mit mir Geschäfte machen will, kann es nur in seinem Interesse sein, dich weder zu täuschen noch zu bestehlen. Er ist ein kluger Mann, hart, wenn es ums Geschäft geht, und streng, aber ehrlich.
Ich überlasse dir meinen Freund Julio, der auch mein Schützling ist, wie du weißt. Wir haben ausgiebig diskutiert. Er ist bereit, in Frankreich zu bleiben. Du sollst ihm die Leitung des Kontors im Val de Loire übertragen. Besitzerin bleibst aber du allein, was nur natürlich ist, weil Jacquou mein einziger Erbe war.
Van de Veere wird dir das nötige Geld vorstrecken. Er stellt nur eine Bedingung: Dieses Kontor darf ausschließlich Rom und Florenz bedienen. Wenn deine beiden Werkstätten wieder in Betrieb gehen, arbeiten sie zusammen mit Flandern. Van de Veere verschafft dir eine Mitgliedschaft für die Manufaktur von Brügge. Da du deine Feinde aus Tours nicht loswerden wirst – allen voran Coëtivy –, ist es besser für dich, mehr mit Brügge als mit Arras, Lille oder Brüssel zusammenzuarbeiten. Wenn du dich aber geschickt anstellst und neue Freunde gewinnst, schließt das eine das andere nicht aus.
Meine liebe kleine Alix, der Platz in meinem Herzen ist dir sicher. Oft denke ich an den Tag, als du mich angefleht hast, ich sollte dir helfen, Jacquou wiederzufinden – und du warst noch so jung. Die Tränen liefen dir übers Gesicht, und du hast mich wirklich gerührt, weil du diesen Jungen so sehr geliebt hast. Er war dein ein und alles. Ich denke auch oft an ihn, der eigentlich länger hätte leben müssen. Aber so ist es nun einmal – er ist zu

seiner Mutter gegangen, die er nie kennengelernt hatte. Oh ja, er wird lange vor mir das Gesicht meiner geliebten Léonore wiedersehen, meiner zärtlichen Léonore! Ach, Alix, wenn du wüsstest, wie sehr ich sie geliebt habe, und wie sehr ich mir wünschte, sie wäre noch am Leben! Nur sie konnte mich vergessen machen, dass ich mich Gott allein verschrieben hatte. Besuche mich, wenn du nach Rom kommst. Ich bin sicher, das wird nicht lange auf sich warten lassen, weil du reisen musst, um dich um deine Aufträge zu kümmern, damit sie dir nicht irgendein dahergelaufener stiller Teilhaber wegnimmt. Höre auf Van de Veere, er weiß das alles besser als irgendjemand sonst. Trotzdem sollst du dich natürlich auch auf dein Gespür verlassen.

Ich bin sehr stolz, dass ich dein Meisterstück verteidigen durfte. Hüte das Geheimnis vom goldenen Faden, das Geheimnis, das ich Jacquou anvertraut habe – und das nicht einmal Julio kennt. Noch einmal, Alix: Hüte dich vor deinen Feinden! Sie sind immer zur Stelle, egal was du machst. Vergiss aber auch nie, dass du wahre Freunde hast, die dir aus jeder misslichen Lage helfen werden.

Adieu Alix! Ich denke an dich.

Jean.

Schon seit dem Aufwachen war Julio sehr unruhig. Die Ereignisse hatten sich überstürzt, und er war gar nicht richtig zum Nachdenken gekommen, vor allem was seine übereilte Entscheidung betraf, die Jean mit seinem Entschluss, noch am selben Abend nach Rom abzureisen, unabsichtlich vorangetrieben hatte. Und die Gildeversammlung hatte ihm überhaupt nicht gefallen, genauso wenig wie die Teilnehmer, der Verlauf und am allerwenigsten das Duell zwischen den einflussreichsten Gildemitgliedern.

Als Julio noch einmal über diesen erstaunlichen Tag nachdachte, an dem im Grunde nur persönliche Angelegenheiten geregelt worden waren, fragte er sich, welcher vernünftige, kluge und friedliebende Mensch etwas an dieser gewalttätigen Debatte finden konnte, an den Schlägen und Drohungen. Diese Versammlung, die in einen veritablen Faustkampf ausgeartet war, war wirklich nicht nach seinem Geschmack.

Seit dem vergangenen Abend fühlte sich Julio angespannt und ängstlich, weil er fürchtete, den falschen Weg eingeschlagen zu haben. Alix war aber nicht der Grund, denn je länger er sie kannte, umso mehr wurde sie zu einer verständnisvollen, aufmerksamen Schwester für ihn. Es war ihm einfach alles viel zu schnell gegangen.

Als er aber dann am Abend in der Kutsche Angela gegenüber gesessen hatte, die ihn mit ihren blauen Augen freundlich anlächelte, fühlte er sich ein wenig getröstet.

Alix konnte ihr Glück noch gar nicht richtig fassen und war am nächsten Morgen spät aufgestanden. Nun aber genoss sie in vollen Zügen den sonnigen Morgen, der an die kleinen Fenster des Zimmers klopfte, das sie sich mit Angela teilte. Sie ließ Julio kommen, der in einem Nachbarzimmer mit Leo schlief.

Angela saß sittsam in einer Ecke des Zimmers neben dem Kamin, der jetzt im Sommer nicht befeuert wurde. Julio stand neben Alix, war aber in Gedanken noch ganz bei dem, den er gerade verlassen hatte. »Julio«, hatte er zu ihm gesagt, »ich will, dass du dich jetzt auf der Stelle entscheidest. Entweder du bleibst oder du kommst mit mir zurück nach Rom!« Da erinnerte sich Julio an Angelas schöne blaue Augen, die ihn angefunkelt hatten, als Alix sie in der Kutsche miteinander bekannt gemacht hatte. Und eben diese Augen sprühten ihm auch jetzt lautlose Signale entgegen. »Ich bleibe«, hatte er unsicher geantwortet. »Das ist eine gute Entscheidung, mein Junge. Solltest du irgendwann feststellen, dass du dich getäuscht hast, kannst du immer noch Geistlicher werden, auch wenn ich dich dann vielleicht nicht mehr im Vatikan empfangen kann. Glaube mir, du hast die beste Wahl getroffen. Man muss sich nämlich darüber klar werden, ob man sich trotz aller persönlichen Ambitionen für Gott entscheiden kann. Das Leben ändert sich oft schnell und schreibt dir die Antwort vor. Wenn deine Entscheidung verkehrt war, komm zurück nach Rom, und wenn ich nicht mehr da bin, findest du bestimmt jemand anderen, der dir helfen kann.«

Alix hatte Julio schon eine ganze Weile beobachtet. Die Blässe war seit dem Aufruhr in der Versammlung nicht mehr aus seinem Gesicht gewichen, aber er wirkte nicht mehr ganz so verkrampft. Und wenn er Angela ansah, zeigte sich in seinen Augen sogar ein Funken Freude.

»Bereust du deine Entscheidung, Julio?«

»Nein, Alix, ich bereue sie nicht. Ich bin einfach nur traurig, weil ich meinen besten Freund verloren habe.«

»Aber du hast Jean doch nicht verloren! Es dauert nicht lang, und wir reisen nach Rom. Dann kannst du ihn wiedersehen.«

Julio nickte schwach.

»Ich weiß, wir werden mit Rom Geschäfte machen und schöne, große Tapisserien weben, die den Vatikan zieren sollen.«

»Und mit Florenz, nicht zu vergessen!«

»Ja, ich weiß schon, mit Rom und mit Florenz.«

»Ach, Julio! Wir werden die Pracht unserer Millefleurs mit den Florentiner Gesichtern mit der Kunst aus Neapel und Venedig vereinen, mit der ganzen Spontaneität der Renaissance, die aus Italien zu uns kommt und die wir im Val de Loire heimisch machen wollen. Mathias kann inzwischen im traditionellen Stil für die flämischen Kontore arbeiten.«

»Du hast recht, so machen wir es.«

Alix ertappte Angela dabei, wie sie Julio ansah. Sie ging zu ihr und nahm ihre Hand.

»Mit euch beiden als Lehrern werde ich bestimmt bald eine echte Italienerin!«

Sie fühlte sich leicht und unbeschwert, wie befreit von alten Lasten, die sie nicht mehr kümmerten, und musste lachen.

»Wir müssen zurück nach Brügge, weil Mathias so schnell wie möglich das Geld braucht, um die Werkstätten wieder aufzubauen. Wir dürfen keine Zeit verlieren! Gleich morgen brechen wir auf.«

»Glaubst du nicht, in Tours könnte man mich besser brauchen als in Brügge, wo ich doch nichts ausrichten kann, Alix?«, fragte Julio.

»Und ich könnte dort meine Lehre auf dem Flachwebstuhl beginnen, Dame Alix. Bis Ihr zurück seid, hätte ich bestimmt schon einiges gelernt und könnte Euch so einen Teil der Schulden erstatten, die ich bei Euch habe.«

Alix ließ die Hand ihrer Freundin los.

»Du hast doch keine Schulden bei mir, Angela!«

Doch dann ging sie in Gedanken schnell ihre Reise nach Brügge durch und sagte sich, dass Angela vielleicht gar nicht unrecht hatte. Was sollte sie dort die ganze Zeit mit Leo und Julio anfangen, wenn sie doch von morgens bis abends mit ihren persönlichen Angelegenheiten beschäftigt war? Ihr Gefühl sagte ihr jedenfalls, dass sie allein unbeschwerter sein würde.

»Du möchtest deine Weberlehre beginnen!«, sagte sie. »Aber wer soll dich denn unterrichten, wenn ich nicht da bin, Angela? Pierrot ist noch zu jung, er lernt selbst noch. Und Mathias hat dafür keine Zeit. Arnaude hätte das übernehmen können, aber sie muss zurzeit mit Arnold für einen anderen Meister arbeiten. Vielleicht sind sie sogar gar nicht mehr in Tours!«

Sie seufzte.

»Ich wüsste wirklich nicht, wer dir das Weben beibringen sollte, wenn du nach Tours gehst, Angela.«

»Ich«, sagte Julio ruhig und beinahe froh.

»Du?«, wiederholte Alix amüsiert.

»Oh ja!«, rief Angela begeistert. »Ich möchte sehr gern, dass Julio mir das Weben beibringt. Er ist bestimmt geduldig und verständnisvoll mit mir, er wird mich nicht anherrschen, und ich werde alles verstehen, was er mir sagt und zeigt. Bestimmt mache ich große Fortschritte. Wenn Ihr zurückkommt, kann ich sicher schon richtig arbeiten. Das verspreche ich Euch, Dame Alix!«

»Nun gut, ich lasse es mir durch den Kopf gehen. Wir wollen morgen noch einmal darüber sprechen.«

Dabei erwog sie in Gedanken bereits diese Möglichkeit. Angela war bei Julio gut aufgehoben, da war sie sich ganz sicher, und vielleicht brauchte der ja auch den bewundernden, respektvollen Blick eines Lehrlings, um seine neue Position als Webermeister zu festigen. Sie war noch nicht sehr weit mit ihren Überlegungen gekommen, als es plötzlich an der Tür klopfte. Angela sprang auf und öffnete.

»Da ist jemand, der Dame Cassex unten im Gastraum sprechen will.«

Alix lief die Treppe hinunter und sah Alessandros Kutscher, der vor einem Bier saß und auf sie wartete.

»Ach, Ihr seid es, Collas!«, sagte sie erfreut. »Was wollt Ihr denn von mir?«

»Mein Herr wünscht Euch zu sehen.«

»Wann denn? Heute Abend?«

»Auf der Stelle.«

»Aber …«

»Er hat mir verboten, ohne Euch zurückzukommen. Drum rühr' ich mich hier nicht weg, ehe Ihr mir sagt, dass Ihr mitkommt.«

Er zeigte auf seinen Bierkrug.

»Deshalb hab' ich es mir hier bequem gemacht.«

Jetzt musste Alix lachen. Dann entdeckte sie Angela, die ihr gefolgt und die Treppe heruntergelaufen war.

»Macht Euch keine Sorgen, Dame Alix«, sagte sie lächelnd, »ich habe doch zwei edle Ritter ganz allein für mich, die auf mich aufpassen.«

»Nein, ich habe keine Angst, dich mit Leo und Julio allein zu lassen. Als ich so alt war wie du, Angela, war ich schon längst allein unterwegs.«

Dann wandte sie sich wieder an Collas.

»Ich muss noch einmal auf mein Zimmer und ein paar Sachen holen, dann komme ich mit Euch mit.«

Collas verließ die Stadt durch die Porte Saint-Maurice in der Nähe des Gasthauses, fuhr außen an der Stadtmauer entlang bis zur Place de la Madeleine und dann durch die Porte Saint-André in die Rue Royale, die ins Quartier Sainte-Catherine führte.

Diese Gegend kannte Alix nicht. An Lille hatte sie bisher nur düstere Erinnerungen, aber die wollte sie heute alle vergessen und sich endlich richtig freuen. Wie lange schon war sie nicht mehr so glücklich gewesen? Für sie hatte das Leben stets aus einer ständigen Folge von Glück und Unglück bestanden, aber seit Jacquous Tod reihte sich ein trauriger Tag an den anderen. Da riss der Himmel plötzlich auf und versprach ihr die schönsten Aussichten!

Collas hielt die Kutsche auf der Grande-Place vor einem prächtigen Privathaus an. Dann sah er zu den Fenstern hinauf und rief mit lauter Stimme, so als wolle er sich von seiner eigenen Wichtigkeit überzeugen:

»Das ist die Residenz des Vogts von Lille. Er ist ein guter Freund von Alessandro Van de Veere, und hat ihn zu sich eingeladen. Mein Herr kann sich in seinem Haus aufhalten so lange er will.«

Alix deutete ein Lächeln an und ließ sich von Collas aus der Kutsche helfen. Ihr Herz schlug heftig in Erwartung der ganz besonderen Augenblicke, die ihr gleich bevorstanden. Sie wusste noch gar nicht, wie sie sich verhalten sollte.

Und dann ging alles so schnell. Sie hatte keine Ahnung, wie sie in die geräumige, abgeschlossene Wohnung gelangt war, die im Westflügel der Residenz lag, als plötzlich Alessandro vor ihr stand und ihr die Hand reichte.

»Meine liebe Alix, mir scheint, wir haben ein hartes Stück Arbeit hinter uns. Jetzt seid Ihr endlich Webermeisterin und könnt Geschäfte machen, mit wem Ihr wollt.«

»Danke, Alessandro, danke! Ihr und Jean de Villiers, dem ich ohnehin so viel verdanke, habt mich gerettet. Jetzt gehört Ihr beide zu meinen allerbesten Freunden. Danke.«

Er nahm ihre Hände und schob sie sanft zur Treppe, ehe sie den großen Raum überhaupt richtig sah, in den man sie geführt hatte. Jetzt ging sie die hohen Marmorstufen zur Empfangshalle hinunter, der Bankier legte ihr den Arm um die Schultern, und schon fand sie sich draußen vor dem Haus wieder.

»Kommt, Alix, wir wollen das Ereignis in einem Gasthaus feiern, das ich gut kenne. Ich möchte nicht hier im Haus bleiben. Es gehört mir nicht, und auch wenn man mich herzlich eingeladen hat, fühle ich mich doch nicht wohl.«

Er sah sich nach den Ställen um und rief:

»Collas! Fahr' uns zum ›Hexenkessel‹. Da gibt es ausgezeichnetes Bier. Es wird Euch schmecken, Alix.«

Dort machte er dem Kutscher ein Zeichen, das wohl bedeuten sollte, dass er den Rest des Abends zur freien Verfügung hatte.

»Du kannst nach Hause fahren, Collas. Wir gehen zu Fuß zurück. Es ist sommerlich warm und am Ufer der Deûle wunderschön. Die Sterne werden uns den Weg zeigen.«

Wenig später saßen sie in dem großen, lärmenden Gasthaus. Alle aßen und tranken, redeten durcheinander und lachten aus vollem Hals und bestellten neues Bier, sobald der Krug geleert war. Die Kellner brachten die Speisen auf großen Tabletts herein, die sie zu zweit tragen mussten – einer vorn und einer hinten. Eine Bedienung stellte sie dann mit lautem Getöse auf die Tische. Vor lauter Rauch sah man kaum die Hand vor Augen, aber aus den Kesseln, die über dem Feuer hingen, duftete es appetitlich.

Alessandro und Alix wurden zwischen zwei Gäste geklemmt, die unter lauten Begeisterungsrufen Hühnerschenkel verspeisten, die nur so vor Fett trieften. Das Bier schmeckte tatsächlich köstlich, und Alix stürzte es schnell hinunter, bis sie ganz benommen wurde und den Kopf auf die Schulter ihres Begleiters legte.

»Kommt, Alix, ich glaube, wir sollten an die frische Luft gehen.«

»Nein, Alessandro! Ich hätte so gern noch einen kleinen Schluck Bier!«

Aber er wollte ihr den vollen Schoppen aus der Hand nehmen und erhob sich.

»Nein, jetzt ist es genug. Ich habe Collas nach Hause geschickt, das heißt, wir müssen jetzt laufen.«

»Ich bin aber so müde. Bitte tragt mich.«

Was war nur mit Alix los? Wahrscheinlich hatte sie mehr getrunken als gewohnt. Jetzt bedauerte Alessandro, dass er die Kutsche weggeschickt hatte.

Da nahm sie ihm so schnell den vollen Krug wieder aus der Hand und leerte ihn auf einen Zug, dass er gar nichts dagegen machen konnte.

»So!«, sagte sie. »Jetzt können wir gehen«, und fiel ihm in die Arme. Er fing sie auf und drückte ihren warmen, bereiten Körper an sich. Aber in diesem Zustand der Euphorie, in dem sie wohl allen Sinn für Realität verloren hatte, wollte er Alix nicht nehmen. Sie sollte sich ihm bei vollem Bewusstsein und ganz freiwillig hingeben, verliebt und nicht von zu viel Bier umnebelt.

»Bitte tragt mich, Alessandro«, sagte sie wieder, »dann komme ich überallhin mit Euch. Meinetwegen auch an die Loire.«

Dann kicherte sie vergnügt und schmiegte sich an ihn.

»Ihr riecht so gut, Alessandro!«, flüsterte sie und versuchte sich aufzurichten, sank aber gleich wieder in seine starken Arme.

»Oh, bitte, Alessandro, können wir uns nicht ein wenig ans Ufer der Loire legen? Mir ist so heiß.«

Er brachte sie bis ans Ufer der Deûle und sagte ihr nicht einmal, dass sie die Flüsse verwechselte. Am schwarzen Himmel über ihnen funkelten Millionen Sterne, und eine sanfte Brise wehte erfrischend. Er legte sie auf feuchtes Moos, das im Mondlicht seltsam weiß schimmerte. Dann streckte er sich neben ihr aus und wartete. Ein paar Minuten später war sie eingeschlafen.

Als Alix aufwachte, fuhr sie beim Anblick des Sternenhimmels über sich erschrocken hoch. Dann entdeckte sie Alessandro, der mit dem Rücken an eine dicke Eiche gelehnt dasaß und sie ansah. Ob er auch geschlafen hatte? Hatte sie sich zu Liebesspielen hinreißen lassen, an die sie sich jetzt nicht mehr erinnern konnte? Hatte sie ihn geliebt? Sie griff sich an die Stirn, weil sie starke Kopfschmerzen hatte.

»Alessandro!«, flüsterte sie.

Mit einem Satz war er bei ihr und sagte nur:

»Ich bringe Euch zurück in Euer Gasthaus.«

Und weil sie ratlos wirkte, fügte er hinzu:

»Macht Euch keine Gedanken, heute Nacht ist nichts geschehen. Ihr habt die ganze Zeit geschlafen, und ich habe Euch nicht angerührt. Aber ich hatte ausreichend Gelegenheit, Euch im Sternenlicht zu bewundern. Ich kann mich nicht erinnern, jemals so viele Sterne auf einmal gesehen zu haben.«

»Aber ...«

Er kam näher und küsste sie zärtlich.

»Ihr seid noch nicht bereit, Alix. Das habt Ihr mir doch selbst gesagt. Ihr braucht noch Zeit. Ich habe Euch den ganzen Abend beobachtet. Ihr habt absichtlich so viel Bier getrunken, um in euphorische Stimmung zu kommen, damit Ihr nicht darüber nachdenken konntet, wozu Ihr Euch zwingen wolltet. So stelle ich mir das aber nicht vor. Ich bin nicht Albrecht Dürer.«

Sofort bereute er es, diesen Namen erwähnt zu haben.

»Verzeiht mir. Das war sehr dumm von mir.«

»Nein, es war gar nicht dumm, sondern die Wahrheit. Ich habe getrunken, um zu vergessen.«

»Wenn Ihr in meinen Armen liegt, sollt Ihr weder an Euren Jacques noch an irgendeinen anderen Mann denken.«

»An einen anderen! Das kann ich gar nicht«, sagte Alix leise. »Außer diesem Maler, der meine Schwäche ausgenützt hat, hat es nie einen anderen Mann gegeben.«

»Ist das wirklich wahr?«

Er sah eine Träne in ihrem Auge. Mit seinen zärtlichen Lippen trank er die Träne, und mit seinen sanften Fingern streichelte er ihr Gesicht.

»Ich will, dass Ihr mich nur um meiner selbst willen liebt, Alix.

Könnt Ihr das verstehen? Wenn Euch das nicht möglich ist, müssen wir es hierbei belassen. Ihr bekommt von mir Eure Wechsel, und wir sehen uns nie wieder.«

»Ja, das verstehe ich«, antwortete sie.

»Ich möchte Euch einen Vorschlag machen. Ich lasse Euch die Wechsel morgen von Collas in Euer Gasthaus bringen. Wenn Ihr unsere beginnende Romanze lieber gleich wieder beenden wollt, gebt ihm einen Brief, in dem Ihr mir schreibt, dass Ihr mich nicht wiedersehen wollt. Dann löse ich mich in Luft auf, versprochen. Seid unbesorgt.«

»Und was soll ich machen, wenn es nicht so ist?«

»Steigt so schnell es geht zu mir in meine Kutsche und schickt Eure eigene nach Tours. Dann brechen wir sofort nach Brügge auf, wo wir sehr viel zu erledigen haben.«

Alix hatte ihre Entscheidung bereits getroffen. Sie würde Angelas und Julios Vorschlag beherzigen. Die beiden sollten mit Leo nach Tours fahren, und sie wollte mit Alessandro nach Brügge.

So war das Leben nun einmal – die einen wurden geboren, die anderen mussten sterben, und nun gehörte Jacquou zu den für immer Gegangenen. Alix durfte ihn nicht vergessen, aber die Erinnerung an ihn ruhen lassen, weil ihr irdisches Dasein jetzt erst richtig anfing. Sie hatte einen Auftrag zu erfüllen: Sie würde schöne, große Teppiche weben, deren Webart, die Motive, die Formen und die Farben ihr Jacquou einflüstern würde. All diese Gedanken stürmten auf Alix ein. Aber mit vierundzwanzig Jahren durfte sie kein Einsiedlerdasein führen, sondern sollte leben, wie es sich für eine Webermeisterin gehörte. Jean hatte es ihr geschrieben!

Alessandro war dann doch persönlich erschienen, um sie abzuholen, so sehr fürchtete er, sie könnte es sich noch im letzten Augenblick anders überlegen. Aber er hatte allein in einem Nachbarzimmer von dem Zimmer geschlafen, das sich Alix mit Angela teilte. Der war im Übrigen nicht entgangen, dass die Gönnerin an ihrer Seite ein Nervenbündel war, weil sie sich ewig hin und her drehte und doch nicht einschlafen konnte. Trotzdem hatte Alix es nicht gewagt, zu Alessandro zu gehen, der sich vermutlich ebenfalls stundenlang auf seinem Lager gewälzt hatte, ehe er endlich einschlief.

Am Morgen hatten sich Leo, Julio und Angela dann tränenreich von Alix verabschiedet, die den beiden Männern ihren Schützling anvertraute, nicht ohne sie daran zu erinnern, dass Angela erst dreizehn und noch ein Kind war.

Dann hatte Alix sie alle umarmt und ihnen eine gute Reise gewünscht. Nach Tours würden sie ein bis zwei Wochen brauchen. Mathias sollte sich um den Aufbau der beiden Werkstätten kümmern, und dann konnten sie dort gemeinsam arbeiten, während sie auf Alix' Rückkehr warteten. Zum Abschied reichte Alix Julio einen gut gefüllten kleinen Geldbeutel.

»Nimm!«, sagte sie und hielt seine Hand fest, nachdem sie ihm die Börse übergeben hatte. »Jetzt bist du ein Meister!«

Leos Auftrag war ganz einfach: Er sollte Julio und Angela nach Tours bringen und sofort nach Brügge zurückfahren, sobald sich die beiden in ihrem Haus eingerichtet hatten.

Danach hatte Alessandro Collas aufgefordert, die Zügel in die Hand zu nehmen. Vier Pferde waren angespannt, aber er lenkte nur die beiden äußeren, die zwei in der Mitte liefen einfach mit.

Mit einem wahren Höllentempo hatten sie die Strecke in zwei Tagen bewältigt. Beide konnten es kaum erwarten, endlich nach Brügge und in das große, komfortable Haus des Bankiers zu kommen.

Am Abend des dritten Tages trafen sie unter einem funkelnden Sternenhimmel in der Stadt ein, während sich das Wasser unter den hölzernen Brücken mit ihren rotgoldenen Stadtwappen nachtblau färbte.

Alix mochte Brügge sehr gern. Hier fühlte sie sich so wohl wie in Tours, in Amboise oder sogar in Orléans, wenn sie das lange, graublaue Band der Loire geruhsam unter den Brücken dahinfließen sah oder im Sommer die zahlreichen Sandbänke bestaunt hatte, von denen immer mehr aus dem Flusswasser auftauchten.

Ja, Brügge war es gelungen, sie zu verführen, und sie hatte eigentlich nur gute Erinnerungen an diese Stadt, auch wenn sie die Zeit, die sie hier mit ihrem Mann verbracht hatte, ganz tief unten in ihrem Herzen vergraben musste.

Und nun war sie endlich im Haus von Alessandro, und Alix wusste nicht einmal für wie lange, weil sie sich ganz diesem sonderbar innigen Gefühl hingeben wollte, das ihr ein vollkommen neues Glück zu versprechen schien.

Morgen früh würden wieder die vielen hundert Glocken von Brügge läuten, und ihr gefiel dieser Lärm und die geschäftige Unruhe der Stadt.

»Ich liebe dieses Haus, Alessandro.«

»Es ist deins, mein Herz!«

Sie war nicht überrascht, dass er sie auf einmal duzte. Ihre Gegenwart in seinem Haus bedeutete, dass sich Alix ihm voll und ganz hingeben wollte.

Er trat hinter sie und küsste sie auf den Nacken. Sie reckte ihn ein wenig und seufzte genüsslich. Alessandro drehte sie langsam zu sich um und drückte sie an sich. Dann nahm er sie in die Arme und trug sie aus dem kleinen Salon und auf das Bett im Zimmer nebenan.

Unendlich behutsam öffnete er ihr Mieder, und Alix zitterte vor Freude, vor Furcht oder vor Ungeduld – so ganz genau wusste sie nicht mehr, welches Gefühl es war, das da über sie hereinbrach. Etwas wie eine Mischung aus gespannter Erwartung und stummer Angst, die sich bald in freudige Wallungen verwandeln sollte.

Ein bebender Busen kam zum Vorschein, und Alessandro kniete sich neben sie ans Fußende des Betts. Dann beugte er sich über Alix, und sein Mund umschloss zärtlich das kleine Röschen, er liebkoste es mit seinen Lippen und sog begierig den süßen Duft in sich auf.

Alix rang nach Luft. So erregt war sie schon lange nicht mehr gewesen! Alessandro ließ ihre Brust los und betrachtete sie mit feurigen Augen, während er zärtlich nach der anderen Brust griff, um sie ganz behutsam aus ihrer seidenen Hülle zu befreien.

Als ihr Oberkörper nackt war, erschauerte Alix, was ein wenig nach einem fröhlichen kleinen Schluckauf klang. Alessandro beugte sich wieder über sie und küsste sie auf den Mund. Ihre Zungen wagten sich hervor und begegneten sich in einem langen, leidenschaftlichen Kuss. Sie standen beide in Flammen.

»Ich wünschte, du würdest in meinen Armen ohnmächtig, mein Herz!«, flüsterte Alessandro.

Sie murmelte irgendetwas, was er nicht verstand, spürte aber ihre totale Hingabe.

»Du sollst mir sagen, was du dir wünschst, meine Süße.«

Wie hätte sie zustimmen sollen, während sie doch schon ein neues Gefühl übermannte? Alessandro schob eine Hand unter ihr Kleid und enthüllte zwei lange, schlanke, wohlgeformte Beine.

Der Körper, den er da liebkoste, duftete köstlich. Der Duft von Alix! Wieder küsste er sie, diesmal noch länger und raffinierter. Als sie beide eine Pause einlegen mussten, um Luft zu holen, begann er sie auszuziehen.

Reglos, aber gespannt wie eine Saite, die der Geiger mit seinem

Bogen streichelt, ließ Alix ihren Geliebten ihren nackten Körper bestaunen. Sie wusste, dass sie sich erst ungestüm lieben würden, um ihr Verlangen zu stillen, und die große Zärtlichkeit danach kam – jedenfalls wenn sie sich verstanden.

Alessandro hatte sich eine wache Geliebte gewünscht, die sich dessen bewusst war, was sie erwartete und die sich nur in seinen Armen gehen ließ, wenn sie beide beglückt wurden. Als er mit der Hand zärtlich über ihren glatten, weißen Bauch strich und mit ihrem Bauchnabel spielte, stöhnte sie genüsslich. Seine Finger hielten inne, um dann nach unten zu wandern, bis sie zu dem warmen Hügel ihrer seidenweichen Scham fanden.

Alix stöhnte erregt und klammerte sich an den Körper, der sich über sie beugte, umschlang ihn mit beiden Armen.

»Bitte, Alessandro, streichle mich«, murmelte sie.

»Ja, mein Herz«, antwortete Alessandro im gleichen Atemzug.

Da erprobte er die sinnlichsten Berührungen, um seine Geliebte in den Zustand vollkommener Ekstase zu versetzen, ein Feuer, das nur er allein löschen konnte. Und er fand die richtigen Worte und Zärtlichkeiten. Ihr Stöhnen klang ihm so süß in den Ohren, dass er er gar nicht damit aufhören wollte.

Alix bäumte sich auf, aber nicht etwa abrupt und heftig, sondern ganz langsam und genussvoll. Ganz ohne Zweifel wollte Alessandro die äußersten Grenzen dieses Körpers kennen lernen, der da unter seinen Fingern bebte. Sie erkundeten sehr erfahren ihre intimsten Stellen und versuchten die geheimen Winkel zu entdecken, bei deren Berührung Alix erschauerte und alle Schranken fallen ließ.

»Liebst du mich, mein Herz?«, flüsterte er und presste seinen Mund auf ihren.

»Ich liebe dich, ja, ich liebe dich, du mein Geliebter! Ich liebe dich«, murmelte sie.

Und während er ihre Ekstase mit immer neuen Zärtlichkeiten auf den Höhepunkt trieb, öffnete er ganz sanft ihre Schenkel und erforschte jeden Millimeter ihrer samtweichen Haut. Als seine Finger schließlich zu ihrem warmen, flaumigen Dreieck zurückkehrten, versank Alix ganz in den magischen Taumel der Wolllust.

Nackt und bloß war sie ihm bedingungslos ausgeliefert. Sie erwiderte seinen feurigen Blick, mit dem er sie zu verschlingen schien, damit ihm nur ja nichts entging, was ihr bebender Körper noch vor ihm verbergen könnte. Sie bog sich unter dem Druck seiner Lippen, sie brannte lichterloh, sie war auf dem Höhepunkt der Erregung und wie von Sinnen, während Alessandro sich noch zurückhielt.

Da endlich legte er sich auf sie und spürte, wie sofort die Begierde in ihm aufstieg. Nun war sie an der Reihe, ihn zu befriedigen, aber ihre eigenen Wonnen waren so grenzenlos, dass es nur ein endloses Liebesspiel geben konnte.

Alessandro nahm ihre Hand und führte sie zu seinen Lenden. Sie spürte, wie die Sekunden vergingen, ohne dass eine einzige der anderen glich. Er war nicht überrascht, als ihre Finger sein Glied berührten, um ihn auf den Höhepunkt der Lust zu bringen. Jetzt war er der Unterlegene und ganz von seiner Geliebten abhängig. Und sie tat, was er erwartete. Sein Glied wurde hart und spannte sich wie ein Bogen. Da ließ sie ihn endlich los, er glitt zwischen ihre ausgestreckten Beine, unterdrückte ein Raubtiergebrüll und drang in sie ein, ohne länger zu warten.

Ihr feuchter Körper wölbte sich unter ihm auf und ab. Nun konnte er den Gipfel der Lust nicht länger hinausschieben, und jetzt hielt sie sich zurück, um den Höhepunkt für Alessandro schier endlos zu machen.

Draußen war es Nacht geworden, und Tausende von Sternen leuchteten über der Stadt. Brügge schlummerte dem nächsten

Morgen entgegen, und das große Haus schlief ebenfalls, ließ kein störendes Geräusch herein und wachte über seine neue Herrin.

Erst viel später, als sie beide wieder Lust bekamen auf neue Liebesspiele, leidenschaftliche Umarmungen, Seufzer und Beben, zog sich auch Alessandro ganz aus. Ihre miteinander verschmolzenen Körper schienen das Licht zu verschlucken und fanden sich immer wieder aufs Neue, bis ein süßer Hauch von Trunkenheit durch das Zimmer schwebte.

Von diesem Moment übergroßen Glücks sollte Alix noch lange träumen.

GLOSSAR

Das Wunder der widerspenstigen Maultiere: Das Fragment *Das Wunder der widerspenstigen Maultiere* stammt aus einem Wandteppich zur Geschichte des heiligen Johannes mit 25 einzelnen Szenen auf 50 Metern Länge, angefertigt zwischen 1485 und 1505 von Colijn de Coter aus Brüssel.

Der trojanische Krieg: Dieses berühmte Kunstwerk bestand eigentlich aus mehreren Wandteppichen, die Herzog Philipp von Burgund bestellt hatte und die von Maître Pierre de Coëtivy in seinen flämischen Werkstätten gewebt wurden.

Der verlorene Sohn: Diese Millefleurs-Teppiche zum Thema *Aufbruch des verlorenen Sohnes* bestanden aus mehreren großen Teilen ganz im Stil der Meister aus Antwerpen. Einer davon hängt heute im Musée du Moyen Age in Paris.

Die Anbetung der Heiligen drei Könige: Diese Tapisserie ist als Altardecke gedacht und aus einem Stück gewebt worden. Heute wird sie in der Kathedrale von Sens aufbewahrt.

Die Dame mit dem Einhorn: Die berühmten Teppiche *Die Dame mit dem Einhorn*, gegen Ende des 15. Jahrhunderts aus Wolle und Seide gewebt und mit den Wappen der Familie Le Viste geschmückt, bestehen aus fünf großen Wandbehängen, auf denen die fünf Sinne allegorisch dargestellt sind: Sehen, Hören, Fühlen,

Schmecken und Riechen. Ein sechster Teppich, der sich dem Ensemble zuordnen ließ und den Titel *Mein einziges Verlangen* trägt, wurde erst später entdeckt. Heute kann man diese Wandteppiche im Musée de Cluny in Paris betrachten.

Die Jagd von Devonshire: Das Ensemble besteht aus vier Teilen, die jeweils etwa zehn Meter lang sind, und setzt äußerst elegante adelige Herrschaften auf der Jagd in Szene, die zum Teil sehr grausam dargestellt ist. Die Teppiche hängen jetzt im Victoria and Albert Museum in London.

Die Geschichte Cäsars: Es handelt sich um einen Wandteppich in vier großen Bildern aus der Mitte des 15. Jahrhunderts, der etwas später Karl dem Kühnen zum Geschenk gemacht werden sollte.

Die Geschichte des heiligen Piat: Dieser Wandteppich, bestehend aus sechs großen Teilen, wurde von Pierrot Féré aus Arras gewebt und 1402 von dem Domherr Toussaint Pier der Kathedrale von Tournai zum Geschenk gemacht.

Die Verherrlichung des Heiligen Kreuzes: Der Wandteppich *Die Verherrlichung des Heiligen Kreuzes*, bestehend aus zwei Teilen von imposanten Ausmaßen mit jeweils elf Metern Länge, wurde von Ferdinand dem Katholischen für das 1459 gegründete Kloster der Santa Engracia in Saragossa in Auftrag gegeben.

Grotesken: Bei den Tapisserien hatte jedes Jahrhundert seine eigenen Vorlieben. Mehrere italienische Weber erweiterten die Bordüren auf Kosten der zentralen Darstellung. Diese neuen Tapisserien wurden *Grotesken* genannt. Bei manchen waren die Bordüren so breit, dass das Thema in der Mitte winzig wirkte.

Diese gewaltigen Bordüren waren häufig mit Menschen und Tieren verziert, seltener mit Arabesken, Blättern und Blumen. Etwas später entwarf der Maler Arcimboldo mehrere Kartons für die Teppichweber.

Initialen: Die Webermeister pflegten ihre Arbeiten nicht zu signieren, konnten aber den Anfangsbuchstaben der Stadt angeben, in der sie hergestellt worden waren.

Jeu de Paume: frz. für »Spiel mit der Handinnenfläche«. Dieses Spiel war ein Vorläufer des Tennis. Es wird wie beim Squash gegen Wände gespielt. Als *Jeu de Paume* (zu Deutsch »Ballhaus«) werden auch die Säle bezeichnet, in denen dieses Spiel gespielt wurde.

Karton: Der Karton (frz. carton = Pappe) dient als Verbindungsglied zwischen dem Entwurf und dem Gewebe, auf dem die Konturen und die Farbbestimmungen festgehalten werden. Der Karton wird am Webstuhl unter den Kettfäden befestigt und dient als Webvorlage.

Krapp: rotes, pflanzliches Färbemittel. Gute Weber lehnten schlecht gefärbte Seiden- oder Wollfäden ab, weil sie die erstklassige Qualität ihrer Tapisserien beeinträchtigten.

Mehrköpfiges Wesen: Diese vielköpfigen Tiere findet man auch in der *Apokalypse nach Johannes* von Jehan de Bondolf (oder de Bandol) genannt Hennequin de Bruges und zwar auf den Wandteppichen *Das Erdentier, Das Meerestier, Die Verehrung des Drachen* und *Der Drache verfolgt die Frau.*

Millefleurs: (zu Deutsch »tausend Blumen«) ist ein charakteristischer Dekor auf Wandteppichen des späten 15. und frühen 16. Jh., deren szenische Darstellungen mit einer Vielzahl von Blumen angereichert sind.

Panos de Oro: ein Ensemble von sechs goldenen Wandteppichen mit biblischen Themen, nach dem Vorbild holzgeschnitzter Altarstöcke angefertigt. Sie wurden auf den Webstühlen des Brüssler Webermeisters Pieter van Aelst gewebt. Heute hängt das Ensemble im Palacio Real in Madrid.

Waid: blaues, pflanzliches Färbemittel

Wau: gelbes, pflanzliches Färbemittel